台灣新文學史論叢刊 1

# 台灣新文學思潮史綱

## 趙遐秋　呂正惠　主編

人間出版社

# 目　錄

# 序言

◉ 陳映真

　　台灣作為中國的一部分，在 1840 年鴉片戰爭後和全中國一道，從封建社會淪為半殖民地半封建社會。1895 年，中國戰敗，台灣在中國向半殖民地半封建社會淪落的總過程中割讓出去，成為日帝統治下的殖民地半封建社會。

　　台灣在日據時期殖民地半封建社會的不能調和的民族矛盾與社會矛盾下，引發了 20 年代以降台灣人民反對日帝統治的民族民主運動。台灣新文學，在文學語言、文學理論和創作範式上受到中國新文學深刻影響而誕生。進入 30 年代，受到中國和世界無產階級文學運動風潮的影響，台灣新文學界也討論了文學為大眾的問題，提出了建設日常大眾生活語言並以之創作的問題，並且在文學作品中廣泛表現了反帝、反封建的鮮明主題。

　　1937 年，日帝發動全面侵華戰爭，在台灣禁止漢語，並以文學和思想的法西斯統治，給台灣新文學造成窒息性傷害。

　　1945 年抗日戰爭勝利，台灣從殖民地桎梏中解放，在政治經濟上復歸於當時中國的半殖民地半封建社會。兩岸在隔斷 50 年之後，在政治、經濟、思想和文化上重新形成一個民族共同體中的公共領域。1946 年初全國性民主運動，連帶其「反內戰」、「反獨裁」、「和平建國」的響亮的口號，浸染到台灣。1947 年到1949 年一場以《新生報・橋》副刊為論壇的，關於重建台灣回歸

祖國後的台灣新文學的論議，便在中國戰後民主運動的大背景下，克服國民黨的抑壓，省內外作家和評論家在力爭團結、力爭進步的決志下展開，重新呼應了 30 年代日據下台灣左翼文學的召喚。

1950 年 6 月，朝鮮戰爭爆發。在美帝國主義默許之下，台灣統治當局掀起了延續到 1954 年的白色恐怖政策。中國戰後民主運動在台灣的根苗被徹底摧折。在台灣進步的、民主主義的、愛國主義的作家、組織、文藝理論、哲學與社會科學，都遭到致命的打擊，台灣左翼文學傳統受到毀滅性的破壞。

也就在 1950 年，在白色恐怖劫後荒蕪的野地上，一時在權力的播種下，遍生了反共的、法西斯主義的文學和戰鬥文藝。但權力、刺刀、重利引誘都不能阻止反共口號和宣傳文學的萎頹。

也在 50 年代，台灣納入了美國冷戰戰略的政治、經濟、軍事和思想意識形態網絡中。「現代主義」作為美國反共反蘇、反戰後第三世界民族民主鬥爭的文學藝術理論，在戰後從美國校園、中央情報局、駐在各國的美國新聞處向廣泛的美國影響下各扈從國家的文藝界和學術界輻射出去。

終 50 年代和 60 年代，台灣的現代主義帶著與台灣當局的反共文藝既相成又相剋的複雜關係，支配台灣文壇長達 20 年之久。40 年代下半葉台灣的左翼文藝思潮至此而全面顛倒。

1970 年，一方面是台灣進一步發展的資本主義所造成的社會矛盾叢生；一方面是台灣在國際外交上的合法性受到新中國在國際生活中崛起的挑戰而陷於危機；再一方面是港台在美留學的知識分子，在保釣愛國運動中左傾，和 60 年代末 70 年代初西方校園及學界左傾化的影響，重新認識中國革命，重新認識中國 30 年代文學，重新思考民族和國家認同，改造自己的人生觀的運動，波及於台灣知識界和文學界。1970 年到 1973 年的現代詩批判提出了詩以什麼語言寫、寫誰、寫什麼、為什麼寫和如何寫的問

題；提出了語言的大眾性，提出了民族風格與形式的問題。關傑明甚至批評現代詩淪為「文學的殖民地」問題。1977 年到 1978 年的鄉土文學論爭，比較深入地又提出大眾文學和民族文學的問題，提出了台灣社會的「殖民經濟」性，提出了對文學史的歷史唯物主義分析。論爭突破了自 50 年代以降文學上的內戰和冷戰框架，有重要意義。而現代派在爭論中與鄉土派在政治上、文學思想上尖銳對立，也從一個方面說明了台灣現代主義的反共保守特質。

以 1979 年，台灣戰後新興資產階級對於因喪失國際外交合法性而搖搖欲墜的國民黨進攻的「美麗島事件」為界線，1980 年以後，帶著反蔣、反共、親美的極限性的資產階級民主運動，與先天上帶著強烈反蔣——反華、反共和親美性質的、以海外為根據地的台灣民族分裂主義匯合，逐漸形成氣候。由於 80 年代初尚不能公開倡言「台灣獨立」，「台獨派」選擇了關於台灣史、台灣新文學的論壇，進行對於台灣史、台灣新文學的積極、廣泛、不擇手段的篡改、湮滅、歪曲和變造的工程，以此為台灣分離運動的政治服務。二十年來，「文學台獨」派移花接木、斷章取義、歪曲史實、刻意炮製了一套分離主義的台灣新文學（史）論，積非成是，終至隨著 1987 年後「台獨」論述自由化，及 2000 年主張分離主義的政權出台，而成為霸權論述，情況相當嚴重。而反對「文學台獨」論的一方，二十年來於茲，沒有放棄對「台獨」文論的揭露和批判，形成台灣新文學思想史上時間跨度最長、涉及問題最廣泛的一次針鋒相對的理論意識形態鬥爭，至今而猶方興未艾。近來，由於少數「台獨」文論家長期獨佔高校中的台灣新文學教育，妄言使中國文學系在台灣成為「外國文學系」，妄言徹底斬斷台灣新文學與中國新文學間的歷史聯繫性，並且在現實上以政權的力量在高教領域中廣設台灣文學系所，廣泛安置「台獨」派台灣新文學的教育陣地，「文學台獨」的勢力正在頑

固地挺進。

面對這一形勢，對台灣新文學史的嚴謹、科學性研究及研究成果的出版，是抵抗台灣新文學陣地遭到「台獨」派排他性獨佔局面的一個重要陣仗。這次，海峽兩岸的台灣新文學研究界，即台灣的呂正惠教授和曾健民先生與大陸的趙遐秋教授、曾慶瑞教授、斯欽研究員和樊洛平教授組成了研究和寫作團隊，初步完成了這本《台灣新文學思潮史綱》並在兩岸出版，回應了我們民族文學史提出來的召喚。

回顧歷史，20 年代台灣新文學發軔時期，30 年代的左翼文學運動期間，40 年代後半關於重建戰後台灣新文學的論議，以及 70 年代（第二次）鄉土文學論戰，海峽兩岸和台灣內部的省內外作家、理論家和思想家，莫不都為台灣新文學的健全發展、為建設台灣新文學為中國新文學的結構部分而熱情團結，批判反民族和反民主傾向，克服權力和逆流的抑壓而協同鬥爭，熱誠團結，取得了不同階段中的勝利。而秉承這一動人而深具意義的傳統，一時分斷中的祖國兩岸學者，為了捍衛台灣新文學的中國屬性，以科學性的研究為基礎，繼 1947 年迄 1949 年的建設台灣新文學論議，重新走到了一起，在共同勞動中，收穫了初熟的果子。在包括台灣新文學在內的中國新文學史上，這是一項十分及時而有現實意義的貢獻。

人間出版社為了能取得這本書在台灣出版發行之權，深感榮幸。我們也深深地感謝兩岸學者辛勤的勞動。

是敬以為序。

2001 年 5 月 18 日

台北

# 緒論

　　我們，海峽兩岸從事台灣新文學史研究和教學工作的同仁，試圖重新構建台灣新文學思潮發展史這一學科的體系，合作撰寫了這部《台灣新文學思潮史綱》。

　　這是一部什麼樣的書？我們今天為什麼要寫這樣一部書？這樣一部書又該怎樣來寫？

　　就這樣一些問題，我們從以下三個方面談談看法。

　　一、《台灣新文學思潮史綱》的性質、內容和撰寫目的；

　　二、台灣新文學思潮的發展歷史階段和本書的篇章結構處理；

　　三、描述和闡釋台灣新文學思潮的學術原則。

**一**

　　《台灣新文學思潮史綱》是一部描述和闡釋 20 世紀 20 年代以來的台灣新文學思潮發展歷史的著作。

　　就文學史門類來看，這部書是地區性的文學史，它研究的對象是台灣地區文學思潮在一個特定的歷史時期裡發生和發展的情況和其中的問題。這部書又是一部各體文學史，它不包括文學史學科體系中的其他各體文學史，如小說史、詩歌史、散文史、報告文學史、戲劇文學史等。這部書還是一部斷代史，它不包括台灣古典文學的思潮，它描寫和闡釋的範圍只是 20 世紀 20 年代以來的台灣新文學思潮。這部書也是一種單一性的「文學」學科裡

面的思潮史，它不包括台灣新文藝思潮中的「文學」以外的其他文藝思潮。所以說，這部《台灣新文學思潮史綱》是一部地區性的、各體的、斷代的、單一「文學」範圍的思潮史。

就文學思潮涵蓋的內容來看，這部書在勾勒台灣新文學思潮發展的歷史輪廓和線索的框架下，**重點描述和闡釋的是各個文學發展歷史階段的主要文學思潮，也就是文學主潮。**文學主潮之外的其他文學思想現象，一般說來，是從略的。還有，僅就這種文學思想的主潮流而論，儘管不足一百年，其內容也是非常豐富的。我們不可能在有限的篇幅裡去詳盡地加以舖陳，而只能提綱挈領地作一些勾勒點染。所以，這部書顯得是一種「綱要」的樣子，又具有「綱要」的特點。這就是把它定名為《台灣新文學思潮史綱》的原因。

應該說，在中國新文學思潮的研究領域裡，在台灣新文學的研究領域裡，迄今為止，還沒有一部有關台灣新文學思潮史的較為完備的著作。這種狀況，當然應該改變。這不僅是因為，一種完備的文學史學科研究，是不能只有小說、詩歌、散文、戲劇文學等等各體文學樣式的歷史描述和闡釋，而沒有文學思潮的歷史描述和闡釋的；還因為，思潮，作為文學家從事文學創作活動以至文學作品產生和發展的人文生態環境，還作為對文學家的文學創作活動、文學作品面貌、文學作品的產生和發展，所進行的理論思考，都在全方位和深層次的意義上，影響了整個文學事業的發展，都會推動或者阻滯整個文學事業的發展，因而顯得極其重要，不能有意無意地冷落了它，忽視了它。

從這個意義上說，這部《台灣新文學思潮史綱》所要描述和闡釋的主要內容是：

㈠引發文學思潮的社會生活情況、普遍的社會思潮中和文學思潮相關的種種現象，文學思潮產生和發展的社會人文環境；

　　㈡台灣新文學思潮和大陸文學思潮的關係，以及所
受世界文學思潮的影響；

　　㈢台灣新文學思潮發生和發展中的新文學團體和新
文學報刊，還有重要的人物；

　　㈣在此期間所發生的重大事件，其中包含重大活
動，不同主張乃至不同文學思潮之間的矛盾和鬥爭；

　　㈤這種種的文學思潮對文學創作發生的重大影響；

　　㈥台灣新文學思潮發生和發展過程所顯示的規律，
以及人們能夠認識到的經驗教訓，能夠感悟到的重要的
啟示。

　　這種重要性，這樣的內容規範和期待，也就激勵著我們現在
要來撰寫這部《台灣新文學思潮史綱》。

　　當然，為什麼現在要來撰寫，還有一個重要的原因是，在海
峽兩岸的台灣新文學思潮及其史論研究中，都有一個「盲點」，
那就是：台灣文學界裡，有一股分離主義勢力，20多年來，炮製
和鼓吹了一整套台灣文學「獨立」、「台灣文學和大陸文學是
『兩國』文學」的謬論。這種「文學台獨」，遮蔽了台灣新文學
思潮發生和發展的事實，錯誤地解說了台灣新文學思潮發生和發
展的情況，嚴重地欺騙了想要瞭解台灣新文學思潮產生和發展歷
史的人們。這是不能不認真地加以辨析的，不能不還歷史以本來
面目的。而這一切，偏偏在過去的研究中，在已有的相關著述
裡，被忽視了。這也是要改變的。

　　比如，這種「文學台獨」的謬論，說什麼台灣新文學誕生之
初，就是一種「多源頭、多語言、多元化的文學」，其中，「中
國新文學的影響遠不如日本等外國文學影響大」，甚至於，張我
軍受大陸五四文學革命影響而提出的「白話文學的建設」，是一
條「行不通的路」。這是要從源頭上割斷台灣新文學和大陸新文
學的血緣關係。還說什麼，台灣新文學的歷史發展，就是文學中

的「鄉土意識」向著「本土意識」、「台灣意識」、「台灣文學主體論」的發展。其間，30 年代初的台灣鄉土文學和台灣話文的論爭，40 年代的《新生報‧橋》副刊上有關台灣文學屬性的討論，70 年代鄉土文學的論爭等，所有重要的文學現象，全都被篡改了歷史，扭曲變形，被歪曲了本質。另外，與這種「源」、「流」的分裂割斷相呼應，「文學台獨」論者還和日本右派學者一起，美化「皇民文學」，為「皇民文學」招魂。甚至於，為「獨立」的「台灣文學」尋找「獨立」於中國統一的漢語言文字之外的語言文字書寫工具，肆意抹煞歷史，歪曲事實，反科學、反文化地將台灣普遍使用的漢語閩南方言和客家方言說成是獨立的「台語」，鼓吹「台語」書面化，鼓吹另造「台語文字」，以便創作「台語文學」。

還要特別說到的是，為了使「文學台獨」得到文學史論著作的學理支撐，某些人又特別鼓吹用分離主義的文學史觀和方法，構建和寫作以「台獨意識」對抗「中國意識」的「台灣文學史」。

這樣的言論和活動，已經造成了嚴重的危害和後果。對此我們不能掉以輕心，而要加以認真的辨析。這樣的辨析，自然有益於台灣新文學日後的發展。

## 二

說到怎樣來寫這部《台灣新文學思潮史綱》，我們首先會碰到全書體例上的篇章結構的問題。這其實是傳統意義上「治史」的劃分歷史階段的問題。

我們研究或撰寫台灣新文學思潮史，為什麼要劃分歷史階段呢？

和任何事物的發展過程一樣，文學的發展過程，也是客觀

地、自然而然地呈現出階段性的某些特點的。這種階段性的特
點，是由事物、由文學發展過程的矛盾及本質決定的。台灣新文
學思潮史也不例外。我們只有把握好這文學思潮發展的一個又一
個不同階段不同特點，把它們總匯起來，放在台灣新文學思潮發
展的歷史長河裡，加以比較研究，描述它的真實面貌，闡釋清楚
其中的種種問題，才能尋找到其中的一些規律，得到一些有益的
啟示，並以此作為今日台灣新文學進一步發展的歷史借鑒。總結
過去，是為了今天和明天的發展。

　　我們知道，在事物的一個相應的發展過程裡，它的根本矛
盾，以及由根本的矛盾所規定的這個發展過程的本質，不到這個
過程完結之日，是不會消滅的，不會改變的。這是從全過程的本
質來說的。

　　就台灣新文學思潮的發展而言，從 20 世紀 20 年代以來，80
多年間的全過程裡，其本質是什麼呢？我們以為，可以作如下的
認定：

　　　　在思想傾向上，它是一種進行人性、階級性和民族
精神啟蒙的、反思傳統文化、構建新的中華民族包括台
灣民眾在內的文化的思潮；是反對帝國主義、封建主
義，爭取人民大眾獲得民主、自由、平等的幸福生活的
思潮。

　　　　在文學精神和創作方法上，它是兼容現實主義、浪
漫主義、現代主義的發展，而又在相當多的歷史階段，
以真實地反映社會生活的現實主義文學為主潮流的文學
思潮。

　　　　在文學的藝術形式上，雖然呈現出不同的審美追求
和趣味，有著不同的藝術風格和流派，顯現了繽紛的色
彩，但其共同點是在於——對於古代文學的傳統來說，
它是十足的現代文學形態；在外國文學面前，它又是地

道的中國文學形態。

　　還有，在文學的語言文字工具上，書寫符號載體上，它通用的是漢民族共同語及其文字，即或有一點閩南語客家話的介入，仍不失和大陸漢語言文字相同的規範。

　　這些本質的特徵，80多年來，並沒有根本性的變化。這是這一時期的「根本矛盾」的性質所決定的。這「根本矛盾」就是：台灣文學以及它的文學思潮，從內容到形式，都要隨著社會生活一起現代化，而文學的外部和內部，又都總有這樣那樣的力量在阻礙它實現真正的現代化。

　　不過，從80多年的全過程來看，這個本質雖然並沒有發生根本的變化，而從這個全過程的發展來看，被根本矛盾所規定或影響的許多大小矛盾中，還是處在變化之中的。有些是激化了，有些是暫時地或局部地解決了，或者緩和了，又有些是新發生了，因此，過程就顯現出階段性來。於是，儘管過程的本質非到過程完結之日是不會消滅的，不會改變的，但是事物發展的長過程中的各個發展的階段，情形又往往互相區別了。

　　比如，20世紀20年代初，台灣文學發展的主要矛盾是舊的語言形式束縛了新的內容。於是，借鑒大陸五四文學革命的經驗，打倒舊文學，建設新文學，首先就是突破舊的語言形式文言文的束縛，以白話文代替了文言文，進而革新了文學的內容，開創了具有徹底的反帝反封建的台灣新文學。可以說，20年代台灣文學發展過程的這一階段性，呈現得十分清楚。台灣新文學進入到30年代，當白話文取得勝利，通行文壇的時候，新的矛盾又出現了。這就是，通行的白話文還是由少數知識精英通曉、運用的一種書面語言，與廣大的人民大眾所運用的口語，有相當大的距離。既然新文學運動要解決的中心問題是「為什麼人」的問題，新文學要向前發展，要真正做到為人民大眾服務，就必須解決這

個新的矛盾。而且，台灣處於日本帝國主義的高壓統治之下，與
大陸處於隔離狀態，這種「言文」並未獲得真正「一致」的矛
盾，更加凸現了出來。如何解決這一問題呢？於是，就出現了
「鄉土文學和台灣話文」的論爭。台灣新文學發展到 30 年代，這
一階段性的特點也呈現得十分清楚了。

　　所以，研究台灣新文學思潮發展的歷史，要是不去注意它在
發展過程中的階段性，就無法把握住它發展的連續性，也就無法
從整體上把握住它的發展中的某些規律。

　　這樣看來，對台灣新文學思潮史客觀存在的發展階段性，在
理論的表述形態上加以劃分，作出表述和處理，確實不是任何文
學史家的主觀意願所能迴避得了的。

　　接下來，就有一個如何劃分的問題。首先又是用什麼標準亦
即依據什麼去劃分的問題。

　　我們主張，文學發展階段的歷史劃分應以文學自身發展的特
點為依據。就台灣文學思潮史來說，台灣新文學思潮發展過程中
所呈現出的階段性以及階段性的特點，就是這門學科劃分歷史階
段的標準和依據。所以，史學家能否科學地認識和把握台灣新文
學思潮發展過程中客觀存在的階段性及其特點，是這門學科劃分
歷史階段恰當與否、科學與否的關鍵。

　　也許，有人問，文學思潮是隨著社會的發展而變化的，為什
麼不依據社會的分期而分期呢？這種看法有偏頗。其一，社會與
文學是兩個範疇，兩者不能等同起來，社會的發展不能等同文學
的發展；其二，社會的發展確實對文學，其中包括文學思潮，有
很大的影響，甚至有時還可能是決定性的影響，但是，這種影
響，只有在文學、文學思潮發展中發生了作用，並通過文學、文
學思潮自身的發展，呈現出某些特點以至於顯現了階段性的時
候，才能說明這種社會影響的存在。文學、文學思潮發展過程中
所呈現的階段性及其特點，包含了社會發展影響的因素。因此，

我們不僅不排斥社會發展影響的因素，而且還特別重視社會對文學、文學思潮的影響，這表現在我們特別重視發現、認識、把握整個社會的影響，作用於文學、文學思潮以後，文學、文學思潮自身發生的變化。

比如，1945 年以前的日據時期，日本的殖民統治，第一次世界大戰後民族自決思想的張揚，大陸五四愛國運動以及五四文學革命，還有世界範圍的無產階級有關文學大眾化思想的傳播，對台灣文學的發展，都有著重大的影響。這種影響作用於台灣文學、台灣文學思潮以後，台灣文學思潮的發展，先後呈現出三個階段性來。正如前面說到的第一個階段，台灣發生了文學革命，進而革新了文學內容，台灣新文學誕生了。第二個階段，舊的矛盾解決了，新的矛盾又出現了。研究、探尋如何解決這新的矛盾，是這個階段的主要特點。第三個階段，1937 年後，台灣新文學遭到「皇民文學」全面的摧殘，於是，抗拒、批判「皇民文學」就成了台灣新文學發展的極為重要的主題。這樣看來，絕不能因為 1945 年以前是日據時期，台灣新文學也就要相應地劃分為一個歷史階段了。

也許，還有人說，何不把社會因素與文學因素結合起來，去進行歷史階段的劃分呢？

問題在於，兩者的結合點在哪裡？文學發展的歷史告訴我們，社會的影響，作用於文學以後，文學自身所呈現出來的階段性特點，正是這兩者的結合點。在這裡，我們強調的是，從文學的外部去考察，是永遠不可能發現、認識、把握文學發展的階段性的，看到的只是文學外部的表層現象。事實上，只有深入到文學自身去考察、研究，才能把握住其階段性的本質特點。台灣新文學思潮發展史，當然也不例外。比如，前面說到，20 世紀 30年代，國際性的無產階級文學大眾化的思想傳入到台灣新文學文壇，光從這個台灣新文學的外部因素去考察，是很難準確把握這

個階段文學思潮的本質特點的。但是，當我們看到，台灣新文學自身發展這時所產生的新矛盾，以及在解決這新矛盾時，又與文學大眾化思想兩者相吻合，都在催促剛剛誕生的台灣新文學走向深入工農大眾的道路了，這樣，我們也就準確地把握住「鄉土文學與台灣話文」論爭應運而生的來龍去脈了。

　　按照上述的標準和依據，本書將台灣新文學思潮發展的歷史，劃分為如下的八個階段：

　　　　第一個階段：20 世紀 20 年代，台灣文學革命和台灣新文學的誕生。

　　　　第二個階段：20 世紀 30 年代初、中期，台灣鄉土文學和台灣話文的論爭。

　　　　第三個階段：1937—1945 年，在「皇民文學」壓迫下的愛國、反抗的現實主義文學思潮。

　　　　第四個階段：1945—1950 年，建設人民的現實主義的台灣新文學。

　　　　第五個階段：20 世紀 50 年代，反現實主義的反共「戰鬥文藝」逆流。

　　　　第六個階段：20 世紀 60 年代，台灣現代派文學思潮的興起。

　　　　第七個階段：20 世紀 70 年代，鄉土文學的思潮。

　　　　第八個階段：20 世紀 80 年代至 21 世紀初，後現代主義文學思潮以及分離主義引發的文壇統、獨大論戰。

　　前七個階段，本書將有七章分別描述和闡釋，第八個階段，則分兩章描述和闡釋。


# 三


　　全書在重新構建台灣新文學思潮發展史的學科體系上，追求

科學性和現實性。為此，要堅持以下的學術原則：

第一，在論述台灣新文學思潮發展歷史的時候，不能孤立地就文學思潮談文學思潮，應該緊密地結合台灣社會的發展狀態去研究並展開論述和闡釋。

第二，這種文學思潮的描述和闡釋，還要把台灣和大陸緊密地結合起來，尤其要注意大陸文學思潮對台灣文學思潮所發生的直接的、間接的影響。

第三，這種文學思潮的描述和闡釋，還要和文學創作實踐聯繫起來，注意兩者的互相影響，其中包括兩者的互動關係。

第四，在描述和闡釋台灣新文學思潮發展的史實時，在有關史料的運用上，必須堅持真實和精選的原則。

第五，在評論有關的問題時，必須堅持歷史主義的原則，這就是要把問題放在一定的歷史條件下去加以評判。

第六，在分辨是非時，既要有鮮明的傾向性，又要堅持擺事實、講道理，以理服人的科學態度。

下面，就堅持歷史主義原則的問題，作一些說明。

在台灣新文學思潮史這門學科裡，像任何其他歷史科學一樣，都有一個歷史事件或歷史現象的評價問題。我們都會面對著歷史的是非和功過，而不得不表明自己的褒貶和毀譽。

要害是在於我們把握什麼樣的原則。

比如，關於「皇民文學」問題。1977年5月，葉石濤在〈台灣鄉土文學史導論〉①一文裡，首肯了張良澤在〈鐘理和作品中

---

① 葉石濤：〈台灣鄉土文學史導論〉，《夏潮》第14期，1977年5月1日。

的日本經驗與祖國經驗〉一文結尾處的看法，即：「近代中國民
族的厄運，應該由中國民族自己負責，我們不能全歸罪於外來民
族。」葉石濤呼應他說：「一味苛責日本作家也是不公正的。」
到了1990年，葉石濤出版了《台灣文學的悲情》一書。書中涉及
「皇民文學」的篇章有〈抗戰時期的台灣新文學〉、〈庄司總一
的「陳夫人」〉、〈「南方移民村」〉、〈40年代的台灣日本文
學〉、〈「抗議文學」乎？「皇民文學」乎？〉、〈皇民文學〉
等，就毫不掩飾地為「皇民文學」翻案了，千方百計為西川滿的
《文藝台灣》塗脂抹粉了。顯然，這已經不是一般的學術領域裡
的是非問題，而是在為日本殖民統治張目。這種只憑著頑固的
「皇民」立場來作結論的原則，當然是不可取的。

　　如果我們要做出真正的學術性的評價，就是一個能不能堅持
歷史主義的原則問題。

　　歷史主義的原則，是馬克思主義研究歷史現象的一個重要的
原則。世界上沒有什麼孤立的現象，每一種現象都和其他現象有
聯繫，只有從各種現象、事件、事物的相互聯繫、相互作用中去
觀察，才能夠瞭解這些現象、事件和事物。就歷史的現象而言，
就是要根據現象、事件、事物所藉以產生的具體歷史條件，從現
象、事件、事物的發生和發展中對它們進行研究。

　　堅持這樣的歷史主義原則，在台灣新文學思潮史的領域裡，
我們首先要堅持從具體的歷史條件出發，作歷史的具體研究。

　　比如，20世紀50年代後期，在反共的「戰鬥文藝」的反現
實主義逆流之外，出現了一種懷鄉文學。這是大陸赴台軍民「懷
鄉病」、「失根症」心態的一種反映，它顯現出的是一種鄉愁意
識。對這種懷鄉文學，我們既不應該把它和當時以「反攻大陸」
為題材的「戰鬥文藝」一概而論，一律申斥，也不應該對它不作
具體分析而全盤肯定。當時出現的這種懷鄉文學，有兩類。一類
含有強弱不一的「反攻倒算」的意識；一類則是側重開掘和宣洩

人性人情和故園鄉土之情，如謝冰瑩的《故鄉》，張秀亞的《三色菫》、《懷念》等，這類創作一直延續到 60 年代初期，如林海音的《城南舊事》，聶華苓的《失去的金鈴子》，於梨華的《夢迴青河》等等。後一類，正是 20 世紀 70 年代以後出現的「尋根文學」的先河。我們對它們的毀譽態度當然是不同的。

其次，堅持歷史主義的原則，還要注意把問題提到一定的歷史範圍之內去考慮。我們判斷歷史的功績，不是根據歷史活動家沒有提供現代所要求的東西，而是根據他們比他們的前輩提供了什麼新的東西。在這方面，是不應該苛求於歷史的。

比如，張我軍，是他首先拉開了台灣文學革命的大幕，是他和其他台灣新文學的先驅者共同開創了台灣新文學。這正是他的歷史功績，正是他和前輩相比所「提供」的「新的東西」。台灣新文學發展中，舊的矛盾解決了，新的矛盾又產生了。不能因為他還沒有找到解決新矛盾的途徑，就否定他，說他提出的「白話文學的建設」是行不通的。

又比如，20 世紀 60 年代，被 50 年代的白色恐怖所窒息的台灣新文學，在中西論戰中向西方現代派尋求出路，一時，現代派文學思潮主宰了台灣文壇。現代派文學思潮，衝破了反共「戰鬥文藝」的僵化束縛，打破了「反共八股」文學一統文壇的局面，給文壇帶來了生氣。這是它的歷史功績，但是，它倡導的全盤「西化」的思想，導致台灣新文學仍然脫離生活，脫離人民群眾，於是鄉土文學思潮崛起，高舉起現實主義的大旗挑戰現代派文學，批判全盤「西化」的思想。這也是歷史對現代派文學思潮的又一公正的評判。當然，我們也不能由此而否定現代派文學思潮早期曾經有過的貢獻。

還有，堅持歷史主義原則，在當前，要特別注意，堅決反對某些人以「台獨」意識去肆意歪曲歷史，詮釋歷史，以「歷史」為「台獨」所用。

　　20多年來，「文學台獨」慣用的正是這種手法。當歷史事實和他們的理念相左時，他們先歪曲歷史，進而按「文學台獨」的理念去詮釋歷史。這方面，我們將在正文裡，逐一地加以辨析，這裡就從略了。

　　其實，一切歷史潛文本的史學表述，都是當代史，即當代視野之下的歷史，都有當代文化性質，當代文化品格。歷史的事實，一旦作為歷史學的對象，進入了歷史研究的範疇，被史學家們所把握，所認識，所描述和揭示，也就被當代文化所同化了，因而確定無疑地當代化了。文學史，文學思潮史，也都如此。

　　就此而言，涉及到的是史家的文學史觀、方法論、價值判斷標準，即主體意識的表現。我們決不諱言這一點，但是，我們自信，從台灣新文學思潮史的事實出發，我們的文學史觀、方法論和價值判斷標準，我們堅持的上述學術原則，是正確的，合理的，科學的。

# 第 一 章

# 台灣文學革命和台灣新文學的誕生

　　20 世紀 20 年代，台灣的新文學運動伴隨著新文化運動而產生，由此，台灣進入一個抗日民族民主運動的嶄新階段。從大環境講，整個運動受到俄國革命和美國總統威爾遜民族自決原則的影響；從淵源講，這一運動又直接受到大陸五四新文化、新文學運動的啟迪。本章將追溯這一運動的發展過程、它的思想特質，並說明這一特質和大陸新文學觀念的關連，以及台灣新文學進入建設期的概況；如實地描述台灣新文學發展期的基本面貌。

## 第一節　五四新文化運動影響下的台灣新文化運動

　　看臺灣新文學運動的興起，要從台灣新文化運動說起。而說到台灣新文化運動，又要先來考察一下台灣的抗日民族運動。

　　大體上說，台灣的抗日民族運動，經歷了兩個發展階段。

　　第一個階段，從1895年到1915年，是武力反抗的階段。1895年，中日甲午戰爭中，中國戰敗。在割讓台灣已成定局的情況下，以丘逢甲、唐景崧為首，臨時成立了戰時行營式的「台灣民主國」，揭開了台灣義軍抗戰的序幕。從1895年到1902年，面對兵力達7萬多人並擁有40多艘軍艦的日寇，台灣義軍進行了長達7年的艱苦卓絕的游擊戰爭。戰爭中，湧現出像北部簡大獅、中部柯鐵虎、南部林少貓這樣的「三猛」義軍首領，威震台灣大地。在林少貓犧牲以後，台灣人民被迫暫時收起了義旗。五年後，受大陸同盟會和辛亥革命的激勵，從1907年到1915年，台灣人民再次揭竿而起。其中，光是1912年到1915年的三年時間裡，武裝起義就爆發了將近10次。羅福星率領的苗栗起義，余清芳領導的噍吧哖暴動，都驚天地，泣鬼神，譜寫了一曲曲抗擊強虜的悲壯戰歌。尤其是噍吧哖暴動，西來庵主持人余清芳以「齋教」為掩護，號召台灣同胞「奮勇爭先，盡忠報國，恢復台灣」，起義者拋頭顱，灑熱血，開展了台灣近代史上一次大規模的武裝抗日鬥爭，用熱血書寫了台灣近代史最為光輝的一頁。

　　不幸的是，余清芳領導的武裝抗日鬥爭最後也遭致失敗。

　　這時，隨著在台灣的殖民統治逐步確立，日本侵略者又交替使用剿撫並用的殖民策略。與日資大量湧入台灣，經濟掠奪日趨嚴重的同時，各種同化政策紛紛出台，日本侵略者妄圖從民族認同的根基上，摧毀台灣人民與大陸人民的血脈聯繫。面對抗日的新形勢新特點，台灣抗日民族運動也就轉換了鬥爭方式，進入了非武力反抗的第二個階段。在這個階段裡，首先興起的就是20世紀20年代初期的台灣新文化運動。

　　台灣，面臨著又一個重要的歷史關頭了。

　　這時，1917年，　阿芙樂爾艦上一聲炮響，列寧領導工農大眾推翻沙皇統治，俄國爆發了震驚世界的「十月革命」。這個革

命，把世界各地的民族、民主革命推向了新的高潮。1918年，第一次世界大戰結束，美國總統威爾遜在14條和平條約裡宣揚的民族自決的原則又廣為傳播。民主的浪潮波及到全世界，東方被壓迫民族的民族意識有了新的覺醒。

於是，台灣的有識之士，開始思考「台灣向何處去」了。比如，大戰末期，一些台灣知識分子就多次集會，討論了台灣向何處去這個令人熱血沸騰的問題。其中，1918年夏，林獻堂在日本東京神保町中華第一樓宴請台灣留學生，各方代表二十餘人出席，就以「對於台灣應當如何努力」為題，展開了熱烈的討論。

本來，甲午之後的台灣，就不曾割斷與大陸的血脈聯繫。即使是出於抗日需要而不得已成立了「台灣民主國」，也不打算割斷這種聯繫。比如，唐景崧在就任大總統時即發表宣言說，「獨立」後之台灣，「仍應恭奉正朔，遙作屏藩；氣脈相通，無異中土。」①又比如，當時發表的〈全台灣紳民致中外文告〉也說：「無天可吁，無人肯援，台民惟有自主，擁戴賢者，權攝台政。事平之後，當再請命中國，作何處理。」②很明顯，「台灣民主國」的成立只是抗日的權宜之計，抗日並求回歸祖國才是鬥爭的目的。

就是憑著這樣的「中國意識」，「中國情結」，台灣島上，那些用非武力反抗日本殖民統治的先驅者們，在發動台灣新文化運動的時候，首先感受到了1919年朝鮮「3‧1」民族獨立大暴動的刺激，隨後，毫不猶豫地迎面走向了大陸的五四新文化運動。

1915年開始的大陸的新文化運動，是一個偉大的反帝反封建

①　〈唐景崧就任大總統宣言〉。王曉波編：《台胞抗日文獻選編》，帕米爾書店1985年7月版。

②　同上。

的革命運動，也是一個以提倡新道德、新文學，反對舊道德、舊
文學為根本標誌的思想啟蒙運動。

原來，1914 年 7 月，第一次世界大戰爆發，西方列強無暇東
顧，日本帝國主義趁機對德宣戰，出兵山東，強佔青島和膠濟鐵
路。1915 年 1 月 18 日，日本帝國主義又進一步向袁世凱提出企
圖滅亡中國的「二十一條」。5 月 7 日，日本帝國主義竟向中國
政府發出最後通牒，限 48 小時內承認「二十一條」。一心想當皇
帝的袁世凱，竟在 9 日幾乎全部接受了日本帝國主義的無理要求。
日本帝國主義加緊了對於中國的侵略。這時，歷史複雜化了。由
於西方帝國主義列強全面捲入戰爭，居然使中國的民族資本爭取
到了發展自己的有利條件。以棉紡織業、麵粉工業、火柴工業為
主，中國民族工業在大戰期間有了較快的發展，整個民族資本主
義經濟有了一時的繁榮。隨著這種繁榮，民族資產階級的力量不
斷成長壯大。他們要求相應的政治地位和精神領地，以保護自己
在經濟上的發展，開始向著封建勢力爭取自己的權利和地位，以
至個性的解放了。

和這種經濟、政治變化同時發生的，就是思想文化的新變
化。這種新變化，遭到了北洋軍閥政府的阻遏。配合軍閥政府對
資產階級的鎮壓，文化復古派又掀起逆流，猖狂反撲。於是，以
「科學」、「民主」為口號，為挽救民族危亡，振興民族和國
家，解放人性，復甦民族意識，一個徹底反帝反封建的新文化運
動就應運而生了。其標誌就是，1915 年 9 月 15 日，倡導新文化
運動的主要刊物《青年雜誌》在中國最大城市上海發刊。一年
後，第 2 卷改名《新青年》，並將出版地點遷到當時新文化運動
的中心北京。

《新青年》的創辦者、編輯人陳獨秀（1880-1942），是這場
新文化運動的主將。在他主持下，《新青年》高舉「民主」和
「科學」兩面大旗，提倡新道德，反對舊道德，提倡尊重現實，

尊重科學，反對鬼神迷信，打倒一切偶像崇拜；還把這種思想宣傳和社會制度改革聯繫起來。這是一場啟迪理智、廓清蒙昧的思想啟蒙運動，它在文學上的內容，就是創刊號上提出的「打倒舊文章」的革命口號，倡導打倒舊文學，提倡新文學。隨後，1915年底，陳獨秀又在《青年雜誌》上發表《通信》，主張中國文藝今後趨向寫實主義，以挽今日浮華頹敗之惡風。

和陳獨秀的吶喊相呼應的，首先是李大釗（1889-1927）和由他擔任總編輯的《晨鐘報》。1916 年春天，他在日本寫成〈青春〉一文。8 月 15 日，又在《晨鐘報》創刊號上發表〈「晨鐘」之使命〉一文，副題〈青春中華之創造〉。文中，他呼喚，以「新文藝」為「先聲」，催促「新文明之誕生」，又呼喚敢「犯當世之不韙」的「哲人」起來發出「自我覺醒之絕叫」，以促使「新文藝之勃興」。他還呼籲：「海內青年，其有聞風興起者乎？甚願執鞭以從之矣。」

隨後，這場文學革命的先鋒胡適（1891-1962）上陣。在1915、1916 兩年間，胡適和美國東部的中國留學生任叔永、唐鉞、楊杏佛（詮）、梅光迪、陳衡哲等，熱烈討論了中國文學的改革問題。爭辯中，胡適借鑒歐洲文藝復興時期但丁、路德等人的文學改革的經驗，形成了一個觀念。他認為，一整部中國文學史只是一部文字形式即文學工具新陳代謝的變遷歷史，只是「活文學」隨時起來代替了「死文學」的歷史。文學的生命全靠能用一個時代的活工具來表現一個時代的情感與思想。工具僵化了，必須另換新的，活的，這就是「文學革命」。這個觀念是非參半，只是有限的真理。儘管如此，最重要的還是胡適認識到中國文學不是一個一成不變的東西，敢於正式承認中國當時需要的文學革命是用白話文代替古文的革命，是用活的工具代替死的工具的革命。後來，在《談新詩》一文裡，他又重申了他從歐洲文學史實中悟出的這個道理，認定文學革命的運動，不論古今中外，

大概都從「文的形式」一方面下手，大概都是先要求語言文字文
體等方面的大解放。1916 年 7 月 19 日，胡適寫信給朱經農，提
出了新文學要點的「八事」。同月，又告知陳獨秀文學革命的八
個條件，希望能在《新青年》上展開討論。 10 月 5 日，陳獨秀
希望胡適「切實作一改良論文」。11 月，胡適寫了〈文學改良芻
議〉，複寫兩份，一份給《留美學生季報》發表，一份寄給《新
青年》。1917 年 1 月 1 日，《新青年》2 卷 5 號刊出胡適的《文
學改良芻議》一文，終於正式揭出了文學革命的大旗。這是中國
現代文學史上一個值得紀念的日子。

〈文學改良芻議〉開篇即予宣佈，文學改良須從八事入手。
這八事是：「一曰，須言之有物。二曰，不摹仿古人。三曰，須
講求文法。四曰，不作無病之呻吟。五曰，務去爛調套語。六
曰，不用典。七曰，不講對仗。八曰，不避俗字俗語。」這八條
中，三、五、六、七、八等五條是側重於形式的。這表明，從外
國和中國文學歷史的經驗裡，胡適確實已經深切地體會到，舊的
語言形式對新的文學內容已經成了嚴重的束縛，他明確指出，形
式上的束縛，使精神不能自由發展，使良好的內容不能充分表
現。擺脫這種束縛的出路，就在於首先打破那些束縛精神的枷鎖
鐐銬。只有這樣，才能將豐富的材料，精密的觀察，高深的理
想，復雜的感情表現出來。這是 1917 年文學革命比晚清白話文運
動和文學改良運動高明得多的地方。〈文學改良芻議〉的指導思
想是進化論。胡適說，文明進化的一個公理，就是：「文學者，
隨時代而變遷者也。一時代有一時代之文學。」從這個公理，胡
適引導出來的結論是：「今日之中國，當造今日之文學。」這種
文學，在形式上，就是採用俗語俗字的活文字的活文學。他把白
話文學尊為中國文學之正宗，將來文學必用之利器。這樣，文學
革命發難伊始，他就舖設了反對文言文，提倡白話文的軌道。這
誠然是〈芻議〉一文的重要的歷史功績。〈文學改良芻議〉也不

忽視文學內容上的革新。早在〈文學改良芻議〉發表之前，1916
年10月寫給陳獨秀的信上，胡適就把「文勝質」看做是當時文學
墮落腐敗的因由了。所謂文勝質，他說是有形式而無精神，貌似
而神虧。救此文勝質之弊病，胡適指出的辦法是注重言中之意，
文中之質，軀殼內之精神。〈文學改良芻議〉發表時，胡適已經
將八事的秩序做了變動，把有關內容提到了首要的地位。他後來
在〈《中國新文學大系・建設理論集》導言〉裡說過，他最初提
出的「八事」和陳獨秀提出的「三大主義」，都顧及到形式和內
容的兩方面，他說他提到的「言之有物」、「不摹仿古人」、
「不作無病呻吟」，都是文學內容的問題。歸納起來，這涉及文
學內容的意見是：⑴認為文學之靈魂是情感，文學以有思想而益
貴。既無高遠之思想，又無真摯之情感，即言之無物，是文學衰
微的大因，近世文學之大病。欲救此弊，就要言之有物。⑵主張
真正的文學只能是實寫今日社會之情狀的文學。⑶強調值此國之
多患，凡病國危時的作者，都應摒棄亡國之哀音，不發牢騷之
音，感喟之文，不作無病之呻吟。⑷批評亡國之哀音的流弊之所
至，是在讀者中養成一種暮氣，不思奮發有為，服勞報國。他實
際上是在堅持文學要重視社會效果。

　　胡適〈文學改良芻議〉發表後一個月，主將出山。1917年2
月1日，《新青年》2卷6號發表了陳獨秀的〈文學革命論〉一
文。這是文學革命的一篇綱領性文獻，其中洋溢著強烈的戰斗激
情，深含著進取的革命理論，充滿了鮮明的號召力量。⑴他莊嚴
宣佈：「文學革命之氣運，醞釀已非一日。其首舉義旗之急先
鋒，則為吾友胡適。余甘冒全國學究之敵，高張『文學革命軍』
大旗，以為吾友之聲援。」他還宣佈：「吾國文學界豪傑之士，
有自負為中國之虞哥左喇桂特郝卜特曼狄鏗士王爾德者乎？有不
顧迂儒之毀譽，明目張膽以與十八妖魔宣戰者乎？予願拖四十二
生的大炮，為之前驅！」這是表明了堅決的革命態度。⑵他強調

革命就是革故更新，文藝復興以來，歐洲能夠新興而進化，達於
莊嚴燦爛之今日，都是革命之賜。中國政治界雖經三次革命，而
黑暗未嘗稍減，大部分原因是盤踞在人們精神界根深蒂固的倫
理、道德、文學、藝術各方面，莫不黑幕層張，垢污深積。「今
欲革新政治，勢不得不革新盤踞於運用此政治者精神界之文
學」。這是闡明了文學革命的偉大意義。(3)他分析中國文學歷史
發展進程中的革命和進化事實，抨擊文以載道和代聖賢立言的文
學觀念，指出明代李夢陽、何景明等前七子和李攀龍、王世貞等
後七子，以及八家文派的歸有光、方苞、劉大櫆、姚鼐，是尊古
蔑今、咬文嚼字、稱霸文壇、阻遏近代白話文學以致其流產的十
八妖魔，攻打他們的文學無一字有存在的價值，攻打悉承前代之
敝的今日中國文學是委瑣陳腐的貴族文學、古典文學、山林文
學。他還歷數這些文學的弊病是「藻飾依他，失獨立自尊之氣
象」；「舖張堆砌，失抒情寫實之旨」；「深晦艱澀，自以為名
山著述，於其群之大多數無所裨益。」「其形體則陳陳相因，有
肉無骨，有形無神，乃裝飾品而非實用品；其內容則目光不越帝
王權貴，神仙鬼怪，乃其個人之窮通利達。所謂宇宙，所謂人
生，所謂社會，舉非其構思所及。」這是解剖了文學革命的對
象，同時也闡明了新文學在形式和內容方面的特點。(4)他鄭重宣
佈文學革命的綱領，即革命三大主義：「曰，推倒雕琢的阿諛的
貴族文學，建設平易的抒情的國民文學；曰，推倒陳腐的舖張的
古典文學，建設新鮮的立誠的寫實文學；曰，推倒迂晦的艱澀的
山林文學，建設明了的通俗的社會文學。」

　　比起胡適來，陳獨秀始終抱著不退讓、不妥協的態度，對於
自己的主張絕對堅持，不容反對者有討論之餘地。這種態度，對
於文學革命的發展，無疑有著重大的作用。

　　胡適和陳獨秀的發難文章開始突破舊形式對新文學的束縛，
進而改革了文學內容，興起了文學革命的高潮。隨後，《新青

年》刊發的胡適、劉大白、劉半農的早期白話詩，魯迅等人的隨
感錄式的雜文，陳衡哲的白話小説〈一日〉，特別是 1918 年魯迅
的白話小説〈狂人日記〉的問世，以及胡適的話劇文學、周作人
等人的美文，標誌著五四文學革命開始開花結果，宣告了五四文
學革命的勝利。

　　也就在新文化運動繼續獲得巨大發展的 1918 年，第一次世界
大戰結束，德國戰敗。1919 年 1 月 18 日，戰勝國在巴黎召開「和
平會議」。北京政府和廣州軍政府聯合組成中國代表團，以戰勝
國身份參加和會，提出取消列強在華的各項特權，取消日本帝國
主義與袁世凱訂立的「二十一條」不平等條約，歸還大戰期間日
本從德國手中奪去的山東各項權利等要求。巴黎和會在帝國主義
列強操縱下，不但拒絕中國的要求，而且在對德和約上，明文規
定把德國在山東的特權，全部轉讓給日本。北京政府竟準備在
「和約」上簽字，從而激起了中國人民的強烈反對，引發了劃時
代的波瀾壯闊的反帝反封建的五四愛國運動，最終致使中國代表
團於 6 月 28 日拒絕在對德和約上簽字。

　　於是，風雲際會，20 世紀最初一二十年的那一代台灣青年，
在俄國革命和美國威爾遜民族自決原則的鼓舞下，主要在大陸五
四愛國運動的影響下，深受「科學」、「民主」兩大口號的啟
示，也深受「文學革命」的激勵，紛紛行動起來，組織起來，掀
開了台灣抗日民族運動的新的一頁。台灣的新文化運動產生了。

　　1919 年秋，在東京的一群中國青年，台灣方面的蔡惠如、林
呈祿、蔡培火等，聯絡大陸方面中華青年會的馬伯援、吳有容、
劉木琳等，為聲援響應五四運動，取「同聲相應」的意義，在東
京成立了「聲應會」，這是台灣留學生組成的第一個民族運動團
體。後來，因會員不多而流動性也大，組織不久就不再活動了。
同年歲末，林獻堂、蔡惠如等台灣在東京的留學生，深感台灣政
治社會改革的需要，又組織了「啟發會」。「啟發會」的會員有

鄭松筠、羅萬俥、蔡玉麟、謝溪秋、謝星樓、彭華英、林仲澍、王敏川、黃呈聰、黃周、吳三連、王金海、黃登洲、呂磐石、呂靈石、陳昆樹、劉明朝、莊垂勝、林攀龍、蔡培火等。不幸，終因組織不健全，種種經費糾紛，也漸漸地自動解散了。

　　然而，對於「啟發會」的似有似無，蔡惠如並不甘心，仍然執意重新組織團體，以適應台灣開展政治活動的迫切需要。於是，1920年1月8日，蔡惠如在神田中華第一樓，邀請了原「啟發會」中的11位同仁，舉行了協商會，會議一致同意重整旗鼓，採納蔡惠如的意見，取〈大學〉篇中「作新民」之義（這同時也受到梁啟超〈新民說〉的影響），將重組的團體定名為「新民會」。三天之後，1月11日在東京澀谷蔡惠如的寓所，舉行了「新民會」的成立大會。林獻堂、蔡惠如任正、副會長。

　　成立大會一致通過了《新民會章程》③和三個行動措施。其中最重要的有：第一，明確規定「新民會」的總任務是：「專為研討台灣所有應予革新之事項，以圖謀文化之向上為目的。」第二，確定「新民會」的性質是：「以台灣島民協力前條之目的而具有貫徹之熱誠者組織之。」第三，要有健全的組織。「新民會」總部設在東京，各地逐步建立支部。第四，制定了三項行動目標：(1)深入開展台灣的政治革新和社會改革運動；(2)為啟迪民智，加強宣傳，決定創辦機關刊物；(3)加強和祖國有關組織的聯絡與合作。

　　這是一座走向新時代的路標。這也是一面迎接新時代的大旗。這又是一個反帝反封建的戰鬥堡壘。從這裡開始，台灣的新文化運動，就在「新民會」的組織和推動下，轟轟烈烈地開展起來了。

---

　　③　《新民會章程》見葉榮鐘：《日據下台灣政治社會運動史》）（上），晨星出版有限公司2000年8月版，第104-105頁。

　　總括說來，「新民會」做了三件大事。

　　其一，1920 年 10 月，台灣留學生 200 多人，在東京舉行了撤廢「六三法」示威集會。「六三法」是 1896 年日本佔據台灣第二年在台灣實施的。「六三法」賦予台灣總督委任立法權，使台灣總督成為擁有立法、司法、行政三權於一身的「土皇帝」，成了台灣一切惡法的來源。撤廢「六三法」，在當時，成了削弱總督專制權力、爭取台灣民族民主權利的一場重要的鬥爭。早在「啟發會」時期，留日愛國學生中就有了「六三法撤廢期成同盟」的組織。到 1920 年冬，「六三法案」面臨法令的時限，需要再交日本帝國議會討論其存廢問題。撤廢問題重又提起。不過，隨著五四愛國運動的日益深入的影響，「新民會」同仁認識到「六三法撤廢」運動並沒有跳出「日台一體」的政治框架，「新民會」的創會幹部林呈祿就提出了由台灣民眾選舉民意代表，組成議會，牽制總督，用「台灣議會設置請願運動」取代撤廢「六三法」運動。「新民會」提醒人們，要抵抗日本的「同化主義」，爭取民族自治、自決和自主的鬥爭。這個「台灣議會設置請願運動」被喻為「非武裝抗日運動的外交攻勢」，一直持續了15 年。

　　此後 10 年裡，台灣發生的重大的政治活動，比如 1921 年 10 月 17 日成立的台灣文化協會，1923 年 2 月 21 日在日本東京成立的台灣議會期成同盟會，以及新台灣聯盟、台灣民黨等等，都或多或少，直接間接與「新民會」有關係，「新民會」的影響已經深入到台灣民眾政治生活的各個層面。

　　其二，「新民會」仿照大陸的《新青年》，於 1920 年 7 月 16 日創辦發行了機關刊物《台灣青年》。總編輯林呈祿以筆名「慈舟」發表〈敬告吾鄉青年〉一文，鼓勵台灣青年發揚時代精神，說：「當此世界革新之運，人權發達之秋，凡我島之有心青年，極宜抖擻精神，奮然猛省，專心毅力，考究文明之學識，急

起直追,造就社會之良材!」創刊號有卷頭辭告白於天下的是:

是空前而且可能是絕後的世界大戰亂,已經成為過去的歷史了。幾千萬的生靈,為了戰亂而流血,為了戰亂而為枯骨,何等慘絕!人類的不幸,還有比這種不幸來得更大嗎?

從這種絕大的不幸當中,能得保全性命的全人類,業已由既往的惰眠覺醒了。覺醒了討厭黑暗,追慕光明,覺醒了反抗橫暴,服從正義;覺醒了擯除利己的、排他的、獨尊的野蠻生活,企圖共存的,犧牲的文化運動。你看!國際聯盟的成立,民族自決的尊重,男女同權的實現,勞資協調的運動等,沒有一項不是大覺醒所賜與的結果。台灣的青年呀!高砂島的健兒呀,還可以不奮起嗎?不理解這大運動的真義,不跟這大運動共鳴的人,這種人的做人的價值,簡直等於零……

很不幸,我台灣在地理上位為偏陬的絕海,面積也很狹小。因此,吾人在這世界文化大潮流中,已經成為落伍者。想起來,多麼痛心呀!諸君!我們因為成為落伍者的結果,假如除了只影響三百萬的同胞之外,再也不會影響到別的,那還可以。萬一,因為吾人的缺陷,致使島中失去了平衡,並且破壞了世界和平的基石,那種罪惡,真是可怕的。吾人應該三省四省。吾人應該以愛護和平為前提,講究自新自強的途徑才對。

吾人深思熟慮的結果,終於這樣覺醒了。即廣泛地側耳聽取內外的言論,應該攝取的,則細大不漏地攝取,作為自己的營養分。而且把所養得的力量,盡情向外放注。這正是吾人的理想,也是吾人所邁進的目標。我所敬愛的青年同胞們!一齊站起來!一齊前進吧④!

　　這表明，在分析了第一次世界大戰後的新形勢新潮流以後，《台灣青年》熱誠地號召台灣青年奮起趕上新潮流，積極吸取、借鑒新思想，「自新自強」以達到民族解放的目的。這，正是「新民會」、《台灣青年》指導當年台灣新文化運動的核心思想。先後出版了 18 期的《台灣青年》，將以其光榮的業績永載中華文化復興的史冊！

　　其三，先後派遣了蔡惠如、林呈禄等返回大陸，與中國國民黨接觸，及時地吸取了孫中山領導的國民黨改革社會的經驗。與此同時，在「新民會」的影響下，返回大陸求學的台灣青年日益增多（由 1915 年的 19 人增加到 1923 年的 273 人），而且受到大陸學生運動的影響。在大陸各地讀書的台灣青年相繼組織社團，以求聯絡同志，積蓄力量，待時返回台灣，進一步開展鬥爭。比如，北平台灣青年會，上海台灣青年會，台灣自治會，台灣同志會，廈門台灣同志會，閩南台灣學生聯合會，廈門中國台灣同志會，中台同志會，廣東台灣革命青年團，等等。

　　回顧歷史，我們可以清楚地看到，「新民會」的宗旨、指導思想以及實際的活動，都說明，在台灣發端的新文化運動一開始就是把矛頭指向日本殖民統治的，它無疑是台灣抗日民族運動的新發展。

　　需要說明的是，「聲應會」、「啟發會」、「新民會」，先後都在日本東京成立，而且「新民會」的總部也設在東京，這是因為，日本殖民統治者嚴密封閉台灣，控制台灣，而作為國際大都會的東京，當時已經是亞洲政治、經濟、文化、思想等各種信息交流中心，台灣青年在那裡能夠及時地吸取、借鑒外國以及大陸的新文化新思想，便於突破殖民統治和大陸進行溝通和交流。

────────────

④　李南衡編：《日據下台灣新文學・明集 5》（文獻資料選集），明潭出版社 1979 年 3 月版，第 1-2 頁。

這不能說明台灣新文化運動的影響來自於日本。事實上，一旦時機成熟，台灣新文化運動的指揮中心就轉移到台灣本土了。

　　果然，一年後，1921 年 10 月，在「新民會」林獻堂的大力支持下，以蔣渭水為首的「台灣文化協會」在台北成立了。開業醫師蔣渭水任專務理事，林獻堂任總理，蔡惠如等人為理事。

　　蔣渭水說，他們成立「台灣文化協會」的目的，是「謀台灣文化之向上」，「切磋道德之真髓。圖教育之振興，獎勵體育、涵養藝術趣味」。蔣渭水認為，台灣人負有世界和平、人類幸福的使命，「台灣文化協會」就是為了「造就遂行這使命的人才而設的」。「然而台灣人現在有病了，這病不愈，是沒有人才可造的，所以本會目前不得不先著手醫治這病根。」蔣渭水還說：「我診斷台灣人所患的病，是知識的營養不良症，除非服下知識的營養品，是萬萬不能愈的。文化運動是對這病惟一的原因療法，文化協會就是專門講究並施行原因治療法的機關。」啟迪理智，廓清蒙昧，這是真正的民族民主思想啟蒙的新文化運動。1921 年 11 月 25 日，台灣文化協會出版了第 1 號《會報》，發行1200 份，但立即被日本殖民統治者查禁。《會報》上，蔣渭水以別具一格的醫生診斷病症，開出藥方。在「遺傳」一項，寫的是「明顯地具有黃帝、周公、孔子、孟子等血統」；在「素質」一項，寫的是「為上述聖賢後裔、素質強健、天資聰穎」。在「既往症」一項裡，寫有：

　　　　幼年時（即鄭成功時代），身體頗為強壯，頭腦明晰，意志堅強、品性高尚、身手矯健。自入清朝，因受政策毒害，身體逐漸衰弱，意志薄弱，品性卑劣、節操低下。轉居日本帝國後，接受不完全的治療，稍見恢復，惟因慢性中毒長達二百年之久，不易霍然而愈。

在「現症」一項裡，寫有：

> 道德頹廢，人心澆薄，物慾量盛，精神生活貧瘠，風
> 俗醜陋，迷信深固，頑迷不悟，罔顧衛生，智慮淺薄，不
> 知永久大計，只圖眼前小利，墮落怠惰，腐敗、卑屈、怠
> 慢、虛榮、寡廉鮮恥，四肢倦怠，惰氣滿，意志消沉，了
> 無生氣。

明眼人一讀就清楚，在「既往症」和「現症」裡，蔣渭水的
意思是：第一，清朝的長期的封建主義統治，毒害了台灣人民，
致使民眾在體格、意志、品性、節操諸多方面患有重病。第二，
日本帝國主義佔領台灣後，民眾聚義抗爭，「稍見恢復」，但終
於因為中毒達二百年之久，精神界之陋習難以「霍然而愈」。而
台灣民眾主觀並不覺悟，僅僅感到日本殖民當局的經濟剝削難以
忍受。所以，在「主訴」一項裡，寫有「頭痛、眩暈、腹內饑餓
感……」接著，蔣渭水激憤地寫下了：

> 診斷：世界文化的低能兒。
> 原因：知識的營養不良。
> 經過：慢性疾病，時日頗長。

但是，蔣渭水深知，台灣人民還是具有中華民族的光榮傳統
的，他還是極有信心，明確地指出了「治」與「不治」的兩種前
景：

> 預斷：因素質純良，若能施以適當療法，尚可迅速治
> 療。反之，若療法錯誤，遷延時日，有病入膏肓、死亡之
> 虞。

而蔣渭水開出的「處方」是最精彩的了：

療法：原因療法，即根本治療法。
處方：正規學校教育　　最大量
　　　補習教育　　　　最大量
　　　幼稚園　　　　　最大量
　　　圖書館　　　　　最大量
　　　讀報社　　　　　最大量

最後，又提出了「20年內根治」的目標，即：「若能調和上述各劑，迅速服用，可以20年內根治。」⑤

顯然，這是一篇啟迪心智、廓清蒙昧的台灣啟蒙思想運動的宣言書，比起《台灣青年》創刊號的卷頭辭，它更為具體更為深入了。

「台灣文化協會」擁有1320名會員，培養了一大批台灣政治社會運動的骨幹，在全島各地深入地進行著啟蒙工作，進而展開了抗日愛國的民族運動。可以說，「台灣文化協會」的成立又標誌著台灣新文化運動的進一步深入發展。

有了這樣的新文化運動做思想啟蒙的工作，台灣島上的新文學運動，很快地勃然興起了。

陳獨秀、李大釗、胡適等文學革命先驅者的思想、言論和實際活動，也果然在台灣新文學運動中發生了重要的深遠的影響了。

---

⑤　《蔣渭水全集》，海峽學術出版社1998年版，第3-5頁。

## 第二節　白話文運動的先驅者為建設新文學而奮鬥

　　隨著新文化運動的開展，作為它的重要組成部分，台灣新文學運動也勃然興起。20世紀20年代發生在台灣的這場文學革命，大體上經歷了先聲、發難、較量、建設四個階段。這一節，我們先看前三個階段。

　　**先聲。**

　　這個階段，歷史的主要課題是反對文言文，提倡白話文。

　　前已説明，《台灣青年》自1920年7月16日創刊，到1922年2月15日第4卷第2號止，一共出版了18期。雖然刊物上發表的文章集中在政治、社會、經濟等方面，但也刊發了4篇關於文學的文章。除日人小野村林藏宗的〈現代文藝的趨勢〉之外，其他3篇，即創刊號上陳炘的〈文學與職務〉，3卷3號上甘文芳的〈實社會與文學〉，4卷1號上陳端明的〈日用文鼓吹論〉，分別就文學的內容與形式反省了台灣文學的現狀。

　　在文學內容方面，甘文芳的〈實社會與文學〉指出，台灣當時的文學已經遠離時代，遠離現實。戰後的中國文學已漸漸被介紹給歐美，而且又有以青年為中心的新文學運動正在展開中，這實在是很可喜的現象。在這迫切的時代要求和現實生活的重圍下，已不需要那種有閒的文學──風流韻事、茶前酒後的玩物了。這裡所説的「風流韻事、茶前酒後的玩物」，顯然是在抨擊舊文學。陳炘的〈文學與職務〉指出，封建科舉制度造成一種「死文學」，專門追求華美的詞藻，「矯揉造作、抱殘守缺」只有漂亮的「外觀」而無靈魂和思想。這種「死文學」是無法完成文學的使命──去傳播文明思想、改造現實社會的。

　　在文學的語言形式方面，陳端明的〈日用文鼓吹論〉則明確
宣佈：「日用文宜以簡便為旨。」這裡的「日用文」是指與口語
相應的書面語言，「簡便」的「日用文」，自然是指正在大陸倡
導的白話文了。為此文章嚴肅批評了文言文的弊病是：第一，不
能充分表達思想；第二，數千年來，古人所遺留的雜言巧話不勝
枚舉，學之既難，又不普及，形成文化停滯之原因；第三，墨守
古文則阻礙進取精神，形成國民元氣沮喪之源。由此，陳端明提
出了「改革文字，以除此弊」的呼籲：

　　　　今之中國，豁然覺醒，久用白話文，以期言文一致。
　　而我台文人墨士，豈可袖手旁觀，使萬眾有意難申乎，切
　　望奮勇提唱（倡），改革文字，以除此弊，俾可啟民智，
　　豈不妙乎⑥？

　　上述三篇文章，雖然借鑒大陸的文學革命的經驗，初步提出
了一些問題，但因文章本身仍然用文言文寫成，而且刊物是在東
京出版，影響還是有限。

　　1922 年 4 月 1 日，為從青年擴大宣傳到一般社會大眾，《台
灣青年》改名《台灣》，由林呈祿擔任「主幹」（即總編輯）。
這一年的 1 月號上，黃呈聰發表了《論普及白話文的新使命》一
文，黃朝琴發表了〈漢文改革論〉一文，這可以說是台灣新文學
運動的先聲。

　　黃呈聰和黃朝琴都是在日本早稻田大學讀書的台灣留學生。
1922 年 6 月，他們返回大陸作了一次文化、文學之旅。大陸開展
的文學革命給了他們深刻的啟發，〈論普及白話文的新使命〉和

---

⑥　　李南衡編：《日據下台灣新文學・明集 5》（文獻資料選集），
　　　明潭出版社 1979 年 3 月版，第 4 頁。

〈漢文改革論〉就是他們把自己見聞感想上升為改革台灣書面語言理念的兩篇文字。他們的主張是：

第一，論述了白話文代替文言文的重大意義。黃呈聰說：

> 回想我們台灣的文化，到如今猶遲遲沒有活動，也沒有進步的現象，原因是在那兒呢？我要回答說，是在我們社會上沒有一種普遍的文，使民眾容易看書、看報、寫信、著書，所以世界的事情不曉得，社會的裡面暗黑，民眾變成愚昧，故社會不能活動，這就是不進步的原因了。於是我很感覺普及這種的文字，使我們同胞共同努力，普及這個文做一個新的使命，是很要緊的⑦。

就這「新的使命」而論，「白話文是文化普及運動的急先鋒」，因此，「自今以後，要從這個很快的方法來普及，使我們的同胞曉得自己的地位和應當做的，就可以促進我們的社會了。」⑧

第二，闡明了台灣普及白話文的可能性。黃呈聰說：

> 我看我們的社會，從前和現在多數的人，都喜歡看那個紅樓夢、水滸傳等的白話小說，所以已經有普及一部分在社會上，若是將這個擴大做一般民眾的使用就好了。我想普及這個文在我們的社會是沒有什麼難的⑨。

第三，呼籲人人從「我」做起，立即採取行動。黃朝琴提出，對台灣同胞不寫日文信；寫信全部用白話文；用白話文發表

---

⑦⑧⑨　李南衡編：《日據下台灣新文學・明集 5》（文獻資料選集），明潭出版社 1979 年 3 月版，第 6-7 頁、第 18 頁、第 15 頁。

文章。他一再表態，他自願擔任白話文講習會的教師，為在台灣
普及白話文而獻出一點力量。

顯然，這兩篇文章，著重點是在論述白話文與文化的發展、
社會改革的關係，但也透露出一個重要的信息：台灣文學界已經
受到胡適等先驅者的影響，認識到作為新文化的重要方面軍，新
文學也要從語言形式突破文言文的束縛，去進行全面革命了。

**發難**。

這個階段，先驅者們發難，倡導新文學了。

在黃呈聰、黃朝琴提倡白話文的新主張影響下，《台灣》雜
誌適應潮流，決定增刊發行半月刊《台灣民報》，由林呈祿擔任
主幹兼編輯人，黃呈聰為出版發行人。1923 年 4 月 15 日，《台
灣民報》創刊。林呈祿在創刊詞中寫道：「這回新刊本報，專用
平易的漢文，滿載民眾的智識，宗旨不外欲啟發我島的文化，振
起同胞的元氣，以謀台灣的幸福，求東洋的和平而已。」⑩自
此，《台灣民報》為台灣島上的新文學革命做了全方位的準備工
作。

第一，為台灣文學革命提供新的語言、文體形式。

文學是語言的藝術。大陸的文學革命經驗已經告訴人們，當
舊的語言和文體形式嚴重束縛新內容的表達時，文學革命首先要
從語言、文體方面突破。《台灣民報》自創刊號開始，就全部採
用了白話文。這是自覺的行動。早在《台灣》雜誌為《台灣民
報》增刊發出預告時，就在〈預告文〉裡，明確表態說：

> 用平易的漢文，或是通俗白話，介紹世界的事情，批
> 評時事，報道學界的動態，內外的經濟，提倡文藝，指導

---

⑩　李南衡編：《日據下台灣新文學·明集 5》（文獻資料選集），
　　明潭出版社 1979 年 3 月版，第 37 頁。

社會，聯絡家庭與學校等……與本志並行，啟發台灣的文
化⑪

　　《台灣民報》發刊後，還由黃朝琴主持開設專欄《應接
室》，討論並研究如何推廣白話文。另外，在《台灣民報》的倡
導下，當時還成立了「白話文研究會」，負責在民間推廣白話
文。事實上，《台灣民報》已經成為倡導和普及白話文的主要根
據地了。

　　第二，為台灣文學革命引進成功的經驗。

　　這時，大陸的文學革命已經取得決定性的勝利，正在向著縱
深發展。引進並借鑒這一成功的經驗，已成為台灣文學界的自覺
的迫切的要求。《台灣民報》適應了這一歷史的需要，做了兩種
介紹工作。

　　一種是評述文字。比如許乃昌署名秀湖發表在 1 卷 4 號上的
〈中國新文學運動的過去現在和將來〉一文，在評述漢民族五千
年文化中的「守舊性」以後，著重介紹了近幾年中國文化的進
步，特別是白話文學的發展趨勢，胡適〈文學改良芻議〉和陳獨
秀〈文學革命論〉的主要觀點以及當時出現的白話文學的作家作
品。文章的用意分明是，這一切，就是台灣文學發展的方向。又
比如蘇維霖發表在 2 卷 10 號上的〈二十年來的中國古文學及文學
革命的略述〉一文，是根據胡適的〈中國五十年來之文學〉中的
數據資料，結合作者的讀後心得寫成的，實質上也是說明，白話
文學是中國文學發展的必然趨勢，作為中國文學一環的台灣文學
也不例外。

　　另一種是作品介紹。比如，1 卷 2 號有中國第一部白話劇本

----

⑪　轉引自陳少廷：《台灣新文學運動簡史》，聯經出版公司 1977 年
　　版，第 17 頁。

胡適的〈終身大事〉，1 卷 3 號有法國都德的〈最後一課〉，1 卷 4 號有〈李超傳〉，3 卷 1 號有英國吉卜寧的〈百愁門〉，3 卷 3 號有法國莫泊桑的〈三漁夫〉（均為胡適翻譯），等等。這為台灣白話文學的創作引了路。

第三，為台灣文學革命、台灣白話文學作品開闢了園地。

《台灣民報》自創刊號起，開闢了《文藝專欄》，專門發表了文藝論文和文學作品。台灣新文學早期的重要論文和作品都是發表在這個專欄上的。可以説，台灣文學革命就在這裡發難，台灣白話文運動就在這裡向全島發展，直至主宰台灣的文壇。《台灣民報》成了台灣新文學的搖籃。

這時，台灣新文學史上的一個重要人物登場了。

1924 年，正在北京求學的張我軍受到五四新文化運動的洗禮，痛感台灣的現狀必須改變，在《台灣民報》上發表了〈致台灣青年的一封信〉和〈糟糕的台灣文學界〉兩篇文章，正式拉開了台灣新文學的大幕。

台灣新文學的急先鋒張我軍（1902-1955），原名張清榮，筆名除張我軍外，還用過一郎、迷生、MS、野馬、以齋、劍華、四光、大勝、老童生等。他出生在台灣台北縣板橋，自幼家境清寒，父親又早逝，小學畢業後就到一家日本人經營的鞋店當了學徒。後來轉進新高銀行當勤雜工，一年後升為僱員。他業餘自修，利用夜間到台北成淵學校補習了中學課程，又在大稻埕跟一位老秀才趙一山學習了中國古典文學。不久，新高銀行在廈門開辦分行，19 歲的張我軍調往供職。這使他有機會接觸了祖國的文化，見識了新文學洶湧澎湃的動人景象。1923 年 7 月銀行關門，他用遣散費於初冬時節經上海到了北平，進了北平高等師範學校附設的升學補習班。

〈致台灣青年的一封信〉於 1924 年 4 月 21 日發表在《台灣民報》2 卷 7 號上。這是一篇向台灣的舊文化、舊思想、舊文學

宣戰的戰鬥檄言。首先，文章分析了台灣社會改革運動的現狀：
「自從世界動亂以來，往日的文明已宣告破產，而各種新道德、
新思想、新制度等等方在萌芽之時，諸君也根據民族自決與其他
的理由，做了種種運動，提出種種的要求，想把台灣的社會也使
其經過一番的改造。當時諸君未嘗不勇敢酣戰，然而諸君的運動
經了一挫再挫，有的人已是丟盔捨甲而逃，有的雖還站在那裡吶
喊助戰，但是心中卻已是嚇得半點的氣力也沒有了。當日參加運
動的人，演了這幕的悲戲，後來再要參加的人，膽子也就寒
了。」其結論是：「運動的勢力，日見衰微，到現在不但未曾收
效，且受了許多的困苦。」張我軍指出，面對台灣社會改革運動
受阻，台灣青年本應拿起「一種最厲害的武器」，即「團結、毅
力、犧牲」，去堅持鬥爭。然而在種種困難面前，除少數人外，
相當一部分人，有的失去信心，有的自暴自棄，有的甚至倒向，
嘲笑、陷害堅持鬥爭的人。於是，張我軍大聲疾呼：「希望諸君
能夠覺悟青年之於社會上所處的地位，出來奮鬥，不斷地勇進，
才有達到目的一日！」張我軍還指出，台灣青年必須批判上古時
代「不知不識，順帝之則」的愚民政策；必須確立自己解放自己
的世界觀。「所謂改造社會，不外乎求眾人的自由和幸福，而這
自由和幸福是要由眾人自己掙得的，才是真正而確固的，決不會
從天外飛來，或是由他人送來的。」要如此，台灣青年必須多讀
書多接受新思想；徹底批判舊文學的毒害。文章激憤地寫道：

　　　諸君怎的不讀些有用的書，來實際應用於社會，而每
日只知道做些似是而非的詩，來做詩韻合解的奴隸，或講
什麼八股文章，替先人保存臭味。（台灣的詩文等，從不
見過真正有文學價值的，且又不思改革，只在糞堆裡滾來
滾去，滾到百年千年，也只是滾得一身臭糞）。想出出風
頭，竟然自稱詩翁、詩伯，鬧個不休⑫。

〈糟糕的台灣文學界〉發表在 1924 年 11 月 27 日的《台灣民報》2 卷 27 號上。這時，張我軍已由北平歸來，在《台灣民報》擔任編輯工作。在這篇文章裡，他猛烈地批判和討伐了台灣的舊文學。

當時，台灣文學界是舊詩人的天下。本來，台灣文人為保存漢民族文化，抵抗日本同化政策，成立詩社，寫作舊詩，開展漢學運動，曾是台灣抗日民族運動的一部分。但是，隨著台灣封建勢力與日本殖民當局的合流，除少數有骨氣的仁人志士堅持以漢詩為反日的鬥爭武器以外，相當一部分人已經卵翼在殖民政府了。他們以台北的《台灣日日新報》、台中的《台灣新聞》和台南的《台南新報》漢文欄目為園地，每天沉醉在擊缽吟與應酬詩中，吟風弄月，無病呻吟，弄得台灣文壇烏煙瘴氣。不批判這種風靡全台的「擊缽吟」，就不可能建設台灣的新文學。所以，張我軍開篇就痛斥了這種狀況：「這幾年台灣的文學界要算是熱鬧極了！差不多是有史以來的盛況。試看各地詩會之多，詩翁、詩伯也到處皆是，一般人對於文學也興緻勃勃。這實在是可羨可喜的現象。那麼我們也應能從此看出許多的好作品，而且趁此時機，弄出幾個天才來為我們的文學界爭光，也是應該的。如此才不負盛況，方不負我們的期望，而黯淡的文學史也許能借此留下一點光明。然而創詩會的儘管創，做詩的儘管做，一般人之於文學儘管有興味，而不但沒有產出差強人意的作品，甚至造出一種臭不可聞的惡空氣來，把一班文士的臉丟盡無遺，甚至埋沒了許多有為的天才，陷害了不少活潑潑的青年，我們於是禁不住要出來叫嚷一聲了。」這「一聲」是：

⑫　李南衡編：《日據下台灣新文學・明集 5》（文獻資料選集），明潭出版社 1979 年 3 月版，第 55-57 頁。

　　　還在打鼾酣睡的台灣的文學，卻要永被棄於世界的文壇之外了。台灣的一班文士都戀著壟中的骷髏，情願做個守墓之犬，在那裡守著幾百年前的古典主義之墓。
　　　……
　　　現在台灣的文學，如站在泥窟裡的人，愈掙扎愈沉下去，終於要溺死於臭泥裡了啊⑬！

　　然而「一般斯文氣滿面的文士，只顧貪他們的舊夢，不思奮起也來革新一下，致使我文學界還是暗無天日，愁雲黯淡，百鬼夜哭，沒有一些活氣，與現代的世界的文壇如隔在另一個世界似的。」張我軍悲憤地寫道：「這是多麼可痛的事啊！」
　　張我軍還批判了「拿文學來做遊戲」、把藝術「降格至於實用品之下，或拿來做沽名釣譽，或拿來做迎合勢力之器具」等錯誤的文學觀。對此，他熱誠地呼籲：

　　　我的朋友，我的兄弟，快來協力救他，將他從臭泥窟救出來吧！新文學的殿堂，已預備著等我們去住啊！

　　為了引導人們進入新文學的殿堂，張我軍還向文學界朋友「敬告」兩事：

　　　1.多讀關於文學原理和文學史的書；
　　　2.多讀中外的好的文學作品（詩、劇、小說等）。
　　　①可以明白文學是什麼，方不走入與文學不相關之途。知道文學的趨勢，方不死守僵屍而不知改革。

---

⑬　李南衡編：《日據下台灣新文學·明集 5》（文獻資料選集），明潭出版社 1979 年 3 月版，第 63-65 頁。

　　②可以養成豐富的思想，而磨煉表現手段⑭。

　　顯然，張我軍這一聲怒吼，震撼了台灣的舊文學舊文壇，擊中了「擊鉢吟」的要害。於是，以連雅堂為首的舊文學勢力迫不及待跳出來猖狂地進行了反撲，新舊文學家就在激烈的論爭中，展開了你死我活的較量。

**較量。**

　　和大陸文學革命的歷史進程相似，台灣新文學發難之後，也曾激起舊文學的反撲，較量是不可避免的。

　　1924 年冬，台灣舊詩領頭人連雅堂主編的《台灣詩薈》發表了他為林小眉的《台灣詠詩》寫的〈跋〉，其中，有一段酷似林琴南攻擊新文學口吻的文字：「今之學子，口未讀六藝之書，目未接百家之論，耳未聆離騷樂府之音，而囂囂然曰，漢文可廢，漢文可廢，甚而提倡新文學，鼓吹新體詩，秕糠故籍，自命時髦，吾不知其所謂新者何在？其所謂新者持西人小說戲劇之餘，丐其一滴沾沾自喜，是誠埳井之蛙不足以語汪洋之海也噫。」⑮這篇〈跋〉沒有提「張我軍」這三個字，實際上就是針對張我軍的。

　　於是，張我軍奮筆疾書〈為台灣的文學界一哭〉一文，發表在 1924 年 12 月 11 日的《台灣民報》2 卷 26 號上，對連雅堂的攻擊痛加駁斥。其一，聲明反對舊文學不等於主張「漢文可廢」。文章說：「請問我們這位大詩人，不知道是根據什麼來斷定提倡新文學，鼓吹新體詩的人，便都說漢文可廢，便沒有讀過六藝之書和百家之論、離騷樂府之音。而你反對新文學的人，都

---

⑭　　李南衡編：《日據下台灣新文學·明集 5》（文獻資料選集），
　　　明潭出版社 1979 年 3 月版，第 65-66 頁。
⑮　　轉引自廖漢臣《新舊文學之爭》，同上，第 416 頁。

讀得滿腹文章嗎？」其二，揭露那些反對新文學的人而不知道新文學是什麼。文章說：「他對於新文學是門外漢，而他的言論是獨斷，是狂妄，明眼人一定不會被他所欺。」「我想不到博學如此公，還會說出這樣沒道理，沒常識的話，真是叫我欲替他辯解也無可辯解了。」有鑒於此，張我軍說：「我能不為我們的文學界一哭嗎？」

半個月後，張我軍又寫了〈請合力拆下這座敗草叢中的破舊殿堂〉和〈絕無僅有的擊缽吟的意義〉兩文，分別在《台灣民報》1925 年 1 月 1 日的 3 卷 1 號、2 號發表，深入地闡述了台灣文學革命的意義等問題。

在〈請合力拆下這座敗草叢中的破舊殿堂〉一文裡，張我軍談了三個問題：

第一，台灣文學革命的必然趨勢。

張我軍從台灣文學與中國文學的關係，指出了台灣文學的走向，文章說：

> 台灣的文學乃中國文學的一支流。本流發生了什麼影響、變遷，則支流也自然而然地隨之而影響、變遷，這是必然的道理⑯。

文章還指出，「回顧十年前，中國文學界起了一番大革命。新舊的論戰雖激烈一時，然而垂死的舊文學」，「連招架之功也沒有了。」「舊文學的殿堂──經了這陣暴風雨後，已破碎無遺了。一班新文學家已努力地在那裡重建合乎現代人性的」「新文學的殿堂」。張我軍認為，由於日本佔領台灣，中國書籍流通不

---

⑯　李南衡編：《日據下台灣新文學‧明集 5》（文獻資料選集），明潭出版社 1979 年 3 月版，第 81 頁。

便，大陸和台灣遂成了兩個天地，而且「日深其鴻溝」。於是，
「中國舊文學的孽種，暗暗於敗草叢中留下一座小小的殿堂——
破舊的——以苟延其殘喘，這就是台灣的舊文學。」現在，「本
流」變了，「支流」必然變化，台灣舊文學殿堂的被「拆」，當
然是指日可待之事，本著這種理念，張我軍要效仿胡適了。胡適
在〈沁園春·誓詩〉一詞說：「文學革命何疑！且準備搴旗作健
兒。要前空千古，下開百世，收他臭腐，還我神奇。為大中華，
造新文學，此業吾曹欲讓誰？」現在，張我軍也很有使命感地表示：

> 我不敢以文學革命軍的大將自居，不過是做一個導路
> 小卒，引率文學革命軍到台灣來，並且替它吶喊助攻罷了
> ⑰。

後來，他也一再表示，要「站在文學道上當個清道夫」，於
是，他詳盡地介紹了陳獨秀和胡適的文學革命主張。

第二，台灣文學革命的意義。

張我軍說，「我們今日欲說文學革命，非從胡適的『八不主
義』說起不可。」張我軍說的這「八不主義」，就是胡適在〈文
學改良芻議〉中說到的「八事」。張我軍在詳盡解說胡適的這
「八不主義」時，闡發了自己的觀點。歸納起來，在文學內容方
面，張我軍認為：

> 中國近世的文人（當然台灣的文人也在內），只一味
> 地在聲調字句之間弄手段，既無真摯的情感，又無高遠的
> 思想，其不能造出偉大的作品也是當然的。況台灣今日的

---

⑰⑱　李南衡編：《日據下台灣新文學·明集5》（文獻資料選集），
　　明潭出版社 1979 年 3 月版，第 82 頁、第 83 頁。

文學，只能求押韻罷了，哪裡顧得到情感和思想。這種文學當痛絕之⑱。

聯繫台灣文壇實際，張我軍還指出「常常有一種人，他明明是在得意的境遇，而他自己也很滿意著，但一為詩文，便滿紙『蹉跎』、『飄零』、『落魄』……等等。還有一種人，每每自負過大，自以為名士才子，實無其力，一味奢求，每不論於自己的地位。所以作為詩文，滿口哀怨，好像天下無一知己似的，這都是無病呻吟之例。」由此看來：

　　夫藝術最重的是誠實，文學也是藝術的一種，所以不說誠實話的文學，至少也可以說不是好的文學。我們應當留意這點，有什麼話說什麼話，切不可滿口胡說，無病呻吟⑲。

更為重要的是，張我軍不僅接受了進化論，確認胡適的觀點，認為「文學是時代的反映，所以時代有變遷、有進化，則文學也因之而變遷、而進化」，而且在這個前提下還強調「創造是藝術的全部」，摹仿古人是要不得的：

　　一時代有一時代的色彩，一個人有一個人的個性，所以欲摹仿某時代，或某人的文學，這是一定不可能的，這是很明白的道理（受感化與摹仿不同，須當分別）。我希望有志文學的人，務要磨煉創造之力，切不可一味摹仿他人。須知文學之好壞，不是在字句之間，是在創造力之強

---

⑲⑳　李南衡編：《日據下台灣新文學‧明集5》（文獻資料選集），
　　明潭出版社 1979 年 3 月版，第 84 頁、第 87 頁。

弱 ⑳。

在文學形式方面：

一是不用典。他認為，這方面要具體分析，分別待之。廣義用典，多數「皆是取譬方之辭，但以彼喻此，而非以彼代此的」；狹義用典，是說「文人詞窮，不能自己鑄詞造句，以寫眼前之景，胸中之意，所以借用或不全切，或全不切的故事，陳言以代之，以圖含混過去」。前言是「喻」，後者是「代」，所以多數的廣義用典是可取的，主張不用的則是後者的狹義用典。

二是不用套語爛調。他說：「我們作詩作文，要緊是能將自己的耳目所親聞、親見，所親身閱歷之事物，個個自己鑄詞來形容描寫，以求不失真，而求能達狀物寫意的目的，文學上的技巧這就夠了。大凡用套語爛調的人，都是沒有創造之才，自己不會鑄詞狀物的。」

三是「不重對偶──文須廢駢詩須廢律」。他說：「對偶若近於語言的，自然而無牽強刻削之跡，没有字之多寡，或聲之平仄，或詞之虛實的，這是人類語言的一種特性，我們不必去拘它。」然而，「文中之駢，詩中之律」，或被限於字之多寡，聲之平仄，詞之虛實，或種種牽強刻削，這委實是束縛人的自由的枷鎖，和八股試帖是五十步與百步之別罷了。現代的人，徒知八股之當廢，卻不知駢文律詩之當廢，真是可痛！」

四是「不作不合文法的文字」。他感慨，「文與詩之不講究文法的在所皆是」，是謂「不通」，這是最淺明的道理，何用詳論呢？！

五是「不避俗語俗字」。從中外文學發展的經驗出發，張我軍力推「白話為文學的正宗」，「我們如欲普遍國民文學，則非絕對的用白話不可」。

第三，文章以陳獨秀的「三大主義」為結論，這就是「1.推

倒雕琢的阿諛的貴族文學，建設平易的抒情的國民文學；2.推倒
陳腐的舖張的古典文學，建設新鮮的立誠的寫實文學；3.推倒迂
晦的艱澀的山林文學，建設明了的通俗的社會文學」。這就是
說，號召台灣人民高舉三個「打倒」、三個「建設」的大旗，把
文學革命進行到底。

〈絕無僅有的擊鉢吟的意義〉㉑則是深入論述詩歌革命的問
題。這篇文章的意義在於：

第一，從理論上講清楚了詩的本質，詩的內容與形式關係，
為台灣詩界革命提供了理論武器。

張我軍總結了中外文學大家的創作經驗，寫道：

> 德國的大詩人歌德說：「是詩來做我的，不是我去做
> 詩的」。……
> 詩序說：「……情動於中，而形諸言。言之不足，故
> 嗟歎之。嗟歎之不足，故詠歌之。詠歌之不足，不知手之
> 舞之，足之蹈之也」……
> 朱熹更推擴說：「……人生而靜，天之性也。感於物
> 而動，性之欲也。夫既有欲矣，則不能無言。既有言矣，
> 則言之所不能盡，而發於咨嗟詠歎之餘者，必有自然之音
> 響節族（音奏）而不能已焉，此詩之所以作也……」

由此可見，「不是故意勉強去找詩作，是他的感情達到高潮
時，雖欲忍也無可再忍了，那時才盡著所感吐露出來。」「都是
有所感於心，而不能自已」，「自然而然地寫出來，決不是故意
勉強去找詩來作的」。所以，詩的本質是感情的結晶。

---

㉑　李南衡編：《日據下台灣新文學‧明集 5》（文獻資料選集），
　　明潭出版社 1979 年 3 月版，第 89-92 頁。

　　而思想感情是屬於內容範疇的，「徹底的人生觀和真摯的感情──內容」是首要的，但是，形式或技巧，對內容也有其反作用，「文學有內容而更有技巧，其作品便愈加上動人的魔力。没有好的內容，只在技巧上弄工夫，這樣弄出來的作品，若工夫愈老練，則作品也隨之而愈壞」。

　　第二，尖銳地指出台灣詩壇的形式主義錯誤，為台灣詩界革命掃清道路。

　　張我軍認為，「台灣的文人把技巧看得太重」，「甚至造出許多的形式來束縛説話的自由」，時下流行的所謂擊鉢吟正是這種惡劣詩風最集中的表現，「他們是故意去找詩來作的，他們還有許多的限制：(1)限題，(2)限韻，(3)限體，(4)限時間，有時還要限首數。」其結果，寫出來的詩，「有形無骨」。嚴重的是，恰恰是這種「有形無骨」的所謂擊鉢吟獨霸了台灣的文壇。

　　當然，張我軍也認為，擊鉢吟確實有兩個小美點，一是可以「養成文學的趣味」，二是「可以磨煉表現工夫」。但是，這是以正確的創作原則為前提的，反之，「得來的文學的趣味和表現的工夫，不是有益於真正的文學的，反而有害於真正的文學的」。

　　所以，張我軍大聲疾呼：「我們如果欲掃除刷清台灣的文學界，那麼非先把這詩界的妖魔打殺，非打破這種惡習慣風潮不可。」

　　張我軍的文章擊中了台灣詩界的要害，沉重地打擊了台灣舊文學。台灣舊文學的勢力，像當年林琴南等人反對新文學一樣，又進行了「謾罵」式的爭辯。在雙方激烈論爭中，對峙的營壘十分鮮明。

　　就在張我軍的文章見報後的第四天，1925年1月5日，《台灣日日新報》漢文欄刊發了署名「悶葫蘆生」的反撲文章〈新文學的商榷〉，除了「謾罵之詞」外，主要論點有兩個：(1)關於台

灣白話文學，即「台灣之號（稱）白話體新文學，不過就普通漢文，加添了幾個字，及口邊加馬、加勞、加尼、加矣諸字典所無活字，此等不用亦可之，不通不文字」。「夫畫蛇添足，康衢大路不行，而欲多用了字及幾個（不通不）文字」。「怪的寫得頭昏目花，手足都麻，呼吸困難也。」⑵關於中國新文學，即：「今之中華民國新文學，不過創自陳獨秀胡適之等，陳為輕薄無行、思想危險人物，姑從別論。胡適之所提倡，則不過借用商量的文字，與舊文學家輩，虛心討論，不似吾台一二青年之亂罵。」㉒

　　第二天，張我軍寫就那篇著名的反駁文章〈揭悶葫蘆〉，同年1月21日在《台灣民報》3卷3號發表。張我軍認為，悶葫蘆生的〈新文學的商榷〉完全沒有觸及新文學的根本問題，「只是信口亂吠罷了」。張我軍說，按理，和他理論，不但沒有必要，而且還要玷污了自己的筆。然而，最終還是寫了此文，那是「欲借此機會多說幾句關於新文學的話罷了」，也就是說，他要向台灣文學界進一步宣傳新文學。於是，針對悶葫蘆生的錯誤觀點，文章論述了兩個問題。

　　**第一，為「新文學」定位。**

　　文章從四個方面論述。首先，「漢文學即中國文學，凡用中國的文字寫作的有韻無韻的詩或文，而含有文學的性質的都是中國文學（以下都說中國文學，因為說漢文學不甚通，中國人也已不用了）」。其次，「所謂新文學，乃是對改革後的中國文學說的。所以說新者，是欲別於舊的。所以我們之所謂新文學，當然是包含於中國文學的範圍內。然而台灣的中國文學家大都把新文

㉒　轉引自廖漢臣《新舊文學之爭》，李南衡編：《日據下台灣新文學·明集5》（文獻資料選集），明潭出版社1979年3月版，第419-420頁。

學摒除於中國文學之外」。接著，張我軍生發開去，幽默地打了個比方說：「若照他們的意思是說『中國人』才是中國人，而『新中國人』便不是中國人了，若不是中國人是什麼？」接下來，筆鋒一轉，張我軍把批判的矛頭直指台灣舊文學勢力的領軍人物連雅堂的謬論：「實不知我們之所謂新文學是指『新的中國文學』呢！難怪乎如某大詩人說提倡新文學的人都說『漢文可廢』！」其三，中國的新文學「是時勢造成的中國的公產」，「決不是陳、胡二人的私產」，只不過他們兩人是其「代表」罷了。其四，胡適的「商榷」，「是要留下餘地給贊成文學改革的人討論的」，「是『當如何來改革才好』的『商榷』，而不是『當不當改革』的『商榷』。」所以，十年前中國新文學「商榷」已有定論而且在文學創作上已成氣候，如今對於「頑固、不識時勢」的台灣舊文學家的反對，「我嚴厲地指摘了舊文學的壞處，揭出台灣舊文學家的劣根性，這是無半點怪異的事，而你卻嫌我罵得如殺父之仇。少見多怪，到底是誰不虛心？」

**第二，新舊文學的區別。**

張我軍認為，「新舊文學的分別不是僅在白話與文言，是在內容與形式兩方面的。」在這個大前提下，他著重談了語體文（白話文）的問題。文章指出，「文字是漸漸進化的」，「今日所用的中國文字不是倉頡一個人造的，是幾千年來歷代的學者文學家造成的。我們欲描寫一件事物或表一個感情，若沒有適當的文字，我們盡可隨時隨地造出適當的文字來」。中國文字發展到今日，和過去文言文相對，稱之為「語體文（白話文）」。當今世界，「日本的文學已全用語體文」，「英、美、法、德等諸國」，則早已「沒有語體與文言之分別」，也就是早已用了語體文（白話文）了。在世界各國，語言文字為什麼會有這種相同的發展趨勢呢？張我軍說，這是「語體文較文言文易於普遍，易於活用」。所以說，語言文字的發展，不是「畫蛇添足」，更不是

在走羊腸小道，而是正在「通衢大道」上前行。

這以後，在台灣文學界，新舊文學的激烈論爭愈演愈烈。舊文學方面，鄭軍我、蕉麓、赤崁王生、黃衫客、一吟友等，以台北《台灣日日新報》等報紙的漢文欄為陣地，寫了一批長短不一的文章，謾罵和攻擊新文學。新文學方面，更是積極應戰，予以反擊。他們以《台灣民報》為陣地，連續著文，批駁了舊文學的謬論。後來，隨著論戰的持續進行，楊雲萍、江夢筆創辦的雜誌《人人》和張紹賢創辦的雜誌《七音聯彈》，也分別在 1925 年 3 月或 10 月問世。論爭中有影響的文章，在《台灣民報》上發表的有：3 卷 4 號半新半舊生的〈「新文學之商榷」之商榷〉，3 卷 5、6、7 號的張我軍的〈隨感錄〉，3 卷 5 號蔡孝乾的〈為台灣的文學界續哭〉，3 卷 17-23 號的張梗的〈討論舊小說的改革運動〉以及賴和的〈答覆《台灣民報》〉等。此外，《七音聯彈》創刊號上有張紹賢批評連雅堂的文章，《人人》2 期上有楊雲萍批評舊文學寫作態度的文章。

張我軍在《台灣民報》3 卷 7 號上，聲明不再理會舊文學一方的無理謾罵，但雙方的論戰並未因此而結束。就在論戰的高潮將要過去的時候，台灣新文學卻要在「立中破」了。於是，台灣新文學運動進入到「建設」的新階段。


## 第三節　大力開通台灣新文學創作實踐的陽光大道


胡適在〈建設的文學革命論〉一文裡說過，提倡文學革命的人，固然不能不從破壞一方面下手。但是，要知道，只能真有價值、真有生氣、真可算做文學的新文學起來代替舊文學的時候，舊文學才會自然消滅。所以，「提倡文學革命的人，對於那些腐

敗文學，個個都該存一個『彼可取而代也』的心理，個個都該從建設一方面用力」。

　　當時，在台灣倡導文學革命的先驅，接受了胡適這個理念，按照文學革命的一般進程，在大破舊文學到了一定的時候，也開始了「從建設一方面用力」。1925 年 3 月 1 日，張我軍在《台灣民報》3 卷 1 號上發表的〈隨感錄・無名小卒〉一文，已清醒地認識到當時的形勢。他說：「在一個月之間，差不多有十來起罵我的文字，也有捏作三句半詩的，也有說些不三不四的話的，也有捏造事實的，也有攻擊人身的，但卻沒有一個敢報出名的。我實在覺得也好笑也可憐。」「但總之新舊文學之是非已甚明了，我們此後當向建設方面努力。無價值的對罵是無用的努力。」這時的他們，一面仍然以理論為引導，為新文學開花結果開拓道路，另一方面又鼓勵人們去做文學實踐，去創作各種體裁的新文學作品，從而探索出一條台灣新文學成長、發展的新路。這，就是台灣文學革命的第四階段——建設階段。

　　先看以創作理論為引導。

　　1925 年 8 月 26 日，《台灣民報》67 號即創立五週年紀念號上發表了張我軍的另一篇具有特別意義的文章〈新文學運動的意義〉 [23]。

　　文章宣佈：

　　　　我們現在談新文學的運動，至少有二個要點：
　　　　1.白話文學的建設
　　　　2.台灣語言的改造

---

[23]　李南衡編：《日據下台灣新文學・明集 5》（文獻資料選集），
　　　　明潭出版社 1979 年 3 月版，第 99-103 頁。

　　這正是建設台灣新文學的綱領。張我軍說，他這兩條是從胡適的〈建設的文學革命論〉一文的「國語的文學、文學的國語」「出來」的。張我軍引用了胡適自稱是該文「大旨」的一段名言，即：「我們所提倡的文學革命，只是要替中國創造一種國語的文學。有了國語的文學，方才可有文學的國語。有了文學的國語，我們的國語才可算得真正國語。」接下來，聯繫台灣文學的實際，張我軍談了他自己的看法。

　　關於「白話文學的建設」，張我軍的意見是：

　　第一，什麼是白話文？「我們主張以後全用白話文做文學的器具，我所説的白話文就是中國的國語文」。「國語」，是指漢語言文字在歷史逐步形成的以北京語音為標準音，以北方方言的詞彙、語法為基礎的一種現代漢語共同語的語言文字。

　　第二，「何以要用白話文做文學的器具呢？」張我軍同意胡適的看法，從中國文學的發展可以看出，「中國的文學凡是有一些價值、有一些兒生命的，都是白話的或是近於白話的」。這一點，張我軍直接引用了胡適的文字來加以闡明和確證，即：

　　　「我曾仔細研究：中國這兩千年何以沒有真有價值、真有生命的『文言的文學』？我自己回答説：『這都是因為這兩千年的文人所作的文學都是死的，都是用已經死了的語言文字做的。死文字決不能產出活文學。所以中國這兩千年只有些死文學，只有些沒有價值的死文學。』

　　　「我們為什麼愛讀〈木蘭辭〉和〈孔雀東南飛〉呢？因為這兩首詩是用白話做的。為什麼愛讀陶淵明的詩和李後主做的詞呢？因為他們的詩詞都用白話做的。為什麼愛杜甫的〈石壕吏〉、〈兵車行〉諸詩呢？因為他們都是用白話做的。為什麼不愛韓愈的〈南山〉？因為他用的是死字死話。……簡單説來，自從三百篇到如今，中國的文學凡是有一些價值、有一些兒生命的，都是白話的或是近於白話的。其餘的都是沒有生氣的古董，

都是博物院中的陳列品！

「再看近世的文學：何以《水滸傳》、《西遊記》、《儒林外史》、《紅樓夢》可以稱為『活文學』呢？因為他們都是用一種活文字做的。若是施耐庵、吳承恩、吳敬梓、曹雪芹都是用了文言做書，他們的小說一定不會有這樣的生命，一定不會有這樣的價值。

「讀者不要誤會，我並不是說凡用白話做的書都是有價值有生命的。我說的是：用死了的文言決不能做出有生命有價值的文學來。這一千多年的文學，凡是有真正文學價值的，沒有一種不帶有白話的性質，沒有一種不靠這『白話性質』的幫助。換言之：白話能產出有價值的文學，也能產出沒有價值的文學。可以產出《儒林外史》，也可以產出《肉蒲團》。但是那已死的文言，只能產出沒有價值沒有生命的文學，決不能產出有價值有生命的文學，只能做幾篇『擬韓退之原道』或『擬陸士衡擬古』，決不能做出一部《儒林外史》。若有人不信這話，可先讀明朝古文大家宋濂的《王冕傳》，再讀《儒林外史》第一回的王冕傳，便可知道死文學和活文學的分別了。」

第三，「為什麼死文字不能產生活文學呢？」

張我軍也贊同胡適的論斷，即：「這都是由於文學的性質」。他仍然用胡適的文字來闡明這個道理。

「一切語言文字的作用在於達意表情，達意達得妙，表情表得好，便是文學。那些用死文言的人，有了意思，卻須把這意思翻成幾千年前的典故，有了感情，卻須把這感情譯為幾千年前的文言。明明是客子思家，他們須說『王粲登樓』、『仲宣作賦』；明明是送別，他們卻須說『陽關三疊』、『一曲渭城』；明明是賀陳寶琛 70 歲生日，他們卻須說是賀伊尹、周公、傅說。更可笑的：明明是鄉下老太婆說話，他們卻要叫她打起唐宋八家的故腔兒，明明是極下流的妓女說話，他們卻要她打起胡天游、

洪亮吉的駢文調子！……請問這樣做文章如何能達意表情呢？既不能達意，又不能表情，哪裡還有文學呢？即如那《儒林外史》裡的王冕，是一個有感情、有血氣、能生動、能談笑的活人，這都是因為作書的人能用活言語、活文字來描寫他的生活神情。那宋濂集子裡的王冕，便成了一個沒有生氣，不能動人的死人。為什麼呢？因為宋濂用了兩千年前的死文字來寫兩千年後的活人，所以不能不把這個活人變作兩千年前的木偶，才可合那古文家法。古文家法是合了，那王冕也真『作古』了！因此我說：『死文言決不能產出活文學』。中國若想有活文學，必須用白話，必須用國語，必須作國語的文學。」

關於「台灣語言的改造」，張我軍的陳說也旗幟鮮明。

本來，〈新文學運動的意義〉一文發表之前，連溫卿已經在1924年10月的《台灣民報》2卷19號上發表了〈言語之社會性質〉一文，提出了語言與其使用民族的處境的關係，認為保護民族獨立，自然要保護民族語言。接著，連溫卿又寫了〈將來之台語〉一文，發表在同年的《台灣民報》20、21號上。文中，連溫卿進一步指出，殖民地統治者的語言政策就是以統治國的語言同化殖民地的語言。所以，在台灣，為了反殖民地統治者的同化，必須保存、整理以至改造台灣語言。至於如何保存、整理和改造，連溫卿並沒有提出具體方案。

張我軍在連溫卿這兩篇文章的基礎上，提出了自己的看法。

第一，改造台灣語言的標準是什麼？張我軍認為，「我們的新文學運動有帶著改造台灣言語的使命。我們欲把我們的土話改成合乎文字的合理的語言。我們欲依傍中國的國語來改造台灣的土語。換句話說，我們欲把台灣人的話統一於中國語，再換句話說，是用我們現在所用的話改成與中國語合致的」。所以，「國語」是其惟一的標準和依據。再說，台灣話是漢民族語言中的一種方言——閩方言的分支，或者是客家話方言，書面語言就是用

的整個漢民族的書面語言——漢字，主要的差別只在於語音，所以，以國語改造台灣話是完全可能的。

第二，這樣改造的意義在於「我們的文化就得以不與中國文化分斷，白話文學的基礎又能確立，台灣的語言又能改造成合理的」。張我軍說，這「豈不是一舉三四得的嗎？」

第三，具體做法，張我軍說，「如果欲照我們的目標改造台灣的語言，須多讀中國的以白話文寫作的詩文」。在這之前，他專門寫了〈研究新文學應讀什麼書〉一文，發表在 1925 年 3 月 1 日《台灣民報》3 卷 7 號上。這篇文章特別推薦了大陸的白話文學佳作。新詩集有《女神》、《星空》、《嘗試集》、《草兒》、《冬夜》、《西還》、《蕙的風》、《雪潮》、《繁星》、《將來之花園》和《舊夢》；短篇小說集有：《吶喊》、《沉淪》、《玄武湖之秋》、《蔓蘿集》、《超人》、《小說匯刊》、《火災》、《隔膜》等等。此外，還向讀者推薦了新文學期刊《創造週報》、《創造季刊》和《小說月報》。

與此同時，張我軍還寫了〈文學革命運動以來〉一文，發表在《台灣民報》的 3 卷 6-10 號上，轉引了胡適的《五十年來中國之文學》中一節的全文，目的是「欲使台灣人用最簡捷的方法來明白文學革命運動的經過」。而張我軍的〈詩體的解放〉一文發表在 1925 年 3 月 1 日至 5 月 3 日 3 卷 7、8、9 號《台灣民報》，也在催促台灣新詩壇「開放幾朵燦爛的鮮花」。

和張我軍相呼應的是，蔡孝乾在《台灣民報》3 卷 12-16 號上的一篇長文〈中國新文學概觀〉。文章具體地介紹了大陸新文學的發展。此外，《台灣民報》還陸續刊載了大陸新文學的作品，如魯迅的〈故鄉〉、〈狂人日記〉、〈阿 Q 正傳〉，郭沫若的〈牧羊哀話〉、〈仰望〉、〈江灣即景〉，冰心的〈超人〉，西諦的〈牆角的創痕〉，淦女士的〈隔絕〉，徐志摩的〈自剖〉等等。這，已經成為台灣新文學先驅者們從事創作的重要借鑒

了。

　　再看新文學創作。

　　在張我軍等人的文藝評論文字引導下，在大陸新文壇上「無數金光燦爛的作品」㉔的啟示下，台灣新文學終於開花結果了。

　　還是新詩最早問世。1924 年 5 月 11 日，《台灣民報》2 卷 8 號上，張我軍署名「一郎」發表了白話〈沉寂〉和〈對月狂歌〉。這兩首詩寫於北平，是台灣新文學史上第一次被刊載的漢語白話新詩。其中，〈沉寂〉一詩緣自張我軍當時暗戀來自湖北黃陂、同在補習班上課、就讀於北平尚義女子師範學院的羅文淑的一份情感。當時，在《台灣民報》上發表的新詩還有張我軍的〈無情的雨〉、〈煩悶〉、〈亂都之戀〉（其中 7 首）、崇五的〈誤認〉、〈旅愁〉，楊雲萍的〈這是什麼聲？〉和楊華的〈小詩〉。1925 年 12 月在《人人》雜誌 2 期上也有新詩發表，有鄭嶺秋的〈我手早軟了〉，江肖梅的〈唐棣梅〉，縱橫的〈乞孩〉和澤生的〈思念郎〉。1925 年底，台灣還出版了新文學的第一部詩集，即張我軍的《亂都之戀》。1927 年楊華又在獄中寫了《黑潮集》。

　　當然，成績最為突出的還是小說。1923 年，第一篇中文小說無知的〈神秘的自制島〉發表。1926 年《台灣民報》的新年號發表了賴和的〈鬥鬧熱〉和楊雲萍的〈光臨〉。此外，還有賴和的〈一桿「稱仔」〉，楊雲萍的〈弟兄〉、〈黃昏的蔗園〉，張我軍的〈買彩票〉、〈白太太的哀史〉，天游生的〈黃鶯〉，涵虛的〈鄭秀才的客廳〉等，上述作品也都在《台灣民報》上發表。

　　戲劇方面，則有各種題材的「文化劇」活躍在群眾中，只是劇本不多，《台灣民報》上刊載的也寥寥無幾。當時刊登的劇

---

㉔　張我軍：〈隨感錄・二十一〉。《台灣民報》3 卷 12 號，1925 年 4 月 21 日。

本，有張梗的獨幕劇〈屈原〉和逃堯的獨幕劇〈絕裾〉。

　　和大陸一樣，新文學作品數量最多的還是散文。其中，政論文、雜文、隨感等散文體，隨著白話文的推廣與普及，顯得相當繁榮。其中，文學性較強的散文，有賴和發表在 1925 年 8 月 87 號《台灣民報》上的〈無題〉，蔣渭水發表在 1925 年 3 月的《台灣民報》上的〈獄中日記〉。

　　這第一批新文學創作的成果，宣告了台灣新文學的誕生，也為台灣新文學今後的發展奠定了堅實的基礎。

　　這個基礎，首先就是，從此，白話文學，也就是「國語的文學」成為台灣文壇的主流，進而主宰了台灣文壇。特別值得注意的是，台灣新文學的先驅者要做到這點，要從日語寫作和古文寫作轉換到現代漢語白話文寫作上來，並不容易。

　　這個基礎，也表現在，台灣新文學一起步，就高舉著五四新文學的反帝反封建的大旗，成為反抗日本帝國主義運動的重要的方面軍。

　　這方面，賴和堪稱開風氣之先的奠基人。

　　賴和（1894-1943），本名賴河，又名賴葵河，筆名懶雲、甫三、走街先、灰、安都生等，曾自署「硬骨漢」，台灣客籍彰化人。1909 年，16 歲的賴和考進台灣醫學校，1914 年畢業時，為自己立下了兩條生活戒律：一輩子都穿中國的民族服裝；一直堅持用中文寫作。這表現的是一種崇高的民族氣節。畢業後，先後在台北、嘉義行醫，1916 年回彰化開設賴和醫院。1919 年夏天，賴和前往廈門博愛醫院任職。這時，恰逢五四運動發生，新文化運動、新文學浪潮風起雲湧，賴和體驗到了一個新時代的到來。1920 年，賴和辭職返回台灣。1921 年，他參與組建台灣文化協會，任理事，開始投身台灣新文化運動。1923 年 12 月 16 日凌晨，台灣殖民當局借口違反所謂的「治安警察法」，突然襲擊，逮捕了全台灣抗日志士 40 多人，賴和是其中的一個。出獄後，

1924 年末，當台灣展開新舊文學激烈論戰的時候，他堅決站在新文學一邊，參加了論戰。更重要的是，他和張我軍、楊雲萍等人一起，以文學創作的實績宣告了台灣新文學的誕生。他以他卓越的成績和貢獻贏得了「台灣新文學之父」的美譽。

賴和的〈一桿「稱仔」〉寫鎮西威麗村靠租田耕作謀生的佃農秦得參一家的故事。秦得參受繼父的虐待，受業主、制糖會社的殘酷搾取，借了幾塊錢去賣菜，不料，又禍從天降，巡警尋釁找上了他。他不懂市上的「規矩」，覺得窮人的東西就不該白送給巡警，覺得做官的不可以任意凌辱人民，不僅敢和「買」他生菜的巡警論斤兩，而且敢於頂撞巡警，敢於頂撞那和巡警狼狽為奸的法官。結果，他寧願坐監三天，而不願交出三塊錢的罰款。妻子聞訊，拿著賣取金花的三塊錢到監獄裡贖回了丈夫。秦得參感到十分痛苦，覺得「人不像個人，畜生，誰願意做。這是什麼世間？活著倒不如死了快活」。元旦，他殺死一個夜巡的警吏後，便自殺了。

賴和是懷著深沉的悲憤寫完〈一桿「稱仔」〉的，並通過秦得參的口，對「強權行使」的殖民當局發出了抗議：「難道我們的東西，該白送給他的嗎？」「什麼？做官的就可任意凌辱人民嗎？」當秦得參「覺悟」到不能再像「畜生」一樣任人宰割的時候，他殺死了警吏。這是自發的個人反抗，卻表現了中國人民不可侮的民族精神。

賴和在這裡表現的是台灣新文學的一個特殊主題。

日本帝國主義佔據台灣時，警察是他們實行殖民統治的重要工具。作為鷹犬，警察還兼有輔助行為的職能，每個警察都對生活在台灣的中國人操有生殺予奪的專制大權。開始，警察全是日本人充任，人們諷刺他們叫「查大人」。1898 年後，日本殖民當局又用一些台灣人充當「巡查補」，這就是「補大人」。「查大人」和「補大人」的專制和殘暴，使淪亡的台灣人民深受其害。

賴和在〈一桿「稱仔」〉裡揭露和控訴了這些走狗，而且寫出了秦得參這樣的人民對這些走狗的痛恨和反抗。作者說它是個悲劇，但這悲劇裡有著壯烈的美。

這個特殊的文學主題，經賴和表現之後，曾經一再為台灣文學家所表現。直到抗日戰爭勝利之後，台灣光復，作家們還一再重複寫這樣的題材，表現這樣的主題。助紂為虐的殖民走狗，在人們心中留下的罪孽太深重了。

〈鬧鬧熱〉是描寫台灣的舊風俗習慣的。當時，生活在日本殖民統治下的台灣作家，作為抗日誌士，同時又是民主思想的啟蒙者，在反對日本殖民者及其爪牙和走狗的鬥爭中，他們也反對形形色色的封建思想。在台灣現實社會中，眼前封建落後的舊思想舊習俗成了台灣人民的精神枷鎖。他們在自己的作品中既揭露日本帝國主義統治者對台灣人民的政治壓迫和經濟剝削，同時也表現了台灣人民被封建禮教、舊習俗和迷信思想愚弄的實況。〈鬧鬧熱〉的思想意義就在於此。

當時，參與奠基的，還有楊雲萍。

楊雲萍，本名楊友濂，筆名雲萍、雲萍生等。1906 年生於台灣台北士林。1920 年，考取台北中學，讀書期間又熱切地學習中國的文化遺產。從好友江夢筆那裡讀到《小說月報》、《詩》、《東方雜誌》等期刊，又使楊雲萍如饑似渴地見識了大陸的新文學。1925 年 3 月楊雲萍和江夢筆合作創辦白話文學的《人人》雜誌。前面已介紹過，在這個陣地上，他積極提倡新文化，反對舊文化，促進了台灣新文學運動的發展。

1926 年新年號的《台灣民報》上，楊雲萍的小說〈光臨〉和賴和的〈鬥鬧熱〉同時發表。

楊雲萍的〈光臨〉寫保正林通靈請客的故事。林通靈以為，伊田警部大人能光臨他家，是他的無上光榮，彷彿這 K 莊的人民再也沒有比他更有信用、更有勢力的了！不料，他費了三塊多

錢，魚肉酒菜一大堆，全家不亦樂乎地一陣忙碌，全部落空，伊
田大人沒有賞臉，而是跑到一個叫做陳開三的那裡喝喜酒去了。
林通靈掃興極了，懊喪極了。楊雲萍以不長的篇幅寫他的舉止，
刻畫他醜惡的心靈，活脫脫地描繪了他的嘴臉，有力地批判了民
族的敗類。

　　向著日本帝國主義開火，向著民族敗類的奴才性開火，向著
落後的封建思想開火，這正是台灣新文學一起步就開始了現實主
義的戰鬥傳統。

　　台灣新文學的第一批成果，為台灣新文學的發展奠定了堅實
基礎，還表現在，它一起步，就十分重視作品的文學性。

　　楊雲萍的〈光臨〉證明了這一點。〈光臨〉全文一千多字，
只擇取「保正」準備宴客的五個生活片斷——他非常興奮地拿著
買到的魚肉回家；吩咐家人和家工「料理」魚肉，打掃環境，購
買煙酒；點燈出門恭候客人；接不著客人而疑慮；因客人到別家
吃喜酒而懊喪，借酒消愁。楊雲萍的筆墨真是十分簡潔了，但那
「保正」林通靈的奴顏婢膝的種種醜態卻活靈活現地勾勒出來
了。還有，〈光臨〉不僅擇取了生活的橫截面，而且用了最經濟
的文學手段，生動而形象地描寫事實中最精彩的一段。比如第一
節，從「形」入手，進而深入到「神」的深處，作品就刻畫了一
個可恥的醜惡形象了。

　　林通靈巴結、討好「警部大人」以及受寵若驚，洋洋自得，
夢想著往上爬的心願，都描寫得十分逼真。質樸的寫實中蘊含著
的，正是作者的滿腔忿恨，〈光臨〉的結尾，也別具一格。作者
寫道：「他連續把老紅酒喝了好幾杯，悲壯地苦笑這樣說：『費
了三塊好多！——但是卻不打緊的。』」心疼這三塊多的破費，
轉而一想，「卻是不打緊的」，次日仗著日本主子的勢力，去老
百姓身上多搜刮一點，也就補上這個損失了。再說，要巴結日本
主子，花費這一點點又何足掛齒呢！

　　建設期的另一重要小説家是楊守愚，他的作品大多描寫農民，既反映農民生活的艱苦與窮困，也批評他們的封閉與保守。

　　由上可以看出，張我軍、賴和、楊雲萍、楊守愚等台灣新文學的先驅者們，已開通了台灣新文學創作的陽光大道，後來者就在這條大道上奮然前行了。

　　這，就是歷史。

　　這歷史，已經無可辯駁地證明了，台灣的新文化運動是在大陸新文化運動直接推動下發生的，台灣的新文學是在大陸五四文學革命的催生下揭開了歷史的新的一頁的。

　　就新文學而言，無論是發動革命的思潮，還是排除阻力引導新文學誕生之路的理論，還是為新文學誕生而在組織上、思想上、作家隊伍和作品陣地的準備，還是一批證實文學革命成功的新文學作品，都已經表明，在台灣，這新文學的臍帶和血脈，都是鮮明地連接著大陸新文學的。

# 第 二 章

# 台灣鄉土文學論爭與台灣話文運動

　　1927-1937 的十年間，台灣抗日民族民主運動有一個突出的特點是：政治運動從蓬勃發展轉向低落，進而陷入低潮；而新文學運動卻步入了活躍的發展階段，進而趨向成熟，並獲得了豐碩的成果。其間，1930-1931 年發生的「鄉土文學和台灣話文」的論爭，是一場新文學如何進一步大眾化的討論。討論是在新文學陣營內部進行的。雙方最後雖然沒有取得共識，但共同主張的文藝大眾化的思想，確實對台灣新文學的發展產生了重大的影響。現在，有人用「台獨」思想去詮釋這段歷史，說論爭顯示了「台灣本身逐漸產生和建立自主性文學的意念」①，「台灣話文的提出」，「有標明台灣主體性的意義」②，「文學台獨」有意給這段歷史蒙上一層迷霧，混淆視聽。本章將從各個方面分析這一論

---

　　①　葉石濤：《台灣文學史綱》，文學界雜誌社 1991 年 1 月版，第 28
　　　　頁。

爭，以還歷史的真面目。


## 第一節　抗日民族運動的曲折和文藝大眾化的思潮


「鄉土文學和台灣話文」的論爭，在 1930-1931 年發生，絕非偶然。當時，台灣抗日民族民主政治運動的低落，向文學戰線提出了深入人民群眾，繼續以筆為武器進行鬥爭的歷史和時代的要求。於是，台灣新文學怎樣深入工農大眾，就成為首要要解決的問題了。同時，世界各地左翼文學思潮的衝擊，大陸文藝大眾化思潮的影響，也催促著台灣新文學要思考、研究、討論這個新的課題了。

下面，我們從兩個方面來考察。

先看臺灣抗日民族民主運動的發展。

1927-1930 年，台灣抗日民族民主政治運動的發展，由高潮走向低落，情況複雜。

一開始，抗日民族民主運動的隊伍就經歷了再分化和重新組合的變化。

1927 年，台灣文化協會分裂為三派。一派以林獻堂、蔡培火為代表，堅持以和平請願的方式，實現在日本統治下的「地方自治」；一派以蔣渭水為代表，主張效仿孫中山領導的國民黨，開展以農工階級為基礎的民族民主運動；另一派以連溫卿、王敏川為代表，主張開展階級鬥爭，徹底推翻日本在台灣的殖民統治。同年 1 月 3 日，台灣文化協會在台中公會堂舉行臨時大會，會上，

---

②　游勝冠：《台灣文學本土論的興起與發展》，前衛出版社 1996 年
7 月版，第 47 頁。

林獻堂、蔡培火、蔣渭水宣佈退出文化協會，「文協」由連溫卿、王敏川主持工作，後人稱之為「新文協」。「新文協」的主要幹部，多數是從上海大學讀書歸來、後來成為共產黨員的蔡孝乾、翁澤生、洪朝宗、王萬得、潘欽信、莊春火、周天啟等人。

「新文協」成立後，王敏川與鄭明禄、王萬得一起退出《台灣民報》，於 1928 年 3 月創辦「大眾時報社公司」。同年 5 月 7 日，《大眾時報》創刊號問世。同年 7 月 9 日出版第 10 期後，《大眾時報》被迫停刊。「新文協」發動了多次激烈的鬥爭以反抗殖民當局，比如，1927 年 5 月的「台中一中事件」，1927 年 11 月 3 日的「新竹事件」，1928 年 6 月 13 日的「台南墓地事件」，1928 年 11 月 29 日的「台中師範事件」等等。其間，「新文協」的領導和骨幹也多次被捕。由於環境險惡，「新文協」在 1931 年被強行停止了活動。

蔣渭水、林獻堂、蔡培火等人退出台灣文化協會以後，立即著手籌建民眾黨。1927 年 7 月 10 日，民眾黨在台中聚英樓舉行了成立大會，並宣佈創黨的目的是「提高台灣人民之政治地位，安固其經濟的基礎，改善其社會的生活」。原先，民眾黨籌備時，曾在蔣渭水是否參加的問題上，掀起軒然大波。蔣渭水曾被日本殖民當局警告是民族主義者，若他參加民眾黨，當局難以容忍，必會遭到解散。但是，絕大多數人，意志堅決，寧可玉碎，決心與日本統治者鬥爭到底，議決讓蔣渭水參加。蔣渭水成了民眾黨的實際領導人。1929 年民眾黨的創立大會發表宣言説，民眾黨要「與社會之進步，時勢之要求，民眾之希望同其步驟」③。隨後，隨著工農運動的發展，蔣渭水又進一步提出「以農工為中心進行全民聯合的民族革命鬥爭」的新綱領。賴和、康道樂等作

③　〈民眾黨宣言〉，轉引自葉榮鐘：《日據下台灣政治社會運動史》（下），晨星出版公司 2000 年 8 月版，第 419 頁。

家都是民眾黨黨員，積極支持新綱領，廣泛開展了農工鬥爭。蔣渭水的農工政策，引發了與林獻堂、蔡培火的嚴重分歧，林、蔡兩人終於在 1930 年 8 月脫離民眾黨，另行組織了「台灣地方自治同盟」。該同盟於 1937 年自行解散。

　　與此同時，在大陸，1928 年 4 月 15 日，由日本共產黨在上海組織成立了「台灣民族支部」。這一年的 4 月 18 日，「台灣民族支部」在上海舉行了第一次中委會，出席會議的有林木順、謝雪紅、蔡孝乾、潘欽信、林日高、洪朝宗、莊春火、翁澤生和陳來旺。

　　從此，台灣共產黨和「新文協」一起，進一步在台灣傳播馬克思主義、社會主義思想④。

　　在這段時間裡，台灣的農民運動、工人運動都有過較大的發展。

　　1925 年 6 月 28 日，彰化縣二林蔗農組合⑤舉行了成立大會，人數約 500 人。大會選出李應章等十人為理事，謝黨等六人為監事。這是台灣農民的第一個組織。同年 9 月 27 日到 10 月 23 日，二林農民組合領導了二林蔗農抗議日本製糖會社殘酷剝奪的鬥爭，遭到血腥鎮壓，一時風聲鶴唳，震動全島。賴和滿懷悲憤，當天揮毫寫下了他的第一首新詩〈覺悟的犧牲〉，副標題就是「寄二林事件的戰友」。1926 年，台共黨員簡吉等人聯合了各地的農民組合，組織了台灣農民統一的組織「台灣農民組合」，於同年 6 月 28 日在高雄鳳山舉行了成立大會，選舉了簡吉等人組成的領導機構。楊逵被選為中央常務委員，指導政治、組織、教育

<hr />

④　1926.8-1927.2，《台灣民報》120-143 號，在陳逢源、許乃昌、
　　蔡孝乾等的論戰中，即已相當程度地介紹了馬克思的社會思想理
　　論，新文協和台共則進一步加以普及。

⑤　即農民協會。

方面的工作，楊逵夫人葉陶任婦女部長。

　　「台灣農民組合」先後領導了 500 多次農民的抗繳、開墾耕地以及收回耕地的鬥爭。其中，「第一次中壢事件」、「第二次中壢事件」就帶有鮮明的抗日民族鬥爭的特點。隨著農民覺悟的提高，「台灣農民組合」不斷地提出了「打倒國際帝國主義」、「打倒田中反動內閣」、「抗議田中內閣出兵侵略中國」以及「支持祖國工農革命」等等鬥爭口號，從單純的經濟鬥爭發展為政治鬥爭。1931 年，台灣共產黨和台灣農民組合先後遭到鎮壓，但是，前仆後繼的部分地區農民仍然堅持鬥爭。

　　與農民鬥爭相呼應，這時工人運動也曾高漲。

　　1921 年，台灣印刷工人成立了第一個工會組織以後，引發了台灣 20 多萬產業工人以及手工業工人紛紛組織起來，建立了自己的工友會。1928 年 2 月 19 日，在蔣渭水的領導下，由 29 個工會團體統一組成「工友總聯盟」，會員總數 6000 餘人。一年後，「工友總聯盟」發展成擁有 40 多個工會團體，會員多達 14000 多人的組織。總聯盟第二次大會的宣言明確宣佈：「我們殖民地的工人，是處在受民族、階級兩重的搾取和壓迫的地位，所以需要解放之情，加倍迫切，其運動之擴展益趨激烈，而其團結性之富與鬥爭性之強，實非其他階級所能企及的。」「所以殖民地的工人一旦覺醒起來」，則「能夠做弱小民族解放的先鋒」。「工友總聯盟」除了指導各地勞資爭議事件，還先後提出了八小時工作時間、生活標準、失業薪俸償付法、工場法、最低工資法、保護女工童工法以及撤廢日台人員工資的差別等要求。此外，「新文協」連溫卿等人於 1928 年 3 月組成台北機械工友會，並籌組「台灣總工會」；1930 年，參加罷工等鬥爭的工友為 17000 多人；1931 年，「台灣交通運輸工會」成立，並著手組建「台灣赤色統一工會」等，也是這時工運高漲的一個組成部分。只是，眼看高漲的工人運動不利於日本殖民統治的鞏固，日本殖民當局進行鎮

壓了。1931 年，大批台共黨員和工會幹部被捕，台灣民眾黨蔣渭水等 16 人也於同年 2 月 18 日在台北黨本部開會時當場被捕，殖民當局下令強制解散民眾黨。對此，日本殖民當局即坦陳緣由說：「這種以民族運動為中心，附帶採行階級鬥爭的政治結社，若當局再予寬容，則將違反我台灣統治的根本方針，並有妨礙日台融和，甚至嚴重且明顯地影響到維持本島統治之虞。」這以後，工人運動也被迫轉入地下的分散的自發性的鬥爭了。

應該特別說到可歌可泣的 1930 年的霧社起義。

海拔 1149 米的霧社是南投縣仁愛鄉的中心，日據時期屬於台中能高郡。霧社原住民是泰雅族中的賽德克亞族，也有少數漢族人長年居住在這裡。當時，霧社群共有 11 個社，508 戶，2178 人。其中，馬赫坡、波亞倫、荷歌、塔羅灣、羅多夫、斯庫六個社的 1236 人，全部參加了霧社起義。

霧社起義的組織者和領導者莫那・魯道，生於 1882 年，1910 年任馬赫坡社首領。他先後在 1920 年、1924 年和 1925 年計劃大規模開展抗日活動，均被日警發覺未能如願。荷歌社的比荷・瓦利斯和比荷・沙坡兩人也是起義的核心人物。比荷・瓦利斯 1900 年生，全家其他六口均在 1911 年日警燒屋時被活活燒死。1930 年 6 月他被日警拘留後，妻子又悲憤自盡。比荷・沙坡 1900 年出生的當年，他的父親就被日警殺死。他們和六社的民眾都滿懷對日本統治者的深仇大恨，終於揭竿而起，發出了民族抗爭的怒吼！

1930 年 10 月 24 日夜間，起義指揮中心決定於 10 月 27 日舉行起義。這一天，日本殖民當局要為被擊斃的侵台罪首舉行「台灣神社祭」。霧社公學校要舉行聯合的學藝會和運動會。霧社上司能高郡的日本官吏都來參觀。當天早晨 8 點前，起義武裝先切斷了所有的電話線，拆毀了鐵路橋樑，再攻克霧社周圍的警察所，奪取了武器彈藥，武裝了起義人員，最後奔赴霧社運動場，用了不到一小時的時間，消滅了日寇 136 人，奪得槍械 180 支，

彈藥 2.3 萬發、黑色火藥 24 包。

　　起義發生後，日本統治者驚恐萬狀，立即調兵遣將，派台灣守備隊司令官鐮田親自率領軍隊趕往霧社鎮壓。起義民衆始終誓死抵抗。11 月 18 日，殖民當局竟然冒天下之大不韙，違反國際公約，喪心病狂，下令施放毒氣彈和燃燒彈，毒死燒死大批起義戰士。最後，終因寡不敵衆，起義失敗了。莫那·魯道一家寧死不屈，全都壯烈地自盡。霧社起義的 1200 多民衆，最後只剩下老弱病殘 298 人，他們也被強制流放到了川中島。賴和也為此寫了新詩〈南國哀歌〉。

　　霧社起義失敗後，日本殖民當局加強了對於抗日民族民主運動的血腥鎮壓。1931 年 3 月到 6 月，發生了全島性的大檢舉、大搜查、大逮捕。台灣文化協會、台灣共產黨、台灣民衆黨、台灣農民組合、台灣各種工友會，均遭到取締，抗日民族民主政治運動由此轉向了低潮。

　　然而，台灣人民反抗日本帝國主義的鬥爭並沒有停止。抗日的政治運動雖然被鎮壓了，抗日的文學運動卻活躍地發展著，艱難而又生氣勃勃地在前進。

　　怎樣來看這種政治運動日漸低落對文學運動產生的逆反影響呢？

　　應該説，這種逆反影響，還是來自抗日民族民主鬥爭的需要。一是，政治戰線被迫暫時以積蓄力量待機再發為任務，人們必然更加重視文學這條戰線，重視以筆為武器去與殖民當局鬥爭了。二是，政治運動處於低潮時，更需要以文學為武器，去團結民衆、教育民衆，振奮鬥志，堅持戰鬥。事實上，直接參加工農運動的作家，像賴和、楊逵等，都及時地把主要精力投入了文學創作，他們是新文學前進的最牢靠的基礎。

　　追溯這段高漲的抗日政治運動，我們還應當看到，台灣新文學事實上一直和它同步在發展，文學創作繼續取得了喜人的成

績。其中，一個重要的原因，是《台灣民報》適應鬥爭的需要，遷回台灣了。

　　1927 年 8 月 1 日，《台灣民報》不僅從東京遷回台灣，而且由旬刊改為週刊。1930 年 3 月《台灣民報》改名為《台灣新民報》，1932 年又改週刊為日報。這為文學創作開闢了更多的發表園地。每期文藝專欄都發表一到兩篇作品。《台灣民報》遷回台灣五年，發表了台灣作者的小說有 70 多篇，其中有不少佳作，比如，賴和的〈不如意的過年〉、〈豐作〉、〈可憐她死了〉，楊雲萍的〈秋菊的半生〉，陳虛谷的〈他發財了〉、〈無處申冤〉、〈榮歸〉，楊守愚的〈過年〉、〈一群失業的人〉，郭秋生的〈鬼〉，蔡愁洞的〈保正伯〉，朱點人的〈島都〉，等等。

　　1930 年 8 月 2 日開始，《台灣新民報》開闢了「曙光欄」，專門刊登新詩，一時新詩創作激增，出現了一批優秀的詩作。比如楊守愚的〈長工歌〉、賴和的〈流離曲〉、陳虛谷的〈詩〉、林克夫的〈失業的時代〉以及楊華的〈小詩十二首〉，等等。

　　當著政治運動日益低落，新文學戰線的任務愈益加重的時候，新文學面臨的首要課題，就是如何進一步為抗日民族民主運動服務了。其中，關鍵的問題是深入生活，深入工農大眾的問題。所以，1930-1931 年，在新文學陣營內部發生的關於「鄉土文學和台灣話文」的論爭，正是時代的需要，正是新文學發展的必然。

　　當然，這場論爭之所以在這個時候發生，還有另一個重要的原因是，受到當時席捲世界的普羅文學思潮和大陸左翼文學的影響。

　　左翼文學是一股世界性的文學思潮，是一種國際化的文學現象。它開始於 19 世紀中葉的歐洲工人運動，隨著馬克思主義的誕生和發展，到了 20 世紀 20-30 年代形成高潮，其影響波及到歐亞美非四大洲。

　　「十月革命」的勝利，在蘇聯，為左翼文學的發展提供了土壤和條件，使蘇聯成為左翼文學真正的發祥地和中心。世界各國各民族的革命文學都以蘇聯為榜樣，發展自己的文學，於是，形成了一種歷史性的潮流。

　　「十月革命」以後，在蘇聯形成了無產階級文化派，它的代表組織就是俄羅斯無產階級作家聯合會，簡稱「拉普」⑥。無產階級文化派的出現，是一種歷史的必然。這是因為，隨著無產階級運動的發展、壯大，無產階級要求自己解放自己，以至解放全人類，做社會的主人，其中，也包括要做文化、文學藝術的主人。

　　現在看來，處在當時複雜的歷史條件下，受時代局限，「拉普」在組織路線上犯有宗派主義、關門主義的錯誤以外，在文學理論上也有稚嫩的或錯誤的思想，甚至在某些重大理論問題上也犯有嚴重的錯誤，影響極為不好。但是，在文學走向大眾這個問題上，「拉普」的主張，還是對國際無產階級文學運動產生了好的影響的。比如，作為「拉普」的綱領通過的羅多夫的報告〈當前時刻與無產階級文學的任務〉就指出，在文學戰線上，無產階級的首要任務是「建立自己的階級文學，從而建立自己的作為對群眾感情教育起著深刻影響的強大工具的文學」。這種文學，除了要「把工人階級和廣大勞動群眾的心理和意識組織起來」而且「越來越影響社會的其他階級」，還要「在形式方面」，「在廣大無產階級群眾中進行系統、深入的宣傳工作」。「作品的形式也要力求盡可能的寬闊、簡潔和不濫用藝術手段」。又比如，俄共（布）中央 1925 年 6 月 18 日決議〈關於黨在文學方面的政策〉

　　⑥　關於「拉普」的敘述部分，參考了李輝凡：〈「拉普」初探〉。見《蘇聯文學史論文集》，北京外語教學與研究出版社 1982 年 9 月版。

也說：「群眾文化成長的一部分是新文學的成長——首先是無產階級和農民的文學的成長，從它的尚在萌芽狀態的但同時在範圍方面卻空前廣泛的形式（工人通訊、農村通訊、壁報及其他）起，直到思想性很強的文學作品為止。」還說：「黨應當強調必須創造給真正廣大的讀者——工人和農民讀者閱讀的文學作品，應當更大膽和堅決地打破文學上的貴族偏見，並且在利用舊技巧的一切成就的同時，要創造出千百萬人所能理解的適當形式。」這表明，文藝大眾化的思想在當時已初現端倪了。

　　這種文藝大眾化的思想，首先在日本得到了呼應。在日本，左翼文學運動從 20 年代初《播種人》雜誌問世，經過《文藝戰線》、無產階級藝術聯盟（簡稱「納普」），到 1933 年無產階級文化聯盟（簡稱「克普」）解散，有了長足的進步，具有相當的規模。總結這十多年的左翼文學運動，其特點之一，就是極為重視文藝大眾化的問題。比如，無產階級作家聯盟作為「納普」的核心組織，在它的七條行動方針中的第一條就寫道：「必須把創作植根在大眾之中，作家不屈地磨煉藝術技巧和深入群眾生活，是絕對必要的。」後來，接受無產階級文藝理論家藏原惟人的提議，無產階級作家聯盟，還專門作出〈關於藝術大眾化的決議〉。決議涉及到藝術運動的布爾什維克化，大眾化作品應以無產階級的意識形態為內容，大眾化藝術的對象，採用什麼形式以及形式和內容的關係，新形式和舊形式的關係，創造新形式所必須依據的標準等⑦。

　　在中國，「為什麼人」而寫作的問題，是新文學建設的中心問題。創造社開始提倡革命文學的時候，成仿吾在〈從文學革命到革命文學〉⑧一文中就說：「我們要使我們的媒質接近農工大

---

⑦　以上材料源於劉柏青編：《日本無產階級文藝運動簡史》，時代文藝出版社 1985 年 10 月版。

眾的用語，我們要以農工大眾為我們的對象」。1929 年刊行的
《大眾文藝》雜誌以及左聯，一開始就把「大眾化」當做文藝運
動的中心。1930 年，魯迅寫的〈文藝的大眾化〉⑨一文，就全面
論述了這個問題。他寫道：「在現下的教育不平等的社會裡，仍
當有種種難易不同的文藝，以應各種程度的讀者之需。不過應該
多用為大眾設想的作家，竭力來作淺顯易解的作品，使大家能
懂，愛看，以擠掉一些陳腐的勞什子。但那文字的程度，恐怕也
只能到唱本那樣。」由此，魯迅確認，「多作或一程度的大眾化
的文藝」，「是現今的急務」。1931 年 11 月「左聯」執行委員
會的決議《中國無產階級革命文學的新任務》中〈大眾化問題的
意義〉⑩一項寫道：「為完成當前的迫切的任務，中國無產階級
革命文學必須確定新的路線，首先第一個重大的問題，就是文學
的大眾化。大眾化的問題，以前亦曾一再提起，但目前我們要切
實指出：文學大眾化問題，在目前意義的重大，尚不僅在它包含
了中國無產階級革命文學目前首重的一些任務，如工農兵通信員
運動等等，而尤在此問題之解決實為完成一切新任務所必要的道
路。在創作，批評，到目前其他諸問題，乃至組織問題，今後必
須執行徹底的正確的大眾化，而決不容許再停留在過去所提起的
那種模糊忽視的意義中。」該決議中〈創作問題——題材，方
法，及形式〉一項也寫道：「作品的體裁，也以簡單明了，容易
為工農大眾所接受為原則。現在我們必須研究，並且批判地採用
中國本有的大眾文學，西歐的報告文學，宣傳藝術，牆頭小說，
大眾朗讀詩等等體裁。」

---

⑧　《創造月刊》第 1 卷 9 期，1928 年 2 月 1 日。
⑨　《魯迅全集》第 7 卷《集外集拾遺》，人民文學出版社 1981 年
　　版，第 349 頁。
⑩　《文學導報》第 1 卷第 8 期，1931 年 11 月 15 日。

　　當時，在宣傳、貫徹「文學大眾化」的方針中，文壇上也有不同的意見。蘇汶就說，左聯「要作家們去寫一些有利的連環圖畫和唱本來給勞動者看」，「這樣低級的形式還生產得出好的作品嗎？」可笑的是，有些人竟然以為文言文該重新上台，像戀祖就寫了〈禁習文言與強令讀經〉一文，反而提倡起文言文了。於是，各刊物就展開了「文言──白話──大眾語」的討論。魯迅、瞿秋白、周起應（周揚）等都撰文，積極地發表了自己的意見。

　　討論中「大眾語」是個焦點。

　　瞿秋白在〈大眾文藝的問題〉一文中認為，文學大眾化的問題，重在「用什麼話寫」的問題。他說：「現在紳士之中有一部分歐化了，他們創造了一種歐化的新文言；而平民，仍舊只能夠用紳士文字的渣滓。平民群眾不能夠瞭解所謂新文藝的作品，和以前的平民不能夠瞭解詩、古文、詞一樣。新式的紳士和平民之間，還是沒有『共同的言語』。既然這樣，那麼，無論革命文學的內容是多麼好，只要這種作品是用紳士的言語寫的，那就和平民群眾沒有關係。」因此，他主張繼續完成五四文學革命關於「語文改革」的未竟的工作。在和止敬討論「大眾語」的一篇〈再論大眾文藝答止敬〉裡，他主張大眾文藝應該用「真正的現代中國語」。瞿秋白設想，「在五方雜處的大都市裡面，在現代化的工廠裡面，他們的言語事實上已經在產生著一種中國的普通話（不是官僚的所謂國語）……這種大都市裡，各省人用來互相談話演講說書的普通話，才是真正的現代中國語。」

　　而魯迅則一貫主張「從活人的嘴上，採取有生命的詞彙，搬到紙上看」⑪，因為，「警句或煉話，譏刺和滑稽，十之九是出於下等人之口的」⑫。所以，這次討論，他旗幟鮮明，是主張大眾語的。

　　魯迅首先認同了瞿秋白的看法，這就是，在現今的社會交往

中已經有了一種「大眾語」。在〈門外文談〉一文裡，他說：
「現在在碼頭上，公共機關中，大學校裡，確有一種好像普通話
模樣的東西，大家說話，既非『國語』，又不是京話，各各帶著
鄉音、鄉調，卻又不是方言，即使說得吃力，聽得也吃力，然而
總歸說得出，聽得懂。如果加以整理，幫它發達，也是大眾語中
的一支，說不定將來還簡直是主力。我說要在方言裡『加入新的
去』，那『新的』來源就在這地方。待到這一種出於自然，又加
人工的話一普遍，我們的大眾語文就算大致統一了。」⑬在這
裡，魯迅提出了幫助大眾語「發達」的途徑，這就是：「啟蒙時
候用方言，但一面又要漸漸的加入普通的語法和詞彙去。先用固
有的，是一地方的語文的大眾化；加入新的去，是全國的語文的
大眾化。」⑭

　　魯迅還指出，「倘要中國文化一起向上，就必須提倡大眾
語，大眾文」。同時，他又談到漢字改革的問題。他認為，漢字
的繁難，乃是大眾語文的根本障礙。由此，他主張「書法更必須
拉丁化」。

　　瞿秋白、魯迅之外，當時還有蔡元培等 500 餘人也發表了關
於拉丁化新文字的意見，認為，就時間金錢兩方面來看，新文字
是普及大眾教育的最經濟的文學工具。

　　文學大眾化，除了語言文字以外，還有文學內容和藝術形式

---

⑪　《魯迅全集》第 6 卷〈且介亭雜文二集・人生識字糊塗始〉，人
　　民文學出版社 1981 年版，第 297 頁。

⑫　《魯迅全集》第 6 卷〈且介亭雜文・答戲週刊編者信〉，人民文
　　學出版社 1981 年版，第 146 頁。

⑬　《魯迅全集》第 6 卷〈且介亭雜文・門外文談〉，人民文學出版
　　社 1981 年版，第 98 頁。

⑭　《魯迅全集》第 6 卷〈且介亭雜文・門外文談〉，人民文學出版
　　社 1981 年版，第 98 頁。

的大眾化問題。當時，馮雪峰在〈論民主革命的文藝運動〉一文裡，發表了他的看法。他說：「在左聯的態度上，是並沒有將一般小說、詩、戲劇的新文藝形式的創作，和大眾文藝創作對立起來的，因為一方面認為可以有種種不同的作品，以供應種種不同的讀者，一方面是企圖從作家生活的大眾化而使所有新文藝形式的作品都大眾化，即創造那內容為大眾的廣闊的生活和革命的意識思想所充實，而形式是大眾性的堅強的作品。這是那時認為統一的觀點。」⑮這一段話，說明了兩點：一是，「為大眾的廣闊的生活和革命意識思想」，也就是為工農大眾的思想，是文學大眾化的內容。二是，通過作家生活大眾化，去創作大眾性的藝術形式。後面一點，魯迅在〈論「舊形式的採用」〉一文，講得更透徹了。他認為，「舊形式的採用」，是「很有意義的」，因為，「新形式的探求不能和舊形式的採用機械地分開」。為什麼呢？「這是一個新思想（內容），由此而在探求新形式，首先提出的是舊形式的採取，這採取的主張，正是新形式的發端，也就是舊形式的蛻變」。在魯迅看來，這並沒有「將內容和形式機械地分開」。他還說：「舊形式的採取，必有所刪除，既有刪除，必有所增益，這結果是新形式的出現，也就是變革」。

　　總之，文學大眾化，其實就是文學作品的普及問題，而語言文字又是文學形式的中心話題。在實現文學大眾化的過程中，首先碰到的自然是語言文字的問題。這都表現了人民大眾在文學上做主的意願和權利。事實上，它和人民大眾的民族民主鬥爭是一體的。後來，1937年「七七」盧溝橋事變，全民抗戰以後，「文章下鄉」、「文章入伍」，文學大眾化運動，更是抗日民族鬥爭的不可缺少的一個部分了。應該說，作為文藝大眾化的一種大的

---

⑮　轉引自王瑤：《中國新文學史稿》上冊，新文藝出版社1953年7月版，第177頁。

歷史語境，國際上的（特別是日本的），大陸的有關這個問題的思考和討論，應該都對台灣新文學界發生了一定的、積極的影響。至少，台灣的爭論是這一現象的平行發展。

## 第二節　鄉土文學與台灣話文論爭的過程及其特點

　　如實地描述和闡釋台灣「鄉土文學與台灣話文」的論爭，還要從 20 年代初期新舊文學論爭說起。當時，愈演愈烈的論爭，其實已經開始涉及到「鄉土文學」與「台灣話文」這個建設台灣新文學的內容與形式的大問題。只是，由於當時面對的是要「打倒文言文」、「用白話文代替文言文」這個緊迫的歷史任務，「鄉土文學」與「台灣話文」的問題，還沒有提到加以解決的日程上來。

　　早在 1923 年，黃呈聰在〈論普及白話文的使命〉一文裡，就涉及到「台灣話文」了。他說：

　　　　假如我們同胞裡面，要說這個中國的白話和我們的話是不同的，可以將我們的白話用漢文來作一個特別的白話文，豈不是比中國的白話文更好麼？我就說也是好，總是我們用這個固有的白話文，使用的區域太少，只有台灣和廈門、泉州、漳州附近的地方而已，除了台灣以外的地方，不久也要用他們自國的白話文，只留在我們台灣這個小島，怎樣會獨立這個文呢？我們台灣不是一個獨立的國家，背後沒有一個大勢力的文字來幫助保存我們的文字，不久便受他方面有勢力的文字來打消我們的文字了……所以不如再加多少的工夫，研究中國的白話文，漸漸接近

他，將來就會變做一樣⑯。

由這段話可以看出，在台灣，是用大陸通用的白話文，還是將台灣話「用漢文來作一個特別的白話文」，人們是有不同的考慮的。經過比較，一是考慮使用區域小，使用人數少。二是考慮該「白話文」所代表的文化勢力以及今後的前途，黃呈聰最後還是確認「不如再加多少的工夫」，普及大陸通用的白話文。

第一章已經說過，到了1924年10月，連溫卿在《台灣民報》發表了〈言語之社會的性質〉和〈將來之台語〉兩篇文章，從語言與民族與國家的關係來討論「台語」。他說，言語和民族的敵愾心是一樣的，言語的社會性質是：一方面排斥其他民族的言語在世界上的優越地位；另一方面則保護民族的獨立精神，極力保護自己的民族語言。他又說，近代的政治思想，是把國家的理念和民族的理念視為同一的，同一民族必須服從同一政治權力之理想，同一民族必須使用同一的言語。因此在德國便有一種說法：德國在哪裡，哪裡就可以聽到德國語。所以，無論什麼地方，若有民族問題，必有言語問題。連溫卿講了一個實例：荷蘭用國民血汗換來的稅金，聘請德國人在荷蘭大學用德語講課。由此一個荷蘭博士生警告說，消滅荷蘭的不是劍，不是銃炮，而是德語。所以，連溫卿認為，以統治者的國語同化被統治者的語言，是殖民地當局的語言政策。聯繫台灣的實際，反抗統治，抵制同化，就要保存台灣語，進行整理，加以改造。至於如何保存，如何整理與改造，遺憾的是，他的〈將來之台語〉一文只發表了一半就停筆了。我們沒能讀到他的意見。

1925年8月5日，陳福全還從「言文一致」的角度提出了質

---

⑯　李南衡編：《日據下台灣新文學・明集5》（文獻資料選集），
　　明潭出版社1979年3月版，第15頁。

疑，他在《台南新報》上發表的〈白話文適用於台灣否〉一文裡
就說，台灣300多萬的人口中，懂得官話的人萬人難求其一，「如
台灣之謂白話者」，「觀之不能成文，讀之不能成聲，其故云
何？蓋以鄉土音而雜以官話」。所以，「苟欲白話文之適用於台
灣者，非先統一言語未由也。」⑰

　　張我軍對此也有意見發表。在 1925 年 8 月 26 日發表在《台
灣民報》67 號上的〈新文學運動的意義〉的下篇裡，講得很明
白。他說：

　　　　還有一部分自詡為徹底的人們說：「古文實在不行，
　　我們須用白話，須用我們日常所用的台灣話才好。」這話
　　驟看有道理了，但我要反問一句說：「台灣話有沒有文字
　　來表現？台灣話有文學的價值沒有？台灣話合理不合
　　理？」實在，我們日常所用的話，十分差不多佔九分沒有
　　相當的文字。那是因為我們的話是土話，是沒有文字的下
　　級話，是大多數佔了不合理的話啦。所以沒有文學的價
　　值，已是無可疑的了。所以我們的新文學運動有帶著改造
　　台灣言語的使命。我們欲把我們的土話改成合乎文字的合
　　理的語言。我們欲依傍中國的國語來改造台灣的土語。換
　　句話說，我們欲把台灣人的話統一於中國語，再換句話
　　說，是用我們現在所用的話改成與中國語合致的。這不過
　　我們有種種不得已的事情，說話時不得不使用台灣之所謂
　　「孔子白」罷了。倘能如此，我們的文化就得以不與中國
　　文化分斷，白話文學的基礎又能確立，台灣的語言又能改

---

⑰　轉引自廖毓文：〈台灣文字改革運動史略〉，見李南衡編：《日
　　據下台灣新文學‧明集 5》（文獻資料選集），明潭出版社 1979
　　年 3 月版，第 469 頁。

造成合理的，豈不是一舉三、四得的嗎？⑱

　　顯然，張我軍的這番話是針對「須用我們日常所用的台灣話」而說的，但反駁無力，其原因在於他說得不盡科學：⑴作為閩南方言的台灣話，它的存在，就是合理的，不能用另一種方言為標準去責難它這不合理那不合理，至於它被使用的區域小，或被使用的人口少，那是歷史上政治、經濟等諸多社會生活因素形成的，不是「合理」「不合理」的根據。⑵作為閩南方言的台灣話，和漢語其他方言，如粵語、吳語等一樣，都要經過一個提煉的過程，去粗存精，才能成為有價值的文學語言，在台灣話還處於待提煉的狀態的時候，不能輕易地否定它，說它沒有文學價值。⑶自秦始皇統一中國以後，全國統一了文字，各個方言區，包括使用閩南方言的台灣地區，都採用了統一的方塊漢字。不能以此說，沒有某方言的文字就是「下級話」。在方言與方言之間，絕沒有上、下之別的，有的只是殖民統治者使用的語言歧視被統治者使用的語言之別。而且，在這裡用「下級話」，是不是也反映了作為知識分子的張我軍也有一些居高臨下的味道。再說，張我軍恰恰是以大陸通用的白話文為標準去審視台灣話的，所以，他自覺或不自覺地有了上述不盡科學的說法。

　　但是，從歷史發展的必然趨勢，從台灣回歸中國的必然前景，從民族文化的歸屬，從方言與民族共同語發展的關係來考查，張我軍的主張──「台灣人的話統一於中國語」，是正確的。張我軍也試圖從上述四個方面來論述，只是說得不全面、不透徹罷了。另外，從張我軍的論述來看，他確實也感到，大陸通用的白話文與台灣話之間是有距離的，要「言文一致」，又如何

---

⑱　　張光正編：《張我軍全集》，台海出版社 2000 年 8 月版，第 56-57頁。

辦呢？為此，他又專門研究「中國國語文法」，探討解決的辦法。1926 年在台南新報社出版的《中國國語文法》的〈序言〉裡，他說：「用漢字寫台灣土話的，也未嘗不可以稱做『白話文』。」這表明，張我軍也是在設想縮短這種距離的。

除了張我軍在探索，賴和等其他台灣新文學先驅也在探討這個問題。比如，1926 年 1 月 24 日，賴和在《台灣民報》89 號上發表的〈讀台日紙的「新舊文學之比較」〉一文，就是他思索後的認識。在他看來，「新文學運動」的「標的」，「是在舌頭和筆尖的合一」，「是要把説話用文字來表現，再稍加剪裁修整，使其合於文學上的美」。在台灣，中國的白話文，還是不能做到「舌頭和筆尖的合一」，勢必要從台灣話的實際出發，進一步使言文真正做到合一。又比如，1927 年 6 月，鄭坤五在《台灣藝苑》上嘗試著用台灣話寫作，以「台灣國風」為題，連載民歌，並且首先提出了「鄉土文學」的口號。

這一切都表明，台灣新文學運動的發展，已經走向深入，要嘗試著解決大陸通用的白話文與台灣口語的矛盾，進一步真正做到「言文一致」了。從這一點看，這也就是「鄉土文學與台灣話文」論爭發生的內因。

30 年代的這場論爭發端是黃石輝的文章。

1930 年 8 月 16 日，《伍人報》第 9 號至第 11 號，連載了黃石輝的〈怎樣不提倡鄉土文學〉一文。從文藝大眾化的思想出發，黃石輝寫道：

> 你是要寫會感動激發廣大群眾的文藝嗎？你是要廣大群眾心理發生和你同樣的感覺嗎？不要呢，那就沒有話說了。如果要的，那麼，不管你是支配階級的代辯者，還是勞苦群眾的領導者，你總須以勞苦群眾為對像去做文藝，便應該起來提倡鄉土文學，應該起來建設鄉土文學。

　　顯然，在黃石輝看來，他提倡的「鄉土文學」是以「勞苦群眾為對像」的，是為勞苦大眾服務的，這正是當時建設台灣新文學要解決的問題。要為勞苦大眾服務，自然要深入勞苦大眾的生活，作為台灣作家，自然要深入到台灣勞苦大眾的社會生活，所以，文章又寫道：

　　　　你是台灣人，你頭戴台灣天，腳踏台灣地，眼睛所看的是台灣的狀況，耳孔所聽見的是台灣的消息，時間所歷的亦是台灣的經驗，嘴裡所說的亦是台灣的語言，所以你的那枝如「椽」的健筆，生蕊的彩筆，亦應該去寫台灣的文學了。

　　那麼，寫台灣勞苦大眾的、為台灣勞苦大眾服務的「鄉土文學」，採用什麼語言呢？文言文，他認為是代表舊貴族的，不能用；正在倡導的白話文，「完全以有學識的人們為對像」，與勞苦大眾的口語也有相當大的距離，也不能用；於是，黃石輝就倡導：

　　　　用台灣話做文，用台灣話做詩，用台灣話做小說，用台灣話做歌謠，描寫台灣的事物……⑲

　　這樣的倡導，可以說，和當時大陸瞿秋白、魯迅等人正在倡導的「大眾語」不謀而合了。其結果，也就「使文學家趨向於寫實的路上跑」了。

---

⑲　以上三段文字均轉引自廖毓文：〈台灣文字改革運動史略〉，見李南衡編：《日據下台灣新文學・明集 5》（文獻資料選集），明潭出版社 1979 年 3 月版，第 488-489 頁。

　　此外，用台灣話寫成各種文藝，黃石輝認為，要排除用台灣話說不來的或台灣用不著的語言，要增加台灣的特有的土語，如國語的「我們」，在台灣有時用做「咱」，有時用做「阮」。他又主張，「無論什麼字，有必要時便讀土音」，也就是增加台灣讀音。

　　黃石輝的這篇文章，限於《伍人報》極少的發行量，又因雜誌不久被禁，沒有刊完，影響有限。即使這樣，「卻亦曾引起許多人的注意」，「有許多有心人」寫信給他「追問詳細」，還有幾個人找他當面討論⑳。

　　一年後，郭秋生站出來響應了。1931年7月7日起，郭秋生在《台灣新聞》發表了〈建設「台灣話文」一提案〉的長文，約27000多字，連載了33回。歸納起來，文章講了三個問題：

　　第一，為什麼要用「台灣話文」？

　　郭秋生從日據台灣後，日本人和台灣人所受教育的差別談起。「台灣人要哪裡去呢？出外留學沒有能力，在地糊塗了六個年頭，公學校沒有路（錄）用，結局台灣人不外是現代知識的絕緣者。不止！連保障自己最低生活的字墨算都配不得了。」於是，台灣患了「文盲症」。為醫治這種「文盲症」，用日文吧，郭秋生堅決反對，為的是抵制同化；用漢語文言文呢，10年之前就反對了；用漢語的白話文也不行，仍然不能做到「言文一致」。郭秋生說，即使用雙重工夫去學習漢語的話文，也不能解決台灣語（口語）與漢語白話文（書面語）的距離，自然也就不能解決台灣的文盲症。因此，郭秋生主張「台灣話的文字化」。

　　第二，什麼叫「台灣話文」？

　　什麼叫「台灣話文」？郭秋生明確地指出，就是「台灣話的

---

⑳　黃石輝：〈再談鄉土文學〉，見吳守禮：《近五十年來台語研究之總成績》，大立出版社1955年版，第54頁。

文字化」。他認為,這「台灣話文」就是台灣語的書面語言,它的優點是:比較容易學;可以隨學隨寫;較容易發揮其獨創性,讀者較易瞭解。總之,每一時代都自有特色,如果沒有直接記錄該言語的文字,則不能充分的表示意思。

第三,用哪一種文字記錄台灣語?

當時,蔡培火等人正在提倡羅馬字。早在 1922 年 9 月 8 日《台灣》3 卷 6 號就發表了蔡培火用日文寫的〈新台灣的建設與羅馬字〉一文,提出了羅馬字的應用問題。1927 年 1 月 2 日,《台灣民報》又發表了他的另一篇文章〈我在文化運動所定的目標〉,公開提倡羅馬字式台灣白話字。在他看來,台灣話的「欠點」是,「台灣話不能用漢字記寫得很多,所以台灣話是僅僅可以口述,而不可以書寫的」,如果能夠克服這個「欠點」,「台灣的文化運動,就可以一瀉千里」。那麼,「有什麼可以解救台灣話這個欠點」呢?他說:「那單單 24 個的羅馬字,就可以充分代咱做成這個大工作。唉喲!這小小 24 個的羅馬字,在我台灣現在的文化運動上,老實是勝過 24 萬的天兵啊。」實際上,蔡培火的主張只在一部分台灣基督教徒中流行,並未成事。失敗的主要原因,是「當時從事文化運動的知識分子,均懷有強烈的民族思想,對於非我族類的文字心生排斥」[21]。

同樣郭秋生也堅決反對蔡培火的意見。他說:

> 台灣語盡可有直接記號的文字。而且這記號的文字,又純然不出漢字一步,雖然超出文言文體系的方言的地位,但卻不失為漢字體系的較鮮明一點方言的地方色而已的文字[22]。

---

[21]　廖祺正:《三十年代台灣鄉土話文運動》,成功大學史語所碩士論文,1990 年,第 38 頁。

　　他還說，「台灣既然有固有的漢字」，「任是怎樣没有氣息，也依舊是漢民族言語的記號」，「台灣人不得放棄固有文字的漢字」。這就是說，要以現行的漢字為工具來創造台灣語的書面語言「台灣話文」，而這「台灣話文」正是漢字體系中有鮮明地方色彩的文字。

　　郭秋生的這個主張，有著深刻的含義。這就是：如果採用漢字，台灣話文最終將和祖國通行的白話文融為一體。這一點，負人（莊垂勝）在 1932 年 2 月 1 日《南音》1 卷 3 號發表的〈台灣話文雜駁三〉一文，講得再清楚不過的了。他說：

　　　　如果台灣話有一半是中國話，台灣話文又不能離開中國話文，那麼台灣話文當然給中國人看得懂，中國話文給台灣大眾豈不是也懂得看了嗎？如果台灣話是中國的方言，台灣話文又當真能夠發達下去的話，還能夠有一些文學的台灣話，可以拿去貢獻於中國國語文的大成，略盡其「方言的使命」。如果中國話文給台灣大眾也看得懂，幼稚的台灣話便不能不盡量吸收中國話以充實其內容，而承其「歷史的任務」。這樣一來，台灣話文和中國話文豈不是要漸漸融化起來㉓。

　　在創造「台灣話文」的方法上，郭秋生以為，一方面考據語源，找出適用的文字；另一方面則是利用六書法則，形聲、會意、假借等來創造新字。具體的原則，郭秋生提出了五點：⑴首

---

㉒　轉引自廖毓文：〈台灣文字改革運動史略〉，見李南衡編：《日據下台灣新文學・明集 5》（文獻資料選集），明潭出版社 1979 年 3 月版，第 491 頁。

㉓　《南音》1 卷 3 號，第 7 頁（東方文化書局影印本）。

先考據該言語有無完全一致的漢字；(2)如義同音稍異，應屈語言而就正於字音；(3)如義同音大異，除既有的成語（如風雨）「呼」字音外，其他應「呼」語言（如落雨）；(4)如字音和語音相同，字義和語義不同，或字義和語義亦同，但慣行上易招誤解者，均不適用；(5)要補救這些缺憾，應創造新字以就話。

同年 7 月 24 日，黃石輝在《台灣新聞》上發表〈再談鄉土文學〉㉔一文，呼應了郭秋生的主張。文章的要點是：(1)進一步指明「鄉土文學」和「台灣話文」的關係，「鄉土文學是代表說話的，而一地方有一地方的話，所以要鄉土文學」。「因為我們所寫的是要給我們最親近的人看的，不是要特別給遠方的人看的，所以要用我們最親近的語言事物，就是要台灣話描寫台灣的事物。」(2)為了不使台灣和大陸的交流斷絕，不要用表音文字而用漢字。用漢字也盡量採用和中國通行的白話文有共同性的，台灣獨特的用法要壓到最低限度。這樣，會看臺灣話文的人能通曉大陸的白話文，大陸的人也能讀懂台灣的話文。他說：「台灣話雖然只通行台灣，其實和中國是有連帶關係的，如我們以口說的話，他省人固然不懂，但寫成文字，他省人是不會不懂的。」(3)用了幾乎一半的篇幅，討論怎樣表記台灣語的具體的技術問題。比如文字問題，無字可用的，盡量「採用代字」，然後再考慮「另做新字」。又如，主張刪除無字可用的話，即無必要的話。還如，讀音上，「要採用字義來讀音」，等等。黃石輝還建議，組織鄉土文學研究會，商討有關的問題。

同年 8 月 29 日，郭秋生在《台灣新民報》第 379-380 號上發

---

㉔　關於此文，參閱李南衡編：《日據下台灣新文學・明集 5》（文獻資料選集），明潭出版社 1979 年 3 月版，第 489-490 頁；及吳守禮：《近五十年來台語研究之總成績》，大立出版社 1955 年版，第 54 頁。

表了〈建設台灣話文〉，具體地論述了如何建設台灣話文。他
說：

　　　　然而目前這種基礎的打建要怎樣做去才有實質的效
　　力？我想，打建的地點的確要找文盲層這所素地啦！……
　　　　然而這種理想，在哪一處可見呢？歌謠啦！尤其是現
　　在所流行的民歌啦！所以我想把既成的歌謠及現在流行的
　　民歌（所謂俗歌）整理，為其第一有功效的。……我知道
　　這些民歌的蔓延力，有勝過什麼詩、書、文存、集等等幾
　　萬倍……
　　　　所以吾輩說，當前的工作，先要把歌謠及民歌照吾輩
　　所定的原則整理，而後再歸還「環境不惠」的大多數的兄
　　弟，於是路旁演說的賣藥兄弟的確會做先生，看牛兄弟也
　　自然會做起傳道師傳播直去，所有的文盲兄弟姊妹工餘的
　　閒暇盡可慰安，也盡可識字，也盡可做起家庭教師㉕。

　　由此可見，在郭秋生看來，建設「台灣話文」的關鍵是深入
工農勞苦大眾，即：「擴建的地點的確要找文盲層這所素地」。
其切入點，是按照一定的原則，去整理活在人民大眾口頭上的民
歌民謠。於是，整理後的民歌民謠就成為第一批「台灣話文」的
標本，返回到人民大眾中，看牛的、賣藥的以及所有的文盲兄弟
姊妹，都能很快地讀懂它們，「文盲症」就可以獲得治療。同年
11 月，郭秋生在《台灣新民報》第 389-390 號上，又發表了另一
篇文章〈讀黃純青先生的「台灣話改造論」〉，就台灣話的改
造、言文一致、統一讀音、講究語法、整理言語等方面的問題，

---

㉕　《台灣新民報》379 號。1931 年 8 月 29 日（東方文化書局影印
　　本）。

繼續說明了他的觀點。

到了 1932 年 1 月 1 日，《南音》雜誌創刊，郭秋生就開闢了「台灣白話文嘗試欄」，除了發表整理後的民歌民謠、謎語、故事外，還發表若干台灣話文的散文隨筆試作，希望能進一步實踐。

黃石輝、郭秋生的文章發表後，引發了台灣文壇諸多人士的思考。《台灣新聞》、《台灣新民報》、《南瀛新報》、《昭和新報》等報紙上都展開了不同意見的論爭。論爭中，贊同黃石輝、郭秋生意見的有鄭坤五、莊垂勝、黃純青、李獻璋、黃春成、擎雲、賴和、葉榮鐘等人，反對黃石輝、郭秋生意見的有廖毓文、林克夫、朱點人、賴明弘、林越峰等人。

1931 年 8 月 1 日，廖毓文在《昭和新報》上發表〈給黃石輝先生——鄉土文學的吟味〉一文。這是反駁的第一篇公開發表的文章。在「鄉土文學」的含義上，廖毓文提出了質疑。他說，從文學史上考察，「鄉土文學首倡於 19 世紀末葉的德國 F. Lonhard」。「他們給它叫做 heimathunst（鄉土藝術），最大的目標，是在描寫鄉土特殊的自然風俗和表現鄉土的感情思想，事實就是今日的田園文學」。「因為它的內容，過於泛渺，沒有時代性，又沒有階級性」，所以「到今日完全的聲銷跡絕了」。廖毓文的言外之意是說，黃石輝、郭秋生兩人提倡的「鄉土文學」內涵模糊，有田園文學的傾向。由此，他質問黃石輝，「一地方要一地方的文學，台灣五州，中國十八省別，也要如數的鄉土文學麼？」可見，廖毓文是從文學的地方特色這一面，去理解黃石輝、郭秋生提倡的「鄉土文學」的內涵的。基於這樣的理解，廖毓文認為，今日提倡的「鄉土文學」，就是「以歷史必然性的社會價值為目的的文學——即所謂布爾什維克的普羅文學」。看起來，廖毓文是在反駁黃石輝，實際上，他是在進一步為黃石輝倡導的「鄉土文學」給予更明確的詮釋，指「鄉土文學」的核心是

文藝大眾化的問題。

　　林克夫發表在 1931 年 8 月 15 日《台灣新民報》377 號上的
〈鄉土文學的檢討──讀黃石輝君的高論〉一文，則從台灣血
緣、文化的歸屬出發，認為：

> 　　台灣何必這樣的苦心，來造出一種專使台灣人懂得的
> 文學呢？若是能普遍的來學中國白話文，而用中國白話文
> 也得使中國人會懂，豈不是較好的麼？因為台灣和中國直
> 接間接有很密切的關係，所以我希望台灣人個個學中國
> 文，更去學中國話，而用中國白話文來寫文學。

林克夫還說：

> 　　若能夠把中國的白話文來普及於台灣社會，使大眾也
> 懂得中國話，中國人也能理解台灣文學，豈不是兩全其美
> [26]。

　　朱點人在 1931 年 8 月 29 日發表在《昭和新報》上的〈檢一
檢「鄉土文學」〉一文，也呼應了林克夫，提出了和黃石輝、郭
秋生針鋒相對的觀點，論辯了鄉土文學與台灣話文的是非。

　　歸納起來，廖毓文、林克夫、朱點人等人加以反對，共同的
認識是在於：台灣話粗糙，不足為文學的利器；台灣話分歧不一
（閩粵相殊，各地有別），無所適從；台灣話文大陸人看不懂。
究其深層的文化意識，則不難理解，反對者都是站在台灣與中國
一體的立場上來看問題的。他們認為，以台灣話創作鄉土文學缺

---

　[26]　以上兩則引文見《台灣新民報》377 號，1931 年 8 月 15 日（東方
　　　　文化書局影印本）。

乏普遍性，片面地強調語言形式與題材內涵的本土化，勢必會妨礙台灣與大陸的文化交流。他們顯然是延續了張我軍的觀點，認為，無論是從民族、從文化還是從語言、從文學來看，台灣都永遠是中國的一部分。

這場論爭往後發展，主張台灣話文的一派裡，內部也有了論爭，其焦點，則是台灣話有音無字的現象所衍生的新字問題。

在論爭中，葉榮鐘提出了「第三文學」論。葉榮鐘當時就這一話題在《南音》雜誌上發表的相關文字有四篇，即 1932 年 1 月 17 日 1 卷 2 號「卷頭語」〈「大眾文藝」待望〉；2 月 1 日 1 卷 3 號「卷頭語」〈前輩的使命〉；5 月 25 日 1 卷 8 號「卷頭語」〈「第三文學」提倡〉；7 月 25 日 1 卷 9、10 合併號上的〈再論「第三文學」〉。葉榮鐘主張「把民族的契機從『中國』之大，反過來抓『台灣』之大」，待望以「台灣的風土，人情，歷史，時代做背景的有趣而且有益的」、「台灣自身的大眾文藝」的產生。他所謂的「第三文學」，是立足於台灣「全集團的特性」，在貴族文學與「普羅」㉗文學之外，描寫「現在的台灣人全體共同的生活，感情，要求和解放的」台灣文學，即「超越在階級意識之上」的台灣「共通的生活狀態的生活意識」的文學，偏重在中國文學中台灣地域文化特色的追求。

這場論爭，持續了兩年多的時間。在當時的條件下，這樣的論爭自然是不會有結果的，甚至於，達成共識也是不可能的。

回顧這場論爭，我們可以得出這樣的結論：

---

㉗　即「無產階級文學」。「普羅」是法文 Proltaria，英文 Proletariat（普羅列塔利亞）譯音的縮寫。普羅文學是中國第二次國內革命戰爭時期為避免反動派注意而採用的譯名，旨在馬克思主義指導下，宣傳無產階級革命思想，為無產階級革命事業服務的文學。

　　第一，這次論爭是台灣新文學運動發展的繼續，是新文學運動中語文改革的繼續。

　　大家知道，五四文學革命，打倒舊文學，建設新文學，首先就是突破舊的語言形式文言文的束縛，以白話文代替了文言文的。當白話文取得勝利，通行於文壇的時候，新的矛盾又出現了。這就是通行的白話文還是由少數知識層運用、通曉的一種書面語言，與中國廣大的人民大眾所運用的口語，以及其中包含的方言、土語，有相當大的距離。既然新文學運動要解決的中心問題是「為什麼人」的問題，新文學運動要向前發展，要真正做到為人民大眾服務，就必須解決這個新的矛盾。於是，30 年代，以上海文壇為中心，展開了「大眾文、大眾語」的討論。同樣，在台灣，新文學運動的進一步發展，也碰到了和內地一樣的問題。白話文雖然主宰了台灣文壇，「言文一致」卻並未獲得真正的解決，而且，台灣處於日本帝國主義的殘酷統治下，與大陸處於隔離狀態，這種矛盾更加凸現了出來。難怪在論爭中，黃石輝會申辯說：

　　　　台灣是一個別有天地，在政治的關係上，不能用中國話來支配，在民族的關係上，不能用日本的普通話來支配，所以主張適應台灣的實際生活，建設台灣獨立的文化 ㉘。

　　很明顯，這裡說的「台灣獨立的文化」，並不是被後來「台獨」分子詮釋的那種分離於祖國的「台獨」文化，而是符合台灣

---

㉘　轉引自廖毓文：〈台灣文字改革運動史略〉，見李南衡編：《日據下台灣新文學·明集 5》（文獻資料選集），明潭出版社 1979 年 3 月版，第 495 頁。

實際的文化。郭秋生也一再表白自己的心境説：

　　　我極愛中國的白話文，其實我何嘗一日離卻中國的白
話文？但是我不能滿足中國的白話文，也其實是時代不許
滿足的中國白話文使我用啦！既言文一致為白話文的理
想，自然是不拒絕地方文學的方言的特色。那麼台灣文學
在中國白話文體系的位置，在理論上應是和中國一個地方
的位置同等，然而實質上現在的台灣，想要同中國一地
方，做同樣白話文體系的方言位置，做得成嗎㉙？

　　這段話最清楚地表明，「在日本人的統治下，台灣人不得不
選擇『台灣話文』的用心。」㉚因此，我們可以説，這次論爭是
新文學發展過程中不可避免的一個事件，從這個意義上説，這場
論爭的性質，乃是新文學陣營內部的一場探討性的集體研究。
　　第二，這次論爭又是「普羅」文學、文藝大眾化思潮的一種
必然反映。30 年代前後，從蘇聯開始，席捲世界各地區的左翼文
學及其文藝大眾化思潮，通過日本共產黨，或者説，也受到大陸
「左聯」的影響，台灣新文學中的左派人士，也緊隨其後地做了
起來。所以説，「鄉土文學」的本質，就是文藝大眾化的思想，
這與新文學建設的中心問題又是一致的，相吻合的。當我們知
道，黃石輝被當年台灣文壇稱之為「普羅文學之巨星」時，我們
就不會奇怪，在這場論爭中，為什麼是他打響了第一槍。

────────────

㉙　郭秋生：〈建設「台灣話文」一提案〉，《台灣新民報》380號，
　　1931 年 9 月 7 日（東方文化書局影印本）。

㉚　呂正惠：〈日據時代「台灣話文」運動平議〉，《台灣的社會與
　　文學》，中正大學中文系主編，東大圖書公司 1995 年 11 月版，
　　第 19 頁。

　　第三，論爭雙方的分歧點，主要在解決新的矛盾的辦法上，或者說，採取什麼途徑來解決新出現的問題上。當時，在大陸，在台灣，同樣地都提出了兩種方案，而且方案的內容幾乎也是一樣的。

　　一種方案是兩步走的方案。在大陸，首先提出這種方案的是魯迅，他說：「啟蒙時期用方言，但一面又要漸漸地加入普通的語法和詞彙去，先用固有的，是一地方的語文大眾化，加入新的去㉛，是全國的語文的大眾化。」黃石輝、郭秋生的意見，正是這種兩步走的辦法。第一步，以閩南方言的台灣語為基礎，提煉加工為台灣話文。但是，在創造台灣語的書面語言──台灣話文的時候，他們堅持：⑴採用漢字；⑵没有漢字能表達的，盡力找漢字中可以代替的字；⑶實在無法，就按照創立漢字的六書法則，形聲、會意、假借等創造新字。其結果，內地人，台灣人逐漸地都能看懂，自然而然地進入到第二步，即全國通行的書面語言。應該看到，黃石輝、郭秋生兩人堅持用漢字的方案，就預示了「台灣話文」的走向。這也說明，他們追求的是台灣語與台灣話文──最終匯入到魯迅所說的中國的新的書面語言中去。

　　另一種方案，即前述林克夫等人的意見，就是「一步到位」式的屈語就文的方案。

　　實際上，這兩種方案是殊途同歸的。

　　第四，評說這次論爭，要尊重史實，尊重由史實體現出的思想與主張，切勿以今人的某些主觀理念去詮釋它，甚至為我所用地斷章取義，去歪曲它。從前面的論述，可以看出，黃石輝、郭秋生強調的文藝大眾化，看重的是聯繫台灣的實際，突出的是寫實主義，正如內地吳語地區要聯繫吳方言的實際、粵語地區要聯繫粵方言的實際一樣，並沒有顯示出葉石濤所謂的台灣的「自主

_____

㉛　前文已說明，這「新的」正是自然形成的普通話、國語。

性文學的意念」，其文化歸屬還是明確的。

## 第三節　在高壓下的台灣新文學運動開始走向成熟

　　從 1931 年起，台灣抗日民族民主政治運動開始低落。到了 1937 年，就全部進入低潮。這期間，世界形勢發生了重大變化。1932 年，德國納粹黨開始掌權。1935 年，他們重整軍備。在日本，則加快了侵略中國的步伐。1931 年「九一八」事變後，日本帝國主義接著在 1932 年策劃了「一・二八」事變。1935 年 11 月在冀東成立偽政府。1936 年 2 月 26 日本爆發「二二六」事件。11 月德日簽下協定。1937 年 7 月 7 日，爆發了「蘆溝橋事變」，中國進入全面抗戰時期。在台灣，日本殖民當局也加強了法西斯的殘酷統治。1932 年 11 月 18 日，殖民當局下令禁止開設漢文書房，台灣人民不再能公開學習漢文。1937 年 4 月 1 日，他們又進一步下令禁止一切報紙雜誌使用中文。然而，台灣新文學運動就在日本帝國主義的高壓政策下，在台灣政治運動陷入低潮的逆境中，卻堅持發展，開始走向成熟。這表現在：一、台灣新文學運動有了自己獨立的作戰陣地和隊伍。二、台灣新文學運動進一步密切了與人民大眾的聯繫，文藝大眾化的思想開始開花結果；三、台灣新文學運動自覺地學習民間文學，吸取民間文學的思想藝術的營養，使台灣新文學更具有了民族特性和地方色彩。

　　先說一。

　　台灣新文學運動在初期，和大陸五四文學革命的開端時候一樣，是和政治運動、文化運動融為一體的，即，有一支共同的隊伍，成立共同的社團，擁有共同的陣地，《青年》、《新青年》、《台灣青年》、《台灣》等雜誌就是這種性質的綜合性刊

物，《台灣民報》和《台灣新民報》也是如此。而文學事業的發展，總是迫切地需要有自己的陣地以及擁有一批專門的隊伍的。於是，這時，在台灣，獨立的文學期刊、文學社團就應運而生了。主要的報刊、團體有：

《台灣新民報‧學藝欄》：1932 年 4 月 15 日發行日刊後，開闢《學藝欄》，提供作品發表的園地，鼓勵先進作家，連載長篇小說，獎賞小說，促進了文學的創作。

「南音社」和《南音》半月刊：1931 年秋天，台北和台中的一些作家，共同組織了「南音社」。第二年，1932 年 1 月 1 日創刊文藝雜誌《南音》半月刊，而且以重金徵集小說、戲曲、詩歌、春聯等。在文學評論方面，開闢了《台灣話文嘗試欄》，郭秋生發表了隨筆〈糞屑船〉和童話，以證明「台灣話文」是行得通的。

「台灣藝術研究會」和《福爾摩沙》雜誌：1931 年 3 月 25 日，在日本東京的文學愛好者王白淵、林新豐、林兌、葉秋木、吳坤煌等人商議組織文藝團體「台灣藝術研究會」，這是台灣組織的第一個文藝團體。他們主張「以文化形體，使民眾理解民族革命」，第一步先發行文化消息。於是由吳坤煌於 8 月 13 日編發了《台灣文藝》創刊號，共 70 本，只是第二期就夭折了。1932 年 3 月 20 日，吳坤煌、王白淵，再一次和在東京的蘇維熊、魏上春、張文環、吳鴻秋、巫永福、黃坡堂、劉捷等人，另行組織了一個「台灣藝術研究會」，以「台灣文學及藝術的向上為目的」，並創刊了文藝雜誌《福爾摩沙》。因為經濟困難，《福爾摩沙》只出版了三期，後來，它的一些成員參加了《台灣文藝》月刊的編輯工作。

「台灣文藝協會」和《先發部隊》、《第一線》：1932 年 11 月 8 日，《南音》半月刊出版了第 1 卷第 12 號後被迫停刊。這年的 10 月成立了「台灣文藝協會」，主要成員有廖毓文、郭秋生、

黃得時、林克夫、朱點人、蔡德音、陳君玉、徐瓊二、吳逸生、黃青萍、林月珠等。1934年7月15日《先發部隊》創刊號問世。創刊號發表了宣言並刊登了郭秋生以芥舟為筆名寫的序詩〈先發部隊〉。詩中寫道:「烽火發了,／為躍進而躍進的烽火,／出發了,先發部隊!／在這樣緊張與光明的氛圍裡出發了,／沖天的意氣,／不撓的精神,／荊棘算什麼?／頑石朽木……／熾烈的足跡過處,／只有焦赤的印痕,／留在後方的焦赤的連續,／分明是小小的步道躍然。」詩的最後,熱情地呼籲:「莫遲疑,別徬徨,／來!趕快齊集於同一戰線,／把海洋凝固,／把大山遷移,／動起手來,／直待,實現我們待望的世界!」半年後,1935年1月6日,《先發部隊》出版第2期,改名為《第一線》,數量增加了,篇幅增至162頁,比第1期多一倍。質量也有長足的進步。只是迫於殖民當局的法令,增加了部分日文稿件。

「台灣文藝聯盟」和《台灣文藝》月刊:從1931年到1934年的三年間,「南音社」、「台灣藝術研究會」、「台灣文藝協會」先後成立,《南音》、《福爾摩沙》、《先發部隊》、《第一線》等文藝雜誌問世,都為台灣文學界創立統一的組織,做好了組織上的、陣地上的準備。瓜熟蒂落,水到渠成,經過充分的醞釀與籌備,1934年5月6日「台灣文藝聯盟」在台中市小西湖酒家宣佈成立了。會場佈置得充滿文學氣氛,卻又情緒異常緊張。開會以前日本統治者已派大批警察人員從事戒備,在會場內有幾張標語被撕下。「台灣文藝聯盟」的委員,北部有黃純青、黃得時、林克夫、廖毓文、吳逸生、趙櫪馬、吳希聖、徐瓊二;中部有賴慶、賴明弘、賴和、何集璧、張深切;南部有郭水潭等兩人。賴和、賴慶、賴明弘、何集璧、張深切為常務委員,又推選賴和為常務委員長,賴和堅辭,改推張深切為常務委員長。1934年11月5日創刊了《台灣文藝》,到1936年8月28日被迫停刊,共出15期,是台灣創辦的文藝雜誌壽命最長、團結作家

最多、影響力最大的一份雜誌。「台灣文藝聯盟」與《台灣文藝》於 1936 年 8 月被迫停止活動。

《台灣新文學》：由楊逵、葉陶夫婦創辦的《台灣新文學》，從 1935 年 12 月 28 日創刊始，到 1937 年 6 月 15 日被迫停刊止，共出版了 14 期，另有《文學月報》2 期。1936 年 8 月《台灣文藝》停刊前，《台灣新文學》是與《台灣文藝》並肩作戰的，從第 10 期開始，《台灣新文學》單獨負起了發展新文學的重任。最初，楊逵參加了「文藝聯盟」並擔任了《台灣文藝》的編輯，只因在辦刊的具體問題上發生了分歧，楊逵「經過了千思萬慮」，「為了台灣的作家、為了讀書人，迫切需要著適應台灣的現實的文學機關」，他才下了決心，用他們夫婦兩人的微薄工資，創辦了第 1 期的《台灣新文學》㉜。編輯部成員有賴和、楊守愚、黃病夫、吳新榮、郭水潭、王登山、賴明弘、賴慶、李禎祥、楊逵。營業部成員有莊明當、林越峰、莊松林、徐玉書、謝頓登、葉陶。

從上面所介紹的文學組織及文學期刊的章程、宣言、檄文、發刊詞、刊頭語等等的內容來看，我們可以看出：

第一，組織獨立的文學社團，開闢獨立的文學陣地，是適應了時代的需要的。比如，《先發部隊》第 1 期的《宣言》告知人們：「台灣的凡有分野，都已是碰進了極端之壁，無論是政治生活、經濟生活、社會生活、個人生活，而呼改造之聲，久已熾熱，同時待望於真摯有力，為改造的先驅與動力的文藝的出現也算非一日了。」可是，「台灣新文學，時至今日，還在荒涼不堪，而甚至荊棘叢生著的。也別說其有無和時代的水準並行，與曾否應過時代民心的渴仰」。之所以如此，《宣言》指出：

---

㉜　見林載爵訪問手稿，轉引自陳少廷：《台灣新文學運動簡史》，聯經出版公司 1978 年版，第 131 頁。

     ……散漫的自然發生期的行動，也許不失為原因之
一。……從散漫趨向集約，由自然發生期的行動而之本格
的建設的一步前進，必是自然演進的行程，同時是台灣新
文學所碰壁以教給我們轉向的示唆。

     我們以為惟其如此的行動，始足以約束新的劃期的發
展到來，與期望得台灣新文學運動的實際化。……進而應
付時代的要求，做起當來的凡有生活分野的先驅和動力
……㉝

又比如，賴明弘和張深切在回憶「台灣文藝聯盟」成立的文
章裡，都説到建立獨立的文學組織的意義。賴明弘説，他和南北
部幾位朋友談起台灣文學如何發展時，他們「獲得一個明確的結
論，那就是舉行一次集全島界同好的文藝大會，以創設一個強有
力的文學團體，進而展開文學運動」㉞。張深切在自傳《里程
碑》裡也談到，1934 年，賴明弘和幾位朋友勸他「組織一個文藝
團體來代替政治活動」，他説到他當時的想法是：

     我看左翼組織已經被摧毀，自治聯盟也陷於生死浮沉
的田地，生怕台灣民眾意氣消沉，不得不決意承擔這個帶
有政治性的文藝運動。……在這文藝啟蒙時期，與其説是
一躍要建立文壇，不如説是要建設文藝運動的基礎，來代
替政治運動較為恰切。

---

㉝    李南衡編：《日據下台灣新文學・明集 5》（文獻資料選集），
      明潭出版社 1979 年 3 月版，第 141-142 頁。

㉞    李南衡編：《日據下台灣新文學・明集 5》（文獻資料選集），
      明潭出版社 19 79 年 3 月版，第 379 頁。

　　　　這次標榜的文藝運動，骨子裡是帶有政治性的，所以
我們不願意輕易放棄這一運動的領導權㉟。

　　政治運動陷入低潮了，文學運動就要推向高潮，台灣新文學
運動中的這些先行者頭腦太清醒了，認識太正確了，行動也太自
覺了。當然，這裡說的獨立的文學組織、獨立的文學陣地，只是
從政治運動中剝離出來，在「組織」、「陣地」意義上的獨立。
實際上，在獨立的文學組織和陣地出現後，在抗日民族民主的運
動中，新文學運動就更加實現了它的生力軍的作用了。這，的確
標誌著新文學運動在走向成熟。

　　第二，繼續擔當起啟蒙的任務。

　　《南音》半月刊的〈發刊詞〉在分析了台灣當時的形勢後，
表述了《南音》同仁有一點小小的「野心」是：

　　　　要想提高一點點台灣的文化，向上我們的生活……期
　　待它能做個思想知識的交換機關，盡一點微力於文藝的啟
　　蒙運動㊱。

　　而「台灣藝術研究會」在《福爾摩沙》創刊號的〈檄文〉
裡，在總結了以前的政治運動、文化運動的成敗得失、經驗教訓
後，也表達了相同的看法：

　　　　今天我們《福爾摩沙》雜誌的同仁，卻抱著不死心，

---

㉟　轉引自陳少廷：《台灣新文學運動簡史》，聯經出版公司 1978 年
　　版，第 110-111 頁。

㊱　李南衡編：《日據下台灣新文學・明集 5》（文獻資料選集），
　　明潭出版社 1979 年 3 月版，第 117 頁。

依然想和故鄉各文藝鬥士協力，靠著團體的力量，著手恢
復這被人家久困不顧的文藝運動，而提高台灣同胞的精神
生活㊲。

原先，台灣的新文學運動是和政治運動、文化運動融為一體
地進行思想啟蒙的，現在，這些「文藝鬥士」的態度表明，這思
想啟蒙的重大的使命已經由新文學運動獨立地來承擔了。這，不
能不說也是台灣新文學運動走向成熟的一種表現。

雖然「鄉土文學與台灣話文」的論爭雙方，没有取得共識，
以台灣話文嘗試寫作的試驗也因政治原因而被迫中斷，但論爭雙
方共同張揚的文藝大眾化思想，寫實的創作方法，卻還是留下了
深遠的影響的。

首先，文學團體與文學期刊都確定了文藝大眾化的指導方
針。

比如《南音》半月刊，就大力推行思想和文藝的普遍化和大
眾化。它的〈發刊詞〉宣佈的兩個使命的第一個使命就是「怎樣
才能使思想、文藝普遍化」。〈發刊詞〉説：

　　　誰都知道從來的思想、文藝是一極小部分的人們才能
　　夠享受它的恩澤的，因而所謂社會的文化自然也不得不偏
　　倚一方了。這是多麼不公平，不經濟的事情啊！希求整個
　　社會的進步發達，已是現代的潮流，何況像台灣這樣，文
　　化程度較低的地方，自然要比別處痛感其有普遍化的必
　　要。所以本志應當期待充做個研究，「怎樣才能夠使多數
　　人領納得思想和文藝的生產品」的機關，換句話講，就是

<hr>

㊲　陳少廷：《台灣新文學運動簡史》，聯經出版公司 1978 年版，第
　　89-90 頁。

有什麼方法或是用什麼工具和形式來發表，才能夠使思
想、文藝浸透於一般民眾的心田，這是本志應當努力的一
個使命㊳。

比如，「台灣文藝聯盟」成立大會時，牆上的標語就是：

推翻腐敗文學，實現文藝大眾化。

該會成立的《宣言》共五條，其中三、四兩條都談到文藝大
眾化的問題。第三條是說文學創作，談了三點意見：(1)要積極努
力發表「能夠暗示大眾前進的創作」。(2)要創作「富有特異性的
作品」，「拿到大眾裡頭去」。(3)創作的作品要針對「大眾眼前
的各種問題」，「必須使大眾能夠飽受一種新的刺激」，從而
「得著大眾的支持」。第四條，強調「站在大眾旗下努力的我
們」，「再進一步去奮鬥，去把作品介紹到民間」。

比如，《台灣文藝》創刊號的 11 條標語，其中一條就是：

我們希望把這本雜誌辦到能夠深入識字階級的大眾裡
頭去。

《台灣文藝》2 卷 2 期發表的張深切的文章〈對台灣新文學
路線的一提案〉及 2 卷 4 期發表的續篇〈再提案〉，把台灣過去
的文學路線分為中國文學路線和日本（亦即歐美）的文學路線，
進行了分析、比較、批評以後，也強調要貫徹一條「真實」的路
線。他說：

---

㊳　李南衡編：《日據下台灣新文學・明集 5》（文獻資料選集），
　　明潭出版社 1979 年 3 月版，第 117 頁。

　　　　台灣固自有台灣特殊的氣候、風土、生產、經濟、政
治、民情、風俗、歷史等，我們要把這些事情，深切地以
科學的方法研究分析出來——察其所生、審其所成、識其
所形、知其所能——正確地把握於思想，靈活地表現於文
字，不為先入為主的思想所束縛，不為什麼不純的目的而
偏袒，只為了貫徹「真、實」而努力盡心，只為審判
「善、惡」而研鑽工作。這樣做去，台灣文學自然在於沒
有路線之間，而會築出一有正確的路線。

　　　　總而言之，我所要主張的，是台灣文學不要築在於既
成的任何路線之上，要築在於台灣的一切「真、實」（以
科學分析）的路線之上，以不即不離，跟台灣的社會情勢
進展而進展，跟歷史的演進而演進㊴。

　　顯然，張深切是要求台灣新文學從台灣的實情出發，與「鄉
土文學與台灣話文」討論的一切從台灣社會的主體——勞苦大眾
的實際出發，是一致的。

　　其次，在文學創作上也體現了文藝大眾化的思想。

　　在創作題材上，多數作品都在寫下層勞苦大眾的生活；在創
作內容上，集中表現了人民大眾反帝反封建的意願；在創作風貌
上，突出了台灣特有的風土人情等地方色彩；在創作語言上，有
意識地擇取有表現力的台灣地區方言話語，或補充白話文在表達
台灣生活之不足，或增添作品的鄉土韻味，等等。我們以小說為
例，可以看到這種真實的情景。這段時間裡，《南音》發表的有
賴和的〈歸家〉、〈惹事〉，一吼的〈老成黨〉，赤子的〈擦鞋
匠〉；《台灣文藝》發表的有賴和的〈善訟人的故事〉，張深切

---

㊴　李南衡編：《日據下台灣新文學・明集 5》（文獻資料選集），
　　明潭出版社 1979 年 3 月版，第 184-185 頁。

的〈鴨母〉，林越峰的〈到城市去〉、〈好年光〉、〈紅蘿蔔〉，楊華的〈一個勞動者的死〉、〈薄命〉，王錦江的〈青春〉、〈沒落〉，蔡德音的〈補運〉，廖毓文的〈玉兒的悲哀〉，繪聲的〈秋兒〉、〈像我秋華的一個女郎〉，謝萬安的〈老婆到手苦事臨頭〉、〈五穀王〉，李泰國的〈分家〉、〈細雨霏霏的一天〉，秋洞的〈興兄〉、〈理想鄉〉、〈媒婆〉，村老的〈難兄難弟〉，張慶堂的〈鮮血〉等。楊華的〈薄命〉、楊逵的〈送報伕〉和呂赫若的〈牛車〉，還同時被選入上海文化生活出版社 1936 年 4 月出版的小說集。後兩篇的譯者是胡風。特別要提到的是，《台灣新文學》第 1 卷第 12 期 12 月號上，楊逵編了「漢文創作特輯」，有賴賢穎的〈稻熱病〉，尚未央的〈老鷄母〉，馬木歷的〈西北雨〉，朱點人的〈脫穎〉，洋的〈鴛鴦〉，廢人的〈三更半瞑〉，王錦江的〈十字路〉，一吼的〈旋風〉等八篇，竟遭日本政府禁止發行。1934 年，李獻璋編輯了台灣第一本中文小說選集，收錄有賴和的〈前進〉、〈棋盤邊〉、〈辱〉、〈惹事〉、〈赴了春宴回來〉，楊雲萍的〈光臨〉、〈弟兄〉、〈黃昏的蔗園〉，張我軍的〈誘惑〉，一村的〈榮歸〉，楊守愚的〈戽魚〉，芥舟的〈兔〉，朱點人的〈蟬〉，王錦江的〈沒落〉、〈十字路〉等，前有楊雲萍寫的〈序〉。後因「全書內容欠妥」，也就是說這本小說選有抗日色彩，最後被禁止刊行。上列這些作品，或整體，或語言形式，或內容，或人物形象等，在某個方面，都有著文藝大眾化思想的深刻印記。這表明，新文學運動和人民大眾的密切關係，已經深入到作品裡，得到了形象的表現了。

　　還應該特別說到的是，隨著文藝大眾化思想的傳播，隨著新文學運動日益深入人民大眾，當時，在台灣，人們開始重視民歌民謠、民間文學，並開始整理歌謠民間故事了。

　　1931 年 1 月 1 日《台灣新民報》第 345 號，就發表了醒民的

〈整理歌謠的一個提議〉，他說：

　　我們提倡整理台灣歌謠的動機，雖然非常單純，但其意義卻是很重大的。歌謠的整理，普通可以舉出兩種目的，而在像台灣這樣特殊的情形，更另有一種目的，即是保存日益廢頹的固有文化。而所謂兩種目的，一是學術的，二是文藝的。我們認為，在當前的台灣，有關民俗的研究和改良是一種很有意義的工作。現在英、美、法、德、意均設有專門研究的機構，就是中國，七八年前北大也創設過研究會。歌謠與民俗有密切的關系；歌謠可以說是民俗學上一種重要的資料。在許多歌謠中，一定也有不少富有文藝價值的。義大利的衛太爾曾說：「根據在這些歌謠之上，根據在人民的真實感情之上，一種新的民族的詩也許能產生出來。」所以這種工作如果成功了，說不定可以使我們憂鬱成性的民族，激起民族詩的發展⑩。

在這篇文章裡，醒民還引述了賴和給他的信中的一段話：

　　講要把民間故事和民謠整理一番，這是很有意義的工作，我是大贊成。若不早日著手，怕再有幾年，較有年歲的人死盡了，就無從調查。現時一般小孩子所唱的，豈不多是日本童謠嗎？想著了還是早想方法才是⑪。

這裡說到的是，整理歌謠在台灣還有它特殊的緊迫性。於是，《台灣新民報》第 346 號起，每期增設了《歌謠》專欄，向

<hr />

⑩⑪　轉引自陳少廷：《台灣新文學運動簡史》，聯經出版公司 1978年版，第 57 頁、第 78 頁。

台灣各地區徵集民歌民謠，整理後在專欄裡陸續發表。

　　1932 年 3 月，「台灣藝術研究會」的〈檄文〉裡，也特別要求：「去整理研究從來便微弱的文藝作品，來吻合於大眾膾炙的歌謠傳說等鄉土藝術。」

　　1936 年 1 月 6 日的《第一線》，刊出的是「台灣民間故事特輯」。卷頭語是黃得時寫的〈民間文學的認識〉，他說：

　　「在歐洲對於民間文學的認識，很是徹底。無論搜集方面，或研究方面，均富有很大的歷史和不少的收穫。在中國，除起所謂『采風』以外，對於民間文學的關心很是薄弱。就是『采風』自身，也不外乎『先王以是經夫婦、成孝敬、原人倫、美教化、移風俗』等的所謂『勸善懲惡』之倫理觀做動機的。一直到了『五四運動』以後，由純文學的立場，才舉個民間文學的猛烈運動。關於這方面的書籍，亦已陸續出版，可見其業績的不小了。

　　「在台灣呢？對於民間文學的認識，完全不徹底。甚至有人說，台灣是絕海的孤島，沒有什麼民間文學值得我們的一顧。這不外乎一種怠慢的口實而已。民間文學的種子，早已播在眼前我們的園地了。而我們偏要閉著眼睛，不欲去下了一番的刈獲。不但對於民間文學這樣，就是文學以外的我們應研究的種種重要問題，也甘心委諸人家去研究。這豈非是個很大的恥辱嗎？

　　「今也，大家自覺起來了！已有許多人舉了台灣研究的烽火了。可是我們尚且嫌其時機的過遲，尤其是在民間文學這一方面。由來民間文學，沒有寫在文獻上，大家只用口口相傳。是以如無從早搜羅整理起來，不久之間，就要消踪滅跡。況兼在這個新舊思潮交流的過渡時代之台灣。

　　「記得《新民報》在週刊時代，也曾募集近百篇的歌謠，後來也有募集過傳說故事。可惜應募的僅僅數篇而已。其次《南音》和《三六九小報》也有登載這方面的作品，仍是歌謠佔大部分，民間故事，依然寥寥沒有幾篇。本志鑒及這點，對傳說故事

方面，再下了一番的努力。所得的結果，全部發表在本號。

「這樣，我們的民間文學，在歌謠方面，似乎有舉了相當的成績，在傳說故事方面，堪說一丈尚缺九尺九寸。今後大家要共同協力來搜羅才是。至於整理和比較研究乃是屬於第二期的問題。

「要之，我們應知道祖先傳來的遺產之民間文學的搜羅整理和研究，是我們後代人該做的義務之一啦！」㊷

《第一線》的編輯〈後記〉還說：「我們祖先的遺產，只有台灣的民間文學算得是最為純粹，我們不但在文學上有保存它的義務，在民俗學上也有整理它的必要。」

這個專輯，收錄了 15 篇民間傳說故事，涉及的地方幾乎遍及全台灣，即：毓文的〈頂下郊拼〉，黃瓊華的〈鶯歌莊的傳說〉，一騎的〈新莊陳華成，下港許超英〉，一吼的〈鹿港憨光義〉，沫兒的〈台南邱懞捨〉，李獻璋的〈過年的傳說〉，一平的〈領台軼事〉，描文的〈賊頭兒曾切〉，陳錦榮的〈水流觀音王四老〉和蔡德音的〈碰捨龜〉、〈洞房花燭的故事〉、〈圓緣湯嶺〉、〈離緣和崩崁仔山〉。

1936 年 6 月，李獻璋主編的《台灣民間文學集》也出版了。這，在當時新文學界確實是一件令人極為高興的事。這部作品集動員了幾乎所有的著名作家參與了採集、整理、加工的工作。全書 570 多頁，包括了民歌民謠謎語故事等各種體裁，卷首有賴和的序文，內附有插圖，是一部集台灣民間文學之大成的作品總集。讀該書的出版消息〈台灣人全體的心血的記錄，埋葬著未開拓的先民的遺產〉，人們就會感受到當時那種興奮的情緒。這則消息寫的是：

㊷　李南衡編：《日據下台灣新文學·明集 5》（文獻資料選集），
　　明潭出版社 1979 年 3 月版，第 170-172 頁。

「如所周知，每一民族的歌謠與傳說，都是其國民的生活之寫照，情感的記錄，又是其智慧的積累，同時是其行動的支配者。

「所以《台灣民間文學集》可謂台灣人全體的詩的想像力的總合，是應佔有文藝園地頭一頁的美麗的花朵，是先民的思想所結晶的金字塔，其中有台灣人應該知道的初民的宇宙觀、宗教思想、道德標準、重要史料、及對於自然界的認識等等。

「台灣人究竟是功利的，還是勤勉的民族？是信天還是信神？或是信天神合一？白鷺與水牛在相思樹下戲游著，而我們的婦女會不會唱戀愛的情歌？……

「住在台灣而不知真的台灣，台灣人而不知台灣人之真面目，這是何等的恥辱。

「獻璋君素以台灣研究莫不委諸外人之手為恨，耗了三個年的光陰，窮精竭力搜羅台灣民間材料，現在把它付梓以貢獻學界。

「願諸有心的人士來看這新開拓的寶庫呀！」[43]

所有這些事實都證明了：

第一，台灣新文學界對整理民間文學的重大意義，已經有了共識。這就是：(1)民間文學是人民大眾的口頭文學創作，它蘊藏著人民的智慧和優良的精神傳統。整理並保存它，就是在承襲民族的文化遺產，在當時日據時期，就具有抵制、反抗同化的時代意義。(2)整理、研究民間文學的過程，是作家向人民大眾學習向民間文學吸取思想、藝術營養的過程，也是民間文學提煉、加工、昇華的過程。這種互動促進的關係，正是發展台灣新文學的重要途徑。(3)整理、研究民間文學，一方面可以促使固有的作家

---

[43]　轉引自陳少廷：《台灣新文學運動簡史》，聯經出版公司1978年版，第138-139頁。

文藝大眾化，另一方面又可引導人民大眾參與文學創作，進而從
人民大眾中湧現出一批文學新人來。這是培養創作隊伍的好方
法。

　　第二，關於整理民間文學的工作，經過宣傳，開始採集、加
工，到報刊選載，開闢專欄，直到 1936 年編輯成冊出版，這不能
不說是這個階段的一大成績。

　　第三，更深層的意義是，這一切都標誌著台灣新文學運動，
已經開始真正地紮根到人民大眾中去了，這是特別值得大書特書
的。

　　可以說，如果不是中、日戰爭全面爆發以後，日本殖民政府
採行高壓統治政策，台灣新文學一定會有更蓬勃的發展。

# 第三章

# 在「皇民文學」壓迫下的現實主義思潮

　　1937 年 7 月 7 日，蘆溝橋事變發生，中國人民的抗日民族解放戰爭掀開了歷史的新的一頁。這使得台灣同胞堅持了 40 多年的反對日本殖民統治的鬥爭走進了新的歷史階段，廣大台灣同胞熱切地注視著抗戰情勢的發展。然而，日本帝國主義走向了滅亡前的瘋狂，企圖實現「大東亞聖戰」美夢的日本侵略者，分別在朝鮮和台灣加緊了殖民統治，瘋狂地推行「皇民化運動」，以期建立「戰時體制」。台灣，進入了日本殖民統治最黑暗的時期。新文學剛剛贏得的發展新高潮，遭到了極大的挫折。新文學運動進入了極為艱難的發展階段。

　　從這時起，一直到 1945 年 8 月 15 日日本軍國主義戰敗投降，台灣光復，回歸中國，八年間，台灣新文學向何處去？歷史展示在世人面前的情景是，日本殖民統治者妄圖在法西斯高壓下使台灣新文學蛻變為服務於日本侵略戰爭的「皇民文學」；而挺直了民族脊樑的台灣作家，則守望在台灣新文學的民族精神家園，為

反抗「皇民文學」開展了不屈不撓的鬥爭。是妥協、投降，摧毀台灣新文學的民族解放的精神，還是反抗、鬥爭，高舉民族解放的旗幟引導台灣新文學走向新的勝利？兩種對立的文藝思潮，兩條對立的文藝路線，展開了激烈的鬥爭。

　　不幸的是，這一段歷史，在台灣文壇，現在也被篡改了。人們看到，從 20 世紀 70 年代末到 90 年代末，20 年的時間裡，文壇「台獨」勢力和日本學術界的右翼勢力串通一氣，掀起了一波又一波的美化「皇民文學」的濁浪，企圖由此而進一步美化日本當年的對台殖民統治，並使「受惠」於這種殖民統治的台灣在政治上、文化上、思想上與中國分離。

## 第一節　「戰時體制」與「皇民化運動」　　　給新文學帶來浩劫

　　「七七」事變之前，日本帝國已經進一步法西斯化了。其中一個重要的事件就是，1936 年 2 月 26 日，皇道派青年將校率領 1400 餘人的部隊，舉兵崛起，殺死了內閣大臣齋籐實、藏相高橋是清、教育總監渡邊錠太郎，首相岡田倒是得以倖免。嘩變的部隊佔領了皇宮周邊的永田町一帶，要求改造國家，由軍人執政。岡田內閣總辭職。第二天，東京戒嚴。29 日，戒嚴部隊開始討伐，叛軍投降。3 月 9 日，廣田弘毅內閣上台。7 月 5 日，東京陸軍軍法會議對「二·二六」事件做出判決，17 人被判死刑。7 月 12 日，除磯部、中村外，其餘 15 人被執行死刑。「二·二六」事件雖然被平息下去，但整個日本帝國的法西斯化進程加快了。比如，7 月 10 日，平野義太郎、山田盛太郎、小林良正等講座派學者，左翼文化團體的成員，都遭到了逮捕。同時，又加緊和

德國法西斯的勾結。這一年的 11 月 15 日，在柏林，日、德兩國簽訂了「共防協定」。日本國內，幾經動盪之後，1937 年 6 月 4 日，第一次近衛文麿內閣上台，終於完成了全面發動侵華戰爭的準備。

　　為了配合這一戰爭的發動，日本侵略者在台灣加緊了殖民統治。比如，1936 年 6 月 3 日，〈台灣拓殖株式會社法〉公佈。6 月 17 日，在台中公園的始政紀念日的慶祝會上毆辱愛國人士林獻堂，製造了「祖國事件」。6 月 23 日，日本政府為大力獎勵來台移民，成立了秋津移民村。9 月 2 日，日本海軍大將小林躋造繼中川健藏任台灣總督，20 日，就實施了〈米糧自治管理法〉，進一步加強了控制。10 月，台中清水人蔡淑悔以中國國民黨員身份在台組織眾友會，提倡民族主義，也立即遭到鎮壓。到 1937 年 4 月 1 日，這種殖民地迫害更加瘋狂，總督府命令禁止報刊使用中文。《台灣日日新報》、《台灣新聞》、《台南新報》三報停止了中文版，《台灣新民報》中文版則縮減一半，並限定 6 月 1 日全部廢止。蘆溝橋事變爆發當天，台灣軍司令部就發表強硬聲明，並對台灣民眾發出警告，禁止所謂「非國民之言動」。11 日到 15 日，台灣總督府發表關於「中日事變」之文告，並召開臨時部局首長會議，議決設立臨時情報委員會，同時下令解散台灣地方自治聯盟。8 月 15 日，台灣軍司令部進入戰時體制。9 月，根據日本帝國近衛內閣提出的「國民精神總動員計劃」，制定了台灣「皇民化」方針，強迫推行「皇民化運動」。　10 日，設置了「國代精神總動員本部」，開始強召台灣青年充當大陸戰地軍伕。接著，9 月 18 日公佈〈軍需工業動員法〉，11 月 1 日公佈〈移出米管理案綱要〉，11 月 2 日公佈〈防空法台灣施行令〉。這以後，幾年之內，日本帝國政府和台灣殖民當局又採取了一系列措施加緊推進「皇民化運動」。比如，1938 年 1 月 23 日，台灣總督小林躋造發表〈關於台民志願兵制度之實施〉，聲稱這一

制度是為「皇民化」徹底之同一必要行動。31 日，日本內閣議決台灣生產力擴充四年計劃。4 月 1 日，日本政府公佈在台灣施行〈中日事變特別稅令〉及其他有關法令，橫征暴斂。2 日，公佈〈台灣農業義勇隊招募綱要〉。5 月 5 日，實施國家總動員令。28 日，日本政府大肆移民來台。6 月 20 日，台銀開始收購民間黃金。7 月 1 日，統制石油類消費。9 月 17 日，公佈台灣重要物產調整委員會官制。1939 年 5 月 19 日，台灣總督小林躋造在赴東京途中對記者發表談話稱，治台重點之「皇民化、工業化、南進三政策，及時開始」。他所說的「南進」，指的是日本南侵以台灣為基地。7 月 8 日，公佈〈國民征用令〉。10 月，公佈米配給統制規則。12 月 1 日，牛島中將任台灣軍司令官。12 月 19 日，台中州開始所謂「米谷貢獻報國運動」，強行徵用糧食支援日本帝國的侵略戰爭。1940 年 2 月 11 日，公佈台灣戶口規則修改，規令台民改日本姓名辦法。11 月 25 日，台灣國民精神總動員本部公佈〈台籍民改日姓促進綱要〉。1941 年 2 月 11 日，《台灣新民報》被迫改稱《興南新聞》。3 月 26 日，公佈修正台灣教育令，廢止小學、公學校，一律改為國民學校。4 月 19 日，日本當局成立「台灣皇民奉公會」，發行宣傳雜誌《新建設》，為適應戰爭需要，在台推行「皇民化運動」。12 月 1 日，公佈〈國民勞動協力令施行規則〉。7 日，日本偷襲珍珠港，太平洋戰爭爆發，台灣原住民被秘密編成「高砂義勇隊」，派往南洋各地參戰。30 日，公佈〈台灣青少年團設置綱要〉。1942 年 4 月，台灣特別志願兵制度實施，強迫台籍青年參軍到南洋戰場。1943 年 1 月 5 日，實施〈海軍特別志願兵制度〉。6 月 21 日，募得第二批陸軍志願兵共 1030 人。11 月 30 日，日本政府強召台灣、朝鮮籍留日學生赴前線，在東京日比谷公園舉行所謂壯行大會。12 月 1 日，強行抽調學生兵入伍。1944 年 1 月 20 日，公佈〈皇民鍊成所規則〉，加強「皇民化運動」。3 月 6 日，公佈〈台灣決戰非常措

置實施綱要〉。本月，台灣全島六家日報，即台北《日日新報》、《興南新聞》，台南《台灣日報》，高雄《高雄新報》，台中《台灣新聞》，花蓮《東台灣新聞》，合併為《台灣新報》。8 月 20 日，台灣全島進入戰場狀態，開始實施台籍民徵兵制度。

　　這是日本在台殖民統治最黑暗的時期。「皇民化運動」的罪惡目的，就是要殖民地台灣向著日本「本土化」，用日本國的「大和文化」全面、徹底地取代中國文化，消滅台灣同胞的民族意識。日本殖民當局把日語定為台灣島上惟一合法的語言，取締中文私塾，禁開漢語課程，報紙雜誌禁用中文出版，甚至於，在日常生活中，台灣同胞也必須講日語，比如，在火車站不講日語就不賣給火車票。強迫台灣同胞將中國人祖傳的姓氏一律改換日本人的姓氏，更是陰狠毒辣。當時，對於堅持使用漢人姓氏的，日本殖民當局竟然不給登記戶口，不給戰時「配給品」，以至開除公職，投入監獄。在改換姓氏同時，日本殖民當局還強制推行了「寺廟神升天」的活動，取締中國寺廟，搗毀神像，改換家祠中祖先神主和墓碑，強迫台胞奉祀「天照大神」，參拜神社。甚至於，連中國年節的習俗也予取締，強令台胞按日本習俗過日本人的節日。日本殖民當局這樣消滅中國文化，就是要把「日本國民精神」滲透到島民生活的每一個細節中去，以確實達到「內台一如」的境地。那臭名昭著的「皇民奉公會」，強制推行「皇民奉公運動」，舉凡「米糧自治管理」、「移出米管理」，「米谷供獻報國」、「軍需工業動員」、「收購民間黃金」、「統制石油類消費」、「國民徵用」、「報國公債」、「國防獻金」，以及「貯蓄報國運動」和「農業義勇隊招募」、「增產挺身青年運動」等等，又都使得對於台灣人力、物力的搾取幾乎達到了極限。這樣「皇民鍊成」和「皇民奉公」的結果，就是在「戰時體制」下，強召台灣青年為日本侵略戰爭充當炮灰，也充當幫兇。

從 1937 年到 1945 年的八年間，強召「大陸戰地軍夫」，強召「義勇隊」，實施「特別志願兵」制度及「海軍特別志願兵」制度，「陸軍特別志願兵」制度，「學生兵入伍」，還有實施「台籍民徵兵」制度，其結果是，據陳映真在 1998 年 4 月 2 日 -4 日台北《聯合報》副刊上發表〈精神的荒廢——張良澤皇民文學論的批評〉一文披露，總共有 20.7 萬餘名台灣青年分別以「軍屬」、「軍夫」和「志願軍」戰鬥員等名目被徵調投入戰爭。戰死、病歿、失踪者計 5.5 萬餘人，傷殘兩千餘人，其中，因受「皇民化」愚弄摧殘，中毒過深者，在南洋、華南戰場中誤信自己是真皇軍而犯下嚴重屠殺、虐殺罪行，在戰後國際戰犯審判中被判處死刑者 26 人，10 年以上有期徒刑者 147 人！

就在「皇民化運動」瘋狂推行之時，日本殖民當局對台灣新文學也進行了瘋狂的摧殘。

前已說明，1937 年 4 月 1 日，台灣總督府禁用中文，是新文化運動、新文學運動浩劫來臨的一個標誌。其直接後果，是楊逵主編的中日文並刊的《台灣新文學》接到台灣總督府命令，禁止刊登中文作品，6 月，刊行到 14 期後，宣佈停刊。

除了這一年創刊的《風月報》雜誌還用中、日文並刊到光復才停刊，其他的中文雜誌，及至所有的文學雜誌，一時間都不見踪影了。

1939 年，長期在台的一些日本作家，以西川滿為首，集合了濱田隼雄、北原政吉、池田敏雄、中山侑等人籌備成立「台灣詩人協會」。成員中，還包括有台灣作家楊雲萍、黃得時、龍瑛宗等人。

西川滿，1908 年出生在日本上流社會的一個家庭，是豪門秋山家之後，祖父做過會津若松市長。3 歲時，跟他的父母來台灣。他父親西川純是來經營煤礦的，為「昭和炭礦」社長，是台灣的煤礦王，屬於日本殖民地的技術支配者，也是台北市議會議員。

14 歲從台北一中（建國中學）畢業後，西川滿回日本求學。1926
年，試場失意的西川滿，回台灣任基隆稅關監吏，做了殖民者官
僚。1929 年回早稻田讀法國文學，在那裡參加了當時日本的右翼
團體「國體科學聯盟」，最早表現出了他的右翼思想傾向。1933
年，西川滿學成返台，任職《台灣日日新報》，主編學藝欄副
刊，兼任主編《愛書》刊物，另外，還自己出資刊行文藝雜誌
《媽祖》，創辦「日孝山房」出版社，發刊多種限定本著作。
1939 年籌組「台灣詩人協會」時的西川滿，已經自居於協力日本
侵略戰爭的文化榜首，決心要充任日本「皇民文學」──文學侵
略軍的司令官了。

9 月 9 日，「台灣詩人協會」正式成立。12 月，協會的機關
刊物《華麗島》出刊，西川滿、北原政吉任主編。《華麗島》一
共收有 63 人的作品。卷頭言由日本右翼作家火野葦平執筆撰寫。
《華麗島》只發行了一期。

同年 12 月 4 日，西川滿拉著黃得時一起作籌備委員，籌備改
組「台灣詩人協會」為「台灣文藝家協會」。1940 年 1 月，改組
完成，並於 1 月 1 日創刊協會機關雜誌《文藝台灣》。西川滿把
持這一陣地，自任了《文藝台灣》的主編兼發行人。台灣作家任
編委的有邱炳南（邱永漢）、龍瑛宗、張文環、黃得時。「台灣
文藝家協會」共有台、日作家會員 62 人。其中，包括台北帝大、
台北高等學校教授、警務局長、情報課長等「在台官民有志一
同」，殖民統治當局的官方色彩極濃。尤其是，這一年，日本國
內成立了「大政翼贊會」之後，「台灣文藝家協會」又因總督府
情報部部長、文教局長、文書課長等高官擔任顧問，「透過文藝
活動，協助文化新體制的建設」的面貌，越來越暴露在光天化日
之下了。這個協會，台灣作家參加的則有：王育霖、王碧蕉、郭
水潭、邱淳洸、邱永漢、黃得時、吳新榮、周金波、莊培初、張
文環、水蔭萍、楊雲萍、藍蔭鼎、龍瑛宗、林精鏐（芳年）、林

夢龍等人。

　　1941 年 2 月，為配合日本帝國主義的侵略體制和響應「皇民化運動」，「台灣文藝家協會」改組。台北帝大教授矢野峰人出任會長，西川滿任事務長。矢野峰人雖然是個象徵派詩人，但是，和西川滿一樣，也帶有濃厚的殖民者統治意識。他曾以〈文藝報國的使命〉為題演講。這「文藝報國」的話題，後來，在1942 年 6 月由情報局指導在日本東京成立的「日本文學報國會」章程裡有明確的闡釋是：「本會目的在於……確實並發揚皇國傳統與理想的日本文學，協助宣揚皇道文化。」又在同年成立的「大日本言論報國會」那裡有了回應。這個「報國會」就宣稱：「不受外來文化的毒害，確實日本主義的世界觀，闡明並完成建設大東亞新秩序的原理，積極挺身於皇國內外的思想戰。」看來，「台灣文藝家協會」的這次改組，也是有它一定的政治背景的。

　　1941 年 3 月，西川滿另行組織「文藝台灣社」，《文藝台灣》改由「文藝台灣社」發行。《文藝台灣》以「台灣文藝家協會」機關刊物的名義刊行了 6 期。改組後，名義上是同仁雜誌，楊雲萍、黃得時、龍瑛宗、周金波、水蔭萍也仍然列為同仁，其實，是由西川滿一個人控制的。

　　這一年的 5 月，張文環與王井泉、陳逸松、黃得時、中山侑等人組成「啟文社」。5 月 27 日，創刊《台灣文學》，成員以台灣作家為主，除張文環外，有呂赫若、吳新榮、吳天賞、王井泉、黃得時、楊逵、王碧蕉、林博秋、簡國賢、呂泉生、張冬芳等。

　　也就是在 1941 年的 12 月 8 日，賴和遭到日本憲兵隊和警務局的共同調查，被捕 50 多天。

　　1942 年 6 月，「日本文學報國會」特派久米正雄、菊地寬、中野實、吉川英治、火野葦平等來台灣，在各主要城市巡迴舉行

「戰時文藝演講會」。8 月,台灣「皇民奉公會」設置文化部。「台灣文藝家協會」會長矢野峰人就任文藝班班長,「台灣文藝家協會」和「皇民奉公會」公開合流。10 月,日本帝國政府在東京召開了大東亞文學大會,妄圖把亞洲文學界都拖進「大東亞共存共榮」的罪惡活動中去。台灣皇民奉公會派日本作家西川滿、濱田隼雄和台灣作家張文環、龍瑛宗等參加。返台後,12 月間,由「皇民奉公會」作後援,「台灣文藝家協會」組織他們在台北、台中、台南各地巡迴舉行「大東亞文藝講演會」,極力鼓吹「皇民文學」。

1943 年 2 月,「皇民奉公會」舉行第一回「台灣文學獎」頒獎。西川滿的〈赤崁記〉、濱田隼雄的〈南方移民村〉和張文環的〈夜猿〉得獎。2 月 17 日,「日本文學報國會」事業部長户川英雄等來台。3 月,成立「統制會社」,由《台灣日日新報》社長擔任社長,把電影、戲劇也納入戰時體制。4 月,在台灣總督府情報部及皇民奉公會各部指導與支援下,成立了「日本文學報國會台灣支部」。其〈規程〉聲稱:「支部為謀所屬會員之親睦,透過台灣文學奉公會,以實現本會……之目的,努力宣揚皇國文化。」與此同時,「台灣文藝家協會」宣佈解散。另外,又成立了「皇民奉公會」管轄下的「台灣文學奉公會」。

11 月 13 日,由「台灣文學奉公會」主辦,台灣總督府情報課、「皇民奉公會中央本部和日本文學報國會台灣支部」協辦,在台北公會堂召開了「台灣決戰文學會議」。會議討論的題目是「確立本島文學決戰態勢,文學者的戰爭協力」。到會的台、日作家約 60 多人。會前,台灣總督府的出版控制機構曾給全台報紙雜誌下達提出「申請廢刊」的命令。這次會議上,為貫徹這一「申請廢刊」的決定,以西川滿為代表的「皇民文學」勢力,藉著決戰態勢的壓力,向張文環的「啟文社」的《台灣文學》開刀了。西川滿三次發言,表達了「文藝雜誌進入戰鬥配置」的決

心，表示願意把《文藝台灣》奉獻給當局，同時還逼迫張文環的
《台灣文學》廢刊。會上，引發了雙方面對面的鬥爭。

　　1944 年 1 月 1 日出刊的《文藝台灣》終刊號上，關於這次會
議的記錄，相關部分，大致上有這樣的記載：首先是西川滿的發
言，他表示對台灣作家只在表面上裝出「總親和」的態度十分不
滿，接著，他以獻出他所主導的《文藝台灣》雜誌給日本決戰體
制為手段，要求其他文藝雜誌也一齊跟著進入「戰鬥配置」，逼
使不積極配合決戰態勢的文學雜誌廢刊。這實際上是針對以台灣
作家和非法西斯日本作家所組成的《台灣文學》的。對西川滿的
提議，在會議當場引發了一場針鋒相對的鬥爭——

　　　黃得時起身反駁道：「沒有必要進行對文學雜誌的管
制，就像廣告一樣，愈多愈有人看，雜誌也一樣愈多愈
好。」
　　　濱田隼雄警告黃得時說：「不要把對物質的經濟管制
和對文化的指導統制混為一談。」
　　　楊逵贊成黃得時的意見，說道：「抽像的皇民文學理
論與雜誌的統合管制問題，完全是兩回事。」
　　　神川清憤慨地批評楊逵的發言道：「理念與具體實踐
是不可分離的。」並提醒楊逵道：「假若在政策上兩者分
離的話，國家將會滅亡。」
　　　黃得時再起身說：「我並不反對西川滿將《文藝台
灣》獻出的話，這是他個人的自由；但是其他的雜誌並沒
有跟著配合的義務。」①

-----

①　有關「決戰文學會議」的記錄資料，用的是曾健民的中譯，見曾
　　著〈台灣「皇民文學」的總清算〉。載《清理與批判》（人間・
　　思想與創作叢刊），台北，人間出版社 1998 年 12 月版，第 29 頁。

　　接著，西川滿又提出了動議，要求日本軍國殖民主義當局撤銷文學結社，把作家全部納入「台灣文學奉公會」，進行文學管制。西川滿甚至還贊同在「台灣文學奉公會」下另設「思想參謀本部」，對台灣作家進行思想控制。

　　這次會議，在台灣總督府保安課長的講話中結束。他說：「對決戰態勢無益的都不可要；文學作品也一樣，只有對決戰態勢有益的才可發表。」這等於宣佈了──「皇民文學」取代了台灣文學，日本軍國殖民體制完全控制了台灣文學界。

　　會後，日本殖民主義者還繼續打壓台灣作家。比如，神川清寫了〈刎頸斷腸之言〉一文，批判楊逵的發言。他認為，楊逵的發言是本次會議中最不幸的事，這也許是由於楊逵不努力而生的無知；但是，以這樣的態度從事文學的人，居然仍然可以在台灣安居築巢，真是太遺憾了②！又比如，河野慶彥寫了一篇「決戰文學會議」的感言〈朝向思想戰的集合〉，對於台灣作家的「陽奉陰違」的態度，進行了攻擊。他寫道：「從會場的空氣中感覺到，（台灣作家們）只是把頭探出來，說些諸如皇民文學、戰鬥文學的漂亮話，但雙腳卻依然原地不動。……使人嗅到台灣文學的『體臭』，感覺到泥巴和口水到處亂噴……我們非克服這些內含的矛盾不可。……台灣文學已到了非『脫皮』不可的時刻了，不要寫在表面上裝出總親和的樣子，而是要真正成為一支受統御的思想部隊。」③

　　這一次推進「皇民文學」的會議，就是要使台灣文學「脫皮」成受日本殖民主義當局統御的法西斯思想部隊──「皇民文

────────────

②③④　有關「決戰會議」的記錄資料，會後神川清、河野慶彥文章、呂赫若日記的資料，用的是曾健民的中譯，見曾著〈台灣「皇民文學」的總清算〉。載《清理與批判》（人間‧思想與創作叢刊），台北，人間出版社 1998 年 12 月版，第 29-30 頁。

學」。

　　《台灣文學》是在 1943 年 12 月 13 日接到廢刊的命令的。呂
赫若在這一天的日記裡寫道：「今天當局下達《台灣文學》廢刊
的命令，真叫人感慨無量……」④

　　《文藝台灣》和《台灣文學》廢刊以後，1944 年 5 月，在
「台灣文學奉公會」名義下創刊《台灣文藝》，同時還刊行了
《決戰台灣小說集》乾、坤兩卷。

　　1944 年 6 月 15 日，盟軍攻陷賽班島。16 日，由中國基地起
飛的美軍 B-29 轟炸機第一次轟炸北九州，開始了對日本的總反
攻。7 月 21 日，美軍登陸關島。日本本土和台灣處於盟軍飛機的
猛烈轟炸之下，台灣進入「要塞化」時期。日本在台軍國殖民當
局對台灣文學的指令也由「決戰文學」進入了「敵前文學」。為
了配合這一形勢，《台灣文藝》6 月號刊出了「台灣文學界總崛
起」的專題。

　　這中間，為了強制推行「皇民文學」，1943 年還爆發了一場
有關「狗屎現實主義」的論戰。

　　從上述戰時體制下台灣「皇民文學」發展的過程來看，「皇
民文學」勢力是在日本軍國殖民體制下由御用日本文人操縱的一
股法西斯勢力。以西川滿為代表，它是通過打壓台灣文學而樹立
起來的。它是日本殖民主義、軍國主義在台灣施行的戰爭總動員
體制的一環，是法西斯的「思想部隊」。

　　在「台灣決戰文學會議」上，「台灣文學奉公會」會長山本
真平曾說：「後方戰士的責任，是在擴大生產以及昂揚決戰意
識；亦即與武力戰結為有機一體的生產戰、思想戰……在思想戰
方面，諸位文學者正是承擔著增強國民戰力的任務。」關於這
「任務」，山本真平說：「文學家既蒙皇國庇佑而生活，當然應
當與國家的意志結成一體……。今天的文學不能像過去一樣，只
在反芻個人感情，而應該是呼應國家的至上命令的創作活動，當

然，文學也一定要貫徹強韌有力、純粹無雜的日本精神來創作皇
民文學。以文學的力量，激勵本島青年朝向士兵之道邁進，以文
學為武器，激昂大東亞戰爭必勝的信念。」⑤這就清楚地說明了
「皇民文學」的「思想部隊」的性質和「思想戰」的性格。

　　對於這種「以文學的力量，激勵本島青年朝向士兵之道邁
進，以文學為武器，激昂大東亞戰爭必勝的信念」的「皇民文
學」，西川滿、濱田隼雄、神川清等日本殖民者在文學戰線上的
代表人物，還提出了他們的批評標準。曾健民在 1998 年回過頭來
清算「皇民文學」的時候，在他的〈台灣「皇民文學」的總清
算〉一文裡，擷取了西川滿、濱田隼雄、神川清等人文章的一些
言論，指出這些批評標準是：

　　　　文學批評的基準就在日本精神。

　　　　即使文章的技巧有多好，但是如果忘了忠於天皇之
　　道，如果把作為文人的自覺擺在作為日本人的自覺之上的
　　話，我認為他除了是國賊或不忠者之外，什麼都不是。

　　　　在皇國體的自覺中發現文學的始源，要求貫徹皇國體
　　思想，把作品與國體結合在一起。

　　　　在終極時的精神燃燒──天皇陛下萬歲，是一個文學
　　者的描寫可能達到的最高境界。

　　　　在決戰下，我們思想決戰陣營的戰士們，務必要撲滅
　　「非皇民文學」，要揚棄「非決戰文學」。

　　　　我等為皇民的文臣、文臣之道在用筆劍擊倒敵人而後
　　已⑥。

---

⑤　曾健民譯文，見曾著〈台灣「皇民文學」的總清算〉。載《清理
　　與批判》（人間・思想與創作叢刊），台北，人間出版社 1998 年
　　12 月版，第 32-33 頁。

在這樣的說教中,「皇民文學」已經明確地被鑄定為體現日本法西斯思想的工具了。

當然,「激勵本島青年朝向士兵之道邁進」,「激昂大東亞戰爭必勝的信念」,也是「皇民文學」對作品題材、主題的一種具體的規範。當時,極少數的台灣作家如周金波,喪失了民族的氣節,自甘墮落,也的確創作出了這一類的「皇民文學」的作品,以效忠於日本殖民統治者,效忠於日本天皇。

## 第二節　愛國文學家批判「皇民文學」
### 「狗屎現實主義」論

在日本殖民當局加緊推進「皇民文學」的時候,愛國的台灣文學家,盡量迴避日本軍國殖民體制的法西斯文藝政策,繼續以台灣的現實主義的傳統的文學精神,描寫台灣人民的生活,以表現台灣社會內部的矛盾和台灣人民不甘於殖民統治的精神苦悶為主題,用文學創作的實踐抗拒「皇民文學」派的壓力,努力不使台灣文學淪為「皇民化」、御用化。這種文學精神,這種創作方法,自然成了推進「皇民文學」的一大障礙。

於是,一方面,用召開「決戰文學會議」的辦法來迫使台灣愛國作家就範;另一方面,日本殖民當局決定要對這種文學精神、創作方法進行圍剿了。

一場關於「狗屎現實主義」⑦的爭論就此激烈展開。

---

⑥　曾健民譯文,見曾著〈台灣「皇民文學」的總清算〉。載《清理與批判》(人間・思想與創作叢刊),台北,人間出版社1998年12月版,第34頁。

　　這場爭論的序幕，是濱田隼雄在 1943 年 4 月號的「台灣皇民奉公會」的機關雜誌《台灣時報》上發表了〈非文學的感想〉一文。濱田隼雄年輕的時候曾經是個熱情的社會主義者，但是，在「大東亞聖戰」時期轉向，成了一個狂熱的法西斯主義的御用文人。在這篇文章裡，他指責台灣文學有兩大弊病：其一，是「有太多的文學至上主義的、從而是屬於藝術至上主義的，而且充其量只不過是外國的亞流的浪漫主義」；其二，是「無法從暴露趣味的深淵跳脫出來的自然主義的末流」[8]。濱田隼雄所謂台灣文學的「藝術至上主義」，暗指的是張文環；而他所謂的「自然主義的末流」，則指呂赫若，這從下文就可以看出來。

　　隨後，西川滿上場，在「台灣文學奉公會」成立的那天，5 月 1 日出刊的《文藝台灣》上，發表了一篇《文藝時評》[9]。

　　在這篇《文藝時評》裡，西川滿藉著推崇日本小說家泉鏡花來攻擊、辱罵台灣文學的主流是「狗屎現實主義」。泉鏡花，生於 1873 年，歿於 1939 年，主要作品有〈高野聖〉、〈歌行燈〉、〈婦系圖〉、〈日本橋〉等。泉鏡花的作品世界與日本的前近代文化以及土俗社會有很深的關聯，作品的特色是富有鮮艷的色彩和夢幻性。受年少喪母的影響，由戀母之情轉移到文學上對女性

---

[7]　有關這場爭論的文章，都是曾健民中譯過來的。曾譯中文譯本，發表在《噤啞的論爭》（人間・思想與創作叢刊），台北，人間出版社 1999 年 9 月版。為這場爭論，曾健民同時還發表有〈評介「狗屎現實主義」爭論〉一文。本章書寫，多有採用。曾健民文中，對「狗屎現實主義」譯名，有如下的說明：「原文是『糞リアズム』；在日文中，『糞』這字，如果當做形容詞用，有輕蔑罵人之意，若當做名詞用就為『屎』、『大便』同義，因此譯成『狗屎現實主義』比較接近原意。」

[8]　《噤啞的論爭》，台北，人間出版社 1999 年 9 月版，第 112 頁。

[9]　《文藝時評》的譯文，同上，第 124-125 頁。

情深的描寫，一直都是他的作品的重要主題。西川滿在這篇〈文藝時評〉裡怎麼吹捧泉鏡花人們可以不管，但他用吹捧泉鏡花來攻擊和辱罵台灣文學卻令人不能容忍。西川滿攻擊「向來構成台灣文學主流的『狗屎現實主義』，全都是明治以降傳入日本的歐美文學的手法」。「這『狗屎現實主義』，如果有一點膚淺的人道主義，那也還好，然而，它低俗不堪的問題，再加上毫無批判性的生活描寫，可以說絲毫沒有日本的傳統。」西川滿譏笑本島人作家只關注「虐待繼子」、「家庭葛籐」的問題，「只描寫這些陋俗」，「說他們是『飯桶』！『粗糙』！那還算是客氣話；看看他們所寫的『文章』吧！簡直比原始叢林還混亂」。辱罵之餘，西川滿圖窮而匕首現，立即搬出台灣作家中極少數變節屈從「皇民文學」的人寫出的「皇民文學」作品來打壓台灣愛國文學家了。他寫道，就在台灣主流文學家只描寫「陋俗」的時候，「下一代的本島青年早已在『勤行報國』或『志願兵』方面表現出熱烈的行動了」。以描寫這種「熱烈行動」的「皇民文學」作家為榜樣，西川滿質問台灣愛國文學家們說，不是也「應該去創作一些……具有日本傳統精神的作品嗎？」西川滿對台灣愛國文學家發出的威脅和警告是：「在東亞戰爭中，不要成為投機文學，應該力圖樹立『皇國文學』，如此而已。」

　　對於濱田的指責和西川滿的辱罵，呂赫若在 5 月 7 日的日記上寫道：

　　　　西川滿在〈文藝時評〉中的低能表現，倏爾惹起各方的責難。總之，由於西川無法用文學的實力壓倒別人，才會用那樣的手段陷人於奸計，真是一個文學的謀策家。……另外，濱田也是一個惡劣的傢伙⑩。

5 月 10 日，《興南新聞》學藝欄上，刊登了署名「世外民」

的〈狗屎現實主義與假浪漫主義〉⑪一文，大力駁斥了西川滿的〈文藝時評〉。

　　據葉石濤1983年版《文學回憶錄》裡〈日據時期文壇瑣憶〉一文說，當時，西川滿告訴他，這位「世外民」，就是邱炳南，也是台南人，曾就讀於日本東京帝大。這邱炳南，也就是邱永漢。

　　「世外民」的文章首先表示了對西川滿的憤慨：

　　　　讀了5月號的《文藝台灣》上刊載的西川滿的《文藝時評》，它胡說八道的內容真使我驚訝，與其說它率真直言，倒不如說全篇都是醜陋的謾罵，實在讓人感受強烈。

　　針對西川滿誣蔑台灣愛國作家「創作態度有低俗惡劣的深刻問題，只搞一些毫無批判的生活描寫，一點也沒有日本的傳統精神」等等，「世外民」的文章寫道：

　　　　我以第三者的立場通讀了《台灣文學》、《文藝台灣》和《台灣公論》，卻很難看出本島人作家的作品在創作的態度上有比內地人作家的創作態度更無自覺之處。……實際上，作家的創作態度是不容易判定對或不對的；比如，毫無根據地說西川氏的創作態度比張文環氏或呂赫若氏的創作態度還更有自覺，這樣的說法是會笑死人的。

---

⑩　見曾健民：〈評介「狗屎現實主義」爭論〉。《噤啞的論爭》（人間・思想與創作叢刊），台北，人間出版社1999年9月版，第113頁。

⑪　此文中譯，同上，127-130頁。

　　說到西川滿提出的「創作態度」問題，即文學精神、文學創作方法的問題，「世外民」對西川滿指責的「狗屎現實主義」和西川滿自己崇尚的浪漫主義，也作出了自己的判斷。西川滿自稱是個「浪漫主義者」、「唯美主義者」。對此，「世外民」說：「我承認西川氏的審美式的作品的底流是對純粹的美的追求。」但是——

　　　　同時，我也不得不說本島人作家的現實主義也絕對不是可以任意冠之以「狗屎」之名的，因為它是從對自己的生活的反省以及對將來懷抱希望這一點出發的，這些作品描寫了台灣人家族的葛藤，是因為這些現象都是處於過渡期的當今台灣社會的最根本問題。西川滿對於這樣的台灣社會的實情怠於省察，只陷泥於酬應辭令的表象，專指責別人的不是，這種作為，除了暴露他的小人作風外，別無他。還有，就算是挑語病吧！西川氏指責本島人作家沒有一點日本傳統精神，這不禁使人懷疑他到底懂不懂傳統的真義；所謂的傳統，只有在促進歷史或現實的社會進步上起作用的東西才可說是傳統；依此而論，現實主義作為現代社會最有力的批判武器，是一點也不容被忽視的。

　　令人欽佩的是，在如此義正辭嚴地維護台灣愛國作家所堅持的現實主義文學精神和創作方法的同時，「世外民」還毫不留情地批判了西川滿的「假浪漫主義」。「世外民」的反駁文章還就「日本文學傳統」問題指出了西川滿的「假浪漫主義」的根本弱點。西川滿在〈文藝時評〉裡提到了《源氏物語》，說什麼「誇耀世界的《源氏物語》，絕對不是屬於『狗屎現實主義』之流的」。「世外民」就藉著這《源氏物語》說話，指出，「《源氏物語》雖然是最優美的文學作品之一，但它畢竟只是表現『萬物

的情韻』的文學；它所表現的是貴族們的嬉戲，全篇都在描寫戀愛的飽足與本能的滿足，這也正顯示了日本文學在世界文學史上的確有它特殊的表達方式」。然而，「世外民」指出，「為了使日本文學有更健全的發展，除了充分發揮《源氏物語》所固有的美學之外，也應該更進一步在文學上表現出正義的吶喊、建立明確的人生觀與世界觀等等」。

　　就是這「正義的吶喊」，就是這「明確的人生觀與世界觀」，使得「世外民」在文章中表現了台灣愛國文學家不屈從「皇民文學」的高貴的民族氣節。西川滿不是叫嚷著台灣島上「下一代」的「青年」「早已在『勤行報國』或『志願兵』方面表現出熱烈的行動了」嗎？不是叫嚷著要台灣文學中的主流作家們不要「無視這種現實」而要「自覺」地描寫這種「熱烈的行動」，像那些「皇民文學」作家一樣去寫「皇民文學」作品嗎？「世外民」回答說，台灣的愛國作家絕不寫那種「虛假的東西」，「絕不降低格調！」「世外民」寫道：

　　　　虛假的效用，雖然在法律上是得以容許之事，但是只要有關於文學，則所有虛假的東西都是不得存在的。作者的虛假即使在作品中暫時得以成立，可是對於摯愛真理、只看重文學的真實性價值的人來說，這種虛偽的作品是一文不值的。因此，任何一部古今不朽的大作，都是作者靈魂的真實吐露；例如福樓貝爾就曾斷言：「包法利夫人就是我！」托爾斯泰在《戰爭與和平》的結尾中，也滔滔不絕地論說自己的歷史觀，沒有一部大作不是這樣的。荷風也說過：「自從對於自己作為一個文學家之事感到莫大的羞恥以來，就自期自己的藝術品位至少要維持在江戶作家的水平以上，絕不降低格調。」

　　「世外民」在這裡引出了日本作家永井荷風，認定永井荷風
這番話主要是針對文學的真實性經常受到來自社會的制約和左右
而發的苛責之言來說的。顯然，「世外民」看重或者說推崇永井
荷風，就是因為，永井荷風一生特立獨行，絕不曲學阿世，而是
堅持用自己的作品批判了日本現代社會的變化。特別是在日本軍
國主義崛起的 20 世紀 30 年代以後，永井荷風違逆時代風潮，夜
夜出沒銀座淺草等歡樂街，以斜里陋巷的風情來諷刺軍國主義，
寫下了代表作《濹東綺譚》。太平洋戰爭時期，因為違抗「國策
文學」的作風，失去了發表作品的園地，但是，這更鞭策了他，
鼓舞他更加努力地從事創作。《斷腸亭日記》是永井荷風留下來
的有名的日記，日記中清楚地記錄了他對日本軍國主義的不滿和
批判。「世外民」請出永井荷風來批駁西川滿，寓意極深，無疑
是在正告西川滿之流，台灣愛國作家也會像永井荷風那樣，「絕
不降低格調」，以趨時，以迎合併屈服於「皇民文學」。在當時
的險惡環境裡，能這樣勇敢地抗拒「皇民文學」，真是難能可
貴。有感於此，我們再讀「世外民」寫下的一段話，就無異於是
在聆聽當年台灣文學家的莊重的宣言了：

　　　　文學家的使命是為真理而活；如果無法堅持為真理和
　　正義而活，那麼文學家情願要選擇與荷風相同的命運呢？
　　還是自甘降低作品的格調呢？畢竟，文學家的生命還是在
　　藝術作品本身；福樓貝爾因為發表了《包法利夫人》而被
　　控以擾亂風俗的罪名，但這反而使他一躍成名；但是作為
　　一個真正的藝術家，他卻深恐甚至極端厭惡其他的不純要
　　素介入藝術，當自己的作品被評為現實主義作品時，他極
　　為憤怒，甚至說：「如果有錢的話，一定把《包法利夫
　　人》全部買回來燒掉！」
　　　　文學作品是在無言之中雄辯地表現作家的價值的……

　　「世外民」反駁西川滿的文章發表後一個星期，在 5 月 17 日的《興南新聞》的「學藝欄」裡，跳出來一個 18 歲的葉石濤，拋出了一篇文章，題目叫做《給世外民的公開書》，不顧一切地為西川滿辯護，為「皇民意識」「皇民文學」唱頌歌，進一步辱罵「狗屎現實主義」，並且指名道姓地威脅、恐嚇抵制「皇民文學」的台灣愛國作家。

　　1925 年出生的葉石濤，是台南人。葉石濤在 1983 年版的《文學回憶錄》裡自豪地說到過他的家世在台南府城也算是書香門第，擁有沃田幾十甲，絕不是泛泛之輩。他說他自幼過的生活的確也是高人一等的。在台南二中讀書的時候，葉石濤寫過兩篇小說〈媽祖祭〉和〈征台譚〉，分別投稿給當時由張文環主編的《台灣文學》和由西川滿主編的《文藝台灣》，都沒有被採用。他覺得自己的文學見解和《文藝台灣》相同，就又寫成〈林君寄來的信〉，投給了《文藝台灣》。1942 年 12 月 13 日，在台南公會堂，西川滿等人作「大東亞文藝講演會」的演講。葉石濤因為上課沒能趕上聽講，只在下課後趕上了「座談會」。一面見，西川滿就告訴葉石濤，〈林君寄來的信〉已經決定刊登。西川滿脫口而出的一番「紅顏美少年」的美譽，竟使得葉石濤受寵若驚，以至於，都覺得自己給座談會帶來活力似的。在那本《文學回憶錄》裡，葉石濤還說到了他十分得意的一件事，那就是，當座談會把話題轉到日本作家庄司總一新出版的長篇小說《陳夫人》的時候，葉石濤「鼓起滿腔憤怒」，慷慨激昂地發言。他認為小說《陳夫人》暗暗地主張的由「日台通婚」使台灣人皇民化的一廂情願的企圖也就在歷史的事實之前變成明日黃花的、日本人殖民地統治失敗的記錄了。他以為，庄司的這部小說故意強調台灣人家庭生活邋遢的層面，無視於當局推行皇民化運動改善台灣人家庭的文化狀態、衛生習慣的事實！西川滿當即表態，認為葉石濤的話正合他的意，把台灣人的生活醜化，不看傳統優美的一

面，盡是侮辱和詆毀，強調陋習，這不合皇民化之道。聽了這話，葉石濤說，他心裡很是受用。當場，西川滿聘定葉石濤畢業後到他主持的《文藝台灣》社去幫忙編務工作，月薪 50 元。於是，1943 年 4 月，不滿 18 歲的葉石濤到了西川滿身邊。葉石濤折服於西川滿的所謂脫俗而充滿詩情的作風和西川滿所謂歌頌島嶼神秘之美的異國情調。葉石濤又以為，在 18 歲的這個階段裡，自己的確是一個所謂的國際人。他一再感謝西川滿的師恩，奉西川滿為「恩師」。他寫的第二篇小說〈春怨〉，副標題就寫的是「獻給恩師」。小說裡，西川滿的形像一再被美化。1954 年之後，1997 年，葉石濤在寫《台灣文學入門》的答問時，還一再表示他欽佩西川滿的所謂堅強的作家靈魂，感謝西川滿在半個多世紀之前出錢出力建立了日本文學一環的外地文學——台灣文學。西川滿當年也視葉石濤為「入門弟子」。當時，葉石濤還感激不盡的是西川滿每個月還要單獨請葉石濤到外面的餐館吃一次飯。在西川滿的影響下，葉石濤也承認，他的思想裡充滿著日本軍國教育的遺毒，他在《文藝台灣》裡常看到所謂「皇民化文學」，也並無深惡痛絕的感覺，甚至於，後來，在 1944 年《台灣文藝》11 月號上，葉石濤還發表了一篇〈米機敗走〉的文章，記述美軍飛機被日本軍機擊敗的實況，形容日軍的勝利是「龍捲風一般的萬歲」，而留下了這樣的文字：「……我和絹代先生遠遠地看見一架戰機被擊落，翻個斤斗墜落在學校後頭的魚塘，不覺拍手歡呼：『萬歲！萬歲！』」這就是「皇民文學」時期堅定地和西川滿站在一條戰線上的葉石濤！一個「參與了皇民文學的運動」的葉石濤[12]！

---

[12]　這是陳芳明在《左翼台灣》一書裡為葉石濤辯護的一種說法。陳芳明是葉石濤的拜門弟子，「台獨」文論的一員大將。《左翼台灣》於 1998 年出版。

現在，可以看看葉石濤是怎麼向「世外民」反撲的了。

葉石濤一開頭就斥責「世外民」引用日本文學作品「刻意為『狗屎現實主義』的信奉者曲意辯護」，是「不但不懂日本文學的傳統，甚至還受到外國文學（還是翻譯的）毒害，這充分證明他是一個自由主義者」。接著，葉石濤跟在西川滿的後面，從三個方面繼續打壓台灣愛國作家和台灣文學。

第一，繼續辱罵台灣文學的優秀傳統是「狗屎現實主義」。葉石濤說：

> 以積喜慶、蓄光輝、養正道的建國理想為基礎而建立起來的當前的日本文學，現在正是清算自明治以降從外國輸入的狗屎現實主義，進而回歸古典雄渾的時代的絕好機會。因此，對於裝出一副不識時代潮流的嘴臉，得意地叫喊什麼「台灣的反省」啦、「深刻的家庭糾紛」啦等等，抬出令人想起十年前的普羅文學的大題目而沾沾自喜的那伙人，給他們一頓當頭棒喝一點也不為過。

接下來，葉石濤點了張文環和呂赫若的名，質問張文環的〈夜猿〉、〈閹雞〉中「到底有什麼世界觀呢？」諷刺呂赫若的〈合家平安〉、〈廟庭〉「的確像鄉下上演的新劇」。葉石濤說：「只要想到這些作品居然會在情面上被稱譽為優秀作品，就覺得可笑。」

第二，為西川滿辯護。葉石濤寫道：

> 我認為，西川（滿）所追求的純粹的美，是立腳於日本文學傳統的；而且他也不是一個所謂的浪漫主義者，他的詩作熱烈地歌頌了作為一個日本人的自覺……

　　第三，繼續鼓吹「皇民意識」、「皇民文學」。葉石濤認為：

　　　　當今我國國民正處於為實現崇高的理想貫徹偉大的戰爭的時刻，大家所追求的正是要汲取《萬葉》、《源氏物語》的傳統並注入新時代的活潑氣息的國民文學。

　　把日本帝國充滿侵略野心的「大東亞共榮」美化為「崇高的理想」，把日軍的侵華戰爭和「大東亞聖戰」美化為「偉大的戰爭」，把「皇民文學」美化為「注入新時代的活潑氣息的國民文學」，葉石濤的〈公開書〉散發的正是這樣的惡臭了！在這樣的背景中，葉石濤指出「世外民卻引《包法利夫人》為例而自鳴得意」，構陷「世外民」與「皇民文學」對抗，公開向日本殖民當局舉報「世外民」說：

　　　　他的思想在哪一邊，這是不難想像的。
　　還說：
　　　　我十分榮幸得以參加日前舉行的「台灣文學奉公會」的成立大會，「世外民呀！你對山本真平會長的訓辭以及會員的誓詞是怎麼看待的呢？」

　　不僅如此，葉石濤還不放過張文環和呂赫若，要在日本殖民者面前公開加以構陷，險藏禍心地質問：

　　　　在張（文環）或呂（赫若）的作品中到底有沒有像西川（滿）作品中的「皇民意識」呢？

　　就這次有關「狗屎現實主義」的論爭，葉石濤則明確地表態

效忠於日本殖民者說：

> 　　西川（滿）基於悲壯的決意，對本島人作家發出警告
> 的鐘聲，這是理所當然的。

被葉石濤點名質問作品是到底有沒有「皇民意識」的呂赫
若，在 5 月 17 日當天的日記裡寫道：

> 　　今天早上的《興南新聞》學藝欄上，有葉石濤者以我
> 和張文環為例評斷說本島人作家沒有皇民意識，此文的思
> 想與說理水平不高不足與論，但是在人身攻擊上則令人憤
> 怒。中午，在榮町的杉田書局與金關博士和楊雲萍見面，
> 一道在「太平洋」喝茶，談到葉石濤之事時，脫口說出了
> 「西川滿的○○」的話，大家都愣住了，金關博士也說：
> 「西川滿是下流的傢伙。」自己只要孜孜矻矻地創作就好
> 了，只要寫出好的作品，其他只有聽天命了⑬！

　　5 月 24 日的《興南新聞》學藝欄裡，又發表了兩篇文章，一
是吳新榮的〈好文章‧壞文章〉，一是署名「台南雲嶺」的〈寄
語批評家〉。
　　〈好文章‧壞文章〉⑭主要是針對當時刊登在《民俗台
灣》、《台灣文學》和《興南新聞》等雜誌報章的一些文章進行

---

⑬　見曾健民：〈評介「狗屎現實主義」爭論〉。《瘖啞的論爭》（人
　　間‧思想與創作叢刊），台北，人間出版社 1999 年 9 月版，第
　　115-116 頁。
⑭　見《瘖啞的論爭》（人間‧思想與創作叢刊）。台北，人間出版
　　社 1999 年 9 月版，第 134-135 頁。

的評論。文章的前半段，吳新榮評論了一些好文章，後半段論及
壞文章，集中批評了葉石濤的〈給世外民的公開書〉一文，最後
將矛頭轉向了西川滿。

　　吳新榮在批判葉石濤和西川滿時，嬉笑怒罵皆成文章，策略
巧妙。他不取正面批評的方法，而是充分利用當時「皇民化運
動」的邏輯和語言批評，以子之矛攻子之盾，或者，以其人之道
還治其人之身。

　　吳新榮指出，「葉石濤把張文環，呂赫若的作品說成好像是
用日本語寫的外國文學一樣」，「這樣的故意的蔑視，絕對不是
如葉石濤自己所說的『實現遠大的理想』的方法，更不是『八紘
一宇』的真精神」；而對於張文環的得到了「皇民奉公會」的
「台灣文化獎」的作品〈夜猿〉等，葉石濤還要「質疑它的世界
觀或它的歷史性有這樣那樣的問題，好像說這些作品是不正當的
一樣」，可見：

　　　　很明顯的，他的批評已侮辱了「皇民奉公會」的權
　　威；因此，倒是他自身首先應該被質疑到底有沒有「皇民
　　意識」。現在的台灣是日本的重要的一部分⑮，過去的台
　　灣也依日本而存在，所以，否定過去的台灣的人也就是否
　　定現在的台灣，不得不說是相當「非國民」的。

　　吳新榮又從葉石濤攻擊張文環的作品說到西川滿，帶著諷刺
意味地指出，「西川滿的〈赤崁記〉等作品同樣也是『回不來的
夢的故事』」，「如果這〈赤崁記〉是藝術至上主義的作品的
話，我想，現今有像這樣的藝術至上主義也並不壞」。不過，筆
鋒一轉，吳新榮憤怒地指出：

⑮　　這是吳新榮一種反諷手法，台灣自古以來就是中國領土。

　　　　然而，我風聞西川滿早已不知在何時拋棄了「美的追
求」，而以「悲壯的決意」再出發了！

　　你看，西川滿不是從唯美主義轉向了「皇民文學」了嗎？
　　「台南雲嶺」的〈寄語批評家〉是篇短文，卻是直接批評西
川滿和葉石濤的。他批評西川滿「以說別人的浪漫主義的是非或
以說別人的現實主義的不可取來讚美自己的作品，這種計謀是卑
劣的」。還有，「把現實主義冠以『狗屎』，暗示自己的作品才
是真文學，真不愧是一個度量狹小的人」。他批評葉石濤說：
「只發表過一二篇作品的人也居然寫起評論，而且還是為了向某
一作家盡情分作面子，真把讀者當做傻瓜。」「一個有志於文學
的人，這種態度是非改不可的！」⑯
　　這場爭論的最後，是 7 月 31 日出版的《台灣文學》夏季號
上，楊逵署名「伊東亮」發表了〈擁護「狗屎現實主義」〉⑰一
文。文章共分三個部分：一、關於「糞便的效用」；二、關於浪
漫主義；三、關於現實主義。
　　楊逵先從「糞便」對農民來說是如何貴重、對於稻米、青菜
生長是如何重要說起，還指出，看重糞便，並非台灣所獨有，在
日本作家火野葦平和島木健作的作品中，也有這樣的描述。楊逵
說：「這正是現實主義。是完完全全的『狗屎現實主義』。在糞
便中是沒有浪漫的。」然而，「看看那澆了糞便後閃耀著艷光的
菜葉，那麼快速抽長的植物」，楊逵說，「這不正是豐饒的浪漫
嗎？」由此，楊逵認定：

⑯　見曾健民：〈評介「狗屎現實主義」爭論〉。《瘖啞的論爭》（人
　　間・思想與創作叢刊），第 117 頁。
⑰　《瘖啞的論爭》（人間・思想與創作叢刊），台北，人間出版社
　　1999 年 9 月版，第 136-141 頁。

只看到黑暗的面，只描寫黑暗面，而看不到在黑暗中
洋溢的希望，看不到在黑暗中鬱積的真實，以這樣的「虛
無主義者們的」自然主義式的眼光來看的話，是無法體會
到這種浪漫的。

而西川滿的「浪漫主義」，楊逵揭露說，就是這種「自然主
義式的虛無主義」。楊逵憤怒地寫道：

如果，西川滿所輕蔑的，是這種「自然主義式的虛無
主義」的話，在這一點上，我也有同感。我們是一樣的。
但是，如果排斥自然主義到連狗屎現實主義也非排除不可
的話，不客氣地說，那必然成為海市蜃樓的東西，像沙灘
上的樓閣；它與「自然主義式的虛無主義」沒什麼兩樣，
兩者在扼殺寫實精神上是一致的。

因為，「自然主義式的虛無主義」者們只會攪弄發臭
的東西而悲歎不已。而西川（滿）正好相反，他從一開始
便把發臭的東西捂蓋起來，什麼也不願意看，因此陷入以
背臉捂鼻來逃避現實。然而，現實還是現實。

楊逵痛斥這「只不過是癡人之夢」而已。楊逵教訓西川滿和
葉石濤說：

真正的浪漫主義絕不是那樣的東西；真正的浪漫主義
是從現實出發，對現實懷抱希望的。如果現實是臭的就除
去其惡臭；是黑暗的，即使只有一丁點光，也非盡力使其
放出光明不可。對於人們背臉捂鼻的糞便，也一定要看到
它的價值，要看到它使稻米結實、使蔬菜肥大的效用；要
對它寄以希望，珍愛它、活用它。對於社會，不要只迷惑

於它的肯定面而看不到否定面；也決不要看到否定面而對
於它的肯定面卻目光模糊。易言之，我們一定要凝視現
實，看透在肯定面中隱藏的否定要素，一心一意去加以克
服；同時也一定要培養鬱積在否定面中的肯定要素，以自
己的力量將否定面轉換成肯定面。

這才是一個健全的，而不是荒唐無稽的浪漫主義。

但是，這浪漫主義絕不是與現實主義相對立的，只有站在現
實主義的立場，浪漫主義才會是綻開的花朵。如果是非排斥現實
主義就無法存在的浪漫主義，那只不過是一種空想、荒唐無稽的
東西，是癡人之夢，只不過是類若與媽祖戀愛的故事而已。

楊逵在這裡闡釋了浪漫主義，實際上也勾畫了現實主義的輪
廓。繼續深入闡釋現實主義，楊逵就從創作實踐入手了。文章
裡，楊逵列舉了日本非法西斯作家板口襟子的短篇小說〈燈〉，
立石鐵臣的隨筆〈藝能節之日〉、〈牛車與女學生〉，對其現實
主義的文學成就一番稱讚之後，認定，現實主義是要：

　　　立腳於現實的同時，又不泥陷於現實，浪漫主義精神
　　得到了發揮，有打動我們的內心之處……

又寫道：

　　　真正的現實主義，是站在現實上發揮浪漫精神的東
　　西。我們必須認識到，和「虛無主義的自然主義」不同的
　　真正的現實主義，沒有大愛心是無法表現出來的；在這
　　裡，要有堅毅的決心，在面對任何事物之時仍有不被蒙蔽
　　的銳眼，對任何事物也要有一點也不含糊的謙恭之心。

　　由此而說到濱田隼雄、西川滿、葉石濤等人對台灣愛國作家
們所堅持的現實主義傳統的謾罵和攻擊，楊逵反駁他們的指責是
「故意忽視了大多數本島人作家在描寫所謂『否定面』的同時，
也仍然表現了前進的意志這個事實」，「不得不說是可悲的偏
見」，是「愚蠢」。

　　面對日本殖民者及其幫兇的打壓，楊逵鼓勵愛國的台灣作家
說，只要「現實中依然存在」「各種各樣西川（滿）所不願看到
的現實」，我們就「無法像西川氏一樣可以裝出一副事不關己的
樣子」。楊逵告誡愛國的台灣作家說：

　　　　在否定面中，只要存在著肯定的要素，即便很微小，
　　我們也要把它振興起來，因為我們感到有非加以培養不可
　　的責任，絕對不允許被抹殺；對現實即使只有百分之一的
　　份量，也非把它加入不可。

　　這，其實也是抗爭「皇民文學」的宣言。文章末了，楊逵還
公開表示了這種憤怒的抗爭：

　　　　每一個人都像濱田隼雄一樣「決心一死」，那就難辦
　　了。

　　80 年代初，葉石濤在回憶他的文學生涯時，在回憶錄裡指稱
這場關於「狗屎現實主義」的鬥爭只是什麼小小筆仗，他自己給
「世外民」寫〈公開書〉只是什麼浪漫餘燼時而會發作燃燒起來
之時，不由自主地也心血來潮地寫下的一篇駁斥寫實主義的散
文。這，過於輕描淡寫了，也過於掩飾歷史、文過飾非了。這是
一場十分嚴重的鬥爭。它記錄了日據末期的台灣文學的真相，它
暴露了打壓台灣文學的「皇民文學」勢力的醜陋嘴臉，也無可辯

駁地證明了大部分的台灣作家在日本帝國敗亡的前兩年，仍然秉持台灣文學的現實主義的精神，繼續對抗「皇民文學」勢力，以抗拒文學的「皇民化」。曾健民在 1999 年發表〈評介「狗屎現實主義」爭論〉一文時說得好：

> 　　這場論爭不是一般意義的文學流派之間的論爭，而是作為日本軍國主義的戰爭體制的一部分的「皇民文學」勢力對不妥協於體制的台灣文學的現實主義傳統的攻擊；而大部分的台灣作家也並未妥協，奮起駁斥，高聲喊出擁護台灣文學的現實主義，予以反擊⑱。

這樣的鬥爭，表現在創作實踐中，也是壁壘分明的。

## 第三節　守望台灣新文學的精神家園反抗「皇民文學」

　　曾健民在〈評介「狗屎現實主義」爭論——關於日據末期的一場文學鬥爭〉一文裡還說：

> 　　1937 年，日本發動全面侵華戰爭禁止白話文後，台灣作家或以封筆拒絕用日語寫作（如賴和、陳虛谷、朱點人等），或遠離家鄉奔赴大陸（如王詩琅），高度自覺地表達了他們深沉的抵抗；在日本軍國殖民體制的高壓下以日文寫作的台灣作家們，雖然在皇民化運動的風暴中，仍然

---

⑱　見《喑啞的論爭》（人間・思想與創作叢刊），台北，人間出版
　　社 1999 年 9 月版，第 120 頁。

　　延續著台灣文學的可貴傳統，繼續以現實主義的文學精神
從事創作；這種堅持站在人民的立場、以反映社會真相、
揭示社會矛盾、批判統治者、來啟發社會進步力量的創作
方法，本來就是任何統治者都害怕的，何況在日本軍國殖
民者面臨生死關頭的「決戰期」，作為日本軍國殖民體制
的「國策文學」的皇民文學勢力，對台灣文學的現實主義
傳統展開猛烈的攻擊，欲除之而後快，是可想而知的⑲。

　　在這種情況下，極少數「皇民文學」作家用他們的漢奸文學
作品打壓台灣愛國作家的作品，台灣作家守望在台灣新文學的家
園用自己的創作反抗「皇民文學」，其間的鬥爭，可以說是相當
慘烈的。

　　我們先看日本殖民者唆使極少數變節的文學家炮製的「皇民
文學」作品。

　　先說周金波的〈水癌〉和〈志願兵〉。

　　周金波生於 1920 年，出生後不久，母親帶他到了父親留學的
日本東京。6 歲時一度返台，12 歲又去日本讀書，學齒科。在東
京時，周金波成了《文藝台灣》的同仁，於 1940 年寫了〈水
癌〉，發表在《文藝台灣》2 卷 1 號上。1941 年春返台。不久，
在西川滿的鼓動下，寫了〈志願兵〉，發表在《文藝台灣》2 卷
6 號上。這使他成為「皇民文學」的代表作家。1943 年，周金波
當了「大東亞文學學者大會」的台灣代表。

　　發表〈水癌〉的時候，《文藝台灣》已經調整了目標，處處
表現出來「決心邁向文藝報國之途」的精神，一心要「盡皇國民
之本分」，要「成為南方文化之礎石」。「水癌」，從牙醫學上
說，指的是「壞血性口腔炎」。小說〈水癌〉裡的男主角

---

⑲　曾健民文章，同前頁①，第 119-120 頁。

「他」，是一個從東京回到台灣的牙科醫生。站在「領導階層」的立場上，這位牙科醫生自認為已經實現了自己期待多年的夙願，於是積極地參與當時殖民地政府正在推動的「皇民煉成」的工作。比如，把舊式的台式房間改造成「和室」，讓自己活得像日本人。有一天，一個婦女帶著她患了「水癌」的女兒到他的醫院來求治。這個婦女看來沒有受過什麼教育。檢查一番後，牙科醫生告訴這個婦女，她孩子病情嚴重，必須要到大醫院去治療。母女兩人走後，他和助手談到這個孩子的病情，還議論這母親會不會帶孩子去大醫院治療。助手就認為，台灣人不太可能帶自己的子女去大醫院看病，這位牙科醫生太高估台灣了。大約十天之後的一個晚上，這個母親被便衣警察以好賭的名義抓走了。後來，這個母親又不願依照診療的秩序，闖進「他」的診療室。她捨不得花錢去醫治女兒的「水癌」，卻想在自己的牙齒上套上金牙。這位牙科醫生毅然地把她趕了出去。從此，這位牙科醫生更加堅定了自己的決心，要成為自己同胞的心理醫生，去淨化流在那種女人體內的血液。

　　平心而論，〈水癌〉所寫，無論題材、故事風格、人物形象，還是藝術構思、技巧及語言表達，都很一般，但是，它迎合了「皇民化運動」的需要。那個身居「領導階層」的男主角牙科醫生，實際上就是周金波本人的化身，而那個沒有受過什麼教育、沒有多少教養的女人分明又是一般台灣民眾的代表，「水癌」則是病態社會台灣愚昧、迷信、陋俗和不正民風的象徵。周金波在做同胞心理醫生的題旨裡的寓意，就是要用「皇民化」的理想、抱負、觀念來「煉成」皇民，改革台灣，並且期望通過「皇民煉成」的目標來達成他的晉身之道。小說的主題，表現的正是當時日本軍國殖民主義者的「國策」。〈水癌〉，正是不折不扣的「皇民文學」。

　　〈志願兵〉寫了三個主要的人物：「我」、張明貴和高進

六。「我」，八年前就從東京學成返台了，眼前，正在事業和家庭兩頭忙碌。返台之初，「我」還滿懷抱負，一腔熱情，想要革除台灣舊弊，破除台灣傳統。然而，久而久之，習以為常，現在，已經變得麻木不仁了。小說開始，是「我」去基隆港，迎接內弟張明貴。這張明貴，正留學東京，這次回來過暑假，想看看闊別三年的台灣。張明貴的小學同學高進六，也來到基隆港接他。這個高進六，讀完高等科之後，就到了一家日本人的店裡工作，在店裡學了一口流利的日語，別人都誤以為他是日本人了。還是在日本殖民政府強令台灣人改換姓氏之前，他就自稱自己是「高峰進六」了。張明貴返台，主要是想親眼看看當時實施「皇民煉成」、「生活改善運動」、「改姓名」和「志願兵制度」之後的台灣，是什麼面貌。可是，回來以後，張明貴發現，眼前的台灣，還是依然故我。高進六倒是和張明貴不同，要積極加入日台青年一體的皇民煉成團體「報國青年隊」，想要體驗到「人神合一的尊貴的人之修行」，以此督促台灣的進步。到底怎樣做一個日本人呢？於是，張明貴和高進六兩人互相爭論起來。爭論中，張明貴不贊同高進六那種修煉神靈附身的做法。張明貴只希望台灣人經過「皇民煉成」的教育，使台灣人有教養、有訓練。不料，在爭論發生後十天，報紙上刊登了一條消息說，高進六說服了年老的母親，寫下血書，志願從軍，當了志願兵了。讀到這個消息後，張明貴去向高進六道了歉，並向「我」表了態，認為「進六才是為台灣好，想改變台灣的人。我終究無能為力，不能對台灣有所貢獻」。「今後，我會自我檢討」。

　　其實，就小說的藝術品位來說，這篇〈志願兵〉，水平也很低，但是，它十分討好日本殖民當局。前已說明，日本當局宣佈決定在台實施志願兵制度是在 1941 年 6 月 20 日，也就是過了三個月，到 9 月，周金波就寫出了〈志願兵〉。西川滿拿到〈志願兵〉，立即和日本文人川合三良也以志願兵為題材的小說〈出

生〉，一起發表。第二年 6 月，還給〈志願兵〉和〈出生〉發了「文藝台灣賞」。日本殖民當局如此稱許周金波的〈志願兵〉，當然是因為他這篇小說表現出來的漢奸性的「皇民文學」品格。對此，周金波那時是供認不諱的。1943 年 12 月 1 日出版的《文藝台灣》上，刊登了一篇「談徵兵制」的座談會記錄。其中，有一段周金波的發言就是：「我的小說〈志願兵〉寫了同一個時代的兩種不同的想法，一種是『算計』的想法，另一種是『不說理由的、直接認定自己是日本人了』的想法；代表這個時代的兩位本島青年，到底哪一位走了正確的道路？這就是〈志願兵〉的主題。我是相信後者──『不說道理的直接認定自己已是日本人』，只有他們才是背負著台灣前途的人。」由此看來，高進六和張明貴這兩個人物顯示的雖然是怎樣煉成「皇民」的方法不同的分歧和爭論，但是，周金波觸及的仍然是一個身為台灣人如何蛻變成優秀的日本人的問題。

　　在這方面，陳火泉的〈道〉也得到了日本殖民當局的高度賞識。

　　陳火泉是彰化縣鹿港人，生於 1908 年。台北工業學校畢業後，進入「台灣制腦株式會社」工作。1934 年之後，在台灣總督府專賣局做事。陳火泉的小說〈道〉發表在 1943 年 6 卷 3 號的《文藝台灣》夏季特別號上。隨後，陳火泉又在《文藝台灣》的 6 卷 5 號上發表了〈張先生〉，也不斷參加日本殖民者召開的座談會。1943 年底，列為西川滿的「皇民文學塾」刊行的「皇民叢書」之一，由日本人大澤貞吉寫序文，〈道〉出版了單行本，其作者，陳火泉也改署了日本姓氏「高山凡石」。〈道〉還入選為當年下半期日本文學大獎「芥川賞」的五篇候選作品之一。陳火泉後來還有作品〈峰太郎的戰果〉發表在《台灣文藝》的 1 卷 6 號上。

　　在前述的「決戰文學會議」上，陳火泉曾有〈談皇民文學〉

一文發表。陳火泉説:「現在,本島的六百萬島民正處於皇民煉
成的道路上;我認為,描寫在這皇民煉成過程中的本島人的心理
乃至言行,進而促進皇民煉成的腳步,也是文學者的使命。」⑳
這是我們解讀小説〈道〉的一把鑰匙。

　　小説〈道〉寫了這麼幾個人物——陳青楠,台灣總督府專賣
局直轄的「製腦試驗所」的僱員;宮崎武夫,預備役陸軍工兵少
尉;廣田直憲,樟腦技術股長;武田,陳青楠陞官的競爭者;稚
月女,陳青楠的同事,紅粉知己。〈道〉的故事也很簡單。陳青
楠一直在致力於灶體的改良,以使提高樟腦的產量。他生活清
苦,夫妻、老母和三個孩子一共六個人只能擠在一個四席半大的
房間裡。三四年前,人們就傳言他要升職了。然而,因為他是台
灣人,就一直不能如願以償。有一次,在酒席上,為了一點小
事,日本同事武田欺侮了陳青楠。從這以後,他很在意日本人的
種種作為。其實,這個陳青楠,自以為他已經是個優秀的日本人
了。但是,在日本本土的「內地人」和台灣島上的「本島人」之
間使用日語的語言區隔下,他還是感到非常迷茫。於是,像是一
個「漂泊的『思人』」,他常常「冥想」,時時活在一連串內省
的生活中。比如,武田在什麼樣的心情下打人?自己的出身有什
麼問題?為什麼他像被迫站在法庭上的被告陳述?為什麼本島人
不是人?後來,陳青楠就希望藉著通過「皇民」的信仰來解救台
灣人的命運了。也就是説,他想明白了。不是具有日本人的血統
才是日本人,而是要經由「歷史錘煉」表現的人民,才算是日本
人。趁著撰寫提煉樟腦的新方法的機會,陳青楠決定好好整理一
下自己的信念,要寫成一篇〈步向皇民之道〉的文章了。不料,

　　⑳　轉引自曾健民:〈台灣「皇民文學」的總清算〉。《清理與批判》
　　　　(人間・思想與創作叢刊),台北,人間出版社1998年12月版,
　　　　第35頁。

他向廣田股長說出了自己的看法之後，反倒叫股長說了一句「不要忘了血緣的問題」，自己的想法又被震碎了。到了 1942 年 6 月 20 日，陳青楠看到「志願兵制度實施」的報道，興奮、激動不已，連夜提筆，邊流淚邊寫下了一首「台灣陸軍特別志願兵之歌」。遺憾的是，幾天之後，那廣田股長又是當頭一棒，不但告訴他「陞官」無望，而且還不客氣地對他說「本島人不是人啊！」陳青楠幾乎崩潰了。眼看過去所建立的一切價值觀剎那間就被摧毀了，陳青楠一時陷入了神經衰弱的狀態中。半年的日子裡，他一直鬱鬱寡歡。有一天，陳青楠忽然發現，自己的問題是出在自己一直都用台語思考台灣人的想法，如果要做真正的日本人，除了「用國語（指日語）思想，用國語說話，用國語寫作」之外，別無他法。想通了這一點，陳青楠又開始振作起來。不久，「太平洋戰爭」爆發，日本攻陷新加坡的消息傳到台灣，陳青楠自告奮勇地志願從軍，期望自己成為「皇民」，能與日本人共同作戰，以達成「皇民之道」的任務。這時候的陳青楠，確信自己必能成為第一個高喊天皇陛下萬歲而死的人。那位紅粉知己的稚月女，在陳青楠心日中已然是像「偉大的日本之母」了。決定了從軍的陳青楠，對稚月女表明心志說，本島人若不和內地人面對共同目標、共同的敵人，一起流血、流汗，就不能成為皇民。現在正處於歷史的關頭，要創造血的歷史。陳青楠還囑咐稚月女，當他戰死之時，希望她寫下這樣的墓碑銘：「青楠居士在台灣出生在台灣成長為日本國民而死」，或是：「青楠居士成為日本臣民。居士為天業翼贊而生，居士為天業翼贊而工作，居士為天業翼贊而死」。

　　這樣一個〈道〉，真是將通往「皇民」之道演繹和發揮得淋漓盡致、無以復加了。難怪，西川滿說，讀了〈道〉，他感動得「熱淚盈眶」，是「驚人之作」，「希望讓每一個人都讀到」。也難怪，讀了〈道〉，濱田隼雄誇獎為「最傑出的皇民文學」，

「獨特的皇民文學,是從未出現過的如此令人感動的作品」。順便說一句,〈道〉發表後,陳火泉不僅在文學上出盡了風頭,第二年,他在總督府專賣局的工作,也如願以償地升任為「技手」了。

不過,如果「反過來」讀,從〈道〉中我們仍然可以看出,日本人對台灣人的深刻歧視,日本人所謂的「內台一體」也不過是一個冠冕堂皇的謊言罷了。

後來,在回顧這一段歷史時,曾健民在〈台灣「皇民文學」的總清算〉一文對這些作品作了十分準確的評論:

> 這些作品的主題,大致都在表現殖民地台灣的知識分子如何積極地自我鍛煉成標準皇民的心理與言行;所謂「皇民煉成」,簡單地說就是戰爭期間的「皇民化運動」,也就是在文學上表現如何拋棄台灣人的漢民族語言、習俗、價值觀,徹底地成為與「內地人」有同樣神經感覺的日本人……然而,這裡所指的「日本人」的內涵並非一般意義的日本人,而是在這特殊的歷史時期,日本軍國法西斯體制所要求的標準的日本人「樣板」;它有著熱烈的日本法西斯思想,有狂熱的為皇國殉身為大東亞聖戰奉公的決心,是具有這樣的成分的所謂「日本精神」的日本人。這與德國法西斯所要求的,具有德意志精神的標准日耳曼人一樣,都是法西斯體制下的樣板人[21]。

一方面,是西川滿、濱田隼雄以及葉石濤等對現實主義文學精神、創作方法出重拳打壓;一方面,是周金波、陳火泉等在小

---

[21]  《清理與批判》(人間‧思想與創作叢刊),台北,人間出版社1998 年 12 月版,第 35-36 頁。

説創作上用作品為殖民體制、「皇民化運動」效勞,樹立榜樣,繼續施壓。這就是「戰時體制」下,台灣文學家們處在「皇民文學」、「決戰文學」、「敵前文學」、「文學管制」的環境中所面對的險惡形勢,艱難處境。

令台灣新文學驕傲的是,和周金波等少數人不同,「絕大部分的台灣前輩作家,有人拒絕寫作,有人憑良知抵抗,有人虛與委蛇,總之,都以各種方式表現維繫台灣文學氣脈的可貴精神。」在創作上,他們雖然在高壓下艱難前行,也表現出了難得的成就。

比如呂赫若。呂赫若本名呂石堆,1914 年生於台灣台中縣豐源鎮潭子。1934 年畢業於台中師範。1939 年到日本東京學習聲樂,曾在「日劇」和「東寶」劇團度過一年多的舞台生涯。1942 年返台後,先進張文環主持的《台灣文學》雜誌社工作,兼任《興業新聞》記者。1943 年,進入「興業」電影公司,一邊工作,一邊創作。

除少量隨筆和文學雜感,呂赫若主要寫小説。最初,他的作品重視社會正義,主要描寫台灣農村社會的困境,也寫男女情感和恩怨。「皇民化運動」時期,他轉入了對台灣社會生活中傳統的封建觀念的批判。這一時期的主要作品,有 1942 年的〈財子壽〉、〈廟庭〉、〈風水〉、〈鄰居〉;1943 年的〈月夜〉、〈合家平安〉、〈柘榴〉、〈玉蘭花〉;1944 年的〈清秋〉和〈山川草木〉等。

呂赫若關注社會生活中封建觀念的批判,常常是寫一個農村家庭裡人們之間的矛盾、摩擦、傾軋,還寫家庭與外部世界的種種聯繫,以及社會變化所帶來的深遠的影響。比如〈風水〉,寫周長乾老人想替入土 15 年之後的老父親的遺骨洗骨,遭到弟弟長坤的阻撓,兄弟二人反目為仇。兄長善良誠實,要盡孝道,弟弟狡猾自私,不讓挖動,以致大打出手。等到長坤家厄運接踵而

至，他又怪罪於老母風水不佳，以致掘墓開棺，把剛埋 5 年屍骨
未爛的母親遺體挖出來，暴屍棺外。這是發生在「制糖公司的大
煙囪附近」的一幕人間慘劇。呂赫若如此鞭撻封建迷信對人性的
戕害，堅持的仍然是民族的自尊心和台灣文學的現實主義傳統。
這種關注，表現在婦女命運的描寫上，同樣顯示了台灣文學現實
主義原則的威力。像〈月夜〉，描寫女主人公翠竹遭丈夫毒打謾
罵和婆婆小姑的虐待。逃回娘家，想要離婚，又遭深受封建道德
影響的父親拒絕。被迫回到婆家後，不堪凌辱的翠竹只有投河自
盡，以死喊出自己的冤屈和不平。〈財子壽〉則對這種封建家庭
的腐敗和罪惡有更深的揭露。為了這些反封建小說，呂赫若遭到
濱田隼雄、西川滿和葉石濤的批判，正如張文環一樣。

呂赫若在受到批判以後，曾在他的日記中記述他企圖改變風
格的思索過程。不過，他一點也沒有想要向「皇民文學」妥協，
而是想隱晦的表達民族風格。在此之後，他所創作的第一篇小說
〈柘榴〉，談的是「傳宗接代」的「繼子」問題，似乎有所寓
意。在〈清秋〉裡，他表面呼應「志願兵」運動，但卻在小說中
塑造了一個人格高尚、充滿漢學素養的祖父。而小說中志願兵的
歡送場景，又描寫成台灣人心中隱藏著一個共同面對艱困時局的
「契合感」。在〈山川草木〉裡，他塑造了一個孤高的少女，堅
忍地、勇敢地面對自己的命運。所有這些都表明，呂赫若在「皇
民文學」的重壓下，爭取在夾縫中表達自己心聲的努力 [22]。

---

[22] 關於呂赫若在日記中所記錄的自我反省過程，參閱呂正惠〈「皇
民化」與「決戰」下的追索〉一文（見陳映真等著《呂赫若作品
研究》，聯合文學，1997 年版）。關於呂赫若在《清秋》中所企
圖表現的戰爭期台灣人民心情的隱晦面，參閱呂正惠〈呂赫若與
戰爭末期台灣的「歷史現實」〉一文，北京社科院、全國台聯合
辦「呂赫若作品研討會」論文，1998 年。

　　我們還可以說到龍瑛宗。

　　龍瑛宗本名劉榮宗，1911 年生，台灣新竹縣北埔人。畢業於台灣商工學校，在台灣銀行南投分行做事。1940 年 1 月，加入台灣文藝家協會，在《文藝台灣》做編委。1941 年辭掉銀行差事，進入《日日新報》當編輯。1937 年，處女作〈植有木瓜樹的小鎮〉在日本《改造》雜誌發表。這個時期裡，發表的作品，有 1937 年的〈夕照〉，1939 年的〈黑妞〉、〈白鬼〉，1940 年的〈村姑逝矣〉、〈黃昏月〉、〈黃家〉、〈邂逅〉，1941 年的〈午前的懸崖〉、〈白色的山脈〉、〈貘〉，1942 年的〈不知道的幸福〉、〈死於南方〉、〈一個女人的記錄〉、〈青雲〉，1943 年的〈崖上的男人〉、〈龍舌蘭與月〉、〈連霧的庭院〉，1944 年的〈濤聲〉、〈年輕的海〉、〈哄笑的清風館〉，1945 年的〈歌〉、〈婚姻奇談〉等，另有中篇小說〈趙夫人的戲畫〉在 1939 年出版。

　　龍瑛宗和張文環等人一樣，在「戰時體制」下獨處，異常苦悶。像〈午前的懸崖〉裡的人物一樣，有時他似乎脫離了歷史背景，表現出逃避主義的傾向，有的只是對社會價值的懷疑，對時局的無奈。但是，「皇民化運動」來了，面對日本殖民當局的強大壓力，像〈不知道的幸福〉那樣，明知「這不是幸福的生活」，他也只好強調為生存而活的勇氣。當然，也有〈植有木瓜樹的小鎮〉中的陳有三和〈黃昏月〉中的彭英坤那樣的人物，脆弱、墮落，沉思多於行動，還帶有世紀末的頹廢，那樣的知識分子形象，也折射了龍瑛宗本人不幸的生活遭遇和苦悶，彷徨、頹喪的心態吧！

　　值得注意的是，在文學精神上，龍瑛宗似乎傾向於浪漫和唯美。這，其實也不難理解。龍瑛宗後來回憶說，他之所以參加《文藝台灣》，最大的動機是：「我以為殖民地生活的苦悶，至少可以從文學領域上自由的作幻想飛翔來撫平。現實越是慘痛，

幻想也就華麗。與此相同，落腳於殖民地的日本人諸氏也想看到
在煞風景的台灣，開出一種日本文學的變種花來吧！」㉓

今天看來，龍瑛宗的小說，就算情況複雜，但是，他堅守台
灣文學的陣地，堅持自己的小說創作而不與「皇民文學」同流合
污，就應該肯定。他，畢竟是在「皇民文學」的高壓下艱難前行
的台灣文學家中的一員。何況，他的小說創作，正如他自己所
說，「根本性的問題在於提高我們居住土地的文化。」㉔（關於
龍瑛宗戰後的反省，可以參看下一章。）

除了呂赫若、龍瑛宗，這一時期，楊逵還在 1937 年發表了
〈模範村〉，1942 年發表了〈無醫村〉、〈泥娃娃〉、〈鵝媽媽
出嫁〉、〈萌芽〉，在 1944 年發表了〈增產之背後〉等作品。諸
如〈模範村〉、〈泥娃娃〉和〈鵝媽媽出嫁〉等作品，楊逵在戰
後的中文版中都加以增添，並表明當時他無法暢所欲言。我們如
果比較日文原版和增添的中文版，就更可瞭解楊逵如何在高壓的
政治下努力要表達的隱晦之意。即使以「應命」而作的《增產之
背後》來說，我們現在也很難分得清楚，楊逵是在歌頌「增產報
國」，還是在歌頌無產者的勞動精神。

吳濁流也值得注意。《台灣新文學》被禁之後，他再也沒有
作品發表。不過，從 1943 年到 1945 年，他在日本殖民當局的暴
虐統治下，冒著生命的危險，秘密寫作了長篇小說〈亞細亞的孤
兒〉。作品的主角胡太明，是一個台灣的知識分子，他無法認同
日本，反對「皇民化」，他認同的只是自己的祖國。這，應該是
在「皇民文學」的高壓下，台灣作家守望在台灣文學的精神家園

---

㉓　參見羅成純：〈龍瑛宗研究〉。《龍瑛宗集》，台北，前衛出版
社 1992 年版。

㉔　轉引自葉石濤：《台灣文學的悲情》，高雄，派色文化公司 1979
年 1 月版。

裡，艱難前行，堅持用文學進行民族反抗鬥爭最具有象徵意義的
事件。

　　這些堅持民族氣節的台灣作家靠著什麼精神和信念在支撐著
自己呢？也許，楊逵在戰後版的〈模範村〉裡通過阮新民的嘴說
出的，正是他們的心聲：「日本人奴役我們幾十年，但他們的野
心愈來愈大，手段愈來愈辣，近年來滿洲又被它佔領了，整個大
陸也許都免不了同樣的命運。這不是個人的問題，是整個民族的
問題。我父親這種作風確是忘祖了。他不該站在日本人那邊，這
是不對的。我們應該協力把日本人趕出去，這樣才能開拓我們的
命運！」

　　在這種情況下，把 1937-1945 年的台灣文學命名為「皇民文
學時期」是不對的。除了極少數例外，台灣作家都不甘於寫作
「奉軍國主義之命」的「皇民文學」。如果又扭曲歷史的把他們
一律稱為「皇民文學作家」，那真是對他們人格最大的侮辱。一
個人侮辱自己還不算，甚至還要「拖」別人下水，以為自己開
脫，那我們就不知道如何去責備這樣一個人了。

# 第四章

# 建設人民的現實主義的台灣新文學

　　1945 年到 1949 年，雖然只有短暫的四年，卻是一個獨特的歷史時期。處於日據時期結束到「反共時期」開端的這一階段，可謂風雲詭譎、變化多端，包含了整個戰後中國的複雜矛盾。一般把這一階段稱為「光復初期」。

　　這個時期的特徵，概括而言，有三個方面。首先，在光復的大變革中，台灣從殖民桎梏下解放出來，復歸於祖國，因此，從政治、經濟到文化，所有的一切，「祖國化」同時「去殖民化」是它最大的特徵。其次，帶有封建法西斯性格的國民黨政權在台灣的統治，使台灣的現實日益惡化、矛盾日益深刻，因此，「民主化」成為民眾普遍的要求。最後，受到大陸國、共內戰進展的影響，台灣逐漸與大陸同構，新民主主義思潮逐漸成為時代的主流。1949 年年底，國民黨中央政權潰遷台灣，次年，美國趁朝鮮戰爭之際出兵台灣介入中國內戰，「協防台灣」，國民黨政權在美國的扶持下，把台灣改造成「反共復國」基地，從而終結了這

一段光明與黑暗交織、進步與落後激戰、希望與挫敗並存的時期。

　　反映這一獨特歷史時期的台灣文學，當然有其鮮明的時代特徵。首先，台灣文學從戰爭時期「皇民文學」的桎梏下解放出來，匯合到中國文學的大潮流中，因此，站在中國文學的一個部位裡，重新再出發，是它最迫切的要求。其次，在新民主主義的時代變革中，以「現實主義」為創作方法的「人民的文學」（或大眾文學）成為台灣文學的總路線。最後，因為時局動盪不安，作家的生活、身份、思想也極不穩定，大部分作家的變動都很大。許多大陸來台作家短暫出現後，忽而又消失在混亂的時代中。大部分省籍作家正在調適新的生活而無暇創作，也有些作家受到現實變化的重大打擊而消沉、噤聲，更有人毅然投入新民主主義的革命而犧牲了，這樣的文學環境也算是這時期的特徵吧！

　　因為這一時期的歷史特質，本章將首先描述「二二八事件」發生之前，台灣整體的文化和文學氣氛，分析當時的文化人和作家所提出的重大問題（第一節）。「二二八事件」後，這些問題在《新生報・橋》副刊為主要陣地的「如何建設台灣新文學」論戰中，得到進一步的厘清和發展，因此，在後面兩節裡，我們將集中地討論這一論戰所涉及的三個大問題。這樣，我們即可清晰看到這一時期文學思潮的主要面貌。


## 第一節　抗戰勝利後的台灣文化與台灣文學的重建


　　光復對台灣社會來說是一次重大的歷史變革，使台灣從長達51年的殖民桎梏中解放出來，復歸到中國。面對瞬間降臨的大變革，台灣人民的狂喜和昂奮是空前的，原本在日本的軍國主義和

殖民主義的長期統治下被壓抑的民族感情和民主願望一舉爆發了
出來，到處歡天喜地張燈結彩慶祝光復。

　　光復的變革所造成的狂喜與期待，自然也表現在台灣作家身
上。楊逵在日本投降不久，國民黨政府還未踏上台灣之土的時
候，便興沖沖地把他的「首陽」農場改名為「一陽」，並出版
《一陽週報》①，開始宣揚起孫文思想。作家呂赫若興緻高昂地
加入台中三民主義青年團的籌備工作，並勤奮學白話文，不到半
年便發表了第一篇白話文小說〈改姓名〉。朱點人與周青也馬上
創辦了文學刊物《文學小刊》②。張文環在〈關於台灣文學〉一
文中也曾描寫了光復時的動人場面，他寫道：「新生報台中分社
主任吳天賞，光復當時，在衆人面前指揮練唱國歌時，禁不住流
下了熱淚。連做夢也沒有想到，這麼快就獲得了自由，而且大家
都還活著，真想一起跪在青天白日旗的面前痛哭一場……」③。
龍瑛宗很快地在 1945 年 11 月 20 日出版的《新新》雜誌創刊號上
發表短篇小說〈汕頭來的男子〉，描寫一個熱愛祖國的台灣青年
周福山抵抗日本和死亡的故事。在小說的結尾，龍瑛宗寫道：

　　　　現在，台灣已歸還中國，正洋溢在光復的喜悅中，台
　　灣正需要一個純情又熱愛中國的人材，然而，在這樣的時
　　候，失掉了像周福山一樣的值得敬愛的青年，太令人惋惜
　　……他一直相信中國的光明，但卻無法恭逢光復這個人類

---

①　《一陽週報》從 1945 年 9 月創刊至同年 11 月 17 日止，共發行 9
　　期後停刊，見葉芸芸〈試論光復初期台灣的知識分子及文學活
　　動〉。此文收入台灣文學研究會主編《先人之血，土地之花》，
　　台北，前衛出版社 1989 年 8 月版，第 57-82 頁。

②　根據周青的〈含淚憶點人〉一文，《台灣與世界》1985 年 11 月
　　號。

③　見《和平日報》1946 年 5 月 31 日。

史上難得的盛典，這使我相當落寞。

龍瑛宗以描寫周福山的愛國形象，間接地表達了他在喜賀光復中，深切的愛國情操。

光復的歷史變革使台灣作家脫離日本殖民的壓制，每個人都懷抱著光明的希望整裝待發。

然而，在歡天喜地的現象之下，台灣社會卻潛存著兩方面的重大問題：一是長達51年的日本殖民統治後的遺害問題，另一是國民黨政府的半封建半殖民性格的問題；這兩個問題將對光復後的台灣歷史的發展產生基本的、結構性的重大影響。台灣雖然在「政治」上脫離了日本殖民統治而光復了，但日本殖民所遺留的問題仍深刻存在，殖民地社會的性格仍左右著台灣，光復的熱潮並沒有從根本上改變這個客觀存在的事實。而國民黨政府的民族國家的外表，也將隨著光復的狂喜消褪，逐漸顯露出它的半封建半殖民的性格。實際上，這兩大問題也可看做一個問題，那就是，被高度殖民化的台灣社會復歸到帶著半封建性格的國民黨政府所產生的巨大矛盾，這個矛盾將是光復後逐漸出現的諸問題的根源。

就第一方面而言，首先必須面對的就是殖民統治對民族文化和民族語言的破壞和社會結構殖民化的問題，雖然這是全世界所有的殖民地在政治解放後都會面臨的問題，然而，這問題在台灣尤為嚴重。因為日本對台灣的殖民統治，除了實施一般的同化政策外，在日本全面發動侵華戰爭的殖民後期（1937年以後），為了遂行它侵華的總體戰，不但強制台灣人民在舉止、習俗、信仰、語言乃至各生活細節「皇民化」，甚至灌輸日本的軍國法西斯思想，企圖造成台灣人民與大陸人民同一民族之間的隔閡、對峙與蔑視。這個問題給光復後的台灣社會帶來深刻深遠的影響，這就是光復後一般言論經常指出的日本的殖民「毒化」、「毒

害」的問題；甚至殖民後 50 餘年的今天，這問題仍然夢魘般困擾著台灣社會。

意識到這問題的嚴重性並提出呼籲的聲音，早就出現在《前鋒》雜誌的創刊號（1945 年 10 月 25 日出刊）④上，那就是林萍心寫於 9 月 28 日（台灣光復日的前一個月）的〈我們新的任務開始了──給台灣智識階級〉，他說：

> 大多數的台灣同胞受盡了日本奴隸教育，他們中間大部分已成了「機械」的愚民，而小部分已成為了極危險的「准日本人」，我們要用怎樣的手段和方法，在最短時間中去喚醒去感化這兩批的同胞，使他們認識祖國，使他們改掉「大和魂」的思想，成為個個健全的國民，使他們能夠走上建設新台灣，建設新中國的大路去。

林萍心還以「舊的還沒有毀滅，新的剛剛誕生」這一語句，形象地概括了台灣社會在文化思想領域存在的殖民化問題，並呼籲知識分子要趕快去改變這種局面。

然而，消除殖民文化的遺害，只是重建台灣文化的消極的方面；積極方面，則是「推行祖國的民族文化」。不過，當時的中國正處於封建的舊文化與民主的新文化兩條路線的劇烈鬥爭中，因此，在重建台灣文化的工作中，這種鬥爭當然也會浮現出來。對於以國民黨政權為代表所進行的所謂「重建」，王思翔（大陸來台作家）即形象地稱之為「惡性的中國化」。他在 1946 年 5 月 20 日的《和平日報》上，所發表的〈論中國化〉一文中說：

---

④　《前鋒》雜誌為廖文毅等「台灣留學國內學友會」創辦發行，第 1 期就是《「光復」紀念號》，1945 年 10 月 25 日（台灣光復日）出版。

隨著勝利而來，一種惡性的中國化正抓住整個台灣
……而現階段台灣的惡性狀態，與全中國舊思想是一脈相
承的。

他深刻地指出：隨著台灣光復，中國大陸的封建舊勢力在重
建台灣文化的工作中，與台灣本地的封建舊殖民勢力結合，惡質
地滲透到政治、經濟、文化各領域，使台灣社會迅速惡化。它還
企圖阻止祖國大陸的進步思想進入台灣，並壓抑台灣本地優秀
的、進步的文化。這一勢力的代表機構，就是當時的行政長官公
署「宣傳委員會」和國民黨台灣省黨部的「台灣文化運動委員
會」。

與「惡性的中國化」對抗的，即「良性的中國化」，它除了
推動祖國文化之外，也積極引介以五四精神和魯迅精神為代表的
中國新文化，以及進步的世界文化。這一路線的代表，主要是許
壽裳所主持的「省編譯館」和半官半民的「台灣文化協進會」。

許壽裳抱著重建台灣文化的理想來到台灣，對於台灣文化的
重建，他的中心理念是發揚魯迅精神和五四精神。許壽裳與魯迅
是「同聲相應，同氣相求」的至交，從他來到台灣一直到 1948 年
2 月 18 日遇害為止，短短不到兩年的時間，除了繼續完成《亡友
魯迅印象記》的寫作之外，在台灣共發表了五篇有關魯迅的專
論，積極宣傳魯迅精神。他在〈魯迅的精神〉一文中說：「魯迅
作品的精神，一句話說，便是戰鬥精神，這是為大眾而戰……魯
迅的小說以抨擊舊禮教，暴露社會黑暗，鞭策中國病態的國民
性，對勞苦大眾的同情等是特點」⑤。另在〈魯迅的人格和思
想〉一文中，他進一步指出：「魯迅的思想，雖跟著時代的遷移
大有進展，由進化論而至新唯物論，由個人主義而至集體主義，

---

⑤　《台灣文化》1 卷 2 期，1946 年 11 月 1 日。

但有其一貫的線索存在，這就是戰鬥的現實主義」⑥。可以説，
許壽裳想在台灣傳播的文化理念便是魯迅的「戰鬥的現實主義」
精神。另一方面，他也積極宣揚五四的新文化精神，譬如，在
「二二八事件」之後，也就是 1947 年的五四紀念日，在《新生
報》上他發表了題為〈台灣需要一個新的五四運動〉，呼籲：
「我想我們台灣也需要一個新的五四運動，把以往的日本毒素全
部肅清，同時提倡民主發揚科學」。可見得，許壽裳在面對光復
後台灣文化的複雜狀況，以及政治、經濟、社會狀況逐漸惡化的
現實，他積極倡導魯迅的「戰鬥的現實主義」精神和民主科學的
五四新文化精神，作為肅清日本殖民思想遺毒、重建台灣文化的
中心理念。

　　「台灣文化協進會」成立於 1946 年 6 月 16 日，由官方與民
間代表性人士組成，省籍的進步左翼，如許乃昌、王白淵與蘇新
等也加入了行列，並實際推動了會務。該會於 9 月 15 日出版了
《台灣文化》月刊，早期階段，該刊實際上由台灣的進步文化人
蘇新等所主持，網羅了編譯館、台大、師院（師大前身）、文化
界有進步色彩的省內外知識分子參與寫作，並積極與以上海為中
心的大陸進步文化界交流，可說是「二二八事件」發生之前台灣
進步文化的重鎮。「台灣文化協進會」成立大會宣言的結尾呼籲
道：「建設民主的台灣文化、建設科學的新台灣、肅清日寇時代
的文化遺毒、三民主義萬歲」。可見得，以民主、科學的五四精
神來建設台灣文化是該協進會的中心思想。

　　整體來説，從台灣光復到 1947 年的「二二八事件」為止，在
文化領域，以許壽裳的編譯館和台灣文化協進會為代表的台灣文
化重建路線，亦即高揚反封建、高揚民主、科學的五四精神和魯
迅精神的良性的中國化路線，是主要的文化潮流。

---

⑥　《台灣文化》2 卷 1 期，1947 年 1 月 1 日。

　　以上所述為光復初期台灣整體的文化氣氛。在這樣的文化氣氛中，文學方面的特徵，主要是從整體上檢視日據時期台灣新文學的變化歷程，並指明今後該走的方向。

　　最早從事這一工作的並不是省籍作家，而是上海的大型文學月刊《文藝春秋》的主編范泉先生，他在 1946 年 1 月 1 日出版的《新文學》雜誌上首先發表了〈論台灣文學〉一文，概述日據期台灣文學的各階段，並論證了「台灣文學始終是中國文學的一個支流」後，指出日據期台灣文學「它不能自由成長，政治的因素常常阻礙了它發育滋長的方向，它在不安的心情下摸索著它的前途，因此它的進步是遲緩的……」，所以說「台灣文學始終在它的草創期」。文末，他把過去乃至將來的台灣文學歸納為三個時期：㈠草創期，㈡建設期，㈢完成期，並在結論中如此說道：

　　　　重入祖國懷抱以後的台灣文學……已進入建設期的開端了，我們將眼看著台灣文學站在中國文學的一個部分裡，盡了它最大的努力，發揮了中國文學古有的傳統，從而建立起新時代新社會所需要的，屬於新中國文學的台灣文學。

　　范泉在台灣光復的大歷史變革後不過數月，立刻對台灣文學提出了歷史總括並指出了將來的方向，不但對台灣作家來說是一大鼓舞，他的觀點也對台灣作家產生深遠的影響，在兩年後的《新生報・橋》副刊論戰中，他的觀點也為歐陽明、楊逵所引用。

　　台灣作家賴明弘在讀到了范泉的文章後，很快地在 1 月 3 日便寫就了〈重見祖國之日──台灣文學今後的前進目標〉，刊登在《新文學》第 2 期上。文章開頭，他便對范泉的〈論台灣文學〉「表示極大的敬意與感謝」；對於台灣的民族文化，他說：「這樣在半世紀中，台灣與祖國的政治、經濟、教育等一切關係，雖

然遭受日寇嚴格的截斷，但貫穿文化思想的民族精神之火把，終
熊熊地被承繼，這重要的一線終於被堅守著，所以今日整個的台
灣民族仍然是活在中國民族的大海裡」。對於光復後的台灣與祖
國的關係，他說：「台灣既然復成為中國疆土的一部分，那麼無
論是政治、經濟、文化、教育等各部門，已經不能再離開祖國，
而單獨理論或劃分立說」。對於台灣文學的民族歸屬性，他說：
「我們今後將要努力創造的台灣新文學，亦即是中國文學的一部
分，換句話說：台灣的文學工作者也就是中國的文學工作者」。
至於台灣文學今後的前進目標，也就是路線、方向，他明確地指出：

> 文化藝術的分野自然也不能例外，尤其是文學必須加
> 緊地指向寫實主義的大眾文學之路走了……我們的時代，
> 正是要建設人民的自由與美滿而幸福的社會，藝術也擔任
> 著一個重要的任務。今後我們的文學精神，必須傾注在這
> 個意義上的工作，台灣文學今後的目標，亦應循此路邁
> 進。

　　光復後最早發表的這兩篇專論，已鮮明地指出了，進入建設
期的台灣文學的重要前提與路線，它的前提是：台灣文學始終是
中國文學不可分的一環；它的目標、路線是：指向寫實主義的大
眾文學。這個前提與路線一直是光復初期台灣文學的兩大思想主
軸，並且隨著歷史的進程與時代的動盪而更進一步豐富與發展。
　　接著，在1946年5月，《和平日報・新文學》副刊第一期，
刊登了兩位大陸來台作家樓憲和張禹（王思翔）合寫的一篇題為
〈一個開始・一個結束〉的文章，這篇文章對光復後台灣文學的
路線有更進一步的開展，更清楚的闡述，它說：「從今以後，文
學者必須有一個深切的理解，公然地歸依於民主主義，這是最重
要的。我們必須為民主而生活，為民主而寫作，大膽地歌唱民

主，予反民主以打擊；而且必須站在民主的立場上，去理解對象，擷取主題」。這反映了抗戰勝利後，全中國思潮的主流——「民主」。相對於抗戰期的「民族」，「民主」成了當前作家的創作焦點。接著他們又說：「在寫作的實踐中，必須到人民中去，寫出人民的思想，寫出人民所能接受的作品」。進一步地指出了台灣文學應指向「人民的文學」的路線。關於文學的創作方法，文中說道：「新的文學者必須以現實主義作為武器，反民主者與現實主義是不能並行的，他們須要掩蔽、欺詐、扼殺理想，而現實主義卻是一種文學上的主觀自覺力量，是文學中最銳利的武器」。也就是說，現實主義是實踐人民的文學路線的最好的、當然也是必然的創作方法。只有現實主義的創作方法才能揭開反民主、欺詐的真面目，是文學中最銳利的武器。

同樣的文學思想，也表現在楊逵的身上。在《和平日報‧新文學》副刊第2期上，楊逵在他的〈文學再建的前提〉一文中說：「我相信，只有展開真正的紮根於大地的現實生活的文學運動，才能開拓出台灣文學的重建之路」[7]。在同第3期副刊上，他的〈台灣文學停頓的檢討〉一文，更不斷強調「人民的自主力量和自主的團結」的重要性，並說「新文學就是人民的文學」[8]。實際上，楊逵正是這個《和平日報‧新文學》副刊的主編，前述連續三期出現的文章，都突出了同樣的文學思想傾向，那就是「現實主義的人民文學」，與賴明弘的「現實主義的大眾文學」是相近的。

這種文學思想的出現，並非只是某個作家個人的觀點，而是前述的光復後社會潛在的矛盾，逐漸顯現逐步惡化的現實，反映在文學上的要求和普遍傾向。

---

[7] 《和平日報》1946年5月。
[8] 《和平日報》1946年5月。

　　日據末期活躍於台灣文壇的日文作家龍瑛宗，在光復早期的
文學活動與文學思想，也可說是上述文學思潮的重要部分。龍瑛
宗從 1946 年初到年底，主編了《中華日報》的日文副刊《文藝》
與《文化》，積極從事文學活動，留下了不少的文學散論，比較
完整地表達了他當時的文學思想。

　　從這些資料中，我們可以發現，他的文學思想的特點。首
先，是他對日據歷史的批判以及對日據期文學的深刻反省。就如
前述的〈一個開始‧一個結束〉一文中，作者樓憲與張禹便曾呼
籲，進入新時期的台灣文學「應該將五十年來的台灣文學予以清
算」，並且「每一個文學者應該有一次深刻的自我批判」。實際
上，龍瑛宗在 1945 年 11 月 20 日創刊的《新新》雜誌上，就發表
了一篇短文〈文學〉，該文對日據期的文學做了深切的檢討並表
達了在新的時期再出發的決心，該文寫道：

　　　　回頭看看臺灣的情況吧！無疑地，台灣曾為殖民地；
　　在世界史上，未曾有過作為殖民地而又文學發達的地方，
　　殖民地與文學的因緣是很遠的；即便如此，台灣不是有過
　　文學嗎？是的，曾經有過看似文學的文學，但，那並不是
　　文學，知道了嗎？有謊言的地方就沒有文學，如果有也只
　　是戴著假面具的偽文學。總之，我們非自我否定不可，我
　　們一定要走上光明正大的道路。

　　我們當然可以瞭解，龍瑛宗主要是指台灣作家在戰爭時期
「皇民文學」政策的壓制下，寫作不自由，甚至還要寫一些違心
的作品。對於過去殖民的歷史，他在〈從台南到台北〉一文中寫
道：「日本統治時代的台北，當然是台灣的文化中心，但，那只
不過是殖民地的文化。換言之，是被政治扭曲了的文化，在那裡
是不可能有真正的文化發展的」。⑨在民族的立場上他是堅定

的，雖然他也批判了光復後的現狀，痛切批判全中國的混亂、悲哀、封建、落伍，但是，他的民族立場是不變的，就像當時所有的省內外進步文人一樣，批評封建落後的中國是為了催生民主的進步的新中國。他在一首簡單的小詩〈心情告白〉上，如此表白：「我／雖然用異國的調子／唱歌／我是／真正的中國人／真正的中國人／我／心中哭泣／是為了老百姓／是為了老百姓」⑩這首短詩表明了，他雖不得不用日文寫作但卻是一個百分之百的中國人，而他的創作是為了老百姓為了人民；簡單而深刻地表達了，龍瑛宗作為一個用日文寫作的中國作家的民族立場，以及為了服務人民群眾的大眾文學立場。另外，在該刊的編輯室寄語中，他也說：「今天的文藝，已不是星啊雲啊的時代，為了建設更好的社會，文藝也應發揮更大的力量……文藝應從頹廢與傷感中站起來，開始健康地呼吸。文藝不是少數人的玩具，是大眾的東西，是與大眾共悲喜的東西」⑪。可見得，當時龍瑛宗的文學思想是朝向大眾文學的。

然而，歷史往往是在人們的主觀期待之外發展的。台灣的光復，並沒有如同賴明弘在〈重見祖國之日〉一文所說的「帶來好的政治，好的文化，好的教育施行於台灣」；也沒有「把五十年來一切的隔膜，能在短時間內予以打消，而很快地精誠合作」。在 1946 年 11 月 1 日出刊的《台灣文化》1 卷 2 期推出的《魯迅逝世十週年特輯》中，在許多讚頌魯迅精神的文章中，唯獨楊雲萍的〈紀念魯迅〉一文卻吐露了不尋常的歎息，他說：「台灣的光復，我們相信地下的魯迅先生，一定是在欣慰。只是假使他知道昨今的本省的現況，不知要作如何感想？我們恐怕他的『欣

---

⑨ 《新新》2 卷 1 期，1947 年 1 月 5 日。

⑩ 《中華日報》副刊《文藝》，1946 年 10 月 17 日。

⑪ 《中華日報》副刊《文藝》，1946 年 6 月 27 日。

慰』，將變為哀痛，將變為悲憤了。不過，我們確信著，要使魯
迅先生，在地下得著永遠的欣慰，卻是我們的責任」。

　　是怎樣的「昨今的本省現況」，會使地下的魯迅由「欣慰」
變為「哀痛」和「悲憤」呢？

　　在 1946 年 8 月 15 日光復一週年出版的《新知識》上，楊逵
寫了〈為此一年而哭〉說道：「哭民國不民主，哭言論集會結社
的自由未得保障，哭寶貴的一年白費」。賴明弘在同刊上的〈光
復雜感〉也說道：「現在對『光復』不僅不感到興奮，反而個個
都有點近於『討厭』的情緒……由狂歡而失望了，而痛哭了，甚
至而『排斥』了」。

　　使楊逵、賴明弘痛哭、排斥的光復一年後的台灣現實是怎麼
樣的呢？

　　在政治上：貪污、腐敗、顢頇無能、不重用本省人、要職全
為國民黨獨佔、甚至起用日本人和日據期舊御用士紳。在經濟
上：生產停頓、失業恐慌、物價飆漲、投機橫行。在文化思想
上：言論自由受限制、國內進步刊物被禁止進入台灣、新聞檢
查。以上這些問題，表現在一般的社會生活中便是「省內外隔
閡」日愈嚴重。以上光復後現實的急速惡化，與光復時的昂奮期
待有太大的落差，使楊雲萍哀痛、悲憤，楊逵、賴明弘痛哭。

　　在日愈惡化的進程中，國民黨政府在台灣人民的心目中逐漸
成為新的壓迫者，兩者之間的矛盾也逐漸深化。這種矛盾的性質
與內容也隨著國共內戰的進展，而逐漸與全中國人民對國民黨政
府之間的矛盾相同。台灣的進步知識分子透過與大陸來台的進步
知識分子的交流，或透過大陸流入的報刊書籍，早就認識到光復
後的各種矛盾衝突，並不是省籍問題，其根源是國民黨的半封建
而帶著官僚主義性格的統治體制問題，這問題不是台灣單獨的問
題，而是全中國普遍存在的問題。因此，大家都認識到，台灣的
問題應放在中國問題上去評論。正是由於這一共同認識，進步的

省籍作家和大陸來台作家在紀念魯迅逝世十週年的時機下，共同攜手合作。

　　1946 年 10 月 13 日，「中華全國文藝協會總會」為魯迅先生逝世十週年的紀念活動，特地向全國各地發出文告，號召全國文教團體、人民團體全力發動這個紀念活動。文告內容指出：紀念魯迅先生是為了更加闡明魯迅的道路，發揮魯迅精神，和半封建半殖民地的黑暗制度勢不兩立，和勞動人民共生死，在中國人民爭取和平、民主、改革、建設的運動裡面發揮更大的力量。可見得，在國共內戰再度激烈展開，全中國人民的新民主主義變革力量與半封建半殖民地的舊勢力的鬥爭日愈尖銳的時刻，擴大紀念魯迅，在文化、思想、文學上「闡明魯迅道路、發揮魯迅精神」，在推進全國人民爭取民主、和平、改革的運動上必然發揮極大的作用。

　　10 月 19 日，全中國各地以各種方式熱烈地展開了紀念魯迅的盛大活動；通過這個活動，高揚了、更擴大了全國人民新民主主義的變革要求。台灣當然也同步參與了這次活動，筆者統計，當時台灣的各報刊雜誌，刊出的各種紀念魯迅的文章共達 30 多篇，分別出現在《自強報》、《中華日報》、《和平日報》和《台灣文化》等報紙雜誌上。這顯示了台灣文壇與全中國的文壇已處於同一歷史潮流，在新民主主義變革的道路上，共同闡明魯迅的道路、發揮魯迅的精神。其中，由台灣的左翼進步人士如楊逵、謝雪紅、楊克煌等，和大陸來台的進步青年如王思翔、周夢江、樓憲等人，共同合作的《和平日報》副刊，表現最為熱烈。它連續幾天推出了紀念魯迅的專輯，從一般的紀念文字到木刻、漫畫共有 15 篇作品。其中有：胡風的〈關於魯迅精神的二三基點〉⑫、許壽裳的〈魯迅和青年〉、楊逵的詩〈紀念魯迅〉等。在台灣文學史上，如此集中且大幅地紀念魯迅高揚魯迅精神的活動，不但是空前恐怕也是絕後的吧？至少，五十幾年來是如此。

我們可以說，這是當時全台灣的進步作家和文人，對國民黨的惡政所舉行的一次文化示威，也是對他們自己所要追求的文化、文學路線的一次鮮明的宣示。

## 第二節　以《橋》副刊為陣地討論「如何建設台灣新文學」

1947 年 1 月 9 日，台北市爆發了反美大示威，學生、市民、工人共一萬多人走上街頭聲援北大女學生沈崇，呼應全國抗議美軍暴行鬥爭，高呼美軍滾回去，這示威活動為一個月後的「二二八事件」做了感情、思想與組織上的準備。2 月，上海發生「黃金風潮」，物價暴漲幣值暴跌，迅速波及台灣經濟。同處在瘋狂地進行內戰的國民黨政府統治下的台灣，與大陸各地頻頻發生的鎮壓與抗暴事件一樣，終於爆發了「二二八事件」。3 月 8 日的《和平日報》上刊登的〈二二七慘案真相──台灣省民的哀訴〉一文憤怒地批判說：「他們拚命搾取民脂民膏……無權不爭，無利不奪，無官不貪，無吏不污，無惡不作……民無聊生，路有餓殍，欷聲遍地，怨聲載道，而他們視為應該」。⑬然而，在這個省民正在哀訴的同時，蔣介石早已抽調了正在大陸打內戰鎮壓中國人民的軍隊悄然登陸台灣，對台灣人民的反封建反獨裁爭民主的起義進行了更大一波的血腥鎮壓。

---

⑫　《和平日報》1946 年 10 月 19 日，該文是胡風寫於 1937 年的文章。又，台中《和平日報》創刊於 1946 年 5 月 4 日，原為軍方《掃蕩報》系統，「二二八事件」被迫停刊後，為政府接收。

⑬　該文署名「一讀者」，根據張禹（王思翔）的歷史證言，該文為楊逵所作。

　　「二二八事件」後，表現時代感情和思想的重要報紙、雜誌幾乎全面停刊。在光復後的一年中活躍的文化界人士，有人被殺如王添燈、宋斐如、林茂生等，有人被關押如楊逵、王白淵，很多人逃到大陸如蘇新、王思翔以及許多左派人士。作家中有人對國民黨政府徹底絕望，而加入在台灣蓬勃發展的地下黨如呂赫若、朱點人、藍明谷等。不管是逃亡大陸、香港、或加入台灣的地下黨，他們都與全中國的新民主主義革命洪流匯合，他們深刻地體認到自己的解放與全中國人民解放的命運是一體的，惟有投入全中國的變革運動才是台灣人民的出路。不過，大部分的作家從此陷入了噤聲的狀態。

　　接著，在內戰中漸居劣勢的國民黨政府，在 1947 年 7 月 4 日實施了「全國總動員方案」，隨即下達「戡亂動員令」，限制人民的一切基本權利，並任意逮捕、監禁、屠殺反對人士，在其統治區瘋狂地進行封建法西斯的鎮壓，台灣當然也處於這樣的時局下。但處於內戰大後方的台灣，當時，陳儀的繼任者魏道明政府實施了相對孤立封閉的政策，在文化思想上管制大陸變革運動對台灣的影響，並實施人員的出入境管理，因此，「二二八事件」以後一直到 1949 年的「四六事件」⑭為止，在狂風暴雨的國共內戰中，台灣至少在表面上處於相對寬鬆的狀態。雖然如此，內戰的腥風血雨也佈滿上空，除了物價暴漲、失業、貪污腐敗、民不聊生依舊不變之外，在言論受限的情況下，社會顯出怪異的噤默。

　　在這樣的時代氣候下，能抒發個人感情，反映人民心聲，並寄以變革理念的地方，只剩下文學舞台。因此，在「二二八事件」的餘悸中，在所謂「動員戡亂」的政治恐嚇下，在國共內戰

----

⑭　1949 年 4 月 6 日，國民黨軍警對台大、師院學生大逮捕，台大學生孫達人、張光直以及歌雷、楊逵等著名人士被捕。

進行的風雨中，懷著時代熱情與理念的人又都悄悄集結到文學陣線來。不管省內或省外作家，共同攜手面對共同的命運，都寄望以推動台灣的新文學運動促進時代的變革。基本上，是這樣的時代的急迫要求，規定了這時期的文學思潮。

　　「二二八事件」之後，率先打破噤默的空氣，喊出時代對台灣文學的要求的人，是大陸來台作家夢周。他在《中華日報・新文藝》副刊上發表了〈展開台灣的新文藝運動〉（1947.5.11）他說：「台灣是絕對需要新文藝的，為了溝通感情，為了文化交流，為了破除隔膜，更為了要走上一條新的路，展開新文藝運動實在不容再觀望再遲疑下去了」。至於要怎樣的文藝運動呢？他主張「須求大眾化」、「向人民學習」。他的主張雖然受到如當時的《中華日報・新文藝》主編江默流等人的批評，但卻受到沈明等人的呼應。在何欣主編的《新生報・文藝》副刊上，開始對展開台灣的新文藝運動問題進行了討論；如沈明的〈展開台灣文藝運動〉（1947.5.25）〈我們要這樣的新文藝〉（1947.7.2）、王錦江（王詩琅）的〈台灣新文學運動史料〉（1947.7.2）、毓文（廖漢臣）的〈打破緘默談「文運」〉（1947.7.23）等文。可以說，這是隨後發生在《新生報・橋》副刊上的「如何建設台灣新文學」論爭的前奏曲。

　　這時的文藝陣地，幾乎只剩下報紙副刊。其中，尤以上海復旦大學新聞系畢業的歌雷主編的《新生報・橋》副刊最為突出。《橋》副刊的宗旨是在於：為「二二八事件」後嚴重的省籍隔閡，提供一個省內、省外作家溝通的橋樑。主編歌雷屬魏道明系統，因此《橋》的發言尺度相對地寬鬆，不久，即成為進步文化人集中發表言論的地方。

　　由於這一機緣，經由《橋》作為媒介，終於引發了一場大論爭，其時間從 1947 年 11 月一直持續到 1949 年 3 月「四六事件」大逮捕前夕，論爭的主題是如何建設台灣新文學。這場論爭，不

論在長達一年三個月的時間上，或者包括座談會在內大約有五十多人參加的人數上，參與論爭的文章有五十多篇的數量上，討論問題的廣度以及理論水平上，都不遜於中國新文學史上的任何一次論爭。特別在 1947 年到 1949 年之間，大陸的文學家都捲入國共內戰的硝煙，無暇他顧之際，這場論爭更顯得獨特而重要。在台灣文學思潮史的三大文學論爭中，堪稱最重要的一次，因為它處於台灣文學甫由殖民地文學復歸為祖國民族文學的一環之際。且光復後復甦的台灣左翼文學與祖國的左翼文學陣營匯合，而成為這時期的文學主潮，在左翼文學思潮的影響下，這場有關「如何建設台灣新文學」論爭，不管在關於中國文學和台灣文學的一般性和特殊性問題的論辯上，或在左翼文論的建設上，迄今仍屬最高水平。特別是 50 年代以後，在國民黨政府的長期反共戒嚴下，台灣左翼文學被連根剷除，致使台灣文學走上畸形的發展，因此重新認識「論爭」的左翼文學論述，對台灣文學的健康發展是很重要的。

在論爭的中間階段，1948 年 4 月 2 日的《橋》副刊上，刊登了舉辦第二次作者茶會的消息，並說明了這次茶會是以「如何建立台灣新文學」為主題，分為五大議題討論：它包括：㈠過去台灣文學運動的回顧；㈡台灣文學有無特殊性；㈢今日台灣文學之現狀，及其應有的表現方法；㈣台灣文學之路；㈤台灣文藝工作者合作問題。從這五大議題可以看出，歌雷等工作者當時已深刻認識到，在那個時局下，推動台灣的新文學運動必須深入探討的幾個基本問題。其後，論爭的發展，也大致循著這幾個議題進行。綜合整個論爭的實際內容，我們可以進一步把它概括為下列三個部分來討論：

㈠對日據期的台灣文學的歷史回顧與評價。

㈡關於台灣文學的特殊性與中國文學的一般性的辯證認識。

㈢關於現階段台灣文學的路線、方向、創作方法問題。

　　本節將討論跟台灣文學性質有關的前兩個問題，至於第三個問題，則留待第三節處理。

## (一)對日據期台灣文學的回顧與評價

　　首先，歐陽明的〈台灣新文學的建設〉一文揭開了論爭的序幕，該文一開頭便說：

> 　　在今天來探討台灣新文學的建設問題，是有著新的歷史性與現實性的。這問題，在今後中國新文學運動中也將是一部分的問題。這問題的提出，自然包含了對於過去台灣文學的批評⑮。

　　這段話提出了兩個重要論點：台灣新文學的建設的討論，必須包括對過去的台灣文學的歷史回顧與評價，同時，這個討論是屬於中國新文學運動的一部分。

　　在本文第一節中所引述的范泉的〈論台灣文學〉、賴明弘的〈重見祖國之日〉，以及楊逵的〈台灣新文學停頓的檢討〉，可說是光復後最早出現的有關台灣文學的歷史回顧。接著，有楊雲萍的〈台灣新文學運動的回顧〉⑯以及王錦江（王詩琅）的〈台灣新文學運動史料〉⑰，這是兩篇史料性的回顧，雖未涉及檢討或評價，但在翔實的史料上，為文學家提供了不少認識過去的台

---

⑮　《台灣文學問題論議集》。人間出版社 1999 年 9 月版，第 33 頁。
　　實際上，該文的初稿早就以「巴特」的筆名，發表在 1946 年 12 月 1 日的《人民導報》「文藝」副刊上。「橋」副刊上的是二訂稿，而《南方週報》上的是三訂稿。

⑯　《台灣文化》1 卷 1 期，1946 年 9 月 15 日。

⑰　《新生報》副刊《文藝》，1947 年 7 月 2 日。

灣文學運動的材料，譬如，歐陽明的〈台灣新文學的建設〉一文在《橋》副刊發表後，又做了修改，增添了許多有關台灣文學運動的史料，再次發表在《南方週報》⑱上，該三訂文便大量引用了王錦江的「史料」。

「論爭」中，對日據期的台灣文學做了較完整的歷史說明與評價的，除了歐陽明的〈台灣新文學的建設〉外，還有林曙光的〈台灣文學的過去、現在與未來〉，以及散見各處的楊逵的發言。在關於影響殖民地時期台灣新文學運動的起因方面，楊逵認為，台灣新文學運動的產生是受到了當時遍佈全世界的民族自決風潮以及五四運動的影響。這在林曙光、楊雲萍、王詩琅、歐陽明等人的文章中，都有相似的看法，也可説是當時省內、省外作家的共同看法。至於台灣文學在思想上、表現形式上的特質，以及與反日民族解放運動的關係上，楊逵説，「在思想上所標榜的是『反帝、反封建』、『民主與科學』」；「在其表現上所追求的是淺白的大眾形式」；它的「主流卻未曾脱離過我們的民族觀點」；「在日本帝國主義統治之下……文學卻曾擔任著民族解放鬥爭的任務的，它在喚醒台灣人民的民族意識上，確實有過一番成就」。在與中國文學的聯繫上，他説：「我們可以發現到特殊性倒是在語言上的問題，在思想上的『反帝反封建與民主科學』這一點，與國內卻無二致」。⑲

歐陽明在〈台灣新文學的建設〉一文中，也清楚地闡述了日據期台灣新文學運動的性格，他的看法與楊逵相當接近，他説：

⑱　《南方週報》創刊號，1947年12月21日。歐陽明增訂了在《橋》
　　副刊上發表的部分內容，以〈論台灣新文學運動〉為題，重新在
　　該刊上發表。

⑲　楊逵：《如何建立台灣新文學》，《橋》副刊1948年12月29日。

　　　這說明台灣文學運動與台灣反日民族解放運動是分不開的。因為反日民族解放鬥爭是適應著廣大台胞的要求，台灣文學歷史的發展就是由這樣的鬥爭而來的。它適應廣大台胞的要求而創造了反映了社會的真實的新內容新形勢新風格。所以說，台灣文學運動的主流，決不是以在台的那些為殖民統治者幫傭狗吃的所謂日本作家，而是廣大台胞自己倔強的靈魂的民族文學運動[20]。

　　　駱駝英[21]在他帶有總結論爭味道的〈論「台灣文學」諸論爭〉一文中，肯定了前述楊逵對日據期台灣文學的論點後，進一步分析了甲午割台以來，台灣社會性質（殖民地、半封建社會）以及中國大陸的社會性質（半殖民地、半封建社會）的共同性和差異性，認為在帝國主義和封建勢力的雙重壓迫下，台灣與大陸是有共同性的，所以思想上也是反帝反封建的。不過，因為台灣是處於日本帝國主義的直接壓迫下，「所以反帝的要求特別強，思想上的反帝因素在文藝中表現較祖國強」。雖然台灣文學在反帝鬥爭的失敗中產生了消沉、失望、悲觀的現象而反映在文藝上，「但反映人民的基本要求的反帝反封建的文藝應該算是過去台灣新文學的主流」。[22]

## (二)關於台灣文學與中國文學的特殊性與一般性的辯證認識

　　　台灣新文學的催生者張我軍，在 1925 年 1 月出刊的《台灣民

---

[20][22]　《台灣文學問題論議集》，人間出版社 1999 年 9 月版，第 33 頁、第 172 頁。

[21]　駱駝英，原名羅樹藩，又名羅鐵鷹，雲南洱源人。1947 年秋冬之間來台，任教於台北建國中學，並從事文學活動。1948 年底返回大陸。

報》3 卷 2 期上發表的〈請合力拆下這座敗草叢中的破舊殿堂〉
中說過:「台灣的文學乃中國文學的一支流,本流發生什麼影
響、變遷,則支流也自然而然的隨之影響、變遷,這是必然的道
理」。回顧來看,台灣新文學的發展與中國新文學的發展之間的
聯繫,歷程雖迂迴曲折,基本上是不離張我軍的看法的。光復後
台灣復歸中國,台灣新文學脫離了殖民地文學的範疇而成為民族
文學;從范泉、賴明弘開始,接著龍瑛宗、楊逵、沈明、歐陽明
到林曙光等人,都為文表達了台灣新文學是中國新文學的一環的
看法,這是歷史的客觀事實也是作家的主觀認同,是光復後台灣
新文學再出發的基本前提。然而,當實際展開文學運動,開始建
設台灣新文學時,不管是大陸來台作家或省籍作家,在論議或創
作之時,首先必定會面對的,便是由台灣社會的相對特殊性而來
的台灣文學的相對特殊性。特別是由於,帶著殖民地社會的性格
的台灣驟然回歸到祖國的封建性格政權,接著又馬上捲入封建中
國與新生中國生死鬥爭的關鍵性歷史時刻,因而使台灣的文學處
於史無前例的複雜境地。因此,如何認識台灣新文學的特殊性與
中國新文學的一般性的辯證關係,便成為當時文學家的重大課題
之一。這個課題雖不屬於一般意義的文學理論的問題,也不是文
學性質或文學創作方法的問題,但對當時的台灣文學家而言,卻
是這些文學問題的前提問題,亦即,如何認識並超克這個問題,
是展開台灣文學的路線、台灣文學的創作方法議論的重要關鍵問
題,因此,它就成了這次「論爭」的三大議論之一,「論爭」中大部
分的論者都會直接或間接地觸及這個問題。而且,它不僅是光復
初期文學的重要議題,迄今也仍是台灣新文學爭論不休的問題。

　　楊逵在〈台灣文學問答〉㉓中說:「台灣是中國的一省,沒
有對立。台灣文學是中國文學的一環,當然不能對立。存在的只

---

㉓　《台灣文學問題論議集》,人間出版社1999年9月版,第141頁。

是一條未填完的溝」。楊逵的這段話，簡單、明確且辯證地說明了台灣文學與中國文學的聯繫；他堅定地站在「台灣是中國的一省」、「台灣文學是中國文學的一環」的大前提下，說台灣文學與中國文學之間沒有對立，然而他也實事求是地說，兩者卻也存在著一條未填完的溝，他形象地稱之為「澎湖溝」。他說，「這條溝深得很呢！」，同文中他說明了因為台灣自鄭氏據台以來的地方特殊歷史，再加上日據殖民統治的歷史，本來就形成了澎湖溝。光復之初台灣人民高昂的愛國熱情本是填補這條溝的大好機會，但失掉了，「現在卻被不肖的貪官污吏與奸商搞得愈深了」，這就是「所謂內外省的隔閡、所謂奴化教育，或關於文化高低的爭辯都是生根在這裡的」。楊逵所說的「澎湖溝」，就是指光復後成為中國一省的台灣，由於歷史的原因和現實的問題，在中國的一般性中存在著明顯的特殊性，楊逵認為這個特殊性有待大家去克服。這問題反映在文學上，便是台灣文學在中國文學的一般性中存在的特殊性的問題，因此，如何認識它並予以克服，便成為「論爭」的一大議題。

　　駱駝英在〈論「台灣文學」諸論爭〉[24]中，把這個問題提高到馬克思主義的唯物辯證法的哲學層次去理解。他說：「我們忽略了具體的特殊性，根本就無從認識現實，忽略了特殊中所體現的一般，亦是曲解了現實，我們不能以特殊性而抹殺了一般性，同時亦不能以一般性而否認特殊性。我們應該肯定特殊與一般是形成矛盾的統一，而且一般是決定因素」。也就是說，台灣的特殊性與中國的一般性是形成矛盾的統一，一般中有特殊，特殊中有一般，兩者是辯證統一的，但中國的一般性是決定因素。這樣的思考換成楊逵的話說，便是：「台灣文學是中國文學的一環，當然不能對立，存在的只是一條未填完的溝」。

---

　　[24]　《台灣文學問題論議集》，人間出版社1999年9月版，第169頁。

　　然而，如果以特殊性來否定一般性，那麼便不是矛盾統一而是矛盾對立了。借楊逵的話說，便是：「如其台灣的托管派或是日本派、美國派得獨樹其幟，而生產他們的文學的話，這才是對立的」。楊逵斥之為「奴才文學」。楊逵的這番話並非隨興而至，而是有相當現實的針對性，是針對當時美國正扶植的台灣分離主義勢力而發的。當時的歷史背景是這樣的：戰後，美國與前蘇聯之間形成對立局面的過程中，1946 年底，美國調停國共內戰失敗，於是對日本的佔領政策便轉向扶植日本保守勢力復興；同時，在台灣的「二二八事件」前後，或暗或明地企劃分離台灣成為美國勢力範圍，開始宣傳台灣地位「未定論」和台灣「托管論」，並扶植少數的台灣人分離主義勢力，這些都是美國在東亞推行冷戰政策的起源。楊逵以一個人民作家的敏銳，在同文中首先揭開了對美國的批判，嚴厲批判美國「在中國養成了一大批買辦，它在扶植日本帝國主義，想利用它來壓服日本人民，甚至東亞諸國的人民」，也批判了台灣人的「托管派」、「拜美派」，是屬於奴才一類的人。

　　同樣地，如果以一般性來否定特殊性的話，也就「無從認識現實」，就會落入如當時錢歌川的發言，不贊同台灣有特殊性，因而認為「台灣文學」的稱呼是有語病的，這也是楊逵在同文中批駁的對象。

　　圍繞著這問題，籟亮㉕在〈關於台灣新文學的兩個問題〉一文中㉖，也表現了相當高度的辯證思維，提出了新的看法。他說：「關於台灣新文學存在的兩個根本問題，就是『特殊性』和

---

㉕　本名賴義傳，台灣高雄人，當時就讀於台灣師範學院，後來犧牲在 50 年代白色恐怖之中。

㉖　《台灣文學問題論議集》，人間出版社 1999 年 9 月版，第 197-201 頁。

『全體性』。一個是承不承認特殊性的問題。一個是『特殊性是否完全與大陸孤立無關』，也就是是否會陷於無聊的鄉土文學的問題」。他在表示「『澎湖溝』這一個特殊性，除了傻子以外無人可否認」的看法之後，接著就對台灣的特殊性問題做了辯證的說明，他說：「那麼『台灣新文學』是和『大陸文學』對立的嗎？不是的，『澎湖溝』是站在和祖國同一新的歷史階段上，才可以看得出它的特殊性。因此這一特殊性是以同一歷史階段為前提的。所以台灣文學是附屬於『同一階段』，『個』者的存在以『全』者為前提，『個』、『全』相互成為一個基礎。所以『台灣新文學』是中國新文學的一環」。換言之，他認為只有台灣成為祖國的一省，和祖國站在「同一歷史階段上」的這麼一個大前提下，才存在有「特殊性」的問題，台灣新文學亦同，「它的特殊性也是在與中國新文學站在同一歷史階段的前提下才存在」。關於第二個問題，也就是籟亮所說的，強調「特殊性」到「完全與大陸孤立無關」，而使台灣文學陷入「鄉土文學」的問題；他反對台灣文學落到「和地方風俗志一般的」、「死的鄉土文學」，而主張「無限地對內對外作用的」、「動的寫實文學」。對這問題，駱駝英也在〈論「台灣文學」諸論爭〉中認為「那種純自然的寫景文，或被絕對特殊化了的『鄉土文學』是沒多大價值的『文學』，是與中國革命脫節的東西」。籟亮和駱駝英對於「被絕對特殊化的」「死的鄉土文學」的批判，也是有現實針對性的；它主要是針對當時在台灣的國民黨當局，為了阻止台灣文學與大陸左翼文學進一步匯合的大潮流，而提倡的，把台灣孤立起來看的台灣文學「鄉土文學化」的論調，譬如，集中出現在《中華日報》副刊《海風》上的「特色的鄉土文學」㉗等的論

<hr>

㉗　參考《中華日報》副刊《海風》1948 年 6 月 26 日，段寰《所謂「總論台灣新文學運動」——台北街頭的甲乙對話》一文。

調，就是屬於這一類型。

至於造成台灣的特殊性問題的原因是什麼？論爭中，大部分的作者都認為主要是 51 年的日本殖民統治所造成的，但林曙光認為除了這個原因之外，另有不可忽視的原因，那就是自古以來台灣的自然的或人文的環境。然而客觀而言，光復後國民黨政府的半封建半殖民性格，在台灣所造成的「惡性的中國化」的後果，更使這個特殊性擴大，正如楊逵所說的「澎湖溝」被搞得愈來愈深了。

論爭中也廣泛討論到台灣新文學的「特殊性」的具體內容，歸納起來包括有：⑴文化和語言上的隔閡；⑵「皇民化」的特殊環境，特別是新文學受到日本殘酷的彈壓，造成了許多畸形的意識和特殊形態；⑶日本帝國主義彈壓下，台灣文學走上了畸形的不成熟的一條路；⑷台灣文學作品中的特殊性則有：中文的語文仍停留在五四時代、詞彙語法文法上的差異、創作性格上帶有濃厚的個人的傷感主義、缺少活潑性和豐富性，但卻有民間的文藝形式與現實化等等。

對於「台灣新文學」的稱呼如何，論者多認為：由於特殊的歷史發展，台灣文學有其特殊性，光復後在民族與文學的再整合過程中，「台灣新文學」的稱呼確有其必要性。當然，這種態度跟 50 年代以後國民黨政權長期禁用「台灣文學」一詞的情況，是截然相反的。

認識到這實際存在的「特殊性」後，許多論者也討論到，從「特殊性」的適應裏，向一般性辯證轉化的看法。在《橋》副刊舉辦的第二次作者茶會的發言中[28]，歌雷說：「並不是我們要強調台灣文學的地域性與地域性的獨特保持，而是說我們必定要通

---

[28] 歌雷、陳大禹的觀點，見《台灣文學問題論議集》，人間出版社 1999 年 9 月版，第 61 頁、65 頁。

過今日台灣文學的特殊因素而使之發展」。陳大禹也說：「我們正希望從特殊性的適應裡，創造出無特殊性的境地……所以，我們現階段的實際工作，是適應這些特殊性而建立台灣新文學，使台灣文化與國內文化早日異途同歸」。可以說，認識到並承認台灣社會和台灣文學的「特殊性」，是一種積極的務實的態度，也只有以這種態度才能像楊逵所說的，深刻的瞭解「台灣人的生活、習慣、感情，而與台灣民眾站在一起」，而這正是一個人民作家、現實主義作家的態度；然而，這並不表示非要一直保持並死守特殊性不可，而應該「從特殊性的適應裡，創造出無特殊性的境地」，也就是要努力克服特殊性而向一般性辯證轉化。正如林曙光在〈台灣文學的過去、現在與將來〉中所說的：「所以最好還是打破一切的特殊性質，做中國文學的一翼而發展，今日的『如何建立台灣新文學』需要放在『如何建立台灣新文學使其成為中國文學』才對」。歌雷在《橋》副刊的第二次作者茶會中更辯證地說：「台灣新文學在今日的現狀中所保有的特殊性，在未來的新文學發展上要經過『揚棄』的過程，有的要極力追求新的道路與改進，有的則要對於原有的傳統與精神應保有與發揚……在文藝精神與創作心理上不但要保有民間形式與現實性，並且要打破個人的傷感主義與低沉的氣氛」。可見，論者都認為，由台灣的特殊性向中國的一般性的轉化，不是機械的、單向的、突然的轉化，而是經過改進、保有、發展的「揚棄」過程的辯證的轉化。

　　但是，我們也不可不看到，當時，中國的一般性也不是靜止的，而是鬥爭著、發展著的；在民族的前提下，有舊的與新的，進步與落後的劇烈鬥爭，而且這鬥爭正臨於轉折時刻。在這樣的歷史條件下，這種辯證性轉化要向哪個方面轉化呢？對當時的文學家而言，這也是一個深刻而現實的問題。論爭中許多論者提出了富啟示性的答案；譬如何無感的〈致陳百感先生的一封信〉一

文説：「倒是台灣的特殊性與大陸進步的一般性的轉化，與大陸
的一般性在台灣的特殊化的問題，最後是台灣的特殊性與大陸進
步的一般性的統一。而不是關閉在一個孤島上，打著『到人民中
去』的大旗」。㉙對這個問題，當時是何無感的國文老師的駱駝
英㉚說得更深刻，他説：「現在，某些舊的特殊性的一般化與舊
的一般性的特殊化，其本質上都是老百姓被壓迫的深化；但消
沉、傷感、麻木、『奴化』等落後的特殊性，必然而且應該向內
地人民的普遍覺醒的一般性轉化。文藝工作者的主觀的努力應該
就在於促進這個偉大的轉變」。駱駝英所説的「舊的特殊性」，
具體地説，就是指在台灣的特殊歷史中形成的「殖民地封建文
化」㉛。而「舊的一般性」就是指中國大陸的封建的、官僚的、
買辦的文化，這兩者在台灣的互相轉化結合，便是前述的光復
後，表現在政治、經濟、文化各領域的「惡性的中國化」，也就
是吳阿文説的「寄生的、落後的、腐敗的『原始的妓女文化』，
就是台灣新文化的死敵」。吳阿文在〈略論台灣新文學建設諸問
題〉一文中激動地説：「現階段的台灣新文學運動，如果站在台
灣文學的『特殊性』上面來説，其意思，就是：台灣進步的文藝
工作者要團結起來，共同來剷除這個『原始的妓女文化』的一種
運動。這是對內的一個。另方面，對外就是要努力與國內的『戰
鬥的民主主義文學友軍』，取得密切聯繫而促成步調一致的新現
實主義文學運動」。

㉙　《台灣文學問題論議集》，人間出版社1999年9月版，第192頁。

㉚　駱駝英在論爭當時任台北建國中學國文教師。何無感（張光直）
　　是建國中學高二學生。參考張光直的《番薯人的故事》，台北，
　　聯經出版社。

㉛　這是吳阿文在論爭中發表的〈略論台灣新文學建設諸問題〉一文
　　中的用語。吳阿文是周青的筆名。周青本名周傳枝，五〇年代白
　　色恐怖初期逃到大陸。

　　吳阿文的這篇文章，已是《橋》副刊上持續了一年四個月的論爭的最後一篇。那時候，國民黨政權在大陸已兵敗如山倒，正陸續遷逃台灣，全中國的封建的、落後的勢力秋風落葉般敗退台灣，「惡性的中國化正緊緊地抓住台灣」，並逐漸切斷了台灣與大陸的聯繫，準備孤立台灣。中國的舊的一般性正與台灣的舊的特殊性結合，正準備對台灣進行新一波的法西斯統治。在這樣的台灣的現實中，台灣的進步文藝工作者主張的，新的台灣的特殊性當然要與大陸的「戰鬥的民主主義友軍」主張的新的中國的一般性密切聯繫結成統一戰線，剷除台灣新文化的死敵──「原始的妓女文化」。而這樣的台灣新文學運動的文學路線，便是「人民的文學」，其創作方法便是「新現實主義」文學；也就是駱駝英所說的，以「文藝者的主觀努力」促成「台灣落後的特殊性向內地人民的普遍覺醒的一般性轉化」的新現實主義文學。

　　綜觀上述有關台灣的特殊性和一般性問題的論辯，我們可以看到更深一層的事實；那就是，依對台灣的特殊性問題的立場如何，或隱或現地存在著四條不同的文學路線，它包括：㈠不承認台灣的特殊性只強調中國的一般性，那就是「錢歌川路線」；㈡把台灣的特殊性無限上綱到與中國文學對立，也就是楊逵所指的「托管派」、「拜美派」的「奴才文學」路線；㈢把台灣孤立起來只看臺灣的特殊性，那就是某種程度代表了當時在台灣的國民黨官方文化政策的「被絕對特殊化」的「死的鄉土文學」路線；㈣辯證地看特殊性與一般性問題，並主張台灣的特殊性（不管是新的或舊的）向大陸的進步的（而不是舊的）一般性辯證轉化，這就是論爭中絕大多數論者所主張的，以新現實主義為創作方法的「人民的文學」路線。雖然在光復初期的當時，「新現實主義的人民文學路線」是主要的潮流，而其他三條路線只是或隱或現地存在著；但歷史地來看，從 50 年代迄今的台灣文學，隨著台灣政治、經濟、社會的崎嶇歷程，由於政權性格的影響，四條文學

路線卻呈現了彼消此長、此消彼長的現象，可見得光復初期的文學狀況已蘊含了往後台灣文學發展的原形。

## 第三節　台灣新文學是新現實主義的人民大眾文學

### (一)人民大眾文學的倡議

　　歐陽明在〈台灣新文學的建設〉中，首先闡述了：「今天台灣新文學的建設根本就是祖國新文學運動問題中的一個問題，建設台灣新文學，也即是建設中國新文學的一部分」這個前提，接著便指出了今後台灣文學運動的路線、方向，他說：「讓新的文學走向人民，作為人民自己的巨大的力量，創造今天人民所需要的『戰鬥的內容』、『民族風格』、『民族形式』」，「適合於中國人民大眾的要求和興趣，適應今日中國人民大眾的生活現實的，讓走向人民的文學，作為人民戰鬥的力量，為和平、團結和民主而奮鬥」，他說：「這就是中國新文學運動的路線，也就是作為中國新文學運動的一環的台灣新文學建設的方向」。他明確地指出了，「人民的文學」不但是中國新文學運動的路線，也是台灣新文學的路線、方向。

　　積極回應歐陽明的論點的人是揚風，他在〈新時代‧新課題──台灣新文藝運動應走的路向〉 ㉜一文說：一個文藝工作者必須「有時代的敏感」；「給那些在沉睡中的人，喊出警惕的聲音，黑暗中的人，歌唱出新的未來的光明」，因此，「一個忠實

---

㉜㉝　《台灣文學問題論議集》，人間出版社 1999 年 9 月版，第 39 頁、第 95 頁。

的文藝工作者，必然的是應生活在大眾的中間。他是屬於大眾
的，他的聲音應該是大眾的聲音。……同大眾一樣的呼吸，應該
同大眾的心融合成一個心」；他説這是展開台灣新文藝運動的
「一個總路向」。他在〈「文章下鄉」談展開台灣的新文學運
動〉㉝中，更拿出抗戰時的文學口號「文章下鄉」，鼓勵大家
「我們應該從書房裡走出來，從沙發上站起來，從都市裡走到鄉
間去……同那些以前被我們忽略了的苦老百姓們生活在一起，感
覺他們所感覺」，「大膽地寫出來，能如是，我們的文學運動，
才會得著更多人的共鳴和支持」。揚風在其他的幾篇論爭文章中
也屢屢提出相同的主張，是論爭中最積極鼓吹人民文學的論者。
其他如鄭重、史村子、田兵、孫達人、姚筠、歌雷、雷石榆、蔡
瑞河、吳阿文等人，也都議論了人民的文學的主張。實際上，從
論爭全體來看，不管是在有關五四評價的問題、特殊性與一般性
的問題或是現實主義與浪漫主義的問題的討論也好，都涉及到台
灣新文學的路線問題，而文學的人民性可以説是絕大部分論者的
出發點，也是論爭全體的基調。

　　當時的台灣新文學，在「人民文學」的路線上，最有代表性
的作家就是楊逵。光復初期，在充滿希望亦佈滿荊棘的年代中，
他始終站在人民的立場，以艱苦戰鬥的人民精神從事文學活動；
他不畏困難隨時戰鬥，打倒了又站起來，抓住任何可能的機會推
展運動；他呼籲省內外交流、消除省籍隔閡，積極鼓吹作家團結
推動文學家的統一戰線。不斷地實踐是他的特色，因此，他在困
難的匱乏的環境中開拓文藝園地（主編過《和平日報》副刊《新
文學》、《力行報》副刊《新文藝》、出版文學刊物《台灣文
學》叢刊），耐心培植青年作家（指導青年學生主辦的《潮流》
文學刊物）；他教導年輕人要「用腳」去寫作，從不間斷地倡導
報告文學；自己則用人民的語言（台灣的土白話）、人民的形式
（台灣民間歌謠形式）創作政治諷刺詩，揭露和諷刺腐敗不公不

義的時代現實，反映人民的心聲，喚醒人民的覺醒。這與當時大
陸出名的作家袁水拍的《馬凡陀山歌》相似。因此，不論在文學
思想上或文學實踐上，楊逵是當時台灣新文學中有代表性的「人
民作家」。

　　論爭中有關「人民的文學」的論議，雖然散見各篇章並未理
論化，但其內容仍有一定的脈絡可尋。下面將依據論爭中散見各
處的重要觀點再加上楊逵的文學思想（主要依據 1948 年 8 月到
12 月間楊逵主編的《力行報》副刊《新文藝》的內容㉞），把當
時「人民的文學」的思潮簡單綜合歸納成下面幾個要點：

### 關於文學的階級性、人民性

　　顧名思義，「人民的文學」的最大特徵就是主張文學的人民
性，認為文學來自人民也服務於人民，因此有改造社會的力量。
揚風說：「文學要為大多數人所屬的那個階級服務」。楊逵主編
的《新文藝》副刊上，轉載了上海出版的《展望》雜誌上的徐中
玉的一篇文章〈作家的進步〉；該文說：「空虛的幻想不成為文
學，文學寫的是腳踏實地的人民，而且又是為腳踏實地的他們的
利益而為」。歌雷也說：「台灣文學不是只在建立一個『個人的
文學小王國』，而是在積極的努力於人民的結合與社會的進
步」。他在批判了個人的享樂的英雄主義的惡劣傾向之後又說：
「文學價值也必以大眾的社會為依歸……也只有代表人民的文學
作品，才有這一個時代的精神與藝術價值，而受到永久的重
視」。㉟楊逵說：「人民所瞭解同情、愛護的文學，如果它受著
獨裁者摧殘壓迫，也不能消滅」。㊱駱駝英認為這次論爭的產

---

㉞　該副刊已出土二十七期（1948 年 8 月 2 日至 12 月 6 日），尚有
　　數月份未發現。從該副刊的內容、風格，最能瞭解楊逵在光復初
　　期的文學思想。

㉟　《台灣文學問題論議集》，人間出版社 1999 年 9 月版，第 204 頁。

生，並不是偶然，而「是由於文藝必須從現實產生，更重要是從人民的生活和鬥爭（包括作者生活的實踐）中產生，而服從於人民這個觀點出發，並應客觀現實的要求而產生的」。㊲「人民的文學」的另外一個特徵是認為文學有改革社會的力量，楊逵說：「只要切實地表現人民的真實的心聲，文學有其促起人民奮起，刺激民族解放與國家建設的偉大力量！」㊳

### 文學的內容與主題

《橋》論爭中，史村子強調作品的「控訴力」是文學的時代使命和社會價值所在，而且「文學是大眾的」，它的主題不但要發掘「人民心中的意志」，更要發掘「人民的力量」；不僅要反映時代，更「應該走在時代前面」，把消極的暴露變成有力的控訴，把人群的呻吟變成雄大的吼聲。楊逵在他主編的《力行報》副刊《新文藝》的〈歡迎投稿〉欄中說：「沒有內容的空洞美文不要，反映台灣現實而表現著台灣人民的生活思想動向的有報告性的文學，特別歡迎」。文學雜誌《創作》㊴的創刊號上，「編者話」說：「願意盡量去寫社會上血淋淋的現實，並深入民間及社會每一角落，為無數窮苦無告的人們，作正義的聲援，以冀取得社會的同情，而作積極的改進」。這些都是強調文學要以表現人民現實生活作為創作的主題。《橋》論爭中，姚筠的〈我的新台灣文學運動看法〉一文認為：今後的新台灣文學運動應該是「走向大眾的文學」，「切實地反映人民的生活和痛苦」，「把全部人民的生活寫出來，寫得通俗，寫得真實，使文學全部為人民而服務」，不但要「實現反映的任務」，更要「作為生活的啟示」㊵。關於作品的主題，《創作》月刊上，鐘華的〈文藝簡

---

㊱㊲㊳　《台灣文學問題論議集》，人間出版社 1999 年 9 月版，第142 頁、第 169 頁、第 44 頁。

㊴　該刊 1948 年 4 月 1 日創刊，同年 9 月停刊，為純文學雜誌。

論〉一文中說道：「問題還不只描寫，乃是在如何使階層對立，而展開從覺悟到反抗，到建立自己的生活基礎，作為從人生中選擇生活現象，具體地表現給讀者」。

### 文學的形式

政治諷刺詩是楊逵在這段時期的主要創作。它最大的特點在於把台灣土白話與普通白話結合，以台灣民間歌謠的形式表現出來，譬如：在《力行報》副刊《新文藝》的一次新文藝座談會上，有與會者（郭先生）提及楊逵的詩作〈黃虎旗〉中土白話的運用問題時說：「我們需要運用人民的語言，極力發現土白話裡有價值的語言，但我們也需要把土白話與普通白話接近，使國語豐富起來，把方言造成的地方與地方的隔閡之溝填起來」。楊逵在同副刊上的〈人民的作家〉一文中，提及人民的文學的創作形式問題，他說：「人民的作家應該以人民的語言寫作，但卻不應該無原則地追隨著其落後的低級趣味，正如在內容上要把他們的生活體驗整理提高，而在表現上，也要把它整理提高」。可見得，楊逵認為，所謂以人民的語言寫作或以人民的形式，並不是迎合低俗或抄襲，而是立足於文學的社會變革功能，因此必須「整理和提高」，才能發揮文學的積極作用；就像史村子所說的，不但要發掘人民心中的意志，更要發掘人民的力量。前述的《創作》創刊號上，鐘華寫的〈文藝簡論〉，也談到關於文學的形式問題，他說：「人民所需要的，是和他們生活接近的形式，也只有在這種形式下的產物，才能使他們接受」。因此應該「以人民的語言來反映人民的生活形式，來控訴人民在萬千災難中所感到的疾苦」。

---

⑩　《台灣新文學問題論議集》，人間出版社 1999 年 9 月版，第 126 頁。

### 人民作家的生活實踐——到人民中去，並自我改造

楊逵在〈論文學與生活〉[41]中說：「思想如果不是空話或是騙人的伎倆，也就不能與他的生活態度分裂」。亦即人民作家的世界觀必然與他的生活實踐一致，是不能分裂的。在〈人民作家〉一文中，對於人民作家的實踐問題，楊逵說：「人民的作家應該是人民的一員，要靠自己的血汗和人民生活在一起」，並且「要堅定這個立場，堅定保有這樣的生活態度，才能夠認識人民的生活感情思想動向，有這確切的認識也才能夠把人民的生活感情思想動向真真實實地表現出來」。另外，在論爭中的第二次作者茶會上，關於作家的實踐問題，作家鄭重也說：「今天，寫作者的精神危機主要是由於不能從戰鬥的生活和覺醒的人民中得到滋養，得到感受」。因此他呼籲：「要推倒這個寫作實踐和生活實踐之間的高牆」。[42]揚風則倡議：「要向人民群眾走去！」並呼籲道：「文藝工作者，到大眾中去，和大眾生活在一起，與他們一起生活，一起呼吸，一道歡樂，也一同痛苦，並這樣寫出來、喊出來」。[43]這還不夠，他進一步主張，作家應「革面洗心，從頭做起，要先跑到群眾當中去『受洗』」，「在廣大的人民中去改造和充實我們的意識和藝術思想」[44]。楊逵認為：人民的作家除了幫助人民提高認識之外，「也應該把人民的生活體驗來充實自己，追求理論與實踐的配合」。[45]

### 人民的文學要向人民「普及和提高」

既然是「人民的文學」，為人民服務的文學，它的最終價值就取決於，是否在人民認識的「普及和提高」上起了積極的作

---

[41]　《力行報》副刊《新文藝》26 期，1948 年 12 月 6 日。

[42][43][44]　《台灣文學問題論議集》，人間出版社 1999 年 9 月版，第 50 頁、第 96 頁、第 150 頁。

[45]　《力行報》副刊《新文藝》4 期，1948 年 8 月 23 日。

用。楊逵在〈人民的作家〉中說：「人民的作家應該以其智識來
整理人民的生活體驗，幫助人民確切地認識其生活環境與出
路」。在楊逵主編的同期的《新文藝》副刊上，就有一篇石火寫
的〈文藝漫談〉，它闡述了「從人民中來，到人民中去」的意
義。他說：「『從人民中來』，就是我是人民之一，我懂得人民
像懂得自己一樣，我自己的需要和人民的需要相一致，我所說的
恰是人民所欲說，而說不出的」。至於「到人民中去」的意義是
什麼，他說：「是創作了人民所需要的文藝，為人民樂於接受，
因而提高了他們的認識，這種高度發揮了文藝的戰鬥性的結果，
使文藝自身變成推動人類社會的物質力量！」這些都說明了人民
的文學是服務於人民的，最終目的不但向人民普及而且要提高人
民的認識，造成人民的變革力量。

**人民的文學注重展開「文藝統一戰線」**

關於如何在台灣展開文學運動，它的具體做法是什麼？這在
論爭中也廣被討論。在展開「論爭」的 1948 年，時局是相當嚴峻
的，國共內戰的暴風雨已佈滿台灣上空，作家們首先面對的是恐
怖政治的高壓，因此大家都認為要「反對恐懼的心理」，「為苦
悶的現實樹立說話的水準」，「爭取寫作的自由、說話的空
間」。其次，在文藝氣氛低迷並且省內外隔閡的現實中，楊逵主
張要積極開拓文學園地，召開文藝大會，設立翻譯機構，促進省
內外文化交流，推廣寫實的報告文學。揚風、楊逵、吳阿文、駱
駝英等，在論爭中更積極地呼籲要團結省內外文藝工作者，組成
「文藝統一戰線」。駱駝英在〈論「台灣文學」諸論爭〉一文的
開頭，便認定「論爭」就是文學統一戰線形成的初步象徵，接
著，他深入討論了「文藝統一戰線」的原則問題，他認為要「以
最正確的哲學觀點和革命理論，真能帶給人民光明的前途的知識
理論作為這個統一戰線的領導思想」，並以「尊重現實和服務人
民」為最高原則，來組織文藝的統一戰線。這些論點，也是以馬

克思文藝理論為本並受到毛澤東的文藝講話影響的台灣新文學思
潮——「人民的文學」的一個重要構成。可惜，這個論爭還未結
束，而且「文藝統一戰線」的口號才剛剛發出，國民黨白色恐怖
的風雨已逼近，駱駝英也在1948年底匆促離台回到大陸，同時國
民黨系統的文化勢力也從大陸湧入台灣，形成了一幅「左右換
防」的台灣特有的文化歷史圖像，論爭也漸入了尾聲。

## (二)有關新現實主義文學的論題

　　論爭的另一熱鬧的議題，是有關新現實主義內涵的爭論。這
個爭論，是在台灣文學作為中國文學的一環且站在中國文學的一
個部位裡的前提下，以及「人民的文學」是主潮流的情況中，所
產生的有關新現實主義創作方法的爭論。爭論的內容，從如何看
待現實主義與浪漫主義的關係，亦即從現實主義創作方法中有關
個性、感情、才能的主觀作用問題開始，擴及到群眾性、階級
性、典型性、理論與實踐以及台灣文學的具體創作問題的論辯，
可以說是一次典型的馬克思主義文藝理論的討論，它大大地拓展
並深化了台灣文學中有關新現實主義的理論建設。本來，現實主
義文學一直是日據期台灣文學的主潮流，繼楊逵於1943年在日本
「皇民文學」壓迫下寫出的〈擁護「狗屎現實主義」〉之後，這
次論爭，是有關現實主義文學討論的另一次高峰，把台灣文學的
理論建設推進到另一個高度。

　　現實主義原是中國新文學從30年代以來的主要文學創作方
法，其內涵也隨著時代的變動而爭議不已。特別是，從抗戰末期
到戰後初期，主要圍繞著現實主義與「主觀論」的問題，並擴及
到文藝的政治性和藝術性、文藝上的主觀與客觀、作家的思想與
創作等許多問題，展開了延續五年之久的論爭。在進步文藝家中
以胡風觀點和反對胡風觀點為軸形成了不同陣營，雖然雙方都是
站在為了更好地提倡現實主義文學的立場，但是對於當時「文藝

創作脫離現實主義的傾向是什麼？」「要如何克服？」這一問題，則意見相左。胡風觀點強調作家的「主觀戰鬥精神」、「主觀精神與客觀真理的結合」；反對胡風觀點的人則批評，抽象地強調戰鬥的要求和主觀力量，會滑向個人主義、唯心主義而背離歷史鬥爭的原則。雖然雙方都主張作家必須同人民相結合的「人民的文學」的路線，但在如何結合則意見不同，後者認為不應強調作家的主觀意志，而應該強調作家和勞動人民相結合的客觀事實，要深入人民，虛心向人民學習，改造作家的世界觀㊻。當時，這個論爭也擴及到避難香港的中國進步作家陣營。因此，作為中國文學的一環，並逐漸與大陸文壇同構化的台灣文學，在如何建設台灣新文學的論爭中，出現有關新現實主義的熱烈論議，可以說是受到了當時全中國的論爭的影響；在議題內容方面有許多相似之處，但也有因台灣的特殊狀況而生的不同之處。

　　論爭是由阿瑞的〈台灣需要一個「狂飆運動」〉一文而起的。針對阿瑞在文中主張排除一切歷史的重壓「開放個性」、「尊重感情」的觀點，揚風在〈「文章下鄉」——談展開台灣的新文學運動〉中，認為狂飆運動是「開歷史倒車」，現在應該要提倡到大眾中去和大眾生活在一起的「現實主義的大眾文學」，甚至提出抗戰時期的「文章下鄉」的舊口號來，要大家下鄉走入群眾。而雷石榆在〈台灣新文學創作方法問題〉中則認為，阿瑞提倡的「狂飆運動」，在「針對著台灣經過日本 50 年的統治而不可避免地殘留著思想的、感情的、個性的、觀念的僵化，現在需求這些的解放，回復到人性的本態並且求取自由的發展」這一點上是「正當的」，但「不是具體的」，還是「不夠的」，因為它必然「偏向浪漫主義的創作方法」。接著他指出，更需要涵養更

---

㊻　參考唐弢、嚴家炎編《中國現代文學史》㈢，人民文學出版社 1980 年版，第 398 頁。

高的人生觀以提高浪漫主義的個人中心到群體中心，更高的宇宙觀以提高浪漫主義的精神超越到科學的認識。在簡要叙述了新現實主義的創作方法以後，雷石榆説：「不是自然主義的機械的刻畫，不是浪漫主義架空的誇張，而是以新寫實主義為依據」。然而，揚風誤讀了雷石榆的文意，誤會雷石榆的觀點，而在〈五四文藝寫作——不必向「五四」看齊〉中，批評雷只是提倡「開放個性」、「尊重感情」，同時指責雷贊成「偏向浪漫主義的創作方法」，暗指雷的觀點是資產階級的個人主義的表現。接著他説道：「新寫實主義的『情感』，也只是廣大勞動人民求民主、反專制、求解放、反獨裁的積極的行動和怒潮，新現實主義的『個性』是廣大勞動人民的『群眾性』」，「決不是雷先生所高喊的『浪漫主義的創作方法』的『個性』和『情感』的」。於是雙方展開了激烈的論戰，最後駱駝英以〈論「台灣文學」諸論爭〉做了總結。

　　綜觀這次論戰，各方都主張並提倡新現實主義的寫作方法，但是，由於對新現實主義內涵的認知差異，再加上誤讀，因而醸成了激戰；通過論戰，廣泛地討論了新現實主義創作方法的幾個基本問題。下面，將綜合歸納揚風、雷石榆、駱駝英三人在各個論題上的看法，並説明他們之間的異同。

　　**什麼是新現實主義的創作方法，它與浪漫主義的關係如何？**

　　揚風在〈五四文藝寫作〉一文中指出：「所謂的新寫實主義不但與『浪漫主義』有別，就是與『寫實主義』（或現實主義）也有很大的差異。因為新寫實主義是社會主義的現實主義，是主張階級文學的（即文學階級性）」。[47]他也説：「只要是為了那廣大的人群所屬的階級而服務的文學，我們都將它概括在新寫實

---

[47][48]　《台灣文學問題論議集》，人間出版社1999年9月版，第124頁、第150頁。

主義這一文學範疇內的」。⑱關於新現實主義與浪漫主義的關
係，他一方面主張「得先革除浪漫主義的個性和精神」，另一方
面，他也贊同高爾基對浪漫主義的看法，認為積極的浪漫主義
「應該是經過溶化、改造、洗煉、陶冶使之能為新寫實主義所
用」。但又說：「這決不能說是高爾基就接受了浪漫主義的思潮
了」。更重要的是，揚風反復再三地主張：智識分子應「先跑到
群眾當中去『受洗』，應在廣大的人民中去改造和充實我們的意
識和藝術思想」，這樣的觀點。

　　雷石榆認為，「所謂的創作方法，只是對現實的認識、把握
和表現的基本方法」。⑲對於新寫實主義，他說「是自然主義的
客觀認識面與浪漫主義的個性、感情的積極面之綜合和提高」
⑳。相對於揚風貶低浪漫主義在新現實主義中的份量與作用的看
法，雷石榆一方面批判消極的浪漫主義，另一方面則強調積極的
浪漫主義的作用。他說，「如果新寫實主義沒有浪漫主義的要素
（積極的），也不能稱做寫實主義」，「新寫實主義是概括並提
高浪漫主義的積極要素」。他再度強調要「提高浪漫主義的個人
中心到群體中心」的意義，說明「一切觀察、認識把握應該以群
體為中心，即以歷史運動過程中的社會現實為中心」。亦即，相
對於浪漫主義的以個人為中心，新現實主義的創作方法應以「群
體為中心」和「社會現實為中心」，不但要「認識自己本身」，
更要「認識現實」。

　　駱駝英則比前二人更明確地指出，「新現實主義是立腳在辯
證唯物論和歷史唯物論上，且站在與歷史發展的方向相一致的階
級（資本主義社會的掘墓人）的立場上的藝術思想和表現方法
（合稱之為創作方法）」。由於當時處於國民黨政府統治下，為

---

⑲⑳　《台灣文學問題論議集》，人間出版社 1999 年 9 月版，第 134
　　頁、第 110 頁。

了避開政治檢查，駱駝英所用的「辯證唯物論和歷史唯物論」或
「最正確的哲學觀點和革命理論」，實際上就是「馬克思列寧主
義」；而他所說的「站在與歷史發展的方向相一致的階級」，實
際上就是指「無產階級」。因此，駱駝英所認為的「新現實主
義」，就是站在馬克思主義，且站在無產階級立場上的藝術思想
和表現方法，實際上就是「社會主義現實主義」。揚風也如此說
過，只不過駱駝英以更接近馬克思主義文藝理論的語言加以陳述
而已。駱駝英進一步申明，新現實主義「並不與18世紀立腳在觀
念論上的浪漫主義對立」，「也不與19世紀立腳在機械唯物論上
的舊現實主義完全對立」，而是在「最新的觀點（辯證唯物論和
歷史唯物論）」和「能創造歷史的階級（實際上就是無產階級）
立場上」，「批判地接受了革命的浪漫主義和舊現實主義」的優
良成分，將「兩種對立的思潮辯證地統一起來」⑤。

　　新現實主義的創作方法中，作家的個性、感情的主觀作用如
何？

　　揚風說：他並不否定一切作者的「個性」與「感情」，只反
對雷石榆的「浪漫主義的個性與感情」。但又說：新寫實主義的
「個性」是廣大人民的「群眾性」，「情感」是廣大人民的「行
動與怒潮」。如果說，他所反對的雷石榆的「浪漫主義的個性和
感情」，是他誤讀或誤會了雷石榆的觀點的話；那麼，可以說，
揚風也並不反對新現實主義創作方法中作家的個性和感情的主觀
作用，只不過他更強調作家應到群眾中去學習改造和充實自己的
意識和藝術思想，使個性與人民的群眾性一致，情感與人民的
「行動與怒潮」一致，如此而已。

　　雷石榆認為，創作方法只不過是對現實的認識、把握和表現
的基本方法。至於藝術的創造能夠達到怎樣的高度，作家的「才

---

　　⑤　《台灣文學問題論議集》，人間出版社1999年9月版，第178頁。

能」還是十分重要，具有很大的作用的，它顯示出作品的好壞差異。他還舉泰戈爾的説法，以科學家的雲雀是歸納雲雀的相同點，而藝術家或詩人卻從事追求雲雀的不同點的例子，來説明作家的「個性」、「感情」、「才能」在創作中的主觀作用。

　　怎樣理解新現實主義的創作方法中的個性、感情、群眾性、階級性，以及它們與典型性的關係？

　　雷石榆在〈再論新寫實主義〉一文中，嘲諷揚風是「無產階級理論家」，並批判他把一切看做無量變的質變，無漸變的突變，沒有歷史條件，也沒有現實的特性，無關連，無過程，只有從今日開步去「前進」。亦即，指揚風的思想沒有辯證的內容，只有直線的、機械的觀點，沒有歷史的具體的內容，只有教條的概念。事實上，這從揚風論述的內容不斷重複片面的、口號式的概念便可知。特別是揚風在批評了「浪漫主義的個性和感情」後，除了再三重複「新現實主義的個性是廣大人民的群衆性……情感是廣大人民的怒潮」同樣的概念之外，並無其他新意，怪不得雷石榆以説明蘇聯的文學藝術而間接批評揚風道：「可是他們的文學乃至一般藝術不是揚先生幻想的那種百份之百無產階級口號和標語的複寫」。

　　至於新現實主義的個性、感情、群衆性是什麼？它們與典型性的關係如何？雷石榆説：「但揚先生所謂的『群衆性』還是籠統的説法，這『群衆性』不但包括勞動階級、農民階級、進步的智識階級，連揚先生本身也大概可以包括在內，可是『個性』或『感情』不是抽象的『群衆性』或『廣大的人民』性，而是具體地被抽出自某一階層的共通的特性」[52]。他舉例説，揚先生的個性、感情不是無產階級的，而是屬於小資產階級智識分子的，而

---

[52]　《台灣文學問題論議集》。台北，人間出版社 1999 年 9 月版，第162 頁。

〈阿Ｑ正傳〉不但寫出阿Ｑ的典型性，還寫出趙大老爺、吳媽、小Ｄ等等人物的個性和感情。

駱駝英嚴厲地指責揚風的「新現實主義的個性是廣大人民的群眾性」的論法，説他徹底地否定了新現實主義文藝中人物個性的存在，同時模糊了階級社會裡文藝的階級性，這樣就是「否定典型」，因而「也就取消了文藝」，「取消了文藝推動現實變革的作用」。「因為典型是現實的概括的具現，即概括了的共通性的個性的具現」。他進一步説明：「人物的典型是個人的特徵（包括個性）與階級的特徵（包括階級性）、群體的特徵（包括群眾性）的統一」。「這個統一不是個性上加一點『階級性』，再加上一點『群體性』，而是個階級的群體的特徵不可分割地統一於個人的特徵中（活生生的個別性中）具體地表現出來」。他還説，「現實社會裡的人都或多或少地有著個性，階級性和群體性。三者都很明顯地具有的人，就叫做現實的典型人物」。[53]駱駝英把新現實主義文藝裡的個性、群眾性、階級性與典型性做了一次高度的總括，可説是這場論爭中有關新現實主義創作方法的最大收穫，今日讀之猶令人動容。

**關於台灣文學的新現實主義創作原則。**

在新現實主義論戰中，雷石榆也針對台灣文學的新現實主義的創作原則，提出了許多具體的有建設性的深刻的意見。

首先，他從台灣的社會歷史的角度，對台灣文學所處的具體現實提出了簡明又深刻的看法。他説：「台灣本身既具有獨自的地方色彩情調和歷史形成的特異性，提供文學創作上的主題的多樣性」，也有「台灣過去是日本的殖民地，不可避免地殘留殖民地的特質」，同時「既又復為祖國的一環，那就必然受著祖國的政治的、經濟的、文化的影響，這有好的一面，也有壞的一

---

[53]　《台灣文學問題論議集》，人間出版社1989年9月版，第182頁。

面」，而「中國新文學運動就為了發展好的一面消滅壞的一面而戰鬥過來及戰鬥下去的，所以台灣的新文學運動必須觀摩這戰鬥過來的經驗，與戰鬥下去的路線或方向取得一致」㊻。他又説：「在表現台灣的場合則必先著眼台灣現實的諸特性」。接著他舉出了台灣文學多樣的創作主題，譬如：台灣的革命運動和鬥爭的史實、殘存的封建意識、小市民性格、買辦思想、包括農民、勞工的各種階層的過去與現在的生活形態、乃至悲劇性的婦女生活等等。同時他提醒台灣作家在表現這些主題時，也要強調民族的自尊意識以及現實的苦悶的衝突中「走向光明的未來的感情與意志」。但他再三強調，無論表現哪種主題，「必定要通過真實的認識和正確的把握」。

在怎麼寫的問題上，也就是文學的表現問題上，他認為：「為了適切地表現人物的性格、習慣，在對話上不妨使用地方語」。而且要「寫自己最熟悉的東西」，「對舊的倫理意識，腐敗的習慣，有害的思想在具體的事實上暴露，在悲劇性上諷示，對於向光明的發展，也必在感情、思想、行為的形象典型性的過程上去把握，去表現」，但切忌「流於神奇或庸俗」。其次，在與文學有間接關係的一般問題上，他建議：對日本殖民殘留的問題，他認為要剷除日本法西斯主義統治手段的「有毒思想」，也要接受消化日本資本主義帶來的「有益的一面」，保留使用表示某一意義或思想的「日本既成語彙」。同時也要接受及汲取中國的文學遺產，並檢討過去作家的作品，研究台灣民間文學以及原住民藝術。

從以上這些説法足以看出，雷石榆不但對台灣文學，甚至對台灣歷史，以及光復後台灣社會的複雜性，都有深刻的、同情的理解。作為一個大陸來台作家，這實在是極其難得的。

___

㊻　《台灣文學問題論議集》，人間出版社1999年9月版，第158頁。

　　實際上，關於新現實主義創作方法的論述，除了集中表現在揚風、雷石榆、駱駝英三人的論戰中，其他人也都有所涉及，如秦嗣人、歌雷、黃得時、鄭重等，在此不再贅述。

　　另外，人民作家楊逵，從日據期以來就是一個代表性的現實主義作家。關於現實主義的創作方法，他也發表了鞭辟入裡的觀點。譬如，在他主編的《力行報》副刊《新文藝》（1948 年 11 月 11 日第 19 期上），他寫了〈論「反映現實」〉。他說：「『文學應該反映現實』或是『文學是現實的反映』這句話，似乎已經是常話了，但所有的作品我們都覺得還不夠反映著真正的現實」。他針對當時台灣社會存在的兩面現實說：「大家說台灣窮到底了，不能活了，這句話雖然有一面的真理，卻不是全面的真理，一些顯貴大員說得台灣如仙境一樣，雖然不是真正的台灣現實，卻也有其實在的根據」。因此他說：「正確的認識需要綜合兩面，只看一面是不夠的」。在這樣的現實下，他認為不但要看到日常「憂頭苦面或是欺詐、盜竊、自殺的軟弱的一種人」，但「如果深入群眾再仔細考察一下」，也可以看到「為爭取光明與解放而奮鬥的另一種人的倔強生活」，這兩種人正是面對著現實的「人民所走的兩條路」。對於台灣的處境，他說：「我們不能把台灣看做是孤立的，為了瞭解台灣的現實，大家須要瞭解整個的中國，整個的世界，這樣才不致犯著『看樹不看林的毛病』」。因此他認為一篇作品要反映現實，首先，「作者須要確切認識現實」，亦即綜觀現實的光明與黑暗、前進與後退的兩面性。其次，也要看到現實不是孤單的、也不是間斷的，而是聯繫的、發展的，要「放大眼光綜觀整個世界，透視整個歷史的演進，這才是科學精神」。他說：「如果大家能夠以這樣的努力來確切的認識現實，而站在人民的立場寫些什麼，大家一定不致迷惑灰心」。「現實正在前進與反動之間，或急或緩的鬥爭中表現著其正確的姿態」。「好的作品須要有透徹的認識，堅強的意志

與膽敢的表現現實」。楊逵認為：以上這些綜合的要素就構成了
作品的潛力，從而也是使讀者感到力量的源泉。楊逵在《新文
藝》（1948 年 10 月 11 日）11 期上的〈「實在的故事」問題〉
中，評論兩篇「實在的故事」來稿時，也一再強調要有「分析與
綜合」的科學精神，不能孤立，要有聯繫的辯證觀點來認識現實
反映現實，「這樣來，作品才會有力量把讀者的感情發展為意志
──統一的意志」。楊逵所強調的這些要素，就是他所指的分
析、綜合的科學精神，是對現實進行確切認識的方法，有了確切
的認識才會「反映真正的現實」。實際上，楊逵所指的分析與綜
合的科學精神即認識的方法，與雷石榆所指的，對現實的認識、
把握和表現的新現實主義創作方法，是相同的，都是以馬克思主
義的文藝思想為根本的。而楊逵不斷高呼並力行實踐的「站在人
民的立場」，也與駱駝英所說的「站在與歷史發展的方向相一致
的階級立場」，是同一事物的不同稱呼。還有，楊逵十分重視
的，文學作品應發揮「把讀者的感情發展為意志──統一的意
志」的力量的觀點，與駱駝英所說的「文藝的目的不只是要將人
民的個性感情思想觀念等解放，更重要的是要使人民從經濟的、
殘酷的搾取和政治的高壓下解放出來」的觀點，也是相通的。

　　總之，人民作家楊逵的現實主義創作方法論，是台灣光復初
期新現實主義的人民文學思潮的最重要組成部分。

# 結語

　　時代是在矛盾的鬥爭中進展的。以《橋》副刊的「如何建設
台灣新文學論爭」為中心的文學思潮正蓬勃發展的同時，時代的
逆流也正暗潮洶湧。譬如，在論爭剛開始時，1948 年 2 月 18 日，
許壽裳先生在自宅中被殺害，主張五四精神和魯迅精神的思想陣
營受到了重大的打擊，空氣中瀰漫著恐怖不安的氣氛。不久，隨

許壽裳來台的李霽野、李何林相繼離台返回大陸。又如，在論爭
火熱展開的時刻，在國民黨黨報《中華日報》的《海風》副刊
上，就出現了數篇攻擊《橋》論爭的文章⑤，文中甚至出現了
「要大家聯合起來撲滅那少數人的毒素」，這樣的帶政治恐嚇的
言詞，預示著血腥的時代將來臨。而在那之前，後來在50年代初
期高舉現代主義的詩人紀弦，已從上海來到了台灣。同時，後來
在70年代的「鄉土文學論戰」中，國民黨官方的文化代表人物彭
歌，也經常以姚朋的本名活躍在《中華日報》的副刊上。這說明
了與台灣新文學的現實主義文學、人民文學思潮正相反的文學勢
力正在台灣島上集結。1949年1月21日，上海《大公報》登載
了楊逵針對國共內戰時局起草的《和平宣言》，不過三個月，國
民黨軍警發動了對學生、文化人的大逮捕行動──此即一般所謂
的「四六事件」。楊逵在事件的前一天被捕，《橋》副刊主編歌
雷、作家孫達人、張光直在事件中被捕，作者朱實、蕭荻等聞訊
匆匆逃離台灣赴大陸。不久，《橋》副刊被迫停刊。其時，國民
黨政權的黨、政、軍、特人員已如洪水般從大陸戰場敗退台灣，
台灣已逐漸轉變為「反共復國基地」，隨著美軍的「協防」台灣
海峽，這一轉變完全底定。從光復以來，在希望與挫折交錯的崎
路上發展起來的「現實主義文學」和「人民文學」的思潮，隨著
《橋》副刊在國民黨軍警鎮壓下的落幕；也像作家們逃亡和囚禁
的命運一樣，自此，被禁錮在國民黨政權的反共白色恐怖的黑牢
中。取而代之的，是隨著國民黨反共政權而來的鋪天蓋地的「反
共文學」。

　　這再次印證了，范泉在〈論台灣文學〉文中對台灣文學的歷
史看法，他說：「政治和社會的變革才是使台灣文學變質的基本

---

⑤　參閱《台灣文學論議集》，人間出版社1999年9月版，第213-239
　　頁。

的因素」。也不禁使人想起，歷經時代捉弄的台灣作家吳濁流，
在 1962 年為其名著《亞細亞的孤兒》中文版所題的、令人興歎不
已的一首漢詩。它寫道：

　　一卷辛酸史
　　滄桑二十年
　　山河雖復旦
　　依舊淚綿綿

# 第五章

# 反共「戰鬥文藝」淪為反現實主義逆流

　　50 年代佔據台灣文壇主流地位的「戰鬥文藝」運動，是國民黨政府潰遷台灣後的反共政治體系的組成部分和特定產物，反映的是國共兩黨之間的階級鬥爭在台灣的延續。作為特定政治時局下出現的文藝思潮，「戰鬥文藝」的合唱不是一種個人的、局部的創作現象，而是官方話語霸權和文化壟斷政策統治文壇的結果，寫盡了文學被政治所干預和摧殘的歷史悲哀。從文學角度來看，這種歪曲歷史真實，一味充當意識形態話語傳聲筒的「戰鬥文藝」，其充滿公式化、概念化的「反共八股」寫作，不僅違背了文學創作的規律，淪為反現實主義的逆流；而且以一個時代的作家才華與文學生命的虛擲浪費，扼制了台灣文學的正常發展，並使「戰鬥文藝」作家也成為某種意義上的受害者。時過境遷，當年那些一味跟隨政治、政策的趨時之作，今天又能在歷史的沉澱中留下什麼？就政治影響而言，「戰鬥文藝」運動作為一種具有傷害力的文壇現象，其政治導向造成台灣人民與大陸人民的疏

離感，扭曲了民族的精神和台灣的社會生活，也給人的心靈和感情帶來創傷。對這段帶有荒謬色彩的歷史，對當年蔚為風潮的「戰鬥文藝」運動，我們今天的回眸與觀照，更多地帶有一種反思歷史的沉痛感。

## 第一節　反共的文藝在反攻大陸的夢囈中粉墨登場

　　1949 年 12 月 7 日，國民黨當局被迫從大陸遷往台灣，開始了此後半個世紀以來海峽兩岸的嚴重對峙，也由此帶來台灣社會發展的不同形態和台灣當代文學進程的複雜面貌。在 50 年代台灣社會的一片亂局中，首先充斥文壇的，便是反共的「戰鬥文藝」思潮的氾濫。

　　國民黨政府潰遷台灣初期，政治、經濟、軍事、外交一片敗象，處在嚴重的內外交困之中。政治方面，大陸時代國民黨內部派系傾軋、權力爭鬥的惡習沿襲至台。「黨務系統」紀綱廢弛，組織瓦解，意志分歧；「行政系統」人員缺乏，精神渙散，事權難以統一。時刻感受著來自大陸的政治壓力和軍事壓力，國民黨內部失敗主義情緒日益滋長。光復後國民黨接收台灣以來與當地民眾的矛盾衝突，特別是「二二八事件」在台灣人民與國民黨當局之間長久留下的「敵視與猜忌」的歷史陰影，使得國民黨在政治上充滿隱憂顯患。經濟方面，遭受戰爭創傷的台灣工業基礎還未得以恢復，生產狀況日益惡化；新的經濟衰退又帶來物資匱乏和通貨膨脹，日用消費品奇缺；加之 200 多萬隨國民黨遷台人士導致的人口激增，給已經相當貧窮的台灣造成巨大壓力。「大部分人民已到了衣不蔽體，食不果腹的程度，可以說是民窮財盡了。」①外交方面，國民黨則處於孤立無援的境況。1949 年至

1950 年上半年，美國與國民黨的關係正處於低潮；那時「撤退來台的外國使節，寥若晨星。舉世没有一個同情台灣的人。」②凡此種種，「用『山雨欲來風滿樓』，來形容 1950 年的台灣 6 月，其真實性無可非議。」③

　　面對台灣島內的混亂局面，蔣介石開始痛切反省國民黨由大陸敗退台灣的教訓，並採用一系列「改造」措施，以圖「挽救危局」，把台灣建成「反共復國」的基地。1952 年 3 月 1 日，在慶祝蔣介石復行視事兩週年的台北集會上，蔣介石聲稱要推行經濟、社會、文化、政治四大改造，完成「反共抗俄」的準備。從「斧正」領導核心，重新整頓國民黨的「改造運動」，到全面整編軍隊、培植反共軍事力量的「軍制革新」；從恢復和發展台灣工業，抑制通貨膨脹的「經濟改造」，到實施「三七五減租」，改變農村生產關係的土地改革；從抓住美國對台政策突變的機會，爭取大量軍費美援，到與海峽彼岸的嚴重對峙；國民黨當局的所作所為，皆服從於蔣介石在台灣的四大施政綱領，即「在軍事上鞏固台灣基地，進圖光復大陸」；「在國際上先求自力更生，再聯合民主國家共同反共」；「在經濟上提倡節約，獎勵生產，推行民生主義」；「在政治上保障民權，厲行法制」④這其中，最核心的內容是「反共復國」。而配合「反共復國」國策的「文化改造運動」，則是國民黨衆多「改造」舉措中的重要環節，它直接構成了 50 年代台灣的文化生態環境。

---

①　王作榮：《我們如何創造了——經濟奇蹟》，時報文化出版公司 1984 年 7 月版，第 8 頁。

②　李元平：《平凡平淡平實的蔣經國先生》，中國出版公司 1978 年 5 月版，第 14 頁。

③　江　南：《蔣經國傳》，美國論壇社 1984 年 11 月版，第 194 頁。

④　秦孝儀主編：《中華民國政治發展史》第 4 冊，近代中國出版社 1985 年 12 月版，第 1613 頁。

以「明禮尚義，雪恥復國」為口號的所謂「文化改造運動」，旨在加強反共輿論宣傳，實施「三民主義救國」教育，維護傳統文化與道統，修補反共思想體系，重建官方文化的權威性格。它的實際面目，不外是國民黨當局所打的一場文宣戰爭。

利用文化手段，大肆進行反蘇反共的宣傳鼓動，是「文化改造運動」的重要任務。蔣介石在對以往失敗教訓的總結中，檢討國民黨文化宣傳方針佔了很大的比重。他反覆強調，國民黨在大陸時期與共產黨的鬥爭中，「宣傳不夠主動而理論不夠充實」，「不但不能勝過」、「趕上」共產黨，反而被共產黨佔了上風，諸如廣播、電影和書刊，「不是國際主義的文學，便是赤色組織的宣傳」⑤，以至於共產黨爭取了青年和民眾。因此，蔣介石認為在台灣及時地「健全宣傳機構」，確定反共宣傳政策，開展「肅共宣傳和『三民主義文化運動』」，以「爭取人心」，「配合軍事反攻進展」⑥，是國民黨維持自己在台統治的當務之急。於是乎，台灣當局以政工的態度對待文藝，掀起了一場舖天蓋地的文宣戰爭。台灣有關方面，或舉辦軍中文化展覽會，大中小學生反共抗俄漫畫展覽會，以及反共抗俄美術展覽會；或建立電影網，組織電影隊，巡迴放映宣導影片；或建造播音網，設立廣播電台、播音站，廣為宣傳；或創辦反共報紙雜誌，開闢反共文化陣地；可謂各種宣傳機器一起開動。1953 年 8 月 2 日，國民黨中央委員會第四組為了加強台灣鐵路沿線各地區民眾對「反共抗俄」及當局歷年來施政進軍情形的認識，特別設計了「反共抗俄」宣傳列車，自台北站舉行開車典禮後，即巡行台灣鐵路沿線各站做環島宣傳。反共宣傳車抵達各大站時還要求各機關學校以宣傳節目配合，從而掀起「反共抗俄」的宣傳高潮。

---

⑤⑥　中國國民黨中央黨史委員會編：《革命文獻》第 77 輯，中央文物供應社 1978 年版，第 86 頁、第 51 頁。

　　推行「三民主義救國教育方針」，對各級學校和青年學生嚴加控制，是「文化改造運動」的重要內容。在檢討國民黨失敗原因的時候，台灣當局承認學生運動給他們的打擊是沉重的。在蔣介石看來，國民黨丟掉大陸的主因是多年教育的失敗，而教育的失敗在於學校當局對學生的政治思想失控，這使得「三民主義和民生哲學」遭致「諷刺譏笑」和「破壞反對」，學校做了「中共『城工』的大本營」⑦他認為：「政治、經濟、軍事各方面的失敗只是一面和一時的，惟有教育的失敗則影響巨大，且非短時間所能補救。」⑧要實現所謂「救亡圖存」的教育，蔣介石強調：

　　　　今後的教育綱要，首在恢復我們固有的民族倫理教育。以明禮義、重廉恥、消滅一切染有共產輻射毒素的文化，徹底打破共產主義的意識形態，……使由一個侮辱、洗腦、奴役的教育，轉化為倫理、民主、科學的三民主義學術自由的教育。⑨

　　為實施「三民主義救國方針」，國民黨當局在 50 年代初期先後制頒了〈戡亂建國教育實施綱要〉、〈訓育綱要〉等多種教育政策，通過「改定教育制度及教材」、推行「訓育制度和軍訓制度」以及建立「青年反共抗俄救國團」的主要方式，加強對教育事業的全面控制。

　　以政治高壓和文化控制相結合的方式，實現官方話語霸權與

---

⑦　　同上，第 85-87 頁。

⑧　　蔣介石：《政府遷台後之教育》，轉引自《中華民國第三次教育年鑒》，正中書局 1957 年版，第 6 頁。

⑨　　蔣介石：《復國建國的方向和實踐》，載《蔣公全集》第 3 冊，第 2757 頁。

文化壟斷政策，是「文化改造運動」最直接的目的。早在 1949 年
5 月，台灣當局就宣佈了「台灣地區戒嚴令」，台灣從此進入長
達 38 年之久的「戒嚴狀態」。以「戒嚴令」為基礎的反共政策，
造成了 50 年代「清共運動」的白色恐怖。「那是一種徹底的高壓
統治，完完全全用武力剷除一切可能發生的反對力量，務求在短
期間內，建立起絕對的控制權。」⑩當時，「被逮捕、殺害的不
僅是台灣的社會精英，還有許多跟隨國民黨一起來台的大陸知識
分子，後來也變成政治犯。」⑪在這種高壓氛圍和泛政治主義的
現實環境中，政治禁忌比比皆是。首先，文學創作的自由受到嚴
重威脅。文學作品動輒遭到檢查、刪改、查禁、沒收，作家稍涉
嚴重者，更以叛亂罪起訴，或判刑，或槍決。其次，禁書政策
「漫天撒網與漫無邊際」⑫。國民黨當局檢討「戡亂戰爭」失敗
的原因，把它歸咎於 30 年代的文藝，以致 1949 年以前出版的現
代文學作品和理論書籍幾乎被一網打盡。當時的情況是：

> 在撤退到台灣不久，國民黨正式下令，凡附匪以及留
> 在淪陷區的學者、文人的著作一概禁絕。這等於宣告，中
> 國現代史上百份之九十九點九的有價值的文學與學術作品
> 一概免讀。這種空前絕後的「否決」歷史與文化的舉動，
> 以最實際、最有力的方式宣告了五四文化在台灣的死亡
> ⑬。

---

⑩⑪　焦　桐：《台灣戰後初期的戲劇》，台原出版社 1990 年 6 月
　　版，第 53-54 頁。

⑫　　史為鑒：〈新偽書通考〉，載《禁》，四季出版事業有限公司
　　1981 年版，第 375 頁。

⑬　　呂正惠：〈現代主義在台灣〉，載《戰後台灣文學經驗》，新地
　　文學出版社 1995 年 7 月版，第 10 頁。

　　再則，新聞出版自由被嚴加控制，動輒得咎。台灣當局制定出〈戒嚴期間新聞雜誌圖書管理辦法〉，規定了查禁出版物的八條標準。印刷品「一字之誤，就可惹出大禍，譬如『中央』指示之類的文字，倘若錯成了『中共』，雜誌和印刷廠就將遭殃！」⑭以報紙為例，由於「停登、限張、限印」的報禁政策，自 1951 年到 1987 年，台灣一直只有 25 家日報和 6 家晚報，36 年沒有新報問世。更有甚者，官方倡導的反共政治思潮不僅侵入大學校園和研究機構，使得授課、讀書、選擇研究課題，都明顯地受制於時政，以至於幾十年來「在客觀和主觀兩方面受政治禁忌影響最大的學科，是文學、政治學、法律學、歷史學、教育學及社會學等」⑮而且，這種泛政治主義的精神氛圍還瀰漫於民眾的日常生活空間，形成一種人人自危的生存環境。台灣「行政院」於 1950 年 2 月 27 日頒布的〈反共保民總體綱要〉就明確規定：動員全部人力物力，實施各種反共戰略，台灣男女必須宣誓：「我自己絕不通匪，並不容人通匪，如違此誓言，願受民眾大會制裁。」⑯ 1950 年，「反共抗俄婦女聯合會」和「中國青年反共抗俄聯合會」先後成立；1951 年 3 月 5 日，台灣當局發動「為自由奮鬥」百萬人簽字運動；同年 7 月 26 日，蔣介石還核定了〈「反共抗俄」救國公約〉。1952 年 1 月，國民黨「中央改造委員會」通過〈籌組中國青年反共救國團原則〉，決定在青年學生中建立該團的組織體系，強硬規定「高中以上學生一律參加」。1955 年，為

---

⑭　聶華苓著，夢花編：《最美麗的顏色‧聶華苓自傳》，江蘇文藝出版社 2000 年 1 月版，第 94 頁。

⑮　楊國樞：〈人文及社會科學研究的台灣經驗〉，載《三十年來我國人文學及社會科學之回顧與展望》，東大圖書公司 1987 年版，第 15 頁。

⑯　張山克編著：《台灣問題大事記》，華文出版社 1988 年版，第 34 頁。

配合「清肅」，又有所謂「保密防諜運動」展開。如此高密度的、波及社會各個層面的政治活動，對民眾精神狀態與日常生活的侵蝕可以想見。在一種官方意識、官方政策、官方法規和命令的強制推行下，社會的各個領域都表現為官方形式和官方色彩，一切均服從於反共政治的需要。社會生存環境的泛政治化，帶來文學生態環境的惡質化，以官方話語霸權姿態而出現的「戰鬥文藝運動」，便在這種社會背景中應運而生，粉墨登場，進而一統天下。

「戰鬥文藝」是國民黨當局用官方意志鉗制文學領域的最集中而具體的體現，它以官方文學思潮的主流表現形態，成為國民黨「反共復國」政策的文藝變種。這種文藝運動的出籠與登台，與三個方面的原因密切相關。

其一，「戰鬥文藝」運動是服務於「反共復國」政治路線的御用工具。國民黨當局敗退台灣後，竭力推行「反共復國」的綱領與政治路線。1951 年 1 月 8 日，蔣介石「訓示」全體國民黨員，提出「一年準備，兩年反攻，三年掃蕩，五年成功」的口號；1952 年 2 月 1 日，國民黨中央改造委員會通過〈「反共抗俄」總動員綱領〉；1952 年 10 月，蔣介石發表〈反共抗俄基本論〉一文，強調為「反共復國」而奮鬥，這篇文章被官方認為是擘劃「建設台灣，光復大陸的藍圖」。鑒於在大陸失敗的教訓，國民黨當局意識到，「今天的反共戰爭，原是一種思想戰，文藝對於人類思想的影響，較之任何教育來得有效。」[17]於是，在加強「反攻大陸」槍部隊的同時，國民黨當局大力培植「反共抗俄」的筆部隊，將槍桿子和筆桿子捆綁在一起，利用「戰鬥文藝運動」，來為「反共復國」營造政治神話，強化輿論攻勢。這是

---

[17] 李　牧：〈新文學運動歷程中的關鍵時代──試探 50 年代自由中國文學創作的思路及其所產生的影響〉，《文訊》第 9 期。

「戰鬥文藝」運動出籠的最根本的政治背景。

其二，「戰鬥文藝」運動是在國民黨的直接領導和組織下產生的。《中華民國文藝史》曾這樣描述：

> 當中華民國政府搬遷到台灣省以後，執政黨才深深地體會出文藝工作的不可忽視。於是從民國三十九年三月起，中國國民黨中央改造委員會即在政綱中列入文藝工作一項。接著，蔣總統復於民國四十二年在手著《民生主義育樂兩篇補述》一書中，提示「民生主義社會文藝政策」的重點與方向；對各項文藝工作都有極明確的指示，為後來的「戰鬥文藝」運動，展開了主導作用。民國四十五年元月，中國國民黨中央遵照蔣總裁的指示，正式揭櫫了「戰鬥文藝」運動，並由中常委會通過了《展開反共文藝戰鬥工作實施方案》。而這一方案，亦可說是中國國民黨文藝政策的始基。[18]

在「戰鬥文藝」喧囂一時的 50 年代，各地紛紛成立「戰鬥文藝委員會」，官方採用「報銷主義」來推行「戰鬥文藝」。國民黨當局一聲令下，「一些官員便為戰鬥文藝忙得團團轉，連各縣市都掛出『戰鬥文藝委員會』的招牌，委員們天天開會討論、擬綱領、訂方案、汗流浹背，空前緊張」[19]。透過當時的台灣政界和文壇過來人的描述，「戰鬥文藝運動」發起的最直接的官方背景，可以從中窺見一斑。

---

[18] 尹雪曼：《中華民國文藝史》，中正書局 1975 年 7 月版，第 977 頁。

[19] 王　藍：〈歲首說真話〉，《聯合報》副刊，1958 年 1 月 5 日第 6 版。

其三，「戰鬥文藝」被強調，又與台灣當局為了穩定混亂的社會心理之急需直接相關。國民黨當局潰退台灣，島內時局一片危亂，民眾心裡終日惶惶，不曉得台灣能守多久。白先勇曾談道：

> 國民政府遷台之始，即提出響噹噹的「反攻復國」口
> 號，從火車站到酒瓶標紙上隨處可見，可謂無所不在。這
> 官方的神話正好代表了流放者的心態：從大陸逃來的人，
> 不過以台灣為臨時基地，好發他們的美夢，希望有一天回
> 到海峽的彼岸。國民政府統治台灣初期，這種神話在人民
> 的政治心理上根深蒂固，沒有人敢懷疑；當時的文學作品
> 自然也反映在這方面，不免產生麻醉的作用[20]。

由此可知，「戰鬥文藝」在當時背景下的出現，既是國民黨當局為穩定人心、欺騙民眾、加強「心防」所採取的一種應急措施，也在客觀上充當了大陸來台人員撫慰動盪不安心理的麻醉劑。正是在這個意義上，人們稱「戰鬥文藝」為「麻醉文學」和「逃避文學」。

## 第二節　「戰鬥文藝」運動在官方鼓噪推動下大肆氾濫

「戰鬥文藝」運動是一項有組織有計劃有步驟的文學運動。在其提出和演變的過程中，呈現出一種馬鞍形的態勢，大致可分

---

[20]　白先勇：〈流浪的中國人——台灣小說的放逐主題〉，《白先勇自選集》，花城出版社 1996 年 6 月版，第 407 頁。

為三個階段。

## (一)萌芽階段：1949 年 11 月至 1950 年初。

1949 年 10 月，台灣《新生報》展開了關於「戰鬥文藝」的討論。針對讀者對反共八股的厭惡和冷淡，有人主張「宣傳，正面不如側面，注射不如滲透，論文不如小說，八股不如詩歌，訓話不如小品，破口大罵不如幽默地旁敲側擊。」[21] 1949 年 11 月，受國民黨宣傳部代部長兼台北市文化運動委員會主任任卓宣的約請，孫陵寫了一首歌詞《保衛大台灣歌》，得到官方廣為宣傳，由此拉開了「戰鬥文藝」的序幕。孫陵（1914-1983），山東黃縣人，哈爾濱政法大學肄業，1936 年到上海創辦多種雜誌，作品多為社會寫實；1948 年來台，走的是「戰鬥文藝」路線。孫陵擔任《民族報》副刊主編後，還在其發刊詞〈文藝工作者的當前任務──展開戰鬥，反擊敵人〉一文中，繼續鼓動文藝界要站在「戰鬥前列」，「創造士兵文學！創造反共文學！真正認識自由、保衛自由的自由主義文學！」這篇發刊詞也由此被認為是台灣「反共文藝運動的第一篇論文」。

同年 12 月，馮放民（鳳兮）接編《新生報》副刊時，確定了「戰鬥性第一，趣味性第二」的徵稿原則。起而傚尤者不少，一時文風丕變。在台灣當局的參與下，《新生報》副刊還通過舉辦「文藝作家座談會」、「副刊編著者聯誼會」等一系列活動，使「戰鬥文藝」逐步躍居前台。由於《民族報》副刊和《新生報》副刊的鼓吹與帶動，台灣各種色彩的報紙刊物，諸如《中央日報》、《中華日報》、《全民日報》、《經濟時報》等報的副刊，以及《半月文藝》、《寶島文藝》、《野風》等文藝刊物，

---

[21] 轉引自馮放民（鳳兮）：《拿言語》，《新生報》副刊 1949 年 11 月。

都改變了徵稿範圍和辦刊路線，盡量突出具有反共意識的作品，或自動或被迫地帶上了程度不同的反共色彩。

這一階段，「戰鬥文藝」的中心思想已經被強調出來，「戰鬥文藝」的初步行動也在醞釀和計劃之中。但由於國民黨當局處在潰退台灣的緊張過渡之際，面對千頭萬緒的危亂敗局，在短短的兩三個月的時間裡，還來不及制定出詳細的文藝政策實施計劃，所以，「戰鬥文藝」的口號尚不統一，影響層面也有限，還處在醞釀和發動階段。但毋庸置疑的是，萌芽期的「戰鬥文藝」端倪，很快給國民黨當局組織文藝運動提示了路向，並成為後來喧囂一時的「戰鬥文藝」運動的發動基礎。

## (二)氾濫階段：1950 年 3 月至 1956 年。

隨著國民黨當局對於反共文藝工作的強化，「戰鬥文藝」運動很快被納入官方的統一施政體系之中，並通過官方的大力鼓噪和具體措施，一步步推向高潮，以至氾濫成災。國民黨中央委員會第四組主任陳裕清曾經這樣總結氾濫時期的「戰鬥文藝」運動：「此時為了適應反共戰爭的需要，正式喊出『戰鬥文藝』的口號，力圖在文學、影劇、美術、音樂、舞蹈等文藝領域，發揮文藝的戰鬥精神，加強戰鬥文藝的創作與活動。我們的文藝發展，有了統一的目標，有了明確的創作路線，有了切實可行的方案，文藝界由成長到成熟，得到了很大幫助。」[22]從國民黨當局對文藝政策的迅速制定，到反共文學口號的全面倡導，「戰鬥文藝」運動經歷了它內容繁雜、聲勢浩大的氾濫過程。

國民黨文藝政策的推行，關鍵時段是 1950 年。同年發生的幾件大事，涉及文藝方向、文藝策略、文藝組織等重要問題，關係

---

[22]　轉引自尹雪曼：〈國軍新文藝運動的成就〉，載《中國新文學史論》，中華文化復興運動推行委員會 1983 年 9 月版，第 246 頁。

到文藝全局。其一，1950 年 3 月，由蔣介石 17 名親信組成的「中央改造委員會」，在政綱中正式列入「文藝工作」一項，要求文藝工作全力配合「反共抗俄」、「反共復國」的戰鬥任務。其二，由國民黨「中宣部長」張道藩為主任委員的「中華文藝獎金委員會」於 1950 年 3 月 1 日正式成立。1950 年 5 月 4 日，由陳紀瀅擔任主席的以「完成反共抗俄復國建國任務為宗旨」的「中國文藝協會」成立，同時公佈了「中華文藝獎金委員會」首度「五四」獎金得獎名單。其三，蔣經國同年擔任政治部主任（隸屬國防部，1969 年改稱國防部總政治作戰部），翌年即發表〈敬告文藝界人士書〉，提出「文藝到軍中去」的號召。至此，「政策文學的兩支主幹均於本年確立，蔣經國的總政治部系統和張道藩的文協系統在初期發展階段彼此呼應，形成軍中文藝界與社會文藝界雙管齊下的犄角之勢。」[23]

　　1953 年春，蔣介石發表《民生主義育樂兩篇補述》，以此作為國民黨政權在文化層面的施政綱領。同年 5 月，《文藝創作》月刊出版「戰鬥文藝評論專號」。內容有張道藩〈論文藝作戰與反攻〉，齊如山〈論平劇的特質及其戰鬥力〉，虞君質〈論文學與戰鬥〉，梁宗之〈論小説的戰鬥性〉，施翠峰〈論繪畫的戰鬥性〉，李中和〈論音樂的戰鬥性〉等。張道藩在文章中大肆鼓吹「戰鬥的時代，帶給文藝以戰鬥的任務」[24]，號召作家投入反共文學創作。「戰鬥文藝」運動，正是在上述理論導向與評論鼓噪中，一步步走向文壇內部。

　　1954 年，在國民黨當局的授意下，「中國文藝協會」掀起文

---

[23]　鄭明娳：〈當代台灣文藝政策的發展、影響和檢討〉，載《當代台灣政治文學論》，時報文化出版公司 1994 年 7 月版，第 24 頁。

[24]　轉引自尹雪曼：《中華民國文藝史》，中正書局 1976 年 7 月版，第 86 頁。

藝政策的風潮，通過「文化清潔運動」，把「戰鬥文藝」推向台灣社會各界。從該年度的文藝活動軌跡來看，5月4日，「中國文藝協會」為了貫徹蔣介石清除所謂「赤色的毒」、「黃色的害」和「黑色的罪」的指示，集合陳紀瀅、王平陵等20人成立了「文化清潔運動專門研究小組」，負責研究如何會同社會各界開展這項運動。7月26日，陳紀瀅以「某文化人士」名義，在《中央日報》、《新生報》上，正式提出了「文化清潔運動」的口號。他指出：「『文化清潔運動』也可以叫做『除文化三害運動』。這是兩年前鑒於不少出版商專門編印誨淫誨盜、造謠生事、揭發隱私的書籍而提出『肅清文化陣容』口號的發展。」為了清除對「文化清潔運動」的不同意見，《中央日報》於8月5日發表了〈文化清潔運動〉的社論，為蔣介石的號召作理論註釋。8月7日至8日，陳紀瀅和王藍以正式身份代表「中國文藝協會」表明立場，嚴厲斥責「赤、黃、黑三害」，宣稱「中國文藝協會」「願接受各界領導鞭策，充任先驅」，從而正式揭開了「文化清潔運動」的序幕。8月19日，台灣各報發表〈自由中國各界為推行文化清潔運動厲行除三害宣言〉，在宣言上簽名的有各界人士500餘人，以及發起此運動的155個社團。7月27日，75家雜誌跟進，發表聲明響應「文化清潔運動」。至此，國民黨當局一手導演的「文化清潔運動」，有計劃有步驟地推向整個社會。8月20日，「中國文藝協會」成立了「文化清潔運動促進會」，把此項運動納入具體的組織系統。為了配合「文化清潔運動」，「中國文藝協會」曾舉辦24場座談會，發表30萬字文章，他們為此專設的「專題廣播講座」，在台灣軍中、警察廣播電台分別舉行，先後共計74場之多。

　　所謂文藝界「三害」，在台灣當局及其御用報刊的宣傳中，指的是下述內容：

　　(1)赤色的毒：自表面看，赤色宣傳品，在台似已絕跡，但它一向詭計多端，迄今未放棄在地下蠢動的邪念，乃時常企圖以蒙蔽、欺騙等手段，以達到它出頭露面的目的。(2)黃色的害：赤毒是烈性的鴆，黃害是慢性的鴉片，赤毒酒猛而禍顯，黃害緩而禍深……黃色文藝不僅侮辱了文藝與新聞事業，更戕害了青年的鬥志。(3)黑色的罪：少數因利忘義的害群之馬，專門刊佈捕風捉影、混淆是非、揭人隱私、造謠生事、傷風敗俗的文字……以致學校、社會、軍中所授所論，皆系專門製造黑暗的「黑色新聞」㉕。

　　所謂「文化清潔運動」，它的主體是反對共產主義，其重要指向是倡導「戰鬥文藝」。這不僅為限制言論、羅織罪名、陷害作家提供了藉口，而且直接禁錮了五四以來的諸多進步作家與新文學作品，造成了當代台灣文學與五四新文學的隔膜和斷層。首先，在一片鼓噪聲中出面的國民黨當局，採用了行政手段強行干預，將《中國新聞》、《新聞觀察》、《世界評論》等10家雜誌以「刊載不實」為由予以停刊處分。1954年11月5日，「內政部」還公佈了「戰時出版品禁止或限制刊載事項」九項，通稱「九項禁例」，對出版與新聞自由實行多種鉗制。其次，「文化清潔運動」的擴大化，給文壇帶來的嚴重的負面影響。《野風》雜誌因為刊登一篇女主人公單相思內心獨白的作品，而不斷受到衛道士們的攻擊，以致在「文化清潔運動」中遭受強令改組的命運。這種運動的後續效應，導致了因為涉及到性描寫，女作家郭良蕙後來的長篇愛情小說《心鎖》，便被指控為「黃色小說」。「內政部」據此查禁了《心鎖》，作者也被「台灣省婦女寫作協

㉕　《台灣全記錄》，錦繡出版社有限公司1981年5月版，第368頁。

會」和「中國文藝協會」開除會籍。不僅如此，大幅度的禁書措施，矛頭直指「赤色文藝」。光是被視為「以隱喻方式為匪宣傳」而查禁的武俠小說就多達一千多種。此項運動到後來，繼續發展為「反黃色作品運動」、「拒讀不良書刊運動」。這種文化整肅運動與政治整肅運動同出一轍，它被認為是對「三害」「一次嚴厲的撻伐」，是「文教各界的一次集體行動的文藝批評工作」㉖這場由「文協」率先發難的文化整肅運動，究其實質，則是為「戰鬥文藝」運動鳴鑼開道、掃清障礙的一次官方行動預演，它也為當局檢查新聞、管制言論等措施提供了有利的社會基礎。

　　1955年1月，蔣介石親自向全台軍民發出推行「戰鬥文藝」的號召，正式揭櫫了官方「戰鬥文藝」運動。至此，「戰鬥文藝」成為台灣文藝運動的統一口號和最高旗幟，國民黨的文藝政策以台灣文壇及文學傳播的主流形態而一統天下。隨著「戰鬥文藝」運動的迅速推進，御用的文藝界亦緊鑼密鼓，競相配合。僅以1955年為例，為了給「戰鬥文藝」製造理論依據，《文壇》、《軍中文藝》月刊、《文藝月報》等刊物紛紛開闢「戰鬥文藝筆談」。不僅「中國文藝協會」邀請詩人舉行「戰鬥文藝」座談會，強調如何發揮新詩的「戰鬥」精神；就連「國防部總政治部」也於本年9月在台北舉行100多位作家參加的「戰鬥文藝座談會」，可謂聲勢浩大。這期間「台灣省婦女寫作協會」的成立，為「戰鬥文藝」的推行增添了「戰鬥」力量。不僅如此，「中華文藝獎金委員會」在一年之中兩次公佈獲獎名單，不斷加大鼓動與扶植「戰鬥文藝」創作的規模。本年度10月，文壇出版社還一連氣推出「戰鬥文藝叢書」10種，為「戰鬥文藝」運動搖

---

㉖　尹雪曼：《中華民國文藝史》，中正書局1976年6月版，第85頁。

旗吶喊，顯示所謂的「創作豐收」。

由於國民黨當局採取了上述的重要步驟，到了1956年，「戰鬥文藝」運動已經呈現出「戰鼓與軍號齊鳴，黨旗共標語一色」[27]的氾濫之勢。1956年1月，國民黨中央委員會第七屆二中全會通過了《展開反共文藝戰鬥工作實施方案》，「戰鬥文藝」運動舖天蓋地地全面展開。在國民黨當局的反共宣傳和高額獎金的籠絡與誘惑下，「戰鬥文藝」作家高密度生長，以致一些原本與文藝無關的人也擠了進來，「戰鬥文藝」作品更是無節制氾濫。僅1950至1953年這三年，從事「戰鬥文藝」寫作的作家便多達1500人至2000人，並出版有長篇小說10餘種，中篇小說20餘種，短篇小說近30種，詩集約20種，劇本約20種，漫畫與歌曲10餘種，合計有一百二三十種之多[28]。一時間，「有關戰鬥文藝的理論和創作，蔚成一大風尚。各報副刊和文藝刊物，都競相發表此類文稿」，使台灣文學藝術，「真正地成為戰鬥的巨流」[29]。

## (三)跌落期：50年代後期至60年代中期。

1957年，「戰鬥文藝」運動在達到氾濫高潮之際，已經開始出現了日趨衰落的頹勢。這一年，「中華文藝獎金委員會」因經費斷絕而撤銷，宣告了張道藩政治上的失勢。國民黨當局竭盡全力維持「戰鬥文藝」政策，但在具體工作中心上發生了移位，文藝政策主要由蔣經國擔任「國防部總政治部主任」的軍中系統出

---

[27] 郭 楓：〈40年來台灣文學的環境與生態〉，《新地文學》1卷2期，1990年8月5日。

[28] 張道藩：〈論當前自由中國文藝發展的方向〉，《文藝創作》第21期，1953年。

[29] 尹雪曼：《中華民國文藝史》，中正書局1976年6月版，第87頁。

面貫徹執行，而由張道藩負責的「文協」系統則成了外圍的配合執行部門，兩個系統原有的平行發展、互相呼應的文武結合格局有所打破。隨著「戰鬥文藝」政策對軍中系統的傾斜和倚重，「國軍新文藝運動」在 60 年代中期應運而生。

　　「國軍新文藝運動」的出現，標誌著以軍系作家為主導的政策文學形成。雖然以「新文藝」冠稱，但它並未提供比「戰鬥文藝」更新鮮的內容，不過是 50 年代「軍中文藝」的繼續。確切地說，它是為走向衰落和沉寂的「戰鬥文藝」運動注射的一針強心劑。1965 年 4 月，「國防部總政治部」召開了第一屆「國軍文藝大會」，與會者 500 餘人。蔣介石親臨訓示，揭出了「新文藝的12 項內容」：

　　　　一、發揚民族仁愛精神；二、復興革命武德精神；三、激勵慷慨奮鬥精神；四、發揚合群互助精神；五、實踐言行一致精神；六、鼓舞樂觀奮鬥精神；七、激發冒險創造精神；八、獎勵積極負責精神；九、提高求精求實精神；十、強固雪恥復仇精神；十一、砥礪獻身殉國精神；十二、培育成功成仁精神。

　　儘管「新文藝」所談內容無一與文學創作有關，但項項均和「雪恥復國」的「戰鬥精神」相洽。大會隨之設立了「國軍文藝金像獎」，並制定出〈國軍新文藝運動推行綱要〉。1966 年，國民黨第九屆三中全會通過〈加強戰鬥文藝之領導，以為三民主義思想作戰之前鋒〉案，並推出〈強化戰鬥文藝領導方案〉；繼而，第九屆四中全會又通過〈中華文化復興運動推行綱要〉，宣稱「繼續倡導戰鬥文藝，輔導各種文藝活動」。1967 年 11 月，國民黨九屆五中全會再度制定〈當前文藝政策〉，「於中央政府體制中設立隸屬於教育部的文化局，執行上述任務，將國民黨的

文藝政策正式納編於國家行政體系之中，形成了黨政軍三聯合的
集團文化改造運動，將環繞著『戰鬥文藝』的各個主題推向高
峰。」⑳〈當前文藝政策〉對台灣文藝的基本目標、創作路線、
文藝機構、文藝經費、文藝人才以及文藝工作等項，都做了具體
而詳切的規定。它的基本精神是強調「配合中華文化復興運動，
積極推進三民主義新文藝建設」，「促進文藝與武藝合一，軍中
與社會一家」，「強化文化的敵情觀念，堅持文藝的反共立場」
等。與此同時，面對新的現實變化，在對於創作路線的規定方
面，它也適時地強調了「文藝創作應以服務人生為主旨」的口
號，不得不承認文學具有更廣泛的價值。其實，喊出「進步的人
文主義」口號也好，拆下「戰鬥」的旗幟，逐一換成「文藝復
興」、「發揚傳統」的標語也罷，這種策略轉換與口號改變不過
是對於遭人厭棄的「戰鬥文藝」政策的一種調整，並不意味著國
民黨當局從根本上放棄了反共立場。

　　60年代，國民黨當局對於文藝政策的態度雖然更趨明朗化，
以官方意志壟斷意識形態的動作也有增無減，但這種對文藝發展
投入的主導並未收到預期的效果。儘管台灣軍界逐年召開「國軍
文藝大會」，不斷擴大「軍中文藝金像獎」的頒獎範圍，驅使
「槍部隊」兼營「筆部隊」的使命和任務；但我們更多看到的
是，只見官方的忙碌和鼓噪，卻無「國軍新文藝運動」的創作高
潮。讀者的普遍厭棄和作家的日益冷落，使得 50 年代「戰鬥文
藝」的氾濫之勢早已成為明日黃花。蔣介石晚年雖然仍舊關注文
藝，並親自領導傳統文化復興與「戰鬥文藝」的綱領規劃，畢竟
力不從心，黨政軍文藝運動的核心已經轉移到蔣經國系統。蔣氏
父子雖然一脈相承地反共，但比起蔣介石的「反攻復國」，蔣經

---

⑳　　鄭明娳：〈當代台灣文藝政策的發展、影響與檢討〉，載《當代
　　　台灣政治文學論》，時報文化出版公司 1994 年 7 月版，第 34 頁。

國更注重經濟建設和「革新保台」。更何況，這個時代從精神生活到經濟形勢都有了較大的發展，「反攻大陸」政治神話的一再破滅，導致民眾對國民黨當局「反共復國」國策的現實質疑。加之自由主義思潮特別是西方現代主義思潮的湧進，沖蝕了官方政策文學的基礎。在這種背景下，「戰鬥文藝」所依賴的政治基礎發生了動搖。更重要的是「戰鬥文藝」諸多非文學的創作弊端，不僅遭到了社會讀者的普遍唾棄，也使它自身陷入了萬劫不復的境地。因此，儘管國民黨當局不斷發起「戰鬥文藝」運動，制定出官方宰制的文藝政策，可是，無可奈何花落去，它終於沒能改變「戰鬥文藝」急劇衰落的命運。

## 第三節　「戰鬥文藝」運動的實施途徑與其相應的策略

　　基於扶植「反共抗俄」筆部隊，將武藝與文藝相結合的文藝戰略，「戰鬥文藝」運動迅速確定了具體的實施途徑。它主要依賴於當時的三種政策，並以強力的覆蓋面，關涉文藝陣地、作家隊伍、社團組織、創作獎懲、文藝培訓等諸多層面，遍及文學、語言、美術、音樂、戲劇等多種領域，充分體現著官方意志對文壇的全方位宰制。其表現如下：

　　第一，實施官方獎勵與「培訓」，大力扶植「戰鬥文藝」。

　　獎金制度下的創作興盛，是「戰鬥文藝」運動中的突出現象。國民黨當局在鼓動文人創作反共文學作品方面，往往不惜工本，大肆推動。早在 1950 年 3 月，蔣介石即指示張道藩創辦的「中國文藝獎金會」，成為國民黨當局來台後第一個以官方命令設立的關涉文藝的組織。由張道藩任主任委員的「文獎會」內，從國民黨「中宣部長」張其昀，到台灣「教育部長」陳雪屏，再

到立法委員陳紀瀅，可謂高官雲集，直接為當局負責。為反共政治開道，是「文獎會」成立的宗旨與原則，諸如「獎助富有時代性的文藝創作，以激勵民心士氣，發揮反共抗俄的精神力量」[31]。在「徵求文藝創作辦法」的擬定上，該會同樣採用了政治化的衡量標准：「本會徵求之各類文藝創作，以能應用多方面技巧發揚國家民族意識及蓄有反共抗俄之意義者為原則。」[32]具體到徵文的內容，則主要限制於兩個方面：一是所謂反共志士同共產黨作鬥爭的經過；二是表現國民黨的軍中生活，主題指向皆為「反攻復國」。在「文獎會」上述原則的鼓動、懲惠和誘惑下，「戰鬥文藝」從一開始就埋下了它強化政治色彩，陷入模式創作的內在危機。

金錢扶植，利誘文壇，是「文獎會」的具體操作方式。「文獎會」每年由官方提供 60 萬新台幣經費，通過高額獎金和稿酬，鼓勵作家走上御用寫作的道路。當時從事散文創作兼營評論的司徒衛，曾經這樣描述當時情景：

　　在自由中國文藝運動的開展中，獎金制度曾經是主要的鼓勵與支助文藝創作的一種力量。在反共文藝運動發端時期，它自有功績在。數以千計的文藝作家曾獲得獎金或稿費的鼓勵，作品得到刊載與出版的機會。……自由中國長篇小說的興盛，是獎金制度影響下的一個顯明的例子[33]。

---

[31]　趙友培：《文壇先進張道藩》，重光文藝出版社 1975 年版，第 193 頁。

[32]　《中華文藝獎金委員會：徵求文藝創作辦法》，《文藝創作》，1951 年第 1 期。

　　「文獎會」先是公開徵求「反共抗俄」歌曲，繼而擴大為徵求、獎勵包括詩歌、曲譜、小說、戲劇、電影、宣傳畫、文藝理論、鼓詞小調等 11 項文藝創作。以 1955 年為例，台灣民眾平均收入為台幣 3296 元，而「文獎會到四十五年（按，即 1956）停辦，短篇、中篇、長篇小說第一獎的獎金，四十五年度是 3000元、8000 元、12000 元。」㉞以當時的物質環境而言，這是相當可觀的獎勵了。在「文獎會」存在的 7 年中，共辦過 17 次評獎，7 年中有 3000 多人投稿，作品近萬件，獲獎作家有 120 人，從優得稿酬的作家在 1000 人以上。倣倣此辦法，後來還設置了「國防部總政治部」的「軍中文藝獎」、「教育部」的「學術文藝獎」、「反共救國團」的「青年文藝獎」、國民黨中央黨部的「中山學術文化獎」等，從物質上給反共文藝打氣。在國民黨當局的反共宣傳和高額獎金誘惑下，一時間「戰鬥文藝」作家高密度生長，「反共八股」氾濫成災。

　　「文獎會」的高額獎金和物質鼓勵，雖然使許多人通過「戰鬥文學」寫作榜上有名，但其作品卻以趨時和速朽的命運，成為文壇上的過眼煙雲。1950 年「文獎會」首度公佈的「五四」獎金得主名單，獎勵的是如下類型的作品：

　　（一）歌詞：第一獎趙友培《反共進行曲》；第二獎章甘霖《反共抗俄歌》；第三獎孫陵《保衛我台灣》。

　　（二）得稿費酬金者：紀弦《怒吼吧台灣》；樂牧《懷大陸》；張清征《自由生存》；毛燮文《我不再流浪》；杜

㉝　司徒衛：《泛論自由中國的小說》，《書評續集》，幼獅書店1960 年 6 月版，第 56 頁。

㉞　見張素貞：《五十年代小說管窺》，《文訊》第 9 期，1984 年 3月。

敬倫《反共抗俄歌》；郭庭鈺《為了自由》；劉厚純《婦女反共歌》；吳波《一仗打得好》；張奮岳《保衛海南》；方聲《保衛大中華》；胡爾剛《江河忘》；林洪《反攻大陸回故鄉》；何逸夫《革命青年》；萬銓《打回大陸去》；小亞《反共進行曲》；宋龍江《反極權反獨裁》㉟。

另有獲獎曲譜 15 項，皆為清一色的「反共進行曲」。上述作品所提供的正是 50 年代「戰鬥文藝」運動的一個側影。

第二，通過官辦「民間」文藝團體，將作家納入「戰鬥文藝」運動的組織網絡之中。

1950 年 5 月 4 日，由張道藩、陳紀瀅、王平陵發起，「中國文藝協會」（簡稱「文協」）首先在台北成立。「文協」作為當時台灣規模最大的文藝組織，它大量網羅大陸來台的右翼作家，各報副刊、雜誌的編輯和作者，以及藝術界、影劇界的名人，「會員人數，也從第一年的 150 餘人，到第二年的 415 人，再到第三年的 747 人。而截至民國四十三年四月二十日，則為 1000 人。其成長的迅速，正像該會自己所說：「自由中國的文藝工作者，十九均已參加本（文協）會」。㊱「文協」設立了「小說創作」、「詩歌創作」、「散文創作」、「話劇」、「文藝論評」、「文藝教育」、「民俗文藝」等八個研究委員會，主導文藝創作的各個領域，全面配合「戰鬥文藝」運動。名義上，「文協」是民間社團，而本質上，它所充當的是執行官方文藝政策的

---

㉟　見《光復後台灣地區文壇大事紀要》（增訂本），文訊雜誌社編輯，1995 年 6 月版，第 36 頁。

㊱　中國文藝協會第四屆理事會編印：《耕耘四年》，中國文藝協會1954 年 5 月 4 日發行，第 3 頁。

御用機構。正如台灣學者鄭明娳所批評的那樣：「文藝協會形同不具備法定地位的官方組織，完全籠罩在政治的氣氛下，繼續暴露御用性格，乃至將文藝視為對中國大陸進行心理喊話的工具，和文藝本身品質的發展逐漸脫節。」㊲

「文協」的宗旨，與「文獎會」相差無幾，且更為強調作家的時代使命，凸顯被政治目標扭曲的文藝面貌：

> 本會以團結全國文藝界人士，研究文藝理論，從事文藝創作，展開文藝運動，發展文藝事業，實踐三民主義文化建設，完成反共抗俄復國建國任務，促進世界和平為宗旨㊳。

「文協」要求會員做「反共復國」的文藝戰士，並公佈了〈中國文藝協會動員公約〉。文曰：

> 我們願意貢獻一切力量，爭取反共抗俄戰爭的勝利，並為厲行國家總動員法令，各自努力本位工作，經鄭重議定下列公約，保證切實履行，如有違反，願服從眾議，接受嚴厲的批評和制裁，決無異言。
> 一、恪遵政府法令，推動文化動員。
> 二、發揚民族精神，致力救國文藝。
> 三、團結文藝力量，堅持反共鬥爭。
> 四、厲行新速實簡，轉移社會風氣。
> 五、嚴肅寫作態度，堅定革命立場。

---

㊲　鄭明娳：〈當代台灣文藝政策的發展、影響與檢討〉，載《當代台灣政治文學論》，時報文化出版公司 1994 年 7 月版，第 29 頁。
㊳　《文協十年》，中國文藝協會編印，1960 年 5 月 4 日，第 201 頁。

六、鞏固文藝陣營，注意保密防諜。

七、加強研究工作，互相砥礪學習。

八、集會嚴守時間，力求生活節約㊴

　　事實上，50 年代的「戰鬥文藝」運動，正如陳紀瀅所言，是以「文獎會」和「文協」兩大團體為中樞，在統一領導、嚴密配合之下而順利進行的。前者以獎金為實質鼓勵，後者則動員作家㊵。「文協」特別注重作家的訓練和培植，積極倡導或協助各類文藝函授學校、研習班及文藝運動的推廣，不斷擴充反共「戰鬥文藝」的影響。在「文協」的帶動下，1951 年以後，諸多掛名「中國」的文學、音樂、電影、詩歌、舞蹈等官資、官護、官立的文藝團體紛紛出現，形成反共「戰鬥文藝」創作的大本營。從青年到婦女，從文藝界到社會各界，這些官辦的「民間」文藝社團，千方百計地擴充反共文藝人口。「中國青年寫作協會」（簡稱「作協」）1953 年成立之際，僅 256 人，經五年努力，會員已達 3000 多人，筆友會也高達萬餘人㊶。「作協」作為救國團「力求兼具軍營化、學校化、工廠化」㊷的目標下執行文藝政策的單位，再輔以《幼獅文藝》為發言中心，因此在文壇上極具特權。它曾大力開辦「戰鬥文藝營」、「復興文藝營」，並由《中央日報》提供版面進行專題報導，藉以吸引廣大青年參加「戰鬥文

---

㊴　轉引自鄭明娳：〈當代台灣文藝政策的發展、影響和檢討〉，載《當代台灣政治文學論》，時報文化出版公司 1994 年 7 月版，第 28-29 頁。

㊵　陳紀瀅：〈十年文藝工作透視〉，《中央日報》1960 年 5 月 4 日。

㊶　劉心皇編纂：《當代新文學大系・史料與索引》，天視出版公司 1981 年 8 月版，第 53-58 頁。

㊷　〈自由青年的呼聲，呼籲成立青年反共救國團〉，《中央日報社論》2 版，1952 年 9 月 11 日。

藝」的受訓活動。

不僅如此，這些官辦「民間」文藝團體的問世，往往採用宣言的方式，對官方進行效忠、守分的宣示。「民間」社團與統治當局之間的微妙關係，從中可窺見一斑。

1953 年 8 月，在「中國青年反共救國團」的支持下，包遵勉、劉心皇、馮放民等創立「中國青年寫作協會」，並且宣言：

> 我們不僅以團結國內的文藝工作者為滿足，我們還希望並要求海外的華僑青年文藝工作者，和我們站在一起，同心同德，為反共抗俄而寫作，為復興建國而磨礪。

1955 年 5 月成立的「台灣省婦女寫作協會」，也不甘落後地宣言一致的目標：

> 我們願望能拿起一支筆寫下自己的心聲、自由中國的復興、大陸鐵幕的黑暗。

以上公約或宣言充分暴露了 50 年代嚴峻肅殺的社會氛圍。作家團體採取向官方主動表態的模式彼此規約，當局將服膺「戰鬥文藝」運動的作家都納入官辦「民間」文藝團體，並對其中重要角色委以重任，讓他們擔任當時最有影響力的報紙副刊和文藝雜誌主編，幾乎佔領和壟斷了所有的文藝發表園地。50 年代任何一個作家，一旦被「中國文藝協會」等團體所摒棄，其結果無異於被放逐在台灣文壇之外。而事實的另一方面則是，作家與文藝創作一旦喪失了獨立品格和藝術良知，被強行納入文宣戰爭的一元化軌道，其御用性格和工具效用也就日益暴露出來。1954 年 7 月26 日，陳紀瀅剛剛提出「文化清潔運動」的口號，8 月 9 日，就有「中國文藝協會」等 155 個社團同時在各報發表「自由中國為

推行文化清潔運動屬行除三害宣言」。「民間」文藝團體對官方
文藝思潮的一味趨同和全力擁護，構成了那個時代文藝運動的顯
著特徵。

　　第三，創辦文藝刊物，建立「戰鬥文藝」的發表陣地。

　　當時捲入反共文藝思潮的文藝刊物主要有下列數種：

　　1.《文藝創作》：1951 年 5 月由「中華文藝獎金委員會」創
辦。葛賢寧主編，張道藩任社長。作為 50 年代倡導「戰鬥文藝」
的權威性雜誌，它主要刊登「文獎會」獲獎作品，為推動反共文
藝思潮發揮了主導作用。2.《半月文藝》：1950 年 3 月創刊。主
編兼社長為程敬扶。其辦刊宗旨為：「嚴正地批判赤色思潮，並
提出建立民族文學，以恢復民族自尊心，加強愛國意識。」3.
《火炬》半月刊：1950 年 12 月創刊，孫陵主編，是頗具「戰鬥
氣息」的一份刊物。4.《新文藝》：1951 年 3 月創刊，朱西寧主
編，是國民黨「總政治部」主辦的刊物。5.《文壇》月刊：1951
年 6 月創刊，穆中南任發行人兼主編，曾多次發起關於「戰鬥文
藝」的討論。6.《綠洲》半月刊：1952 年 7 月創刊，主編金文
璞。該刊旨趣在於闡揚反共政策，推行「戰鬥文藝」。7.《中國
文藝》：1952 年 12 月創刊，王平陵主編。8.《晨光》：1953 年
3 月創刊，吳愷玄主編。其宗旨是為「提高人群驚覺和文藝素養，
更要堅定軍民反共抗俄的信心。」9.《文藝月報》：1954 年 1 月
創刊，主編虞君質。曾以「戰鬥文藝專號」，配合反共文藝運
動。10.《軍中文藝》：1954 年 1 月創刊，由「國防部總政治部」
創辦，是發展「軍中文藝」的獨立據點。11.《幼獅文藝》：1954
年 3 月創刊，由「中國青年反共救國團」和「中國青年作家協會」
主辦，馮放民等人為主編。

　　除了文藝雜誌以外，報紙副刊亦始終成為「戰鬥文藝」運動
推波助瀾的主力軍。50 年代最有影響力的副刊，計有下列數家：

　　《中央日報》副刊，先後由耿修業（茹茵）、孫陵主編；

《新生報》副刊，先後由馮放民（鳳兮）、姚朋（彭歌）主編；
《民族報》副刊，由孫陵主編；《公論報》副刊，由王聿均主
編；《新生報》南版副刊，先後由歐陽醇、尹雪曼主編。

上述文藝發表園地，有著那個年代的時政帶給文藝領域的突
出特點。首先，50 年代文藝陣地的創辦人，或為國民黨的高官要
人，或為反共傾向鮮明的文藝人士，這種特殊的政治身份，使他
們皆致力於「戰鬥文藝」運動的推廣。正如當年過來人士的自
白：

> 這些文藝雜誌與報紙副刊的主辦人或主編人，無論他
> 們是否中國國民黨黨員，在民國四十五年及其以前，都具
> 有積極的反共態度與反共意識；因此，無形中，也就助長
> 了當時的文藝創作⑬。

其次，國民黨當局常常以巨額經費資助文藝報刊，充當「戰
鬥文藝」運動的後盾。文藝報刊在尋求官方支持的同時，也不可
避免地程度不同地淪為政策文學的工具。再則，眾多直接或間接
地為「戰鬥文藝」服務的報刊陣地，對當時的文藝發表渠道形成
了壟斷與操縱的局面。以「軍中文藝」的推廣為例，「反共文
藝」佔領《新生報》副刊後，立即增闢「文藝」週刊和「戰士戰
士」。為了「接受現役戰士的投稿，小說、散文、新詩分別聘請
了幾十位作家，為投稿的戰士改稿。……後來有不少成名的軍中
作家和詩人，就是從『戰士戰士』這塊靶場開始掄槍射擊而成為
百步穿楊的高手。」⑭與此前後，《中央日報》、《中華日
報》、《暢流》、《寶島文藝》、《自由談》、《自由中國》也

---

⑬　尹雪曼：〈論中國國民黨的文藝運動〉，載《中國新文學史論》，
　　中華復興運動推行委員會 1983 年 9 月版，第 237 頁。

紛紛辟出版面，以特設管道鼓勵「軍中文藝」的創作。在軍隊系統，以《軍中文藝》為核心，很快有「軍中電台」、「空軍電台」設立，並創建27個通訊社。接著，《青年戰士報》、《戰友週報》、《國魂》半月刊、《一週大事分析表》、《政工通訊》、《軍中傳授》等期刊相繼問世；僅1951年4月統計，每月印行即達17多萬份⑮。也就是說，50年代文藝陣地的互為網絡，彼此影響，使他們往往以統一的步伐最大限度地控制了文壇走向，掌握著作品發表的生殺大權，這就為「戰鬥文藝」運動的氾濫起到了推波助瀾的作用。

## 第四節　在反現實主義逆流中引導文學走向新八股

　　從構成「戰鬥文藝」政策的理論基礎來看，其核心內容是「三民主義的文藝觀」。無論是國民黨政界要員對它的精神鼓吹，還是反共文人的「理論」闡揚；不管是50年代以「戰鬥文藝」作為先導，還是60年代以「中華文藝復興運動」進行修補，都始終沒有脫離這個理論核心。

　　就「三民主義文藝」理論的闡揚過程而言，早在1953年，蔣介石就發表了《民生主義育樂兩篇補述》，來作為國民黨當局的文化施政綱領。蔣介石把自己打扮成三民主義的繼承者、維護者加上增修者等多種角色，借文化施政、文藝管理的渠道控制人心，濡染精神，以完成其「反共復國」的政治理想。一方面，他

---

⑭　鳳　兮：〈戰鬥過來的日子〉，《文訊》第9期，1984年3月，第143頁。

⑮　見《台灣全記錄》，錦繡出版社有限公司1981年5月版。

將當代的文藝政策與中國的傳統文化聯繫起來，「藉以強化他本身背負道統的形象」⑯；另一方面，則在省思導致國民黨敗退台灣的「文藝癥結」：「共匪乘了這一空隙，對文藝運動下了很大的功夫，把階級的鬥爭的思想和感情，借文學、戲劇，灌輸到國民的心裡，於是一般國民不是受黃色的害，便是中赤色的毒。」⑰由此，蔣介石明確了以文藝作為武器，扭轉五四以來的左翼文藝潮流、將文藝與武藝結合起來，建立官方文化霸權的文藝方向。

完整地體現了「三民主義文藝觀」，並成為「國民黨文藝」政策的始作俑者，是張道藩。張道藩（1896-1968），貴州盤縣人。1919年赴歐，在巴黎最高美術學院學習。1926年回國後，在國民黨政界擔任要職，1942年任國民黨中央宣傳部長。1949年來台，曾任「中國廣播公司」董事長，主持「中國文藝獎金會」和「中國文藝協會」多年，1952年出任「立法院」院長。作為政界與文壇的兩棲官員，作為國民黨去台前後文藝政策的制定者和接續者，張道藩不僅在「五六十年代台灣文壇一度擁有強固的實力，也顯然影響了蔣中正總統父子的文藝政策」⑱。

早在1942年7月，為了對抗毛澤東〈在延安文藝座談會上的講話〉精神，張道藩就以當時領導國民黨「中央文化運動委員會」的身份，在《文化先鋒》月刊的創刊號上，發表了〈我們所需要的文藝政策〉一文，向右翼文人提出「三民主義文藝觀」。

---

⑯　鄭明娳：〈當代台灣文藝政策的發展、影響和檢討〉，載《當代台灣政治文學論》，時報文化出版公司1994年7月版，第28頁。

⑰　蔣介石：《民生主義育樂兩篇補述》，轉引自《當代台灣政治文學論》。第26頁。

⑱　鄭明娳：〈當代台灣文藝政策的發展、影響與檢討〉，載《當代台灣政治文學論》，時報文化出版公司1994年7月版，第14頁。

這是國民黨高級黨工第一篇關於「三民主義文藝政策」的全盤論述，它成為 1949 年以後台灣文藝政策的濫觴。

國民黨政府遷台之後，張道藩繼承國民黨文藝政策，以「三民主義寫實主義」規定文壇：不能光描寫大陸的所謂「黑暗」，還要寫出所謂「大陸的重光」，以激勵人民和中共進行所謂「鬥爭」。到後來，乾脆以〈論文藝作戰與反攻〉這樣的「戰鬥」姿態，公開鼓吹「三民主義文藝觀」的真面目：

> 以反共抗俄為內容的作品，即是三民主義的文藝作品。不僅可以消除赤色共產主義的毒素，而且導引國民實踐三民主義的革命理想。文藝的反共抗俄，是反侵略的，從而發揚我們的民族主義的精神；文藝的反共抗俄，是反集權的，從而發揚我們民權主義的真諦；文藝的反共抗俄，是反鬥爭、反清算、反屠殺的，從而發揚民生主義的精義⑭。

以「三民主義」獨有的「道」，來言文藝所載之「道」；以「三民主義」的「愛」，來消滅所謂共產主義的「恨」，即是張道藩根據「三民主義文藝觀」倡導 50 年代「戰鬥文藝」運動的宣言。在此前後，無論是王集叢的《三民主義文學論》⑤、《戰鬥文藝論》⑤、《三民主義與文藝》⑤還是葛賢寧的《論戰鬥文學》⑤；或是《台灣新生報》、《民族副刊》、《文藝創作》、

---

⑭　張道藩：《論當前文藝創作的三個問題》，《聯合報》副刊 1952 年 5 月 4 日。

⑤　帕米爾書店 1952 年再版。

⑤　文壇社 1955 年 10 月版。

⑤　商務印刷館 1971 年 3 月版。

《文壇》、《軍中文藝》等報刊開設的一系列「戰鬥文藝」筆談，都不過是圍繞「三民主義文藝觀」，對國民黨文藝政策進行的種種鼓吹。其目的不外是打著三民主義的旗號，走著「戰鬥文藝」的路線，把台灣的文藝運動納入「反共抗俄」的道路。

在「戰鬥文藝」運動中湧現出來的文學作品，代表了國民黨文藝政策和「三民主義文藝觀」的具體實踐。作為一種反現實主義的逆流，它無可避免地陷入了「反共八股」的創作泥沼。

據葛賢寧估計：

> 40年自由中國的小說創作，從各種文藝刊物到各大小報紙的副刊，每天平均有兩萬字左右呈現到廣大讀者的面前，全年該有700萬字的份量(54)。

至1956年「戰鬥文藝」氾濫之際，徵集到的作品就達萬件。如此龐大的創作數量，是由配合官方文藝政策的「筆部隊」來提供的。充當「戰鬥文藝」筆部隊的，主要由政界作家和軍中作家兩部分人，且幾乎是清一色的大陸來台人員。就政界作家而言，早期成員不僅包括那些被官方委以重任、手握副刊的主編，還有諸多出身情治系統的國民黨人士加盟。陳紀瀅、王藍、王平陵、於還素、劉心皇、葛賢寧、孫陵這類作家，當年多在國民黨的黨、政、群等機關服務，同時又從事舞文弄墨活動；其文學創作，則直接服務於仕途政治。從創作心態上看，或由於反共抗俄的政治傾向與流落孤島、短期居留的統治者心態，或因為抒發敗退台灣、故土難回的苦悶與羞辱情緒，或出於響應官方「戰鬥文

---

(53) 中華文化復興委員會1955年版。

(54) 葛賢寧：〈一年來自由中國的小說〉，《文藝創作》第9期，1952年1月。

藝」號召，也不排除某些人為高額獎金所利誘。所以，政界作家多以峻急之情投入「反共文藝」創作，不斷虛構出「反攻大陸回家鄉」的政治神話，藉以慰人與自慰。另一方面，有著情治系統背景的政界作家，來台後同樣面對著文化傳統中斷的尷尬局面。他們既排斥了 30 年代揭示社會黑暗的文學，又摒棄了五四文學革命以來的科學和民主精神。這種排斥異見的做法，又特別強化了文藝界的「戰鬥」心態，使得政界作家創作的反共色彩更為強烈。

　　以軍中作家來論，是指那些敗退台灣任職於國民黨軍隊，又從事文學創作活動的人。「軍中文藝」的推進和軍中作家的培養，是「戰鬥文藝」運動的重要組成部分，它體現了官方的槍桿與筆桿相結合、創立能文能武筆部隊的假設理想。較之「戰鬥文藝」風潮，「軍中文藝」運動貫穿時間更長。從 50 年代的「軍中文藝」路線，到 60 年代的「國軍新文藝運動」；從 1954 年設立的、計有數千人次獲獎的「軍中文藝獎金」，到 1965 年之後按年度頒發的「軍中文藝金像獎」，軍中作家不僅數量多，影響大，文學活動期也長。人稱「軍中三劍客」的司馬中原、朱西寧、段彩華，還有高陽、尼洛、張放、田原、楊念慈、魏子雲、吳東權、舒暢、姜穆、呼嘯、鄧文來、邵僩等人，皆為當時活躍於軍旅的作家。由於軍中作家多出生於 30 年代，跟隨國民黨來台灣時許多人還是十六七歲的「少年兵」，相比較而言，他們的反共情緒不如政界作家那麼激烈、偏執和持久。隨著時代的進步和自身的變化，他們其中的一些人不斷檢討了自己的政治立場。又因為軍中文藝作家雖然受到「戰鬥文藝」口號的制約和影響，寫了一些個人的戰爭經歷和與「共軍」作戰的故事，但以他們對大陸的童年經驗和鄉土記憶，還是使筆下的「回憶文學」具有了並非單一的層面。他們的創作高峰往往出現在六七十年代，一些膾炙人口的代表作，如朱西寧的《狼》、《破曉時分》；司馬中原的

《鄉野傳奇》與《紅絲鳳》；段彩華的《花彫宴》以及高陽的歷史小說，早已不能以反共「戰鬥文藝」一言蔽之了。

　　具體到創作實踐，充當「戰鬥文藝」運動急先鋒的「戰鬥詩歌」，首先走在 50 年代前列。《常住峰的青春》、《哀中國》、《不凋謝的老兵》、《祖國在呼喚》、《同仇集》、《壯志凌雲集》、《在飛揚的時代》、《帶怒的歌》、《號角》之類的趨時之作，都表現出濃烈的反共情緒。構成「戰鬥詩歌」基本風貌的不是空洞無物的「標語詩」，就是違背歷史真實的「醜化詩」，政治層面的宣傳與攻擊成了主要內容。

　　電影和戲劇以其強烈的宣教意義和廣泛的社會效應，在「戰鬥文藝」運動中不甘落後。《噩夢初醒》、《春滿人間》、《奔》、《罌粟花》、《歧路》、《夜盡天明》、《碧海同舟》等影片，或以所謂「暴露中共暴行陰謀為主」，或以間諜鬥智加上談情說愛為模式，或以掩蓋台灣社會陰暗面，讚頌國民黨當局的獨裁統治為傾向，走的皆是「戰鬥文藝」的路線。劇作方面，《海嘯》、《樊籠》、《大別山下》、《大巴山之戀》、《人獸之間》、《憤怒的火焰》、《春歸何處》、《亂離世家》、《魔劫》等作品，無論題材或功能俱是反共抗俄，戡亂戰鬥。

　　小說創作作為「戰鬥文藝」運動的重鎮，作品數量極為龐大，且多為文人式寫作。在那種高喊「反共」、直奔主題的小説之外，有一類創作更應該引起人們的警惕。它們往往將國民黨時代的「反共」意識與小兒女的感情糾葛相交織，把孤懸海外懷舊戀鄉的漂泊經驗與「反攻大陸」的復仇情緒結合起來，加之輔以某種「藝術性」的傳達，這類作品更具有煽動力和欺騙性。比較典型的作品有：《荻村傳》、《赤地》、《華夏八年》、《旋風》、《重陽》、《藍與黑》、《長夜》、《漣漪表妹》、《馬蘭自傳》、《如夢令》、《紅河三部曲》、《荒原》、《狼煙》等等。這些作品多描寫所謂國民黨的「反共志士」，在大陸「淪

陷」前後，如何與共產黨進行鬥爭的故事，以及大陸「淪陷」後
人民的「悲劇」性遭遇。無論其藝術表達有著怎樣的迂迴曲折，
「反共復國」的主題始終不渝，鮮明如初。

　　上述體裁門類的作品，儘管發表數量與持續時段互有差異，
作者的創作動機也不盡相同，但因為它們都孕育於「戰鬥文藝」
運動之中，在創作特點上又有著某種同構性。

　　其一，以歪曲現實生活，顛倒歷史是非的虛妄性，形成了反
現實主義的創作逆流。文學的生命在於真實，藝術的真諦在於社
會良知，全然背叛生活真實和藝術真實的創作，只能導致文學藝
術的大踏步倒退。「戰鬥文藝」創作要幫助國民黨當局遮蓋失去
大陸的恥辱，掩飾失敗的歷史真相，轉移民眾的注意視線，擺脫
當時的危困境遇，就需要通過污蔑、歪曲、攻擊共產黨和大陸人
民的手段，虛構一個「反共復國」的政治神話。姜貴的反共小
說，「旨在探究共黨何以會在中國舉起」[55]，但他對歷史、時
代、生活所作的解釋卻是出於政治立場的全面歪曲。《旋風》以
20 至 40 年代山東諸城附近的方鎮為背景，通過當地望族方家的
興衰變化和命運遭遇，來詆毀共產黨革命鬥爭的歷史。以所謂殺
人放火、共產共妻、陰險貪婪、勾結日軍、殘害百姓的種種人間
罪惡，來杜撰和詛咒共產黨人的革命史；以方祥千叔侄從舊家族
的背叛到對共產黨的背叛，來揭示姜貴所認定的「共產主義的虛
妄性」和共產黨的「旋風效應」，這便是他的創作初衷和探究結
果。在陳紀瀅的長篇小說《荻村傳》中，與一個具有阿Q式性格
的農民傻常順兒從生到死的命運遭遇相對應的，是荻村由繁榮到
衰落的歷史變遷。傻常順兒能夠渾渾噩噩地混跡於不同時代，卻
不料被葬身於所謂共產黨的愚弄和虐殺之中；荻村平靜如水地度
過了許多年代，卻不料在所謂共產黨的革命中「天翻地覆」，

---

[55]　姜　貴：〈旋風·自序〉，《旋風》，明華書局 1959 年 6 月版。

「白天，荻村是獸世界，晚上，荻村是鬼天下。」需要指出的
是，儘管作者聲稱他是受到魯迅先生〈阿 Q 正傳〉的影響而塑造
了傻常順兒的形象，但因為《荻村傳》是從根本上逆歷史潮流而
動，這種全無魯迅德才的拙劣「仿製品」，並不能掩飾其違背歷
史真實、圖解反共政治的致命硬傷。這種顛倒黑白的手段，與其
他「反共文藝」作品並無二致。

其二，以嚴重的模式化和公式化創作，形成了千篇一律的
「反共八股」。這個時期出現的「戰鬥文藝」作品，其鮮明的政
治色彩和御用性格，使它無法逃脫自覺或不自覺充當「工具」的
命運。因而，在文學主題上，它們有著共同的規定性：「反共抗
俄」、「光復大陸」。圍繞這個主題和題材的選擇，它們更多地
局限於「戰鬥」的範圍。詩歌的取向都是「為勞苦的反共的三軍
戰士而歌，為勤勉的反共的全自由中國廣大群衆而歌，為國家的
種種災難和民族的衰弱與不幸而歌，更為大陸上淪為鐵幕的六億
同胞在死亡與奴役中的掙扎而歌」㊅。電影和戲劇的選材，也都
「局限於揭發中共的貧窮、屠殺、無人性，以及心向王師這些教
條」㊄。小說的描寫，「其內容不外兩種：一是寫我們的忠貞的
反共志士，在大陸淪陷前後，和共匪鬥爭的經過；一是寫軍中的
生活和戰爭的事實」㊈。在這種被反共意識濡染的創作領域中，
從作品的情節發展，到筆下的人物設計，都無可避免地落入了公
式化的窠臼，諸如 50 年代反共小說的固定模式：1.愛情加反共的

---

㊅　葛賢寧、上官予編著：「五十年來的中國詩歌」，中正書局 1965
　　年 3 月版，第 81 頁。

㊄　焦　桐：《台灣戰後初期的戲劇》，台原出版社 1990 年 6 月版，
　　第 65 頁。

㊈　見《飛揚的年代——五十年代文學座談會》，《聯合報》1980 年
　　5 月 5 日第 8 版。

故事,如,《藍與黑》;2.知識分子誤入歧途又噩夢覺醒的命
運,如《漣漪表妹》、《馬蘭自傳》;3.共、日、匪合夥「製
造」人間荒原的災難,如《荒原》;4.歷史悲劇的控訴與懷舊復
仇情緒的宣洩,如《旋風》;5.大陸的「淪陷」與人民的痛苦現
實,如《荻村傳》。以如此龐大的「戰鬥文藝」隊伍,卻在創作
著如此單調的模式化作品;更何況「作品本身只在字面上充滿
『戰鬥熱』,在實質上缺乏『文藝美』」⑤。這其中的一些作
家,雖然大陸時代就已開始文學生涯,並不乏藝術功力;創作
「戰鬥文藝」的時候,也不全然僅僅因為官方的號召,自己或許
還想與「反共八股」的合唱同中有異;但由於他們逆歷史潮流而
動的立場和情緒,最終導致了藝術創作的失真和個人才華的虛
擲。面對千篇一律的文學格局,基於對「戰鬥文藝」品質的維
護,連國民黨文藝政策的始作俑者張道藩也不無悲哀地承認:

　　　　一個不容否認的事實擺在我們面前:便是反共的文藝
　　作品一年比一年產生得多了,廣大讀者對反共文藝作品的
　　欣賞興趣卻一年一年減少了。不僅是少數專家學者認為這
　　些作品,是屬於「宣傳」一類的東西;便是廣大的讀者,
　　也把它們當做宣傳品看待。反共文藝的效用,在逐漸減削
　　⑥。

　　如此真實的「戰鬥文藝」運動總結,無疑是對官方文學思潮
最絕妙的嘲諷。隨著國民黨「反共復國」政治神話的破產,「戰

---

⑤　　王藍:〈歲首說真話〉,《聯合報》副刊,1958 年 1 月 5 日第 6
　　　版。
⑥　　張道藩:〈論當前自由中國文藝發展的方向〉,《文藝創作》第
　　　21 期,1953 年 1 月。

鬥文藝」運動也成為強弩之末，不可避免地陷入衰落的命運。

## 第五節　對反共「戰鬥文藝」思潮的種種的游離與反抗

在「戰鬥文藝」風行台灣的時代，雖然很多人對官方文學思潮趨之若鶩，但文壇也非鐵板一塊，仍舊存在著與官方的反共意識和文藝立場或游離或背叛的另外的文藝潮流。它們以非主流文藝形態的存在，處於夾縫生存和弱勢地位，得不到輿論的支持和重要文學園地的幫助，也沒有更多的群體聚合和藝術共鳴，而是通過分散的個體或小範圍的同仁為活動單位，進行著少數的、民間的然而又是執著的文學探進。這使得看似「戰鬥文藝」一統天下的五六十年代文壇，實際上暗潮湧動，新芽簇生。

這一非「戰鬥」化文學傾向的構成，是當時少數知識分子對國民黨主政時局的不滿和作家對「反共文藝」模式的厭棄所致。它包括了來自各種不同精神層面和藝術層面的文學力量，蘊含著日後從社會思潮到文學思潮的諸多變動基因，並以官方思潮／民間形態、主流文藝／邊緣存在、政策驅動/良知寫作等一系列對峙與背離，醞釀了另一種文學形態的悄然萌發。

首先，來自非主流文化形態的質疑和反抗，對官方的「戰鬥文藝」主潮形成不斷的衝擊力。

從 50 年代的「戰鬥文藝」運動，到 60 年代的「國軍新文藝運動」，來自政治力量的宰制，對於台灣的文學創作、大眾傳播、新聞媒介以及作家的傷害，絲毫沒有鬆動。1963 年 4 月，《聯合報》副刊因為刊登了署名「風遲」的白話小詩《故事》，竟被台灣當局以「影射總統愚昧無知」之嫌問罪。主編林海音被迫辭職，作者王鳳池繫獄三年。然而，即便是在如此被扭曲、被

宰割的文化地圖上，也並非沒有反對文藝工具論的作家或媒介。

其一，來自文壇、報界與社會讀者的民間批評，雖然呼聲微弱，但貫穿了整個 50 年代。葛賢寧 1955 年出版的《論戰鬥的文學》一書，曾對 50 年代初期的反官方文藝現象大加批判，從他所列舉的作為靶子的言論文章中，倒是給人們提供了反觀「戰鬥文藝」年代別樣訴求的借鑒。面對「戰鬥文藝」運動的氾濫，一些作家、讀者出於對和平生活的渴望，提出了「反戰」和「厭戰」為指向的文學觀：不管如何強辯，「戰鬥文學」的實質是「戰爭文學」，而「『戰爭文學』絕對不能提倡」⑥。基於對文學藝術的永恆追求，「有許多作家認為『戰鬥文學』僅是一時的應景之作，沒有藝術價值，那是政治上的工具和『奴婢』，那是粗淺的鄙俗的標語、口號與傳單一類；只有非戰鬥的文學，才有藝術價值，才有永久性可以流傳不朽的」。⑥。因為時局的壓力，也有作家避開了對「戰鬥文藝」運動的直接批評，而是婉轉地認為：「戰鬥文學固然可以提倡，非戰鬥的文學也不容偏廢。即是非戰鬥的文學應與戰鬥的文學並存共榮而不衝突。」⑥這至少代表了一種希望題材多樣化、而非「戰鬥文藝」一統天下的文學主張。在當時的社會背景下，這些程度不同的反支配論述往往為主流文化形態所不容，葛賢寧之類官方文藝政策的維護者對它們的批判，即是明證。

1954 年開展的「文化清潔運動」，在舖天蓋地、一呼百應的陣勢之下，仍舊有不同的聲音傳來。因為「除三害」的重心在於統一思想，剪除異端，因而這一運動「馬上引起很大的爭論。所

---

⑥　葛賢寧：《論戰鬥文學》，中華文化復興委員會 1955 年 7 月版，第 112-115 頁。

⑥⑥　葛賢寧：《論戰鬥文學》，中華文化復興委員會 1955 年 7 月版，第 112-115 頁。

謂爭論，是官方的報章雜誌與非官方的報章雜誌對這個問題的看
法竟不一致」。⑭民營報紙認為：「三害」的形成與台灣當局的
文化政策有密切關係，「反三害」亦暴露了文化與政治之間的若
干矛盾；而這個矛盾的存在又嚴重地打擊了自由文藝運動。出於
媒體對文化政策的特殊敏感和對新聞禁忌的切身體驗，民營報紙
普遍缺乏對「除三害」運動的熱情。民間輿論也認為，「反三害
運動應該是純粹的文化界的任務。由文化工作者、作家們自己去
檢討批評和改善」⑮，而不應該由官方使用強制性方法去解決。
事實上，官方報紙先是大吹大擂地鼓動「文化清潔運動」，壓制
不同聲音；繼而動用行政命令和「警察行動」，封殺報刊，限制
言論與出版自由。來自民間輿論的擔心，也不幸被事實所言中。

　　50 年代末，走向衰微的「戰鬥文藝」運動已是強弩之末，政
策文學的弊端也暴露無遺。連政界作家王藍都在 1958 年的〈歲首
說真話〉裡表示了對這種「只戰鬥」「不文藝」的創作的反感，
社會讀者的呼聲也更增加了批判的鋒芒。1959 年，署名李經的文
章就曾一針見血地指出：

　　　　政治干預文學可能摧殘文學，但無法提高作家的創造
　　力。一個文藝政策如果嘗試以政治的原則取代文學的原
　　則，其結果必然是可悲的⑯。

　　這些時論足以反映出，50 年代晚期國民黨文藝政策受到批判
的情形。

---

⑭⑮　李　文：《當代中國自由文藝》，香港，亞洲出版社 1955 年
　　　版。
⑯　李　經：〈文藝政策的兩重涵義〉，《自由中國》20 卷 10 期，
　　　1959 年 5 月 16 日。

　　其二，來自自由主義思想陣營的政治文化批評，以強烈的抗爭姿態挑戰了官方文化形態，也以雷震和「《自由中國》事件」的發生而被扼殺。《自由中國》雜誌是一個深受資產階級自由主義思想影響的政治性刊物，1949 年 11 月 20 日在台北成立。50 年代初，雜誌由雷震接替胡適擔任發行人；至 1960 年 9 月終刊，共出 290 期。雷震希望通過這份刊物「支持並督促國民黨政府走向進步，逐步改革，建立自由民主的社會」，並認為這種政治主張，「與現實權力不會有嚴重衝突」⑥。1949 至 1952 年的《自由中國》，因其廣泛的影響得到台灣當局資助，刊物對國民黨有配合也有批評。1953 全 1956 年，雜誌內容著重於內政改革，《自由中國》與統治權力的衝突更尖銳化了。1954 年，因為一篇針砭時弊的〈搶救教育危機〉，蔣介石親自下令開除雷震的國民黨黨籍。1955 年，國民黨發動「黨員自清運動」，《自由中國》批評「自清運動要不得！」1956 年，在為蔣介石 70 大壽刊出的「祝壽專號」，《自由中國》又批評了蔣介石的人格缺陷。1957-1960 年，《自由中國》從批判角度轉向反對行動，先是以「今日問題」為總題發表 15 篇社論，廣泛檢討台灣社會問題，首篇即提出「反攻無望論」；進而把矛頭指向國民黨「法統」，公開反對蔣介石連任總統；再後是積極籌建新黨，準備於 1960 年 9 月成立「中國民主黨」。同年 9 月 4 日，台灣警備司令部以「涉嫌叛亂」罪名，逮捕了雷震，叛處有期徒刑 10 年，造成震驚一時的「《自由中國》事件」。

　　《自由中國》10 年，不僅刊登了 300 篇左右的文學作品，隱隱呈現了 50 年代台灣的一個文化層次的風貌；更重要的，它影響了當時台灣的政治民主導向和自由主義文化思想。《自由中國》

⑥　　聶華苓：〈憶雷震〉，載《黑色，黑色，最美麗的顏色》，三聯書店香港分店、花城出版社聯合出版，1986 年 5 月版，第 22 頁。

刺痛官方統治的多半是社論、短評和讀者投書。社論代表著《自由中國》的意見，主要由雷震、殷海光等人撰稿；短評和讀者「投書」卻是老百姓的心聲，多由大陸來台的軍人和年輕人投稿。《自由中國》的激烈言論與曾作雜誌發行人的胡適有很大關係。政治上支持國民黨、意識形態方面卻和當局有所背離的胡適，他希望做國民黨的「諍友」，主張在台灣實行西方「自由民主」制度。1956 年 10 月，胡適在《自由中國》半月刊「祝壽專號」撰文，奉勸蔣介石學習古代聖賢，做一個「無智、無能、無為」的「三無元首」；1958 年 5 月，在「中國文藝協會」第八屆大會上發表演說的胡適，正式打出「人的文學」和「自由的文學」兩面大旗，批評國民黨當局的獨裁統治和政策文學。胡適談道，「我們希望兩個標準：第一個是人的文學……第二，我們希望要有自由的文學。文學這東西不能由政府來輔導，更不能由政府來指導。」⑱針對胡適的一系列觀點，台灣「國防部總政治部」以「極機密」的名義，發出〈向毒素思想總攻擊〉的特字 99號「特種指示」，把矛頭指向胡適。台灣當局本擬有計劃地批判胡適「人的文學」和「自由的文學」主張，但礙於胡適的聲望，又不宜公開否定；於是便打著「三民主義」的旗號，通過任卓宣的〈論人的文學和自由的文學〉、穆中南的〈關於文藝政策〉、張道藩的〈略述民生主義社會的文藝政策〉等文章，去修正和消除胡適觀點的影響，以便繼續利用胡適這塊「自由主義者」的招牌，來為其統治服務。由此可見胡適的文藝主張與國民黨政治的微妙關係。

其三，來自西方文藝思潮的沖蝕，不斷削弱著「戰鬥文藝」運動的根基。1954 年至 1956 年，「藍星詩社」、「創世紀詩

___

⑱　　胡　　適：〈中國文藝復興‧人的文學‧自由的文學〉，《文壇季刊》復刊 2 期，1958 年 6 月。

社」、「現代詩社」相繼成立，提示了與「戰鬥文學」全然不同
的西方現代主義詩歌路線。1956 年 9 月，由台灣大學外文系教授
夏濟安創辦的《文學雜誌》，在創刊號〈致讀者〉中表明：「我
們雖身處動亂時代，我們希望我們的文章並不『動亂』。我們所
倡導的是樸實、理智、冷靜的作風……我們認為：宣傳作品中固
然可能有好文章，文學可不盡是宣傳。文學有它千古不變的價
值。」⑥這種看法，明顯地針對了「戰鬥文藝」的「動亂」性格
而發，它反對文藝淪為宣傳品，主張說真話，體現出一種反支配
論述的勇氣。1957 年 11 月，《文星》月刊創刊，發行人葉明勳，
社長蕭孟能。李敖在《文星》上大量發表文章，一是要恢復胡適
的自由主義形象，以推動自由主義在中國的發展；二是反對台灣
當局的專制獨裁，要求民主；三是主張全盤西化，完全否定傳統
文化。李敖的鋒芒畢露引發了一場中西文化大戰，極為恐慌的國
民黨當局於 1965 年 12 月封閉了《文星》，之後，李敖也因涉嫌
「叛亂」罪被判刑 10 年。

　　再則，來自非「戰鬥文藝」的創作力量，在當時充滿「戰火
硝煙」的筆戰場之外，程度不同地開拓了新的藝術空間。

　　懷鄉文學幾乎與「戰鬥文藝」同時產生，而盛行於 50 年代後
期，60 年代的文壇也有創作的延續。「只不過，和『反共文學』
相比，以懷鄉為主的題材顯得不夠『積極』，在不重視文學性的
『戰鬥』時代只能成為支流」⑦。在兩岸隔絕又歸期無望的背景
下，大陸去台軍民普遍患了「懷鄉病」和「失根症」，懷鄉文學
即是這種心態的真實寫照。以追憶大陸、懷舊思鄉、寄寓鄉愁為
主的作品，被稱為懷鄉文學，它所凸顯的是一種鄉愁意識。儘管

---

⑥　夏濟安主編：《文學雜誌》創刊號，1956 年 9 月。

⑦　胡衍南：〈戰後台灣文學史上第一次橫的移植──新的文學史分
　　期法之實驗〉，《台灣文學觀察雜誌》第 6 期，1992 年 9 月。

在這一主題指向中，某些作品也潛藏著或深或淺的政治意蘊，但多數作家巧妙地避開對政治的直接發言，在人性和人情、故園與鄉土的情感層面深入開掘，於「戰鬥文學」原野的空白地帶左奔右突，蜿蜒曲行。懷鄉文學的創作者，以軍中作家和女作家的比例為多。在軍中作家那裡，當初隨國民黨當局來台的那批少年兵，「他們失去接受正規學院教育的機會，卻獲得以鄉愁為血液，以流亡為骨架，以憧憬為糧秣的生命。」⑦當狂熱的「戰鬥」情緒冷卻下來的時候，思鄉憶舊的情思也隨之湧起。出自於一種民間記憶和童年經驗，他們更多地以鄉間傳奇和鄉野趣聞，再現富有文化意味和民俗風味的民間生活。朱西寧、司馬中原、段彩華等軍中作家，多以小說的方式表現這種創作路線。而呼嘯的《故鄉別戀》、歸人的《懷念集》、梅遜的《北大荒》等散文集，以及余光中、鄭愁予、彭邦楨、覃子豪、羅門、高準等人的鄉愁詩，則見證了散文和詩歌在懷鄉情感上的深度。在女作家那裡，或以舊情往事的眷戀，抒寫漂泊人生的鄉愁，如張秀亞《三色菫》、琦君《煙愁》、謝冰瑩《故鄉》為代表的散文創作；或以故鄉人物的憶念，描摹悲歡離合的人情世態，如聶華苓《失去的金鈴子》、於梨華《夢迴青河》、林海音《城南舊事》、《婚姻的故事》所標識的女性書寫高度；或以家庭、愛情和婚姻故事的訴說，寄托著浪漫純情的理想，如孟瑤《心園》、郭良蕙《心鎖》、徐薏藍《綠園夢痕》、張漱菡《翠鳥熱夢》等作品，則提供了台灣純情小說的雛形。透過女性情態的「軟性訴求」，傳達一份真摯的人間關愛；避開「戰鬥文學」的政策驅動，保持一種自由馳騁的藝術追求，這是 50 年代女作家們心嚮往之的創作境界。

---

⑦　葉　珊：〈寫在「回顧」專號的前面〉，《現代文學》季刊第 46 期，1972 年 3 月。

　　鄉土文學執著而艱難的邊緣生存，在 50 年代的主流文壇之外，造就了一批台灣省籍作家。以鍾肇政、陳火泉、廖清秀、鍾理和、施翠峰、李榮春、文心為代表的作家群，於 1957 年 4 月至 1958 年 9 月，通過油印刊物的方式，創辦了 16 期《文友通訊》，成為台灣戰後第一代省籍作家的民間聚合。儘管他們比其他作家更突出地面臨著政治統治、語言障礙、生活窘迫三大問題，但他們創作伊始便自覺地遠離「戰鬥文學」，把傳遞日據時代台灣新文學運動的香火當做使命。因而，「他們創作的題材，仍然落實於自己的鄉土，與鄉土的歷史。作品的主題，大多表現台灣傳統農村社會的矛盾和對日本殖民統治的控訴和抗爭，具有鮮明的反帝、反封建色彩」⑫。僅以 50 年代的長篇創作為例，就有鍾理和《笠山農場》，廖清秀的《恩仇血淚記》，李榮春的《祖國與同胞》，文心的《泥路》，施翠峰的《愛恨交響曲》、《歸雁》，林鐘隆的《愛的畫像》、《暗夜》，鄭煥的《茅武督的故事》、《春滿八仙街》等作品。如此豐實的創作果實，又多半在作家貧困交加、失意潦倒的生活環境中耕耘和收穫，這不能不說是一群「文學殉道者」所創造的奇蹟。

　　綜觀五六十年代的文壇，儘管懷鄉文學處於支流地位，女性書寫呈現弱勢生存狀態，鄉土文學被放逐於文壇邊緣；但這些非主流形態的文學存在，與前述的反主流論述話語一道，為打破「戰鬥文藝」運動的一統天下，挑戰和質疑官方的文化霸權，呈現與復原那個時代完整的文學風貌，有著不可或缺的功績與意義。

---

⑫　劉登翰等主編：《台灣文學史》（下冊），海峽文藝出版社 1993 年 1 月版，第 40 頁。

# 第六章

# 現代主義文學思潮的興起與發展

1956年紀弦宣佈成立「現代派」，同一年，夏濟安創辦《文學雜誌》，這可以視為台灣現代主義開始的一年。進入60年代以後，現代主義成長、壯大，成為台灣文壇的主流。到了1972年，關傑明連續發表三篇文章批評現代詩，次年，唐文標為文響應，這是現代主義在台灣開始式微的表徵。本章將敘述現代主義在這一期間的發展狀況，說明其出現的政治、社會背景，並分析現代主義文學的利弊得失。

## 第一節 全盤西化的社會潮流和現代主義文藝思潮

一

1949 年，中國歷史發生空前巨變。歷史的車輪由半封建半殖民地社會被巨大的革命風暴推動，以高速之勢向社會主義革命方向奔馳，而國民黨政權，則潰逃到台灣。在歷史的大輪轉中，250多萬人，自覺或不自覺、自動或被裹挾地離開故土到了台灣。這批人中有相當一部分是文人，其中比較有成就的詩人如：紀弦、覃子豪、鍾鼎文、李莎、鍾雷、羊令野等。也有創作起步不久，但已嶄露頭角的青年詩人，如：余光中、鄭愁予、洛夫、瘂弦、商禽等。紀弦、鍾鼎文、覃子豪、葛賢寧、李莎等詩人，到台灣立足未穩，便於 1950 年借台灣《自立晚報》版面，創辦了《新詩週刊》。之後紀弦又獨力創辦了《詩誌》，但只出版了一期便夭折。紀弦是 1933 年由施蟄存創刊的《現代》雜誌的重要詩人，又與戴望舒、徐遲在上海創辦過《新詩》月刊，是 30 年代大陸現代派的重要一員。紀弦到台灣後，一直想將大陸現代派的香火在台灣點燃。於是繼《詩誌》之後，他又聯合了一批詩人，於 1953 年2 月，在台北創辦了國民黨遷台後的第一個正式詩刊《現代詩》。

紀弦自這時便開始醞釀籌備一個詩社。1956 年 1 月 20 日「現代詩社」終於成立，加盟者 83 人，主要有紀弦、葉泥、鄭愁予、方思、林泠、林亨泰、蓉子、羅門、白萩、季紅等人。2 月 1 日，作為「現代詩社成立專號」的《現代詩》第 13 期出版，刊登了〈現代派公告〉第一號，並宣佈「六大信條」：

1. 我們是有所揚棄並發揚光大地包含了自波特萊爾以降一切新興詩派之精神與要素的現代派之一群。
2. 我們認為新詩乃橫的移植,而非縱的繼承。這是一個總的看法,一個基本的出發點,無論是理論的建立或創作的實踐。
3. 詩的新大陸之探險,詩的處女地之開拓,詩的新內容之表現,新的形式之創造,新的工具之發現,新的手法之發明。
4. 知性之強調。
5. 追求詩的純粹性。
6. 愛國反共,追求自由與民主。

這六大信條中最引起爭論,最受到攻擊,最被人詬病的是第一條和第二條。第一條開宗明義,拜西方現代派的代表人物波特萊爾為老祖宗。不僅是「精神」,而且連「要素」都要拜人之賜。這乃是要徹裡徹外的西化。第二條「新詩乃橫的移植,而非縱的繼承」,而且是從「理論建立,到創作實踐」。這是徹頭徹尾的否定民族文化。因而紀弦聲嘶力竭地大喊要「領導新詩再革命」,要「實現新詩現代化」,就是要新詩全盤西化。紀弦這六大信條一發表,便立即把台灣詩壇引入了一個動盪不安、持續論爭的境況中。

首先挺身而出對紀弦六大信條發起攻擊的是與紀弦齊名的、並稱為台灣詩壇兩大領袖之一的「藍星詩社」社長覃子豪。覃子豪1912年出生,四川省廣漢縣人,曾就讀北平中法大學,留學日本,1947年到台灣,1951年與紀弦、鍾鼎文、李莎等借台灣《自立晚報》版面創辦《新詩週刊》,任主編。1954年3月與余光中、鍾鼎文、夏菁、鄧禹平等成立「藍星詩社」,並任社長。

在兩大詩社的論爭中,台灣現代詩運動蓬勃展開。在這種熱

鬧的氣氛中，台灣的軍中詩人也不甘寂寞，他們終於在台灣南部的軍港左營，舉起了旗幟。

「創世紀」最初是由駐紮在台灣南部左營的海軍軍人張默、洛夫、瘂弦等發起，於 1954 年 10 月 10 日，借辛亥革命 43 週年節日正式成立的，並同時出版詩刊《創世紀》的創刊號，上面登了題為《創世紀的路向》的發刊詞，標明三條主張：

1. 確立新詩的民族陣線，掀起新詩的時代思潮。
2. 建立鋼鐵般的詩陣營，切忌互相攻訐製造派系。
3. 提攜青年詩人，徹底肅清赤色黃色流毒。

無需諱言，代表著國民黨軍中詩人傾向的《創世紀》詩刊，從一開始就顯示了其較強的政治色彩。《創世紀》詩刊第四期編輯出版了所謂《戰鬥詩特輯》，《特輯》中發表了〈詩人的宣言。，宣稱《創世紀》是為響應台灣正在「積極推展的戰鬥文藝，本刊特於這期刊出戰鬥詩特輯」。宣言講：「詩的本質原就是戰鬥的，因為它與生俱來就具備了一種反黑暗，反殘暴，反醜惡，反虛偽的本能。凡是美的，人性的，自由的，都是戰鬥詩。」可能是由於該詩社發現了他們「戰鬥詩」的主張已不合當時的文藝氣氛，於是在第 6 期又花樣翻新，提出了：「新民族之詩型」。並且以社論的形式發表了〈建立新民族詩型的芻議〉。闡釋「新民族型詩」的含意為：其一，藝術的，非純理性之闡發，亦非純情緒的直陳，而是意象之表現；主張形象第一，意境至上。其二，中國風的，東方味的——運用中國文學之特異性，以表現東方民族生活之特有情趣。當時國民黨極力宣傳，共產黨破壞了「民族文化」。《創世紀》既提倡「戰鬥詩」，又宣揚民族精神，它的政治色彩明顯可見。

到了 1959 年 4 月，從第 11 期開始，《創世紀》詩人進行了

改革，把版面從 32 開改為 20 開。這時，他們的主張作了大幅度的改變，提出了「四性」說，即：世界性、超現實性，獨創性與純粹性。這「四性」中，關鍵是「世界性」，「世界性」的基本內涵是「西化」。「創世紀」由此走向了「西化」之途，最後變成了台灣新詩「西化」的大本營。創世紀的「轉向」，充分表明，台灣的新詩已基本上走上現代主義的道路。

## 二

　　現代主義詩歌和現代主義小説，是台灣現代派文學思潮的一條道路上的兩條軌道。現代詩興起於五〇年代中期，現代小説思潮如果從《文學雜誌》、《文星》雜誌倡導，及聶華苓等的創作算起，和現代派詩潮興起的時間相差無幾。但現代小説思潮，是自 1960 年前後，以白先勇為代表的「現代文學社」的出現，才形成氣候的。因而它興起的時間稍晚於現代詩。

　　台灣大學外文系教授夏濟安，因對「反共八股」文藝不滿，於 1956 年 9 月，聯合該系一批師生創辦了學院式文學刊物《文學雜誌》。在創刊號〈致讀者〉中寫道：「我們的希望是要繼承中國文學的偉大傳統，從而發揚光大之。我們雖然身處動亂年代，我們希望我們的文學並不動亂。我們不想逃避現實，我們的信念是：一個認真的作者，一定是反映他們時代，表達他們時代精神的人。我們所提倡的是樸實、理智、冷靜的作風。我們希望，因文學雜誌的創刊，更能鼓舞起海內外自由中國人寫讀的興趣。」該刊到 1960 年 8 月停刊。《文學雜誌》的作者中，有相當一部分是現代派作家，例如：聶華苓、於梨華、白先勇、陳若曦、歐陽子、王文興等。這個刊物，在「反共八股」文學氾濫之際，為台灣文壇打開了一扇呼吸新鮮空氣的窗戶，接通了台灣文壇和西方現代主義文學的關係；對當時的台灣文壇有較大的影響，為台灣

現代派的崛起進行了輿論準備，培養了人材，可看做是台灣現代主義文藝思潮到來的前奏。1959 年 7 月，夏濟安去了美國，該雜誌便進入了尾聲。

　　《文學雜誌》的一批學生作者，也是夏濟安的學生陳若曦、王愈靜等，於 50 年代末，在台灣大學外文系成立了一個交友性的組織「南北社」。一年後，該組織擴大改組，更名為「現代文學社」，推選白先勇為首任社長。參加者有：陳若曦、歐陽子、李歐梵、王文興、王愈靜等，後來加入者有戴天、席慕萱等。「現代文學社」成立不久，便於 1960 年 3 月創刊了《現代文學》雜誌，白先勇任主編。白先勇曾這樣描述《現代文學》雜誌的各路神仙：「歐陽子穩重細心，主持內政，總務出納，訂戶收發她掌管；陳若曦闖勁大，辦外交、拉稿，籠絡作家。王文興主意多，是『現文』編輯智囊團的首腦人物。封面由張先緒設計。我們又找到兩位高年級的同學加盟：葉維廉和劉紹銘。發刊詞由劉紹銘執筆，寫得倒也鏗鏘有聲。」①《現代文學》雜誌的發刊詞中寫道：「我們打算有系統地翻譯介紹西方近代藝術學派與潮流、批評和思想，並盡可能選擇其代表作品，我們如此做並不表示我們對外國藝術的偏愛，僅為依據『他山之石』之進步原則……」；「我們感於舊有的藝術形式和風格不足於表現我們作為現代人的藝術情感。所以，我們決定試驗，摸索和創造新的藝術形式和風格。我們可能失敗，但不要緊，因為繼我們而來的文藝工作者可能會因我們失敗的教訓而成功。胡適先生當初倡導白話文和新詩，可是我們無理由要求胡先生所寫的一定是最好的白話文和最好的新詩。胡先生在中國文化史上燦爛的一筆是他『先驅者』的歷史價值。同樣，我們希望我們的試驗和努力得到歷史的承認。我們尊重傳統，但我們不必模仿傳統或激烈地廢除傳統，不過為

---

　　①　白先勇：《驀然回首》，爾雅出版社 1978 年版，第 81-2 頁。

了需要，我們可以做一些『破壞的建設工作』。」從宣言可以看出，《現代文學》的同仁，以創建和實驗現代派文學為使命，他們以胡適倡導白話文和新詩自比，以開拓者自詡，以破壞者和建設者自任，要做一番在他們看來前人還未問津的偉大事業。「現代文學社」的成立和《現代文學》雜誌的創刊，成為台灣小説方面現代派崛起的重要標誌，成為台灣現代小説大繁榮的一個開端。

　　《現代文學》雜誌創刊後，開始有計劃地引進了西方現代主義的理論和作品。第一期是卡夫卡專號，第二期是托馬斯·曼專號，之後連續介紹了許多西方現代主義代表作家，如：喬伊斯、勞倫斯、吳爾芙、薩特、福克納、亨利。詹姆斯等。他們自己的作品，也在《現代文學》雜誌上大量問世。白先勇的小説，除少數外，基本上都是在《現代文學》上推出的。歐陽子主編的《現代文學小説選集》上、下冊，從一個方面展示了《現代文學》在當時的成就和作用。

　　就在《現代文學》創刊前一年，尉天驄接編了《筆匯》，以「革新號」的面目重新出現。「革新版」的《筆匯》從一九五九年五月到一九六二年三月，總共出版了二十三期，革新號〈獻給讀者〉一文説：「我們深深覺得，做一個現代的人，必須具有現代人的思想，如果每個人都把自己圍於『過去』的時代裡，沈醉於舊的迷夢中，無疑地是走著衰微的道路。所以，我們主張要現代化。」宗旨上與《現代文學》並無兩樣，只是語氣上緩和得多，不像《現代文學》那麼昂然而激進。而且，《筆匯》刊行的時間較短，它的作家常與《現代文學》重疊，它介紹西方現代文學的幅度也沒有《現代文學》來得大，因此，相對於《現代文學》來説，在六〇年代的文學發展中，就比較的居於邊緣地位。《筆匯》最顯著的成就可能是，它造就了陳映真這一位小説家。《筆匯》停刊以後，陳映真把他更富於現代主義風格的作品投往

《現代文學》，由此也可以看出《筆匯》與《現代文學》的相對位置。

但也許正由於《筆匯》同仁在六○年代現代主義潮流中的邊緣地位，反而使他們沒有走極端，更能夠反省到「現代化」與「社會現實」之間的調和問題。《筆匯》停刊四年以後，當他們的同仁重新整合，另創《文學季刊》時，我們明顯可以看到一個與現代主義在性格上有極大差異的文學刊物了。

從一九六六年十月到七○年二月，《文學季刊》總共出版了十期（其中有一期合刊號）。在這十期，雖然也刊登了諸如七等生、李昂及其他現代主義風格的小說，但我們看到陳映真擺脫他在《現代文學》發表的作品所顯現的晦澀的象徵風格，而改走明朗、寫實的路子；我們看到在《現代文學》初露頭角的王禎和開始有系統的寫他的嘲諷性的市鎮小人物畫像；我們看到年輕的黃春明一步步的在發展他的農村人物素描；一句話，我們開始看到後來所謂「鄉土文學」的源頭。如果說，在六○年代前期，《現代文學》居於現代主義文學發展的主導地位，那麼，六○年代後期，《文學季刊》則先驅式的預示了七○年代的文學主流，它的重要性已經超過了那時正在走下坡的《現代文學》。不過，整體來講，在培養現代小說家方面，《筆匯》與《文學季刊》的貢獻並不下於《現代文學》。

最後，可以總結的說，在六○年代現代主義的發展上，「小雜誌」盡了它們最大的貢獻。不論是三大詩社的內部詩刊，還是《文學雜誌》、《現代文學》、《筆匯》、《文學季刊》，都是同仁性的雜誌，經費全部自籌、銷量有限，生存極為困難。六○年代台灣文學能夠擺脫「反共文藝」的桎梏，而走向重視藝術技巧的道路，這些「小雜誌」的同仁在艱困中所表現的奮鬥精神是絕不能忘記的。即使我們對後來發展出來的過度西化現象加以批判，我們仍應記住他們在為戰後台灣文學「披荊斬棘」上所作的

努力。②

<br>

# 三

　　現代主義所以能夠在一個時期之內，佔據台灣文壇的主流地位，能影響和吸引台灣一代作家，是有它的歷史原因的。現代主義在台灣出現的最直接的原因，是國民黨在台灣實行專制和白色恐怖的文藝政策。那時國民黨把所有大陸作家的作品和一切進步的文學作品（即一切「附匪」、「陷匪」作家的作品）都列為禁書，而日據以來台灣新文學作家的作品則遭到完全的『冷凍』。在這種情形下，台灣的文藝青年只能向西方尋求出路。台灣女詩人張香華說：「這一代台灣的詩人，面對一個事實，那就是很不幸的，由於政治因素，在成長的期間，接觸到中國大陸本土的新詩非常有限。因為根據當局的規定，凡是 1949 年，沒有跟隨國民黨遷移到台灣，而仍留在中國大陸的作家作品，一律不准閱讀。」③詩人向陽說：「由於文學傳統在特殊的政治背景下產生了脫節現象，文學工作者自然轉向西方尋求學習。」④余光中也說：「傳統的既不可親，五四的新文學又無緣親近，結果只剩下的一條西化的生路或竟是死路了。」⑤這些親身經歷很能說明五〇年代台灣詩人的處境和心態。他們走上西化之路，在相當程度上是台灣當局逼的。台灣文壇有一個流傳很久的傳言說：詩人

②　以上自論《筆匯》至此，請參閱呂正惠〈「小雜誌」與六〇年代台灣文學〉，見《戰後台灣文學經驗》，新地出版社 1992 年 12 月版，43-47 頁。

③　張香華，《一個台灣新詩人的成長——在愛荷華國際作家寫作計劃提出的報告》。

④　向陽，〈也是一種自由〉，《海之歌。序言》，第 3 頁。

⑤　余光中《天狼星》，台北，洪範店，1976 年 8 月版，第 153 頁。

楊喚有一大本手抄的三四十年代詩人作品，這一抄本曾經被幾位
好友借去轉抄。這也可以證明，當時台灣詩人在學習上的困境。

　　不過，現代主義的出現還有一個很重要的社會因素。國民黨
在進行白色恐怖政策、肅清台灣內部的「親共」力量的同時，也
開始實行土地改革，並落實到「耕者有其田」政策上，由此展開
台灣經濟的「現代化」，其實也就是西化。進入六○年代，台灣
又頒布了〈獎勵投資條例〉和〈加工出口條例〉。對外實行「開
放經濟」政策，很快使台灣的工業出口比例超過了農業出口比
例，工業總產值超過農業總產值。這標誌著台灣經濟的「全面起
飛」，標誌著台灣由農業社會跨入了資本主義社會，標誌著台灣
以加工出口業為支柱的工商經濟，已被納入了世界資本主義鍊條
中的一環。這是一種「質的飛躍」。台灣社會經濟的這一飛躍，
也反應在五○年代末、六○年代初的「中西文化論戰」。這場論
爭的情況雖然十分複雜，但從其論爭發生的時間、內涵和性質來
看，無疑是台灣社會、經濟、文化、文學「西化」的平行發展。
論爭分為兩個陣營。一邊是新老西化派胡適、李敖、蕭孟能；一
邊是中國文化派胡秋原、徐復觀、錢穆。兩邊的主將是李敖和胡
秋原。

　　1960 年，胡適在李敖主持的、台灣最早宣揚全盤西化論的
《文星》雜誌上發表了〈發展科學所需要的社會改革〉一文，談
東西文化之優劣。李敖致函胡秋原徵求意見展開討論。胡秋原表
示不願參加這一論戰，但卻將意見寄給了《文星》。《文星》要
發表胡秋原的信，胡秋原對原文做了補充，《文星》將它公開發
表。該信就是 1962 年 3 月在《文星》三月號發表的兩萬字的長文
〈超越傳統派西化派俄化派而前進〉。該文對「全盤西化」論進
行了深入的論證和批駁。於是李敖連續發表了〈給談中西文化的
人看病〉、〈我要繼續給人看病〉等文章進反駁，言詞十分激
烈。胡秋原再發表六萬字的長文〈由精神獨立到新文化之創作

——再論超越前進〉，對李敖等進行全面、系統的駁斥。最後這場論戰轉化為李敖與胡秋原之間的人身攻擊，雙方告上法庭。

　　從深層觀察，這一論戰是西化派挑起的一場理論攻勢。經過雙方大規模的交鋒，極大地擴展了西化派的影響，掃除了台灣政治、經濟、文化、文學全盤西化道路上的障礙，為台灣的全盤西化做了輿論上的準備。這就是台灣進入六○年代之後，在極短的時間內，全方位地向西方開放，迅速全盤西化的重要原因。

　　在台灣的全面西化風潮中，西方的思想文化做了先頭部隊，像潮水一樣衝進台灣的是西方的邏輯實證論，存在主義哲學、弗洛伊德心理學、以及現代派文學。經歷了五○年代嚴酷的白色恐怖，面對眼前的經濟起飛，經濟的富裕和精神的貧困之間出現明顯反差，有一種精神吸取的渴望。台灣的知識青年就在這種情勢下，走向「西化」的道路，走上現代派文藝的陣營中。

## 第二節　現代詩的發展及其論爭

### 一

　　關於五、六○年代台灣現代詩的發展，我們可以先從幾個重要詩社的活動談起。

　　首先談到現代詩社。現代詩社對五○年代台灣新詩隊伍的建立，以及在介紹吸收西方詩歌藝術上，都做出了重要的貢獻。現代詩社的一些主要詩人，比如紀弦、林亨泰、鄭愁予、方思、白萩、林泠等，對台灣新詩在五○年代重新起步起了重要的作用。但是現代詩社作為一個詩人群和詩歌社團，由於缺乏統一的認識

和藝術志趣，帶著過多的加盟入股的色彩，缺少連接心靈的紐帶，自成立那天起就過於鬆散。加之紀弦的「六大信條」並不是經過所有盟員或大多數盟員共同制訂或討論表決通過的，基本上是紀弦自己的詩觀和藝術趣味的反映，因而對大家只有影響力，而無約束力，基本上沒有起到盟綱的作用。這個詩社的成員，在結盟以前既不屬於一個流派，結盟以後又没有一致的藝術追求，因而它的成立就預告著它的轟轟烈烈的外表裡潛藏著嚴重的內在危機。紀弦為現代詩社制定的新詩「橫的移植」而非「縱的繼承」的西化方針，實在過於極端。當「六大信條」受到多方面的批判時，紀弦對自己的主張發生動搖。1959 年他將《現代詩》詩刊主編之責交給黃荷生，開始由前台退到幕後。後來，鑒於現代詩的發展完全出乎他的意料，他又數度宣佈「解散現代派」，取消「現代詩」。例如 1962 年 7 月他在《葡萄園》詩刊的創刊號上發表了〈回到自由詩的安全地帶來吧！〉的文章，進行自我批判。他說：「中國現代詩運動，成則歸功於我的倡導，敗則歸咎於我的誤導。」《現代詩》詩刊辦到第 45 期，即 1962 年 2 月，實在支撐不下去了，被迫宣佈停刊。

紀弦 1967 年曾在《創世紀》詩刊上發表了一篇〈現代詩運動20 週年感言〉的文章。他以玩世不恭的態度說：「現代派運動都是依照我的性格而行之，我要辦詩刊我就辦了，我要組織詩派我就組了，一旦我感到厭倦，我就把它停掉，把它解散掉，一切不為什麼，完全是一個高興不高興的問題。」現代派在台灣詩壇的出現，的確和發起者、鼓吹者、倡導者紀弦有很密切的關係，不然他也不可能被人尊稱為五○年代台灣現代派的領袖。但是一種文藝思潮的出現和一個文學流派的形成，絕不是一個人的能力可為的，而是和政治、經濟、文化、社會等各種因素連在一起的，是一種群體努力的結果。就現代詩社來說，由於紀弦等的努力，詩刊和詩社五○年代是創辦起來了，這只是形式上的表現。現代

派在五○年代，雖然有三大詩社鼎立，但內部紛爭迭起，互相攻擊和牽制；現代派真正的興旺發展，還是在六○年代台灣的社會經濟對外開放之後，也就是在紀弦招架不住各方的批評而宣佈解散現代派之後。所以紀弦在大力組織現代派的時候，台灣的現代派並沒有真正地組織起來，而當紀弦宣佈解散現代派之後，現代派卻真正地發展起來，控制了台灣詩壇。事實的發展並不像紀弦所說，想組派就組了，想解散就解散了，而是恰恰相反。

　　再說到藍星詩社。藍星詩社的主要同仁有覃子豪、鐘鼎文、余光中、夏菁、蓉子、鄧禹平。後來陸續加入的有：羅門、周夢蝶、張健、向明、敻虹、方莘、黃用、吳望堯。從 1954 年到 1964 年的十年間，是藍星詩社興旺發達的黃金時代。後來由於覃子豪的去世，鐘鼎文的退出，余光中、夏菁、吳望堯、黃用等人的相繼出國，藍星詩社基本上處於癱瘓狀態。從 1964 年到 1983 年近 20 年裡，由羅門和蓉子夫婦在自己的燈屋裡，象徵性地維繫著藍星一縷傳承的命脈。

　　藍星詩社在台灣的詩社中佔有重要的地位。它資格最老（1954 年成立），刊物最多，它出版的刊物有最早在台灣《公論報》上出版的《藍星週刊》，繼而由覃子豪主編的《藍星季刊》，余光中和夏菁主編的《藍星詩頁》，同時還有《文學雜誌》上的詩專欄，《文星雜誌》上的詩頁。有一個時期他們還在宜蘭縣的《宜蘭青年》雜誌上開闢衛星詩刊。此外，他們還出版《藍星詩選》。他們有充分的園地發表同仁的創作和研究成果，有充分的條件施展自己的才華，有充分的武器和別的詩社較量。據統計，僅由藍星詩社自己出版的同仁的作品，包括詩集、散文集、評論集共達 53 種，編發各種詩頁、詩刊 327 期，詩社同仁共出版詩集約 70 種。由此可見，藍星詩社為台灣詩壇，為中國詩歌寶庫提供的產品是非常豐富的。

　　藍星詩社最具特色和最引以自豪的是「自由創作」的路線。

他們沒有統一的宗旨，各人按照自身的條件和才能自由發展。這
樣的主張，可以天高任鳥飛，海闊憑魚躍，使詩人們的才華和抱
負、個性和嗜好，得到充分的發揮和發展，容易形成個人創作上
的特色和風格。在他們的詩歌理論中，覃子豪主張民族型、傳統
型的新詩，主張詩應反映現實和人生，觀照讀者。而余光中在當
時則偏向於詩要學習西方，主張詩可以脫離現實，可以不顧讀
者。在創作上，同仁之間並不同屬於一個流派。余光中、向明、
羅門等是屬於現代派的一群，而蓉子、敻虹等的作品中則含有較
多的傳統成分。藍星詩社的「自由創作」路線，的確為他們的同
仁開闢了廣闊的創作天地，使他們的詩作，大都取得了比較突出
的成就。因此，人們才普遍認為，藍星詩社個人的成就，較詩社
的成就與貢獻大，而他們的不少詩人的名氣和影響，也遠遠超出
了他們的詩社。但是無可諱言，這也同時暴露了藍星詩社自身的
弱點，那便是組織過於鬆弛渙散，同仁們各持一端，難以形成統
一的主張和見解。他們的刊物多，顯得熱鬧，一方面表現出一種
繁榮景象，但另一方面也是不團結的一種表現。由於余光中、夏
菁與覃子豪有分歧，所以在覃子豪主編《藍星季刊》的情況下，
余、夏二人另立爐灶，創辦《藍星詩頁》。藍星詩社主要成員之
間的糾葛，也影響了該詩社整體成就的提高。

　　藍星詩社由於組織鬆散，主張不一，因而他們和外界發生的
論爭，多是表現為個人論爭的形式。例如覃子豪、紀弦之間的關
於現代派「六大信條」的論爭，余光中和洛夫關於長詩《天狼
星》的論爭等等。從論爭的內容來看，更顯示了藍星詩社同仁之
間詩觀的差別，甚至對立。余光中和黃用是站在現代派的立場
上，對邱言曦對現代派的批判進行反擊，而覃子豪卻是站在中國
民族傳統的立場上，對紀弦的西化詩觀進行批判。下面就來看，
在台灣現代詩發展初期起重要作用的這兩場論戰。

# 二

　　覃子豪與紀弦雖然同是現代派兩大詩社的社長，但他們的詩觀卻有很大不同；尤其是新詩西化問題上，他與紀弦存在著尖銳的對立。所以當紀弦以西化為核心的「六大信條」一出籠，覃子豪便立即表示反對。1957 年，他在《藍星詩選叢刊》第一輯《獅子星座號》上發表了〈新詩向何處去?〉的長文，對紀弦的「六大信條」進行了尖銳的批駁，明確指出「六大信條」的民族虛無主義實質。他寫道：「詩人們懷疑，完全標榜西化的詩派，是否能和中國特殊的社會生活所契合……」；「中國新詩應該不是西洋詩的尾巴，更不是西洋詩空洞渺茫的回聲，而是中國新時代的聲音，真實的聲音。」「若全部為橫的移植，自己將植根何處?」覃子豪還針對紀弦的「六大信條」，提出了中國新詩的「六項正確原則」：

　　　　第一條：詩的再認識。詩並非純技巧的表現，藝術的表現離不開人生，完美的藝術對人生自有其撫慰與啟示，鼓舞與指導功能。「詩的意義就在於注視人生本身及人生事象，表達出一嶄新的人生境界……能給人一分滋養、一分光亮。」
　　　　第二條：創作態度的重新考慮。一些現代詩的難懂不屬於哲學或文學的深奧的特質，而是屬於外觀的，即模糊與混亂，晦暗與曖昧。詩應顧及讀者，否則便沒有價值。有些詩根本無實質，無信念可尋，晦暗、曖昧成為作品的特色，這不僅使讀者迷失，同樣也使自己迷失了。
　　　　第三條：重視實質及表現的完美。實質是詩純淨、豐盈，具有真實性並有作者之主旨存在，詩的內容是作者從

生活體驗中對人生的體驗與發現。「詩之完美之表現，不在語言的繁冗，在於中肯的刻畫。」「只有嚴肅的創造，方能臻藝術於完美。」

第四條：尋求詩的思想根源。只有藝術價值，而無思想為背景，藝術價值也會降低。「尋求思想根源，也就是尋求詩的哲學的根據，現代主義運動的停頓就是沒有哲學為背景，忽略了對真理的追求。」「而新思想的產生是來自對人生的理解和現實生活的體認中。」

第五條：從準確中求新的表現。樹立標準，有了標準才能有準確。「詩因準確，才能達到精微、嚴密、深沉、含蓄、鮮活之極致。」因此，詩的一切表現技巧，包括形象的創造，比喻的選擇，聯想之確定，語言之確立等，都必須依準確為目標。

第六條：風格是自我創造的完成。自我創造是民族的氣質、性格、精神等等在作品中無形的表露，新詩要首先有屬於自己的精神，不能盲目地移植西方的東西。風格對個人來說，是人格的代表，對民族來說，是一個民族的精神、氣質性格的代表，對一個時代來說，是一個時代精神的代表。因此風格是一種包括思想、精神、氣質的自我創造。

紀弦不但沒有接受老友覃子豪的勸告，而且當覃子豪的文章〈新詩向何處去？〉一發表，紀弦很快在《現代詩》詩刊第19期和第20期連續發表兩篇萬言長文，〈從現代主義到新現代主義〉和〈對所謂六原則批判〉，一方面為自己「六大信條」辯解，另一方面向覃子豪發動攻擊。他在為自己辯解時寫道，自己倡導的現代主義，是「新現代主義」，是「揚棄了消極因素的現代主義」，是所謂「中國的現代主義」。針對紀弦的文章，覃子豪又

在《筆匯》第 21 期發表了〈關於新現代主義〉一文，對紀弦進行追擊。隨之紀弦又在《現代詩》詩刊 21 期發表〈兩個事實〉。後來紀弦於 1962 年宣告解散現代派，1964 年 2 月，《現代詩》詩刊第 45 期出版後宣告停刊。在最後一期編者話中，紀弦認識了現代派的弊端，承認了現代派的失敗。他寫道：現代派詩有三種病態：「一、缺乏實質內容的虛無主義傾向；二、毫無個性的差不多主義傾向；三、漠視社會性的貴族化脫離現代傾向。」

從風格上講，紀弦比較豪放，而覃子豪則比較平實，加之覃子豪長期受到中國傳統文學的教育，因此他無法接受像「全盤西化」、「橫的移植」這樣的口號。不過，也必須承認，紀弦畢竟是個「老詩人」，有長期的創作經驗，詩風其實相當明朗。即使他最具現代主義傾向的詩作，也並不十分晦澀難解。他後來宣佈解散「現代派」，一方面是體察到「後輩」競出，不可能再尊他為領袖，另一個方面也確實感到，現代詩的發展越走越偏，流弊百出。反過來講，覃子豪也並不是完全不「現代化」，他也感受到時代的「衝擊」，所以他最後一本詩集《畫廊》明顯可以看到現代主義的影響。不過，他也是個「老詩人」，他的現代主義詩歌也具有相當的「可讀性」。他們之間的論爭可以看作是一場台灣新詩的領導權之爭。等到余光中和《創世紀》崛起，形勢就大不相同了。

三

就在紀絃與覃子豪發生激烈論戰的後期，一些對於現代詩過份晦澀與激進頗表不滿的文壇人士開始起而抨擊現代詩。1959 年 7 月，蘇雪林在《自由青年》（22 卷 1 期）發表〈新詩壇的創始者李金髮〉一文，批評現代派詩：「隨筆亂寫，拖沓雜亂，無法念得上口。」蘇雪林的文章一發表，立即便遭到了覃子豪的反

駁。覃子豪在〈論象徵派與中國新詩〉一文中,既肯定三〇年代大陸的現代派是「應時而起」,又批評台灣的現代派詩「由於盲目擬摹西洋現代詩,其結果常以曖昧為含蓄,生澀為新鮮,暗晦為深刻,成為偽詩。」蘇、覃二人從文學的歷史現象著眼,落腳到台灣現代派詩的現實,學術探討色彩較濃。在他們爭論的同時,有位讀者以「門外漢」之名投書《自由青年》(59年9月,22卷6期),代表普通讀者,以十分懇切的口氣對現代派詩人們提出質疑和希望。他寫道:「我要代表廣大的讀者群向詩人們呼籲:詩人們啊,請從你們那象牙之塔尖上走下來吧!走出來,走到群眾之間來,用你們敏銳的才思,生花的妙筆,寫一些為我們所理解,所欣賞的好詩。愉悅我們,啟發我們,使我們感動,使我們興奮,使我們哭和笑吧!讓我們在歡樂的時候,縱情地歌唱它,寂寞的時候,用它來排遣愁思;頹廢痛苦的時候,更從它獲得莫大的安慰和勇氣;讓它像甘泉一樣,來滋潤我們的心田,讓它成為我們生活中不可缺少的一分精神食糧吧!你也許以為這會降低了你的身份,貶損了新詩的藝術價值麼?可是,你現在的作品儘管藝術價值多麼的高,其奈讀者們看不懂何?讀者們是沒有那麼多的閒情去鑽你們的迷魂陣的。詩人們請把鑰匙交給讀者吧,不要再在文字上弄那一套曖昧、朦朧的玄虛了,我們不需要那些只有專門讀者和門人子弟才能懂的詩。我們要平易動人,老嫗都能解的詩,我們不一定要明白語言宣告的詩,但要能懂易懂的詩,請為我們寫吧!」(〈也談台灣目前的新詩〉)「門外漢」這封信,具有相當的代表性,代表了當時部份讀者對現代派詩的不滿。

繼「門外漢」這樣的讀者來信之後,1959年11月20日至23日,邱言曦在《中央日報》副刊發表了《新詩閒話》雜文,批評現代詩說:「詩必須是可以讀得懂的,而不是醉漢的夢囈;必須在造句的習慣上可以通得過的,而不是鉛字的任意排置;必須是有韻律的可以擊節欣賞的詩句,而不是佶屈聲牙的散文分列

……」如果說邱言曦對現代派的批評主要是指出其詩歌形式上的弊端，那麼寒爵在〈四談現代詩〉的文章中則是直接批駁了現代派詩內涵的空虛和頹廢。寒爵批評現代詩人「向酒精中求麻醉，向女人身上找耽迷」，「這是一種背逆時代走向，是一種不應有的逃避現實。」邱、寒二人的文章引發了現代詩的大將們紛紛出場，發表文章進行反擊。參與反擊和論爭的刊物有《創世紀》詩刊、《現代詩》詩刊、《藍星》詩刊、《文學雜誌》、《現代文學》、《劇場》、《筆匯》、《文星》等。余光中在針對反擊邱言曦的兩篇文章〈文化沙漠中的仙人掌〉、〈摸象與畫虎〉中談了四點意見：1 台灣的現代派已不是當年法國的象徵派了，他們在今日已經超越了象徵派，甚且不屑一談象徵派了；2 現代派要打破和超越傳統，「在於整個價值觀念，整個美學原則的全面改變」；3 詩人不同於常人，「詩人也不屑使詩大眾化，至少我們不願降低自己的標準去迎合大眾」；4 認為詩可以超越現實，脫離人生。「高山流水之互相默契，藏之名山之偉大期待，是藝術情操的最高表現」。這一論爭實際上已涉及到了為什麼寫詩和寫怎樣的詩這樣一個歷次新詩論爭中最根本性質的問題，以及以怎樣的態度對待中國幾千年詩的傳統的問題。一方認為，詩應該走出象牙之塔，使詩大眾化，一方認為，詩人是異於常人的，詩的最高境界是高山流水，是藏之名山的偉大期待；一方反對詩的空虛和頹廢，一方認為詩應該走向虛無，詩追求的應是「鴉背上的昭陽日影」；一方認為，詩應反映現實，表達普通人的心聲，一方認為，詩應該遠離現實，普通人與詩無緣。這種尖銳的對立，不僅是詩觀不同和一般的寫詩技巧之爭，而是根本的價值觀念和人生取向的區別，因而是不可能在很短的時間內，經過幾篇文章的爭論就可以調和而解決的。

　　不過，在當時，像邱言曦和寒爵這樣的論調是不可能被「激進」的、急於向西方取經的年輕的一代所接受的，現代詩仍然繼

續按既定方向發展，而且聲勢越來越大。《創世紀》在這一年
（1959）10月的改版，並由「戰鬥詩」與「民族精神」轉向現代
派就是一個最好的證明。

張默在後來回顧《創世紀》詩刊的歷史時，曾對1959年的轉
變做了如下的說明：

　　　我們認為一個中國現代詩人，儘管他從外國詩人那裡
吸取多方面的滋養，可是他的血液、情感、生活、語言、
習慣等還是中國的。所以在他的作品中不管如何跳躍，定
有其作為一個中國人的本然的面目和特質。因此我們抖落
早期那種過於褊狹的本鄉本土主義，實因我們對中國現代
詩抱有更大的野心，即強調詩的世界性，強調詩的超現實
性，強調詩的獨創性以及純粹性。換言之，這裡所指的世
界性，超現實性，獨創性與純粹性，就是《創世紀》後期
所提倡的方向。⑥

　　其實，《創世紀》在把現代主義往前推進的工作上所表現的
最大特徵就是提倡超現實主義詩歌和追求詩的純粹性，即是張默
所說的第二點和第四點。

　　作為《創世紀》超現實主義詩歌主要代表的洛夫，對他們的
創作動機這樣說：

　　　探索內心苦悶之源，追求精神壓力的緩解，希望通過
創作來建立存在的信心。⑦

--------

⑥　《創世紀的發展路線及其檢討》，《現代文學》46期，1972年3
　　月，第121-122頁。

至於創作原則，洛夫則說：

　　他們追求探究的是無限的人性；夢、潛意識、慾望等
是他們探索人性最重要的精神根源。⑧

　　在創作方法上，他們受到當時正在台灣讀書的「僑生」葉維
廉的啟迪。葉維廉認為，詩應該打破邏輯性與說理性，而讓「經
驗」以最純粹的方式出現。這就是說，詩主要是要營造意象，讓
意象的擴展與延伸，在詩裡形成一個自成體系的「秩序」。借用
這種方法，他們就可以把許多夢的、潛意識的、慾望的事物轉化
成許許多多的意象，並編排成一首詩。這樣的詩當然非常難懂，
而洛夫、葉維廉、商禽等人，可以說是六○年代中期「最晦澀」
的詩人。

# 四

　　就在《創世紀》詩社把現代詩的種種傾向發展到最極端的時
候，現代詩內部發生了另一場論爭，這是洛夫與余光中就長詩
《天狼星》所發生的論戰。1961 年 5 月余光中在《現代文學》雜
誌第 8 期發表了長詩《天狼星》。該詩一發表，洛夫便於兩個月
後，在《現代文學》第 9 期發表萬言長文《天狼星論》，對《天
狼星》進行了激烈的批判。他認為《天狼星》過於追求作品的主
題和人物的完整，寫得不夠「虛無」，是「一首早熟的失敗之

---

⑦　洛夫，《關於〈石室之死亡〉》，侯克諒編：《石室之死亡──
　　及相關的重要評論》，台北，漢光文化公司 1988 版，193 頁。
⑧　洛夫，〈超現實主義和中國現代詩〉，《幼獅文藝》三十卷六期
　　（186 號），1969.6，177 頁。

作」。洛夫的文章激怒了余光中，他隨即於 1961 年 12 月的《藍星詩頁》37 期發表了〈再見，虛無〉一文加以反擊。余光中在該文中寫道：「如果說，必須承認人是空虛而無意義才能寫現代詩，只有破碎的意象才是現代詩意象，則我樂於向這種『現代詩』說再見。」除了彼此主張不同之外，這場論爭正如紀弦、覃子豪的論戰一樣，也有爭奪詩壇盟主的味道。

就在這個時侯，現代詩運動進入高潮期。除了三大詩社之外，其他較次要的小詩社也紛紛成立。舉其要者有：1962 年 7 月由古丁、陳敏華等人發起的「葡萄園詩社」，1964 年 4 月以林綠、翱翔等人為代表的「星座詩社」，同年 6 月由清一色台灣本省籍詩人發起並組成的「笠詩社」，以及 1967 年 3 月由羊令野、羅行等人組織的「南北笛」詩社等。這些詩社，基本上都在以洛夫為代表的所謂超現實詩風與較明朗的余光中之間採取較折衷的路線。其中，「笠詩社」的同仁曾在七〇年代以後的回顧中強調他們早已在詩社成立時提出類似「鄉土」文學的想法，其實，他們當時更重視「新即物主義」，基本上仍處在現代主義的風格之內。

到了六〇年代中期以後，「創世紀」所謂超現實的晦澀詩風越來越走入極端，而余光中則一方面在〈蓮的聯想〉中走回古典風格，另一方面在〈敲打樂〉與〈在冷戰的年代〉裡企圖回歸「中國」與「現實」題材。不過，走回明朗的傾向似乎越來越明顯。在六、七十年代之交，吳晟與羅青日漸崛起。他們詩作內容差異極大，但詩風卻一致的趨於明朗化。針對這一現象，余光中特別於 1973 年 4 月《幼獅文藝》232 期上發表了〈新現代詩的起點〉一文，為羅青、吳晟等人而喝采。

同一時間所出現的幾個新詩社，也反應了這一時代潮流。如 1971 年元旦，由陳芳明、林煥彰等人所發起的「龍族詩社」；1972 年 9 月，由陳慧樺、李弦等人所成立的「大地詩社」；1975

年 5 月，以羅青、李男、詹澈為代表的「草根詩社」等，或者強
調明朗化，或者主張回歸民族題材，都可以看出時代轉變的契
機。

　　不過，也就在同一時點，更大的批判與風暴出現了。1972 年
2 月及 9 月，關傑明連續發表〈現代詩的困境〉與〈現代詩的幻
境〉二文，從關懷現實與回歸民族的立場，大力抨擊一切的現代
詩，宣告了台灣文學現代主義時期的即將落幕，以及「鄉土文
學」的即將登場。關於這一點，本書的下一章會有更詳盡的論
述。

## 第三節　台灣現代小說與開發中社會的知識分子

### 一

　　台灣的現代小說主要是在《文學雜誌》、《現代文學》、
《筆匯》、《文學季刊》這幾個雜誌上發展出來的，其代表作家
主要有白先勇、王文興、叢甦、陳若曦、歐陽子、陳映真、王禎
和、黃春明、七等生、林懷民、施叔青、李昂等人。跟現代詩不
同的是，這些小說家獨立性極強，很少「結盟」，很難以流派來
加以歸納。即使勉強把他們分為《現代文學》和《文學季刊》兩
陣營，也無法據此說明他們共同的藝術追求。譬如，《現代文
學》的白先勇與王文興，完全是截然不同的小說家，而《文學季
刊》的陳映真與七等生，就更是南轅北轍了。

　　六〇年代台灣現代小說家和詩人另一項區別是，他們雖然多
少不一的使用各種現代主義技巧，但現實性遠比詩人強得多。而

這些現實性，明顯反映了五、六○年代台灣知識分子與政治、社會現狀的矛盾關係。分析此一關係，既可以了解台灣六○年代現代主義的某些特色，也可以闡明這些小說家的價值之所在。本節以下將從三方面加以論述。

白色恐怖以後國民黨的統治形態，造成台灣知識分子普遍的政治冷感。既然不切合實際的政治口號不想跟著喊，真正切合實際的政治問題又不能談，唯一可能具有的還算真誠的表現就是不談政治。這種發展到極為徹底的政治冷感症就成為台灣現代主義文學的最鮮明的標幟，在這裡面完全找不到一絲一毫的現實的影子。李歐梵在〈台灣文學中的「現代主義」和「浪漫主義」〉一文裡，有類似的看法，他說：

> 　　那裡的國民政府是根據一種政治神話——他們將「收復大陸」——進行統治的。國民黨政府全面樹立權威的手腕，不是使人悚懼無言，就是進一步導致人們政治上的淡漠。由於六十年代土地改革的成功和社會商業化的進展，基本上是「非政治性」的中產階級思想蔓延開來了。台灣的「群眾」開始要求逃避的欣賞：他們無意於未來命運尚未肯定的政治現實。無論是從大陸來的還是台灣本地的作家，都逐漸內向起來，沈浸於個人感覺的、下意識的和夢幻的世界之中。⑨

這也就是說，五○年代初期，在國民黨獨特的統治方式之下，台灣知識分子被迫陷入一種極為特殊的困境之中。由於他們不能關懷當前的政治、社會問題（或者只能以國民黨所允許的虛

---

⑨　轉引自《現代台灣文學史》，遼寧大學出版社 1987 年版，305-6 頁。

假方式來關懷），他們雖然生活在這個社會中，但並不真正屬於
這個社會。因此，必然的，他們不能作為某一具體社會的一分子
而存在，而是作為普遍人類的一分子而存在。他們的思想與創作
不是從「社會環境」的立場去發展，而是從「人間境況」的立場
去發展。從批判的角度來看，他們因為被迫從社會中疏離（或
「異化」）出來，他們只有面對自己赤裸裸的存在，而不得不考
慮到自己的「存在問題」。

　　就是在這樣的社會背景與心理背景之下，他們很自然的就接
受了西方的現代主義，尤其是戰後特別吸引西方知識界的存在主
義。因為，從社會背景來看，西方現代主義也正是知識分子社會
疏離的產物。西方和台灣的知識分子從社會疏離出來的原因及其
具體行為雖然有所不同，他們對疏離現象的探討在深度上雖然有
極大的差異，但疏離的「經驗」卻有某些類似的地方。正是這種
相似性吸引了台灣的知識分子，導致了西方現代主義在台灣的流
行。

　　五○年代初期的台灣知識分子，當然不能了解西方現代文學
所表達的那種強烈的疏離感的社會原因。但是，他們卻能夠「感
受」到這種疏離感，因為在台灣社會中，他們也是從社會疏離出
來的人。在《現代文學》的創刊號（一九六○年出版）裡，刊載
了一篇叢甦的小說〈盲獵〉。在小說的末尾，叢甦寫了下面一段
後記：

　　　　讀完 Kafka 的一些故事後，我很感到一陣子不平靜，
　　一種我不知道是什麼的焦急和困惑，於是在夜晚，Kafka
　　常走進我的夢裡，伴著我的焦急和困惑。於是，在今天晚
　　上，以一個坐姿的時間，我匆匆地寫完了這個故事。

　　從這裡可以看得出來，叢甦對卡夫卡故事的感受是強烈而真

誠的。那麼，由於這種強烈感受的驅使，她所要寫的又是一篇怎麼樣的故事呢？

在這故事裡，一群年輕人到一座黑森林裡去尋找一隻全身黑得珵亮的鳥兒，這是老祖父告訴他們的。可是，他們在森林裡走了很久，始終找不到。最後，有一物體自主角的肩頭滑過，並發出響亮的呱呱笑聲，主角若有所悟地想道：

> 但是在它的笑聲裡我聽到了一些東西，一些我以前從未聽到過的東西……是的，我知道我要回去，回去向我的祖父……我要輕輕地搖動著他的胳臂問：為什麼你從未曾告訴過我你也曾迷失在那座森林裡，在古老的日子裡？⑩

這要麼是一篇有關人生意義的寓言，要麼就是政治寓言——對官方的「反攻大陸」意識形態的懷疑。但這是不能說出口的，因此只好借助於卡夫卡式的故事形式了。

六○年代最能感受這一點的是受了現代派表現技法影響的陳映真。由於他過早地看穿了國民黨的謊言，他只能在小說中隱晦地表達知識分子的無力感。他在〈一綠色之候鳥〉裡寫到：

> 趙公突然沉默起來，他點起板煙，忽然用英文輕慢慢地誦起泰尼遜的句子：
>
> Sunset and evening star
> And one clear call for me！
> ……
>
> 「十幾二十年來，我才真切知道這個call」，他繼續

---

⑩ 以上兩則引文見叢甦《盲獵》，《現代文學》第 1 期，1960 年 3 月，第 47、46 頁。

說：「那硬是一種召喚像在逐漸干涸的池塘裡的魚們，雖
還熱烈地鼓著鰓，翕著口，卻是一刻刻靠近死滅和腐朽⑪

陳映真以極抒情的筆調，描寫了知識分子在政治無能中的深
刻悲哀。

## 二

現代主義雖然隨著現代化過程而在開發中國家成為一種流
行，但在某種程度上，現代主義文學也頗能符合開發中社會的知
識分子的某種困境。

開發中國家的現代化過程是非常不平衡的，譬如說，現代化
的生活產品總是比較容易為民眾所接受，而真正的「民主」與
「科學」等跟現代化有關的意識形態則不容易培養。從這個角度
來看，開發中國家的知識分子的困境就不難理解了。在所有開發
中國家的民眾中（包括統治者和官僚階層），知識分子在意識形
態上是最容易「現代化」的。受過比較完整的現代化教育的知識
分子，一旦他們的現代理念遠超過他們所生活在其中的落後社會
時，他們就會過度責備自己的社會，而成為社會的特異分子。反
過來說，由他們生活在理念中而唾棄周遭的現實，他們自然也會
被民眾所疏離，而成為社會中的浮游群落。也就是說，他們是社
會中最有疏離感的人。

就在這個地方，我們看到開發中國家的知識分子和西方現代
主義文學的會合點：疏離感。西方現代主義作家的疏離感來自們
對高度發達的資本主義社會的唾棄，而開發中國家的知識分子的

---

⑪　《唐倩的喜劇》（陳映真作品集 2），台北，人間出版社 1998 年
版，第 7 頁。

疏離感則來自他們對自己的社會的落後的厭惡。出發點雖然不同，但那種心理感覺卻有類似的地方。就是這一類似的地方，使得西方現代主義在開發中國家的流行不只是一種「流行」，而且還有一些實質性的意義。

我們可以說，自開發中國家開始和西方工業國家接觸以來，西化的知識分子這種無法和自己的社會和諧相處的困境即已存在。不過，在兩次世界大戰之間，由於西方資本主義國家自己遭遇到前所未有的困境，他們自己國內的知識分子左傾的力量非常強大。在這一大環境下，開發中國家的知識分子基本上也以積極介入的方式企圖改革自己的社會，甚或加入革命陣營。這種情況在文學上的表現就是現實主義。但是，在二次大戰後，情勢有了改變。這個時候，西方資本主義由於美國國勢的空前發展而暫時時穩定下來。美國勢力範圍的開發中國家，受到美國的強力支持和強力影響，開始大力掃蕩國內的左翼知識分子。這個時候，介入政治既已不太可能（或完全不可能），開發中國家的知識子就表現為社會的疏離分子。也就在這個時候，現代主義取代了現實主義，成為開發中國家文學的主流。

不過，由於各地區的政治情勢的不同，各個開發中國家在現代主義文學的發展上也會出現出不小的差異。以拉丁美洲和台灣來比較，我們可以說，拉丁美洲抗議性的政治運動始終沒有掃除乾淨，他們的知識分子雖然在政治活動上受到了限制，但他們的政治現實感並沒有完全消失；而台灣的政治情勢，卻把知識分子參與政治的空間壓縮到等於零，使得知識分子完全喪失了政治現實感。

這樣的差異就影響了兩個地區的現代主義的發展，產生了兩種完全不同的現代主義的風格。在拉丁美洲，知識分子雖然不再能以現實主義的文學直接干預政治，但他們卻把他們的政治現實感變形，以神話和幻想的方式寄託在超現實主義身上，因而形成

了舉世聞名的所謂「魔幻現實主義」。但在台灣，由於政治的高壓使得知識分子不是不敢談到現實，就是完全喪失了政治的現實感。於是，台灣的現代主義，在最壞的形式下，就成為蒼白的、不知所云的、「超」現實的夢魘，如許多不入流的現代詩；在最好的形式下就表現為無以名狀的、對自己社會的強烈厭惡與疏離，如王文興的《家變》。

　　王文興的《家變》是台灣風格的現代主義最極端的代表作。在《家變》的主角范曄身上，王文興造了西化知識分子的典型。范曄對著常常到書房打擾他讀書的母親大吼道：

　　　　你們就不能給人一點不受干擾、可以做一會兒自己的事的起碼人權嗎？
　　　　你們為什麼要侵犯我，我侵犯過你們嗎？⑫

　　我們看到，心智上已完全現代化（西化）的范曄，和代表傳統觀念的母親之間無法逾越的鴻溝。我們看到，這樣一個范曄，由於對落後的社會的厭惡(以他父親的種種行為做代表)，而時時爆發出來的怒氣。我們看到，由於全盤接受了西方的現代理論，范曄還疏離了自己的社會，時時流露出高高在上的、絕望的孤獨感。

　　這種絕望的、暴怒的孤獨性格，又由於范曄的完全缺乏政治意識而變得更為強烈。假如范曄型的知識分子具有某種程度的政治自覺，那麼，他對自己社會的不滿會轉移到腐敗的、封建的官僚體制上，會轉移到這一官僚體制對現代化過程中苦難的人民的無動於衷、甚或欺壓剝削上。假如有這一轉移，他會找到他的「目標」，因而也就有了一個「對象」，他不會這麼「非理性」

---

　　⑫　王文興，《家變》，台北，洪範書店，1978 版，第 3 頁。

的暴怒。然而，范曄正是國民黨高壓統治下的現代化知識分子的典型，他根本不知政治為何物，他根本不知道他的問題必須在政治層面尋求某種解決，他根本缺乏這種方向的「問題意識」；於是，他滿懷的孤獨、絕望與怒氣無處發洩，就毫不保留的傾洩在他日常生活中最為接近的父母身上；並且，還根據他所接受的西方理念，把他跟父親的衝突以「伊笛帕斯」情結來加以解釋。

五、六○年代台灣現代知識分子的疏離感是來自兩方面的：一方面是高壓的政治所造成的，一方面是過分「超前」的西方理念所造成的。在范曄身上，我們看到這兩個因素綜合起來，產生了最大的影響力，並把范曄塑造成一個表面上非常「怪異」的人。然而，就在范曄的「怪異」行為下，我們看到現代主義潮流下的台灣知識分子可以「發展」到什麼樣的「可能」、什麼樣的「極端」。就在這個意義上，我們說，王文興的《家變》是台灣現代主義的典型作品，而范曄則是這一作品刻劃的最為成功的典型人物。

## 三

在現代化的過程中，開發中國家的知識分子會因為他們的社會處境的不同，而在西化的程度上產生差異。譬如，城市中的知識分子由於得風氣之先，在接受現代化的西式教育上總是要比農村出身的知識分子方便得多。這種情形，在台灣的殊環境中又會因省籍因素的介入，而使得問題變得更為複雜。大致說來，外省籍的青年大都在都市長大，並出生軍公教家庭；而本省籍的青年，除了少數是出身於都市中的公務員或商人家庭外，大都在比較閉塞的鄉鎮農業社會中長大。在這樣的背景下，一般而言，外省青年現代化的程度大致要比本省青年深得多。

不論如何，我們可以根據青年知識分子的西化程度，把台灣

的知識分子分成上、下兩層。上層知識分子由於現代化程度較
深，在社會上得較高的認同；反過來講，下層知識分子由於他的
「落後」，往往不能擠身於較上流的都市社會，而輾轉流落於都
市邊緣。

　　在文學的表現上，上、下層知識分子也是有所不同的。對於
上層的知識分子來說，他的疏離感來自於對整個社會的厭惡。他
不但厭惡台灣的鄉村，他也厭惡台灣的都市，他已作為台灣社會
中的現代化貴族而高出一切了。但下層的知識分子就沒有這麼自
信了；他是個「半吊子」的現代化青年，在他出身的鄉鎮中，他
顯得「高」了一點；但在真正現代化的都市裡，他又顯得「低」
了一點。這使得他無法高高在上的卑視一切：對自己的鄉鎮，他
可能由愛而生恨，恨自己是其中的一分；對他無法企及的都市，
他一方面顯得自卑，一方面也可能把自卑轉為自大，反過來「厭
棄」這個都市。

　　如果說，王文興《家變》裡的范曄是台灣現代化上層知識分
子的典型；那麼，縱貫於七等生小說中的「隱遁的小角色」就是
下層知識分子的代表。這個小角色，雖然以許多不同的面貌出沒
於七等生的小說中，但其實卻有一個相當一致的原型：他出身於
貧窮的小鎮家庭，因為家境的關係不得不就讀於地位較為低下的
師範學校（相對於大學教育而言）。他前途黯淡，無法擠身於都
市的上流社會，最後宣布「厭棄世人」（其實主要是指都市社
會）而「隱遁」起來。他的性格極為複雜，但明顯是自卑與自大
的綜合。

　　七等生在台灣現代主義文學裡的意義就在於：他為這些「令
人心酸」的下層知識分子的心境，找到了一個現代主義的表達媒
介：卡夫卡式的幻想故事。在這些幻想故事裡，他以一種怪誕的
方式，把這些小人物的自卑與痛苦加以變形，加以呈現。他的作
品不一定常成功，但確有一些非常動人的片段。他比較完整的作

品是自傳性最濃厚的《跳出學園的圍牆》（原名《削瘦的靈
魂》），其次是《精神病患》。但不論他的成就如何，他的作品
證明了下列一項事實：現代主義的文學和台灣現代化過程裡下層
知識分子的心境也是可以「契合」的。

　　不過，台灣青年知識分子在現代化過程中所碰到的自我認同
的問題，並不僅限於以上所提到的下層知識分子的尷尬處境。除
此之外，還有一個更普遍的問題。這一問題同時顯現在上、下層
知識分子身上，但還是以下層知識分子的體驗較為強烈，那就是
自由戀愛的問題。

　　在傳統農業社會裡，幾乎沒有所謂自由戀愛的問題，因為青
年男女一到適婚年齡，父母馬上作主把婚姻大事解決。但是，在
進入現代化的過程中，越是接受到更高級的現代化教育的青年
人，越有自由戀愛的機會，也越不願意按照傳統的方式由父母來
安排婚姻。但是，所謂自由戀愛，在剛剛進入現代化的社會裡，
並不是一件容易進行的事。於是，青年男女空有滿腔熱情，卻沒
有適當的表達管道。這種長期壓抑的焦灼狀態，常常造成青年人
在成長過程中的自我認同的危機。依我個人的看法，除了高壓的
政治迫使知識分子脫離政治現實、以及過度超前的現代化教育使
得知識分子疏離自己的社會外，自由戀愛的不順利可能是造成
五、六○年代的青年知識分子強烈感受到「存在困境」的第三大
項因素。

　　這樣的論調初看似乎有點怪異，其實卻自有其道理。早在三
十年前，當陳映真開始批判台灣的現代派時，他就說過類似的
話，他說：

　　　　他們的憤怒、的反抗，其實只不過是思春期少年在成
　　長的生理條件下產生的恐怖、不安、憤怒、憂悒和狂喜的
　　一部分，在現代派文藝中取得了他們的表現形式罷了。⑬

　　如果把五、六○年代普遍存在於青年知識分子裡的焦慮與不安，全部歸於思春期的生理條件，當然失之片面，但我們卻無法否認這一事實的存在。不信的話，我們可以去讀一讀前面所提到的兩位具有代表性的小說家王文興與七等生的作品，我們就可看到，愛情與性在敏感的青年人的成長過程中所扮演的重要角色。

　　在王文興的〈大地之歌〉與〈踐約〉裡，我們看到年輕大學生對異性的興趣，在〈玩具手槍〉中，我們看到兩性關係對大學生的自我與自尊的影響。這種影響，在七等生的小說裡尤其明顯。對於七等生的小人物來說，不能獲得異性的愛就等於是宣告了他的自我的破產，他只有沈溺在深沈的自憐中而不能自拔。我們可以說，當時青年知識分子的「存在困境」經由他們的愛情（特別是失戀）經驗最能表達得淋漓盡致。愛情是一切問題的總傷口，一切自我認同的危機在失戀的時候得到最徹底的總清算，但我們不能說，一切的問題都來自於性與愛情。

　　當台灣的現代主義陣營裡出現了這樣一個作家，他既對青年人的性問題有毫不妥協的探討精神，但又執迷於現代主義的表現方式，我們就清楚的看到，現代化過程中的青年知識分子，如何把他們青春期的焦慮與現代主義的精神結合起來。這樣的作家就是李昂。在大學時代，李昂以她的「性問題小說」震驚了文壇。在其中的一些篇章中（如〈昨夜〉與〈暮春〉），她提出了這樣一種「哲學」：當年輕的女孩子在「自我認同」上出了問題時，她可以用「性經驗」來試著加以解決。李昂把當時風行的存在主義與大學女生的性焦慮很怪異的溶合在她的現代主義小說中，這就證明：現代主義是如何在台灣五、六○年代的青年知識分子的

---

⑬　《鳶山》（陳映真作品集 8），台北，人間出版社 1988 年版，第
　　12－13 頁。

成長問題上找到「會合點」的。⑭

　　從以上的分析可以看得出來，台灣現代小説家對於西方現代
主義的學習，並不是純粹的模仿。他們以西方現代小説作為創作
「養成教育」的範本，不過，在實際創作時，還是主要從自己的
生活經驗出發，這使得台灣現代小説介於現代主義與傳統現實主
義之間，具有「折衷」的色彩。從這方面來看，六○年代小説的
成就大概要高於現代詩，因為在現代詩裡，對西方現代詩的「仿
作」的成分顯然要高得多。而六○年代著名的小説家中，除了七
等生、歐陽子和王文興之外，很少有人是可以稱之為徹頭徹尾的
現代主義小説家的。譬如白先勇，就是一個很接近現實主義的作
家。


# 第四節　台灣現代主義文藝思潮的歷史思考與評價


## 一


　　西方文學從十九世紀中期以後開始產生蛻變，其先驅即為法
國詩人波特萊爾。從十九世紀八○年代以後，受到波特萊爾影響
的法國詩人逐漸形成象徵主義詩派，此後，西歐各種新流派層出
不窮，如意象派、表現主義、達達主義、超現實主義、本來主義
等，名同繁多。二次大戰之後，舉其著者，還有諸如存在主義、
荒謬劇、新小説，以及較晚為人所知的中、南美的魔幻現實主義
等等。論者常以「現代主義」加以統稱，因事實上這許多「主

---

⑭　校詳細的分析請參看呂正惠著《小説與社會》中論李昂一文。

義」在創新、實驗、突破傳統、強調反叛精神上是有其相通之處的。一般評論者都承認，西方現代主義是伴隨著西方高度發達資本主義而產生的。

中國新文學革命以後，開始受到西方文藝的重大影響，不過，始終以十九世紀的浪漫主義與寫實主義兩大潮流為核心。現代主義傳入中國的時間最早是 20 世紀 20 年代末，第一個現代派詩人，是象徵主義詩人是李金髮。他在留學法國時期受到波特萊爾《惡之花》的影響和啟發，開始了象徵主義詩歌創作，1925 年出版首部詩集《微雨》。卞之琳認為：「李金髮的功績在於他將法國象徵主義詩引進中國。」「多少碰動了一點英美 19 世紀浪漫派詩及其餘緒影響對當時中國新詩的壟斷局面。」⑮

現代派在中國形成某種氣候，是 20 世紀 30 年代施蟄存創辦《現代》雜誌的時期。《現代》雜誌 1933 年創刊，這個刊物上集中了現代派詩人戴望舒和現代派小說家穆時英等兩股勢力。戴望舒是繼李金髮後中國第二個影響最大的現代派詩人，他與上海震旦大學法語班同學施蟄存、杜衡、劉吶鷗構成現代派小班底。戴望舒 1929 年出版第一部詩集《我的記憶》，其影響最大的詩作是〈雨巷〉，有「雨巷詩人」之稱。30 年代圍繞施蟄存的《現代》雜誌和戴望舒結為現代派詩人群的，還有金克木、陳江帆、路易士(紀弦)、李心若、玲君等。50 年代高擎台灣現代派大旗的紀弦，就是 30 年代《現代》雜誌上的路易士。

在《現代》雜誌出現以後，一些原先受到新月派影響，以浪漫主義為基調的詩人，也開始沾染了現代詩風，最著名的如何其芳和卞之琳。但中國新詩壇上，第一個宗尚二十世紀現代主義而不是世紀之交的象徵主義的，則非馮至莫屬。馮至四十年代初期

---

⑮　《中國現代作家選集：卞之琳》，北京三聯書店 1990 年版，第206 頁。

的《十四行集》，以德國詩人里爾克為師，開創了中國真正的現代主義詩風，在他影響下，四十年代中、後期，湧現了一批數量可觀的現代詩人，其中以穆旦、杜運燮、鄭敏為首的「九葉派」最為引人注目。他們的詩作，尤其是穆旦的作品，至今讀來仍讓人對其獨創性感到驚訝。不過，隨著一九四九年政治局勢的大轉變，他們都先後停止了創作。直到八○年代以後，才又被重新「發現」，而這時，現代主義也開始大量湧入大陸的文壇。

台灣早期現代派的第一個潮頭，也是出現於20世紀30年代，倡導者是台灣第一個現代詩人楊熾昌(水陰萍)。1935年，楊熾昌在日本留學，受到法國傳入日本的「超現實主義旋風」的影響，便將這種文學思潮引進了台灣。1935年秋天，楊熾昌在台灣發起成立「風車詩社」，創辦《風車》詩刊。參加該詩社的成員有張良典、李張瑞、林永修等。《風車》詩刊的刊頭用法語作標題，發行了一年後停刊。該詩刊的創作宗旨是：「拋棄傳統，脫離政治，追求純藝術，表現人的內心世界。」

30年代西方的現代派對台灣小說創作也有一定的影響。像翁鬧和龍瑛宗的小說，都比較明顯地受到現代派的影響。不過台灣小說和新詩受現代派影響的形式和內容均有所區別。現代派詩潮是敲著鑼打著鼓，喊著口號，貼著標籤，大搖大擺進來的。而現代派小說卻是悄悄地「偷渡」入境的，必須從作品加以剖析，才能看到它的影子。

總結來講，在30、40年代，不論是大陸、還是台灣，現代主義文學從來不曾佔據主流地位。由於兩岸政治、社會問題的嚴峻，作家以關懷現實為第一要務，寫實主義一直有著強烈的影響，現代主義相形之下居於邊緣地位。在兩岸的文壇上，現代主義成為超越一切的主流，其第一次顯現，可以確定是六○年代的台灣。第二次出現這種狀況，則要等到八○年代以後的大陸文壇。不過，相較來講，八○、九○年代的大陸，現代主義的勢力

也不曾像六〇年代的台灣那樣，具有「橫掃一切」之勢。

# 二

　　六〇年代初期，台灣經濟才剛從戰爭與戰後初期的凋敝與混亂中恢復過來，才剛要準備「起飛」。在這樣的時代，為什麼產生於高度發達資本主義社會的現代主義會產生那麼大的影響力呢？

　　在本章第一節中，我們已對國民黨在五〇年代實施白色恐怖和土地改革的背景作了說明，並談到這政權在台灣企圖切斷此前一切的新文學傳統，這可以說從歷史因素上解釋了現代主義「移植」台灣的原因。另外，在第三節中，我們也分析了台灣現代小說在現代主義技巧與當代現實感受之間的特殊的結合關係，這也就說明，現代主義在當時特殊的政治、社會背景下，確實能在某些地方打動當時知識分子的心靈。白先勇即曾說過：

　　　　西方現代主義作品中叛逆的聲音，哀傷的調子，是十分能夠打動我們那一群成長於戰後而正在求新望變彷徨摸索的青年學生的。⑯

　　雖然我們對歷史作了這樣的理解，但我們仍然可以在這一運動正事過境遷之後作一反省與評估，以確定它在中國現代文學史上的位置，並對中國社會發展與文學發展之間的關係作一反思。

　　台灣現代主義文學第一個值得注意的現象是，跟五四新文學傳統的割離。從表面上看，台灣現代主義文學跟五四傳統好像有

---

⑯　白先勇，《第六隻手指》，台北，爾雅出版社，1995 年版，278頁。

若干相連的地方，譬如對待中國古典文化與古典文學的態度。台灣「現代派」的發起人紀弦在〈現代派信條釋義〉裡說：「我們是有揚棄並發揚光大地包容了自波特萊爾以降一切新興詩派之精神與要素的現代派之一群……我們認為新詩乃是橫的移植，而非縱的繼承。」夏濟安在《現代文學》雜誌的〈發刊詞〉裡說：「我們有感於舊有的藝術形式和風格不足以表現我們作為現代人的藝術情感。所以，我們決定試驗，摸索和創造新的藝術形式和風格。」這裡面的語氣有強有弱，但摒棄中國古典傳統的傾向卻是一致的。就這一點而言，台灣現代主義文學好像是五四「打倒孔家店」精神的繼承與最極端的發展。

但是，這一點表面的類似，卻不能夠讓我們斷言，台灣現代主義和五四運動在精神上是一脈相通的。除了西化和反傳統之外，五四精神還具體的表現為民族主義和愛國主義，表現為平民主義、人道主義和現實主義。民族與愛國這一點當然不用多說，至於其他方面，我們可以引述幾個主要理論家的言論來作為證據。陳獨秀在〈文學革命論〉一文裡，以鮮明的旗幟標舉「文學革命軍」的三大主義：「推倒雕琢的阿諛的貴族文學，建設平易的抒情的國民文學」；「推倒陳腐的鋪張的古典文學，建設新鮮的立誠的寫實文學」；「推倒迂晦的艱澀的山林文學，建設明瞭的通俗的社會文學」。除了陳獨秀之外，周作人也曾在〈人的文學〉和〈平民文學〉二文裡，說明他對新文學的期待。從題目本身，就可以了解到他的主張的精神之所在。即使是較「保守」的自由主義一派的代表人物胡適，也具有這種濃厚的平民主義和現實主義色彩。胡適在《白話文學史》裡比較李白、杜甫兩人之優劣時，說：

　　（李白）這種態度與人間生活相距太遠了，……我們凡夫俗子終不免自慚形穢，終覺得他歌唱的不是我們的歌

唱。他在雲霧裡嘲笑那瘦詩人杜甫，然而我們終覺得杜甫
能了解我們，我們也能了解杜甫。杜甫是我們的詩人，而
李白則終於是「天上謫仙人」而已。⑰

　　所以不惜篇幅把這些「常識性」的東西再引述一遍，是因為
台灣長期以來扭曲了五四運動的真相。在國民黨數十年的教育
下，五四新文學運動變成只是以「白話」代替「文言」的白話文
學運動，而五四新文化運動內涵也降低為「西化」與「反傳
統」，至於五四知識分子基於救亡圖存所發展出來的強烈的現實
主義關懷則完全被淡化了，甚至掩飾了。

　　國民黨的教育所以這麼「處理」五四的原因，並不難理解，
因為三○年代以後，作為五四精神之代表的新知識分子絕大部分
都左傾了，而胡適為首的自由主義的那一系知識分子則淪為少
數。當國民黨撤退到台灣來的時候，即使連自由主義知識分子也
只有一部份跟國民黨跑到台灣來。至於作為二○、三○年代文化
主流的左派的知識分子，則完全留在大陸。這就「先天」的決定
了未來台灣义化及文學發展的體質，就是這樣的體質導致了台灣
所有特有的現代主義風格。

　　我們當然了解，平民主義、人道主義和現實主義是不能再講
了，因為那已是左派文學的「專利」，在當的情況下早已成為國
民黨「肅清」的對象。其實，這種文學的真正代表人物也都不在
台灣，因此也沒有人會認真的去講、去提倡。再退一步說，即使
你真想要講、要提倡，如何去做呢？土地在那邊、人民在那邊，
你的現實主義的基礎在那裡？除非你「相信」大陸的「淪陷」是
中國歷史的大劫難，是中國人民的大災難。也就是說，在當時的
情況下，唯一具有「現實」意義的文藝是「真正」的反共文藝。

---

　　⑰　　《白話文學史》，胡適紀念館，1969 年版，249 頁。

在國民黨的大力提倡之下，反共文藝終究不免流於公式與八股，這就證明，唯一可能的「現實主義」文學終於也是「非現實」的。

在這種情況下，我們可以了解，台灣現代主義的西化與反傳統是沒有「根」的，是不可能以民族主義和現實主義作基礎的。這跟植根於民族、人民和土地的五四運動的西化與反傳統是完全不同的。所以我們不能以某些表面的類似來斷言台灣現代主義與五四的關係，我們反而要以這些表面的類似作對照，去突出他們之間的差異，從而斷言，台灣現代主義是對五四精神的背離。

由此，我們就不難理解，為什麼台灣的現代主義作家極少談到五四。即談到，也都頗有微辭，不是要降五四的「半旗」，就是要剪掉五四的「辮子」⑱因為他們根本不是五四的「兒子」，連「遺腹子」都算不上。

根據以上的話我們可說，如果民族主義與反帝國主義、平民主義與平民式的社會主義是中國現代史的主要課題，如果反映這一歷史課題的五四文化是中國現代文化的主軸，那麼我們不得不下結論：當國民黨撤退到台灣、當極少數的「忠」於國民黨的自由主義知識分子跟著國民黨流離轉進到台灣時，他們已經完全喪失了五四文化之所憑藉的土地與人民，因此也正式宣佈他們跟五四文化完全斬斷了有形的連結。這就足以說明，台灣現代主義文學的「現實」因素與「民族」因素所以顯得那麼蒼白的原因。

---

⑱　余光中有〈下五四的半旗〉一文，發表於一九六四年；又有〈剪掉散文的辮子〉，批判五四以來的散文（一九六三年）。兩文均收入散文集《逍遙遊》（原為文星書店印行，後有時報出版公司重排本。）

# 三

其次，要談到台灣六○年代的現代化與現代主義文學的關係。

在探討台灣現代化所牽涉到的文化問題時，我們必須考慮到這樣的基本事實：作為現代中國文化主流的關懷民族與人民的五四傳統已經完全斷絕，作為國民黨統治基礎的意識形態，如反共抗俄、解救大陸同胞、實行三民主義、維護中國文化等等，事實上並不能真正的吸引人心。這也就是說，在當時的環境下，配合台灣社會的現代化，國民黨本身不但沒有提出一套足以解釋這一切的思想系統，而且還把那一個可能平衡現代化發展的五四傳統連根拔除，因而造成了思想上的「真空」。

在這種情形下，完全沒有考慮到中國（包括台灣）的特殊處境，完全以西方（尤其是美國）的標準作尺度的現代化思想，必然配合著台灣的現代化過程，而成為台灣民眾唯一信服，唯一可以接受的意識形態。就是在這種情況下，《文星》雜誌成為台灣的新知識分子（相對於五四傳統的舊知識分子）的代言人，而李敖的「全盤西化論」也就成為台灣現代化運動的最有力的「宣言」。在這個時候，台灣的新知識分子對於國民黨的攻擊，主要在於國民黨官僚的陳舊、落伍與不夠現代化，而不是如舊五四知識分子之責備國民黨賣國與背叛人民。

這種沒有本土基礎加以中和的現代化思想，同樣的不會從歷史的角度去考慮西方文化的問題，而只是把西方的現代文化加以絕對化，加以超時空化，並把它提昇為判斷其他文化的標準。在這種情況下，本來是以反映現代西方資產階級社會的病態作為主要目的的西方現代主義，在台灣現代化知識分子的眼中，反而會抹去了它的問題性，而只呈顯出它的進步面，而成為現代社會的

現代文學，以別於舊社會的舊文學。也就是說，現代化與現代主義變成是同樣具有同一方向的進步意義的名詞。

這種思考方式近年來在海峽兩岸的某些現代派的評論家身上表現得最為明顯。在大陸逐漸資本主義化的現在，大陸的一些現代派的擁護者，把現代化和現代主義等同起來，以和他們心中所反對的社會主義和現實主義加以對抗⑲。同樣的，台灣的擁護現代主義各流派的學者與作家，也把現代主義文學看作是「進步的」，並抨擊鄉土文學論戰以後的現實主義文學竟然「落伍」到去走「過時」的老路。

五〇、六〇年代的台灣現代主義作家，並沒有像當代海峽兩岸的某些學者和作家一樣，把現代主義和現代化明顯的等同起來，但基本心態卻是一致的。因為在那個時候，他們根本不必為此擔心；他們不必像當代的大陸學者那樣，為了有別於官方的現實主義而不得不替自己辯護；也不必像台灣當代的某些學者和作家，為了對抗七〇年代以後重新崛起的現實主義浪潮而不得不替自己找尋立場。五〇、六〇年代台灣的現代主義者理所當然的就把現代主義與現代化等同起來，因為誰都在心中如此的想，誰也沒有去質疑過這樣的問題。也就是說，他們接受現代主義就正如當時台灣的民眾接受西方的現代化產品那麼容易。經濟要現代化，生活要現代化，文學也要現代化。所以你就要象徵，要超現

⑲　當代大陸文壇關於現代派的論爭，參看周敬、魯陽《現代派文學在中國》（遼寧大學出版社，一九八七）第六章第一節。文中引到徐遲〈現代化與現代派〉一文，徐遲說：「在我國沒有實現現代化建設之時，我們不可能有現代派文藝……然而不久的將來，我國必然要出現社會主義的現代化建設，最終仍將給我們帶來建立在革命的現實主義和革命的浪漫主義兩結合基礎上的現代派文藝。」（155頁）這可以說是把現代化和現代派等同起來的標準案例。

實，要自動寫作，要意識流，如此等等。

　　在這種情形下，現代主義可以如現代化的電氣產品一樣，變成一種流行，一種時髦。西方人寫死亡，我們也要寫死亡；西方人寫潛意識，我們也要寫潛意識，西方人使用了這樣那樣的新技巧，我們也要亦步亦趨。一直到八〇年代，馬奎斯獲得諾貝爾獎時，我們的文學界也基於同樣的心態，開始寫作「魔幻現實主義」的小說。

　　當然，這只是就意識形態的層次上來講。在實際創作上，台灣的優秀作家不至於笨到喪失自己直覺的現實敏感性，而完全淪為西方現代主義的模仿者。我們可以說，台灣現代主義作家的成敗主要繫於：他的直覺的敏感性是否超越過他對西方現代文學的題材與技巧的模仿性。如果前者的程度超過後者，那麼，他可以獲致某些成就；如果後者遠超過前者，那麼，我們可以斷定，他的作品無甚足觀。

　　一九七二年關傑明大力攻擊台灣現代詩的理由是：這些作品一旦翻成英文，完全變成西方現代詩的拙劣的仿製品。這就證明，台灣的現代主義文學一旦淪為西方現代文學的忠實的模仿者，其命運就如東方的女孩子不顧自己先天體型上的差異，盲目的照搬西方的流行服飾一樣，其「結果」是非常慘不忍睹的。

　　我們可以說，整體的看起來，五〇、六〇年代的台灣現代文學，現代小說的成就明顯要大過於現代詩。理由很簡單：台灣的現代小說非常「不像」西方現代小說，但台灣的現代詩有相當的一部分「好像」是西方現代詩的拙劣的翻譯。就是因為這個「像」，證明台灣的許多現代詩人並沒有在本身的國度裡尋求真正的生活感受，而只是按照西方現代詩的方式去「感受生活」因而得到文學上的「慘敗」。

　　跟現代詩剛好相反的是現代主義小說家中最早成名的白先勇。一般都認為，白先勇是台灣現代主義的代表作家，但仔細研

究起來，白先勇其實是最不「現代主義」的。他的《台北人》的整體構想，雖然不可否認的來自於喬伊斯的《都柏林人》，但整體的精神與技巧都是相當傳統的。這也就是說，就氣質而言，白先勇實在更適合當個現實主義小說家。他之所以「不得不」成為台灣式的現代小說家，正證明了：現代主義已隨著台灣的現代化而成為一種流行，白先勇也不能自外於這種潮流。

　　王禎和也有類似的情形。王禎和所受到的現代主義的影響可能要比白先勇稍微多一些，但本質上，他是一個頗有自然主義傾向的現實主義者。他的作品最後所呈現出來的是，現代主義與自然主義的奇異結合，但真正有價值的還是，他的自然主義感性所捕捉的東西。

　　有的人毫不考慮的就去趕流行，有的人不得不違自己的本性去趕流行，這就證明：五○、六○年代的現代主義是配合著五○、六○年代的現代化，湧進台灣社會的西方事物，這是台灣現代主義無可否認的某種「社會基礎」。[20]

　　以上從台灣現代主義文學與五四新文學傳統的關係、從它對台灣現代化的偏頗認識，這兩個角度來談它的「問題性」。這其實並不否認台灣現代主義在突破「反共文藝」八股方面所作的貢獻，也不否認它在現代文學技巧上的試驗與開創之功。但更重要的是，它對於文學與現實人生、文學與民族文化的態度產生了許多不良的影響，對戰後台灣文學的發展基本上妨礙作用似乎更大一些。當我們考慮到目前台灣文化、知識界普遍強調「世界性」而漠視「民族性」，普遍強調「個人內心」而忽視「社會現實關懷」，這一切的傾向都可以追溯代五、六○年代的現代主義文學運動以及相平行的「全盤西化論」。對此，人們的反省似乎還遠

---

[20]　以上二、三兩小節為呂正惠〈現代主義在台灣〉二、五兩節之節略。

遠不足。

　　另外，也要考慮到，現代世界的文化交流，尤其是高度發達的資本主義國家和第三世界國家的文化交流，是一個不平衡的過程。高度發達的資本主義國家常常憑藉著它的經濟優勢，向第三世界傾銷它的文化產品。我們可能把這些文化產品視為「金科玉律」，奉行惟恐不及；我們也可能把這些文化產品視為「強迫推銷」，認為完全不能切合第三世界國家的需要。很明顯這兩種態度都有所偏頗。經由現代主義在五〇、六〇年代的台灣的流行所造成的問題，可以說明這一現象的複雜性。從這一複雜性我們就可看到我們不能以西方的觀點來看待第三世界的現代主義的文學問題。我們應該發展出全面的第三世界的現代主義的社會學以探討第三世界在文學發展上的困境。從這一複雜性我們也可以了解到，毫不經過考慮的就把資本主義國家的文化全盤接受，生吞活剝的加以模仿，無論如何是走不通的。

# 第七章

# 復歸左翼文學傳統的鄉土文學思潮

　　鄉土文學論戰的發生，是 70 年代台灣整個「回歸運動」中的一環。它從反現代主義和反殖民經濟的立場出發，向著回歸中國本位、回歸現實主義創作、回歸民族文化的方向邁進。鄉土文學論戰在整個台灣文學的發展過程中，不僅接續了被五六十年代的「戰鬥文藝」和現代主義文藝所中斷了的現實主義傳統，使文學重新回到現實生活的土壤中；而且在新的歷史條件下構建了鄉土文學理論，並極大地豐富和發展了現實主義文學傳統。如果說，台灣文壇上的現實主義過去更多地訴之於反帝反封建的精神指向，那麼，陳映真、黃春明等人為代表的現實主義，則第一次提出了對於扭曲台灣社會和人性的帝國主義跨國經濟的批判問題。在創作方法上，它本著開放的文學精神，在批判現代主義創作路線的同時，並不排斥對其文學技巧的吸收融合。

　　然而，這一鄉土文學運動，在 80 年代發生了很大變化，從而改變了「鄉土文學」的面貌與詮釋方式。當年鄉土文學的主將之

一王拓，發生了政治方向的急速逆轉和倒退。當年沒有參加鄉土
文學論戰的「台獨」人物，卻要冒充歷史的創造者，對鄉土文學
論戰進行虛構、歪曲和顛覆，竭力把鄉土文學篡改為以「去中國
化」為主要特徵和構建方式的「本土文學」與「台灣文學」。因
而，通過事實的梳理，還鄉土文學論戰以歷史的真相，有力地鞏
固鄉土文學論戰取得的成果，就成為當前文藝界急需解決的迫切
問題之一。

## 第一節　在民族回歸熱潮與批判現代派鬥爭中崛起

　　發生於 1977 年至 1978 年之間的鄉土文學論戰，是台灣光復
以來未曾有過的一次大規模的文化論戰①。它在特定的社會歷史
條件和文學背景下產生，其影響又遠遠超出了文壇論戰的範圍。
作為 70 年代社會思潮與文化思潮的必然產物，鄉土文學論戰「實
際上是台灣兩種政治勢力、兩種意識、兩種文學主張、兩種文化
心理等，經過多年淤積、摩擦、交戰之後，匯聚成的一次總較
量。」②

　　進入 70 年代，台灣遭逢外交變局引起危機，從社會結構到民
眾心理都經歷著前所未有的時代激盪和內在震撼。一方面，為盡
快擺脫嚴重的內外困挫局面，國民黨當局被迫提出「革新保台」
的政策，來緩解台灣內部的政經復合危機與壓力，維持與強化抗

①　何　欣：〈報導文學與文學創作〉，載《中國現代小說的主潮》，
　　台北，遠景出版社 1979 年版，第 179 頁。
②　古繼堂：《台灣小說發展史》，春風文藝出版社 1989 年 11 月版，
　　第 330 頁。

共防共的思想體系和既有體制，以實現國民黨高層權力的世代交替。另一方面，經歷了戒嚴體制和西化思潮的台灣民眾，在新的歷史轉折點上開始反省自身的境遇與前途，特別是青年知識分子思想意識的激活與覺醒，使得關懷社會、改革社會和反帝反資的時代吶喊蔚為風潮，整個台灣向著回歸民族、回歸鄉土方向轉舵。台灣鄉土文學的崛起，就是這種回歸大潮中一個組成部分。70年代台灣所面對的國際風雲變幻、政治經濟矛盾、思想文化風潮以及文壇內部流向，不僅構成了鄉土文學論戰發生的遠源近因，而且以多重複合的背景存在，揭示了鄉土文學論戰進程中可能遭遇的一種複雜多變和險象叢生的現實境遇。

從國際背景看，70年代發生於島外的一系列重大事件，對鄉土文學論戰產生了重要影響。

1970年11月，「釣魚島事件」發生。釣魚島作為台灣東北方無人居住的8個海中小島的統稱，歷來屬於中國領土。1970年8月10日，日本對釣魚島海底資源主權問題提出「異議」；美國則宣稱將釣魚島作為「琉球群島的一部分」歸還日本。適逢聯合國「代表權」危機的國民黨當局，「惟恐日本立場改變，不欲與日本對立而影響席次，因此僅止以『聲明』對抗日本行動」③，並未採取堅決的對應措施。日、美的侵略行徑和國民黨當局的軟弱立場，引發台灣留美學生和島內青年學生以反帝愛國為內容的「保釣運動」。1971年1月29日至30日，美國各地華人成立的「保釣委員會」組織聲勢浩大的示威遊行，其規模擴及美國50餘城市，近百所大學。之後，「保釣運動」的主戰場由海外移至島內，在校園裡發展為「自由化運動與社會服務運動」。在社會上，青年知識分子則「以《大學雜誌》為發言台，推動著政治改革運動。」④隨著形勢的變化，「保釣運動」的隊伍逐漸分化，

---

③　《台灣生存之戰》，風雲書系(43)，台灣，風雲出版社，第51頁。

其中「革新保台派」和「台獨派」相繼退出「保釣運動」。然而，以陳鼓應、王曉波為代表的「統一派」，在遭受台灣當局壓制的環境中，仍舊對外堅持民族主義，對內要求「革除弊政」，引導「保釣運動」向祖國統一方向發展。這種社會新思潮的推進，不僅極大地衝擊了國民黨當局的統治，增強了台灣知識青年的參與意識和關懷精神，而且以它所激活的世界觀、歷史觀、人生觀與文學觀，影響和貫穿了 70 年代的現代詩論戰與鄉土文學論戰。正因為如此，「鄉土文學爭論的源頭，可以溯自保釣愛國運動。」⑤

1971 年 10 月 25 日，在台灣的「中華民國」被迫退出聯合國。在全世界冷戰體制重組下，聯合國正式承認中華人民共和國的合法席位。這一歷史性事件對於台灣各界而言，不啻於一場強烈地震。國民黨政權遷台之後，外交上始終堅持兩個工作重點，一是確保「中華民國」在聯合國中的席位，二是維持與美國的關係。如今台灣被迫退出聯合國，意味著它永遠失去了「代表中國」的資格和外交權。台灣的「外交形勢」由此急轉直下，年內就有 23 個國家與之「斷交」。國際政治格局的新變動，促使日本不甘心落後於美國同中華人民共和國建交。從 70 年代初就開始謀求與中國改善關係，以開拓其商業市場的日本政府，遂於 1972 年 9 月 25 日宣佈中日邦交正常化，日蔣關係最終徹底破裂。國民黨當局的一系列外交潰敗，使台灣民眾心理也承受了極大的壓力，對台灣的國際生存境遇和社會前途的反省，即刻成為一個迫在眉睫的問題。「許多人無法面對這種國際孤兒的衝擊，紛紛以尋求

---

④　江　南：《蔣經國傳》，美國論壇社 1984 年 11 月版，第 439 頁。

⑤　轉引自：〈艱難的路，咱們一路走來〉座談會紀要，《清理與批判》（人間‧思想與創作叢刊），台北，人間出版社 1998 年 12 月版，第 194 頁。

自保遠走他國，也使得台灣社會整體經濟結構受到衝擊。」「初退聯合國時，一時物價波動，資金外流，連帶影響到對外貿易，房地產下跌；移民簽證大排長龍，對台灣的威脅，自然十分嚴重。」⑥

進入 70 年代，迫於歷史潮流的大勢所趨和多重利益的考慮，美國對華政策發生重大變化。尼克松總統於 1972 年 2 月 21 日訪華，發表舉世聞名的《上海公報》。1978 年 12 月 26 日，中美兩國發表建立外交關係的聯合公報，美國承認只有一個中國，台灣是中國的一部分，中華人民共和國是中國惟一合法的政府，並廢除與台灣的《共同防禦條約》。中美建交使台灣依附美國的外交體系逐漸瓦解，迫於形勢的壓力，國民黨當局不得不全面調整其對外政策。

在國際情勢急速逆轉的背景下，台灣 70 年代的政經復合危機也日益突出。政治上，國民黨內部面臨高層權力的世代替換，黨外新生力量與資產階級政治運動開始發展。就台灣經濟形勢而言，60 年代的工業經濟起飛的背後，不僅造成了農業連年衰退，勞動力嚴重外流的負面結果，也隱伏著殖民經濟對外高度依賴的弊病。1973 年所發生的世界石油危機，使台灣經濟遭受前所未有的重創。僅以 1973 年與 1974 年相比，工業年平均增長率由 32％下降至 1.12％；失業率由 1.26％上升為 1.53％；物價的上漲幅度，遠遠超出了 1960-1972 年這 12 年的漲幅總和，台灣經濟由此急轉直下，進入停滯性膨脹的狀態。

台灣 70 年代經歷的內外變局，引發了社會結構與民心世相的變化。第一，民族意識的覺醒，首先促成了那個時代知識分子的思想抉擇。「1970 年左右，知識分子對台灣問題的總反省，導源於當時台灣在政治、社會方面所面臨的大變局。這一變局動搖了

---

　⑥　《台灣生存之戰》，風雲書系⑷，台灣，風雲出版社，第 56 頁。

前 20 年國民黨威權體制所建立的穩定局勢，暴露了台灣社會所潛藏的種種問題，因而改變了知識分子整體的思想傾向。」⑦由「保釣運動」所激發出來的民族情感與社會意識，使得「關心國是」「討論國是」蔚然成風，打破了戒嚴體制下台灣學界與社會多年的沉寂。第二，台灣國際人格的喪失，增強了民眾的反省精神與自我生存意識，台灣高校紛紛組織社會服務團「上山下海」、「為大眾服務」，在回歸民族、回歸鄉土的浪潮中，體察底層民眾的生存境遇和現實癥結，尋求自救自主道路。第三，台灣經濟在世界石油危險中的嚴重衰退，使愛國知識分子開始認清台灣殖民經濟的弊病和帝國主義「經援」的侵略本質，並在反觀台灣西化之風的覺醒中，對崇洋媚外心態進行批判。上述情形釀就的社會風潮，為台灣文壇的新變動提供了強有力的思想文化背景。從現代詩論戰到鄉土文學論戰，台灣 70 年代所走的文學路線，與這一時期新興的思想文化路線，有著同一方向的時代同構性。

　　然而，文學變革是一個複雜的過程，它雖然不可避免地受到政治、經濟、文化等多重因素的影響，但它不能看做社會變革的被動反映和副產品。文學的變革歸根結底還在於文壇的內部運動，它往往由文學既定規範的枯萎和對變化的渴望所引起。就台灣而言，60 年代主宰文壇的現代派文學，對於打破 50 年代「戰鬥文藝」的一統天下，提升台灣文學的藝術水準等等，有著不容抹煞的意義。但是，戰後西方世界的現代主義文藝本身所呈現出來的蒼白面貌，作為冷戰體制下西方意識形態的一種現實存在，它最早進入 50 年代的台灣詩壇，是在民族優秀文學傳統缺席和斷層的背景下，以一種「輸入」的舶來品被橫向移植過來，所以它

<hr>

⑦　　呂正惠：〈七八十年代台灣鄉土文學的源流與變遷〉，《文學經典與文化認同》，台北，九歌出版社 1995 年 4 月版，第 66 頁。

的「先天不足」和後天氾濫，不可避免地帶來了盲目模仿、一味西化的時弊。部分現代詩脫離生活、逃避意義的空洞虛無和晦澀難懂，使台灣現代主義文學從最初的藝術叛逆，逐漸走向文體風格的自我封閉和既定規範的枯萎。對這樣一種影響創作健康發展的文壇時弊的再反叛，就成為新的歷史條件下文學變革與發展勢在必行的內在動力。所以，從新詩回歸運動到鄉土文學創作，從現代詩論戰到鄉土文學論戰，從《文學季刊》、《文季》、《台灣文藝》雜誌，到《笠》、《龍族》、《葡萄園》等詩刊，在文學創作、文藝運動乃至文學陣地等多種層面上，貫穿整個 70 年代文學面貌的，就是在回歸民族、回歸鄉土的旗幟下，對台灣現代主義文學的惡性西化現象進行檢討、反省和叛逆。這種來自文壇內部的力量湧動和運行軌跡，最終釀成了鄉土文學論戰的總爆發。

　　1972 年至 1973 年的台灣現代詩論戰，實際上構成鄉土文學論戰的先導。詩歌作為最敏銳的文學形式，它往往得風氣之先，迅速捕捉到社會生活和藝術變動的信息，因而藝術的革命每每在詩界首先發起。70 年代初，反感於現代詩「橫的移植」，《龍族》詩刊聲稱，要「敲我們自己的鑼，打我們自己的鼓，舞我們自己的龍」。但如果沒有外力的幫助和促成，現代詩壇的這種內部反省則很難深入進行。在這種情況下，先後出現的「關傑明旋風」和「唐文標事件」，就以文學批評的尖銳力量，首先引發了70 年代對現代詩創作路線反省與論戰的風向。1972 年 2 月，英國劍橋大學博士、當時在新加坡大學執教英文的關傑明，在台灣《中國時報》人間副刊上連續發表了〈中國現代詩的幻境〉、〈中國現代詩的困境〉、〈再談中國現代詩：一個身份與焦距共同喪失的例證〉三篇文章，對葉維廉、張默、洛夫主編的三部詩論或詩選表示失望，並一針見血地指出：台灣現代詩充斥著做作的、對生命的逃避和玩票式的語言技法，作家這種「忽視傳統的

中國的文學，只注意歐美文學的行為，就是一件愚不可及而且毫無意義的事。」⑧在他看來，所謂詩的傳統，絕不只是詩的形式、格律等方面的東西，而更是詩人對於整個中國文學世界所建立起來的複雜而豐富的傳統的歸屬感。但台灣現代派詩人所失落的，或拋棄的正是這種特殊的心靈歸屬感。關傑明凌厲尖銳的措辭和指名道姓的批評，引起了詩壇的震動，前述三本「選集」的主編，準備出版《中國現代詩總檢討》專輯來與關傑明緊張應對。但其他文章，或攻擊關傑明「驚世駭俗」，動機不純；或指責關傑明文章以英文寫成，有挾洋唬人之嫌；或嘲諷關傑明是基於英譯台灣現代詩而進行詩評，故不得原詩真境等等。然而，對於關傑明提出的觀點，當時的反駁文章卻鮮有論爭。這種以種種藉口迴避正面論爭的做法，以及充滿意氣與傲慢的態度，成為台灣現代派詩人遭逢 70 年代文學批評時的最初反應。

　　把關傑明批評推向深入並造成轟動的，是 1973 年 8 月剛從美國回台大數學系任客座教授的唐文標。在此之前，他先以史君美的筆名發表〈先檢討我們自己吧〉的文章，從海外呼應關傑明；1973 年七八月間，他分別在《龍族評論專號》、《文季》、《中外文學》上發表的〈什麼時代什麼地方什麼人〉、〈詩的没落〉、〈僵斃的現代詩〉，「這三篇文章像一顆核彈般，落在已經爭吵不休的詩壇」⑨，唐文標指名批評了《文學雜誌》、《藍星》、《創世紀》等社團刊物，以及洛夫、周夢蝶、葉珊、余光中等人的詩作，從而引發了一場現代詩的論戰。顏元叔在 1973 年10 月出版的《中外文學》上撰文，將這種現象稱之為「唐文標事件」。

---

⑧　關傑明：〈中國現代詩人的困境〉，趙知悌編，《文學，休走》，遠行出版社，1976 年版，139 頁。

⑨　何　欣：〈30 年來台灣的文學論戰〉，《現代文學》復刊第 9 期。

　　如果說，關傑明的批評主要著眼於詩與傳統的關係；唐文標的矛頭則指向詩與現實的關係，重在強調文學面向現實的社會功能。唐文標以空前猛烈的批評筆調，指責服膺於「藝術至上」的台灣現代詩人，他們「生於斯，長於斯而所表現的文學竟全沒有社會的意識、歷史的方向，沒有表現出人的絕望和希望。每篇作品都只會用存在主義掩飾，在永恆的人性，雪呀夜呀，死啦血啦，幾個無意義的詞中自瀆。」⑩唐文標還將台灣現代派詩人對現實的「逃避」方式歸為「個人的逃避」、「非作用的逃避」、「思想的逃避」、「文學的逃避」、「抒情的逃避」、「集體的逃避」六種，並逐一舉例加以批判。唐文標希望通過批評現代詩的積弊，發展出新的詩歌道路，所以他情緒激烈地大聲疾呼：「今日的新詩，已遺毒太多了，它傳染到文學的各種形式，甚至將臭氣閉塞青年作家的毛孔，我們一定要戳破其偽善的面目，宣稱它的死亡，而希望中國年輕一代的作家，能踏過其屍體前進。」⑪

　　唐文標對台灣現代詩的無情宣判，使整個詩壇誼譁騷動起來。「擁唐派」和「反唐派」互相論戰，現代派詩人們更是群起而攻之。但他們反駁的文章或以偏概全，失之於片面化；或意氣用事，停留於情緒化；有的甚至走向政治攻擊。故謾罵洩憤者多於冷靜理智的討論，未能在學術層面做出深入探討。顏元叔因為看不慣所謂「唐文標用大掃除的手法，把整個現代詩都說成脫離時空」⑫，於是站出來對唐文標的詩的社會功利主義提出異議。顏元叔指責唐文標文學見解褊狹，「只是從望遠鏡裡看到人生的

---

⑩⑪　唐文標：《天國不是我們的》，台北，聯經出版公司 1976 年 5
　　　月版，第 190 頁、第 144 頁。

⑫⑬　顏元叔：〈唐文標事件〉，《中外文學》2 卷 5 期，1973 年 10
　　　月。

小塊」⑬，而閱讀唐文標的文章就會知道，他所反對的正是現代詩連篇累牘地表現「自我放逐」的主題，把世界變得狹小，更談不上顧及詩的時代使命。顏元叔以一種走了板的觀點批評唐文標，〈唐文標事件〉一文也在當時產生了較大影響。隨後，余光中在〈詩人何罪？〉一文中，頗帶情緒地反詰唐文標：「要詩人去改造社會，正如責成獸醫去維持交通秩序，是不公平的。」「雖說國家興亡，匹夫有責，但是被政治家搞亂了的世界，竟要責成詩人，手無寸鐵囊無稿費……的詩人去加以改造，豈不避重就輕苛求太甚？」⑭ 他認為唐文標的文學觀是「幼稚而武斷的左傾文學觀……這種半生不熟的幼稚口號，早在30年代已經喊濫，現在竟勞數學專家、客座教授遠從美國像轉運鴉片那樣批來台灣，當做時鮮補品一樣到處叫賣，真令人有『惠蛄』之感。」⑮到了周鼎的文章，則斥責唐文標倡導社會文學是30年代的普羅文學觀，由此可見其「用心險惡」⑯。更有甚者，在1974年7月出版的《創世紀》詩刊，有一篇題名為〈請為中國詩壇保留一份純淨〉的社論，竟攻擊唐文標是「赤色先鋒隊」，要在台灣散播「唯物史觀」和「普羅文學的毒粉」！論戰的形勢，頗有愈來愈緊張的趨勢。

在「唐文標事件」前後，一批年輕的學者、詩人和評論家以新生代的力量重新聚集，他們與關傑明、唐文標形成的合力，共同推動了關於台灣現代派詩歌的檢討。詩人高準於1973年發表的〈論中國新詩的風格發展與前途方向〉，在那個時代，是惟一把詩在台灣的流變，與整個中國新詩的衍發合併起來討論的文章。

---

⑭⑮　余光中：〈詩人何罪？〉，《中外文學》2卷6期，1973年11月，第6頁。

⑯　　周　鼎：〈為人的精神價值立證〉，《創世紀》第35期，1973年11月。

開闊的文學史觀與豐富的創作經驗，使高準不但對中國新詩傳統
有著深刻的理解，而且能以比較公平、客觀的態度，去評價詩人
不同歷史時期的創作風貌。高準還在文中歸納了現代派詩歌的 8
種弊病：1.拖沓堆砌，結構散漫；　2.叫囂吶喊，流為口號；3.摧
毀韻律，佶屈聱牙；4.排斥抒情，毀棄性靈；5.蹂躪漢語，曖昧
晦澀；6.割絕傳統，喪心病狂；7.矯揉造作，頹廢虛無；8.擯絕
社會，麻木不仁 ⑰。與此針鋒相對，高準為新詩的再建設提出
「五點基準」和「三項方針」，強調詩歌要吸收傳統精華，深刻
關注社會現實和發揮抒情性能。

　　龍族詩社於 1973 年 8 月出版的《龍族評論專號》，「是這一
回現代詩批判運動中的一件大事。它邀集了各個階層的人發表意
見，雖然內容因此顯得蕪雜，仍不失為多年來對現代詩的檢討，
盡力最多，做得最好的一項工作」⑱。它在聚集了重續傳統的青
年詩人力量的同時，還廣泛地向海內外作家、學者、讀者約稿，
包括唐文標，以及余光中、梅新、辛郁等現代詩人。評論專號的
出版，「不是也絕不可能是一種價值上的最終論斷，它只是一次
接觸，一次可能逼近現代詩諸般體貌的測航」⑲。專號對現代詩
的批評指向，一是那種脫離傳統的惡性西化現象，二是脫離社會
現實和脫離大眾的傾向。它希望以 70 年代的詩人立場，重新審視
和認真檢討五六十年代以來的詩風，由此引起詩人們的警覺。
「現代詩不可能長久停留在閉關自守、孤芳自賞的階段。它必須

---

⑰　　高　準：〈論中國新詩的風格發展與前途方向〉，《大學雜誌》
　　　1973 年。

⑱　　趙知悌：〈《文學，休走──現代文學的考察》序〉，《文學，
　　　休走》，台北，遠行出版社 1976 年 7 月版。

⑲⑳　　高上秦（高信疆）：〈探索與回顧──寫在〈龍族評論專號〉
　　　前面〉，《龍族詩刊》第 9 期，1973 年 7 月。

跨出自己的門楣……接受我們作為一個中國詩人的歷史背景與現實意義……在社會的、生活的、鄉土的諸般層面裡，用自己的筆，傳達出我們這個時代的悲歡愛恨」⑳。新詩與傳統的這種結合，它與現實的真切呼應，反映的正是讀者、作者都共同要求的現代詩的「歸屬性」。評論專號對批評與重建的注重，使它傳達出更年輕一代詩人重新集結和詩歌再出發的時代心聲。

　　從關傑明、唐文標再到高準、《龍族評論專號》，發生在 70 年代初期新的社會思潮背景上的這場現代詩論戰，它所提出的問題，其廣度和深度比以往歷次現代詩批評要深刻得多。「在這個論戰中，相對於『現代詩』之『國際主義』、『西化主義』、『形式主義』和『內省』、『主觀』主義，新生代提出了文學的民族歸屬，走中國的道路；提出了文學的社會性，提出了文學應為大多數人所懂的那樣愛國的、民族主義的道路。他們主張文學的現實主義，主張文學不在敘寫個人內心的葛籐，而是寫一個時代、一個社會。」㉑經過激烈的論戰，不僅促成了整個社會對現代詩的關注，也喚醒了現代詩人對自身創作的反思和檢討，為他們改變創作路向奠定了基礎。正如何欣所總結的那樣：

　　　　唐文標的幾篇文章衝擊和影響力相當大，逼得詩人們不得不做一些反省，而逐漸地擺脫病態的現代主義的束縛，另闢蹊徑，重返傳統──不是形式，而是一種自覺的認知。於是討論文學裡的時代社會意識的文章便多起來了，不染人間煙火的作品開始受到嚴厲批判。詩人們也喊出：「惟有真正屬於民族的，才能真正成為國際的了㉒。

---

㉑　陳映真：〈文學來自社會，反映社會〉，《仙人掌》第 5 期，1977 年 7 月；又見尉天驄主編《鄉土文學討論集》（以下簡稱《討論集》，1978 年 4 月遠景出版社，65 頁。

　　事實上，早在現代詩論戰發生之前，著名的鄉土文學作家吳濁流、陳映真與評論家尉天驄就已經出發先行，對台灣文學中的西化現象表示了嚴重關注。吳濁流在〈我設立文學獎的動機和希望〉、〈大地回春〉、〈漫談台灣文藝的使命〉等一系列文章中，反對一味拜倒在西方文學腳下的「模仿文學」，強調台灣鄉土文學中的個性必須統一於民族性和世界性。陳映真和尉天驄在1966-1970年的《文學季刊》上，也曾嚴厲地批判過新詩西化的不良傾向。陳映真的〈現代主義的再開發〉、〈期待一個豐收的季節〉，尉天驄的〈對個人主義文藝的考察──站在什麼立場説什麼話〉等文章，以他們對文壇現實的敏鋭觀察和前瞻性的社會批判眼光，指出患著「思考上和知性上的貧弱症」的台灣現代主義，「在性格上是亞流的」這一事實[23]。但因為他們的文章沒有發表在影響力強大的主流傳媒上，當時未能引起人們特別的注意。在1972-1973年的現代詩論論戰中，上述觀點開始受到普遍重視。1973年8月，尉天驄等人主辦的《文季》，還組織了對現代派小説家歐陽子作品的批評。這可以看做70年代批判台灣現代派小説西化的開端。陳映真、尉天驄對文學社會的思考，同現代詩論戰以及後來的鄉土文學論戰中所堅持的精神方向完全一致，那就是在對西化文學的全面批判中，倡導「回歸民族，反映時代」的創作路線。正是由於這種精神血脈的聯繫，現代詩論戰成為鄉土文學論戰的先導和前奏，鄉土文學論戰則標誌了對現代詩論戰的延伸和深化。前述種種，為導致鄉土文學論戰爆發的文學背景提供了真實的見證。

---

[22]　何　欣：〈三十年來台灣的文學論戰〉，《現代文學》復刊第 9 期。

[23]　陳映真：〈現代主義的再開發〉，《文學季刊》第 2 期，1967 年 3 月。

## 第二節　在複雜的政治文化環境中展開激烈的論戰

　　70 年代初期關於現代派文學的論爭之後，以回歸鄉土、面向現實為旗幟的鄉土文學創作思潮，逐漸在台灣文壇佔據主導地位。這很快引起了台灣官方或半官方人士的警覺與注意。由於文學的、政治的多種原因，一場不可避免的鄉土文學論戰於 1977 年秋天正式爆發，並迅速席捲台灣文壇及影響至海內外。

　　關於鄉土文學論戰的背景、本質以及論爭趨勢，徐復觀在〈評台北有關「鄉土文學」之爭〉一文中曾經這樣論述道：

　　　　自 1970 年以來，台灣在經濟上有了畸形的發展，在文化上也出現了轉形的蛻化。所謂「畸形」是指對外國資本家，尤其是對日本資本家的開門揖盜而言。所謂「轉形」是指在中華文化復興的虛偽口號下瘋狂地將中國人的心靈徹底出賣為外國人的心靈而言。對此一趨向的反抗表現為若干年輕人所提倡的「鄉土文學」，要使文學在自己土生土長，血肉相連的鄉土生根，由此以充實民族文學國民文學的內容，不准自己的靈魂被人出賣。……於是鄉土文學，必然也會成為反映這些生活不斷下降的父兄子弟的寫實文學。他們把有時可望見顯要豪富們的顏色，幻成水中月、鏡中花的文學，斥之為買辦文學，洋奴文學。這種話一經說穿，文學的市場可能發生變化，已成名或已掛名的作家們，心理上可能發生「門前冷落車馬稀」的恐懼……勢必要借政治力量來保持自己的市場[24]。

　　參與這場鄉土文學論戰的人們，在不同意識形態的媒體聚集下，形成不同思想傾向的作者群。論戰結束後作為文學運動的總結，台灣文壇出現了兩本傾向完全對立的書。一本是由青溪新文藝學會編印、彭品光主編的《當前文學問題總批判》（1977 年 11月 16 日出版）。這本書收錄 76 篇文章，分「慎防文學統戰陰謀」、「鄉土文學如何鄉土」、「邪惡的工農兵文學」、「認清30 年代文學」、「文學歪風不容滋長」、「堅持正確方向努力」六輯，幾乎全是反對、攻擊鄉土文學的評論。另一本是由尉天驄主編的《鄉土文學討論集》（出版於 1978 年 4 月 1 日）。胡秋原以〈中國人立場之復歸〉為題，作洋洋萬言長序。本書收錄82 篇文章，分「當前台灣的處境與文化課題」、「當前的台灣社會與文學」、「從鄉土文學到民族文學」、「對媚外意識的批判」四輯及附錄「對鄉土文學的批評」、「鄉土文學的座談和訪問」、「特別轉載」等。透過兩本書的大致面貌，「總批判」的苛責嚴厲與「討論集」兼容並蓄可從中窺見一斑；由兩本書的作者名單，又可見出參與者呈現出來的對立的思想文化陣營。

　　堅持反對立場的作家，主要由國民黨軍政系統的高級黨工及幹部、新聞媒體的要害人物、學界的國民黨代言人組成；參與其中的文人，多為「戰鬥文藝」作家和現代派作家。他們代表官方的意識形態發言，對鄉土文學大肆攻擊，「在這場論戰中，充分展露黨工人員的團結力量。」㉕其構成者，主要是《當前文學問題總批判》的作者群。

　　站在鄉土文學立場並組成《鄉土文學討論集》陣容的作家，

㉔　徐復觀：〈評台北有關「鄉土文學」之爭〉，《中華雜誌》第 171期，1977 年 10 月；又見《討論集》，332-3 頁。
㉕　郭　楓：〈40 年來台灣文學的環境與生態〉，《新地文學》1 卷2 期，1990 年 8 月 5 日。

主要有陳映真、尉天驄、王拓、楊青矗、葉石濤、胡秋原、何欣、黃春明、王曉波、陳鼓應、趙天儀、高準、徐復觀、侯立朝、曾祥鐸等人。他們或為台灣省籍作家，或為評論家和學者，或為民族主義者，或為資深的國民黨開明人士，其中以青年作家為主，且與國民黨沒有往來或根本上就反對國民黨的獨裁統治。他們「作為一群在野的自由派作家的結合」[26]，在複雜嚴峻的現實面前，顯示了高舉民族旗幟、引導時代潮流的膽識與勇氣。

鄉土文學論戰的過程中，70年代的報紙副刊與文學刊物成為重要陣地。但在社會意識形態的作用下，傳播者與媒體渠道也呈現出對立的立場。《當前文學問題總批判》裡的文章，多發表在大眾傳播媒體的報紙副刊，諸如《中央日報》副刊、《中華日報》副刊、《聯合報》副刊、《青年戰士報》副刊、《新生報》副刊等等；《聯合報》副刊更是成為鄉土文學論戰白熱化的主戰場。而《鄉土文學討論集》裡的文章，則更多發表在小眾傳播的雜誌上，諸如《仙人掌》、《夏潮》、《中華雜誌》、《中國論壇》等等。前者帶有官方意識形態的色彩，顯然佔據主流媒體的優勢；後者則陣地比較分散，採取一種民間的、邊緣的姿態作戰。在官方意識形態對鄉土文學進行大力圍剿的時候，台灣文壇曾經陷入高壓氛圍。形勢最嚴峻的關頭，鄉土文學作家和評論家想要著文反駁，除了《夏潮》，其他刊物都不予登載。有人還向尉天驄執教的台灣政治大學提出質問：為什麼不解聘尉天驄？國民黨甚至佈置好了抓人鎮壓的準備。鄉土派與國民黨思想意識形態的直接衝突，致使鄉土文學論戰超越了單純的文學事件，無論是帶有官方色彩的新聞媒體的權力運作，還是來自統治機構的專制力量，都在將鄉土派不斷推向複雜險惡的境地。

---

[26] 郭　楓：〈40年來台灣文學的環境與生態〉，《新地文學》1卷2期，1990年8月5日。

　　鄉土文學論戰大致經歷了兩個階段，它在錯綜複雜的論戰形勢中向前推進，並最終奠定了自己在台灣文學史上的地位和影響。

　　從 1977 年 4 月至 7 月間，鄉土文學論戰處於發軔期。

　　鄉土文學論戰的發生有一個醞釀的過程。1977 年 4 月，《仙人掌》雜誌第 1 卷第 2 期「鄉土與現實」專號出刊，其中「鄉土文學往何處去」的專論，收錄了王拓、銀正雄、尉天驄、朱西寧、江漢等多篇討論鄉土文學的文章。一般說來，這期《仙人掌》的出版，被看做鄉土文學論戰的起點。《仙人掌》作為一個剛剛創辦的開放園地，它首先成為鄉土文學論戰的文字場域。不僅因為從這期刊物以後，鄉土文學成文化界論戰的焦點；更重要的是該期所發表的文章，代表了日後發生爭議的各種立場。

　　王拓的〈是「現實主義」文學，不是「鄉土文學」〉、銀正雄的〈墳地裡哪來的鐘聲？〉、朱西寧的〈回歸何處？如何回歸？〉以及尉天驄的〈什麼人唱什麼歌〉，是《仙人掌》第 2 期刊出的四篇重要文章。他們在觀點對立的論戰雙方，構成了第一個回合的鄉土文學討論。王拓的文章，著重在對鄉土文學的釐清和正名。在他的理解中，鄉土文學「就是根植在台灣這個現實社會的土地上來反映社會現實、反映人們生活的和心理的願望的文學。它不是只以鄉村為背景來描寫鄉村人物的鄉村文學，它也是以都市為背景來描寫都市人的都市文學。」㉗為了避免引起觀念上的混淆以及感情上的誤解，王拓認為「鄉土文學」應該改稱為「現實主義」文學。銀正雄和朱西寧的文章，則與王拓的見解相反。他們一是懷疑鄉土文學的創作動機，諸如指責王拓〈墳地鐘聲〉對小說暴露社會黑暗的權利的「濫用」；二是認為王拓提倡

㉗　王　拓：〈是「現實主義」文學，不是「鄉土文學」〉，《仙人掌》第 1 卷第 2 期，1977 年 4 月 1 日；又見《討論集》，119 頁。

的鄉土文學已有變質的傾向。「我們發現某些『鄉土』小説的精
神面貌不再是清新可人，我們看到這些人的臉上赫然有仇恨、憤
怒的皺紋，我們也才領悟到當年被人提倡的『鄉土文學』有變成
表達仇恨、憎惡等意識的工具的危機。」㉘三是對鄉土文學的
「回歸鄉土、回歸民族」表示反對。銀、朱的文章以他們相同的
立場與思路，都在質問鄉土作家「回歸何處」？由此看來，王
拓、尉天驄與銀正雄、朱西寧各自代表的路線，所顯示的正是鄉
土文學與官方文藝政策的分歧。這四篇文章，各自表達了自己的
政治立場與文學觀念。它們之間雖然沒有直接交鋒，但隱伏了導
致日後鄉土文學論戰雙方衝突的諸多矛盾。

　　作為鄉土文學論戰的第一個戰場，《仙人掌》在這一年五、
六、七月出版的雜誌上，緊接著刊載出不斷回應的文章。李利國
在第 3 期上撰寫〈從民族的苦難談起──為鄉土文學辯白〉，認
為銀正雄以「動機論」批評鄉土文學，是失去了民族主義的立場
原則。李利國強調動機只有一個：發現問題，解決問題。繼而，
在六七月的雜誌上，又有吳思慧、司馬中原、許平和等人的文章
發表。但這些文章多站在貌似中立的立場上，對論戰雙方各打五
十大板，並未真正進入論戰內部。

　　在鄉土文學論戰初期，鄉土派內部也出現了不同的聲音。
1977 年 5 月，葉石濤在〈台灣鄉土文學史導論〉一文中，明確提
出了「台灣意識」，強調「台灣的鄉土文學應該是以『台灣為中
心』寫出來的作品，換言之，它應該是站在台灣的立場上來透視
整個世界的作品。」㉙這篇近兩萬字的論文由五大部分構成，是

---

㉘　銀正雄：〈墳地裡哪來的鐘聲？〉，《仙人掌》第 1 卷第 2 期，
　　1977 年 4 月 1 日；又見《討論集》，200 頁。

㉙　葉石濤：〈台灣鄉土文學史導論〉。《夏潮》第 14 期，1977 年 5
　　月；又見《討論集》，72 頁。

他 1987 年出版的《台灣文學史綱》一書的胚胎，也是他提出「台灣本土文學論」的理論基礎。後來，從「鄉土」到「本土」，從「台灣意識」到「本土意識」，從「自主論」到「文學獨立」，葉石濤當年提出的鄉土文學理論，在它的發展演變中，就成了文學台獨勢力的綱領。基於一種政治和文學的敏感，陳映真立刻意識到，是主張民族主義還是分離主義，這是關係到整個台灣與民族歸屬的重大問題，也是能否堅持正確的鄉土文學史觀的核心所在。同年 6 月，陳映真馬上發表〈鄉土文學的盲點〉一文，對葉石濤〈台灣鄉土文學史導論〉中的分離主義傾向給予尖銳批判。陳映真提倡的是在中國意識下觀照台灣文學，將原本與中國五四運動有著密切關聯的台灣新文學，納入「以中國為民族歸屬之取向的政治、文化、社會運動」⑳之中，將台灣鄉土文學的個性統一在中國近代文學反帝反封建的個性之中。由於歷史觀的歧義以及回歸目標的不同，葉石濤和陳映真對台灣鄉土文學的解釋產生根本上的分歧，由此構成鄉土文學陣營內部的矛盾。但陳、葉二人之間的論爭並未繼續展開，因為當時鄉土文學論戰的主要目標是針對惡性西化現象和外來殖民經濟的影響，以及對官方意識形態的鬥爭。

　　從 1977 年 7 月至 1978 年 1 月，鄉土文學論戰進入激戰期。

　　1977 年 7 月開始，以《聯合報》副刊為中心，由彭歌、余光中等人充當急先鋒，先後對鄉土文學展開了全面攻擊，由此鄉土文學論戰的雙方正式交鋒。攻擊鄉土文學的發難者是台灣《中央日報》的總主筆彭歌。1977 年 7 月 15 日至 8 月 6 日，彭歌在《聯合報》副刊的「三三草」專欄上，連續寫了七篇短文，從〈「卡爾說」之類〉、〈溫柔敦厚〉、〈堡壘內部〉、〈傅斯年論

---

⑳　陳映真：〈鄉土文學的盲點〉，《台灣文藝》革新第 2 期，1977年 6 月；又見《討論集》，96 頁。

懶〉、〈對偏向的警覺〉、〈統戰的主與從〉，到〈勿為親痛仇快〉等等，一篇比一篇明確地指控鄉土文學進入了「偏差」的現實文學。他認為：「近時有一些作品，以『社會意識』和『關心大眾』為名，刻意『反映社會內部的矛盾』；無論如何辯解和掩飾，其主要的效果是在『挖牆腳』。」㉛彭歌還在文中積極呼應和肯定了銀正雄的觀點，並最終告誡文藝創作：「愛國反共是基本的大前提」，作家不要讓「筆下的作品蹈入『階級鬥爭』的歧途」㉜。

　　1977 年 8 月 12 日下午，台灣《中國論壇》舉辦「當前的中國文學問題」座談會。座談會一開始每個人都先澄清立場，敏感議題一觸即發。尉天驄以會議主席身份首先提出「當前在台灣地區的中國文學的問題」，為「士大夫的貴族觀念」和「文學作品的商業化」。接著，彭歌以極具挑釁性的語言，很快把矛頭指向在座的王拓、陳映真和尉天驄，說他們的文學觀點「是非常不對的」，並對其大加指責。朱炎也針對黃春明所談的鄉土文學觀進行反駁，並把批判鋒芒進一步指向主持人尉天驄。這場座談會以其敏感的話題，緊張的氣氛和兩軍對壘的陣勢，實際上成為鄉土文學論戰爆發的導火索。

　　會後，彭歌將他在座談會上的發言進行整理，以〈不談人性，何有文學〉為題，於 1977 年 8 月 17 日至 19 日在台灣《聯合報》發表，從此正式揭開了鄉土文學論戰的序幕。彭歌的文章通過公開點名、專節批判的方式，對鄉土文學的主將陳映真、尉天驄、王拓大加撻伐。該文第 2、3 節專批王拓，彭歌說：「我們的

　㉛　彭　歌：〈三三草・對偏向的警覺〉，《聯合報》副刊，1977 年 7 月 27 日；又見《討論集》，235 頁。

　㉜　彭　歌：〈三三草・勿為親痛仇快〉，《聯合報》副刊，1977 年 8 月 6 日；又見《討論集》，240 頁。

『反帝』，首先是反共產主義的赤色帝國主義……如果說『反帝』而不談『反共』，這是沒有掌握到世局的重點。『反帝』如只是反對以美、日為主的外來資本，是否是一種極不高明的『轉移目標』？」㉝彭歌認為王拓反對資本主義經濟體制，是「以『收入』、而不以『善惡』為標準的說法」，「不以『人』而以『物』為標準，這種論調很容易陷入『階級對立』、『一分為二』的錯誤。這種態度上的偏差，延伸到文學創作，便會呈現出曖昧、苛刻、暴戾、仇恨的面目。」㉞該文第 4 節給陳映真扣以「偽先知」的帽子，攻擊陳映真「一面危言聳聽地宣告了『舊世界』的預見其必將頹壞，一面又說不出來他所謂的『新世界』是什麼」；㉟陳映真是「循著某種公式去寫作，使文學作品淪為『器用化』」。㊱在第 5 節裡，彭歌這樣批判尉天驄：「他雖然時時以狂熱的民族主義者的身份出現，但他這些高見對於中國文學、歷史、文化的誣蔑與損害，恐怕比那些被他詬罵為洋奴買辦的西化派，有過之無不及。」㊲彭文最後說：「我不贊成文學淪為政治的工具，我更反對文學淪為敵人的工具。如果不辨善惡，只講階級，不承認普通的人性，哪裡還有文學？」㊳

　　緊跟著彭歌上陣的是余光中。他在 8 月 20 日的《聯合報》副刊發表〈狼來了〉一文，並以極具殺傷力的語言恐嚇鄉土文學作家，企圖在運動伊始就把文學論爭引向政治指控。這篇文章來勢洶洶，「開門見山」：

　　　　北京未聞有「三民主義文學」，台北街頭卻可見「工農兵文學」，台灣的文化界真夠大方。說不定，有一天「工農兵文藝」還會在台北得獎呢㊴！

---

㉝㉞㉟㊱㊲㊳　彭　歌：〈不談人性，何有文學〉，《聯合報》副刊　　1977 年 8 月 17 日至 19 日；又見《討論集》，245-63 頁。

　　此文用諸多篇幅引證毛澤東《在延安文藝座談會上的講話》，指責台灣作家追隨毛澤東在台灣搞「階級鬥爭」。文章最後咄咄逼人地威嚇道：

> 　　說真話的時候已經來到。不見狼而叫「狼來了」，是自擾。見狼而不叫「狼來了」，是膽怯。問題不在帽子，在頭。如果帽子合頭，就不叫「戴帽子」，叫「抓頭」。在大嚷「戴帽子」之前，那些「工農兵文藝工作者」，還是先檢查檢查自己的頭吧⑩

　　余光中雖然沒有具體點出人名，但矛頭所指非常明顯。據說是指尉天驄在某次文學座談會上提及「工農兵文學」，以及高準主編的《詩潮》中出現了「工人之詩」、「稻穗之詩」、「號角的召喚」等標題。

　　繼之，台灣當局動員了諸多報刊批判鄉土文學。彭品光所編的《當前文學問題總批判》一書在 1977 年 11 月出版，共收集 76 篇文章，並且皆為攻擊性立場。據侯立朝統計⑪，其中在《聯合報》副刊、《中央日報》、《中華日報》、《青年戰士報》、《新生報》、《中國時報》發表的文章，就有 58 篇。僅從「第二次文藝座談會」召開後的 1 個月內，文章量即達 41 篇之多，平均每天以 1.3 篇的文字轟炸來進攻鄉土文學。這些僅限於動員攻擊

---

⑨　余光中：〈狼來了〉，台灣《聯合報》副刊 1977 年 8 月 20 日；又見《討論集》，266 頁。

⑩　余光中：〈狼來了〉，台灣《聯合報》副刊 1977 年 8 月 20 日；又見《討論集》，267 頁。

⑪　侯立朝：〈論買辦主義對鄉土文學的劈刺〉，《鄉土吾愛》，台北，博學出版社 1977 年 12 月版，第 69 頁。

方面的文章，尚不包括文藝刊物上帶有文學性的詰難文章，還有許多各類小眾刊物文章没有收入《當前文學問題總批判》一書中。從舖天蓋地的批判文章，到軍中莒光教學、電台對文藝會談的討論，在官方力量的鼓動和集結下，幾乎所有黨部刊物、主流媒體均被動員參戰，形成烽火遍地的撻伐陣勢。1977 年 8 月 29 日至 31 日，「中央文化工作會」主辦有 270 人參加的「全國第二次文藝座談會」，凡被認為有「問題」的鄉土作家都未邀請。台灣當局的「黨政軍要人」親臨會議作報告，繼續強調「堅持反共文藝立場」。會中曾有過 56 人針對鄉土文學論戰共同提案，後因故未能出台。在當時的白色恐怖氣氛籠罩下，論戰成為一場朝野作家意識形態的決鬥。

　　抨擊鄉土文學的文章，大多數是把鄉土文學與「工農兵文學」、「文學統戰的陰謀」、「30 年代文學」互相關聯，而且擴展到對包含了鄉土文學在內的「社會寫實主義」和「社會文學」等理論與創作的批判，其中所代表的無疑是官方的意識形態。王集叢發表的〈粉碎共匪文藝邪說的要務〉，是站在「反共」的立足點上，對左翼文藝理論大加駁斥；趙滋藩則以「戰鬥」姿態進攻鄉土文學，認為它是「敵人」用迂迴曲折的鬥爭策略，拼湊而成變相的「工農兵文學」。軍中文人則更看重這場論戰的意義，認為它是一場防範「敵人」分化滲透的政治鬥爭，是反擊「敵人統戰陰謀」的文化論爭。愈到後期，戰鬥的聲調愈加高昂，〈提倡戰鬥文藝〉、〈民族文藝的戰鬥性〉、〈讓生活與戰鬥相結合〉、〈發揮文藝戰鬥功能〉等文章傾巢而出，僅從文章的題目，即可嗅到濃烈的火藥味。就連一貫以「自由民主」派的面貌示人的台大留美教授張忠棟、孫伯東、董保中，也紛紛對鄉土文學扣政治帽子。另一方面，現代派文學作家王文興在〈鄉土文學的功與過〉一文中，除了攻擊鄉土文學的創作「交了白卷」之外，並未涉及鄉土文學的本質，與鄉土派的理論也没有正面交

鋒，而是大談反對西方就是「反對文化」，「世界上只有軍事侵略，才會造成亡國，文化侵略和政治侵略都不能算是侵略，都不會危害到國家的安全。」⑫

在官方的意識形態喧嘩與文壇的白色恐怖面前，鄉土文學陣營的作家和理論家奮起反抗，為捍衛自己的民族立場嚴斥買辦文學而努力作戰。1977年9月，以王拓在《聯合報》發表〈擁抱健康的大地──讀彭歌〈不談人性‧何有文學〉的感想〉，為反擊的第一聲炮號，台灣文學界開始了激烈的鄉土文學論戰。10月，陳映真發表〈建立民族文學的風格〉，對彭歌的攻擊進行駁辯，並要求立刻停止對鄉土文學的誣陷。這一時期，不僅陳映真、王拓、尉天驄、楊青矗、黃春明等鄉土文學作家紛紛撰寫文章，參加座談會，勇敢地捍衛鄉土文學；作家任卓宣、胡秋原、徐復觀，以及著名評論家何欣、陳鼓應、侯立朝、王曉波、蔣勳、齊益壽、曾祥鐸、王杏慶等，也分別寫了文章，參與到鄉土文學論戰中來。特別是徐復觀發表〈評台北有關「鄉土文學」之爭〉，以批判文壇的偵探和告密者；胡秋原接受訪談，整理出〈談民族主義與殖民經濟〉，從理論上深化了鄉土文學派；至此，白色恐怖的陰霾漸開。

翌年元月，國民黨召開「國軍文藝大會」。在「中壢事件」發生、要求民主呼聲高漲的政治形勢下，「國防部總作戰部」主任王昇在會議講話中不得不承認：

> 純正的「鄉土文學」沒有什麼不對，我們基本上應該「團結鄉土」。……不要把他們都打成左派，統統給戴上紅帽子。不過，我也要鄭重地勸告寫「鄉土文學」的這些

---

⑫　王文興：〈鄉土文學的功與過〉，《夏潮》第23期，1978年2月；又見《討論集》，542頁。

年輕朋友們，你們千萬要當心，不僅不要有意的替共產黨
宣傳，也不要在無意中被共產黨利用㊸。

1978 年 4 月，在尉天驄主編的《鄉土文學討論集》中，胡秋
原撰寫長篇序言〈中國人立場之復歸〉，為這場論戰畫上一個句
號。

從文學觀念之爭，到意識形態的質疑，這場席捲了台灣文
壇、政壇，乃至波及到海外華人世界的鄉土文學論戰雖然宣告結
束，但它所代表的啟蒙精神和文學路向影響深遠。正如陳映真所
指出的那樣：

　　　從中外古今的文學史看，向來沒有一個或一派作家，
可以藉著政治的權威，毀滅、監禁別個或別一派的作家及
他們的作品，而得以肯定或提高自己在文學上的地位；從
來沒有一種有價值的文學，可以因殺害或監禁了那個文學
的作者，禁止那個文學作品，而剷除他在文學上的價值的
㊹。

鄉土文學論戰的結果就是最好的明證。

---

㊸　轉引自曾祥鐸：〈參加國軍文藝大會的感想〉，《中華雜誌》第
　　175 期，1978 年 2 月；又見《討論集》，848-9 頁。
㊹　陳映真：〈建立民族文學的風格〉，《中華雜誌》第 171 期，1977
　　年 10 月；又見《討論集》，340 頁。

## 第三節　鄉土文學對台灣新文學精神的進一步提升

在這場涵蓋了文學、政治、經濟、意識形態各層面的文化思想論戰中，鄉土文學的作家和理論家不僅勇敢地捍衛了自己的民族主義立場，而且從各個角度，對鄉土文學理論進行了開拓性、創建性的探討與論述，由此確立了鄉土文學的理論體系。

台灣鄉土文學理論的生成方式，既不同於從西方直接移植過來的現代派文學理論，也有異於那種書齋裡產生的文學理論。它首先是基於台灣新文學的歷史與現實，在激烈的文學論戰與豐富的創作實踐中，被碰撞、激活，並不斷地積累、總結，又用以指導文學實踐的理論。鄉土文學理論的產生，既呼吸了六七十年代新的藝術變動信息，又承受了政治風雨的沉重壓力，它很自然地成為特定時代的台灣政治、經濟、文化藝術等社會層面的折射與反思。這種來自於生活本身和藝術本身的文學觀，以它所擁有的堅實基礎和所煥發出來的生命力，成為鄉土文學論戰中最富有現實意義的理論價值所在。

對台灣鄉土文學概念的界定，是鄉土文學論戰中首先遭遇的問題。鄉土文學的作家和理論家根據新的時代要求，對此提出了比較科學的界說。

台灣的鄉土文學，源遠流長。20年代出現的以賴和為奠基的台灣鄉土文學，植根於台灣殖民地現實生活和民族意識的覺醒。1930年前後，台灣新文學界曾倡導並展開關於台灣鄉土文學的討論，這種討論又是與台灣話文的討論緊密聯繫在一起的。以黃石輝、郭秋生為代表的作家提倡以台灣話創作鄉土文學，而林克夫、廖毓文等人則主張用中國白話文來反映台灣的現實生活。在

當時的歷史條件下，這一討論對於如何在殖民地保存民族文化傳統，具有積極意義。

鄉土文學到了當代，其含義和內容都有了新的發展。在鄉土文學論戰中，尉天驄、王拓、陳映真等人在闡述自己的鄉土文學理論時，幾乎都注意通過對台灣鄉土文學史的開掘和研究，尋求過去的鄉土文學與現階段的鄉土文學的本質聯繫。他們的來自不同角度的具體闡釋，帶來了理解台灣鄉土文學的多面觀。鐘肇政用一種比較廣泛的眼光來看鄉土文學，認為：

> 作家寫東西必須有一個立腳點，這個立腳點就是他的鄉土。或者，我不如說，那是一種風土。……你在都市裡頭也可以有一種風土㊺。

王拓也強調，鄉土文學的範圍包括了鄉村，同時又不排斥城市，但在名稱上需要改變。他認為：

> 真正的「鄉土文學」是關心自己所賴以生長的土地，關心大多數與我們共同生活在同一環境下的人的文學，這種文學我主張用「現實主義文學」，而不用「鄉土文學」㊻。

楊青矗的文學觀，是從作家所處的現實鄉土環境出發，這樣

---

㊺　鍾肇政語，轉引自王拓：〈是「現實主義」文學，不是「鄉土文學」〉，《仙人掌》第 2 期，1977 年 4 月 1 日；又見《討論集》，118 頁。

㊻　王　拓：〈鄉土文學與現實主義〉，《夏潮》第 17 期，1977 年 8 月 1 日；又見《討論集》，301 頁。

指出：

　　凡寫的是中國的某一土地為背景，以當地社會發生的現實，都是中國的鄉土文學，何必過敏說有地域觀念㊼。

尉天驄以民族主義的眼光，認為：

　　鄉土文學也就不是專指寫農村或工廠生活的作品了，只要是愛國家、關心民族前途的作品，都是鄉土文學㊽。

陳映真注意台灣鄉土文學歷史與現實的聯繫，他指出：

　　相對於過去『鄉土文學』有強烈的反日帝國主義的政治意義，今天的作家，也在抵抗西化影響在台灣社會、經濟和文化上的支配，具有反對西方和東方經濟帝國主義和文化帝國主義的意義㊾。

　　毫無疑問，台灣鄉土文學是在反現代主義、反全盤西化中成長起來的中國現實主義文學。

　　關於台灣鄉土文學的界定，雖然涉及到風土的、地域的、寫實的、民族的、文化歷史的種種出發點的闡釋，它所得出的結論

---

㊼　楊青矗：〈什麼是健康的文學？〉，《夏潮》第 17 頁，1977 年 8
　　月 1 日；又見《討論集》，297-8 頁。
㊽　尉天驄：〈鄉土文學與民族精神〉，《國魂》第 381 期，1977 年
　　8 月；又見《討論集》，163 頁。
㊾　陳映真：〈文學來自社會反映社會〉，〈仙人掌〉第 5 期，1977
　　年 7 月 1 日；又見《討論集》，66 頁。

也不盡相同，但在一些重大的理論問題上，已經有了較為一致的看法。如對鄉土文學的鄉土性的看法，不再像過去那樣狹隘地理解為描寫鄉村生活、採用本地方言寫作的文學。也就是說，隨著時代的變化，鄉土文學作家與理論家的批評視野也在不斷地開拓，他們的文學觀有某種包容性。這種對於台灣鄉土文學的新理解，是將「特指性和包容性，民族性和鄉土性，中國意識和地方色彩等相結合。相交融的中國文學中的台灣鄉土文學」⑩。

台灣鄉土文學理論批評提出的主要觀點，無疑構成了鄉土文學論戰的焦點，它主要體現在以下四個方面。

第一，鄉土文學張揚台灣新文學的民族性，自始至終貫穿了反帝反封建的愛國精神。

民族性作為鄉土文學的基本立場，它「不僅是鄉土文學理論批評反對崇洋媚外、反對西化的出發點，而且是鄉土文學構建自己理論體系的必然歸宿。」(51)在尉天驄的〈我們的社會和民族精神教育〉、〈鄉土文學與民族精神〉，吳明仁的〈從崇洋媚外到民族精神的覺醒〉，王曉波的〈中國文學的大傳統〉，陳映真的〈建立民族文學的風格〉，胡秋原的〈談民族主義與殖民經濟〉、〈中國人立場之復歸〉等文章中，民族性問題所蘊涵的豐富內容，得到了來自各種角度和各種層面的充分論述。

首先，針對那種批評鄉土文學具有「褊狹的地域性」的論調，鄉土文學陣營的人們基於中國意識的整體觀照，明確提出了：鄉土文學是中華民族的，而不是屬於某一個階層和某個地區的；擁抱台灣和熱愛中國的情感統一，應視為民族性的最高體

---

㊿　古繼堂：《台灣小說發展史》，春風文藝出版社 1989 年 11 月版，第 330 頁。

(51)　古繼堂：《台灣新文學理論批評史》，春風文藝出版社 1993 年 6 月版，第 93 頁。

現。陳映真旗幟鮮明地亮出自己的態度：「我覺得應該肯定鄉土文學是中國文學的一部分。」(52)「鄉土文學，是現在條件下（台灣的）中國民族文學的重要形式。」(53)，從「民族本位」的立場出發，陳映真在 1977 年明確提出了「建立民族文學風格」這一口號。他認為：「一個民族的文學教育，總是首先、而且主要地把自己民族的文學，當做主要的教師和教材，使那個民族的文學之獨特的民族風格，得以代代傳續。」(54)陳鼓應也談到，要「把台灣當做中國的一部分，在這一前提下，來關心鄉土，來提倡鄉土文學。」(55)黃春明則呼籲：「因為台灣是中國的一部分，我們用中國的文字語言來寫自己週遭環境的生活和問題，這就是我們民族的文學，台灣地方土生土長的文學，也是我們中國的文學，所以當然我們要愛護它。」(56)

其次，鄉土文學以反對西化、批判崇洋媚外為第一責任，繼續貫徹台灣新文學運動以來反帝反封建的任務。陳映真一針見血地指出：「文化上精神上對西方的附庸化，殖民地化——這就是我們三十年來精神生活突出的特點。」(57)諸如鄉土文學論戰中，

---

(52) 陳映真：〈關懷的人生觀〉，《小說新潮》第 2 期，1977 年 10 月；又見《討論集》，346-7 頁。

(53) 陳映真：〈在民族文學的旗幟下團結起來〉，《仙人掌》第 2 卷第 6 號，1978 年 6 月。

(54) 陳映真：〈建立民族文學的風格〉，《中華雜誌》第 171 期，1977 年 10 月；又見《討論集》，334 頁。

(55) 陳鼓應語，轉引自李行之：〈五四，與我們同在！〉，《夏潮》第 15 期，1977 年 6 月 1 日；又見《討論集》，156 頁。

(56) 〈當前的中國文學問題〉座談會記錄，黃春明發言，收入《討論集》，777 頁。

(57) 陳映真：〈文學來自社會反映社會〉，《仙人掌》第 5 期，1977 年 7 月 1 日；又見《討論集》，61 頁。

現代派作家王文興就毫不掩飾地説民族本位觀念是「新義和團思想」，帝國主義是反不得的，「把美、日帝國主義請出去我們靠什麼來過活？」「文化侵略和政治侵略不能算侵略」，「反對西化便是反對文化」等等(58)。

面對60年代以來社會的、文學的惡性西化現象，王拓是從對30年台灣社會經濟生活的反省中，來觀照鄉土文學，因而他明確提出了反抗帝國主義、殖民經濟、買辦經濟的觀點；而這種觀點在彭歌看來，竟然成了只「反帝」而不「反共」，是「本末倒置」。

同樣是站在民族主義立場上的論辯，陳映真、尉天驄、徐復觀、齊益壽等人是從文化層面上，批判了崇洋媚外的風氣。齊益壽指出，台灣的「鄉土文學」，「對外來文化文明，有鮮明的批判；對國人的崇洋媚外，有辛辣的嘲諷」；他認為台灣的「鄉土文學」，「是在本土文化受外來文化壓制侵蝕到不能忍受的程度之後，開始反抗開始覺醒的文學。它反對崇洋媚外，而擁抱自己的大地」(59)。陳映真則直接進入文學創作自身，充分肯定了鄉土文學對於徹底清算西化問題的現實意義：「這些作家們，更以描寫外來經濟和文化的支配性影響下農村中的人的困境，和被外來經濟和文化所『國際化』了的都市中的人的諸形象，批判了台灣在物質上和精神上殖民地化的危機，從而在台灣的中國新文學上，高高地舉起了中國的、民族主義的、自立自強的鮮明旗幟！」(60)

陳映真、蔣勳等人對西化之風的針砭，更多注重了鄉土文學

---

(58) 王文興：〈鄉土文學的功與過〉，《夏潮》第23期，1978年2月；又見《討論集》，515-546頁。

(59) 齊益壽：〈鄉土文學之我見〉，《中華雜誌》第175期，1978年2月；又見《討論集》，587-595頁。

與五四新文化運動在精神內核上的歷史聯繫。陳映真談到,「中國文學在這樣的歷史背景上看,從東北作家的〈八月的鄉村〉一直到台灣作家的〈送報伕〉,再一直到〈莎喲娜拉‧再見〉、〈小林來台北〉,便是在不同的歷史階段中,效勞於中國反帝國主義的巨大民族主義運動的文學作品。」[61]蔣勳在〈灌溉一個文化的花季〉一文中更明確地指出,台灣目前的文化「努力的重點還是繼續著『反封建』與『反帝國主義』這五四以來的一貫工作。」[62]

第二,鄉土文學張揚台灣新文學的社會性,強調文學反映社會,服務於社會。

台灣現代派文學的最大弊病,是脫離社會的現實生活,在自我放逐的個人天地裡,描寫一些不關人們痛癢的東西。那些鄉土文學的反對者,也往往在文學的社會性這個問題上唱反調,比如要對鄉土文學理論「堅決反對到底」的現代派作家王文興,他批判鄉土文學「四大缺點」的第一條就是「以服務社會為目的」。王文興一貫反對作家介入社會現實問題,認為「不應當提倡一種社會小說,一種社會文學」[63]。彭歌則提出「不談人性,何有文學」的命題,以抽象的人性來取代文學所要反映的社會性。

而在鄉土文學作家看來,社會意識、社會良心和社會關懷構成台灣鄉土文學的使命感,成為文學得以產生力量的精神命脈。

[60]　陳映真:〈建立民族文學的風格〉,《中華雜誌》171 期,1977 年;又見《討論集》,335 頁。

[61]　陳映真:〈在民族文學的旗幟下團結起來〉,《仙人掌》第 2 卷第 6 號,1978 年 6 月。

[62]　蔣　勳:〈灌溉一個文化的花季〉,《綜合月刊》第 108 期,1977 年 11 月;又見《討論集》,49 頁。

[63]　王文興:〈鄉土文學的功與過〉,《夏潮》第 23 期,1978 年 2 月;又見《討論集》,522 頁。

王拓在答記者問時談道：「我始終認為文學並不是只供人消遣的，文學也應該為著某種社會的理想而貢獻它的力量，為著使社會更進步、更美滿獻出它的心力。而文學如果想發揮它的這種功能，我認為是應該和整個社會的運動結合在一起，否則它就不會產生大的力量。」⑥④陳映真提出了一個樸素的唯物主義命題：「文學來自社會反映社會。」這是陳映真最基本的文學主張，也是台灣鄉土文學的理論基礎。在他看來，「文學像一切人類精神生活一樣，受到一個特定發展時期的社會所影響，兩者有密切的關聯。」「一個時代的『時代精神』一定有它作為時代精神的基礎的根源的，社會的和經濟上的因素。」⑥⑤面對社會生活發生急劇變化的 70 年代，鄉土文學作家「全面地檢視了在外來的經濟、文化全面支配下，台灣的鄉村和人的困境。」⑥⑥在這樣的時代，「文學再也不應是任何一個政治黨派的『吧兒狗』或『留聲機』，也同樣地不應該只是『文人才子』為了自己個人的快樂，吟風弄月，風流自賞的遊戲。」⑥⑦趙光漢也從文學所面對的社會現實出發，提出了鄉土文學「要反映我們的社會問題，反映帝國主義經濟侵略所帶給民眾的痛苦，反映當前的經濟現象，指出某些不合理的制度，消除剝削，以趨向更美好的社會。」⑥⑧

　　第三，鄉土文學張揚台灣新文學的寫實性，認為現實主義創作是鄉土文學的本質所在。

---

⑥④　轉引自〈第二次文藝會場外的聲音‧訪問小說家王拓〉，《自立晚報》1977 年 9 月 4 日；又見《討論集》，429 頁。

⑥⑤⑥⑥　陳映真：〈文學來自社會反映社會〉，《仙人掌》雜誌第 5 期，1977 年 7 月 1 日；又見《討論集》，53-68 頁。

⑥⑦　陳映真：〈中國文學的一條廣大出路〉，《中華雜誌》第 203 期，1980 年 6 月。

⑥⑧　趙光漢：〈鄉土文學就是國民文學〉，《夏潮》第 17 期，1977 年 8 月 1 日；又見《討論集》，288 頁。

　　寫實精神作為台灣新文學的光榮傳統，貫穿了五四以來的整個台灣新文學歷史。深受這種文學傳統哺育的台灣鄉土文學，以它與自己生存的土地血肉相連、情感與共的事實，以它植根於台灣現實社會的土地上來反映社會現實的特點，以它為社會、為人生而創作的文學使命感，決定了鄉土文學勢必具有面向現實、擁抱生活的現實主義精神本質和真誠品格。

　　對待這一涉及鄉土文學本質的關鍵問題，反對鄉土文學的人認為，現實主義文學反映現實和批判現實的精神，只會擴大社會矛盾，甚至會動搖社會秩序；所以他們對鄉土文學的現實主義精神進行了多種「誤讀」、曲解乃至污蔑。從銀正雄、彭歌、王文興等人的論戰文章，都可以看出這種傾向。

　　而在堅持現實主義立場的鄉土文學作家看來，「一般所稱的『鄉土文學』在精神和實質上都是一種反映現實的文學。」「真正的『鄉土文學』是關心自己所賴以生長的土地，關心大多數與我們共同生活在同一環境下的文學，這種文學我主張用『現實主義文學』，而不用『鄉土文學』。」⑥⑨這是王拓所闡明的文學觀。尉天驄基於鄉土文學與現實的關係，明確指出：「我們要關心我們的現實，寫我們的現實，這就是鄉土文學。」⑦⑩趙光漢則以「民族的、寫實的、前進的、知恥的」特點來概括鄉土文學。陳映真所著眼的，是鄉土文學與人民大眾之間的關係，因而他提出「寫實主義的另一個問題，是『用盡量多數人所可明白易懂的語言，寫最大多數人所可理解的一般經驗』。我稱此為文學的民主主義：讓更多的人參與文學生活，寫更廣泛的人們，讓更廣泛

---

⑥⑨　王　拓：〈鄉土文學與現實主義〉，《夏潮》第 17 期，1977 年 8 月 1 日；又見《討論集》，300-5 頁。

⑦⑩　尉天驄：〈文學為人生服務〉，《夏潮》第 17 期，1977 年 8 月 1 日；又見《討論集》，159 頁。

的人有文學之樂。」⑦

　　無論是對反映現實、表現人生的現實主義文學路線的堅持，還是對描寫典型環境中的典型人物、揭露和反映社會黑暗、注重開掘社會生活本質的現實主義創作方法的遵循，鄉土文學理論所倡導的寫實性，不僅對當時的鄉土文學創作實踐有著現實指導意義，也對文壇上的惡性西化現象形成了抵禦的力量。

　　第四，鄉土文學張揚台灣新文學的民眾性，把關懷民間、表現民眾疾苦的人生態度與文學觀，當做自己的題中要義。

　　文學為什麼人服務的問題，從台灣現代詩論爭到鄉土文學論戰，都是其中爭議激烈的焦點之一。一部分現代派作家，認為文學作品是寫給自己看的，文學藝術所具有的貴族品格使它只能為少數人服務，因而對廣大民眾不屑一顧，由此導致文學遠離社會，背棄民眾。鄉土派理論家和作家，從現代派文學創作的迷失中吸取教訓，從台灣新文學直面人生、為台灣民眾代言的歷史承繼傳統，他們旗幟鮮明地提出，鄉土文學要描寫勞苦大眾，為勞苦大眾服務。基於鄉土文學的使命感，王拓化名李拙寫的〈20 世紀台灣文學發展的動向〉一文中指出：「文學必須紮根於廣大的社會現實與人民的生活中，正確地反映社會內部的矛盾，和民眾心中的悲喜，才能成為時代與社會真摯的代言人，而為廣大的民眾所愛好和擁戴。」⑦對於台灣的廣大民眾尤其是底層的勞動者，陳映真特別強調以一種「關懷的人生觀」，「首先要給予舉凡失喪的、被侮辱的、被踐踏的、被忽視的人們以溫暖的安慰，以奮鬥的勇氣，以希望的勇氣，以再起的信心。」⑦

---

⑦　陳映真：〈關懷的人生觀〉，《小說新潮》第 2 期，1977 年 10 月；又見《討論集》，346 頁。

⑦　李　拙：〈20 世紀台灣文學發展的動向〉，《中國論壇》第 4 卷第 3 期，1977 年 5 月 10 日；又見《討論集》，128 頁。

　　鄉土文學提倡的民眾性，受到反對派的激烈攻擊。朱西寧站在貴族主義的立場，描繪了一幅「田家樂」的圖畫，認為「中國人不惟對勞動有喜悅，吃苦而無西方民族的苦相，還因民性勤儉樸實，於貧窮亦安於樂天知命」。所以鄉土文學所反映的貧窮而痛苦的「大眾」，是現實生活中並不存在的「一種假想的幻想」[74]王文興則更直截了當地肯定「應當容許貧富不均的現象存在」，質問鄉土文學「能夠悲天憫人的同情農人、工人，為什麼單獨忘記了商人？」[75]。更有甚者，則以大陸的「工農兵文學」議論一言蔽之，對鄉土文學進行最具殺傷力的政治攻擊。

　　對於所謂描寫勞苦大眾就是表現「工農兵文學」的說法，王拓當時著重於辯解：「只聽說有人呼籲作家和知識分子應該要多關心下層社會的農人和工人的生活，而並沒有人提出『工農兵文學』的口號或主張。」[76]尉天驄則毫不示弱，憤然駁斥一些御用文人對鄉土文學的指控。在 1977 年 5 月 6 日淡江文理學院學生舉辦的「20 世紀文藝思潮及中國文學前途」的座談會上，尉天驄談道：「有人說，鄉土文學搞到最後，會變成工農兵文學。工農兵文學不傷害別人，有什麼不好呢？一些自由主義者平常講自由，工農兵文學還沒有出現，即表示深惡痛絕，這能說是自由嗎？」[77]在〈文學為人生服務〉一文中，尉天驄乾脆做出正面回答：「知識分子既然可以寫他們的文學，工農兵為什麼不可寫他們的文學

---

⑦③　陳映真：〈建立民族文學的風格〉，《中華雜誌》第 171 期，1977 年 10 月；又見《討論集》，339 頁。

⑦④　朱西寧：〈回歸何處？如何回歸？〉，《仙人掌》第 2 期，1977 年 4 月 1 日；又見《討論集》，204-226 頁。

⑦⑤　王文興：〈鄉土文學的功與過〉，《夏潮》第 23 期，1978 年 2 月；又見《討論集》，515-46 頁。

⑦⑥　轉引自〈第二次文藝大會場外的回聲‧訪問小說家王拓〉，《自立晚報》1977 年 9 月 4 日；又見《討論集》，428 頁。

呢？⋯⋯我們應該走出象牙塔，多關心工人、農人、軍人的生活，這樣有助於知識分子良心的發現。」更況且，「假如説，大陸提倡工農兵，我們就放棄工農兵，不惟愚蠢，亦復膽怯。」⑦⑧應該説，尉天驄這番話不僅是對別有用心者的反擊，而且也表明了他不歧視農民、工人、軍人的平民主義的文學主張。

　　台灣鄉土文學理論的確立，標誌了民間論述反抗官方論述的勝利。以一種民間論述的形式而存在，鄉土文學理論傳達出走在那個時代前沿的作家和知識分子的人文關懷與文學訴求。在台灣新文學歷史上，特別是在戒嚴體制下，它第一次以兩軍對壘的論戰形式，直接挑戰官方意識形態。面對來自 50 年代的舖天蓋地的官方論述和政治恐嚇，鄉土文學堅持的抗爭姿態是：「那殺身體不能殺靈魂的，不要怕他！」作為非權力形態的價值立場重建，台灣鄉土文學理論植根於生活和民間，疾走在政治文化思潮的前沿地帶，它所具有的廣泛的民眾基礎以及強烈的時代精神先導，使它能夠以民間論述反抗官方話語霸權，以邊緣存在挑戰主流文學的地位，顯示出自身強大的生命力。

　　台灣鄉土文學理論的確立，標誌了民族、鄉土論述對西化論述的反駁。面對從 60 年代席捲而來的西化論述的喧嘩，鄉土文學一路前行突圍，捍衛了自己回歸民族、回歸鄉土的文學理想和創作品格。他們堅決擯棄西化主義和現代主義，倡揚文學的社會性、民族性、寫實性，深化了現實主義理論。他們把鄉土文學的概念從許多污蔑、歪曲的「誤讀」中抉剔出來，對其內涵與外延、歷史與現狀、路線與特點等問題進行一一梳理，得出比較科

---

⑦⑦　轉引自李行之：〈五四，與我們同在！〉，《夏潮》第 15 期，1977 年 6 月 1 日；又見《討論集》，155 頁。

⑦⑧　尉天驄：〈文學為人生服務〉，《夏潮》第 17 期，1977 年 8 月 1 日；又見《討論集》，158-60 頁。

學的看法，並使構成台灣鄉土文學理論體系的基本原則得到了明
確，認定台灣鄉土文學是中華民族的、台灣鄉土的、現實主義的
文學，它必將發展為台灣文學的主流。

　　台灣鄉土文學理論的確立，也從歷史淵源上疏通了台灣新文
學的精神傳統。鄉土文學理論家在闡述自己的文學主張時，幾乎
都從文學史的背景出發，尋求過去的鄉土文學與現階段鄉土文學
的本質聯繫。著眼於台灣新文學乃至中國文學的整體格局，台灣
鄉土文學理論充分肯定了中國五四新文學及其支流——日據時代
的台灣鄉土文學的重大歷史意義。對台灣新文學反帝反封建民族
精神的認同，對其現實主義創作理論的闡發，對文學大眾化方向
的確立，對文學來自社會反映社會的使命感的強調，對創作的鄉
土色彩與地域意識的理解等等，都使人看到台灣鄉土文學理論與
台灣新文學之間割捨不斷的歷史聯繫。事實上，從 20 年代肇始的
鄉土文學，到 30 年代的左翼文藝思潮，再至 40 年代後期的關於
重建台灣新文學的論爭，這其中涉及的理論議題和精神導向，與
70 年代的台灣鄉土文學理論有著精神資源的同構性。正如陳映真
明確指出的那樣：「從中國和台灣 30 年代文藝思潮史看，鄉土文
學論爭時我們提出來的現實主義論、帝國主義壓迫論、民族文學
論、民眾文學論……都不能說是新的東西，在 30 年代的左翼文學
論爭中，早已有之。」⑦歷史對於台灣鄉土文學的啟示，鄉土文
學理論對於台灣新文學傳統的繼承，使其理論建設成為有源之
流，有本之木。

　　鄉土文學理論家與鄉土文學理論的趨向成熟，也成為台灣鄉
土文學走向興旺的一種重要標誌。日據時代的鄉土文學雖然歷史

---

⑦　轉引自〈艱難的路，咱們一路走來〉座談會紀要，《清理與批判》
　　（人間・思想與創作叢刊），台北，人間出版社 1998 年 12 月版，
　　第 193 頁。

悠久，其中也不乏鄉土文學的討論，但在理論體系的基本建設
上，一直處於空白狀態。60 年代中後期崛起的鄉土小說，其豐富
的創作實踐迫切要求有理論作為它的代言者。正是在這種背景
下，70 年代以來，特別是在「現代詩批判」運動和鄉土文學論戰
過程中，尉天驄、陳映真、王拓等鄉土文學家脫穎而出，並發表
大量的理論批評文章全力構建鄉土文學的理論體系。鄉土文學論
戰前後，一批鄉土文學史著作和理論著作紛紛問世，如尉天驄的
《民族與鄉土》（1979）、陳映真的《知識人的偏執》
（1976）、王拓的《街巷鼓聲》（1977）等等，都是頗有份量、
影響甚大的理論著作。他們多以樸素的唯物主義觀點，從社會經
濟制度和歷史發展過程的制約性，來看社會生活與文學創作之間
的交互關係，來認知文學的本質特徵、發展規律、創作方法，以
及對社會所負有的使命感。這使鄉土文學理論又帶有左翼文學的
色彩。客觀地說，儘管鄉土文學理論還未建立起自己完整的、科
學的、嚴謹的理論體系，但它在諸多重大理論問題上的發掘與共
識，彌補了以往鄉土文學理論建設的空白領域，也深刻地影響了
台灣文學的內在變動。

## 第四節　鄉土文學大論戰推動台灣新文學全面發展

　　鄉土文學論戰中所激揚的回歸民族、回歸鄉土的精神，成為
70 年代時代精神的總標誌。在它的帶動影響下，台灣文化的各個
領域都匯入了回歸民族、回歸鄉土的歷史潮流之中。隨著不少大
專院校的學生走向民間收集民歌和民間樂曲，台灣的校園歌曲掀
起熱潮。由作家、舞蹈家林懷民等創辦的雲門舞集，以充沛的鄉
土之情，謳歌著中華民族開發台灣的歷史。由《原鄉人》、《汪

洋中的一條船》等為代表的電影，開啟了 70 年代鄉土電影熱的先聲；特別是小說家黃春明的重要作品，幾乎都被搬上了銀幕，提供了後來相當一個時期的鄉土類型電影，並一度在影壇形成「黃春明熱」。其他像戲劇界郭小莊的京戲改革，民歌界簡上仁的民歌活動，以及礦工畫家洪瑞麟的礦工生活畫和農民畫家洪通的鄉土畫等等，都標誌了在文化回歸潮流中，民族精神、傳統文化和鄉土意識的重新提升。由此可見，鄉土文學論戰的意義和影響早已超越了文學界自身，它逐漸深入到台灣的社會生活和世態人心之中，並更多地引領了那個時代文化藝術領域的風尚。

鄉土文學論戰的結果，對於台灣文壇新人的成長，特別是壯大鄉土文學隊伍，形成強有力的創作陣容，起到了積極的促進作用。鄉土文學運動從民間力量開始，由邊緣存在逐漸躍居文壇的主導地位，成為 70 年代台灣最重要的文學流向。特別是對於 50 年代末、60 年代初期崛起的鄉土文學主將陳映真、黃春明、王禎和，以及稍後出現的王拓、楊青矗等人而言，他們先於鄉土文學論戰的創作實踐，為鄉土文學論戰提供了堅實的創作基礎。他們的作品大多描寫五六十年代，台灣由農業社會向資本主義工商社會轉型期的農村和都市生活。在鄉土文學論戰中，他們更多地捍衛了鄉土文學的旗幟並對鄉土文學作家的成長起到重要的影響作用。與他們同期開始創作的鄭清文、李喬等作家，也在致力於鄉土文學層面的創作耕耘。及至宋澤萊、洪醒夫、曾心儀、吳念真、林雙不、吳錦發、廖雷夫、鐘延豪這些更年輕的作家，他們都是踏著鄉土文學的軌跡崛起的。其創作題材多描寫了七八十年代的資本主義侵襲的背景下，台灣農村的破產以及資本主義商人對農民的盤剝。這眾多作家的創作合流，把鄉土文學推向了台灣文壇主角的地位。鄉土文學論戰，也產生了廣泛的社會影響，從此，黃春明、陳映真、王禎和等鄉土作家的名字不脛而走。

鄉土文學論戰的出現，與文學刊物的推進密切相關；鄉土文

學思潮的回歸，又反過來帶動了文學園地的勃興和文學獎項的設立，並獲得了廣泛的社會同情和支持。在鄉土文學發展的過程中，《文學季刊》和《台灣文藝》曾發揮了重要的作用。《文學季刊》於 1966 年 10 月創刊，創辦人為尉天驄、陳映真、黃春明、施叔青等人。1971 年改名《文學》雙月刊，1973 年 8 月又重新創刊，改名為《文季》。該刊公開打出文學的現實主義旗幟，認為文學必須反映現實人生、民族命運和民眾疾苦，作家和作品必須有新的社會理想。該刊還對台灣的現代主義作品進行了有計劃的批評，以匡正文壇風氣。上述種種，對於 70 年代鄉土文學的發展和高漲，無疑起到了最主要的推動作用。吳濁流於 1964 年創辦的《台灣文藝》，是要繼承日據時代新文學運動的基本精神，堅持鄉土文學路線。1976 年 10 月吳濁流去世後，由鍾肇政接任該刊主編。從第 53 期起，《台灣文藝》進一步為鄉土文學助陣。

　　鄉土文學論戰前後，回歸的潮流把台灣進一步推向蓬勃的鄉土文學時代，並影響到一批文學刊物的創辦和面貌。《台灣文藝》的革新出版（1977），《小說新潮》（1977）的創刊，《現代文學》的復刊（1977），這一系列刊物的應運而生，反映出文學界人士嘔心瀝血關懷台灣文學發展的精神。不僅如此，刊物對鄉土文學的傾斜和倚重也成為一道風景。台灣大學外文系教授創辦的《中外文學》，逐漸擺脫西洋文學的覆蓋，對賴和、楊逵、吳濁流等人的小說創作進行了再評價。《現代文學》雜誌發表的鄉土小說比過去有明顯增加，如復刊第 5 期，不僅有鍾肇政、宋澤萊等人的鄉土小說，還有許南村〈試評打牛湳村〉的論文。鄉土文學論戰潛移默化的時代影響，可以從中窺見一斑。

　　與此同時，民間文學文藝獎項的紛紛設立，表現了整個社會對文學建設的關心。早在 1969 年就創立的吳濁流文學獎，象徵了傲岸的台灣文學精神；1978 年，吳三連文藝獎創立，不定型地獎勵小說、詩歌、散文、戲劇、音樂、繪畫、舞蹈等多種文藝形

式。其他像《聯合報》小說獎（1976）、《中國時報》文學獎（1978），以及《笠》、《中外文學》設立的詩人獎、徵文獎，都對鼓舞文藝風氣產生積極的影響。在 70 年代文藝評獎中，鄉土小說是獲獎頻率頗高的文學種類。1977 年，《聯合報》第二屆小說評獎，得獎者如吳念真的〈看戲去囉〉、洪醒夫的〈黑面慶仔〉，都是鄉土小說的傑作。到了 1978 年，鄉土小說更是在兩大報文學獎中大獲全勝。洪醒夫同時以〈吾土〉和〈散戲〉兩篇深具社會時代意識覺醒的作品，獲第三屆《聯合報》小說獎和首屆時報文學獎小說類第二名。此外，宋澤萊的〈打牛湳村〉也在這年獲時報的小說推荐獎。黃凡次年也得到時報小說獎首獎。

鄉土文學論戰最直接的影響，還在於對文學創作本身的促進與深化。從 70 年代文壇創作的新氣象來看，首先，台灣鄉土詩運動一路挺進，走在時代前列。如果說，60 年代《葡萄園》和《笠》詩社的創立為當代鄉土詩運動揭開了序幕；70 年代出現的龍族詩社（1971）、主流詩社（1971）、大地詩社（1971）、綠地詩社（1975）、掌門詩社（1978）、陽光小集詩社（1979）和他們創辦的詩刊，以及《詩人季刊》（1974）、《草根》（1975）、《詩脈》（1976）等詩刊的問世，更是推波助瀾，蔚成 70 年代的台灣詩壇的洋洋大觀。在鄉土詩創作的潮流中，吳晟的〈階〉、〈吾鄉印象〉、〈甘薯地圖〉；蔣勳的〈少年中國〉、〈母親〉；林煥章的〈童年的夢〉、〈妹妹的紅雨鞋〉；施善繼的〈小耕入學〉等堪稱佳作，廣泛流傳。

其次，報導文學異軍突起，成為 70 年代台灣文壇的熱門話題。70 年代的台灣正處於一個動蕩與變遷的時代，複雜的社會生活面貌，以及現實的矛盾與弊端，迫切要求作家尋求一種更主動、更直接、更有衝擊力的文學樣式，去反映生活的原貌和民眾的心聲。報導文學就是在這種現實生活的呼喚下應運而生的。1975 年，《中國時報》的《人間》副刊開闢了「現實的邊緣」專

欄，高信疆主編率先倡導這種新文體。之後，《台灣時報》、《聯合報》、《新生報》、《民生報》，以及《綜合月刊》、《大同半月刊》、《户外生活》、《時報周刊》、《皇冠》等報紙雜誌紛紛響應，新聞界、出版界和文學界還創設報導文學獎來推動創作，文壇上很快形成了以青年作家為主的報導文學隊伍，陳銘磻、古蒙仁、心岱、林清玄、韓韓、馬以工、曾心儀、吳念真、藍博洲、李利國、翁台生等即是其中的佼佼者。此外，陳映真、黃春明、張曉風等著名作家也涉足其中。1985 年，陳映真創辦了「以圖片、文字去記錄、見證、報導和評論」台灣社會的《人間》雜誌，通過新的文學路徑，不斷關懷社會人生，繼續實踐鄉土文學的人文精神，並產生了重要的社會影響。

報導文學的創作宗旨與台灣鄉土文學運動的回歸指向是完全一致的。在高信疆看來，「報導文學是一種實踐的文學，也是文學的實踐」⑧。「報導文學能夠產生很強的認同意識，喚起整個社會、國家的同胞愛、民族情」；它能「為我們的時代作見證，歷史作見證，使我們對土地、人物及整個大民族理想有認同的感情，使我們認識自己的社會與歷史」⑧。報導文學的創作也在實踐著、見證著這種文學理想。無論是尋訪台灣歷史足跡，揭露帝國主義的侵略和掠奪的本質，諸如馬以工〈幾番踏出阡陌路〉、王拓的〈跟我來訪恆春〉、古蒙仁的〈破碎了的淘金夢〉等等；還是反映下層人民的生活和疾苦，表現台灣勞工生涯的艱辛，諸如古蒙仁〈雞鳴早看天〉、薛不全的〈礦工淚〉、陳銘磻的〈鷹架上的夕陽〉等等；不論是揭露色情泛濫、青少年犯罪的〈無煙

⑧ 轉引自〈報導文學的昨日、今日和明日〉，見台灣《書目書評》第 63 期，1978 年 7 月 1 日。

⑧ 轉引自林清玄：〈報導文學的根與果——高信疆的心願〉，見《台灣文學》（下冊），海峽文藝出版社 1993 年 1 月版，第 704 頁。

囟工業的社會污染〉（王孝廉），〈失群的羔羊〉（古蒙仁）；
還是直面環境污染、呼喚保護大自然的〈大地反撲〉（心岱）、
〈君見南枝巢，應思北風路〉（韓韓）等作品；特別是近年來藍
博洲追溯與反思戰後台灣社會以及 50 年代「清肅」運動的一系列
報導文學，如《幌馬車之歌》、《天未亮》等，都以濃重的憂患
意識和現實精神的注入，成為文學全面性現實反省的依據和見
證。

　　最後，鄉土小說作為創作重鎮，毋庸置疑地代表了台灣鄉土
文學的創作實績。鄉土小說的作家，如黃春明、陳映真、王禎
和、王拓、楊青矗等等，他們多在 60 年代文壇上就已經成名；而
70 年代以來的創作，經歷了鄉土文學運動的洗禮，他們的文學面
貌在繼承原有特質的基礎上，又有了新的發展變化，這主要表現
在三個方面。

　　一、在強烈的民族精神和愛國情感的觀照下，對帝國主義的
掠奪本質和台灣社會的崇洋媚外風氣，進行了毫不留情的批判。
他們在六七十年代的生命歷程中，大多經歷了從故鄉農村輾轉到
台北都市的人生變化，耳聞目睹西化之風和崇洋心態的遍佈，他
們的思想感情發生了很大的變化，筆下創作也往往從鄉村小鎮走
向城市，由悲天憫人的人道主義情懷走向毫不留情的社會現實批
判；於是出現了《夜行貨車》、《萬商帝君》（陳映真）；《我
愛瑪莉》、《莎喲娜拉‧再見》、《蘋果的滋味》（黃春明）；
《小林來台北》、《美人圖》（王禎和）這類作品。他們從中所
批判的，主要是帝國主義控制下的台灣殖民經濟制度和崇洋媚
外、喪失民族情感的社會風尚。

　　二、以關懷民眾的平民立場和寫實精神，對資本主義制度下
的民生疾苦和不平等現象給予揭露，以謀求民族地位與個人地位
的改善。鄉土小說家均把勞苦大眾作為描寫和歌頌的主要對象，
表現底層小人物的悲歡離合和命運掙扎。黃春明的《兩個油漆

匠》，王拓的《金水嬸》、《望君早歸》，楊青矗的《工廠
人》、《工廠女兒圈》，宋澤萊的《打牛湳村》，洪醒夫《黑面
慶仔》等等，都從各個角度揭示了六七十年代的農業社會向資本
主義工商社會轉型的背景下，台灣農村破產、農民飽受資本主義
中盤商人剝削、農民大量流入城市、工人境遇悲慘的社會現實。
這種頗具使命感的創作，就是「要反映我們的社會問題，反映帝
國主義經濟侵略所帶給民衆的痛苦，反映當前的經濟現象，指出
某些不合理的制度，消除剝削，以趨向更美好的社會」[82]。

　　三、從愛台灣、愛鄉土的情感出發，鄉土小說家往往以融入
土地、融入人民的赤子之心，去表現鄉土之愛和家園情結。王拓
曾說：「我們是兩腳深紮在這塊土地上的一群人，死了也還在這
塊土地上，和這塊土地合而為一，混為一體。所以我們愛她！無
條件、無保留地深愛著她。」[83]正是出於這種愛，才有了黃春明
筆下對世代相傳的土地懷著生命依戀的鄉土小人物；有了宋澤萊
《打牛湳村》、《變遷的牛眺灣》這一幅幅「現代農民圖」；有
了王禎和作品中的底層人物面貌。這些鄉土人物的性格，是在台
灣特殊的歷史土壤和世俗生活中孕育的，人物的生命活動又與鄉
村、土地、家園須臾不可分離；而故鄉的風光景物、鄉土氣息和
人情世態，又以真摯而素樸的詩意，給鄉土小說人物粗糙而艱辛
的生活，帶來一抹溫馨幾許亮光。

　　總之，70 年代前中期湧現的鄉土文學風潮，經歷了 1977 至
1978 年間的鄉土文學論戰，非但沒有出現退潮的跡象，反而在
1977 至 1979 年間達到了高潮，並且日益深刻而強烈地影響到文

---

[82]　趙光漢：〈鄉土文學就是國民文學〉，《夏潮》第 17 期，1977 年
　　　8 月 1 日；又見《討論集》，288 頁。

[83]　王　拓：〈擁抱健康的大地〉，《聯合報》，1977 年 9 月 10 日
　　　至 12 日；又見《討論集》，361 頁。

壇的走向。由此可知，凡是代表了時代進步潮流、負載著藝術變
動的最新使命的文學思潮，它對於文學史的貢獻和意義，終將被
歷史所證明。

# 第八章

# 世紀末期台灣後現代思潮種種面相

　　1977 年，國民黨文人對鄉土文學陣營發動全面性的「批判」，掀起了「鄉土文學論戰」。據傳，國民黨原擬在論戰過程中逮捕陳映真等人，但鄉土文學在知識界、文化界具有強大的支持力量，徐復觀、胡秋原又公開支持陳映真，遂使這一「批判」無疾而終。

　　進入 80 年代，鄉土文學思潮似乎籠罩整個知識圈。但，另外兩種潮流逐漸產生，終於在八九十年代之交，取代了具有強烈左翼色彩、同時又具有強烈中國民族主義傾向的鄉土文學，而成為台灣文學的主流。

　　第一種潮流是「台獨」派的台灣文學論。以葉石濤為首的台灣文學論，在具有「台獨」傾向的黨外政治運動（其後成立民進黨）的推波助瀾下，不斷地挑戰陳映真的「中國情結」，終至於「篡奪」了鄉土文學的解釋權，把鄉土文學「改造」成「本土」文學，再改造成「台獨」論的「台灣文學」。關於這一過程，本

書的下一章會有詳盡説明。

在「台灣文學論」還掩護在鄉土文學的「名號」中成長、壯大，鄉土文學的「分裂」還没有完全公開化的時候，另一種潮流也慢慢地開始醞釀。這一股潮流，主要以「後現代」為名，反對鄉土文學所堅持的現實主義和文學的社會使命感。到了 90 年代初，「後現代」思潮的影響已相當強大，並以台北文壇為中心，形成足以對抗「台獨」文學論的一大潮流。不過，在後續發展中，後現代「書寫」愈來愈偏向都會生活的情慾面，而更年輕的作家群則被稱為「新世代」。所謂的「後現代」、「情慾書寫」、「新世代」，其實同屬於一個大潮流。本章的目的即是要討論這一股潮流從 20 世紀 80 年代到 21 世紀初的大致的發展過程及其種種面貌。

## 第一節　反鄉土小說現實主義傳統的「後設」敘事理論

台灣後現代思潮的興起，可以相當準確地劃定在 80 年代的中期。純粹從文學面來看，它所針對的是 70 年代鄉土小説單調、傳統的現實主義敘事技巧，以及鄉土小説所負載的沉重的社會使命感。不過，正如鄉土文學運動，後現代思潮也不是一個單純的文學運動，它其實暗含了一種反對態度：既反對鄉土文學原先的左翼中國民族主義立場，也反對 80 年代日漸壯大的台灣文學論的「台獨」色彩。表面上它反對文學的政治性，實際上它同時反對鄉土文學中的統、獨兩派，並希望國民黨政權能維持下去。

七八十年代之交的鄉土小説事實上有它的「局限性」。像王拓、楊青矗、宋澤萊、洪醒夫這一類型的作家，主要把描寫對像放在台灣社會的鄉村、小鎮、或下層，而陳映真、黄春明、王禎

和後期的「殖民經濟小說」（或稱「跨國企業小說」）雖然以台北都會為中心，卻更注意美國、日本經濟侵略對台灣人性格的戕害。因其批判態度鮮明，題材選擇集中，初看起來，總有一些狹窄化的傾向。

這些後期的鄉土小說，在敘事方式上都採取傳統的現實主義技巧。一般而言，它們在人物性格與心理的刻畫上都不夠細膩，主要還是它們鮮明的政治取向，使得中產階級讀者在長久接觸之後一方面感到厭煩，一方面又感到不安。在這種情況之下，後現代思潮趁此機會以強調敘述技巧與反現實主義逐漸嶄露頭角。

在從鄉土小說轉變到後現代敘述的過程中，黃凡扮演了關鍵性的角色。黃凡，本名黃孝忠，畢業於中原理工學院食品工程系，1980 年 30 歲時因短篇小說〈賴索〉獲得時報文學獎首獎而一舉揚名，在其後幾年內又一再獲得時報文學獎和聯合報小說獎，被視為鄉土小說的後起之秀。

黃凡鄉土小說的特色在於：他企圖描繪台灣社會的全貌，特別是以台北為代表的現代大都會的「運作」模式，比起以前的鄉土小說家來，他的題材更為廣闊而多變。而且，在描繪台灣社會政、經全貌時，雖然不乏批判的鋒芒，但描繪的興趣似乎大過於批判的旨趣。所以，葉石濤派的評論家高天生在談到黃凡的小說時，稱之為「曖昧的戰鬥」。①

到了 80 年代中期，黃凡的「政治興趣」越來越淡漠，而他對現代大都會生活的興趣越來越濃厚，從這時候出版的三本小說集的書名《都市生活》（1987 年）、《曼娜舞蹈教室》（1987 年）、《東區連環泡》（1989 年）就可以看出他的關懷所在。同時，在敘述技巧方面，也逐漸擺脫傳統現實主義小說的方法，而

---

① 高天生：《台灣小說與小說家》，台北，前衛出版社 1985 年版，第 171 頁。

變得更加「多元化」。張大春曾經這樣描述黃凡小說的變化：

> 　他最近不論公開或私底下都強調寫作是為了好玩，不
> 只是他自己覺得好玩，更重要是讀者覺得有樂趣。他用大
> 量寫雜文的方式，有意無意地訓練他寫小說的筆調，另一
> 方面也摻雜了許多胡說八道的雜式枝蔓，你甚至可以說
> 它與主題無關，與結構統一無關，只在加強小說在讀者閱
> 讀時的吸引力、說服力、趣味性②。

　張大春在這裡所強調的兩點：小說家在叙述方式上的「遊戲
性質」，以及小說家重視作品對讀者的趣味性（也即是嚴肅小說
商品化的傾向），可以說是台灣後現代小說初起時的兩個重要傾
向。而這一切都表現出他們的文學觀念。

　除了張大春所說的叙述技巧之外，黃凡所代表的台灣初期的
後現代小說，更重要的是它顯示了小說家對「真實」的態度。蔡
源煌在評論黃凡這時期的短篇「名作」〈如何測量水溝的寬度〉
（1985）時說道：

> 　他揭示這是一場文字遊戲，藉著文字的鋪陳，本來雞
> 毛蒜皮的事也變得煞有介事。這場遊戲只是藉著白報紙上
> 印出來的黑字來證實他能夠勾勒出一個「世界」。

　這是要用「雞毛蒜皮」所勾勒的「世界」來嘲諷現實主義所
執著的社會真實。對於文學所構設的這一想像的「世界」，蔡源
煌更進一步說：

---

② 　〈80年代台灣小說的發展──蔡源煌與張大春對談〉，《國文天
　　地》4卷5期，1998年10月，第35頁。

　　　　作家是要借文字來烘呈某種圖像，讓你覺得逼真，可
　　是它畢竟也只是一個「像」而已。只是，想像的產物（即
　　這篇小說）再怎麼完美，也會一筆勾銷③。

　　在這種「理論」下，「文學反映真實」的講法無異「癡人説
夢」。蔡源煌就這樣藉著詮釋黃凡的小說，「解構」了現實主義
的文學理論。

　　總的來講，由於80年代中期黃凡小說創作的蛻變，也由於張
大春、蔡源煌對「黃凡蛻變」所提出的理論性陳述，台灣的「後
現代小説」就此誕生。

　　黃凡到90年代以後逐漸淡出，最後終於完全退出台灣文壇。
但他所引發的「端緒」，卻由蔡源煌和張大春繼續加以發揚。

　　蔡源煌畢業於台灣大學外文系，1981年獲得美國紐約大學英
美文學博士。在此之前，他已開始寫評論，並主編《中外文學》
月刊。但他在台灣文壇扮演主要評論家的角色，卻起始於80年代
中期。事實上，黃凡小說的評論只是他的「後現代」理論開始陳
述的一個契機。從80年代中期到90年代初，主要透過他的三本
評論集《當代文學論集》（1987年）、《海峽兩岸小說的風貌》
（1989年）、《當代文化理論與實踐》（1991年），他成為當時
台灣後現代小說主要的理論代言人。

　　首先要説明的是，蔡源煌不太使用「後現代」這一術語，他
無疑更喜歡「後設小説」（metafiction）的概念。他認為，小説
是作家有意「虛構」出來的一種叙述模式。作家在「虛構」故事
時，可以完全按照自己的主意決定人物在故事中的「進出」，同
時，作家也可以隨時打斷叙述，自己跳出來議論一番。

---

③　以上兩則引文見瘂弦編：《如何測量水溝的寬度》，台北，聯合
　　文學雜誌社1987年版，第21頁、第23頁。

　　蔡源煌有時候會援引福柯的「僭越」（transgress）理論來
說明「後設小說」的特質。他特別贊同大陸評論家李東晨、祈述
裕的下述看法：

　　　　文學活動在更深刻的意義上被歸結為多方位的藝術探
　　險，一種自我實現。探險本身就是激發創造力的最佳途
　　徑。追求自我實現的進程就是逐步確立自我意識的過程
　　④。

　　蔡源煌認為，這種重視創造力與自我意識的文學是福柯「僭
越」理論的一種實踐方式，即，創造者（作家）借此「僭越」了
社會既定而成俗的言說體系。

　　如果你不假思索地接納了社會既定的言說體系，並以此來寫
作小說，並認為你因此掌握了真實，這就是蔡源煌所認為的「現
實主義」。蔡源煌驚訝於中國現代文學中強大的現實主義傳統，
他認為這是中國固有的「實用理性」思維，「經五四所引進的啟
蒙主義、理性主義─加強，已到了堅不可摧的地步」⑤。

　　正如前面在談到黃凡〈如何測量水溝的寬度〉時所引述過
的，蔡源煌認為，作家借文字來烘呈某種圖像，讓你覺得逼真，
這就是一種「真實」。每一個作家都可以創造自己的「真實」，
沒有一種「真實」可以號稱高於其他的，真實是「多元」的。因
此，作家在創造這種「真實」時，只是一種自我實現，頂多只希

---

④　這一段文字為蔡源煌所引述，見《海峽兩岸小說的風貌》，台北，
　　雅典出版社 1989 年版，第 119 頁。蔡源煌所述福柯「僭越」理論
　　是在本書〈從「僭越」理論看大陸新生代小說〉一文中闡發。

⑤　蔡煌源：《海峽兩岸小說的風貌》，台北，雅典出版社 1989 年
　　版，第 101 頁。

望某些特定讀者的讚賞，而不應具有批判社會、改造社會的強大
使命感。

　　不過，蔡源煌在使用「後設小說」的理論時，並不是始終一
致的，有時候也會露出一些破綻。譬如，他分析韓少功的〈爸爸
爸〉和〈女女女〉，認為裡面所述及的祭祀、詛咒和暴力蘊含了
中國的環境制約和文化制約問題，在分析〈火宅〉時，又說，這
篇小說表現了官僚機制和語言對人的制約⑥。對於大陸當代小說
所呈現的所謂當代大陸社會的現實，他樂於承認這是一種現實，
但對於台灣鄉土小說所抨擊的台灣社會的現實，他則認為這是鄉
土小說家沉重的使命感「創造」出來的，我們應該承認「現實的
多元性」。我以為，從這裡就可以窺視到蔡源煌「後設小說」理
論所蘊含的「政治傾向」。

　　否認小說中有所謂「社會真實」的蔡源煌，事實上一向對政
治深感興趣，90 年代中期終於忍不住參加國民黨的立法委員初
選，由於敵不過地方派系，很自然地就落敗下來。此後，蔡源煌
即步黃凡的後塵，退出了文壇，走入了社會的真實世界之中。這
個時候，首先揭舉反鄉土小說現實主義、主張後現代多元書寫的
「三人集團」，就只剩下張大春一人了。而張大春也確實是台灣
「後現代現象」中一隻多色彩的變色鳥，至今仍屹立於台灣文壇
中。

　　和黃凡、蔡源煌的台籍背景不同，張大春是道道地地的「外
省第二代」。張大春的寫作才華很早就顯露出來，在就讀輔仁大
學中文系時，短篇小說〈雞翎圖〉即獲得中國時報小說甄選優等
獎（1978 年，張大春 21 歲）。

　　張大春和黃凡一樣，寫作生涯初起時正處於鄉土文學的高
潮，所以收在第一本小說集〈雞翎圖〉（1980）的作品，仍以現

---

⑥　同上，論韓少功一文。

實主義為基調。不過，由於他的外省籍背景、也由於他的口才伶俐，他的初期作品在成群的台籍鄉土小說家中仍然顯露出動人的「異色」。

　　1982 年，加西亞・馬爾克斯獲得諾貝爾文學獎，張大春開始接觸魔幻現實主義，並立即受到強烈影響。1986 年得到時報小說獎首獎的〈將軍碑〉，可說是這一時期的代表作。這是一篇幻影重重的歷史寓言小說，在敘述了一位外省將軍的一生後，小說如此結束：

　　　　因為他們都是可以無視於時間，並隨意修改回憶的人
　　⑦。

　　在台灣政治劇變的過程中，張大春瞭解到他從小所學習到的中國現代史的「虛構性」。但張大春非常「聰明」，在還沒有追查「歷史的真相」之前，就「預先」相信，一切歷史，正如將軍對自己一生的回憶一樣，是可以隨時「修改」的。這樣，他經由「魔幻現實」走向了「後現代」。

　　張大春對「歷史」所持的懷疑態度同時擴大到對「一切敘述」的懷疑。在〈小說寫作百無聊賴的方法〉裡，他藉著一位「搞語意學和語法學的教授」之口大發議論道：

　　　　所謂「熟悉世界的方法」至少有三個語意層次。第
　　一，整個世界是「賴伯勞」所熟悉的，這個世界的「方
　　法」意味著他存在和認知的主客關係。第二，「賴伯勞」
　　所熟悉的世界其實不是整個世界，而是他所出身的特殊背

---

⑦　張大春：《四喜憂國》，台北，遠流出版公司 1988 年版，第 31
　　頁。

景以及他所處身的特定環境，而這個小世界的「方法」表
示他生活中那些一成不變的老套，甚至包括日常會話、無
意義的語氣詞、反覆使用的口頭禪……這些細節。第三，
以上皆是⑧。

　　張大春無疑以「人的認識都受限於他的主觀經驗」，從而否
定一切敘述的客觀性，並進而推論出：「一切敘述都是謊言」。
從這一邏輯產生了他的轟動一時的後現代「名作」〈大說謊家〉
（1989 年）。這書從頭到尾都是「瞎掰胡扯」，充滿了趣味性，
但你永遠不會把它「當真」。
　　張大春懷疑一切的「後現代」態度其實有他的「現實基礎」
的。他在一篇雜文〈一切都是創作〉裡說道：

　　　　……世界有兩種人，一種人寧可讀新聞，另一種人寧
可讀小說……世界上肯定還有第三種人無法就新聞和小說
兩者來答覆「寧可」與否……也許第三種人……反倒提醒
了這個世界現存的「新聞／小說」讀者：我們有時以為自
己是第一種人，卻在抱持著讀新聞的態度讀小說；我們有
時以為自己是第二種人，卻在抱持著讀小說的態度讀新
聞。如果我們相信新聞是真的，有時寧可希望它像小說一
樣假；如果我們相信小說是假的，有時卻寧可希望它像新
聞一樣真⑨。

　　這與其說是在說明一種「書寫理論」，不如說，張大春在表

⑧　張大春：《公寓導遊》，台北，時報文化出版公司 1986 年版。
⑨　《張大春的文學意見》，台北，遠流出版公司 1992 年版，第 9-10
　　頁。

達他對現實的無奈。也許外省人的上一代（特別是那些領導者），該為台灣的現狀「負責」，但他「寧可」不追究其「真相」；也許台灣人今天所表現的「怨氣」有其歷史的因素，但他（外省第二代）今天卻必須漫無止境地「忍受」他們的「不講理」。對於這一切，你又能怎樣？除了否定一切，對一切嬉笑怒罵之外，你還能怎麼樣？

於是張大春以「後現代」之名開始玩遊戲，既模擬司馬中原的鄉野傳奇來寫他的〈歡喜賊〉（1989），又寫出〈少年大頭春的生活周記〉（1992）和〈我妹妹〉（1993）那種讓人不知如何談論的「娛樂作品」。不過，張大春也有玩不下去的時候。一個以「大說謊家」自命的人，居然跳出來直指別人（李登輝）是「撒謊者」，這證明，他心裡深知其實並不相信自己所製造的寫作遊戲規則和人生遊戲態度。

《撒謊的信徒》（1996）一書的序言，絕對值得一讀。張大春嚴肅地問自己：這樣一本影射材質庸劣、識見短淺的政客的小說值得一寫嗎？他一本正經地引述懷海德和海耶克，說明他的小說想要探索的是：懷有稚氣般怨恨的人們如何湊聚成一個「偉大的團體」，並推出一位元首或神祇，以化解或削弱其個體之自卑？這一篇序言完全「顛覆」了他行之十有餘年的小說哲學，並不打自招地承認：現實是存在的，確確實實地存在。

## 第二節 西方後現代思潮與台灣文壇的後現代「時尚」

前節所談論的黃凡、蔡源煌、張大春在80年代中期以強調小說的敘述技巧、或者小說敘述的「後設性」與虛構性，來抵制鄉土小說的現實主義，從而揭開台灣文壇「後現代」思潮的序幕。

但正如前節已說過的，他們不太使用「後現代」這一名詞。不過，作為一種「時尚」的後現代思潮，從介紹西方當代的後現代主義，到直接在台灣推廣後現代創作，大約也在同時或稍後，陸續登上台灣文壇的舞台。

　　台灣的文化界自60年代以來，即以接納當代西方思潮作為它的思想來源與動力。60年代被引進台灣的，主要有現代主義的一些流派、某些自由主義思潮（邏輯實證論、海耶克等），以及在當時影響最為廣泛的存在主義。70年代以後的鄉土文學運動以「反西化」、「回歸鄉土」為主要訴求，具有濃厚的左翼色彩，喜歡談論類似「階級」（這個詞在當時還是大禁忌，通常不直接使用）的東西，以及跨國經濟（暗指經濟帝國主義）。在這個時期，西方當代思潮的「輸入」似乎暫時中止。進入80年代，由於政治反對運動（黨外運動）勢不可擋，國民黨已無暇顧及思想鉗制，到1987年「解嚴」以後，思想界的禁忌幾已不存在。不過，在這之前，各種「左」的思想已廣泛在知識界傳播。由於這一趨勢，台灣知識界開始接觸了西方的「新左派」思想。不久，就從西方思想發展的脈絡發現了「後結構主義」與後現代。80年代中期，正是後現代思潮「登陸」台灣的時期。

　　這個時期台灣知識界所「吸收」的西方思潮，真可謂紛然雜陳，從「老馬」（傳統馬克思主義）、「新左」到「後結構」與「後現代」，都是「剛到貨」的。不過，依知識界對政治反對運動與鄉土文學（此時統、獨分立尚未完全明朗，因此可視為一體）的態度而言，支持者「較」傾向於「老馬」、「新左」，不支持者「較」傾向於後結構與後現代。特別是後現代的提倡者，大有以西方最新思潮來分散或抵拒反對運動的「鄉土主義」的味道。

　　台灣初期後現代思潮的這種「傾向性」，在羅青「拼盤式」的後現代主義中表現得最為奇特。羅青在它所編譯的《什麼是後

現代主義》一書的導言中說：

> 　　老實說，「後現代主義」也不過是一種配合時代發展
> 的詮釋方法與態度而已。正如同工業社會發展了現代主義
> 的看法，後工業社會，自然也就順理成章地發展出屬於自
> 己時代的詮釋觀點。因為舊有的那一套實在無法應付各種
> 層出不窮的新情況了⑩。

　　其實，西方早期的現代主義產生於藝術家對資本主義社會的
「反叛」，而「後現代主義」則興起於六七十年代新左派學生運
動的消沉之後。對於西方思潮和資本主義社會發展的複雜、矛盾
關係，羅青一概置而不論。僅以類似「進化」觀點的簡單模式
說：西方從工業社會前進到後工業社會，所以詮釋態度也必從現
代主義前進到後現代主義。

　　按照這一邏輯，當60年代台灣開始現代化、工業化時引進現
代主義是很自然的。同理，當 70 年代台灣已逐漸進入後工業時
代，當然也就要引介西方的後現代主義。因此，

> 　　目前反對後現代主義的看法……有些還停留在「農業
> 社會」的觀點上……堅持以農業經驗為判斷原則的人，對
> 工業或後工業的發展，總是抱著懷疑觀望的態度⑪。

　　這裡暗中批評的對象當然是指鄉土文學陣營，因為他們批判

---

⑩　羅　青：《什麼是後現代主義》，台北，五四書店 1989 年版，第
　　14 頁。
⑪　羅　青：《什麼是後現代主義》，台北，五四書店 1989 年版，第
　　12-13 頁。

台灣過度依賴美、日，為了所謂的現代化，不惜犧牲下層階層，特別是農民階層的利益。在羅青看來，這些鄉土文學論著即等同於農業社會的思考者，腦筋簡直落伍不堪。

羅青的後現代「邏輯」簡單到有些荒謬可笑，不過卻有其「現實基礎」。事實上，80年代中期後現代思潮勃興於台灣時，正是因為有許多類似羅青思考模式的知識分子，認為台灣社會已經非常進步，幾幾乎進入後工業社會了。因此而產生的樂觀與自豪，使他們認為，當然要吸納最前進的「後現代主義」，才不愧為後工業社會的知識分子。不過，他們都比羅青「見多識廣」而「博學多聞」，不會把「後現代」詮釋成一種非常簡單的直線推進。（羅青居然可以在《什麼是後現代主義》一書中編製出一份「台灣地區後現代狀況大事年表」，他所譯的李歐塔的《後現代狀況》讓人懷疑他是否真正瞭解此書後所說的，因此當時的知識界常以此為笑談。）

80年代中期開始成形的後現代「時尚」的另一代表人物為鍾明德，他是台灣後現代劇場的主要代言人，因熱心提倡後現代主義而被朋友戲稱為「鍾後現」。

台灣的後現代劇場和80年代中期的小劇場運動有著密切的關係。小劇場運動的勃興主要源於政治反對運動中的學生運動。學生因陋就簡地在各種現實條件限制下，以「表演」的形式表達他們自己的政治理念。由於參與的大學生多半不是專業的戲劇工作者，他們的表演因此具有濃厚的「實驗」性質；又由於參與的動機多半來自政治運動，因此表演的主題又大都跟政治和社會問題有關。當西方當代的後現代劇場的理念和實際演出形式介紹到台灣以後，小劇場運動即加以吸納。就此而言，如果說，政治性的小劇場運動一開始表現出「自發的」後現代傾向，並不為過。西方後現代劇場的輸入，不過使它更自覺、並企圖加以系統表述而已。這種工作有不少人在從事，鍾明德不過比其他人更出名而

已。

　　鍾明德曾在美國留學，獲紐約大學戲劇碩士，對美國當代後現代劇場較為熟悉（曾著《從現實主義到後現代主義》，1995 年出版──介紹西方近代各種戲劇形式）。1987 年，鍾明德發表〈當代台北劇場宣言〉⑫，表明他推動後現代劇場的企圖心。

　　按鍾明德的歸納，後現代劇場有三大特色。首先，演出的空間必須擺脫傳統的舞台設計，應配合生活空間隨時制宜，所以街頭、廢墟、公園等都可以成為演出的空間和佈景，此即「環境劇場」。其次，應擺脫「劇本」的觀念，只要預先有一個演出架構，其餘可在實際演出時，由全體演員即興創作，此即「集體即興」。第三，戲劇並不是要演出一個首尾完足的故事，而是要藉著場景、音效、肢體語言等，使觀眾對個別的、差異的、鮮明的意象做出直接的反應，此謂之「反叙事結構」。從這些說明可以看出，這是「小劇場」實踐的理論性詮釋。

　　不過，進入 80 年代以後，國民黨透過文建會的金錢補助，逐漸「收編」了許許多多的小劇場團體，小劇場運動逐漸式微，目前幾乎已不成為台北文化界關注的焦點。惟一較醒目的殘餘，也許只剩下各種街頭遊行抗議中所穿插的「街頭劇」而已。

　　在羅青的詮釋中，我們看到台灣後現代思潮最庸俗的一面；在後現代劇場的理論裡，後現代在相當程度下卻又和青年學生的「反叛」相結合。這兩種色調的交雜也出現在八九十年代台灣後現代最重要的代表人物，林燿德的身上。

　　林燿德生於 1962 年，輔仁大學法律系畢業。24 歲出版詩評

---

⑫　此一宣言附於〈當代台北人劇場和宣言〉之後。下面所述鍾明德對後現代劇場的看法根據此文及〈後現代主義下的台灣劇場藝術〉，分別見鍾明德：《在後現代主義的雜音中》，台北，書林出版公司 1989 年版，第 217-232 頁、第 19-38 頁。

集《一九四九以後》（1986 年 12 月）、詩集《銀碗盛雪》（1987
年 1 月）的時候，他已是台灣文壇新銳作家中的要角。林燿德精
力旺盛，創作量驚人（詩、散文、小說、評論、劇本無所不
寫），活動力無所不屆，編輯許多選集，組織許多文學會議，幾
乎可以看到他隨時游走於文壇各角落。一直到他於 1996 年以 34
歲的盛年猝逝時，始終居於台北文壇的核心。

　　林燿德的後現代理念主要以「新世代」或「新人類」以及
「現代都市文學」這兩組概念為其基幹。他說：

　　　　80 年代後期台灣部分新世代作者筆下，的確刻畫出當
　　代台灣新人類生存境遇與思維特徵，在殘酷的資本主義現
　　實社會中展現歡顏與無以名之也不欲名之的希望、截然叛
　　逆的非議道德、冷漠地推倒真理符徵，毫不靦腆地探求享
　　樂和性以及它們背面鏤刻的生命奧義。在狂野的情調和俚
　　直的次文化性格間有哲理化的意識縱深，在大東區和統一
　　商店二十四小時通明的燈火裡養活了宇宙性的思考寬幅
　　⑬。

　　後現代文學是對應現代都會「殘酷的資本主義現實」而產生
的，而其創作主體則是新人類（或新世代）。因為新人類面對這
種「生存境遇」，可以表現出非議道德、推倒真理的冷漠的叛逆
姿態，同時又「毫不靦腆」地享受都會生活中的歡樂與性，因為
從中可以得到宇宙性的思考幅度和生命的奧義。這種點綴著深奧
術語的浮誇修辭，讓人覺得有一點可笑，雖然知道不可能「實
現」，卻也不會「厭惡」其虛偽性，因為這裡表現了新世代不解

---

⑬　林耀德：《重組的星空》，台北，業強出版社 1991 年版，第 187
　　頁。

世事的天真與活力。這種「氣質」，如果當面聽林燿德談論，尤其可以感受得到。林燿德也深知「新世代」和「新人類」這些概念的「寶貴」的吸引力，所以推揚不遺餘力。他和朋友合編了 12 冊《新世代小說大系》（1989 年，合作者黃凡）以及兩冊的《台灣新世代詩人大系》（1990 年，合作者簡政珍。）

在這種文學觀的基礎上，林燿德如此評論鄉土文學：

> 70 年代披上「寫實主義」外衣的浪漫主義作家則採取置身事外的敵對態度，他們對於都市的控訴瞬即誇張為城鄉對立……「田園情結」與泛政治化的意識形態結合後，「都市」的「牆」，如鋼琴上的黑鍵與白鍵，醒目地間隔了截然二分的兩種世界觀，來自牆內的「侵略者」與牆外的「被壓迫者」⑭。

林燿德的批評表明了他顯然不瞭解（或假裝不瞭解——以林燿德的聰明才智和敏感的外省籍身份，他不可能不瞭解）七八十年代台灣社會潛在的複雜矛盾，不過，他的確指出了鄉土文學的局限性：幾乎完全無視於都會生活及活動於其中的知識人（特別是青年知識分子）的存在。林燿德深切體會到這一點，他所提倡的新世代都市文學，以具體的內涵來「挖」鄉土文學的牆腳，對後現代推展之「功」可能還要高過蔡源煌、張大春從敘事理論上「解構」現實主義敘述方法。

不過，林燿德在都市文學的實踐與創作上，也更容易地表現出他的機會主義與「庸俗性」（比起他的理論陳述來）。譬如他在短篇小說集《大東區》（1995）即幾乎以讚揚的態度來描寫台

---

⑭　林燿德：《重組的星空》，台北，業強出版社 1991 年版，第 198 頁。

北東區青年的情慾追求。他與朋友合寫或編選過下列書籍：《夢
的都市導遊》（1992）、《甜蜜買賣──台灣都市小説選》
（1989）、《浪跡都市──台灣都市散文選》（1990）、《水晶
圖騰──面對新人類小説》（1990）；也編過《流行天下──當
代台灣通俗文學論》（1992）、《蕾絲與鞭子的交歡──當代台
灣情色文學論》（1997）這樣的論文集。從這些集子的名稱就可
以看出，他努力要與都市的享樂生活和商業文化「合作」的強烈
企圖，跟他在理論陳述上的叛逆色彩和「宇宙性的思考寬幅」產
生強烈的落差。

　　其實，理論陳述上的「高姿態」與生活與創作的「低姿態」
所融合而成的「異彩」，恐怕也是林燿德式後現代模式有意表現
出來的「特質」，這樣，就不會淪為徹頭徹尾的、低俗的享樂主
義。不過，我們倒更清楚地看出，他們已決意「甩開」台灣難纏
的政治現實，鑽空覓隙地追求自己生活的「幸福」──這是台灣
後現代相當重要的一種面向。

　　羅青與林燿德，除了綜述台灣的「後現代狀況」之外，還是
八九十年代之交後現代詩歌的主要倡導者。其他，如夏宇、陳克
華、羅任玲、鴻鴻、黃智溶等人，也常被列入後現代詩人之中。
至於理論陳述，主要有孟樊、簡政珍、萬胥亭等人。

　　在最重要的基本前提上，後現代詩的理論基礎和蔡源煌、張
大春的「後設小説」並沒有什麼差異。它們同樣不相信「大論
述」（即任何關涉人類社會的什麼主義），也不相信有所謂「社
會真實」。

　　後現代詩歌的特質，也許在和現代主義詩歌相互比較之下最
容易顯現出來。孟樊曾以台灣現代主義詩人碧果的〈静物〉來加
以説明，這首詩被視為台灣後現代詩的先驅作品之一。此詩的前
兩行是：

> 黑的是蕩在面前的被閹割了的
> 黑的是蕩在面前的被閹割了的

下一節以「是的」開始，再把「黑的」一詞重複 72 次，排成 6 行，然後是第三節（兩行）：

> 白的是蕩在面前的被閹割了的
> 白的是蕩在面前的被閹割了的

第四節又以「是的」開始再把「白的」重複 72 次，排行 6 行，然後是第五節（也是兩行）：

> 黑的也許是白的。白的也是被閹割了的白的
> 白的也許是黑的。黑的也是被閹割了的黑的

下一節把「被閹割了的」一詞重複 12 次，不過，除第一次外，其餘均加上各種主詞，如樹、房子、街……大地等。最後一節（又是兩行）是：

> 哈哈
> 我偏偏是一隻未被閹割了的抽屜。

這首詩有相當程度的遊戲成分，也有相當程度的「實驗」成分，顯然態度「不恭」，不怎麼「嚴肅」。因此，孟樊說：「它喪失了意義，也就是它找不到失踪的意旨。」如果說，現代主義詩歌雖然「不關心」社會現實，它至少還想追求一種「形而上」的（或美學上的）意義，那麼，後現代詩連這一點都不要了，它甚至刻意讓人覺得，它是在「解構」意義。

不過，從形式與技巧面講，後現代詩歌的「實驗」傾向，又是對現代主義的一種繼承。所以，孟樊也承認：「後現代詩與現代詩兩者多少還存有藕斷絲連的關係。」或許可以說，後現代詩的玩世不恭的態度把實驗傾向推到了極端，甚至有時會讓人覺得：這到底是「詩」，還是「遊戲」。

孟樊在談到台灣後現代詩的來源時，說過這樣的一段話：

> 然而，就台灣的詩壇而言，「後現代」畢竟是舶來品，如同當初對現代主義的引進一樣，西方的後現代詩——尤指美國詩壇，其所呈現的風貌，相信對台灣的後現代詩人會有所啟示，或至少也有某種程度的影響，因為就「舶來品」的性質來說，向西方的後現代借光，乃勢所必然之事⑮。

這一段話最足以說明，台灣的後現代詩來源於：台灣詩人自以為台灣已進入「後工業社會」，所以勢所必至地要按美國的後現代主義模式來寫自己的後現代詩。這種「輸入」模式和五六十年代「輸入」現代主義實為異曲同工。它最鮮明的顯示：這是對70 年代「鄉土主義」的一種「反動」。

---

⑮　孟　樊〈台灣後現代詩的理論與實踐〉，見林燿德、孟樊主編：《世紀末偏航》，台北，時報文化出版公司 1990 年版，第 154 頁。又，前面提到的碧果詩及孟樊評述，見第 150-153 頁；孟樊談後現代與現代詩的繼承關係，見第 147 頁。

# 第三節　為散亂世界作註腳的後現代主義文學批評

　　八九十年代之交，「後現代」思潮在台灣文藝界逐漸確立並發揮影響的時候，張大春、林燿德以其多方面的才能、旺盛的活動力以及鮮明的個性，成為這一潮流的核心人物。但他們畢竟是作家，他們的文學論述畢竟只是他們整體創作中較不重要的一環，而且，充滿了即興性格，不容易作為一種「論述典範」，可以為他人所「借用」，以發揮更大的「複製」效果。在這方面，評論家王德威，扮演了更重要的角色。在蔡源煌退出文壇以後，王德威成為這一潮流最具代表性的評論家。

　　王德威和蔡源煌同屬台灣大學外文系出身，其後獲得美國威斯康辛大學比較文學博士，在台灣大學及美國哈佛大學短期任教後，接替夏志清在哥倫比亞大學的中國現代文學教席。這一位置的「權威性」，無疑有助於他在台灣文壇的發言權。1986 年，他在台灣出版第一本評論集《從劉鶚到王禎和：中國現代寫實小說散論》。1988 年，第二本評論集《眾聲喧嘩：30 與 80 年代的中國小說》出版，確立了他在台灣評論界的地位。其後出現的評論文集計有：《閱讀當代小說：台灣、大陸、香港、海外》（1991年）《小說中國：晚清到當代的中文小說》（1993）《如何現代，怎樣文學：19、20 世紀中文小說初論》（1998）。另外，他還在大陸出版了一本評論選集《想像中國的方法：歷史·小說·敘事》（北京三聯，1998）。

　　王德威和蔡源煌最為不同之處在於：他極少作直接的理論陳述，他的觀點和方法主要是透過他一系列的實際批評來呈現。他的批評文字流暢而華麗，善於使用令人印象深刻的意象，相當的

迷人。他的影響力大半來自他的批評文字的獨特風格。

　　瞭解王德威文學批評的特質，可以從分析他第二本文集的書名「眾聲喧嘩」開始。在本書的序裡，他提到，「眾聲喧嘩」原出於俄籍批評家巴赫汀（Bakhtin 1895-1975）的批評用語 heteroglossia；他又把巴赫汀的另一相對用語 monoglossia 翻譯成「單音獨鳴」。他對巴赫汀「眾聲喧嘩」的理論做了如此的詮釋：

> 　　意指我們在使用語言、傳達意義的過程裡，所不可免的制約、分化、矛盾、修正、創新等現象。這些現像一方面顯現文字符號隨時空而流動嬗變的特性，一方面也標明其與各種社會文化機構往往互動的多重關係……它或是提醒我們文藝「真善美」風格的片面性，或是質疑單向歷史觀的目的性與不可逆式陳述，或是攪擾缺乏對話的政治「共識」甚或是挖掘主體意識內「自我」與「他我」交相作用的潛流⑯。

　　首先，需要指出的是，英、美學界在翻譯巴赫汀的這一組術語時，一般常用的翻譯是 polyphony 和 monophony，相對於此，中文則翻譯成「複音」（或複調）與「單音」（或獨白）。王德威一方面使用較難認的英譯術語，一方面又把這一對術語譯為「眾聲喧嘩」和「單音獨鳴」。這樣，英譯名讓人感到不可捉摸；中譯名又具有鮮明的「形象性」與「傾向性」，喪失了學術語言原本具有的相對的「客觀性」。其次，巴赫汀所謂的「單音」通常指作品中的「言說」從頭到尾由作者所主控，而作者的

---

⑯　王德威：《眾聲喧嘩》，台北，遠流出版公司 1988 年版，第 5 頁。

「言説」又通常代表正統或上流社會的體系，如托爾斯泰的小説
從頭到尾都只是呈現俄國貴族的「言説」形式。反過來講，在陀
斯妥耶夫斯基的小説中，除了貴族的「言説」的那一聲部之外，
我們還能看到來自民間文化的各種聲部，所以是「複音」的。巴
赫汀的「複音」，通常是要強調偉大作品的民間文化因素，並暗
含有「顛覆」正統文化的態度。在王德威的詮釋下，巴赫汀的理
論，一方面既可以「顯現文字符號隨時空而流動嬗變的特性」，
另一方面又可「質疑單向歷史觀的目的性與不可逆陳述」，這和
巴赫汀所強調的民間文學先天具有的顛覆性格，不能不説有相當
的差距。

　　王德威對巴赫汀做了這樣的翻譯與詮釋，當然不是由於「誤
解」，而是一種「靈活的運用」。他在《衆聲喧嘩》的序裡還説：

　　　　三四十年代的小説在文字的試煉、題材的開拓、義理
　　的抒陳上，均有可貴的貢獻。但數十年來的文學史記錄，
　　卻逐步將其「濃縮」為一簡單的趨向。遍來不談「人
　　道」、「寫實」，不分殊「左傾」、「右傾」者幾希！筆
　　者無意全盤否定是類評價，但以為我們的研究其實可以同
　　中求異，做得更細膩，更具辯證潛力些。重為大師、經典
　　定位，找尋主題、風格、意識形態所歧生的意義，追溯作
　　者「始」料未及的創作動機等，乃成為亟待持續進行的工
　　作⑰。

　　很明顯可以看出，王德威反對的「單音獨鳴」是大陸（當
時）正統文學史的現實主義史觀，以及他並未言明，但在當時尚

---

⑰　　王德威：《衆聲喧嘩》，台北，遠流出版公司 1988 年版，第 6
　　頁。

有強大影響的台灣鄉土文學的現實主義立場。他以「衆聲喧嘩」
的美好意象來博取大家的認同，雖然和當時的張大春和蔡源煌傳
達了相似的「傾向」，但表現得更為「聰明」，而具柔軟性。

　　關於王德威以「更細膩、更具辯證潛力」的方法來「重讀」
中國現代小説的批評方式，下面可以舉一些例子稍加説明。王德
威在〈重識〈狂人日記〉〉一文中，先是説明並肯定以往對〈狂
人日記〉的詮釋，並總結説：

　　　順著魯迅所構築的人吃人的意象，我們順理成章地把
　狂人視為同情的對象。由於拒絕同流合污，狂人被排除於
　社會之外，淪為異端，而狂人提倡的良知及人道主義意識
　亦橫遭壓抑[18]。

　　接著，王德威即開始批評〈狂人日記〉的兩種缺陷。首先，
魯迅所採取的瘋狂／理性二元對立的觀點是有問題的。在魯迅的
筆下，「狂人」是現代「理性」的代表，當他以「惟我獨尊」、
「一以貫之」的方式來批判中國古老文明時，「狂人與壓迫他的
社會其實一樣問題重重」，「讀者往往忽略了狂人思維裡極端自
閉偏執的陰暗面」[19]。王德威引述福柯的《瘋狂與文明》，説：
文明與瘋狂的關係實是一歷史問題，瘋狂的定義亦與時推移。魯
迅不去挖掘「狂人」意像在文明過程中的特殊意涵，反而將「正
義感與理性」賦予小説中的「狂人」，事實上已預設了「意識形
態的定位」，忽略了「瘋狂」內蘊的曖昧意義。

　　接著，王德威指出，魯迅的小説繼承了晚清以來的理念，即
「小説實負有散布真理、傳道解惑的積極重任」，「小説也必須

---

[18][19]　王德威：《衆聲喧嘩》，台北，遠流出版公司 1988 年版，第 33
　　頁、第 35 頁。

忠實地反映社會問題，描摹人生的實況」，但這種文學觀所追求
到的結果，可能與提倡者的預期適得其反：

> 　　對梁啟超、魯迅以降，熱衷於小說立即「教化」功能
> 者而言，在道德意義上，小說寫作永遠成為一種自我否定
> 的活動。它只能以最精緻的語言一再反映弱肉強食，理法
> 淪喪的現實，而且越是「寫實」的作品越暴露作者對筆下
> 人物的無能為力。正如被禁錮、被壓迫的狂人一樣，魯迅
> 所嚮往的真理主義注定只能以負面的形象作無濟的吶喊，
> 在絕望的黑暗中留下緲不可及的回響[20]。

　　一個持現實主義立場的評論家，面對王德威這一「批判邏
輯」，可能會有一種「啼笑皆非」的感覺。魯迅〈狂人日記〉的
藝術設計跟福柯《瘋狂與文明》的理論真是「八竿打不到一條
船」上，而王德威可以把兩者煞有其事地扯在一起，為此你必須
花幾千字到一萬字的篇幅來「爬梳」，值得嗎？王德威又以極盡
「修辭」之能事的口吻說：「小說寫作永遠成為一種自我否定的
活動」，「在絕望的黑暗中留下緲不可及的回響」，為此你會讚
賞他的「文才」，覺得跟他「爭辯」大可不必。如果如他所說，
國民黨何必在 50 年代禁絕 30 年代文藝，並在 70 年代企圖打壓鄉
土文學呢？
　　王德威最擅長的寫作策略在於：從「比較」中達到「混淆」
的目的，他的「名文」之一〈從頭談起——魯迅、沈從文與砍
頭〉就是一個顯著的例子。題目本身就很吸引人，坐在書齋談中
國現代小說的砍頭場面，你能找到比這個更刺激的「異國情調」

---

[20]　王德威：《衆聲喧嘩》，台北，遠流出版公司 1988 年版，第 40
　　　頁。

嗎？

　　在本文中，王德威首先提到魯迅《吶喊》自序那一段著名的文字——看幻燈片中中國人圍觀一個中國人被日本人砍頭的場面，因而決定棄醫從文——王德威評說：「這段文字，剴切動人。」但接著，他引述李歐梵等人懷疑這一經驗「可能出於杜撰」，並肯定魯迅「無中生有，以幻代真的能力」。（這是褒，還是貶？）接著，他又說，魯迅對這件事的「敘事位置」大有「歧義性」：

　　　　當他斥責中國人忽略了砍頭大刑真正、嚴肅的意義，他其實採取了居高臨下的視角。他比群眾看得清楚，他把砍頭「真當回事兒」。但試問，這不原就是統治者設計砍頭的初衷嗎[21]？

　　天啊！魯迅原來竟是站在統治者的觀點，我們怎麼會沒想到！而且：

　　　　他（魯迅）對砍頭與斷頭意象所顯示的焦慮，無非更凸出其人對整合的生命道統及其符號體系之憧憬……換句話說，魯迅越是渴求一統的、貫穿的意義體現，便越趨於誇張筆下人間的缺憾與斷裂……[22]

　　魯迅深切的斷頭焦慮原來本之於深層心理結構中「渴求一統」的強烈欲望，這真是太神奇了。

　　沈從文在《從文自傳》中所述及的一些「砍頭」場面，一些

---

　　[21][22]　王德威：《眾聲喧嘩》，台北，遠流出版公司1988年版，第19頁、第20頁。

人曾屢次細讀，目的是要讀透書寫這些文字的人背後的「人格特質」，但至今人們仍甚感困惑。但王德威認為，沈從文的砍頭場面是一種「寓意」，沈從文「對天 地最無情的事物，仍能作最有情的觀看」：

> 從他對語言修辭上的強烈寓意特徵，我們或能揣摩出他出入生命悲歡仁暴之間，而能不囿於「一」的原委……既然他不汲汲預設一道統知識的始原中心，他的視角因可及於最該詛咒詈罵的人或書。在寓意的想像中，等到並行的類比取代靈光「再現」的象徵階序；而蟮隙與圓融、斷裂或銜接都還原為修辭的符號，為散亂的世界，暫時作為一注腳。㉓

王德威的批評文章很少出現這麼具有「哲學」意味的段落，但可以肯定的是，在比較了魯迅與沈從文的「砍頭」書寫以後，我們看到了一個很有問題的結論，即：沈從文遠遠比魯迅站在一個更高的「神性」精神層次。

什麼是王德威文學評論的「後現代」精神？問這一問題，讓我想起王德威《閱讀當代小說》獨特的書寫模式。在這本評論集中，王德威收進了他的 60 多篇書評。這 60 多篇書評，可以說是 60 多篇「修辭的符號」，文字具有他一貫擅長的流暢與華麗，裡面好像講了不少東西，但你始終掌握不住他真正要說的是什麼，最重要的是：你始終猜不透他的「批評態度」，他是怎麼看待他所評的作家及其作品的。這裡面有許多令人目眩的詮釋，但沒有——評價。

---

㉓　王德威：《小說中國》，台北，麥田出版社 1993 年版，第 25-26 頁。

在評論中國現代小說，以及當代大陸作家時，他的評價態度比較明顯，正如前述他在分析魯迅與沈從文時所顯示的。但他分析的出發點很特殊，他談過狂人、砍頭、畸人等。他喜歡從某一特殊的「點」（通常這一個「點」很能引發讀者興趣），然後從這一「點」急速推廣，做出一個比較宏觀而遠大的評價（不過，當他可以藉著這一「點」來暗諷中國的現實時，他則毫不保留）。同時，他從不正面批判某一流派或主義，我們可以看出，他相當不喜歡現實主義及其評說方式，但他只是從各種「點」上去挖牆腳，而從未對現實主義作過正面的、理論性的批判。

王德威評論的基本特質，讓人想起前引評述沈從文「砍頭」書寫的最後一句話：

> 而罅隙與圓融、斷裂或銜接都還原為修辭的符號，為散亂的世界，暫時作為一註腳。

他的文學評論可視為：把當前兩岸紛紛擾擾的各種文學作品，「還原為修辭的符號」，以便為這一「散亂的世界」，「暫時」得到一個註腳。從這一點而言，他的批評都是「策略性」的。他沒有「大論述」，他惟一肯定的大原則是「眾聲喧嘩」──但惟獨「不喜歡」現實主義。在這種原則下，他可以反對「台獨」派的某些觀點，也可以批評中國的現實，但他不肯定什麼──因為一肯定什麼，就不是「眾聲喧嘩」了。台灣有相當比例的知識人跟王德威一樣，在政治立場上並不認同於「台獨」派，但又不樂於「接受」統一，在這一曖昧的情勢下，「暫時」得一註腳恐怕是不得不然的選擇。這也許是王德威在目前的台灣文壇具有強大發言權的主要秘密之所在。

## 第四節　後現代思潮洗禮下的情慾書寫與身份認同

　　從 80 年代中期開始，台灣新興的「後現代」思潮以挑戰當時仍居文壇主流地位的鄉土文學為主要目的。進入 90 年代以後，以「台獨」思想為核心的「台灣文學」論已取代原先的鄉土文學，成為政治性文學論述的主導力量。不過，也就在同一時間，「後現代」也在以台北為中心的文壇爭取到了廣大的發展空間。不妨可以說，90 年代的台灣文壇，是「台獨」的文學論述與「後現代」書寫平分天下的局面。

　　90 年代「後現代」思潮在「論述」層面的代表人物仍然要屬前三節已談論過的張大春、林燿德和王德威。不過，就作品層面而言，90 年代台灣的「後現代現象」，除了前三節所涉及到的之外，還有一個特別值得注意的現象，那就是，以女作家為主體的情慾書寫。

　　其實，自七八十年代以來，已經可以看到，女作家在台灣文壇所佔的比例越來越高；而且，她們的關懷焦點明顯有別於男性作家的偏重政治，而放在女性的情愛問題和女性在現代社會中的地位問題（特別反映在「女強人」這一形象上）。這可以看出，台灣自傳統社會向現代社會的轉型已大致完成，但在新的社會結構中，女性（特別是知識女性）尚未重新「定位」，女作家因此透過文學創作來思考這一問題，可以說是很自然的現象㉔。

　　這一日漸強大的「女性書寫」，經由「後現代」思潮的洗禮，在 90 年代之交出現了大變化。這一大變化如果以最簡化的方式來加以呈現，即，前期的「情愛」現在幾乎完全讓位於「情慾」，而所謂女性在社會中的「角色」，也差不多是重新從「情

慾面」來加以思考。

　　舉例而言，當平路以宋慶齡、美齡姊妹為主角來撰寫小說時，她並不太關懷兩姊妹在激烈的政治鬥爭中的行為與影響。平路以為，如果這樣來寫宋家姊妹，女性還是被放在「父權社會」中的附屬位置。惟有強調其「情慾面」（特別是年屆六七十歲的感官情慾），才能突顯她們「女性意識」的特質㉕。平路對於「女性意識」的看法，可以說是強調情慾書寫的女作家的共同想法。台灣一個女性主義者曾經尖銳地提問：男人可以當皇帝，為什麼女人不能當武則天？這一提問無疑會引發情慾書寫女作家的強烈反擊，她們認為，這是女性認同於男（父）權社會運作模式的表徵。

　　對於台灣的女作家而言，「情慾」的重要未必在情慾本身。蘇偉貞如此說：

　　　　情慾對我是種思考，不是「行動」……寫到〈沉默之島〉，它（指情欲）變成最簡單、最簡單的事情，簡單到我不懂它，以至於充滿一種不確定性，那是發自對生命本身的尊重吧㉖？

㉔　關於這一現象的分析，請參看呂正惠：〈閨秀文學的社會問題〉。見《小說與社會》，台北，聯經出版公司 1988 年版；及〈80 年代台灣小說的主流〉。見《戰後台灣文學經驗》，台北，新地文學出版社，1992 年版。

㉕　平路寫宋慶齡，見《行道天涯》，台北，聯合文學出版社 1995 年版。寫宋美齡，見〈百齡箋〉，收入《禁書啟示錄》。台北，麥田出版社 1997 年版。

㉖　朱天文、蘇偉貞：〈情慾寫作〉，《中國時報》1994 年 11 月 10 日，39 版。

　　女作家藉著情慾書寫來探索女性的身體、探索女性自身生命
的秘密和特質。

　　從這一邏輯推演下去，女性身體與情慾的全部「潛能」當然
不能只限於跟男性做愛，女性跟女性的「性愛」關係也是一種可
能，而且是長期以來被男權社會所禁止，因此還是充滿了未知的
一種「無限的可能」。曹麗娟在〈童女之舞〉中讓女主角童素心
與她的好友鍾沅如此對話：

　　　　「鍾沅……」我喊她。
　　　　「幹嗎？」
　　　　「我有話對你說。」
　　　　「我知道。」
　　　　「我一直沒說。」
　　　　「我知道，真的。」
　　　　「那你告訴我……」
　　　　「告訴你什麼？」
　　　　「兩個女生可不可以做愛？」㉗

　　在這種「吞吞吐吐」的對話中，我們看到女性經由「另一種
情慾」向自己未知的生命所企圖跨出的一步。邱妙津循著同一方
向發展，把它推至極端，寫下了〈鱷魚手記〉（1994）和〈蒙馬
特遺書〉（1996），在台灣女同性戀群中激起強大迴響。

　　除了女性情慾，女同性戀，這一範圍的第三種文學是所謂的

---

㉗　〈童女之舞〉收入聯合報第 13 屆文學獎作品集《小說潮》，台
　　北，聯經出版公司 1992 年版，引文見 35 頁。又，曹麗娟另一女
　　同性戀小說《關於她的白髮及其他》，見《聯合文學》13 卷 1 期，
　　1997 年。

「酷兒小說」。「酷兒」是 gueer 的同音譯詞，原意怪異、怪胎。「酷兒小說」則是對於各種不合「常態」（指男權社會所認可的異性性愛）的情慾的書寫，包括同性戀、雙性戀、變裝戀、變性者、家人戀等等。這種小說主要由紀大偉、洪凌、陳雪（紀為男性，其餘兩人為女性）等更年輕的一代所發展出來的。紀大偉對此加以說明道：

> 酷兒是一種態度，並不見得是耍酷耍怪，而是重視層層衍異性別身份的觀念：性別不是只有男女兩種，也不是女女／男男／男女／女男四種，而有太多歧異的可能，而且同一個人身上可能呈現多種性別風貌㉘。

按這種講法，「酷兒」是對男權社會既定的性別／性愛規範所作的最大的反叛。但就實際的小說書寫而言，「酷兒小說」常常表現為一般所謂的「性變態」與「性暴力」，讓人不忍卒睹，這在洪凌的作品中特別明顯，這裡就不再作為例證加以引述了。

以上簡要描述 90 年代台灣女性書寫的三個主要層面。對於這一現像我們應如何加以分析呢？也許，90 年代台灣最重要的女性小說家還是要屬朱天心和李昂。雖然她們兩人都關心政治問題，但也同時關注女性議題。分析她們的相關作品，或許可以對 90 年代盛行的女性情慾書寫現象得到一點啟示。

朱天心在〈袋鼠族物語〉裡，描寫了被關閉在家庭中的現代女性。她跟外界完全隔絕，整個生命都寄托在小孩身上，每天攜帶著小孩進進出出，好像懷抱著小袋鼠的袋鼠媽媽。她甚至在最孤獨之中，都無法「意識」到她的生命是「孤獨」的。朱天心以

---

㉘　紀大偉：《感官世界》，台北，皇冠出版社 1995 年版，第 267頁。

一半議論、一半抒情的筆調表現了她對現代女性／傳統母親這一
獨特結合的女性的深切同情。

更值得思索的是〈春風蝴蝶之事〉。在這篇小説中，男主角
「我」一直都在議論男同性戀及異性戀，一直到小説的最後部
分，才帶出惟情至上的女同性戀者。在小説快結束時，「我」突
然告訴我們，他的妻子正是這樣的人，因為他無意中發現了太太
寫給大學時期一位女同學的信：

> 我偷偷（因為從沒有如此做過）抽出妻未封口的回
> 信，寥寥不過兩三行，我所熟悉的妻的筆跡這樣寫道：十
> 幾年來，我經過戀愛、為人妻、為人母，人生裡什麼樣形
> 態的感情我都經歷了，惟覺當初一段與你的感情，是無與
> 倫比的 ㉙。

小説中的「我」一直認為他自己是正常的異性戀者，並相信
他的婚姻基本上是幸福的。他無意中發現妻子是他所謂的「惟
情」的女同性戀者，不免大呼「我失敗」了。評論界也認為朱天
心寫的是女同性戀小説，並責備她的「純情論」的保守傾向。但
實際上真是如此嗎？有理由相信，這是一篇有關現代女性自我的
小説，「我」的妻子根本就沒有在婚姻中找到「自我」，她對少
女時代同性好友的懷念，不過證明婚姻並沒有使她的生命「安
頓」下來而已，她根本不是個同性戀者。

在現代社會中，男、女兩性交往的表面形式改變了，女性相
對的更受尊重。但是，只要一結婚，男、女仍基本上按傳統模式
扮演他們各自的角色，教育程度再高的女性，也很難得在家庭之

---

㉙　朱天心：《想我眷村的兄弟們》，台北，麥田出版社 1992 年版，
　　第 221 頁。〈袋鼠族物語〉亦收入本書中。

外找到定位「自我」的途徑。對於這樣的處境，許多知識女性是感到不滿的。朱天心這兩篇小說的處理模式，也許比情慾書寫的女作家更接近真實。

在情慾書寫方面，李昂是個「老手」，她在大學時代就開始寫露骨的「性反叛」小說。她在 80 年代中期所出版的《暗夜》（1985），可以說是 90 年代情慾書寫的先河。不過，她的情欲書寫比起其他女作家遠遠複雜得多，我們借此可以窺知情慾書寫所涉及的現代女性問題。

在《暗夜》裡，李昂寫到一個相當傳統的女性李琳，她由於偶然認識了先生的好友葉原，跟他發展出婚外情。她從此由一個家庭主婦，變成一個對自己的性需要開始有所知覺的女性。由於李昂一直把李琳描寫成一個生性保守的人，她對於李琳在「自我」中認識到「性」的成分的處理反而比一般無節制的情慾書寫更具真實性。

李昂更關心的是性與政治的複雜關係。在轟動一時的《迷園》（1991）裡，李昂讓女主角朱影虹迷戀新興企業家林西庚，他們兩人都懷抱著為台灣而驕傲的一種政治心情，但小說處理得較成功的反而是他們的性格和性關係。書中最典型的一段是這樣發生的：由於知道林西庚已經結婚，朱影虹決定跟他分手，林西庚送她回家，在她家的院子裡，就出現了以下的一幕：

> 在他的示意下，她一向對他的屈從仍存在，她遵從地打開大門，來到院子裡，任他牽引著她的手去撫觸她。朱影虹無甚意識地在他的指引下做被要求的動作，心中仍充滿他即將離去的絕望空茫。倒是林西庚那般技巧純熟地打開自身衣物，露出身體適當部位而能衣著整齊地站著……一雙有力的手臂在她的肩頭施予壓力，她懂得他要的，彎下身來……㉚

　　這裡最讓人「觸目驚心」的是，沉迷在情慾中的朱影虹竟然表現出女性「最傳統」的一面，「膜拜」在男性的腳下。這跟強調女性要從情慾去求取「女性意識」的主張剛好截然相反——女性在情慾的空茫中完全喪失了自我，心目中只有男性崇拜。

　　李昂在最近出版的《自傳の小說》中對這一情況似乎有所自覺，所以書中的謝雪紅在情慾的行為中全部採取主動，男性只是配合的角色。不過，她跟平路描述宋家姊妹一樣，在謝雪紅的政治生涯中只重視情慾的一面，政治完全成為附屬之物。

　　事實上情慾書寫所採取的這種立場是值得深思的。傳統男權社會把女性封閉在一個狹窄的天地裡，並以「母親」的角色限制她們的自我，連「性」的自然需求都要加以規範。在這種情形下，女性從「性」的解放入手，爭取女性的獨立，也許有其邏輯性。但如果把「性」的解放當做反抗男權的惟一手段（甚至最後目標），事實上還是墮入傳統男權的陷阱中。因為，傳統男權除了把家庭中的女性定位為「母親」之外，還把家庭之外的女性看做「性」的對象（魯迅曾經說過，在傳統男人眼中，女人只有兩種：母親與妓女）。如果一個女性主義者，除了「性」之外再也找不到「定位」自我的辦法，那跟男人對女人的看法又有什麼不同呢？

　　反過來說，男權社會的男人從來就不是只以「性」和「身體」來定位「自我」的，他的自我的價值從來就是可以多方面追求的，為什麼女性不能這樣做呢？李昂小說中無意中表現出來的，情慾女性對男性的屈從，並不是情慾書寫的「矛盾」，反而是這種邏輯「很可能」的結果。所以，與其說情慾書寫是達到現代女性自我之路，不如說是現代女性自我危機最嚴重的表現方式之一。

---

　　㉚　李　昂《迷園》，自印，1991 年版。

　　進入90年代以後，台灣知識界中的一部分人緊跟西方腳步，開始談論起「全球化」來。在這一邏輯下，世界資本主義已一體化，人類已成「地球村」了。他們當然有時也會想到，東南亞許多國家，甚至大陸（他們如此認為）都還在「開發中狀態」。不過，很幸運的，台灣已進入後工業社會（或資訊社會），不愧為「地球村」的一個成員。

　　不過，從現實眼光來看，台灣的政治在李登輝體制建立以後，仍一直處在惡鬥之中。由於政治惡鬥的影響，人心極為浮動。再加上詭譎多變的兩岸關係，人們有時也會惶惶然。就經濟而言，由於台灣在90年代中、後期高科技業的發展，人們似乎吃了定心丸，以為台灣經濟的轉型已經成功，可以高枕無憂了。但在世紀之交，連這一高科技的優勢似乎也有喪失的可能。台灣民眾逐漸意識到大陸強大經濟成長的現實，這也讓他們不知如何是好。

　　可以說，「全球化」似乎讓台灣人感到安慰與安全，而逐漸惡化的政治、經濟現實又讓他們深感不安。不過，整體來講，在90年代，前者的力量遠大於後者，這至少讓知識界稍感自在。

　　我們可以說，興起於80年代中期的後現代思潮是這一「台灣已進入資訊社會」、「已加入全球化流程」的文藝界的平行現象。在此，他們錯誤地認為，70年代鄉土文學所提出的一些有關台灣社會的政治、經濟問題，也已不復存在。因此，文藝界的一些人，樂於在「後現代」的「前進」中安於現狀。

　　所以「台灣的」後現代，是把台灣未來的現實問題暫擺一邊的文學上的維持現狀派。因此，「政治」不在他們的考慮之內。但是，實情真是這樣嗎？如果真是如此，後現代作品又怎麼會表現出明顯的遊戲性和享樂主義傾向呢？又為什麼「不敢」（或不屑於）談論「大論述」（這當然包括台灣未來的前途問題）呢？這裡面肯定是有「逃避」的傾向。

　　李登輝體制結束、民進黨執政以後，台灣的政治惡鬥更為嚴
重，台灣的經濟衰退已極為明顯。在此情況下，「後現代文學」
應如何轉化（或不轉化），就變成是「問題」了。當社會現實已
成為「具體存在的大問題」時，後現代主義者顯然無法「視而不
見」了。我們將注視它的變化動向。

# 第九章

# 新分離主義引爆的文壇統獨大論戰

　　陳映真在〈向內戰・冷戰意識形態挑戰〉①一文裡論述 20 世紀 70 年代台灣鄉土文學論戰在台灣文藝思潮史上劃時代的意義時，寫下了一句充滿歷史的滄桑感的名言：

　　　　歷史給予台灣形形色色的民族分離主義以將近 20 年的
　　發展時間。

　　陳映真的感慨是有根據的。本來，20 世紀 70 年代的台灣鄉土文學論戰中，隨著論爭的深入發展和複雜演化，就有了強烈的「中國指向」。現在，彈指間 20 年過去，環顧今日之台灣，人們

---

①　1997 年 10 月 19 日在台北人間出版社與夏潮聯合會主辦的鄉土文
　　學論戰 20 週年研討會上發表的長篇論文。又刊於《聯合文學》第
　　14 卷第 2 期（1997 年 12 月）56-76 頁；以下三處引文均見 76 頁。

不能不面對的現實，如同陳映真所說，乃是：「70 年代論爭所欲解決的問題，卻不但沒有得到解決，反而迎來了全面反動、全面倒退和全面保守的局面。」從 80 年代開始，興起了「全面反中國、分離主義的文化、政治和文學論述。台灣民族主義代替了中國民族主義。反帝反殖民論被對中國憎惡和歧視所取代。民眾和階級理論，被不講階級分析的『台灣人』國民意識所取代。」

　　就陳映真而言，20 年如一日，他密切注視這一變化，鍥而不捨地和形形色色的民族分離主義展開毫不妥協的鬥爭，堪稱今日台灣思想文化戰線上以堅決維護祖國統一為己任的最出色的戰士了。然而，以他的睿智和預見力，大概連他也不會想到，事態的發展，比他在那篇文章裡說到的還要嚴重得多。不僅葉石濤、張良澤、彭瑞金、陳芳明等人 20 餘年間一直頑固地鼓吹「文學台獨」，而且還在年輕的文學研究者中找到了少數的後繼者。還有，連當年曾經並肩戰鬥的王拓都轉向了。

　　連王拓都轉向了，可見，文壇的統、獨之鬥爭，多麼尖銳複雜，也多麼慘烈悲壯！

　　不過，這就是歷史，就是不以人的意志為轉移的無情的歷史。

　　在台灣新文學發展的歲月長河裡，把這段歷史記錄下來，人們將可以從中看到，今日文壇「台獨」勢力的其勢洶洶，不過是一陣陣和一串串的泡沫而已。


## 第一節　「解嚴」前後的台灣政局和新分離主義的逆流


　　第二次世界大戰結束，日本戰敗，台灣光復，回歸祖國，對於要把台灣從中國分離出去、讓台灣獨立的種種陰謀來說，應該

畫上句號了。然而，樹欲靜而風不止。外國帝國主義勢力和台灣本島的新老分離主義分子，並不就此罷休。

美國有關「台獨」的主張，起自太平洋戰爭爆發後遠東戰略小組的提議。美國國防部軍事情報總部台灣問題專家柯喬治所著《被出賣的台灣》一書說到，「台獨」，是在 1942 年初誕生在他的腦袋中的。他說，他的這一「創見」，是從美國人的利益出發的。為了保障美國在台灣的利益，柯喬治主張讓台灣自治獨立，或由美國托管再舉行公民投票自決。考慮到當時的國際形勢，美國國務院沒有接受柯喬治的提議。美國國防部的遠東戰略小組也在 1942 年春建議麥克阿瑟，從日本手中奪取台灣後，由美國軍隊暫時接管台灣，戰後再進行「台灣民族自決」或成立「台灣共和國」，並著手培訓一批「接管」台灣的行政人員。

不過，1945 年 1 月 14 日，日本投降前夕，美國代理國務卿羅威特向總統杜魯門呈送的備忘錄，還是說到：「如果中國共產黨企圖違背台灣人民之意願，以武力犯台，或者台灣人民本身起事反對中國統治，聯合國將可以台灣局勢已對和平造成威脅，或以台灣實質地位問題為根據，有正當理由採取干預行動。」羅威特還說：「國務院允分認識到，如果台灣要免予淪陷入共黨控制，或許美國必須採取軍事行動。……它或許仍有可能鼓勵中國人成立一個非共的地方政府，自己促成台灣免予淪陷入共黨控制。同時，美國亦應準備，一旦上述措施均告失敗，必要時即以武力干顧。美方之軍事干預……宜以國際上可受支持之原則，即台灣人民自決之原則，進行干預。這就牽涉到鼓勵台灣自主運動。如果島上中國政府明顯地已無力阻止台灣陷共，則台灣自主運動即可全面發動。」羅威特說的「台灣自主運動」，就是「台獨」運動。只是，羅威特備忘錄提出不久，戰爭結束，美國及其他同盟國還是根據波茨坦宣言，把台灣交還給中國，上述這些言論並未被美國國務院採納。

　　1947 年 3 月初，當台灣爆發「二二八」事件後，美國駐台北總領事館向華盛頓提出了「台灣地位未定論」和「聯合國托管方案」，表明美國對台政策發生變化。隨後，1948 年 11 月 24 日，中國國內解放戰爭迅猛發展，蔣家王朝就要覆亡之際，美國有關官員開始主張調整美國對台政策。美國參謀長聯席會議主席海軍上將李海又提出了〈台灣的戰略重要性〉的備忘錄，重提了美國政府應該推動「台獨」的議題。再往後，1949 年 1 月 15 日，美國國務院遠東司司長巴特沃思在一封絕密信中說：「我們國務院所有的人都強烈感到我們應該用政治的和經濟的手段阻止中國共產黨政權取得對（台灣）島的控制。」1 月 19 日，美國國家安全會議在一份報告中表明了美國政府推動「台獨」的立場。8 月，美國根據中國國內形勢的發展做出決定：「我們應該運用影響，阻止大陸的中國人進一步流向台灣，美國還應謹慎地與有希望的台灣當地的領袖保持聯繫，以便將來有一天在符合美國利益時利用台灣自治運動。」「扶植台灣自主分子，俾使其發動台灣獨立時，可含美國之利益。」

　　雖然美國政府推動「台獨」的政策沒有敢於公開實施，但是，1951 年的舊金山《對日和約》，1952 年台北的《中日和約》，還有 1954 年的《中美協防條約》，又都炮製了一個「台灣地位未定」的謬論。事實證明，美國反華勢力一直阻撓中國解決台灣問題。直至 1979 年 1 月中美建交後，美國對台灣問題的政策的本質也並未改變，仍然扶植「台獨」，阻撓中國完全統一。

　　正是這樣的背景下，「台獨」勢力以美國為基地，在海外發展組織，大肆從事分裂中國的活動，一直得到了美國政府的庇護。

　　從歷史看，日本帝國勢力也是「台獨」的始作俑者。1951 年，「台獨」分子就在日本建立了組織。到 60 年代中期，日本成了海外「台獨」勢力的大本營。在眾多的「台獨」組織中，以廖

文毅為首的「台灣共和國臨時政府」最具有代表性。直到 1972 年
中日建交之後，「台獨」活動的重心才由日本轉到了美國。

　　而由台灣本島的人提出「獨立」主張，並將分裂活動付諸實
行，卻是從一小撮日據時期的日本「皇民」開始的。他們在光復
前後的分裂活動，得到了日本右翼勢力的鼓勵、支持和呼應、配
合，不過，因為完全得不到當時民意支持，很快就遭到挫敗。②

　　此後，在日本活動的老「台獨」分子有廖文毅、王育德、史
明等人。

　　等到 80 年代，台灣島上的新分離主義勢力③才終於走到了前
台。

　　這要從「解嚴」前後的台灣政局說起。

　　1979 年 6 月 29 日，桃園縣長許信良，經監察院以擅離職守、
參加非法遊行、簽署誣蔑政府文件提出彈劾，公懲會決予休職二
年處分。台灣政局，山雨欲來風滿樓了。

　　果然，1979 年 12 月 10 日，以《美麗島》雜誌為名，串連全
島反對運動的人士，集合兩萬餘人，在高雄市舉行「世界人權紀
念日」演講遊行活動。國民黨政府派出「鎮暴」軍警鎮壓，200
餘人受傷，事後又進行大規模的搜捕，包括在任立法委員黃信介
和作家王拓、楊青矗在內，共有 160 餘人被捕，釀成轟動全台灣
的「美麗島事件」。

　　1980 年 2 月底，被捕省議員林義雄的母親、女兒，白天被殺
死在家中，引發「林宅血案」。7 月，還有留美學人陳文成伏屍

---

②　以上關於美、日在戰後初期對台灣的態度，可參看陳翠蓮《派系
　　鬥爭與權謀政治》第六章〈外國勢力與二二八事件〉，時報文化，
　　一九九五。

③　「新」分離主義勢力之所謂「新」，是相對於 50 年代的「老」的
　　分離主義勢力而言的。

台大校園的命案。

　　1984 年 5 月 20 日，蔣經國連任第七任「總統」，李登輝登上了「副總統」的寶座。

　　還是在 1972 年，蔣經國出任「行政院長」的時候，面對內外各種危機，為了應變求存，就開始在政治上作出一些調整，推出了一系列「革新保台」、「在台生根」的措施。1975 年 4 月 5 日蔣介石辭世之時，蔣經國接班主政以後，又一直採取「革新保台」方針。這時，台灣取得了較高速度的經濟發展。從 1964 年到 1973 年的 10 年，平均年增長率高達 11.1％，被稱為「起飛的年代」。這樣的經濟成長，意味著具有相當社會力量的中產階級已經形成。這時，1979 年元旦，中美兩國正式建立外交關係，美國斷絕與台灣的正式外交關係，台灣在國際上日益孤立，投資意願日益低落，影響了人心安定，波及了政治局勢，引發了社會動盪。經濟改革也面臨重重困難了。從政治上說，蔣經國的「革新保台」方針，也面臨著日益強大的人民民主運動和分離主義反對派的挑戰，面臨著法統危機、繼承危機、開放黨禁、報禁以及解除「戒嚴法」等政治難題，也面臨著大陸提出的「一國兩制」、和平統一祖國的一系列政策挑戰，而不得不做出若干開明的、進步性的改革措施。比如，逐步實現領導權力結構的過渡和轉型，以否定蔣氏「家天下」體制，向「非蔣化」過渡，取代老年化向年輕化轉型，否定個人獨裁向集體領導轉型，由外省人主政向「台灣化」過渡，等等。李登輝就是在這種情況下上台的。

　　在此期間，社會動盪不安，人心渙散。一連串的由自然環境、生存權利引發的運動，不停頓地衝擊當局的戒嚴體制，加以國民黨外的政治團體、黨派活動強渡關山，越來越大的壓力，終於導致了國民黨台灣當局在 1987 年 7 月 15 日宣佈「解嚴」，終止了長達 38 年的戒嚴體制。接著，黨禁、報禁也被解除。

　　其實，「解嚴」之前，這種衝擊已經顯示了分離主義的傾向

了。進入 80 年代以後，台灣反對勢力進一步發展。在黨外運動中，有些人主張統一，有些人主張「台獨」。「台獨」分子披著「爭民主」的外衣，打著「民主」的口號，進行分裂祖國的活動，形勢變得複雜起來。

這種分離主義的活動，不久便發展為「台獨」政黨的建黨組黨活動。比如，1984 年初，「台灣獨立聯盟」美國本部，任主席長達 10 年的張燦鍙，改任「世界台獨聯盟」主席之後，美國本部主席由陳南天繼任。很快，4 月 17 日，在紐約，洪哲勝領著 20 個人，公開聯名發表聲明，脫離「台灣獨立聯盟」，又發表聲明，由他做召集人，出籠了一個「台灣革命黨」的「建黨委員會」，籌建「台灣革命黨」，聲稱這個黨的宗旨是「推動台灣人民獨立建國」。隨後，洪哲勝在接受《台灣與世界》雜誌特約記者邱慶文專訪時，竟然公開叫囂「中華人民共和國相當於列強」，「台灣革命是一場民族解放運動」。1985 年元旦，這個「台灣革命黨」宣告成立。除洪哲勝擔任總書記，時任洛杉磯刊行的《美麗島週報》社長的許信良做了第一副總書記。1986 年 5 月 1 日，「美麗島事件」後流亡美國 7 年的許信良在美國紐約宣佈，成立了由 100 多位「建黨委員」組成的台灣民主黨建黨委員會，將在 8 月以前在海外成立「台灣民主黨」，並在年底前遷黨回台灣，以突破國民黨的黨禁。不料，局勢由此而急劇發展。這一年的 9 月 28 日，代表黨外行使提名權的黨外選舉後援會在圓山飯店舉行推薦大會，由立法委員費希平、監察委員尤清動議討論了建黨的問題，包括費希平、尤清及謝長廷、張俊雄等人在內的「建黨工組小組」當場發動建黨發起人簽署工作，獲得 135 人簽署，並在當天下午決定組織「民主進步黨」，宣佈正式成立。跟著，許信良在美國決定，取消台灣民主黨建黨委員會，取消台灣民主黨的建黨工作，並宣稱將其改為「民主進步黨海外支部」。許信良等人，也將「遷黨回台」改為「回台入黨」。分離主義的

「台獨」勢力就這樣以政黨的形式登上了台灣的政治舞台。

在這樣一個動盪的政治局勢裡，從意識形態、文化思想來說，這種分離主義的論述，是從「台灣結」與「中國結」、從「台灣意識」與「中國意識」的，也就是「獨立」與「統一」的爭論開始的。這場統、獨爭論的觸發點，是 1983 年的兩件事情。一件是，外省人第二代韓韓、馬以工創辦《大自然季刊》，以他們認定的方式去愛台灣。另一件是，另一個外省人的第二代，以創作〈龍的傳人〉一曲成名的校園民歌手侯德健，赴大陸以圓回歸祖國之夢。由此，而引爆了統、獨意識的公開論戰。

這一年的 6 月 11 日出版的《前進週刊》第 11 期報道了侯德健赴北京進修的消息，還發表了楊祖珺的文章〈巨龍、巨龍，你瞎了眼〉。文章中，楊祖珺説侯德健是「愛國的孩子」，「『龍的傳人』只是侯德健在學生時代，輾轉反側深思不解的中國，『龍的傳人』是他揣測、希望、擔憂的中國」。楊祖珺還説，中國雖然是從書本上、宣傳上得來的，但畢竟是在深深地困擾著台灣的年輕的知識分子的問題。一個星期以後，6 月 18 日，《前進週刊》第 12 期上，又有兩篇相關的文章刊出。其中，陳映真的〈向著更寬廣的歷史視野〉一文，面對〈龍的傳人〉這首歌廣為流傳的熱烈而又動人的情景，首先深情地傾訴了他心中緣於「中國情結」而迸發的愛國激情。陳映真寫道：「這首歌整體地唱出了深遠、複雜的文化和歷史上一切有關中國的概念和情感。這種概念和情感，是經過幾千年的發展，成為一整個民族全體的記憶和情結，深深地滲透到中國人的血液中，從而遠遠地超越了在悠遠的歷史中只不過一朝一代的任何過去的和現在的政治權力。」針對少數分離主義者有關「空想漢族主義」的荒唐指責，有關「台灣社會的矛盾，是『中國人』民族對『台灣人』民族的殖民壓迫和剝削」的謬論，陳映真明確地指出：「組織在資本主義台灣社會的所謂『中國人』與『台灣人』之間的關係，絕不是所謂

『中國人＝支配民族＝支配階級』對『台灣人＝被支配民族＝被壓迫・剝削階級』的關係。」陳映真呼籲，無論是批判右的還是批判左的台灣分離主義，人們都會「心存哀矜的傷痛」，「而如果把這一份哀矜與傷痛，向著更寬闊的歷史視野擴大，歷代政治權力自然在巨視中變得微小，從而，一個經數千年的年代，經過億萬中國人民所建造的、文化的、歷史的中國向我們顯現。民族主義，是這樣的中國和中國人的自覺意識；是爭取這樣的中國和中國人之向上、進步、發展、團結與和平；是努力使這樣的中國和中國人對世界與其他民族的和平、發展和進步做出應有的貢獻的這種認識。」④

　　陳映真的〈向著更寬廣的歷史視野〉一文發表後，6 月 25日，《前進週刊》第 13 期發表了 3 篇文章，進行攻擊。這三篇文章是：蔡義敏的〈試論陳映真的「中國結」──「父祖之國」如何奔流於新生的血液中？〉，陳元的〈「中國結」與「台灣結」〉，梁景峰的〈我的中國是台灣〉。這 3 篇文章，集中攻擊了陳映真的「中國結」，主張「台灣、台灣人意識」。

　　7 月 2 日，《前進週刊》第 14 期又發表了陳映真的〈為了民族的團結與和平〉一文。從蔡義敏等人的攻擊，陳映真認為，少數人，即「左翼台灣分離主義」者，把當前台灣地區內部的省籍矛盾歪曲成了「中國人」民族與「台灣人」民族的矛盾。針對分離主義者攻擊愛國的「中國結」是「漢族沙文主義」、「愛國沙文主義」、「中國民族主義」，陳映真指出，「希望台灣的政治有真實的民主和自由，社會有正義，是絕大多數在台灣的本省人、大陸人共同一致的願望」。鑒於分離主義者無視這一事實，歪曲這一事實，激於民族義憤的陳映真發出了這樣的質問：「為

────────────

④　此文收入陳映真作品集 12《西川滿與台灣文學》人間出版社，
　　1998，23-28 頁。

什麼凡是要台灣更自由、更民主、更有社會正義的人，就非說自己不是中國人不可呢？……為什麼……我們以中國人為榮，以中國的山川為美，以中國的瓜分為悲憤，一定是可恥、可笑呢？……為什麼凡是自然地以自己為中國人，並以此為榮的人，黨外民主運動都不能容納？」針對分離主義者破壞民族團結的言行，陳映真寫道：「讓一切追求民主、自由與進步的本省人和大陸人有更大的愛心、更大的智慧，互相擁抱，堅決反對來自國民黨和左的、右的台灣分離論者破壞人民的民族團結。」陳映真還指出，這種「於歷史中僅為一時的台灣分離主義，其實是中國近代史上黑暗的政治和國際帝國主義所生下來的異胎」。這真是一種遠見卓識，真知灼見。⑤

　　現在，論爭一經展開，很快就激化起來。

　　1983 年 7 月，《生根》雜誌刊出陳樹鴻的〈台灣意識──黨外民主運動的基石〉一文，極力維護了陳映真所深刻揭露和批判過的標舉分離主義的「台灣意識」。陳樹鴻的文章還有一點值得注意，那就是，他把「中國意識」等同於不民主，主張為了民主必須排除「中國意識」。

　　這個論點，倒是說破了新分離主義者的一種策略。他們是有意把自己的分離主義的「台獨」活動和反對國民黨統治下的「不民主」畫上等號的。到往後的 90 年代，我們常常可以看到，「台獨」派在重複地使用這一論證。不過，這其實不是他們這些黨外新生代的發明。早在五六十年代，台灣一些西化派自由主義者反中國文化時，也是在民主不民主問題上做文章的。

　　8 月底，陳映真應聶華苓主持的美國愛荷華大學國際寫作計劃邀請，到美國作短期訪問。9 月 28 日，在愛荷華市詩人呂嘉行家，和正在美國加州柏克萊大學作訪問學者的旅日華人教授戴國煇做

---

⑤　此文收入《西川滿與台灣文學》，29-34 頁。

了一次對談。呂嘉行和評論家譚嘉、《台灣與世界》雜誌發行人葉芸芸列席。對談的話題，就是台灣島上剛剛發生的「台灣人意識」、「台灣民族」與「中國人意識」、「中華民族」，或者說「台灣結」與「中國結」的問題。葉芸芸後來將對談整理成文，先後發表在美國紐約出版的《台灣與世界》1984 年 2 月號、3 月號和在島內出版的《夏潮論壇》1984 年 3、4 月號上。對談中，陳、戴二人的共識是，「台灣結」是「恐共」、反共的表現，實質是「以台籍中產階級為核心」的分離主義的「台獨」勢力對大陸的抗拒，其背後的暗流「乃是國際政治關係的動盪不安」；「台灣獨立的理念」是「60 年代中興起的台灣的資產階級」的理念，「這實在是階級的問題，而不是什麼『民族』的問題」。⑥

　　陳映真和戴國煇的對談，帶有 1983 年最初的論戰的小結的意識，到 1984 年，轉戰於《夏潮論壇》和《台灣年代》之後，論爭趨於白熱化了。《夏潮論壇》在 1984 年 3 月的 12 期上編發了《台灣的大體解剖》專輯，專輯中，除了前述陳、戴對談的記錄稿，還發表了戴國煇的〈研究台灣歷史經驗談〉，吳德山的〈走出「台灣意識」的陰影：宋冬陽台灣意識文學論的批判〉，還有趙定一（陳映真）的〈追究「台灣一千八百萬人」論〉⑦。這些文章或譴責「台獨」意識為「恐共」，或視「台灣意識」為「陰影」，尖銳地批評了分離主義。

　　這裡說到的宋冬陽，就是陳芳明。陳芳明的長文〈現階段台灣文學本土化的問題〉⑧，發表在 1984 年 1 月的《台灣文藝》86

---

⑥　對談文〈台灣「意識」與「台灣民族」〉收入陳映真作品集 6《思想的貧困》人間出版社，1988，147-184 頁。

⑦　此文收入《西川滿與台灣文學》，41-48 頁。

⑧　此文收入宋冬陽（陳芳明）《放膽文章拼命酒》，林白出版社，1988，93-134 頁。

期上。陳芳明從台灣文學切入，回顧了 80 年代以來台灣思想界、文學界有關台灣意識的論戰，對陳映真等人的主張進行了攻擊。《夏潮論壇》上的「《台灣結》的大體解剖」專輯，就是由陳芳明的文章引發的，也是針對陳芳明的長文的。

與《夏潮論壇》針鋒相對，同月月底，《台灣年代》1 卷 6 期推出了《台灣人不要「中國意識」》專輯，除社論〈台灣人不要「中國意識」〉外，還有 5 篇文章是：鄭明哲的〈台獨運動真的是資產階級運動嗎！〉，黃連德的〈洗掉中國熱昏症的「科學」妝吧〉，林濁水的〈《夏潮論壇》反『台灣人意識』論的崩解〉，高伊哥的〈台灣歷史意識問題〉，秦綺的〈神話與歷史、現在與未來〉。4 月，《80 年代》1 卷 6 期上，又有羅思遠的〈故土呼喚已漸遙遠──論「台灣意識」與「中國意識」的爭辯〉一文，加入了《台灣年代》對於《夏潮論壇》的攻擊。這些文章，除了繼續鼓吹「台灣意識」、排除「中國意識」以製造分離，還有一點值得注意的是，這些持有分離主義思想的黨外新生代，都借口日本在台灣的現代化開發而對日本在台灣的殖民統治感恩。於是，把「崇日」包容到分離主義的思想體系裡來，成了一個新的動向。

需要說明的是，就在這場「台灣結」與「中國結」、「台灣意識」與「中國意識」激烈論爭的時候，在美國出版的《美麗島週報》等分離主義勢力雜誌，先後發表了〈注視島內一場「台灣意識」的論戰〉及〈台灣向前走〉、〈島內外統派餘孽蝟集〈夏潮論壇〉／戴國煇陳映真熱情擁抱在一起〉、〈「統一左派」對上「台灣左派」〉，在鼓吹「獨立建國」的濫調中，對《夏潮》及陳映真等人進行政治誣陷。陳映真寫了〈嚴守抗議者的操守──從海內外若干非國民黨刊物聯手對《夏潮》進行政治誣陷說起〉一文，發表在 1984 年 4 月的《夏潮論壇》13 期上，對《美麗島週報》的「法西斯的、造謠、誣陷的本來面目」無情地予以

揭露，並重申，《夏潮》的立場正是「中國民族主義」，「對於
中國歷史、文化和人民抱著極深的認同和感情」，「願意跳出唯
台灣論的島氣，學習從全中國、全亞洲和世界的構圖中去凝視中
國（連帶地是台灣）的出路。」⑨

　　這場爭論延續到「解嚴」之後，激烈程度減退。「台獨」勢
力的新分離主義，又進入了一個新的階段。

　　這又和台灣政局變化有關。

　　1988 年 1 月 13 日，蔣經國去世，李登輝開始執掌黨政大權，
台灣進入「李登輝時代」。1990 年 5 月，李登輝宣佈開始「憲政
改革」，對舊「法統」進行改造。此後，從 1990 年到 1997 年，
台灣當局進行了四次「修憲」，包括終止「動員戡亂時期」、廢
除「臨時條款」；「總統」由台灣地區人民直接選舉產生；凍結
台灣「省長」、「省議會」選舉，虛化「台灣省政府」功能等
等。台灣的政治格局、國民黨內部的權力結構以及台灣當局對大
陸政策和對外政策都發生了重大的變化。其中，最為突出的是國
民黨政權迅速「本土化」，標榜實行西方民主制度，謀求「兩個
中國」的政策日益明朗化，分裂祖國的勢力愈益煽動仇視大陸的
情緒，「台獨」活動更形猖狂。

　　民主進步黨，即民進黨成立之初，本來還是各種反國民黨勢
力的複雜組合，但領導權基本上被「台獨」分子把持，「台獨」
思潮在該黨內嚴重氾濫，民進黨一大通過的黨綱，即主張台灣前
途由台灣全體居民決定。以後，該黨又陸續通過一些決議，宣稱
「台灣人民有主張台灣獨立的自由」、「台灣國際主權獨立」等
等。1988 年以後，在台灣當局的姑息與縱容下，海外公開的「台
獨」組織加強向島內滲透，在美國的最大的「台獨」組織「台獨
聯盟」遷回台灣，以後集體加入了民進黨。1991 年 10 月，民進

---

　　⑨　此文收入《西川滿與台灣文學》，35-40 頁。

黨召開五大，公然在黨綱裡寫下了「建立主權獨立自主的台灣共和國暨制定新憲法，應交由台灣人以公民投票方式選擇決定。」1992 年 5 月，「立法院」修改「刑法」，廢除「刑法第 100 條」和「國安法」，使鼓吹和從事非暴力的「台獨」活動合法化。從此，台灣當局實際上已經不再禁止「台獨」活動。各種「台獨」組織進行了名目繁多的分裂活動。直到 1999 年，李登輝拋出「兩國論」的「台獨」言論。到 2000 年的「總統」選舉，民進黨陳水扁、呂秀蓮竟當選正、副「總統」，結束了國民黨當政的時代。陳水扁、呂秀蓮一上台，便公開拋棄了「一個中國」的原則。

　　在這樣的政治格局裡，從意識形態來説，作為「台獨」的文化標籤，「台灣意識」逐步被「台灣主體性」所取代了。

　　本來，早在 1962 年，史明以日文撰成《台灣四百年史》，就已經把「台灣人意識」和「中國人意識」對立起來了。1964 年，「台獨」派的王育德也在日本出版了《台灣：苦悶的歷史》，在史明所炮製的「台灣民族論」架構下，把台灣史描繪成「台灣民族」受到外族壓抑的歷史。這種「台灣民族」論，是用「民族性」來定義台灣的特殊性。宋澤萊在 1987 年 1 月的《民進報》46、47、48 期上發表〈躍升中的「台灣民族論」〉也依台灣在血統、語言、文字、生活習慣上的共性，將生活在島上的群體定位為「台灣民族」。相對於此，謝長廷在 1987 年 5 月的《台灣新文化》8 期上發表〈新的台灣意識和新的台灣文化〉一文，認為，「相對於中國大陸的『台灣住民』意識」，已經「形成彼此命運一體，息息相關的共同體意識」。他把這種住民意識叫做「新的台灣意識或『台灣島命運共同體的意識』」。1988 年 4 月 24 日，李喬在《自由時報》上發表〈台灣文化的淵源〉一文，提出來用「台灣人」來稱呼台灣的住民，以避免強調族性而激化社會內部的族群對立。1989 年 7 月 26 日、27 日，李喬在《首都早報》上發表〈台灣運動的文化困局與轉機〉一文，繼續闡釋了這種觀

點。不管台灣民族論、台灣人論對台灣性的定位及對「中國」定義有什麼不同，卻都是為了構築「台獨」的理論基礎而提出的。不滿於立論的局限性，進入 90 年代之後，「台獨文化」開始反省台灣內部多族群如何統合的問題。立足於這種反省，張炎憲在〈台灣史研究的新精神〉一文裡，提出了「多元族群」的觀點，認為台灣內部的福佬人、客家人、外省人、原住民都是台灣歷史的主體，他們的活動都是台灣歷史的一部分，各族群在台灣的歷史活動中的主體地位都應該得到確認。而這種「台灣的主體性」，只有在去除了漢人的中心意識之後，才能獲得。這一史觀，成了 90 年代台灣主體論的主要史觀。

1991 年，陳芳明的〈朝向台灣史觀的建立〉一文，在台灣史領域建構了「台灣主體性」的概念，並在台灣文學中同時建構了「台灣主體性」的概念。1992 年，陳芳明在四七社議論集《改造與重建》一書的序言〈注視世紀的地平線——四七社與台灣歷史意識〉一文中，又以「相對於整個中國」的「命運共同體」的台灣為主體，他是要用「多元主體論」來消弭社會內部的對立，凝聚台灣「獨立」建國的能量。

90 年代，這種新分離主義的思潮，在文學領域裡得到了惡性的膨脹，形成了一股反民族、反中國的「台獨」文藝思潮。這股「台獨」文藝思潮，從 80 年代延伸而來，到 90 年代變本加厲，又理所當然地激化了台灣新文學思潮領域裡的統、獨大論戰。

## 第二節 從鄉土向本土轉移拋出了台灣文學主體論

1965 年，復出文壇的葉石濤在《文星》發表了〈台灣的鄉土文學〉一文，重新提出了從理論上解釋「鄉土文學」的概念的問

題。1977 年 5 月 1 日，台灣文壇鄉土文學論戰正在激烈展開之時，葉石濤在《夏潮》第 14 期上發表了〈台灣鄉土文學史導論〉一文 ⑩，再一次對「鄉土文學」做了新的闡釋。葉石濤把 1697 年從福建來到台灣的郁永和的《裨海紀游》到吳濁流的小說之間的台灣重要作家作品都包羅進去，把近、現代的至少是 1945 年前的台灣地區的中國文學，全都看做是「鄉土文學」，又從「鄉土」衍生出了一個「台灣立場」的問題。葉石濤說，台灣從陷日前的半封建社會進入日治時代的資本社會之後，在資本主義社會形成過程之中，近代都市興起，集結在這些近代都市中的，是一批和過去的、封建的台灣毫無聯系的市民階級。他們在感情上、思想上和農村的、封建的台灣的傳統沒有關係，從而也就與農村的、封建的台灣之源頭──中國，脫離了關係。一種近代的、城市的市民階級文化，相應於日本帝國對台灣之資本主義改造過程；相應於這個過程中新近興起的市民階級而產生。於是，一種新的意識──「台灣人意識」產生了。進一步，葉石濤將這「台灣人意識」推演到所謂的「台灣的文化民族主義」，說什麼，台灣人雖然在民族學上是漢民族，但由於上述的原因，發展了和中國分離的、台灣自己的「文化的民族主義」。

葉石濤的《台灣鄉土文學史導論》遭到了陳映真的批判。陳映真在 1977 年 6 月《台灣文藝》革新 2 期上發表了〈「鄉土文學」的盲點〉一文 ⑪，一針見血地指出：「這是用心良苦的，分離主義的議論。」陳映真還指出，日據時代的台灣，仍然是農村經濟而不是城市經濟在整個經濟中起著重大作用。而農村，正好是「中國意識」最頑強的根據地。即使是城市，中小資本家階級所參與領導的抗日運動，也都「無不以中國人意識為民族解放的

---

⑩　此文見尉天驄編《鄉土文學討論集》，1978，69-92 頁。

⑪　收入陳映真作品集 11《中國結》，人間出版社，1988，1-8 頁。

基礎」，所以，「從中國的全局去看，這『台灣意識』的基礎，正是堅毅磅礴的『中國意識』了」。由此，陳映真斷言：「所謂『台灣鄉土文學史』，其實是『在台灣的中國文學史』。」

　　也許是憂慮於葉石濤炮製的這種文學分離主義的惡性傳播，陳映真接著又在 1977 年 7 月 1 日的《仙人掌雜誌》5 期上發表〈文學來自社會反映社會〉一文⑫，強調「台灣新文學在表現整個中國追求國家獨立、民族自由的精神歷程中，不可否認地是整個中國近代新文學的一部分。」他在隨後，同年 10 月的《中華雜誌》171 期上又發表〈建立民族文學的風格〉一文⑬，強調「三十年來在台灣成長起來的中國文學」的作家們，「使用了具有中國風格的文字形式、美好的中國語言，表現了世居在台灣的中國同胞的具體社會生活，以及在這生活中的歡笑和悲苦；勝利和挫折……。這些作家也以不同的程度，掙脫外國的墮落的文學對他們的影響，揚棄了從外國文學支借過來感情和思想，用自己民族的語言和形式，生動活潑地描寫了台灣──這中國神聖的土地，和這塊土地上的民眾。正是他們的文學……在台灣的中國新文學上，高高地舉起了中國的、民族主義的、自立自強的鮮明旗幟！」陳映真還熱忱地呼籲，「一切海內外中國人，因為我們在對於台灣的中國新文學共同的感受、共同的喜愛、共同的關切的基礎上，堅強地團結起來！」再往後，他又在 1978 年 8 月《仙人掌雜誌》2 卷 6 號上發表〈在民族文學的旗幟下團結起來〉一文⑭，在 1980 年 6 月《中華雜誌》203 期上發表〈中國文學的一條廣大出路〉一文⑮，反覆地展開了這樣的論述。然而，這種善良

---

⑫　收入《中國結》，9-24 頁。

⑬　收入《中國結》，25-32 頁。

⑭　收入《中國結》，39-54 頁。

⑮　收入《中國結》，93-102 頁。

的願望已經阻擋不住文學領域裡新分離主義的逆流了。

　　葉石濤在 1982 年 1 月中，拉著鄭炯明、曾貴海、陳坤崙、施明元等人一起在高雄創辦了《文學界》雜誌。葉石濤說，他和《文學界》的願望就是要整合本土的、傳統的、外來的文學潮流，建立有自主性的台灣文學。1983 年 4 月，葉石濤在台北遠景出版社出版了自己的《文學回憶錄》。1984 年，葉石濤得到鄭炯明等人的資助，還有《文學界》其餘同仁提供的資料，開始寫作《台灣文學史大綱》，到 1985 年夏天寫成，並分別在當年 11 月和第二年 2 月、8 月的《文學界》12、13、15 集上先行發表。等到林瑞明完成《台灣文學年表》，輯入書中，就在 1987 年 2 月，改名《台灣文學史綱》，交由《文學界》雜誌社出版。1991 年 9 月，印行了新版。

　　歷史又給了葉石濤一個玩弄騙術的機會。在《文學回憶錄》裡，他收進了〈台灣小說的遠景〉。和〈論台灣文學應走的方向〉二文，還信誓旦旦地說什麼「台灣文學是居住在台灣島上的中國人建立的文學」，「在台灣的中國文學，以其歷史性的淵源而言，毫無疑義的，是整個中國文學的一環，也可以說是一支流……台灣文學始終是中國人的文學，它並沒有因時代社會的蛻變，或暫時性的分離而放棄了民族性，也沒有否定了根本性中國民族的傳統文化。」說到台灣新文學的發生，還白紙黑字地寫著：「台灣的新文學運動深受第一次世界大戰弱小民族的自決的思想解放和中國大陸五四文學革命的影響。」講到「來自祖國大陸的承傳」，還振振有詞地表演說：「所有台灣作家都因台灣文學是構成中國文學的一個重要環節而覺得驕傲與自負。我們在台灣文學裡看到的是中國文學不滅的延續。」至於他在 1977 年講到的「鄉土」，他也喬裝打扮一番，改口說：「這些鄉土色彩基本上乃屬於中國的。」⑯

　　然而，葉石濤的偽裝難以持久。和「台獨」勢力的大肆活動

及新分離主義思潮的惡性泛濫相呼應，葉石濤糾合一些人創辦
《文學界》時，就顯得他是不甘寂寞的「兩面人」了。葉石濤在
〈《文學界》創刊號編後記〉（1982）⑰裡就說：「這三十多年
來的台灣文學的確產生了許多值得紀念的作品，然而我們仍然覺
得台灣文學離開『自主化』的道路頗有一段距離。我們希望台灣
作家的作品能夠有力地反映台灣這一塊美麗的土地的真實形象，
而不是執著於過去的亡靈以忘恩負義的心態來輕視孕育你、供給
你乳汁與蜜的土地與人民。那些站在空洞的神話架構上來號令叱
咤的文學，只是損害勤樸人民心靈的毒素，它是一種可怕的公
害。」

　　葉石濤和《文學界》的這一表態立即得到了海外「台獨」勢
力的誇獎。比如，1983 年 4 月 13 日，陳芳明就在美國洛杉磯寫
了一篇〈擁抱台灣的心靈——《文學界》和《台灣文藝》出版的
意義〉⑱，發表在 4 月 16 日出版的《美麗島》週報上。陳芳明按
捺不住他的萬分激動，欣喜若狂地歡呼，經歷了 1977 年鄉土文學
論戰和 1979 年高雄事件之後，「中國精神」已「後繼無人」，台
灣本土文學與「本土政治結合起來」，終於邁入了「新的里
程」。對於《文學界》上葉石濤所發表的那一段聲明，陳芳明
說，那是在「肯定台灣文學的本土性、自主性」，這種強調，
「在文學史上是極為重要的發展」。由此，陳芳明還異想天開地
預言：「台灣民族文學的孕育誕生乃是必然的。」就是在這篇文
章裡，陳芳明還公開宣揚了他的「文學台獨」主張：「把台灣文
學視為中國文學的一部分，是錯誤的。」

---

⑯　以上文字，見葉石濤，《文學回憶錄》，遠景出版事業公司 1982
　　年，第 110 頁、第 112 頁、第 115 頁、第 118 頁。
⑰　此文收入《文學回憶錄》141-143 頁。
⑱　收入陳芳明《鞭傷之島》，自立晚報社，1979，3-14 頁。

　　順便說一句，陳芳明在為葉石濤和《文學界》叫好的時候，還提到了另一個雜誌《台灣文藝》。《台灣文藝》是在 1964 年 4 月由吳濁流獨資出版的，維持到 53 期時，1976 年 10 月，吳濁流不幸去世，改由鐘肇政、鐘延豪父子接辦，但一直經費不足，最後依靠遠景出版社扶助。1983 年 1 月 15 日，《台灣文藝》80 期開始，由醫師陳永興接辦，李喬主編。這以後，從 100 期到 1987 年 1 月 104 期由李敏勇負責，105 期到 120 期由台灣筆會接辦，主編有楊直矗、黃勁連等人。陳芳明稱《台灣文藝》80 期是重新出發。他提到《台灣文藝》在重新出發時發表的一篇「宣言」──〈擁抱台灣的心靈，拓展文藝的血脈〉。那「宣言」說：「《台灣文藝》是台灣歷史上具有特殊意義的一本文藝雜誌，從創辦以來，它就一直代表著台灣同胞的心聲，紮根在台灣寶島的土地上，反映出台灣社會實際的面貌。」出版後，編者又強調要「站在民間的立場，傳達出本土的、自主的、自尊的斯土斯民心聲。」陳芳明也十分看重《台灣文藝》的這一表態，吹捧它所肯定的「台灣文學的本土性、自主性」，「必然鑄造作家的意識和思考模式」。

　　從陳芳明的文章開始，台灣島內外的新分離主義者，「台獨」勢力，已經尊奉葉石濤為提出台灣文學「本土化」、「自主性」第一人了。

　　葉石濤也就在「文學台獨」的歧路上越走越遠了。

　　開始，是在他的《文學回憶錄》裡，儘管還有「中國文學」的外衣，也還是在回憶他和西川滿、《文藝台灣》的關係時，在〈府城之星，舊城之月〉、〈《文藝台灣》及其周圍〉、〈日據時期文壇瑣憶〉等篇章裡，宣洩了他對後來的人們批判「皇民文學」的不滿，為他自己日後大翻「皇民文學」之案埋下了伏筆。

　　隨後，就是《台灣文學史綱》了。1996 年 7 月 7 日，葉石濤在高雄左營老家為他的《台灣文學入門》一書寫〈序〉時說，他

「從青年時代就有一個夢想，那就是完成一部台灣文學史，來記錄台灣這塊土地幾百年來的台灣人的文學活動，以證明台灣人這弱小民族不屈不撓地追求自由和民主的精神如何地凝聚而結晶在文學上。」於是，他寫了《台灣文學史綱》。只不過，葉石濤寫的時候，有難言之隱。這「難言之隱」，在1996年的這篇〈序〉裡，葉石濤說是：「《台灣文學史綱》寫成於戒嚴時代，顧慮惡劣的政治環境，不得不謹慎下筆。因此，台灣文學史上曾經產生的強烈的自主意願以及左翼作家的思想動向也就無法闡釋清楚。……各種的不利因素導致《台灣文學史綱》只聊備一格。」[19]

其實，即使是礙於台灣國民黨當局的戒嚴體制而不能放肆地宣揚自己的強烈的分離主義和「台獨」主張，葉石濤還是在《台灣文學史綱》一書裡頑固地表現了自己。1985年12月，他在《台灣文學史綱》初版本的〈序〉裡就說：「台灣歷經荷蘭、西班牙、日本的侵略和統治，它一向是『漢番雜居』的移民社會，因此，發展了異於大陸社會的生活模式和民情。特別是日本統治時代的50年時間和光復後的40年時間，在跟大陸完全隔離的狀態下吸收了歐美文學和日本文學的精華，逐漸有了較鮮明的自主性性格。」葉石濤還說：「我發願寫台灣文學史的主要輪廓（outline），其目的在於闡明台灣文學在歷史的流動中如何地發展了它強烈的自主意願，且鑄造了它獨異的台灣性格。」[20]果然，葉石濤還是在這部《台灣文學史綱》裡喋喋不休地闡明了他所謂的台灣新文學的「鮮明的自主性性格」和「強烈的自主意願」。

比如，說到30年代初有關「台灣話文」和「鄉土文學」的論爭，葉石濤偏偏要說，在論爭中除了受大陸白話文運動的影響之

---

[19]　葉石濤，〈台灣文學入門・序〉，《台灣文學入門》，春暉出版社，1997年，第1-2頁。

[20]　葉石濤，《台灣文學史綱》，文學界雜志社，1991年，第1-2頁。

外，「台灣本身逐漸產生和建立自主性文學的意念」；在甲午戰敗割讓台灣後 30 餘年社會發展的背景下，「台灣新文學必須走上自主性的道路」，這是「正確而不可避免的途徑」（同前註，28頁）。

說到二戰之後，光復了的台灣，在 1947 年《新生報》的《橋》副刊上展開的「台灣文學」向何處去的討論，葉石濤又曲成己見，硬說省籍作家楊逵、林曙光、瀨南人等「希望台灣文學紮根於台灣的特殊性，建立自主性的文學」。由此，葉石濤還借題發揮說，圍繞這「自主性」問題而存在的省外作家與省籍作家中的見解的對立，「猶如甩不掉的包袱，在台灣文學發展的歷史性每一階段裡猶如不死鳥（phoenix）再次出現，爭論不休。在70 年代的鄉土文學論爭裡，歷史又重演，到了 80 年代更有深度的激化」。葉石濤還說，台灣文學「在三百多年來的跟異民族抗爭的血跡斑斑的歷史裡養成的堅強本土性格」，乃是「無可否認的事實」（同前註，77 頁）。

說到 60 年代的台灣文學，葉石濤指出，在《笠》和《台灣文藝》這「兩種本土性很強的刊物裡」，人們可以看到，「由於台灣民眾與大陸隔絕幾達 80 多年的時間，台灣實際也發展了具有地方性特色的文學傾向；因此，主張台灣文學應有自主性，建立自己的文學，發展自己文學特性的主張也廣為流行。」（同前註，118-9 頁）對於 1966 年由尉天驄、陳映真、黃春明、王禎和、施叔青、七等生等作家創辦的《文學季刊》上發表的黃春明的〈莎喲娜拉‧再見〉，王禎和的〈小林來台北〉和王拓的〈廟〉和〈炸〉等作品，葉石濤則加以攻擊，指責他們有意要「邁向新的『在台灣的中國文學』路程」，可是，「這些新一代的作家不太認識台灣本土意識濃厚的日據時代新文學運動的傳統」，卻偏偏要去「著重思考」什麼「整個中國的命運」（同前註，123 頁）。

寫到第六章 70 年代的台灣文學時，葉石濤所謂戒嚴時代的

「謹慎下筆」也顧不了許多了。他以為，「鄉土文學」的發展，70年代已經「變成名正言順的台灣文學」，而且「構成台灣文學的主流」（同前註，138頁）。

在描述70年代的作家作品的情景時，葉石濤又編造了一個神話說，「70年代的文學作品」，是「努力去統合台灣在三百多年的歷史中帶來的不同文化價值系統」，而這「三百多年被殖民的歷史」，「每一階段」都使台灣獲得了「異族的文化形態」（同前註，151頁）。葉石濤還吹捧了《這一代》雜誌，稱讚它「強烈地主張本土為重的意識」（同前註，153頁）。

《台灣文學史綱》最後說到了80年代最初幾年的情景。隨著台灣政局日漸發生變化，「人們可以看到」，葉石濤終於按捺不住內心的激動和興奮說，「在政治體制上」，80年代的「大陸」，對於台灣，已經不是「日據時代的『祖國』」了。葉石濤指名攻擊陳映真等人說，70年代鄉土文學的論爭中「有人……指出鄉土文學有分離主義的傾向」，那是「杞人憂天」。葉石濤說，「事實上，台灣新文學從日據時代以來，一直在與大陸的隔絕下，孤立地發展了60多年，有許多實質的問題是無法以流派、主義的名稱去解決的」。「進入了80年代的初期，台灣作家終於成功地為台灣文學正名」（同前註，172頁）。究竟是哪些「許多實質的問題」？還有，「成功地為台灣文學正名」又是什麼意思？「正名」以後的「台灣文學」該是一種什麼樣的文學呢？葉石濤沒有明說。也許，葉石濤還是不得不考慮他身處戒嚴時代，所以還是要有所收斂。然而，要不了多久，時局再變化，葉石濤就會肆無忌憚地說明白了。

即使如此，歷史仍然表明，還在「解嚴」前夕，在台灣文學界，兩種文學思潮鬥爭已經是壁壘分明了。那就是，以陳映真為代表的「中國文學之一環論」和以葉石濤為代表的「台灣文學本土論」或「台灣文學主體性、主體論」的嚴重對立。後者的立

場，是反中國的。

除了葉石濤，這幾年，竭力宣揚台灣文學「本土論」、「主體論」的，還另有人在。

緊跟葉石濤的是彭瑞金。1947 出生的新竹人彭瑞金，畢業於高雄師範國文系。1980 年 12 月，他在《台灣文藝》70 期上發表〈80 年代的台灣寫實小說〉一文㉑，對 70 年代以來從寫實小說的發展趨向「工具化」、「現實化」提出了批評，展示了他的傳統本土論者的文學本位立場。其實，彭瑞金這篇文章是替葉石濤來回應陳映真對於《台灣鄉土文學史導論》的批判的。彭瑞金在文章裡攻擊了陳映真的民族文學論，有意肯定了 50、60 年代作家的本土創作，實際上是在延續 77 年陳映真和葉石濤的論爭。

緊接著 1981 年 1 月，詹宏志在《書評書目》93 期上發表了〈兩種文學心靈──評兩篇聯合報小說得獎作品〉一文。文章裡，詹宏志把台灣放在中國視野裡考察和評價，認為台灣文學是中國文學的「旁支」，或者，如同小說家東年所說的，是相對於「中國的中心」的「邊疆文學」。文學「旁支」和「邊疆文學」之說，或許過於簡單，容易引發誤會，但是，詹宏志的中國立場卻是不容置疑的，這實際上又是陳映真的中國立場的延伸。這一年 10 月，第二屆「巫永福評論獎」評審會召開，陳映真和葉石濤都是評審人，詹宏志、彭瑞金都是候選人。會上，葉石濤支持彭瑞金，陳映真力舉詹宏志，爭辯激烈，雙方相持不下，評審會因此延期，最後不得不另選其他作品頒獎。

詹宏志的文章發表後，招來了分離主義者的攻擊。先是高天生在 5 月的《台灣文藝》72 期上發表了〈歷史悲運的頑抗〉一文，強調「台灣文學的獨特性」。接著，《台灣文藝》雜志社邀請詹宏志與本土作家巫永福、鐘肇政、趙天儀、李魁賢等人對

㉑　此文收入彭瑞金《台灣文學探索》，前衛，1995，260-1983 頁。

談，話題是「台灣文學的方向」。這個座談會的記錄，發表在這一年 7 月的《台灣文藝》73 期上。同一期的《台灣文藝》還刊出了應邀參加但沒有出席的李喬（壹闡提）的書面意見稿——〈我看「台灣文學」〉，還有宋澤萊對於詹宏志的回應文章〈文學十日談〉。9 日，《文藝台灣》74 期還刊出了彭瑞金的〈刀子與模子〉一文。

　　座談會上，詹宏志補充說明了自己的觀點。他說，他並不否認台灣文學的成就及其特殊性，他要肯定和強調的是，如果在政治上台灣要成為中國的一部分的時候，在文學上，台灣文學勢必要成為中國文學的一部分。當然，詹宏志還是堅持說，站在中國全局來看臺灣文學，台灣勢必成為邊疆文學。

　　會上會下，反對者對詹宏志的文章發難，還是表現在用所謂的「台灣結」來對抗「中國結」。

　　比如高天生。這個被葉石濤吹捧為「最有成就的」「評論家」的人，在〈歷史悲運的頑抗〉一文裏就反對將台灣文學「當做中國文學的亞流」，強調要面對台灣文學的「獨特的歷史性格、文學特色等，將之視為一獨立的文學史對像來加以處理，就如我們獨立處理台灣史一樣」。高天生還指責詹宏志將台灣文學「置放於整個中國文學中去定位」，「是一種迷失歷史方向後的錯亂」，是在「動輒用大漢族沙文主義來誹謗文學前輩」。又比如宋澤萊。這個 1952 年才出生在雲林縣的年輕人，自稱是受到「美麗島事件」的「再啟蒙」的人了。日後「台獨」立場日益頑固的宋澤萊，在攻擊詹宏志的〈文學十日談〉一文裡，以台灣為中心，提出了台灣文學的「三個傳統」，然後歸納出台灣文學「自足的價值」，氣勢洶洶地質問：「台灣文學有她的獨特經驗……有哪一個人膽敢宣稱台灣文學是一種『支脈的』、『附屬品的』文學呢？」㉒宋澤萊的特殊之處在於，他稱台灣人為「弱小民族」，而不是「中華民族」；他又把台灣文學放在第三世界文

學的位置，與中國文學是對等的位置，從而排斥了中國文學對台
灣文學的任何作用。再比如李喬。他本名李能棋，1933 年生於苗
栗，客家人。李喬的父母是位抗日志士，備受日本殖民者的欺凌
和摧殘。他本人也是自幼貧苦，在重壓下生長。不幸，李喬也走
上了分離主義的歧途。針對詹宏志的主張，他在〈我看「台灣文
學」〉裡強調了兩岸的分離阻隔。他說：「雖然『中國文學』被
原鄉人攜帶來台，但是整個文學原野被斬斷了，文學泉源被阻塞
了。」

再就是彭瑞金。他在〈刀子與模子〉裡 ㉓ 攻擊詹宏志，是說
詹宏志預設了「中國統一」的政治立場。彭瑞金說，文學的「價
值與政權的變化壓根兒扯不上關係，台灣文學自有從文學出發的
價值評定，和中國統一與否不發生影響」。他是從文學和政治分
離而論的手法，排除了中國文學對台灣文學發生的作用。

陳芳明也對詹宏志的主張作了攻擊。他在稍後的 1984 年 1
月，在《台灣文藝》86 期上，發表了〈現階段台灣文學本土化的
問題〉 ㉔ 參看註⑧，指責詹宏志不是「從它本身固有的歷史背景
和本身立足的現實環境出發」，而是「站在台灣島嶼以外的土地
上來觀察台灣文學」。陳芳明說：「詹宏志的彷徨與無助，再次
暴露了『以中國為中心』的矛盾與缺漏。」陳芳明攻擊這「以中
國為中心」的情結，只不過是知識分子自我纏繞的一個情結，在
一般台灣人心中並不存在。「在他們的觀念裡，並非是『以中國
為中心』的，他們的中心其實是他們立足的土地。」

在這次較量裡，從陳芳明、彭瑞金等人的言論來看，已經顯
示了台灣文學「本土化」、「自主性」的一種濃厚的「去中國中

---

㉒　此文收入宋澤萊《誰怕宋澤萊》，前衛，1986；此處所引見 253
　　頁。

㉓　此文收入彭瑞金《台灣文學探索》，351-9 頁。

心化」的色彩。

　　這時候，隨著台灣政局的變化，思想界、文化界有關「台灣意識」的論爭十分激烈，台灣文學「本土化」、「自主性」的濁浪也有了進一步的洶湧。那是以《文學界》創刊為起點的。

　　還是葉石濤，前已說明，在《文學界》的創刊號上的〈編後記〉裡，標舉了「自主化」的口號，還發表了〈台灣小說的遠景〉，正式打出了「自主性（originality）」的旗號。而且，在〈編後記〉裡，還談到了「邀請認真凝視台灣文學未來發展的評論家執筆繼續發表此類文章」。隨後，1982 年 4 月的《文學界》2 集上，彭瑞金發表了〈台灣文學應以本土化為首要課題〉，呼應了葉石濤的「自主化」、「自主性」的主張，鼓吹台灣文學要認同台灣，以台灣為中心的自主化為發展方向。

　　這時，1982 年 3 月，旅美作家陳若曦應《台灣時報》之邀回台，主持南北作家座談會，試圖化解兩派之間的歧見。其實，這已經不可能了。1983 年 1 月和 9 月，葉石濤又在《文學界》5 集和 8 集上發表了〈再論台灣小說的提升和淨化〉及〈沒有土地‧哪有文學〉。這一年的 7 月 15 日，林梵在《台灣文藝》83 期上發表了〈從迷惘到自主──第一代到第四代的文學歷程〉一文。8 月 22 日，葉石濤還在《台灣時報》發表了〈我看臺灣小說界〉一文。再就是陳芳明在 1984 年 1 月發表的那篇〈現階段台灣文學本土化的問題〉了。在這期間，1983 年 4 月，葉石濤出版了《文學回憶錄》。1985 年 6 月，他又出版了論文集《沒有土地‧哪有文學》。1985 年 10 月 21、30、31 日，葉石濤還在《自立晚報》上發表了〈走過紛爭歲月，邁向多元世代──香港文學的回顧與前瞻〉。這些文章，把「自主化」謬論推向了極致，其中，有一個背景就是，《文學界》標舉了葉石濤、彭瑞金的「自主化」、「自主性」主張後，陳映真發表了一系列的批判文章。

　　彭瑞金在〈台灣文學應以本土化為首要課題〉一文中，對

「台灣文學」下了一個定義說：「只要在作品裡真誠地反映在台灣這個地域上人民生活的歷史與現實，是根植於這塊土地的作品，我們便可以稱之為台灣文學。」初看起來，這個界定似是而非，然而，彭瑞金強調的是「認同台灣這塊土地」的意識，是針對陳映真等人的「中國文學論」而發的，他突出的是台灣與中國已經不是一體的現實，所以，文章裡，他還攻擊了「生於斯，長於斯，在意識上並不認同於這塊土地」的「中國文學之一環論」者，把他們的文學排斥在「台灣文學」之外。彭瑞金的「台灣認同意識」還是葉石濤〈台灣鄉土文學史導論〉中的「台灣立場」、「台灣意識」的延伸。彭瑞金的發展則是在於他去掉了「台灣鄉土文學」中的「鄉土」，只留「台灣」，正是「去中國中心化」的結果。由「本土化」出發，彭瑞金把「自主化」更加引向「文學台獨」了。

有了彭瑞金、陳芳明等人的呼應，葉石濤雖然還處在戒嚴時代，也顯得迫不及待了。他在〈我看臺灣小說界〉一文裡[25]有意突出的是台灣和中國分離並非一體的「現實」，是台灣文學的「自主」發展。他說，日據時代，台灣是與中國大陸分開獨自掙扎著求生存的。光復後，除去短暫的四五年曾經與祖國大陸保持接觸之外，其餘「漫長時間都是自主地發展下來」。「簡言之，從 1895 年的台灣割讓直到現在——1983 年，大約有 80 多年的時間，台灣被迫不得不在事實上與大陸分裂的狀態下獨自求生存」。於是，台灣文學也「有豐富的自主性表現」。在〈沒有土地‧哪有文學〉一文裡[26]，也說台灣文學要「發展富於自主性」的文學。

到此為止，可以說，「解嚴」之前，分離主義的文學思潮延

---

[25]　收入《沒有土地，哪有文學》，遠景，1985，3-10 頁。

[26]　收入前書 1-4 頁。

續到「本土化」、「自主化」，其「台獨」本質已經成型了。

隨後的發展，首先發生的，是「台灣作家定位」的問題。

1986 年 8 月，《中國時報》在德國萊聖斯堡主辦了一個名為「中國文學的大同世界」的國際性中國文學研討會。會議結束後，主辦人劉紹銘發言指出：「只要是用中文寫作的文學，不論是在世界上的哪個角落，都應算是中國現代文學的一部分。」㉗這是萊聖斯堡會議的主旋律。另外，德國與會的教授顧賓批評了台灣的現代詩，貶責了鄭愁予的詩作。到會的台灣作家李昂認為這是西方學者重視中國文學而輕視台灣文學的偏見，而和顧賓起了衝突。再加上，李昂聽說，不久前，在西德舉辦的一次盛大的中國文學會議上，應邀與會的白先勇、陳若曦也受到了歧視，沒有被安排和中國大陸作家一起出席盛大的官方晚宴，由此，李昂認定，這也是因為台灣不被承認為代表中國的政權，所以台灣文學也不被認為是中國文學主流，而導致台灣文學家在國際會議上受到歧視。回到台灣後，李昂就在 8 月 21 日的《中國時報》上發表了〈台灣作家的定位——記「現代中國文學大同世界」〉一文，對台灣作家所受到的不公平的待遇提出了抗議。李昂的文章，引發了一些台灣作家的憤慨，以及對台灣作家國際地位的關注。

比如，先是洛夫，在 9 月 25 日的《中國時報》上發表了〈怒讀〈台灣作家的定位〉〉一文，發出了不平之鳴。10 月 22 日，旅居海外的葉維廉也發表了〈憤怒之外——「現代中國文學大同世界」會議的補述〉一文，提到，這是國際社會「政治舞台上的一些怪現象」。11 月 1 日，《遠見》雜誌邀請李昂、鄭愁予兩位當事人對談，探討「台灣文學為什麼得不到公平待遇」的原因。

---

㉗　引自凌琪〈大同世界的餘波——劉紹銘眺望中國文學的大同世界〉一文的報導，文載《中國時報》1986 年 9 月 17 日。

到 1987 年 1 月，《台灣文藝》104 期推出了《台灣作家的定位》的專輯。專輯裡，發表了 5 篇文章，即李敏勇的〈台灣作家的再定位——對角色和功能的思考〉，向陽的〈文學、土地、人——「台灣作家的定位」之我見〉，羊子喬的〈在轉捩點上，先確立坐標〉，劉天風的〈從台灣勞動群衆的立場出發〉，林宗源的〈沉思與反省〉。這些本土作家強調的還是台灣作家認同台灣、寫出台灣特殊面貌的重要性。隨後，4 月 27 日，龍應台在《中國時報》發表〈台灣作家哪裡去？〉一文，認為台灣作家在國際社會備受歧視，絕大部分的責任是在國民黨政府的外交關係及中國正統觀，把問題的焦點定在了台灣的「國家定位」上。這，引起了台灣新分離主義意識嚴重的作家的重視。借此契機，他們又就「台灣國際地位」問題回應了「中國立場」的挑戰。5 月 13 日，《台灣文藝》邀請了洛夫、李昂、郭楓、向陽、李敏勇等人，舉辦了「台灣作家哪裡去」的座談會。7 月，《台灣文藝》106 期刊登了座談會的記錄。座談會上，李昂就台灣的「國家定位」問題說：「台灣文學劣勢一定存在，因為台灣在國際上一直是『名不正、言不順』。台灣作家以後要用什麼稱呼去打國際地位，這恐怕是我們政府、文化官員，乃至作家應當思考的一個問題。」這，已經涉及到並刺激了分離主義勢力趨向「台獨」的問題了。又是陳芳明，在 10 月的《台灣新文化》13 期上，拋出了〈跨過文學批評的禁區〉一文，把「台灣文學」、「台灣作家定位」的問題和台灣前途問題糾結在一起，進一步認定「台灣文學」反映台灣這個「經濟生活共同體」實質和「中國定位」格格不入，斷言台灣文學中的「中國」的「虛構性與虛偽性」。

　　到此為止，人們可以看到，「解嚴」之前，與政治本土化運動一步一步地衝破國民黨的政治禁忌的同時，在「台灣獨立」的政治主張主宰下，文學「獨立」的種種謬論，已經一一被提了出來。到了 1987 年 7 月 15 日「解嚴」之後，這種種的謬論又有了

惡性的發展。其中，80 年代末到 90 年代，這種惡性的發展則又隨著政治上「台獨」勢力的猖獗而到了登峰造極的地步。

就在「解嚴」前夕，1987 年 7 月 7 日，所謂新生代的文壇「台獨」勢力在美國有一次聚會。當時，北美洲的台灣文學研究會邀請鄭炯明、李敏勇訪美。同時，彭瑞金也獲得台灣基金會的補助，赴美收集戰後初期台灣文學的資料。旅美的陳芳明、張良澤、林衡哲和他們相遇於加州海岸的美州夏令營。陳芳明說，這一次聚首，讓他感到「多少喜悅悲愁齊湧胸頭」。7 月 28 日，陳芳明在聖荷西自己家中，與彭瑞金對談了「文學史」的撰寫事宜。對談的記錄，整理後，以〈台灣文學的局限與延長〉為題，發表在當年 10 月 26 日至 11 月 2 日的《台灣時報》和 11 月的台灣《文學界》24 期和 11—12 月的美國《台灣公論報》上。就同一話題，1988 年 1 月 8 日，陳芳明又寫了一篇〈是撰寫台灣文學史的時候了〉一文，隨後發表在 2 月 13 日—14 日的台灣《自立早報》上。5 月 7 日，《民進報》革新版第 9 期又發表了陳芳明的〈在中國的台灣文學與在台灣的中國文學〉一文。在這之前，1987 年 11 月，陳芳明還在《台灣文化》第 15 期上發表了〈心靈的提升與再造——鄉土文學論戰與中壢事件十週年〉一文。這之後，1988 年 5 月 14 日，陳芳明還在《民進報》上發表了〈文化上的稱霸與反霸——旁觀楊青矗與張賢亮的筆戰〉一文㉘。凡此種種，都顯得陳芳明想要在葉石濤之後為「文學台獨」執牛耳了。

1989 年 11 月，台灣前衛出版社印出了一本吳錦發寫的書《做一個新台灣人》。書中，有一篇吳錦發對陳芳明的採訪記錄〈故人遲遲歸——訪旅美作家陳芳明〉。陳芳明對吳錦發說到，他自

---

㉘　以上所提陳芳明與彭瑞金對談，及陳芳明四篇文章，均收入陳芳明《鞭傷之島》。

己在「二二八」事件之後，又接觸到台灣立場強烈的《台灣政論》，還「受到台灣民主運動的衝擊」，覺悟到了一個道理，就是：「不能只在文學上努力，只有文學，絕對解決不了台灣的問題。」陳芳明說：「我關心台灣，不能只滿足於關心文學歷史，還得關心政治事物，可是關心政治事物，又不能不瞭解歷史文化……我得到一個結論：『台灣知識分子不能不關心政治！』因為政治才是解決台灣問題最直接的途徑。」

就在上述的幾篇文章裡，藉著談論文學史的編寫問題，陳芳明除了繼續鼓吹「台灣沒有產生過中國文學」，攻擊「台灣文學是中國文學的一部分」的統派主張，就是不遺餘力地在文學領域裡販賣政治上的「台獨」謬論，再以政治上的「台獨」為依據，回過頭來兜售台灣文學與中國大陸文學分離和獨立的謬論。比如，陳芳明說，台灣是移民社會，中國移民到了台灣以後，無不是以全新的「台灣人心態在開墾、生活的，他們的經濟、生活方式逐漸因地域、環境的條件與中國隔離而形成他們的特色，他們從有移民的念頭，到如何在這塊地方活下去，我相信沒有一樣是受到北京政府的指導、保護吧！㉙」陳芳明又說：「基本上台灣一直是殖民地社會，殖民地社會的語言必然受到統治者的語言壓迫，以官方的命令要殖民地人民放棄自己的母語，而使用統治者的語言。……在台灣，語言在日據時代便發生過緊張關係……國民政府遷台之後，也同樣造成了語言的政治緊張氣氛。㉚」這表明，陳芳明已經把台灣看做是一個移民社會、殖民地社會。早年的大陸移居台灣的中國人被認定為外國異民族的移民，國民黨政府在 40 年代末的敗走台灣被認為是外國殖民統治者的佔領了。陳芳明一再宣稱的是，「政治運動者與文學運動者，對島嶼命運的

---

㉙ 《鞭傷之島》358-9 頁。

㉚ 同上，362-3 頁。

思考，果然都得到相同的答案與相同的結論」。他把「文學中的本土意識」與「政治裡的草根精神」看做是「追求島嶼命運過程中的雙璧」。陳芳明是在用自己一時還不敢公開標舉的「兩國」論提醒文學界的新分離主義者和「台獨」勢力，要拿起政治上的「台獨」武器了。

其實，陳芳明一時還不敢公開標舉卻分明具有的「兩國」論的「台獨」主張，早在 1984 年就拋頭露面了。那一年 1 月，陳芳明署名宋冬陽在《台灣文藝》86 期上發表的那篇〈現階段台灣文學本土化的問題〉裡就公開說過：「客觀的歷史告訴我們，1919 年，林呈祿、蔡培火、王敏川、蔡式穀、鄭松筠、吳三連在日本東京籌組『啟發會』時，就提出『台灣是台灣人的台灣』之主張。日後的政治團體，如 1927 年的『台灣民黨』，便揭示『期望實現台灣人全體之政治的經濟的社會的解放』之主張；同年的『台灣民眾黨』也高舉『本黨以確立民本政治建設合理的經濟組織及改革社會制度之缺陷』之旗幟。這些右翼組織，全然是以追求台灣人的自治為終極目標。至於左翼團體如台灣共產黨者，則進一步主張『台灣獨立』。」㉛

陳芳明在 1987 年 7 月「解嚴」後鼓吹文學「台獨」要和政治「台獨」結合，也是有它的社會基礎的。

當他提出文學「台獨」要首先走向政治「台獨」的主張後，立即得到了呼應。

首先就是彭瑞金。彭瑞金被認為是傳統的本土論者。他在美國加州聖荷西陳芳明家中和陳芳明對話時，也贊成把台灣看做是外國移民的「移民社會」和殖民社會，贊成說「台灣語文充滿移民和被殖民的痕跡」。不久，彭瑞金開始撰寫《台灣新文學運動40 年》。這本書，於 1991 年 3 月由自立晚報社文化出版部出版，

---

㉛　《放膽文章拼命酒》，104 頁。

1992 年印了第二次，1997 年 8 月又由春暉出版印行新版。敘述這
40 年的台灣新文學運動，彭瑞金的歸宿就是上述陳芳明早在 1984
年就借「歷史」說出來的「台灣獨立」。彭瑞金在這本書的新版
〈自序〉裡說得明白：「台灣，無論作為一個民族，或是作為一
個國家，絕對不能沒有自己的主體文化，並且還應該優先被建構
起來。七十六年前，台灣新文學發軔伊始，台灣先哲便著文呼
籲，台灣人要想成為世界上偉大之民族，首先一定要有自己的文
學。」〈自序〉裡，彭瑞金提到了 1922 年來到台灣的日本人賀川
豐彥對文化協會成員說的一句話，即，「趕快建立屬於台灣的文
化吧！有了自己的文化，便不愁民族不能自決、民族不能獨
立」。彭瑞金說，這段史料，對於他的文學思考，「點亮了一盞
明燈」。〈自序〉裡，彭瑞金還提到，要「促使台灣的大學設立
台灣文學系」㉜。

　　彭瑞金在這篇〈自序〉裡還說到了「台灣民族文學」的問
題。這個以「台灣民族」概念建立的「台灣民族文學」，也是
「解嚴」後「台獨」勢力叫嚷得很厲害的一種論調。比如，1988
年 5 月 3、4 日的《台灣時報》上，林央敏發表〈台灣新民族文學
的誕生〉一文；7 月 9 日至 11 日的《台灣時報》上，他又發表了
〈台灣新民族文學補遺——台灣文學答客問〉一文。宋澤萊則在
1988 年 5 月 15 日由前衛出版社出版的他的論文集《台灣人的自
我追尋》一書裡，拋出了〈「台灣民族」三講〉和〈躍升中的
「台灣民族論」〉兩篇文章。他們提出「台灣民族文學」，就是
為了和「中國文學」劃清界限，「最後的目標就是建立一個優良
的新民族文化」。而這種「新民族文化」、「新民族文學」，又
是「與台灣島的命運完全切合」的。所以，「台灣民族文學論」

---

㉜　彭瑞金，《台灣新文學運動 40 年》，春暉出版社，1997 年，第
　　5-7 頁。

就是為了「獨立建國」的政治目標而提出的。

　　彭瑞金在這篇〈自序〉裡提到的「設立台灣文學系」，就是要將大學裡原有的中文系視同外國文學系。這是新分離主義者、「台獨」勢力從「鄉土」、「本土」最後走向「獨立的台灣文學論」的一個信號。

　　當然，彭瑞金拋出這「獨立的台灣文學」的謬論，也是早就有人在那裡叫嚷了。1992 年 9 月，彭瑞金自己在《文學台灣》4 期上發表〈當前台灣文學的本土化與多元化〉一文也說：「80 年代的台灣文學多元化業已證明台灣文學的本土化理想，已經先期於台灣人的民族解放或政治的獨立建國達成。」㉝彭瑞金還認為，台灣文學應該自我期許，去創作「國家文學位格」的文學。

　　這一段時間裡，葉石濤在幹什麼呢？他當然不甘寂寞。1992 年 9 月和彭瑞金的〈當前台灣文學的本土化與多元化〉一起，在《文學台灣》4 期上，葉石濤拋出了一篇〈台灣文學本土化是必然途徑〉。1993 年 11 月，他又在《台灣研究通訊》創刊號上拋出了〈開拓多種風貌的台灣文學〉一文㉞。表面上看來，葉石濤在這兩篇文章裡不太主張讓政治來干擾台灣文學的正常發展，他只注重於「本土化」的問題，甚至鼓吹「台灣文學的本土化應該是台灣統派和獨派皆能肯定的道路」。然而，他還是頑固地把中國文化誣蔑為「具有沙文主義色彩的『大漢文化』」、「外來強權文化」、「異質文化」，攻擊二戰後當時的中國政府用「威權統治的方式去壓迫台灣人接受不同於台灣本土文化的異質文化」。葉石濤看到所謂「新生代」者陳芳明等人已經拉著彭瑞金等人赤膊上陣，以為韜晦時間就要過去，就要撕下假面了，充分

----

㉝　《台灣文學探索》，51 頁。

㉞　以上二文見葉石濤《展望台灣文學》，九歌出版社，1994，11-17 頁，19-25 頁。

亮相了。

　　應該說，即使懷有這樣的心態，葉石濤也畢竟顯得老到，在
1985 年的《沒有土地·哪有文學》、1990 年的《走向台灣文學》
兩本書之後，他還是先在《台灣文學的悲情》一書裡放出了一個
試探氣球。這本書是 1990 年 1 月由高雄派色文化出版社出版的。
這本書，基本上帶有「回憶錄」的性質，另有少量的評論文學。
書中，葉石濤在感慨他五十年投入台灣文學「得到的只是『悲
情』兩字」的時候，特別花力氣做了「皇民文學」的翻案文章，
此外，就是試探性地鼓吹分離主義、鼓吹「台獨」了。比如，他
也說，「台灣自古以來是個『移民社會』，是『漢番雜居』的多
種族多語言的社會」，「台灣是台灣人的土地」，在「幾達一個
世紀的漫長歲月裡」，「台灣文化」「鑄造了自主而獨特的文化
價值系統」㉟等等。

　　到 1995 年春，在高雄《台灣新聞報》的《西子灣》副刊上的
「台灣文學百問」專欄裡一周一篇地發表隨筆，葉石濤終於赤膊
上陣。葉石濤以為，「台灣文學本土化的主張已獲取大多數台灣
人的認同，政治壓力減輕」，他可以放肆地鼓吹政治「台獨」和
文學「台獨」了。請看這時候的葉石濤的言論——

　　「台灣人屬於漢民族卻不是中國人，有日本國籍卻不是大和
民族……『台灣是台灣人的台灣』。」㊱

　　「台灣人既不是日本人也不是中國人，台灣是一個多種族的
國家。」㊲。

---

㉟　葉石濤，《台灣文學的悲情》，派色文化出版社，1990 年，第 149
　　頁、114 頁。

㊱　〈戰前台灣新文學的自主意識〉，《台灣新聞報·西子灣》，
　　1995 年 8 月 5 日。

㊲　〈新舊文學論爭的張我軍〉，《台灣新聞報·西子灣》，1995 年
　　9 月 2 日。

「台灣本來是多種族的國家。」⑱

「台灣和中國是兩個不同的國家，制度不同、生活觀念不同、歷史境遇和文化內容迥然相異。」⑲

「台灣是主權獨立的國家。」⑳

「陳映真等新民族派作家是……民族主義者，他們是中國民族主義者，並不認同台灣為弱小新興民族的國家。」㉑

「只有外省族群所用的普通話一枝獨秀，是優勢的語言，正如日治時代的日語是優勢語言一樣。這當然是外來統治民族強壓的語言政策所導致的結果。」㉒

「不論是戰前或戰後，不能以台灣文學的創作語文來界定台灣文學是屬於中國或日本文學；這好比是以英文創作的美國、加拿大、澳洲、紐西蘭等國的文學不是英國文學的亞流一樣的道理。同樣的，新加坡的華文文學也就是新加坡文學，而不是中國文學。」

「台灣文學現時仍用中國的白話文（華文）創作。然而隨著台灣歷史的改變，有一天，台灣文學的創作語文一定會以各種族的母語為主才對，這取決於台灣人自主的確立與否。」㉓

---

㉘　〈80 年代的母語文學〉，《台灣新聞報・西子灣》，1996 年 8 月 18 日。

㉙　〈戰後台灣文學的自主意識〉，《台灣新聞報・西子灣》，1995 年 8 月 12 日。

㉚　《台灣文學入門・附錄③——台灣文學作品應該進入教科書裡》，春暉出版社，1997 年，第 219 頁。

㉛　〈台灣文學史上的鄉土文學論爭〉（下），《台灣新聞報・西子灣》，1995 年 10 月 28 日。

㉜　〈80 年代的母語文學〉，《台灣新聞報・西子灣》，1996 年 8 月 18 日。

㉝　以上兩則見〈戰後台灣文學的自主意識〉，《台灣新聞報・西子灣》，1995 年 8 月 12 日。

　　「台灣新文學是獨立自主的文學。」㊹

　　「中國文學與日本、英、美、歐洲文學一樣，是屬於外國文學的。」「這就是90年代的現在，何以許多知識分子極力要求在大學、研究所裡設立台灣文學系的原由。台灣文學既是中華民國亦即台灣的文學，當然大學裡的中文系應該是屬於外國文學，享有日本文學系、美國文學系一樣的地位才是。」

　　「無論在歷史上和事實上，台灣的文學，從來都不是隸屬於外國的文學。縱令它曾經用日文或中文來創作，但語文只是表現工具，台灣文學的傳統本質都未曾改變過。」

　　「中國新文學對它的影響微不足道，戰前的新文學來自日本文學的刺激很大。……戰後的台灣文學幾乎沒有受到任何中國文學的影響，如80年代以降的後現代主義等文學運動跟中國扯不上任何關係。……中國文學對台灣人而言，是和日本文學或歐美文學一樣的外國文學。」㊺

　　　……

　　葉石濤終於用這樣一些分裂祖國、分裂祖國文學的言論和行動撕下了多年騙人的假面具。

　　葉石濤在1993年交由皇冠出版的散文集《不完美的旅程》裡說：「從1964年的41歲到現在的68歲，我的所有心血都投入於建立自主獨立的台灣文學運動中。」㊻葉石濤因此而獲得了台灣新分離主義的這股「台獨」的歷史逆流的青睞。1989年鹽分地帶文藝營賞給他一個「台灣新文學特別推崇獎」的「文學貢獻獎」

---

㊹　　〈戰前台灣新文學的自主意識〉，《台灣新聞報・西子灣》，
　　　　1995年8月5日。

㊺　　以上三則見〈戰後台灣文學的自主意識〉，《台灣新聞報・西子
　　　　灣》，1995年8月12日。

㊻　　《完美的旅程》，48頁。

時，吹捧他是「台灣文學早春的播種者」，「在台灣文學史上，立下新的里程碑」。1994 年、1998 年、1999 年還接二連三地為葉石濤舉辦了文學研討會，對他進行犒賞。其中，1998 年在淡水工商管理學院召開的會議，就是由設在張良澤任系主任的那個台灣島上第一個「台灣文學系」召開的，會標上就標明，葉石濤文學是「福爾摩沙的瑰寶」。1999 年的會議是「葉石濤文學國際學術研討會」，由高雄市立中正文化中心管理處倡議主辦，「文學台灣基金會」承辦，已經有了台灣當局的官方色彩。會上，彭瑞金吹捧葉石濤「領先站在戰後台灣文學的起跑線上」（131 頁），以他的創作提供了「最重要的運動向前的精神動力」。陳芳明則吹捧說，「為台灣文學創造歷史並書寫歷史的葉石濤，正日益顯露他重要而深刻的文化意義」（153 頁）。還有一位葉紫瓊，則在會上吹捧「葉石濤的文學旅程，也像是一棵文學巨木」，「是激越昂揚，不吐不快的文學旗手」（第 2 頁），葉石濤「確立台灣主體意識」、重建「台灣精神史」，「對他個人和台灣文學史都意義不凡」（17 頁）。會上，更有一個主張日本人和台灣人實行「各種族群『融合』的日本學者星名宏修，硬是吹捧葉石濤是什麼「『台灣文學』理論的指導者」（24 頁）。後來，6 月間，春暉出版社印出會議的論文集時，書名用的又是《點亮台灣文學的火炬》⑰。彭瑞金為論文集寫的〈代序〉，也吹捧「葉石濤文學好比一座豐富的礦藏」，葉石濤「已然是台灣文學建構的一塊不能或缺的礎石」。

　　葉石濤垂垂老矣！然而，彭瑞金在這本論文集的〈代序〉裡還殷切地寄望於葉石濤說，「他的文學還在湧上另一個高峰」。彭瑞金還寄希望於後來者，「把葉石濤文學裡尚未被發現的文學智慧開發出來，貢獻給台灣文學界」。

---

　　⑰　以上頁數均指此書之頁碼。

　　這後來者，最賣氣力的還是陳芳明。陳芳明在加緊炮製他的《台灣新文學史》的同時，在 90 的代末期，又挑起了文壇統、獨兩派的激烈論戰。先是在 1999 年 8 月，陳芳明在《聯合文學》178 期上拋出了《台灣新文學史》的第一章〈台灣新文學史的建構與分期〉，來勢洶洶，大肆放言「台獨」謬論。陳映真在 2000 年 7 月的《聯合文學》189 期上發表〈以意識形態代替科學知識的災難〉一文加以批駁。隨後在 8 月《聯合文學》190 期上，陳芳明反撲，拋出了〈馬克思主義有那麼嚴重嗎？〉一文。對此，9 月的《聯合文學》191 期上，陳映真再度出擊，回敬了一篇〈關於台灣「社會性質」的進一步討論〉。跟著，在 10 月《聯合文學》192 期上，陳芳明再拋出一篇〈當台灣文學戴上馬克思面具〉，對陳映真施以恐嚇和辱罵，以作反撲。12 月，《聯合文學》194 期上，陳映真再批判，發表了〈陳芳明歷史三階段論和台灣新文學史論可以休矣！〉以示「結束爭論」。此後，陳芳明在《聯合文學》上陸續拋出他的《台灣新文學史》的有關章節。陳映真的戰友曾健民緊接著投入了鬥爭。比如，2001 年 1 月號的《聯合文學》上，他發表了〈「戰後再殖民論」的顛倒〉一文，批判了陳芳明的文學史觀。

　　還是樹欲靜而風不止。《聯合文學》上的二陳統、獨論戰雖然告一段落了，然而，世紀之交，新世紀即將到來之際，這樣的論爭還會進行下去，而且，情勢還會更趨尖銳激烈，更形錯綜複雜。

　　其中，有一個現象就很值得注意──更年輕的一代人中間，有人深受葉石濤、彭瑞金、陳芳明等人毒害，走上了「文學台獨」的歧路。其代表性的論著就是一位文學碩士的碩士論文《台灣文學本土論的興起與發展》。

　　1996 年前衛出版社出版這本碩士論文著作時，作者在《後記》裡雖然表示了他的「台獨」立場之堅定，表示了他對中國這

個「外來文化」的「強權」的莫名的憎惡，並且表示了他毫不含
糊地斥統派立場為「反歷史、反現實、反實證的唯心論」的急切
態度，但是，誠如他本人所言，他畢竟經過了「六年中文系所中
國文化的洗禮」。他應該明白，無法割斷的中華民族的血脈聯
繫，無法逆轉的中國國家必定統一的歷史潮流都證明，他，還有
和他同樣誤入「台獨」歧途的年輕的文學史和文學評論工作者，
為「台獨」勢力殉葬是極其可悲的。他們應該聽到，台灣社會、
台灣文學的發展，已經向他們發出了喊聲：「救救孩子！」

## 第三節　堅持台灣文學的中國屬性批判自主性謬論

　　1997年，台灣鄉土文學論戰20週年。10月19日，人間出版
社與夏潮聯合會在台北主辦了一場學術研討會。會上，陳映真發
表了長篇論文〈向內戰‧冷戰意識形態挑戰——70年代台灣文學
論爭在台灣文藝思潮史上劃時代的意義〉⑱。陳映真說到，經過
1979年高雄「美麗島事件」後，台灣戰後的資產階級民主化運動
走向了民族分裂的途程。陳映真說：

　　　　政治上的統獨爭議，反映到台灣文學、文化的領域，
　　就表現為80年代台灣文學分離論，即所謂「本土文學」論
　　和中國文學對立的「台灣文學」論，而有長足的發展。從
　　80年代中後期開始，葉石濤、王拓、陳芳明、巫永福、宋
　　澤萊、李魁賢和不少原台灣文學的中國性質論者，在沒有
　　做任何負責任的轉向表白條件下，轉換了自己的思想和政

⑱　刊於《聯合文學》第14卷第二期（1997年12月），56-76頁。

治方向，從他們原來的原則立場，全面倒退。（同前註，
75頁）。

回顧這一變化的情景，陳映真還在文章裡寫道：

　　1987年，在沒有革命、政變，沒有對歷史和社會的構
造性變革條件下，台灣資產階級由上而下地接續和接受了
1950年以降舊國民黨的權力。隨著時日，台灣朝野資產階
級共同繼承了國民黨屍骸所遺留下來的遺腹兒──反共、
親美親日、反中國、兩岸分斷的、固定化的政治和政策
……

　　70年代台灣文學論爭，在彈指間竟過去了20年。環
顧今日台灣……相對於70年代強烈的中國指向，80年代
興起全面反中國、分離主義的文化、政治和文學論述，台
灣民族主義代替了中國民族主義。反帝反殖民論被對中國
憎惡和歧視所取代。民眾和階級理論，被不講階級分析的
「台灣人」國民意識所取代。
　　歷史給予台灣形形色色的民族分離主義將近20年的發
展時間。但看來70年代論爭所欲解決的問題，卻不但沒有
得到解決，反而迎來了全面反動、全面倒退和全面保守的
局面。（同前註，75-76頁）。

這是不堪回首之餘作出的痛心疾首的總結。科學，精闢，深
刻，有力，充滿了理性的思辨，而又洋溢著戰鬥的激情。
　　就是憑著這種理性的思辨和戰鬥的激情，陳映真作為台灣思
想界、文學界統派的領軍人物，一路戰鬥著走來，與文學界的形
形色色的民族分離主義毫不妥協地鬥爭了20餘年，一個回合又一
個回合，在台灣新文學思潮史上留下了他光輝的足跡。陳映真和

他的戰友們批判文學「台獨」謬論的歷史，就是台灣文學思潮史
上統、獨論戰的歷史。

　　這一節，我們先看他們堅持台灣文學的中國屬性，堅決批判
「本土化」、「自主性」的「台獨」謬論。

　　上一節說到的詹宏志在 1981 年的〈兩種文學心靈〉一文，曾
經因為他以中國為中心，視台灣文學為邊疆文學、支流文學，而
招來了彭瑞金、宋澤萊、李喬、高天生等人的圍攻，引發了所謂
的「邊疆文學論戰」。論戰中，以葉石濤、彭瑞金為代表，「本
土論」者為排除中國文學的影響，提出了「本土化」、「自主
性」的主張。這時，陳映真接受了香港《亞洲週刊》社駐台記者
琳達・傑文的採訪。1982 年 2 月 5 日的《亞洲週刊》刊出了魏如
風漢譯的訪問的摘要稿〈論權利與人民〉。4 月，第 3 期的《暖
流》，還有《明報月刊》也都曾譯載。對這份摘要稿，陳映真發
現有重要的不實之處，又於 6 月 15 日致函《亞洲週刊》要求更
正。8 月，《大地》10 期以〈論強權、人民和輕重〉為題，重刊
訪談稿，並附錄刊出陳映真的更正函。在這次採訪中，在回答
「台灣文學有沒有它獨到的文學特點」這個問題時，陳映真說：

　　　　我想是沒有的。我對於懷著台灣意識的（正直的）人
　　們，抱著尊敬和同情的態度。我自己就是台灣人，但不同
　　意那想法。例如，他們強調中國文學與台灣文學的不同。
　　台灣（文學）和中國（文學）並不像英國（文學）和愛爾
　　蘭（文學）那樣存在著醒目的不同，愛爾蘭有他的異族傳
　　統，歷史發展也迥異於英國。英、愛的文化，各自獨立發
　　展了幾百年。這種情況，和我們就絕對不一樣。㊾

---

㊾　陳映真作品集 6《思想的貧困》，人間出版社，1988，第 6 頁。

　　這，顯然是對彭瑞金等人圍攻詹宏志的一種回應。

　　與此同時，針對葉石濤、彭瑞金、鄭炯明等人在《文學界》上公開標舉「台灣文學」的「自主化」、「自主性」，在4月出刊的《益世雜誌》19期上，陳映真發表〈消費文化‧第三世界‧文學〉一文，批評葉石濤等人説：

　　　　我總以為，與其強調台灣文學對大陸中國文學的「自主性」，實在不若從台灣文學、中國文學與第三世界文學的同一性中，主張台灣文學——連帶整個第三世界文學——對西歐和東洋富裕國家的自主性，在理論的發展上，更來得正確些。

　　接著，1983年1月的《文季》1卷5期上，陳映真又發表了〈中國文學與第三世界文學之比較〉一文。8月的《文季》2卷3期上，還發表了〈大眾消費社會和當前台灣文學的諸問題〉一文。⑤⓪前者，是在胡秋原主持下作的一次演講。演講中説到「台灣文學相對於中國文學的『獨特的特性』論」，陳映真指出：

　　　　在歷史發展和國際分工中，台灣文學的「特性」，和第三世界文學的諸特性比較之下，就無獨特可言了。在反帝、反封建、民族主義這些性格上，台灣文學不可辯駁地是中國現代文學的一個組織部分。⑤①

　　陳映真還指出，那些引起標舉「台灣文學」的「自主性」的「分離主義」，和「企圖中國永久分裂的野心家有複雜而細緻的

────────────

⑤⓪　收入陳映真作品集8《鳶山》，人間出版社，1988，76-96頁。

⑤①　《鳶山》94頁。

關係，而台灣文學的分離運動，其實是這個島內外現實條件在文學思潮上的一個反應而已」。在後一篇文章裡，陳映真則辨析了「台灣文學」這四個字的複雜內容，指出「台獨」勢力所說的相對於「中國文學」的「台灣文學」，就是主張台灣文學的「自主性」的。

陳映真的主張，後來被他們認定為詹宏志「邊疆文學論」之後的「第三世界文學論」，也遭到了「台獨」勢力的圍攻。陳映真以他的善良和對人的理解及寬容，沒有一一反擊。但是，他的原則立場卻不含糊。在接受有關媒體和人士的採訪時，還是要一一表明態度的。

比如，1983 年 8 月 17 日，他應聶華苓邀請參加美國愛荷華大學的國際寫作計劃，在那裡就先後接受過李瀛、蘇維濟、韋名等人的採訪，反覆談到他對台灣文學的看法。其中，韋名的採訪曾以〈陳映真的自白——文學思想及政治觀〉為題，發表在 1984 年 1 月的香港《七十年代》月刊上。[52] 當採訪者問到「台灣鄉土文學是不是『台灣民族意識』的文學」時，陳映真明確地回答說，台灣「鄉土文學是在台灣的中國文學繼承了過去中國民族主義的、現實主義的、干涉生活的傳統」。

1985 年 11 月，陳映真在台北創辦了《人間》雜誌。這是一個「以圖片和文字從事報道、發現、記錄、見證和評論的雜誌」。他為《人間》寫的〈發刊辭〉[53]說，他辦《人間》，是要「讓我們關心甦醒：讓我們的希望重新帶領我們的腳步，讓愛再度豐潤我們的生活」。「為什麼在這荒枯的時代」，要辦《人間》這樣一種雜誌？陳映真是要在當時的還未「解嚴」的困難條

---

[52]　收入陳映真作品集 6《思想的貧困》，人間出版社，1988，33-57 頁。

[53]　收入《鳶山》164-5 頁。

件下，以「在台灣的中國人」的意識為中心，從事思想啟蒙運動。除了關注島內的人間社會，《人間》每一期都有大量的圖文，介紹祖國內地的風土人情、世態人生、中原文化，以圖讓在台灣的中國人永遠心繫於這種中原文化。

　　《人間》雜誌的創辦，還有一個深遠的意義是，陳映真通過編輯顧問、作者，注重組織了統派的戰鬥隊伍。

　　本來，在美國愛荷華「國際寫作計劃」期間，香港作家彥火，還曾於 1983 年 11 月 11 日陳映真離開愛荷華前夕，在下榻的五月花公寓對陳映真作了一次深入的訪問。考慮到陳映真當時在台灣的處境，彥火沒有即時發表訪問的記錄稿。現在，眼看葉石濤、彭瑞金、陳芳明等人鼓吹台灣文學「自主性」的「台獨」氣焰日盛，1987 年 5 月 22 日的《華僑日報》上，這次訪問的記錄稿以〈陳映真的自剖和反省〉為題公諸世人了。訪談中，陳映真尤其批判了當時台灣文學的「暗潮」。當彥火說到「台灣本地的文學，應該成為中國文學的組成部分」時，陳映真說：

　　　　我也是這樣想的。台灣文學，如果從寫作方式、語言、歷史、主題來講，都是中國近代和現代文學的組成部分，這是毫無異議的。

　　當彥火問到他「對目下台灣某些人強調的台灣意識文學有什麼看法」時，陳映真就此展開了他的批判：

　　　　台灣文學的發展方向有一個暗潮，是分裂主義的運動和思潮，從北美感染到台灣。有一本文藝雜誌，是黨外一個戰鬥的雜誌，水平很低，他們把鄉土文學拉到台灣人意識的文學，我不同意。……分裂派的理論說台灣的矛盾，是中國人對台灣人的專政，這不是事實，因為台灣社會裡

是階級矛盾，同階級裡面的外省人和本省人好得不得了，不是民族問題。他這個主張和現實不對頭，因而他這種主張的文學也不可能是好的，因為很簡單，文學是反映現實嘛。

說到所謂的「台灣意識文學」，陳映真還特別分辯說：

　　台灣的鄉土派不是寫台灣，從世界的角度看起來，是反西化的--種文學。
　　不是像現代派所講，是台灣意識反對中國意識的文學。⑭

發表這個談話記錄稿的1987年，恰逢鄉土文學論戰10週年。《海峽》編輯部派人特別訪問了當年論戰的主將陳映真。訪問記錄以〈「鄉土文學」論戰十週年的回顧〉為題，發表在《海峽》1987年6號上。訪問中，陳映真談到了當年那場論戰的背景，近因和遠因，論戰的話題，論戰的結果和意義，特別說到，那次論戰使「啟蒙成為文學的大前提」。這「啟蒙」之一，在文學作品上充分體現出來，陳映真說，像〈莎喲娜拉‧再見〉、〈我愛瑪莉〉、〈小林來台北〉，還有他個人對越戰討論的一些作品那樣，「它們都有一個共同點：都有一個中國在裡面，都以中國為方向，為思考內容」。訪問中，陳映真談到的另一個重要話題就是眼前的「台灣文學」的問題。陳映真分析說，1979年「美麗島事件」後——

　　有些台灣作家是以外省人壓迫本省人解釋這個政治事

----

⑭　以上三段引文見《思想得貧困》，87頁、91頁、92頁。

件，而不是用更高層次的政治經濟學知識去瞭解；所以心
中就產生了悲憤。於是提出「台灣文學」的概念，探討
「台灣人」是什麼？「台灣文學」是什麼？「台灣」是什
麼？這種身份認同的問題在台灣引起了廣泛的注意。

陳映真說，像這樣把「台灣／台灣人」當做問題來討論，其
實在50年代就已發其端了，陳映真簡要地描述和闡釋那一段歷史
是：

> 50年代大概是台灣的地主階級與過去親日資本家在整
> 個國民黨政治結構上爭取到發言權，再加上國際勢力要使
> 台灣徹底親美反共，才產生所謂的「台灣分離主義」。這
> 個「台灣分離主義」運動的一個重要綱領就是台灣／台灣
> 人的問題。把台灣從中國分離出來，必須要有一些理由，
> 於是有人從國際法這個層面提出，也有人從民族的觀點提
> 出，更有的從台灣的歷史來探討，這些都是為了要取得台
> 灣人為什麼要獨立於中國之外的論證。可是，我們的理解
> 是當時在全世界範圍內分成彼此矛盾的兩種政治經濟結
> 構，形成對立的兩個陣營。而「台獨」企圖利用兩大陣營
> 之間的結構矛盾來奪取國民黨的政權，從而為這個反共陣
> 營服務。可是一方面由於國民黨取代了「台獨」的功能，
> 另一方面由於這種理論沒有現實基礎──因為台灣內部矛
> 盾，根本上是社會矛盾，而不是什麼民族矛盾──因此，
> 它就沒有辦法取得廣泛的認同。

陳映真還分析說：

> 從另一角度看，從50到70年代，海外的台灣籍人士

所積極進行的「台灣獨立」運動，並沒有全面影響台灣當時的知識界。我在綠島時一直都有「台灣獨立」運動的案件被偵破，但主要還是局限於政治運動。然而，「美麗島事件」以後就不同了。

這「不同」，陳映真指出，就是文學界的捲入。文學界的新分離主義提出了種種「台獨」主張。對此，陳映真明確地表示，他持批判態度。陳映真說：

　　　最近提出一種相對中國文學的台灣文學論，這個概念不同於日據時代那種相對於中國文學的台灣文學。他們提出台灣人的概念時，是針對於中國人這一概念的。這個理論是將國民黨當局四十年來在台灣的支配看成一個民族對另一個民族進行殖民統治，所以認為台灣文學是和中國文學相對立的。㊻

早在 1983 年與戴國煇在愛荷華對談時，就在座的葉芸芸提出的「鄉土文學」與「台灣人意識」的問題，陳映真就曾指出，「絕不能說台灣鄉土文學是『台灣人意識』的一種表現，而不屬於中國文學的一支」。現在，四年後，當著葉石濤等人在〈鄉土文學論戰十年〉（收入《台灣文學的悲情》，派色文化，1990）等文章裡還在歪曲鄉土文學論戰中提倡台灣鄉土的文學就是提倡本土化色彩和台灣意識的台灣文學時，陳映真不得不再一次特別加以澄清說：「在鄉土文學運動時，台灣文學是以在台灣的中國文學這樣的概念提出的。1977、1987 年時的文學界在公之於世的文字上，並沒有提倡目前這種強烈台灣意識的台灣文學。」㊼

<hr>

㊻　以上四段文字見《思想的貧困》，107 頁、108 頁。

　　陳映真就台灣鄉土文學運動十週年向《海峽》的採訪者發表的談話，實在是對「台獨」勢力的種種「本土化」、「自主性」文學「台獨」言論的深刻、有力的批判。

　　這一年11月的《台北評論》2期上，還發表了蔡源煌對他的訪問記錄稿〈思想的貧困〉⑤。這是陳映真在1987年發表的一次重要的談話。關於「台獨」勢力，陳映真說：「台灣分離主義，其實是四十年以來台灣在「冷戰-安全」體系下發展的反民族或者非民族之風的一部分。這非民族之風，大約有海內和海外的雙重因素。」這因素，陳映真的分析是——從歷史上看，1945年台灣光復後國民黨陳儀的惡政下，日據時代台灣抗日解放運動的知識分子、文化人、社會精英，遭到各種打擊，而若干漢奸分子卻享有了榮華。這忠奸的顛倒，打擊了台灣抗日的民族主義。隨後，1947年的「二二八」事件，又嚴重地打擊了「祖國——中國」的情感。接下來，1950年冷戰結構下的廣泛政治肅清，再一次打擊了台灣繼「二二八」事件後掀起的愛國主義和民族解放主義。從經濟上看，1945年光復時，國民黨政府全盤接收日本殖民者遺留下來的公私巨大產業，並沒有分發下來給台灣資產階級私營。長期受日本侵略者壓抑不得發展的台灣資產階級失去了在光復後成為快速成長的民族工業資產階級的機會，失望而致不滿，這對台灣民族階級性的愛國主義與民族主義的形成，也是沉重的打擊，此外，陳映真還談到，大陸「文革」中「四人幫」的問題，以及極「左」年代在政策上的一些弊端，使一些台灣人怕談統一。然而，陳映真自己卻宣佈：「我是個死不改悔的『統一派』。我相信會有越來越多的、好學深思的青年知識分子理解這樣一個並不深奧的想法。」

---

⑤　同上，108-109頁。

⑤　見《思想的貧困》119-135頁。

　　1987 年這一年，是陳映真批判新分離主義和「文學台獨」勢力相當活躍的一年。這一年他發表的相關文章還有：

　　〈「台灣」分離主義「知識分子的盲點」〉，1987 年 3 月《遠望》雜誌創刊號；㊳

　　〈關於文學的一島論──讀松永正義〈80 年代的台灣文學〉之後〉，1987 年 3 月 7 日《中國時報》《人間》副刊；㊴

　　〈為了民族的和平與團結──寫在〈二二八事件：台中風雷〉特集卷首〉，1987 年 4 月《人間》雜誌 18 期；㊳

　　〈何以我不同意台灣分離主義？〉，1987 年 5 月《中華雜誌》286 期；㊳

　　〈國家分裂結構下的民族主義──「台灣結」的戰後史之分析〉，1987 年 12 月《台灣新文化》15 期；㊳

　　〈作為一個作家……〉，1987 年 12 月《聯合文學》4 卷 2 期；㊴

　　……

　　另外，這一年，他還應邀到香港作了演講，演講大綱稿〈四十年來台灣文藝思潮之演變〉，也於 1987 年 6 月在《中華雜誌》287 期發表。㊴

　　就是在這個演講裡，陳映真對台灣文學界統、獨兩條路線下對立的兩種文藝思潮，做了準確的概括，即：

　　「台灣文學自主論」，──即強調台灣文學「獨特」的歷史個性及台灣文學對大陸中國文學的分離性的「文學論」……

　　……主張台灣文學為中國文學之一部分，台灣文學應以包括中國在內的亞洲、第三世界文學的連帶而發展的理論和台灣文學

---

㊳　以上四文收入陳映真作品集 13，《美國統治下的台灣》，人間出版社，1988。

㊴　以上三文收入《鳶山》。

自主論形成對立。

　　這以後的一段時間裡，台灣大學中文系的女性學者陳昭瑛，挺身而出，站到了批判台灣文學「本土化」、「自主性」謬論的第一線。

　　陳昭瑛，1957 年生，父親是嘉義民雄人，母親是台南市人，台大中文系學士，哲學所碩士，外文所博士，畢業後在中文系任教，現任教授。1998 年，陳昭瑛將她的論文結集為《台灣文學與本土化運動》一書交由台北正中書局出版時，在 3 月 12 日寫了一篇〈自序〉。陳昭瑛自認為是 70 年代台灣幾所大學裡出來的「新儒家青年」中的一個。陳昭瑛說：「由於對儒學的感情有增無減，因此在目睹解嚴以來種種反中國文化的現象都不免產生共同的危機感。」有時朋友們在一起談到儒學的前途，陳昭瑛曾悲歎：「我們會不會成為中國文化在台灣的遺民？」陳昭瑛深情寫道：

　　　　這本書便是出自一個在二十歲時志於儒學即不曾改志也終身不會變節的台灣人的心靈。如果有三言兩語可以凸顯此書重點的話，那便是：中國文化就是台灣的本土文化，在追求本土化的過程中，台灣不僅不應拋棄中國文化，還應該好好加以維護並發揚，如果硬要切斷台灣和中國文化的關係，那分割之處必是血肉模糊的。

　　陳昭瑛的《台灣文學與本土化運動》一書裡面跟這裡的論題有密切關係：

　　〈論台灣的本土化運動──一個文化史的考察〉，節本刊於《中外文學》1995 年 2 月號，全文載於《海峽評論》1995 年 3 月號，原發 1994 年 8 月高雄市政府教育局主辦之「高雄文化發展史」研討會；

　　〈追尋「台灣人」的定義──敬答廖朝陽、張國慶兩位先

生〉，《中外文學》1995 年 4 月第 23 卷第 11 期；

〈發現台灣真正的殖民史──敬答陳芳明先生〉，《中外文學》1996 年 9 月 24 卷第 4 期；

〈光復初期「台灣文化」的概念〉，應王曉波之邀而寫，發表於 1997 年 2 月 28 日夏潮基金會、台灣史研究會主辦之「『二二八事件』50 週年學術會議」；

其中，〈論台灣的本土化運動〉 ⑥ 最為重要。

這篇文章，是陳昭瑛有感於 1987 年「解嚴」以來「本土化」的聲浪甚囂塵上奮筆疾書而成的。而且，這「呼聲」中，陳昭瑛還點名批判了李登輝，指出李登輝登上「總統」寶座而達到了「本土化」的高潮，「執政的國民黨確實是浩浩蕩蕩地加入了本土化的隊伍」。陳昭瑛為此考察了台灣一百年間的歷史，將「本土化」斷代為「反日」、「反西化」、「反中國」三個階段。陳昭瑛將「反中國」階段劃分在 1983 年之後，認為「台獨意識」是「中國意識的異化」，是「台灣希望從中國這個母體永遠地出走，徹底地異化出來而成為一個主體，反過來與中國這個母體對抗」。由此，她認為，「統一的主張是一種對異化的克服」。陳昭瑛在考察中還對陳芳明的「主體性」謬論給予了尖銳的批駁。陳昭瑛批判的特色，是她鮮明的中國文化的立場。

陳昭瑛的〈論台灣的本土化運動〉一文發表後，立刻引發獨派的圍攻。《中外文學》在 1995 年 3 月號上發表了廖朝陽的〈中國人的悲情：回應陳昭瑛並論文化建構與民族認同〉；張國慶的〈追尋意識的定位：透視〈論台灣的本土化運動〉之迷思〉；4 月號上發表了邱貴芬的〈是後殖民，不是後現代〉（邱文把陳昭瑛的論文說成是「殖民中心論述」）；5 月號上發表了陳芳明的〈殖民歷史台灣文學研究：讀陳昭瑛〈論台灣的本土化的運

---

⑥　見《台灣文學與本土化運動》，101-181 頁。

動〉〉。陳昭瑛分別在 4 月號和 9 月號的雜誌上刊出〈追尋「台灣人」的定義〉及〈發現台灣真正的殖民史〉予以反擊。

　　〈追尋「台灣人」的定義〉是反擊廖朝陽和張國慶的。廖朝陽是陳昭瑛的老師。他用解構主義，把「中國主體性」的「中國」移除，而移入「台灣」，建構「台灣主體性」。廖朝陽對陳昭瑛描述的吳濁流、葉榮鐘等人的近似本能的「祖國意識」頗有芒刺在背之感。對此，陳昭瑛表示，她並不奢望「台獨」論者能與台灣前輩們的精神世界有什麼「血肉的聯繫」，「只不過希望廣大的台灣子弟能對台灣人的這段精神史有一點瞭解，而這種台灣史知識應該是作為台灣人的起碼條件」。對於廖朝陽，陳昭瑛頗有幾分大義滅親的氣概，不無悲壯神色地寫道：

　　　　……多日來我始終苦於找尋「對話空間」而不得。當一個吟詠梁啟超贈林獻堂等人詩句「破碎山河誰料得，艱難兄弟自相親」就會熱淚盈眶的台灣人，遇到了一位以拆解中國、中國文化來演練「理性操作」的解構主義學者，能不形成「雞同鴨講」的局面嗎？或者更清楚地說，一個浸淫於台灣歷史文化中的台灣人，和一個只知有「此時此地」，甚至連「此時此地」，連「台灣」和「人」的意涵都要加以抽離的所謂「台灣人」的空白主體之間，有對話的空間嗎？（同前註，183-4 頁）

　　至於這「台灣人」的話題，陳昭瑛指出，這是 80 年代中期「本土化」運動如火如荼地開展以來一直困擾著住在台灣這塊土地上的人的一個老問題了。陳昭瑛以無比犀利的筆觸，揭示了「台獨」論者拿「台灣人」做文章的秘密──

　　　　少數人以他們堅持的標準來篩選大多數人誰是台灣

人，誰不是台灣人，於是整個社會彷彿患了精神分裂症，
省籍矛盾、族群矛盾可能只是台灣人精神分裂的癥狀。這
個用來為「台灣人」正身的正字標記，虛偽的政客稱之為
「認同台灣、愛台灣」，但是，畢竟「認同」和「愛」是
相當主觀的，不易做客觀的討論。於是有擔當的政治人物
如呂秀蓮明快地說：「支持台灣獨立的人才是台灣人。」
這一下隱蔽於意識形態迷霧下的「台灣人」真面目豁然開
朗。（同前註，184 頁）

　　陳昭瑛氣憤地說：「這種以支持台獨與否來判斷住在台灣的
人是否為『台灣人』，實在是一種泛政治化的做法」，是「歷史
相對主義（historical relativism）的濫用」（同前註，185
頁），這種歷史相對主義的濫用，就使得「台獨」論者在台灣史
和台灣文學的研究中，受政治立場所克制而使他們的研究「成為
其台獨意識形態的註腳」。
　　〈發現台灣真正的殖民史〉（同前註，191-218 頁）的副標
題是「敬答陳芳明先生」。陳昭瑛指出，陳芳明的攻擊文章「非
常集中地表達了台獨的基本論點」。陳昭瑛用了三小節的文字加
以回應。這三小節的標題是：「失憶症的台灣社會」、「欠缺主
體內容的『中國』」、「重新檢驗殖民史」。在「失憶症的台灣
論述」一節裡，陳昭瑛指出，陳芳明「恢復的歷史記憶只有一百
年」。那是因為，一百年前的歷史事實他也無法否認，那時的台
灣人就是中國人。這種事實，是「與陳芳明的反中國立場背道而
馳」的，所以他要繼續失憶。而這一百年，他又難以否定 20 年代
之前的古典文學還是屬於中國文學，所以他還是要保持失憶。他
只能就 20 年代以後的新文學說話。然而，即使 20 年代以後的這
70 年，他也要歪曲歷史。陳昭瑛揭露陳芳明是「在台灣人和中國
人之間製造了太多莫須有的對立」。在「反殖民反專制：『中

國』的主體內容」裡，陳昭瑛指出，她花了那麼多篇幅，說明了，歷史上，「台灣人（此處指百份之九十八的漢人），曾堅守中國人與中國文化的主體性，對抗外來文化的侵略，自本省人丘逢甲、連橫、吳濁流、莊垂勝、陳映真，以至外省人徐復觀、胡秋原、尉天驄等人莫不如此，而陳芳明竟說她的「通篇文字裡，中國並沒有真正的主體內容」。這是為什麼？陳昭瑛說：「問題恐怕出在陳芳明根本不承認中國會有主體內容」。這裡有認識上的問題，也有認同的問題。「因為不認同中國，所以只從負面去認知中國，又由於只認知到負面的中國，於是更加強反中國的傾向。」

在「發現真正的殖民史：原住民的悲哀」一節裡，陳昭瑛批判的是把「台灣作家」與「外省作家」對立起來的陳芳明「不厭其煩虛構出來的外省人對本省人的『殖民史』」的虛偽性。

除了《中外文學》，當時，統派人物王曉波主編的《海峽評論》的 4 月號、5 月號和 7 月號上，也發表了陳映真、王曉波、林書揚的三篇文章，回應了陳昭瑛的文章。對此，那時有人說，圍繞著陳昭瑛的〈論台灣的本土化運動〉一文所展開的論戰，是鄉土文學論戰之後最重要的文化論戰。

陳映真的文章，是發表在 1995 年 4 月《海峽評論》52 期上的〈「台獨」批判的若干理論問題——對陳昭瑛〈論台灣的本土化運動〉之回應〉。陳映真的文章開篇就說：

> 十幾年來，島內「台獨」運動有巨大的發展。到了今日，它已經儼然成為一種支配性的意識形態；一種不折不扣的意識形態霸權。在學術界、中研院和高等教育領域，「台獨」派學者、教授、研究生和言論人，獨佔各種講壇、學術會議、教育宣傳和言論陣地。而滔滔士林，緘默退避者、曲學以阿世者、諂笑投機者不乏其人。

　　　　在這樣的大背景中，讀陳昭瑛的〈論台灣的本土化運
動：一個文化的考察〉，心情不免激動。

　　這時，除了陳昭瑛，從 1994 年起，在台灣，也有年輕的學者
開始對「台獨」派的論述霸權提出了挑戰。比如，《島嶼邊緣》
雜誌的陳光興，就在 1994 年 7 月的《台灣社會研究》季刊第 17
期上發表了〈帝國之眼：次帝國與國族國家的文化想像〉一文，
針對楊照在 1994 年 3 月 2 日、4 日《中國時報・人間》副刊上發
表的〈從中國邊陲到南洋的中心：一段被忽略的歷史〉一文，評
判了楊照的「南進論」，並進一步提出台灣資本主義「南進」的
「次帝國主義的性質」。又比如，1994 年 12 月，《台灣社會研
究》季刊舉辦了創社十週年學術討論會，會中，就出現了針對性
強烈的批判「台獨」派政治、經濟、文學論述的論文多篇。對
此，陳映真說：「敏銳的人們預感到一場論戰的風雨欲來，引人
關切。」

　　對陳昭瑛的論文〈論台灣的本土化運動〉，陳映真從理論知
識和治學議論的風格兩個方面肯定了成績和貢獻，充分肯定她
「為『台獨』批判論和民族團結論留下豐富的思想理論空間」，
「開展了重要的視界」。對於陳昭瑛論文中值得商榷的地方，陳
映真則展開了討論。討論涉及的問題有：一、關於台灣本土運動
的「三階段」論問題；二、是「異化」還是「否定的挫折」；
三、關於「中心」（core）和「邊陲」（periphery）；四、「台
灣主體性」論的欺罔；五、批判「以台灣為中心」的意識形態霸
權。

　　值得注意的是，陳映真在這裡提出「以台灣為中心」的問
題，是有很強的針對性的。陳映真在文章裡列舉了許多事實後，
還指出：

　　問題在於這幾年，朝野上下、學術界、言論界都在極力、全面、不憚強調地側重兩岸民族「分離」、「分立」、「分治」的現實；側重台灣自己「獨自」、「獨特」的「共同體」，同時也在全力、眾口鑠金地拒絕、排斥。否認民族團結和民族統一的展望；拒絕和否認中國大陸和台灣同為中國民族共同民族共同體組成部分；否認、拒絕民族和解與統一的努力，千方百計延長對大陸的猜忌、鄙視和仇恨；千方百計使兩岸分斷永久，絲毫沒有彌補、發展和恢復兩岸人民與民族同質性的意願和志向。

　　陳映真固然試圖補正陳昭瑛的論文在學理上的部分疏漏之處，卻還是要特別對陳昭瑛的反「台獨」鬥爭表示自己的敬意。陳映真寫道：

　　　我不能不由衷地對陳昭瑛表示感謝。不僅僅感謝她對我的一些足以自誡的缺點，所作的批評，還要感謝她對於我這一代人沒有做好，失職失責，以至「台獨論」猖狂，民族團結的展望受挫之時，在台大那樣一個民族分離占統治地位的學園，一個人挺身而出，理論和風格上都較好地提出了「台獨」批判，很好地繼承了台灣歷史上光榮的、愛國主義、民族主義的知識分子傳統。當然，這感謝之情，含著一份對自己的羞慚與自責。

　　其實，不必羞慚，也勿需自責，陳映真展開的新一輪鬥爭證明，他和他的《人間》的戰友們，仍然是反對思想文化界「台獨」逆流的中流砥柱。

　　陳映真新創辦的《人間‧思想與創作叢刊》，在 1998 年冬季，就鄉土文學論戰 20 週年組織刊發了一個專題《鄉土文學論爭

20 週年》，包括 4 篇論文，即：

　　施淑的〈想像鄉土・想像族群〉；

　　林載爵的〈本土之前的鄉土〉；

　　申正浩的〈回顧之前・再思之後〉；

　　曾健民的〈民眾的與民族的〉。

　　此外，《叢刊》還發表了「文獻」——陳正醍的〈台灣的鄉土文學論戰〉，田中宏的〈與台灣鄉土遇合時的種種〉，高信疆的〈探索與回顧〉。兩份座談會的記錄：〈艱難的路，我們一道走來……〉、〈情義與文學把一代作家聯繫在一起〉。《叢刊》上另外還發表了兩篇批判文章，一篇是曾健民的〈反鄉土派的嫡傳〉，一篇是陳映真署名石家駒的〈一時代思想的倒退與反動〉。

　　原來，1997 年 10 月 19 日，以曾健民任會長的台灣社會科學研究會在台北舉辦學術討論會，紀念鄉土文學論爭 20 週年。除了前述施淑等 4 篇論文，還有耀亭、黃琪椿、呂正惠、陳映真等人的 4 篇論文。同時，由當局文建會資助，春風基金會出面主辦了另一場研討會。會上，陳芳明拋出了〈歷史的歧見與回歸的歧路〉一文，王拓也拋出了〈鄉土文學論戰與台灣本土化運動〉一文。曾健民、陳映真就是分別對陳芳明、王拓的文章展開批判的。

　　這又是一次對峙，又是一場論戰。

　　施淑等人的論文，重在從 20 年前的論爭歷史回顧中指出「鄉土文學轉移本土文學過程」中的核心問題是「國家」、「祖國」的認同問題，「意識形態的問題」。

　　兩份座談會的紀錄，意義是在於，當年參加論爭的戰友們，陳映真、毛鑄倫、周玉山、高準、吳福成、施善繼、錢江潮、黃春明、陳鼓應、尉天驄、詹澈、王曉波等人，通過回顧歷史，暢敘友情，更加堅定了從事新一輪反「台獨」鬥爭的決心，鼓舞了

士氣。

　　這裡要說到曾健民。

　　曾健民在〈民眾的民族的〉一文裡[61]，對於鄉土文學論戰的精神和 70 年代思潮精神做了新時期的再確認。他從歷史的現實主義出發，把鄉土文學論戰放回到 70 年代的台灣社會結構中來觀察，具體分析了它產生的歷史性、社會性基礎，闡明它在 70 年代的具體社會狀況中的時代意義，標舉它在歷史的制約與發展中提出了哪些突破性的、進步性的觀點，同時，也試圖闡明，是怎樣的歷史與社會的結構性力量，阻擋了它波瀾壯闊地向前發展的道路。而這一切，曾健民強調，「應該是回顧鄉土文學論戰中的現實課題」。

　　曾健民批判「台獨」的戰鬥精神，特別表現在〈反鄉土派的嫡傳〉一文裡。這篇文章的副題是〈七批陳芳明的〈歷史的歧見與回歸的歧路〉〉。曾健民的「七批」是：一、陳文前提的虛假性和內容的虛構性；二、為當年參戰者「穿衣戴帽」的劇情大要；三、彭歌等人在論戰中是「右派民族主義者」嗎？四、替王拓「改容易面」；五、改造葉文的觀點；六、誣蔑陳映真；七、日據期台灣的左派抗日組織，從來沒有一個團體是以中國意識為基礎嗎？曾健民深刻批判了陳芳明的種種謬論之後，得出的結論是：

　　　……陳文的興趣並不在討論鄉土文學，當然也不在討論鄉土文學論戰本身。那麼它的目的是什麼？簡單地說，就是以避開討論論戰的本體，藉分離主義的兩大標準——台灣史觀與台灣認同觀，來檢查鄉土文學論戰的參戰者的

---

[61]　《人間思想與創作叢刊‧清理與批判》，人間出版社，1998，107-122 頁。

思考，扭曲參戰者的言論、思想，進而將鄉土文學論戰虛構成一場以分離主義文學論與民族主義文學論對決為主的論戰，這也是陳文的主要策略。其目的在掏空論戰的核心、轉化論戰的本質。虛構鄉土文學論戰的統獨成分，在不著痕跡中偽造分離主義文學論在鄉土文學論戰的在場證明，進一步據有論戰的歷史果實，據此朝向樹立分離主義文學論的道統。

　　　用今日的分離主義的政治觀與願望來任意塗寫台灣歷史，已是當下分離主義者的歷史論述的主要特徵，這麼做，當然是為了迅速建立新國家的歷史想像與認同。在這方面，它與戒嚴期國民黨政府的歷史教育作風有異曲同工之妙，所謂歷史的嘲諷莫過於此。台灣歷史的真相，反覆地被重層的權力者以各種不同的方法塗抹，思及此，則不覺悵悵然。⑫

　　陳映真批判王拓，是王拓其人從左翼統一派立場轉向多年後，統派第一次對他扮演過一定的理論角色的鄉土文學論戰，做了評價和結論。陳映真以為，以王拓的〈鄉土文學論戰與台灣本土化運動〉一文為分析的批評的對象，「有典型性，也可概及其餘『台獨』文論」。

　　陳映真批判了王拓的「文學台獨」主張棄卻現實主義，放棄鄉土文學論的美日帝國主義論，從反帝民族主義立場走向反民族、反中國、親帝、反共反華的「（台灣）民族論」等等謬論，得出的結論是：

　　　如果 70 年代的鄉土文學論是台灣思想史上的一個飛

---

⑫　同上，253頁。

躍，是對反動的冷戰和內戰意識形態的一次顛覆；是台灣
思想史上的第三波民族與階級解放運動，那麼，80 年代以
迄於今日的台獨反共、親美、親日、民族分裂固定化、脫
中國……的思潮，無疑是從 70 年代鄉土派進步思潮的一個
倒退、反動、右傾和保守化。從前進的鄉土文學論向反動
的「本土文學論」的逆轉，便是這個政治、意識形態大逆
轉潮流中的一股波浪。⑥

　　陳映真以為，80 年代以後台灣文學思潮從進步的鄉土論向著
反動倒退的「本土論」發展，表現的正是一種「祖國喪失症的擴
大」。
　　在這篇論文裡，陳映真提到了，1947 年到 1949 年的「台灣
新現實主義文學論爭」，還提到了「文學台獨」派「沒有皇民文
學，只有抗議文學」、「皇民文學」應該另行重新評價的問題，
那都是陳映真和他的《人間》戰友，在 1998 年至 2000 年間從事
反「台獨」鬥爭的大事。我們留待下文述評。

## 第四節　勾結日本反動學者美化「皇民文學」自掘墳墓

　　在 80、90 年代的「文學台獨論」中，最令人不可思議的現像
是對「皇民文學」的「平反」，即翻案。這主要以張良澤和葉石
濤為代表。
　　1979 年，正在日本筑波大學協助研究台灣文學的張良澤，在
11 月 5 日的日本《朝日夕刊》上發表了〈苦悶的台灣文學——蘊

---

⑥　　陳映真《一時代思想的倒退與反動》，同上書，271 頁。

含「三腳仔」心聲的譜系‧濃郁地反映迂迴曲折的歷史〉一文，
用所謂的「三腳仔」精神，來「概括整個從日據時代以迄今的台
灣文學的精神」。張良澤說：「如果相機的腳架改成兩腳，就會
倒掉；改成四隻腳，則又會因地面的狀況而站立不穩。不論如
何，腳架還是三個腳的好。至於人，則不論怎麼說，兩條腳的才
是堂然的人。在日本統治時代，兩條腳腿的台灣人，以『四腳
仔』罵日本人。不幸的是，我們自小被人喚做「三腳仔」。但這
決不是我們真的比別人多長了一條腿。只因為父母受日本教育，
按日本姓氏『改姓名』；為了取得配給物資而使家人常說日本
話，變成所謂『國語家庭』。當不成『皇民』，馴至成了非人非
畜的一種怪物，為『漢人』所笑。」

　　這樣的「三腳仔」，張良澤認定是一種「中間人種」。他的
解釋是：「日清戰後，台灣割日，其後直至二次大戰終結的 50 年
零 4 個月中，產生了介乎大和『皇民』與中華『漢民』間的中間
人種『三腳仔』。台灣有史四百年間，作為漢民族之一支流的台
灣人，不斷地被逼到夾在異民族的統治和同民族間的對立的情
況。為了偷生而百般隱忍，甘於做三腳的怪物，既無蜂起反抗的
勇氣，又不甘於當『狗』當『豬』，受役於人。三腳人便愈益苦
惱了。」

　　在張良澤看來，這「偷生」、「隱忍」，便是介乎「大和
『皇民』」與「中華『漢民』」之間日據時期台灣島上的「中間
人種」的「三腳仔」文學的精神。

　　陳映真在 1981 年 2 月 22 日的《中國時報‧人間》副刊上發
表了〈思想的荒蕪——讀〈苦悶的台灣文學〉敬質於張良澤先
生〉一文 ⑥，批判了張良澤的「三腳仔」文學論。陳映真首先指

---

⑥　　收入《中國論》，103-116 頁。此處對於張良澤論點的撮述，亦
　　根據此文。

出，「若以『三腳仔』精神來概括整個從日據時代以迄今的台灣文學的精神，就不再是張先生個人研究上的態度和哲學的問題」了，這是必須深入討論清楚的。陳映真分析說，人類社會史上，「殖民者民族，憑其不知羞恥的暴力，在政治、社會、軍事、文化和一切生活的諸面上，支配殖民地民族。在心理上，支配者眼中殖民地土著，是卑賤、愚蠢、沒有人的尊嚴和價值的。」陳映真寫道：

> 正與歷史上一切殖民統治的結構一樣，在金字塔的頂端，是統治的、少數的異族征服者，而底部則是廣泛的被支配的殖民地土著民族。介於二者之間，便是為異民族統治者所豢養、所使用的一小撮土著民。這些人，為了保護自己在征服者未來以前所蓄積的利益，或者為了藉征服者的威勢在殖民結構中獲取利益，背叛了自己的民族，為征服者的鷹犬。在生活上和心智上，這些人盡其全力依照殖民者的形象改造自己；學習使用支配者民族的語言，吃支配者民族的食物，穿支配者民族的衣著，並且對自己母族的血液、語言、生活習慣和文化，充滿了自卑，甚至怨毒的情緒。如果我們回顧日本支配下「滿洲」、「南京政府」和台灣的文獻，我們可以找到一些被征服者和知識分子瘋狂歌頌支配者、對自己民族懷抱著深切的種族自卑、對自己民族的文化和傳統，加以酷似於支配者口氣的惡罵。
>
> 這樣的少數一些人和知識分子，自然受到民族的卑視。在大陸，他們是「狗腿子」、「漢奸」；在台灣，他們正是介於「兩腳」的台灣人和「四腳仔」（日本統治者）之間的，「非人非獸的怪物」，即所說的「三腳仔」。

　　　「三腳仔」最明白的、約定俗成的意義，就是「漢
奸」。以「三腳仔」精神，概括台灣文學精神的一般，即
使是一個真正的三腳仔，怕也不便、不敢出口的，何況張
先生呢？（同前註，105-106頁）

　　陳映真以為，「作為施暴者鷹犬的『三腳仔』族」，如果不
再看他們那些無恥的、兇殘的「惡疾」，他們也是「日本殖民主
義的受害者」，「作為施暴者的鷹犬的『三腳仔』族」，也成為
被支配者、被施暴者民族的巨大的傷口」，因而，對於「大部分
尚苟活甚至於活躍於台灣生活的過去的『三腳仔』族，他無意
「施以嚴厲的指責」，但是，鑒於張良澤的「三腳仔」論歪曲了
台灣文學的精神，鑒於張良澤對「三腳仔」的「偷生」、「隱
忍」而「甘於做三腳的怪物」的畫像，陳映真憤怒地指出：

　　　如果以這三腳人的畫像，來界定「五十年零四個月」
日本帝國主義統治下的台灣人（即張先生認識中的有別於
「大和『皇民』和中華『漢民』」的「台灣人」），毋寧
是一種極大的侮辱。從武力反抗到非武力反抗，五十餘年
的日本統治下，台灣發生過多少壯烈的抵抗，這是治台灣
文學史從而治台灣史的張先生，所不應該不認識的。正是
從張先生辛勞而可敬的研究工作中，使戰後一代的台灣知
識分子得以重新認識到日據時代下台灣文學的寶貴遺產，
即先行代日政下台灣文學家如何在巨大的日本帝國主義暴
力之下，發出英勇的抗議，對異族殖民者和台灣的三腳仔
大加撻伐；如何在被壓迫的生活中，懷抱著磅礡的歷史格
局。這些主題，也應該是研究日本統治時期台灣文學的張
先生所熟悉的。以「為了偷生百般隱忍」、「無蜂起反抗
的勇氣」、「為了取得配給物資」而「改姓名」、組成

「國語家庭」的「三腳仔」精神，概括一切的台灣文學，
簡直是睜著眼睛誣蔑先賢了。（同前註，110-111頁）

說到用「三腳仔」精神來觀照日據時期的台灣文學，陳映真
還指出：

> 日據時代台灣文學中的反日本帝國主義精神，有一個
> 明白的基礎，那就是以中國祖國為認同主體的民族主義。
> 離開這個民族主義，是無從理解日治下台灣文學的抵抗精
> 神的。從前、近代的、迷信的、封建的農民抗日運動，一
> 直到近代的、民族主義的抗日運動，都在這個祖國意識的
> 基礎上展開。這是一切殖民地政治的、文化的抵抗運動中
> 的共同特質。在中國、朝鮮，以及一切殖民地，從帝國主
> 義的轄制中求得祖國的獨立、民族的解放，成了各受壓迫
> 民族共同的悲願，也成為殖民地文學共通的主題所在。在
> 日據時代的台灣，從來沒有介於「大和『皇民』和中華
> 『漢民』」的「中間」的文學。只有以漢民族的立場尋求
> 民族解放的、反對日本帝國主義的民族主義文學，而在它
> 的對立面，也只有一味想洗清殖民地人「卑賤」的血液、
> 一心一意要改造自己為皇民的「大東亞文學者」們或「決
> 戰下台灣文學」的「文學家」們的，真正的「三腳仔」文
> 學。（同前註，112-113頁）

鑒於張良澤還把這種「三腳仔」論延伸到戰後，用以評價戰
後的台灣文學，陳映真還指出，這正是正派的日本學者尾崎秀樹
所指出的一種「思想的荒蕪」。陳映真說，這使他「感到無限的
心的疼痛和悲哀」。陳映真寫道：

　　據說，在 1963 年，岸信介曾說過這樣的話：

　　「就歷史和種族，台灣和大陸均不同……為什麼台灣
人喜歡日本人，不像韓國人那樣反對日本？這是因為我們
在台灣有較好的殖民政策之故。他們易於被統治，因為他
們沒有很強的民族主義的傳統，因此他們比韓國人溫
和。」（王杏慶：《時報雜誌》二六期）

　　戰後時代的台灣文學家，對於這段話，是應該憤怒
呢，還是應該流淚？「台灣與大陸不同」，台灣人「沒有
很強的民族主義的傳統」之說，是對於本省人最放膽的侮
辱和對台灣抗日歷史最無恥的謊言。但，細細一想，這豈
不是張先生台灣人三腳仔論的日本版本嗎？日本帝國主義
者的精神的荒蕪，如何可因逃避了嚴正的批判，而延伸到
戰後的今日，尾崎秀樹氏的預見，不幸言中。張先生以台
灣人的身份，在日本從事台灣文學的整理與研究，以他在
「苦」文中所表現的思考上的荒蕪與空疏，對於日本帝國
主義者若岸信介之流的精神的荒蕪，會有什麼樣的影響，
難道還不明顯嗎？（同前註，115 頁）

　　1979 年，張良澤還有一篇〈戰前的在台灣的日本文學──以
西川滿為例〉一文發表。隨後，到 1983 年，他又拋出〈西川滿先
生著作書志〉㊅，這都是美化西川滿、美化「皇民文學」的。對
此，陳映真在 1984 年 3 月的《文季》1 卷 6 期上發表了〈西川滿
與台灣文學〉一文㊆，予以批駁。

---

㊅　張良澤前一文刊於《東京國際日本文學會議研究集會會議錄（第
　　三回）》，1980 年，2 月。後一文刊於《台灣文藝》84 期，1983
　　年，9 月，此引述據陳映真駁文。
㊆　收入陳映真作品集 12，《西川滿與台灣文學》，49-64 頁。

　　由於張良澤以西川滿的文學為例,「很不吝於給他極高度的
評價」,陳映真的批判也就針對著張良澤對西川滿的美化來展
開。陳映真首先指出,戰後時代的日本文學研究者近藤正己,對
於同一個西川滿,卻有同張良澤先生甚不相同的評價。對於早期
的西川滿,近藤的《西川滿札記》認為,他的作品的內容是「沒
有實體的,西川滿式的幻想的台灣」,根本缺乏對「台灣人所處
狀況之深刻考慮和解釋」。陳映真說:「張良澤先生苦口婆心呼
籲日本人重視戰時日本殖民地文學之研究的美意,恐怕即連當今
最右翼的日本人都會覺得尷尬吧。」接下來,陳映真以「西川滿
的『台灣意識』」、「西川滿的『台灣文學』論」、「壓抑還是
『促進』了台灣文學」、「頭號戰爭協力文化人西川滿」、「不
清算,可以;翻案,不准!」為題,深入展開了批判。針對張良
澤推崇西川滿是「愛」台灣的,陳映真批駁說:

　　　　西川(滿)之愛,是支配者民族以他自己為本位去理
　　解,去看殖民地台灣,從而投注他的感情。……西川滿的
　　台灣,便是這樣一個「人工的、空想的、幻想的」、「二
　　世」殖民者心目中的樂園(近藤正己:前揭書),呻吟在
　　日本帝國主義鐵蹄下真實的台灣生活和台灣人民,對於西
　　川滿,是視而不見的。(同前註,52-3頁)

　　張良澤認為,西川滿對台灣文學來說,是意義重大的。其
中,意義特別重大的是,他「在台灣人的心中,堅定地種下了一
種叫做『台灣文學』的意識」。張良澤說:「西川滿清晰地主張
了台灣文學的獨自性,從而使台灣覺醒了起來。」對此,陳映真
的批判是:

　　　　……思圖在日本南疆殖民地的台灣,為日本文學擴張

新的、富有異國情調的文學的西川滿的豪言壯語，畢竟是日本人本位——不，是日本帝國主義本位——的語言，非但並不是「主張台灣文學」的「獨自性」，其實更是主張附庸於日本文學的，有別於其他領地如朝鮮之朝鮮文學的「台灣文學」的「獨自性」吧！令人疑惑不已的是，張良澤先生絕非不知西川的日本中心的台灣文學觀。因此他也知道西川主張台灣文學「在日本文學史上應占特異地位」，認為西川的努力，是要「把台灣文學作為日本『外地文學』（即前指殖民地文學）的一環而加以開拓」，並認為西川（滿）對日本文學「新領域」開拓有所貢獻。那麼，張良澤先生是站在日本帝國主義的立場看臺灣文學呢？還是站在台灣文學的立場看問題呢？觀乎其文，答案是明白的。（同前註，54-55頁）

張良澤對西川滿推崇備至，還有一點是說西川滿「把台灣的民間文藝提升到芬芳的文學境界」；張良澤還吹捧西川滿確立了台灣文學的地位，培植了台灣作家，昌盛和豐富了台灣文學。陳映真針鋒相對，一一做了批駁。特別是，陳映真列舉事實，揭露和批判了西川滿，以及為西川滿歌功頌德的張良澤：

　　一九四一年，「台灣文藝家協會」正式編入日本戰爭體制，西川滿出任協會的「事務總長」。一九四二年，西川率團參加「大東亞文學者大會」，年底發表戰爭協讚的黷武演說「一個決意」；一九四三年，抨擊抗日的台灣文學主要傳統精神現實主義為「狗屎的現實主義」；同年九月，西川提議「撤廢結社」，廢刊《文藝台灣》，翌年並以《皇民學塾》代之，終於將據他自己說比糧食還珍愛的文學，獻上戰爭的祭壇。至此，「浪漫的」、「唯美的」

西川滿，肆無忌憚地暴露了他原本極右翼、法西斯的戰爭
性格，在台灣文學仆倒在日本戰旗下受到嚴苛的檢舉與彈
壓之同時，西川滿卻享盡了皇民戰爭文學的榮華。張良澤
先生竟何所據而謂西川滿昌盛和「豐富」了台灣文學呢？
（同前註，58頁）

在這篇文章的最後，陳映真義正辭嚴地批判了張良澤為西川
滿翻案、為「皇民文學」張目的「毫無學術、良心和民族立場的
態度」。陳映真寫道：

張良澤先生那種「誰都不可能不投降」論，是對於正
氣、公義、原則和勇氣最令人遺憾的侮辱。如果張良澤先
生還要進一步以這「投降有理」論，去為被一個曾經高踞
協力日本侵略戰爭的文化人榜首的西川滿翻案，則即使不
站在中華民族的立場，就是站在作為一個有良心的人的立
場，也是值得震驚的瘋狂罪惡態度吧！（同前註，63頁）

70年代末和80年代最初幾年的這個回合之後，有關「皇民
文學」問題的統、獨之爭，似乎暫時平息了下來。然而，人們看
到，緊隨張良澤之後，葉石濤已在企圖為西川滿翻案，也再為
「皇民文學」翻案了。

在葉石濤的《文學回憶錄》（1983年3月出版）裡，有三篇
相關的文章，即：〈府城之星，舊城之月——〈陳夫人及其
他〉〉、〈《文學台灣》及其周圍〉、〈日據時期文壇瑣憶〉。
在回憶那幾年的生活時，葉石濤有意美化了西川滿和「皇民化運
動」、「皇民化文學」。比如，日本文學報國會召開的「大東亞
文學者大會」分明是「大東亞戰爭」的文學動員大會，極具侵略
性質，葉石濤卻說它「似乎有濃厚的聯繫感情為主的聯誼會性

質」。西川滿的《文藝台灣》，分明是日本侵略者的工具和喉舌，葉石濤卻説「它似乎不是言論統制的機構，而是聯絡作家感情的聯誼會」，它「缺乏符合國策的戰爭色彩」，而是一個染上西川滿個性色彩豐富的「華麗雜誌」，「並不排斥有不同文學主張的其他作品」，「儘管雜志的封面以『文章報國的決心』幾個大字，表示擁護國策，其實這是矇混當局的障眼絶招」。至於當時發表的周金波的〈志願兵〉、陳火泉的〈道〉等「皇民化」文學，葉石濤則坦陳：「我也並無『深惡痛絶』的感覺。」葉石濤為其辯稱：「在那戰爭時代，毫無疑問的一切價值標準都混亂了。在日本人的壓迫下，中了日本軍國主義教育的毒素很深的某一些台灣作家，他的意識形態自然被扭曲了。三十多年的歲月流逝之後，再來挖掘瘡疤似乎並不厚道。」往後，到 1990 年，葉石濤出版了《台灣文學的悲情》（高雄，派色文化），書中涉及「皇民文學」的篇章有〈抗戰時期的台灣文學〉、〈庄司總一的「陳夫人」〉、〈南方移民村〉、〈40 年代的台灣日本文學〉、〈「抗議文學」乎？「皇民文學」乎？〉、〈皇民文學〉等。在〈戰爭時期的台灣文學〉一文裡，葉石濤竟公然宣稱：「在這個時期裡，没有『皇民文學』，全是『抗議文學』。」再往後，1995 年，葉石濤在高雄《台灣新聞報》的《西子灣》副刊上發表〈台灣文學百問〉的隨筆時，又在〈西川滿與《文藝台灣》〉裡，吹捧西川滿的「堅強的作家靈魂值得吾人欽佩」，還不惜歪曲歷史，吹捧西川滿對台灣文學作了「巨大」的「貢獻」。

　　葉石濤這些文章都是以隨筆的方式一篇一篇地發表，再集結成書，因此没有引起公衆較大的注意。但實際上，它的無形影響，恐怕還要超過張良澤。我們只要對照第三章所述西川滿和葉石濤在攻擊有氣節的台灣作家們表現的專橫態度，就自然可以拆穿葉石濤的謊言，並對他以表面溫和的隨筆口吻企圖掩蓋歷史真相的做法，為之不恥。

　　1998 年 2 月 10 日的台灣《聯合報》副刊上，5 月 10 日的台灣《民眾日報》副刊上，6 月 7 日的《台灣日報》副刊上，張良澤連續以「台灣皇民文學作品拾遺」為名，輯譯刊出了 17 篇所謂的「台灣皇民文學作品」。同時，還發表了三篇表達他對「台灣皇民文學」觀點的文章。《聯合報》副刊的〈正視台灣文學史上的難題——關於台灣「皇民文學作品拾遺」〉一文是其代表。針對 2 月 10 日《聯合報》副刊上的〈正視台灣文學史的難題——關於「皇民文學作品拾遺」〉一文，陳映真在 4 月 2 日至 4 日的《聯合報》副刊上發表了〈精神的荒廢——張良澤皇民文學論的批評〉一文，予以批駁。不料，1977 年對台灣鄉土文學打過第一記棍子的彭歌，半路上殺了出來，在 4 月 23 日的《聯合報》副刊上拋出了〈醒悟吧！——回應陳映真〈精神的荒廢〉〉一文。對此，陳映真在 7 月 5 日的《聯合報》副刊上發表了〈近親憎惡與皇民主義——答覆彭歌先生〉一文。

　　1998 年，日本右翼學人在台灣島上利用「皇民文學」問題登台表演，也大有登峰造極的勢頭。這一年，垂水千惠的《台灣的日本語文學》由台灣前衛出版社譯成中文出版。垂水千惠其人，出生於 1957 年，是日本右翼學人中的新生代。她在書中公開稱讚周金波，因為周金波樂於接受進步的日本近代化（實即「皇民化」），她嚴厲質疑呂赫若，為什麼在這一點上遲疑不決。也是在 1998 年，中島利郎跑到台灣，搞了一連串的活動。先是 3 月下旬，這個日本的右翼學人與台灣出身的黃英哲共同促成將皇民作家周金波生前的筆記和照片捐給台灣的「文資中心」，又編纂《周金波日文作品集》，專門為周金波平反。據 3 月 21 日《聯合報》報導，在那個捐贈儀式上，黃英哲說：「戰後，有人修改以前作的作品，有人努力學中文寫作歌頌國民黨，可稱為『另類』的『皇民化文學』，相較之下，周金波沒有改過自己的作品，更值得欽佩。」中島利郎則說：「當年文學界把他歸類為皇民文學

作家，可以轉移對其他相同情況作家的注意……周金波是一位愛鄉土、愛台灣的作家。」同年 12 月 25、26 日，台大法學院有一個「近代日本與台灣研討會」。會上，中島利郎發表了一篇題為〈編造出來的「皇民作家」周金波——關於遠景出版社的《光復前台灣文學全集》〉的論文，還散發了另一篇文章《周金波新論》。在頭一篇文章裡，中島利郎針對遠景出版社 19 79 年編輯出版的《光復前台灣文學全集》未將周金波的作品選入之事，大做文章，結論就是，周金波的「皇民作家」名號完全是編造出來的。後一篇文章，通過對周金波的五篇小說的解說，證明周金波不但不是「皇民作家」而且還是一位不折不扣的「愛鄉土、愛台灣」的作家。人們已經清楚地看到，這些「自任為右翼」的學人，跑到台灣大肆活動，為「皇民文學」翻案，正是當年日本殖民主義的幽靈徘徊不去的表現。

在這雜語喧嘩之中，按捺不住的葉石濤，又在 1998 年 4 月 15 日的《民眾日報》上寫有〈皇民文學的另類思考〉一文。文中，葉石濤竟公開宣稱：「周金波在『日治』時代是日本人，他這樣寫是善盡作為一個日本國民的責任，何罪之有？」

面對這種情勢，陳映真從容組織火力，發動了聲勢強大的反擊。

先是在《人間・思想與創作叢刊》的 1998 年冬季號上，即創刊號《清理與批判》上，刊出了特集《台灣皇民文學合理論的批判》。特集共刊 4 篇文章，即編輯部的〈台灣皇民文學合理論的批判〉，陳映真的〈精神的荒廢——張良澤皇民文學論的批評〉，曾健民的〈台灣「皇民文學」的總清算〉，劉孝春的〈試論「皇民文學」〉。隨後，《人間・思想與創作叢刊》1999 年秋季號《噤啞的論爭》，又推出另一專題《不許新的台灣總督府「文奉會」復辟！》，發表了陳建忠的〈徘徊不去的殖民主義幽靈〉和曾健民的〈一個日本「自虐史觀批判」者的皇民文學

論〉。同時，這一期的《人間》叢刊上，還輯有一輯有關當年
「狗屎現實主義」論爭的「文獻」，為解讀這一組資料，曾健民
寫了一篇〈評價「狗屎現實主義」論爭〉，也是聲討葉石濤、張
良澤等「皇民文學論」的戰鬥篇章。

　　與此同時，1998 年 12 月 25、26 日的那個台大法學院舉行的
「近代日本與台灣研討會」席上，著名作家黃春明還發言反擊日
本右翼學人說：「日據末期的台灣人口有六百萬，皇民作家只是
其中的少數幾位，皇民文學影響也很小，並不是那麼重要；而皇
民化運動卻影響了全體台灣人，那才是可怕的恐怖的，其影響之
深遠，至今還殘留在我們的社會、家庭中，造成各種政治、經
濟、社會的矛盾……」

　　1998 年、1999 年兩年裡，陳映真和他主持的《人間》叢刊上
所表現出來對於「台獨」勢力的「皇民文學」論的批判，是從以
下幾個方面展開的：

　　第一，揭露並痛斥張良澤的荒唐邏輯和漢奸氣味。陳映真在
〈精神的荒廢〉一文裡指出，張良澤的「皇民文學論」的邏輯
是：㈠國民黨長年以來的「愛國」主義（中華民族主義）教育，
是一切基於（中華）「民族大義」痛批「皇民文學的」根源。㈡
然而，在現實上，「日據時代的台灣作家或多或少都寫過所謂的
『皇民文學』」。㈢因此，「新一代的（台灣文學）研究者，應
該揚棄中華民族主義，不可「道聽途說就對『皇民作家』痛批他
們『忘祖背宗』」；要「將心比心」、「設身處地」……以「愛
與同情」的「認真態度」去解讀「皇民文學作品」。《人間》編
輯部的〈台灣皇民文學合理論的批判〉一文則指出，張良澤的舉
動，「無非是要為台灣 40 年代極少數漢奸文學塗脂抹粉」。曾健
民的〈台灣「皇民文學」總清算〉一文還指出，張良澤的作為與
謬說，「掩蓋了推動皇民文學的日本殖民與軍國當局和在台日本
人御用文臣的罪行，最終是替當時積極地站在日本當局和日本御

用文臣陣營的台灣皇民作家們塗脂抹粉，僭取他們在台灣文學史上的正當性。」

　　第二，揭露並痛斥張良澤的作為與謬說「對台灣文學造成了嚴重的淆惑與傷害」。曾健民的〈台灣「皇民文學」總清算〉指出，張良澤的騙術「誤導了一般讀者，以為日據末期的台灣文學的內容都與張氏輯譯的皇民文學一樣，充滿了歌頌日本大東亞聖戰、皇國精神的作品；且誤認當時的台灣作家全都屈服在日本的殖民與軍國體制下，積極配合日本當局的皇民文學政策，曲志而阿權地寫了像那樣的『台灣皇民文學』。結果，使一般人錯認為在日據末期，台灣文學就等於皇民文學；甚至認為，台灣皇民文學就是當時台灣文學的全部。」曾健民認為：「這不但對日據末期的台灣文學造成了甚大的淆惑和傷害，同時對於當時處於日本軍國法西斯高壓的文學環境下，憑著民族與文學的良知，以各種方式抗拒台灣文學淪為皇民文學的台灣前輩作家來說，毋寧是再度的羞辱。」陳映真等人都還指出，當年，自甘墮落死心塌地地寫「皇民文學」的「作家」，也就是周金波、陳火泉等極少數的幾個人。針對張良澤把水攪渾的伎倆，陳映真的〈精神的荒廢〉一文還特別澄清說：「從賴和到呂赫若的台灣文學家，即使在壓迫最苛酷的時代，都不曾稍露屈服的奴顏媚骨。說到『發表作品』，人們也會想起在壓迫者嚴密控制下猶冒險秘密寫出反抗的心聲，隱而不發，迨敵人潰敗後才將作品公諸於世的吳濁流。台灣文學史上，不為『活下來』而失節，不為『發表作品』而寫違背原則、討好權力的文章的人，比比皆是，而他們又個個都是從藝術上、思想上都能過關的，令後世景仰的真正的作家。」對此，曾健民的〈台灣「皇民文學」總清算〉一文還指出，張良澤這樣做，「居心」「是想把所有的台灣前輩作家都貼上『皇民文學』的標籤，來壯大『皇民文學』聲勢，使所謂的台灣『皇民文學』正當化」。

　　第三，揭露並痛斥皇民文學勢力對台灣文學進行鎮壓的罪行。曾健民的〈台灣「皇民文學」總清算〉一文指出，和戰時的德國、日本一樣，也和日本殖民統治下的朝鮮一樣，二戰中，台灣島上的「皇民文化」及一切的「皇民文學」、藝術，都是推進法西斯戰爭的一種重要手段。為強化這種手段，在台「皇民文學」運動的頭號總管西川滿，控制「台灣文學奉公會」和「日本文學報國會台灣支部」，利用在台日本御用文臣的報紙雜誌及其背後的總督府保安課、報課、州廳警察高等課、日本台灣軍憲兵隊等在台軍國殖民主義勢力，用各種方式打壓台灣人民的文學，企圖將台灣文學「皇民文學」化。其中，包括禁止用漢文寫作，迫使當時台灣文學的兩大園地《台灣文藝》和《台灣新文學》停刊，迫使一部分失去文學園地的作家背井離鄉遠赴大陸和南洋。當賴和、楊守愚、陳虛谷和呂赫若等許多作家頂住這種壓力，秉持文學與民族的良知，堅持台灣文學的現實主義傳統繼續從事創作時，1943 年 5 月，西川滿又拋出「狗屎現實主義」，對台灣文學進行惡毒的誹謗和攻擊。到了這一年年末，眼看日本戰局頹敗愈為緊迫，西川滿又策劃召開了「台灣決戰文學會議」，逼迫張文環、王井泉、黃得時等人在 1941 年 5 月艱難創辦的《台灣文學》季刊廢刊，還迫使台灣作家撤銷文學結社。到 1944 年，盟軍攻陷塞班島，開始對日本總反攻，日本本土和台灣處於盟軍猛烈轟炸之下，台灣進入「要塞化」時期，日本殖民當局對台灣文學的至上指令又由「決戰文學」進入「敵前文學」時期。曾健民指出，這樣通過打壓台灣文學而建立起來的台灣「皇民文學」體制，是和日本殖民當局在台推行的軍需工業化、強制儲蓄運動、「皇民化運動」、軍夫、志願兵運動等等，正是「一物的兩面」。

　　第四，揭露並痛斥「皇民文學」的性格是「戰爭文宣性格」、「日本法西斯思想性格」、「皇民化性格」。《人間》編

輯部的〈台灣「皇民文學」合理論的批判〉一文指出,「皇民文學」的「特質」是:「㈠在民族上憎厭自己的中華種性,思想和行動上瘋狂地要求同化於日本;㈡以文藝作品去宣傳、圖解日本殖民者的政治與政策──支持戰爭、號召應徵為『志願兵』,充當侵略的尖兵。」陳映真的〈精神的荒廢〉一文指出,「皇民文學」是為「皇民化運動」的目標服務的,它正是「皇民化運動」「這邪惡道場的共犯和幫兇」。「從全面看,皇民文學是日本對華南、南洋發動全面侵略戰爭時,作為戰爭的精神、思想動員──『國民精神總動員』機制的組成部分而展開。……目的在集體洗腦,使殖民地人民徹底拋卻和粉碎自己的民族語言、文化和認同,從而粉碎自己民族的主體意識,在集體性歇斯底裡中幻想自己從『卑污』的台灣人蛻化成為光榮潔白的『天皇之赤子』,在日本侵略戰爭中『歡欣勇猛以效死』,『以日本國民死』,『為翼贊天業而死』。」曾健民的〈台灣「皇民文學」總清算〉一文則把皇民文學的性格認定為「戰爭文宣性格」、「日本法西斯思想性格」、「皇民化性格」。

　　《人間》編輯部的〈台灣「皇民文學合理論」的批判〉和〈不許新的台灣總督府「文奉會」復辟!〉兩文還指出,日本的反動學者垂水千惠、中島利郎和藤井省三們,也有相關的謬說,也都美化日本在台殖民統治,美化「皇民化運動」,美化「皇民文學」。

　　對於這些日本右翼學人,曾健民在〈一個日本「自虐史觀批判」者的皇民文學論〉裡指出:「並不是個人的或孤立的事情,而是近年在日本文化界逐漸興起的一股右傾化潮流──『自虐史觀批判』的一個組成部分。」

　　什麼是「自虐史觀批判」?

　　「自虐史觀」是「自我虐待的史觀」的簡稱。這是近年在日本文化界逐漸興起的一股右翼化的潮流。隨著日本政界的一系列

異常變化，如「日美安保新指針」、「周邊事態有事法」、「國歌國旗法制化」、「加入 TMD」等等的出台，日本社會右翼的、保守的勢力對有良心的、進步的勢力頻頻發動了攻擊。在中日關係上，有一個焦點就是侵華歷史的問題。有良心的、進步的日本人，對於過去日帝的侵略歷史堅持自我反省和向中國人民道歉謝罪的歷史觀點。右翼的、保守的勢力就把這種正確的歷史觀點譏評為「自我虐待的史觀」，即，把所有日本國內批判日本帝國主義、殖民主義、法西斯主義的歷史觀點譏稱為「自虐史觀」，用批判這種自我反省、道歉謝罪的歷史觀點的辦法，來美化日本帝國主義的歷史，使其侵略戰爭正當化、合理化。推動這種倒行逆施的右翼文化潮流的主要團體是「自由主義史觀研究會」、「新歷史教科書造成會」等等。垂水千惠、藤井省三、中島利郎等人，就是這股勢力的一個組成部分。

　　其實，「皇民文學」的漢奸文學性質，鐵證如山，是誰也翻不了案的。針對中島利郎的歪曲，曾健民在〈一個日本「自虐史觀批判」者的皇民文學論〉一文中特別以周金波的作品為例，說明〈水癌〉就是要用「皇民煉成運動」來「去除迷信、打破陋俗」，就是要用「皇民化」的觀念、理想與抱負去改革台灣和台灣人，它所頌揚的正是「當時日本軍國殖民者的『國策』」。至於周金波的〈志願兵〉，曾健民也說，「小說的主題是再鮮明不過的，就是通過張明貴與高進六兩個典型來塑造一個台灣人志願兵的樣板，頌揚這種人物的思想與行動力，讚美這種典型人物。」曾健民還指出，當年，日本殖民統治在文學上的頭號總管西川滿，發表〈水癌〉時讚譽有加。另外，在 1941 年 6 月 20 日殖民當局宣佈決定在台灣實施志願兵制度之後，9 月，西川滿一夥就和日本文人川合三良的同是以志願兵為題材的小說〈出生〉一起，在《文藝台灣》上同時發表了〈志願兵〉。第二年 6 月，還給這兩篇作品同時頒發了「文藝台灣獎」。可見，日本殖民當

局是十分稱許周金波的漢奸文學作品的。在這樣的鐵的事實面前，怎麼能說周金波是個「愛鄉土、愛台灣」的作家呢？怎麼能說「皇民作家」是戰後台灣文壇編造出來的呢？

　　只是，如同《人間》編輯部所說，這些日本「學者」「絕不敢於在韓國或北朝鮮發此狂言暴論，卻敢於在台灣肆言無忌，放言恣論」。這是為什麼？《人間》編輯部指出，這「是因為台灣內部自有一種『共犯結構』。在政界，有李登輝這樣的皇民殘餘；在民間，有皇民歐吉桑、有皇民學者、有皇民化的台灣資產階級。在台灣學界，有不少人因反中國、反民族而崇媚日本、美化日本殖民統治。」《人間》編輯部還指出，台灣國民中學教科書《認識台灣》（歷史篇）的出台，生動地說明了，台灣已經將美化日本對台殖民統治的歷史觀上升到了當權者的主流意識形態的層次。對此，曾健民的〈一個日本「自虐史觀批判」者的皇民文學論〉也指出：「由於台灣近十年來政治、文化、社會意識的急速『親日化』，使台灣成為日本右傾勢力合理化、正當化日本殖民歷史的重要突破口和模範舞台，日本的『自虐史觀批判』者群起游走日台之間，紛紛把『某些台灣人的心聲』作為批判日本國內的『自虐史觀』的好材料。而『台灣皇民文學』的問題更是一個上等的好材料，這就是中島等人的所有作為的真面目。」

　　在這樣的歷史鬧劇中，我們看到，外國右翼勢力和「台獨」勢力正在狼狽為奸。「台獨」分子需要日本右翼學人，是需要他為「台獨」張目；日本右翼學人需要「台獨」分子，是需要他們繼續謳歌日本殖民統治。曾健民引用一位日本朋友的話說：「其目的在使日本的侵略歷史免罪，同時，在使台灣在政治上、文化上、思想上與中國大陸分離。」陳映真在〈精神的荒廢〉一文裡指出，「觸目皆是的、在文化、政治、思想上殘留的『心靈的殖民化』」，一定要認真地清理，日本殖民主義的殘留影響一定要肅清。人們會十分讚賞並完全支持陳映真發自肺腑而又振聾發聵

的呼籲和警策：「久經擱置、急迫地等候解決的、全面性的『戰後的清理』問題，已經擺到批判和思考的人們的眼前。」

## 第五節　在多語言文學的幌子下扭曲台語製造分裂

　　文學領域裡的「台獨」勢力還有一個謬論是，台灣文學是「多語言的文學」。其險惡用心是，在這「多語言文學」的幌子下，扭曲台語，把原本屬於漢語方言的台灣話說成是獨立的「民族語言」，在語言版圖上製造分裂，利用語言的分裂來鼓吹文學的獨立。陳芳明在 1999 年 8 月的《聯合文學》第 178 期上發表《台灣新文學史》的第一章〈台灣新文學史的建構與分期〉就說：「台灣淪為殖民地之後，作家的語言選擇變成很大的困惑。究竟是使用古典漢語還是中國的白話文，或是台灣本地母語，或是日本殖民者的語言？從新文學發軔之後，就可發現作家各自採取不同的語言從事文學創作。謝春木使用日本語，張我軍選擇中國白話，賴和借助台灣母語，構成了殖民文化的混雜現象。」

　　這種利用語言問題做「台獨」文章的勢頭，早在 20 世紀 80 年代初期就開始了。當時，在海外討論了幾年的台語書面化言論基礎上，洪哲勝站了出來。

　　1983 年六七月份，洪哲勝利用在美國出版的《台灣與世界》（總 1、2 期）的版面，拋出了〈台語發展史巡禮〉一文。文章裡，洪哲勝別有用心地對「台語」做了一個「界定」。他說：「台灣有四分之三的人口使用著『台灣福建話』。人們並不囉哩叭嗦地稱呼它『台灣福建話』，而簡要地、約定俗成地把它叫做『台語』。於是，『台語』歌曲、『台語』電影，及『台語』歌仔戲等用法，就經常出現在人們的口語中。這個多數台灣人的母

語，被外來的日本殖民政權歧視打擊了五十年；接著，又被外來
的國民黨當做眼中釘加以排拒摧殘。然而，它卻越來越擁有豐富
的內容、瑰麗的成分，以及旺盛的生命力！」他還説：「台語當
中，從中國福建跟隨著漢人移民橫洋過海移植來台灣的語言成
分，至今仍然是構成台語的主幹。三四百年來，台語有了多樣的
發展，但基本上，還是從這個主幹上生長出來的，與原來有所不
同的枝葉花果。雖然如此，台語當中已經有很多成分是原來、甚
至當今的福建話所没有的。這就是為什麼我一開始就把台語稱做
『台灣福建話』的原因。」針對人們把台灣話叫做「閩南話」的
叫法，洪哲勝危言聳聽地指責説：「這樣做，不但犯了把台語和
福建話等同起來的錯誤，而且是對操用這種語言的人一種歧
視！」洪哲勝還歪曲歷史，把二戰之後收復台灣行使國家主權的
當時的國民政府政權也叫做「外來政權」。説它和殖民地荷蘭、
西班牙、日本等外來政權一樣，「危臨台灣」、「一個一個都在
台語當中留下了或深或淺的痕跡」。洪哲勝蠱惑人心地説：「給
台灣的發展歷史做了如上的巡禮後，我們不難同意：台語是以福
建話為主幹發展出來的語言。但是，它絕不等同於福建話。」

　　《台灣與世界》總1期上，還有一篇署名「陶冰」的短文〈台
語迫切需要書面化〉呼應了洪哲勝，也認定台灣話是台灣人的母
語，甚至還説，這「也是台灣人爭取生存權的武器」，「必須珍
惜它、發揚它。」而「要使其發揚光大，台灣話必須書面化」。

　　1983年8月，邱文宗在《台灣與世界》的8月號（總3期）
上發表〈關於台語書面化的一些概括——兼作轉載有關蘇新閩南
語研究引言部分序言〉一文，就海內外對「台語書面化」問題的
討論情況做了一番歸納。關於台語有無必要書面化的問題，邱文
宗説：「持正面一方的説法大致可分為：㈠台語乃中國閩南方言
之一支，是中國漢語的『次方言』，在中國閩南、南洋一帶華僑
以及台灣，使用人數衆多，書面化實有必要；㈡遭受日據時代日

人皇民化運動的壓迫，兼嘗台灣國府歧視台語的感受之後，由政
治上引起的反抗意識反映到語言的層次上來，認為需以『漢學』
或台語書面化運動進行所謂『文化對抗』；㈢從事文藝活動的工
作者，基於想如實反映當地群眾生活的需要，認為應有一套較完
整的書面化台語，以便運用。當然，持反面看法的文章也不少，
其主要論點可分為：㈠已經有了『國語』，台語書面化足以影響
甚至阻礙其『國語』的推行；㈡極可能因而產生『台獨』或『分
離』的衍生意識。」至於如何體現書面化的問題，邱文宗說：
「如何體現台語書面化，也就是說採用何種媒介的問題，歸納起
來，大體也有下列四種主張：㈠全部採用漢字；㈡採用羅馬拼音
字；㈢漢羅混合運用；㈣另創一種新符號。」邱文宗對此未置可
否。倒是在文章後面摘錄了蘇新的〈閩南語研究引言〉，用以表
態。蘇新的〈引言〉雖然說到了閩南話和普通話的差異，但是，
他強調的是，「閩南話和普通話都是『漢語』語系，用的也都是
『漢字』」，他是維護語言文字的統一的。不過，到這一年的11
月，這本雜誌的總6期上，署名「道章」的〈台灣語文追踪序幕〉
一文，還是說：「台灣教會的羅馬拼音聖經已奠定了台語拉丁化
的基礎。但它缺乏科學化和系統化，且有不少沒有母音的詞彙，
如果能略加改進就可使台語拉丁化更完善。那麼我的台語追踪法
也就可以從此順利進行。首先，把在台灣和世界上其他使用漢文
地區的所有漢字分別用拉丁字母拼出，其次比較所有的同字異音
的台灣漢文，再次比較漢字與其他地區漢字發音之異同，然後歸
納出一些語音變化的公式。最後就是利用這些公式來找一般認為
有音無字的台灣字。果真無字，則該創造新字來使用。」

　　到了1984年，《台灣文藝》雜誌社出版了一本《台灣語言問
題論集》，收集了1973年到1983年間台灣島內發表的一些主張
發展台灣「母語」，以求「語言自由」的文章30多篇。胡不歸於
這一年的3月，在《台灣與世界》上發表了一篇〈讀〈台灣語言

問題論集〉有感〉。文章説：「這個國語的概念，本來就是站在沙文主義上的，有了這種錯誤思想，才會引起種種政治問題來。過去日據時期台灣總督府所施行的國語政策如此，現在國民政府所推行的國語政策還是如此。要是腦子裡頭不存些什麼歪念頭想佔人家便宜，語言問題是好談的，沒有什麼解決不了的。人人有生存的權利，當然就有權利使用自己最方便的語言，這是天經地義的道理。這種權利是人最起碼的權利之一，誰都犯不了，除了他們自願放棄。所以有兩種或者兩種以上的語言相處時，只要大家能互相尊重對方的語言，大家就應該可以相安無事的。不過遺憾的是實際上常常無法做到這樣。」他就鼓吹，對於國民黨政權的語言政策，台灣人「都應該會感覺委屈，感覺氣憤，甚至怒不可遏而叫起來才對」。文章還鼓動台灣人「為了母語的書面化而多賣些力氣」。

這一年的 10 月，胡莫在《台灣與世界》總 15、16 期上發表了〈台語書面化之路〉一文，繼續鼓吹：「台灣人講的是台灣話，台灣人當然也可以按照台灣話來書寫自己的語體文。」這一類文章，還有這本雜誌同年 11 月號上發表的道章的〈台語文的音與字〉、1985 年 10 月號上發表的道章的另一長文〈「台語之古老與古典」評介及衍析〉。

在 1985 年開始發表的《台灣文學史綱》裡，葉石濤先認定，張我軍主張的「白話文學的建設，台灣語言的改造」，跟「殖民地台灣的現實狀況背道而馳」。到了 30 年代的「台灣話文和鄉土文學」的論爭，其實質分明是個文學如何「大眾化」的問題，葉石濤卻硬要說，那「是台灣話文的構想」的「萌芽」。說到 80 年代的台灣文學，葉石濤又說道：「在台灣新文學開展的初期階段，已經出現了台灣話文、鄉土文學等論爭。台灣話文儘管是主張為了滲透民間的方便起見，創作語文應用台灣話文去書寫，排除用日文寫作的途徑，但它也同時認為，以北京官話為準的白話

文不適用台灣民衆，跟大陸的大衆語運動互相呼應，要建立更符合民衆生活的日常性語文──台灣話文。」從此，「以北京官話為準的白話文不適用台灣民衆」，成了「文學台獨」勢力鼓吹「台灣文學」同大陸文學分離的綱領。

　　1987 年 4 月號的《台灣與世界》上，王曉波發表了〈台灣最後的河洛人──巫著〈風雨中的長青樹〉讀後感〉一文，像是對以上種種的議論做了一個總結性的回應。文章藉著台灣本土著名詩人巫永福的大作，指出了台灣人、台灣話與大陸中原文化的割不斷的聯繫。王曉波說：「巫老極言今日閩系台灣人即河洛人，其語言即河洛話，並且才是唐、宋以前的漢語」。他引用巫永福的話說：

　　　　河洛語系文化系統的福建、廣東與台灣河洛人、客家人，都是純粹黄帝子孫為中心的漢民族，他們的祖籍都在河洛地區，故他們的祖墳都明記河洛祖籍以示不忘。以我巫姓而言，祖籍為山西平陽，依族譜記載於永嘉之亂時，經山東、浙江避難至福建。之後又有移往廣東潮汕地區成為廣東河洛人。再後又移往嘉應州梅縣成為客家人，而後部分移往台灣。繼承著豐富的河洛語系文化的河洛語言，詩經、唐詩、論語、南北管音樂及演劇、布袋戲、皮猴戲、創作歌仔戲，比北京語系文化的京戲、京韻大鼓、鐵板書豐富得多。且詩經、唐詩以河洛語來吟韻律才會好聽外，其字義的解釋更需借重河洛語，很多古書也是一樣。因為河洛語系漢民族統治中國的歷史較悠久，其文雅的語文及詞彙的豐富更是北京語文所不能及。

　　為什麼今天台灣還能保持這些河洛古語呢？王曉波仍然引用巫永福的話說：

　　這些中國的古語音河洛話——台灣話為何在福建、台灣能保持其古音的完整呢？第一福建多山貧瘠，交通不方便，較不易受外來的影響且原住民的勢力小。第二台灣隔著台灣海峽成為海外孤島，海上交通不發達，雖然滿清二百六十年的統治卻被視為化外，自然地台灣人的語言文化仍然保持其固有的特色，不受滿清的語言的影響。而日本雖然治台灣五十年，時間不算長，日本語的影響不多，故其原來的語音風格仍無變化。

　　王曉波的文章，還針對陳芳明在〈島嶼文學的豐收〉一文裡的所謂「在 50 年代以後出生的一代，可以說是向中國經驗正式告別的第一代」的言論，指出：

　　　　如果台灣青年知識分子不能回到自己的歷史，而變成向河洛人告別的一代，我怕，巫老將會變成台灣知識分子中最後一個河洛人了；巫老一生在這動亂時代中的文化奮鬥，也可能只能成就自己為河洛人的孤臣孽子了。

　　　　不過，我更相信台灣人強韌的民族力，台灣的老百姓，仍然會一代又一代的，把自己民族的烙印勒刻在死後的石碑上，和書寫在自己的族譜上。所以，只要孤臣孽子猶在，河洛人的香火仍得不絕如縷，巫老的心血終究是不會白費的。

　　另外，呂正惠也曾在〈台灣文學的語言問題〉（收入《戰後台灣文學經驗》，新地出版社，1995）一文中，從方言與普通話（國語、官話、雅言）的關係，分析漢文化的書寫傳統，說明任何漢語方言都可以「豐富」普通話，但要把方言書面化則屬多餘，多半要徒勞而無意義。他也在〈日據時代「台灣話文」運動

平議〉⑰一文中論證，30 年代的「台灣話文」的提倡，是源於台灣知識分子在日語的威脅下，企圖保持漢字書寫傳統，而不是如葉石濤所謂的，想要尋求「自主性」。

　　然而，這都阻扼不住「文學台獨」勢力利用語言問題搞分裂的勢頭。而且，這以後，還進入了一個實質性的階段，葉石濤等人直接由「台語」而鼓吹「台語文學」了。

　　1995 年，葉石濤在高雄《台灣新聞報》上寫他的專欄文章〈台灣文學百問〉時，進一步宣傳了這些主張。比如，在〈新舊文學論爭與張我軍〉一篇裡說：「張我軍的『白話文學的建設，台灣語言的改造』主張，其實是一條行不通的路。台灣人既不是日本人也不是中國人，台灣是一個多種族的國家。後來在 30 年代，黃石輝、郭秋生等作家主張『台灣話文』，但 1937 年以後變成清一色的日文文學，台灣的歷史性遭遇使得台灣的語文環境變得很復雜，這也許是張我軍做夢也沒料到的事。」說到 80 年代的台灣文學，葉石濤則在〈八〇年代的母語文學〉一篇裡鼓吹台灣是一個「國家」，誣衊漢語普通話的推行是「外來統治民族強壓的語言政策所導致的結果」。他的誣衊性言辭是：「台灣本來是多種族的國家。……只有外省族群所用的普通話一枝獨秀，是優勢的語言，正如日治時代的日語是優勢語言一樣。這當然是外來統治民族強壓的語言政策所導致的結果。……用母語來創作是天賦人權，不可剝奪的人權之一。統治者用政治力量來宰制文學及民眾的日常語言，是最法西斯的強暴手段。」葉石濤還鼓吹說：「母語文學的未來奠基於各族群的認同和共識，這不是任何一個種族可以決定的重要課題。」⑱

　⑰　此文見中正大學中文系主編：《台灣的社會與文學》，東大圖書公司 1995 年版。又收入《殖民地的傷痕》，人間出版社，2002。
　⑱　參見註㉝。

　　1996 年 5 月，葉石濤在中正大學「台灣文學與生態環境」研討會上發表論文〈台灣文學未來的新方向〉一文時，又說：「隨著台灣的民主、自由化，社會的多元化和多樣化，各族群重視自己族群的歷史、文化的傾向不可避免。台灣文學經過七十年的波折和發展以後，各族群以母語來創作應該是理直氣壯的。河洛人發展台語文學，客家人寫客語文學，原住民用各族群母語的古代南島語來寫作，這應該是符合台灣多種族社會，取得和諧時代潮流。」怎樣處理這「多種族」的語言問題呢？葉石濤的意見是獨尊「台語文學」。他說：「多種族的台灣面對這分歧的母語文學必須擁有共同的語文來化解。當然依照民主方式的多數決而言，佔有多數的河洛話文學也就是台語文學，應該成為台灣文學的創作語文是天經地義的。」

　　跟在葉石濤之後的是彭瑞金。彭瑞金在他的《台灣新文學運動 40 年》一書時也糾纏在「母語文學」問題上有意製造分裂。他在說到 1980 年以後的〈本土化的實踐與演變〉時，特別寫了一節〈從方言文學到母語文學〉⑥。彭瑞金說：「台灣新文學發軔以來，尋求合理的台灣文學語言，一直是嚴肅的課題，不但內部沿路爭議不休，而且受到政權更迭的干擾、禁制。」接下來，彭瑞金說到 20 年代新舊文學語言的爭論，指責了張我軍的「依傍中國的國語來改造台灣的土話」的主張。說到 30 年代黃石輝的主張，彭瑞金又肆意歪曲說，那是「明確概括台灣文學內涵、具有台灣意識的台灣文學語言觀點，其後，因迭遭 1937 年的漢文廢止政策、1943 年的皇民文學以及國民政府來台後的『國語』政策，以政治力貫徹外來語的壓迫，使得台灣文學語言歷經重大衝擊，始終處在不能歸位的狀態。因此，捍衛台灣語文，重振發揚台灣語文，建設台語文學，這樣的文學與語言糾葛不清的現象，不但成

---

　　⑥　　《台灣新文學運動 40 年》，春暉，1997，234-7 頁。

為台灣作家在埋首創作之外，一項困惑不已的創作夢魘，台灣人
說不得台灣話，也是台灣社會政治運動奮鬥不懈的目標，日據時
期有作家因為進入日文創作時期而放棄文學，戰後又有人因為無
法跨越語言的障礙而放棄創作，足堪列為世界文學史上的奇
觀。」60年代，他又加以歪曲，把王禎和等鄉土文學作家的作品
說成是「方言文學」或「文學方言」作品。一直到80年代，彭瑞
金說，才有了一個「強勢的母語文學運動」。他說，這「強勢的
母語文學運動，實際是因應著台灣文學的自主性、本土化之台灣
意識的覺醒成長運動而產生的」。彭瑞金說：「80年代台灣語文
學運動最大的特色是站在台灣文學的正當性出發的；帶動台語文
學者認為台灣作家以台灣語創作是天經地義的事，不再以方言文
學的心態乞求寬容的存在，同時也跳過台灣話到底有沒有台灣文
字的憂慮。」

　　和彭瑞金把「台語文學」看做是「台灣文學的自主化、本土
化的一環」一樣，林瑞明也是把「台語文學」當做台獨文學的一
個重要方面來對待的。

　　在〈現階段台語文學之發展及其意義〉一文裡，林瑞明以
「文學本土化」的發展為「內在邏輯」對「母語創作」做了一番
回顧之後，又指出林宗源、向陽、宋澤萊等以「台語」創作作品
「掀起了台語創作的高潮」。再加上，鄭良偉、洪惟仁、許極
燉、陳冠學、林繼雄等熱衷於研究台語，「各種台語辭典如雨後
春筍，台語教學班也相繼成立」，「更有台灣語文學會的正式成
立」，「凡此種種都有助於台語文學的向前邁進」。林瑞明還特
別提出了1991年以林宗源、向陽、黃勁連、林央敏、李勤岸、胡
民祥等20人組成的「番薯詩社」。這是台灣有史以來的第一個台
語詩社。他們鼓吹的「宗旨」是：「1.本社主張用台灣本土語言
創造正統的台灣文學。2.本社鼓吹台語文學、客語文學參加台灣
各先住民母語文學創作。3.本社希望現階段的台灣文學作品會當

達著下面幾個目的：①創造有台灣民族精神特色的新台灣文學作品。②關懷台灣及世界，建設有本土觀、世界觀的詩、散文、小說。③表現社會人生、反抗惡霸、反映被壓迫者的艱苦大眾的生活心聲。④提升台語文學及歌詩的品質。⑤追求台語的文字化及文學化。」林瑞明對此自有一番「高論」：「以母語思考、創作，原是文學基本出發點，但從台灣新文學發展的歷史來看，80年代解嚴之後，台灣意識已全然表面化，被官方長期抑制的台語熱鬧登場，具有顛覆國語的政治性格；對於長期以來，以日文、中文創作的台灣作家亦加以挑戰，有些人認為這全屬於被殖民文學，只是不明言而已。」林瑞明對於90年代台灣「台語」文學的發展是感到興奮的。他說：「台灣文學界面臨了來自於母語的核心革命！」他甚至斷言：「台語文學的發展，將更加無可限量。」⑦

　　事實上，自80年代以來，先後有許成章、鄭良偉、洪惟仁、莊永明、陳冠學、羅肇錦（客語）等人，投入台語的整理、研究工作，有林宗源、宋澤萊、向陽、林央敏、黃樹根、黃勁連、林雙不、黃恆秋（客語）、杜潘芳格（客語）等人，投入台語詩的創作。

　　1999年8月，陳芳明在《聯合文學》上發表〈台灣新文學史的建構與分期〉一文，一開始就說到：「台灣文學經歷了戰前日文書寫與戰後中文書寫的兩大歷史階段。在這兩個階段，由於政治權力的干預，以及語言政策的阻撓，使得台灣新文學的成長較諸其他地區文學還來得艱難。」此文遭到陳映真的批判之後，陳芳明又在2000年8月的《聯合文學》190期上發表了〈馬克思主義有那麼嚴重嗎？〉一文，又重彈老調說：「台灣新文學運動者

⑦　林瑞明：《台灣文學的歷史考察》，允晨文化，1996年，第64、65、66頁。

自始就是以日文、中國白話文、台灣話三種語言從事文學創
作。」其中，用台灣話書寫致使台灣「與中國社會有了極大的隔
閡」。陳芳明還說，「國民政府在台灣『不僅繼承』了『甚至還
予以系統化、制度化』了『日本殖民者對台灣社會內部語言文化
進行高度壓制與排斥』的『荒謬的國語政策』。依賴於這種『國
語政策』，中國的『強勢的中原文化才能夠透過宣傳媒體、教育
制度與警察機構等等管道而建立了霸權論述』。而這種存在於台
灣的霸權論述，與日據時期的殖民論述『正好形成了一個微妙的
共犯結構』。」

應該說，陳芳明上陣之前，除了一些有識之士指出「台語」
書面化、「台語文學」創造之不可能，對於利用語言問題發出的
「文學台獨」的言論，維護國家和文學統一的愛國思想家、作
家，還沒有正面展開過批駁。陳芳明出來後，陳映真先後寫了
〈以意識形態代替科學知識的災難〉、〈關於台灣「社會性質」
的進一步討論〉、〈陳芳明歷史三階段論和台灣新文學史論可以
休矣！〉，分別發表在 2000 年 7 月、9 月、12 月的《聯合文學》
上，對陳芳明的謬論予以批駁。

陳映真指出，陳芳明所說的受「歧視」的台灣話，其實是指
「中國國語」對台灣地區的「閩南」、「客家」兩種漢語方言的
「壓迫」，從而暴露了陳芳明妄圖把通行於台灣地區的漢語閩南
方言、客家話方言說成是和漢語、日語一樣獨立的民族語言，以
證明台灣是分離於中國之外的「獨立」「國家」的陰謀。現在，
不僅中國方言的研究，連全世界的方言學研究都公認，閩南方
言、客家話是漢語的方言，不是與漢語對等的民族語言。陳芳明
反其道而行之，既不尊重事實，也不尊重語言科學，除了表現他
的無知，只能說明他別有用心。在〈關於台灣「社會性質」的進
一步討論〉一文中，陳映真還旁舉法國、日本、韓國之例，證明
各國為了維護「國語的中央集權的統一」，普遍強制推進某些針

對方言的特殊的文化政策。國民黨政府在台灣當權之後，採用語文標準教科書，推行國語字（辭）典，還有注音符號、語文考試制度等，也是推行這種文化政策的體現。這種世界各現代民族國家都做的事情，二戰之後，當時的中國政府在台灣地區也做了，怎麼能説是「殖民統治」的「語言文化的歧視」呢？其實，陳芳明面壁虛構出一種「台灣話」來，真實目的是要把「台灣的／台灣話語」和「中國的／白話文」看做是一種絕對對立的鬥爭的雙方，進而證明這種對立的鬥爭，不僅是語言的，而且還是文學的，乃至民族的、國家的對立的鬥爭。這種心機，當然是白費。

　　針對葉石濤、彭瑞金、林瑞明、陳芳明等人對台灣新文學歷史的歪曲，陳映真説，「台灣陷日後，台民拒絕接受公學校日語教育，以漢語文『書塾』形式繼續漢語文教育，截至 1898 年，台灣有書塾 1700 餘所，收學生近 3 萬人」，那時，沒有作家用日文創作。1920 年初，受大陸五四文學革命影響，台灣也爆發了白話取代古文的鬥爭，白話文開始推行，台灣新文學都是「以漢語白話，或文白參半的漢語『書寫』的」。「直到 1937 年，日本統治者強權全面禁止使用漢語白話之前，日據時代文學作家和台灣社會啟蒙運動基本上堅持了漢語白話的書寫，是不爭的事實。」「即使是被迫使用日語的作家如楊逵，也以日語形象地表達了他那浩氣長存的抵抗」。陳映真還指出：「近十年間，陳芳明一派的人大談『台灣話』，以『台灣話』寫論文，寫詩，大談『台灣話』之『優秀』，結果都知難而止，無疾而終。」這説明，要想把閩南方言、客家話這樣的漢語方言歪曲為獨立的民族語言，甚至使它變成一種「文學語言」，用來進行文學創作，只是陳芳明等「台獨」勢力一廂情願的幻想而已。

　　這期間，為了給所謂的「台灣話」搞出一套文字來，「台獨」勢力還在漢語拼音方案上做起了手腳，用一個所謂的「通用拼音法」來抵制和反對使用祖國大陸的漢語拼音方案，妄圖徹底

割斷台灣和大陸的文化紐帶。其實,採用什麼樣的拼音系統、方案來拼寫台灣島上稱之為「國語」的現代漢語普通話,在台灣,一直是個爭論不休的問題。羅馬拼音、威妥瑪式拼音、郵政拼音,漢語拼音方案,還有近年出台的通用拼音,都被混雜使用,各縣、市甚至各人,都可以自行其是,以致人名、地名、街巷名、商家字號名的音標標注或音譯譯寫,十分混亂。1999 年 7 月26 日,台灣當局的「行政院」曾召開教育改革會議,通過了以漢語拼音方案作為台灣中文音譯系統的決定。2000 年 6 月,台北市的有關部門向台灣「教育部」提出報告,建議用漢語拼音來規範街名的注音譯寫。不料,10 月 7 日,台灣「教育部」裡一個叫做什麼「國語推行委員會」的機構,決議採用南部高雄正在使用的「通用拼音法」,將祖國大陸通行了 40 餘年而又獲得了廣泛的國際承認和使用的漢語拼音方案棄置不用。對此,正在推廣使用漢語拼音方案的台北市,強烈不滿,斥責「新政府」推翻原有共識,無視與世界接軌的需要,完全是出於政治考慮。「市政府」還主持召開了一次座談會。會上,以中文譯音系統對交通服務設施的衝擊問題為話題,到會的學者和觀光業者紛紛發言、表態。10 月底的台灣《中時電子報》以〈支持漢語拼音座談會一面倒〉為題,報導這次座談會說,與會者「幾乎一面倒支持漢語拼音」。與此同時,一大批教育專家、語言學家、作家,還有一些政界人士,也都對此展開了激烈的爭論。論戰中,絕大多數學者專家和作家都支持採用漢語拼音方案,只有一些有著危險政治傾向的政客擁護採用「通用拼音法」。台灣當局新任「教育部長」曾志朗,倒是漢語拼音方案的支持者。從專業角度和世界接軌需要加以考量,作出了「教育部」的決定,採用漢語拼音方案。到此為止,人們滿以為,這場爭論可以結束了。不料,教育部門的這個報告,被當局的「行政院」退回,否決。現在,台北市雖然自行決定採用漢語拼音方案,但在全台灣,仍然沒有解決問題。

　　其實，棄置漢語拼音方案，採用「通用拼音法」，不光是一個使用什麼拼音的問題。那個所謂的「國語推行委員會」，原本就給「通用拼音」戴上了「本土化」、「自主性」、「認同感」的大帽子，愚弄民衆，蠱惑人心，還妄圖通過「通用拼音」為拼寫所謂的「台灣話」、「造台灣字」做準備。所以，拼音問題的要害是在於，從語言文字版圖、文學版圖、文化版圖上製造分離，以求地理版圖、政治版圖的分裂、獨立陰謀得逞。

　　冰凍三尺，非一日之寒。事實上，「台獨」勢力把「語言」當稻草，是新分離主義者從 80 年代後期以來一直都在興風作浪的一種表現，正是「文化台獨」的一翼。十幾年來，當社會生活中，有人用講「台灣話」還是講「國語」來對人們劃線排隊，以至於像某大航空公司那樣，非操「台灣話」者堅決不錄用的時候，在文學界，就有人用一些生造的怪字來拼寫「台灣話」，堂而皇之印出書來，美其名曰：「台灣話語文學」作品，擺在書店裡招搖過市了。

　　什麼是「台灣話」？説穿了，「文化台獨」裡的「台灣話」，就是現代漢語裡閩方言的一支閩南話。把今日漢族民族語言漢語裡的一種方言閩方言的一支閩南話，人為地扭曲變形為一個通行地區的、獨立在其所屬的民族語言之外的虛擬的「民族語言」，這是十分愚蠢的，非常荒謬的。

　　對於圍繞著「語言」問題發出來的種種荒謬言論，《人間・思想與創作叢刊》2001 年秋冬季號上，發表了一篇署名「童伊」的長文〈文化台獨把「語言」當「稻草」，荒謬！〉，做了全面的、深刻的清理與批判。在此我們只提出文中所涉及的「民族共同語」和「閩南次方言」（屬於閩方言）的兩個主要觀念。

　　什麼是民族共同語言？童伊的文章從學理上做了説明，指出：「民族共同語言 national common language，指的是一個民族內部最重要的交際工具，共同使用的語言。民族共同語言是民

族的特徵之一。它有一個形成和發展的過程，隨著民族的產生而產生，隨著民族的發展而發展，這種發展和變化受民族的社會條件的影響和制約。所以，一部民族語言史總是同一部民族史緊密聯繫在一起的。民族共同語言在一定程度上反映著使用這種語言的民族對客觀世界的認識，凝聚著這個民族的人們在物質生產實踐、精神生產實踐和人的自身的生產實踐等一切社會實踐領域里長期實踐所獲得的知識。從民族共同語言，人們可以看到，使用這種語言的民族，基於共同的地域、共同的經濟生活、共同的文化生活、共同的心理素質而形成的，歷史的和現實的社會的文化的種種特點。同時，民族共同語言的發展，也不只是依賴於使用這種語言的民族的發展，反過來，這種語言的發展還會對民族的發展產生重要的影響，發揮重要的作用。這不僅是說沒有民族共同語言人們就不可能形成一個統一的民族，還意味著，沒有本民族語言的使用，這個民族的歷史文化遺產的繼承和發展，這個民族當下和今後的發展，都將是不可能的。」⑦童伊的文章還指出：「民族共同語言在歷史發展的過程中，會在內部形成或存在不同的殊方異語。這殊方異語就是方言，或者，是民族共同語言的地域性的變體，是民族共同語的地方形式。」可以說，「方言是民族共同語言的繼承或支裔，一個方言具有異於其他親屬方言的某些語言特徵。但是，它無論怎麼特殊，在一個特定的歷史時期內，都還是從屬於民族共同語言的。這所謂的歷史時期，會是一個相當漫長的歷史時期，而不是幾年、幾十年、幾百年能夠計算的。」（同前註，221 頁）

　　針對「文化台獨」勢力把閩南話說成是「獨立的語言」的謬論，童伊又從學理上講明了民族共同語言發展的規律，其間的方

---

⑦　《人間・思想與創作叢刊》《都是為了祖國的緣故》，人間出版社，2001.12，220-221 頁。

言變化情景。童伊寫道：

　　　民族共同語言發展的基本運動形式是分化和整合。

　　　歷史上，一個民族內部，人群會因為躲避戰亂，或者
武裝侵略，或者人口增殖過多，原有土地不能承載不得不
分散棲息，或者轉移出去和平墾殖，而不斷地發生集體遷
移的事情。這時，民族共同語言會隨著使用者的分離而走
上分化的道路。還有，這個民族在地理版圖上本來就分佈
面積過大，距離過遠，古代交通不便，社會交往不甚發
達，山河的阻隔也會使各地區的居民形成相對獨立或半獨
立的生活群體，相同的民族語言也會在不同的地區發生這
樣那樣的變化。這也是一種民族共同語言的分化。這些分
化，就是方言的形成和發展。從理論上說，在特定的歷史
條件下，當然，這不會是在一個統一民族內部少數人違背
歷史發展潮流人為地扭曲和變異某些條件的情況下，有的
方言也可能發展為獨立的語言。

　　　不過，這種極端性的分化式的發展，只在古代社會有
可能發生。而事實上，我們還不知道有這樣的事情發生
過。現代社會，隨著人們生存條件和社會生活的巨大變
化，交通工具的極大改進，溝通手段的極大變化，原來發
生阻隔作用的地理因素，不再發生作用了。這使得不同的
方言彼此之間大大接近，使得民族共同語言的發展由分化
轉變為整合。

　　　民族共同語言就在這種分化和整合的過程中，以它的
某一個方言為基礎，形成一種標準語。

　　　事實上，這種標準語，早於現代時期，地球上的不同
民族，都在各自的歷史條件下，在幾百年前，甚至一兩千
年前，都逐漸形成了。

　　這種標準語，一旦形成，就會有統一的民族內部各地
人民都必須遵循的標準和規範，有它口頭的、書面文字的
統一形式，有它的文學語言。這種標準語，有利於民族內
部的交流和民族的發展，內容無限豐富，對它內部的各種
方言具有無比巨大的約束力。由於這種標準語是在長期的
歷史發展過程中發展形成的，因而具有難以估量的巨大的
穩定性。它自身的再發展，只是顯示了「古代」、「近
代」和「現代」意義上的不同形態而言，在這種情況下，
只憑著少數人的微不足道的力量，出於某種權勢野心的驅
使，想要人為地改變共同語和方言的關係，人為地製造方
言獨立的神話，是絕不可能的。在人類歷史上，古往今
來，中國和外國，要使方言脫離一個強大的共同語而獨
立，夢幻成真，還不曾發生過。（同前註，221-222頁）

　　考慮到「文化台獨」勢力在「閩南話」上做了不少文章，對
於台灣的年輕人有一定的欺騙性，童伊的長文對現代漢語方言屬
於閩方言的閩南次方言也做了學理性的說明。童伊說：

　　斷定閩南話難以脫離現代漢語這一民族共同語獨立成
「台灣話」，從語言自身說，還因為，這閩南話，原本只
是屬於閩方言的一個次方言。（同前註，224頁）

　　什麼是閩南次方言？童伊先從漢語說起，文章寫道：「從全
世界範圍看，獨立的民族語言之多，難有精確的數字。一種估計
是 2500～5000 種，還有一種估計是 4000～8000 種。按照近代運
用最為廣泛的一種語言分類方法──譜系分類法，漢語屬於漢藏
語系中的四大語族之首的漢語族，是這個語系裡的最主要的語
言。按《中國大百科全書》1988 年提供的數字，當時，以漢語為

母語的人，大約有 9.4 億。十多年後的今天，這個數字顯然大大突破。除了中國大陸和台灣省，漢語還分佈在新加坡和馬來西亞，以及世界五大洲華人移民僑居的各個國家和地區。漢語的標準語，是近六百多年來以北方方言為基礎方言逐漸形成的。它的標準音是北京音。漢語的標準語，在大陸叫『普通話』，在台灣叫『國語』，在新加坡、馬來西亞叫『華語』，在其他華人僑居國和地區叫『漢語』、『中文』或『華語』。經過了漫長而又複雜的歷史發展過程，到現代漢語這個階段，漢語方言有七大方言，即：北方方言、吳方言、湘方言、贛方言、客家方言、粵方言、閩方言。其中，閩方言具有異於其他方言的突出的特點，內部分歧也很大。按其語言特色，閩方言大致上又可以劃分為 5 個次方言，或者，5 個方言片，即：閩南次方言、閩東次方言、閩北次方言、閩中次方言，莆仙次方言。」（同前註，224-225 頁）說到閩方言，童伊介紹其使用情況說：「據《中國大百科全書》1988 年提供的統計資料，在中國（含台灣），通行閩方言的縣市約有 120 個以上。除了福建 54 個縣市、廣東東部 12 個縣市、海南島 14 個縣市、雷州半島 5 個縣市、台灣 21 個縣市、浙江南部 7 個縣市之外，主要通行粵方言的中山、陽江、電白等縣市也有部分區、鄉說閩方言，江西東北角的玉山等縣、廣西中南部的桂平等縣、江蘇宜興等縣市，也有少數地方說閩方言。另外，散居南洋群島、中南半島的華僑、華裔，數百萬人祖祖輩輩也以閩方言為『母語』。現在，以閩方言為『母語』的僑民，還分佈到了歐、美及東亞及大洋洲、非洲各地。使用人口，則在 4000 萬以上。」（同前註，225 頁）

接著，童伊說到了閩南次方言的使用情況。文章寫道：「閩南次方言，是閩方言中使用人口最多、通行範圍最廣的一種次方言。它覆蓋了福建省內的廈門、漳州、泉州三市為中心的 24 個縣市。福建省以外各地通行的閩方言，基本上都是閩南次方言。閩

南次方言以廈門話為代表。潮州話、文昌話，也分別在廣東東部
和海南島有較大的影響。在台灣 21 個縣市中，除了約佔人口 2％
的高山族地區說高山話，台北、彰化之間的中壢、竹東、苗栗、
新竹和南部屏東、高雄等縣市，以及東部花蓮、台東的部分地
區，通行客家方言外，其餘各地的漢族居民，都說閩南次方言。
人口約占全省總人口的四分之三以上。」（同前註，225 頁）

　　針對「文化台獨」勢力歪曲閩方言形成的歷史，童伊介紹了
漢語方言史的有關情況。童伊寫道：「人們認為，從閩方言區的
歷史來看，據史籍和許多巨姓族譜稽考，使用這一方言的人民是
古代或因避亂、或因『征蠻』陸續從中原遷移過來的。在周代，
閩有 7 個部落。秦漢開始，中原人開始遷移入閩。秦始皇命王翦
統大兵定江南後立了四郡，四郡之一的閩中，就是現在的福建。
又，秦時發兵 50 萬屯南嶺，將領史禄把家屬留在揭陽，又部下大
多留寓潮州。漢武帝時使路德博平南越，置九郡，中有珠崖、儋
耳兩郡，就在現在的海南島。三國時，孫吳經營江東、江南，漢
族居民又由會稽經浦城入閩，集中分佈於閩北、閩中一帶。公元
304 年到 439 年的『五胡亂華』時期，北方漢人大量南逃，大江
東西，五嶺南北，閩、粵等地，成了他們避難落戶之所在。晉代
永嘉之亂，有所謂『衣冠八族』移居到閩地。唐武后時，又有大
批人自光州固始縣隨著陳政、陳元光父子『征蠻』到了福建。到
五代，王潮、王審知率兵南下，占山為王，據閩稱帝，又帶來了
一大批的中原居民。再到宋代，金、元先後迫境，中原大地復又
動盪不安。其時，皇室人員相率避亂南下。不少北方的軍政人
員，力圖保駕御敵，也隨從南來。1276 年，宋端宗在福州即位，
後為元兵所迫，奔走於泉州、潮州、惠州等地，最後死在崖山。
端宗死後，帝昺立，又逢元兵從海上來犯，應戰不敵，投海而
死。跟著趙宋王室南來的一大批軍政人員，眼看中原淪於異族，
大都不願北返而留在了閩、贛、粵等地，作為宋室遺民，定居在

現在閩方言區的福州、泉州、漳州、潮州等地。最後，明朝末年，鄭成功據守台灣抗清，又從福建帶了不少人東渡去台。抗清失敗後，除了留住台灣，又有不少人從台灣散居到了南洋群島各地。在這漫長的歷史過程中，閩方言形成於何時，我們至今還難以找到確切的記載。但從閩方言跟中古隋代陸法言等人所編《切韻》音系及漢語其他方言做歷史比較語言學的研究，人們也可以看出一點消息，就是閩方言直接延續了上古漢語的聲母系統而沒有經歷中古時期的兩種重要的語音變化。而這兩種重要的語音變化，在閩方言以外的所有漢語方言中都已經發生了。這兩種語音變化就是，唇音和舌音的分化。上古漢語沒有輕唇音。《切韻》中唇音還沒有分化。而唐季沙門宋溫的 36 字母系統裡，唇音已經分化為重唇音和輕唇音兩類聲音了。重唇，有了『幫滂並明』；輕唇，有了『非敷奉微』。同樣，上古漢語沒有舌上音。《切韻》已有了舌頭、舌上之別，除了『端』、『透』、『定』，還有『知』、『徹』、『澄』。 這，至少可以說明，不同於其他的方言，閩方言的一些特點，在唐代已經開始表現出來。另外，鐘獨佛曾說，唐時已有『福佬』之稱。這，也許可以作為唐代已經漸漸形成閩方言的一個旁證。」（同前註，226-227 頁）

　　童伊長文的最後一個問題，是針對台灣島上有關漢語拼音問題的鬧劇而寫的。童伊說：

　　　　時下，台灣島上的「台獨」勢力棄置漢語拼音方案不用，而採用「通用拼音法」，並生造一些怪字拼寫實為「閩南話」的「台灣話」，還用來創作「台灣文學」，甚至在大學裡把這種「台灣文學」與中國文學對立起來，開辦了「台灣文學系」，而把中國文學列入了「外國文學」系列。這表明，「台獨」勢力礙於島內、大陸及國際上的種種壓力，一時還不敢於公開宣佈台灣「獨立」，就改變

策略，而在眾多領域其中包括文化、文學和教育領域，割斷台灣和祖國大陸的血脈和紐帶，由政治上的「明獨」衍生出了文化、文學和教育領域裡的「暗獨」。不可為，而執意為之，如此一意孤行，還說明，他們根本就不屑於汲取歷史的教訓。

　　人類社會史上，即使是統一的國家裡，不同的民族語文擁有自己的書寫符號——文字，實屬正常。而同一民族的語言，在已有的文字之外再造一種文字，以示分裂為二，卻沒有先例可循。事實上，也不可能有這樣的先例。至於，漢語發展的歷史上，倒有借用漢字形式另造文字以示分裂國家之獨立的，也有另造別的文字用以譯寫口頭上活的漢語的，可惜都沒有成功，都生命短促而沒有存活下來。這樣的歷史，「台獨」勢力不應該忘記！

　　至於漢語拼音，「台獨」勢力同樣不應該忘記歷史。（同前註，230-231 頁）

　　為了還歷史以本來面目，童伊在文章裡回顧了漢語拼音問題的歷史過程。童伊寫道：「在中國歷史上，利用拼音的方法閱讀並譯寫漢字，有三個方面的任務，即：進行識字教育、掃除文盲以便普及教育；推行以北京語音為標準音的「官話」，以便統一語言；進行漢字改革和漢字拼音化的研究與試驗工作。制訂拼音方案是這中間的一項最主要的任務。最早，是在 17 世紀初葉，明代萬曆年間，來華的西方傳教士開始用羅馬字母拼注漢字讀音，醞釀出了中國最早的拉丁字母拼音方案。留傳下來的，有意大利耶穌會士利瑪竇（Matteo Ricci）和法國耶穌會士金尼閣（Nic-olsa TrigauIt）的方案。利瑪竇只殘留下 4 篇注音文章，1605年在北京出版的《西字奇書》一書已經失傳。羅常培根據這些文章裡的 387 個不同音的注音字給他歸納出一個方案。金尼閣的方

案，保存在他 1626 年於杭州出版的《西儒耳目資》一書裡。國內
學者方以智、楊選杞、劉獻廷、龔自珍等人都受他們影響對拼音
文字進行了研究。18 世紀早期，清雍正年間，閉關政策妨礙了第
一批拼音方案的傳播。一百多年之中，用拉丁字母給漢字注音的
工作一度沉寂下來。到了 1840 年鴉片戰爭失敗以後，海禁大開，
西方列強勢力步步深入，較之明末清初，通商傳教都要頻繁得
多。在傳教活動中，一些基督教和天主教的傳教士們，陸續把聖
經譯成各地口語，一部分地區的譯語就用羅馬字母拼寫出來。這
些用羅馬字母拼音的方言文字就是所謂的『教會羅馬字』。當
時，在南北各地，這一類『教會羅馬字』都曾大量出現。與此同
時，專為外國人學習漢語的華語課本和華語字典也大量出版，其
拼音法式進一步嘗試了漢語拼音的方案。隨後，在甲午戰爭前後
的進一步半封建半殖民化的社會發展過程中，從 1892 年到 1911
年，即清朝的最後 20 年，發生了一場『切音字』運動。這『切音
字』運動，就是漢字改革和漢語拼音運動。1892 年，盧戇章在廈
門出版了《一目瞭然初階（中國切音新字廈腔）》，揭開了這個
運動的序幕，出現了第一種切音字方案。這方案，恰恰就是拼寫
閩南次方言的方案。此後，在『言文一致』和『統一語言』兩大
口號的驅動下，出現了 28 種（現存 27 種）拼音的方案。這一階
段的最後一種，是鄭東湖在 1910 年出版的《切音字說明書》。28
種方案中，比較著名的還有蔡錫勇的《傳音快字》，陳虬的《新
字甌文七音鐸》，劉孟揚的《中國音標書體》，馬體乾的《串音
字聲韻譜》，沈學的《盛世元音》，王炳耀的《拼音字譜》，楊
瓊、李文治的《形聲通》，田廷俊的《數目代字訣》，朱文熊的
《江蘇新字母》，王照的《官話合聲字母》，勞乃宣的《簡字譜
錄》等。這中間，用拼音方案拼注什麼語音，人們曾經做了不懈
的探索。盧戇章曾主張把南京音作為『各省之正音』，把拼寫南
京話的切音字作為全國『通行之正字』。章炳麟還曾主張『以江

漢間為正音』，用武漢話作為南北通行的話。此外，王炳耀拼寫
粵東話，陳虯拼寫溫州話，朱文熊拼寫蘇州話，倒也提出了最後
以拼寫北京話為目的思想。當然，更多的人已經明確地要求推廣
北京語音了。其中，王照是制訂和推行『官話』拼音方案的一員
主將。『國語』一名，就是他在《官話合聲字母》的 1903 年重印
本裡提出來的。首先響應王照的是吳汝綸。1902 年他從日本回國
後就寫信給管學大臣張百熙建議推行這個方案。而貢獻最大的是
勞乃宣。他在理論和實踐上都有貢獻。1910 年的資政院議員會議
上，慶福等人聯名呈送的《陳請資政院頒行官話簡字說帖》，江
寧程先甲等 45 人的《陳請資政院提議變通學部籌備清單官話傳習
所辦法用簡字教授官話說帖》，也都建議推行這一方案。1911
年，『中央教育會議』終於議決《統一國語辦法案》。拼寫方言
的方案終於沒有了法統的地位。在 28 種方案中，人們還在拼音方
法和拼音字母形體上做了多種實驗。在拼音方法中，『雙拼制』
較之『三拼制』、『音素制』影響更大，佔了絕對優勢。而字母
形體，在拉丁字母、速記符號、漢字筆畫、數碼及自造其他符號
四大類中，則以漢字筆畫式方案成為主流。」（同前註，231-3
頁）

　　隨後，進入了現代漢語拼音方案的制訂過程。童伊繼續介紹
說：「1913 年教育部召開『讀音統一會』，盧戇章、王照等人都
參加了會議。會議通過了以章炳麟方案為基礎的『注音字母』。
1918 年 11 月，這一方案由教育部正式公佈。此後的 40 年間，這
套『注音字母』對統一漢字讀音、推廣『國語』、普及拼音知識
發揮了相當大的作用。這是清末 20 年『切音字』運動的直接發展
和繼續。然而，這套『注音字母』，拼寫符號形體及拼寫方法都
還難以與世界接軌，不利於國際交流。一班志士仁人復又繼續努
力探索新的方案。其間，包括 30 年代瞿秋白的巨大努力，40、50
年代吳玉章等人的巨大努力。其結果，便是 1958 年 2 月 11 日，

經全國人民代表大會批准，頒布執行《漢語拼音方案（Chinese Phonetic System）》。這套漢語拼音方案的制訂，也經歷了一個相當長的時間。先是 1949 年 10 月，成立了民間團體『中國文學改革協會』，會中設立『方案研究委員會』，討論採用什麼字母的問題。1952 年 2 月，政務院文化教育委員會成立『中國文字改革研究委員會』，會中設立並提出『中國文字拼音方案』的『拼音方案組』。這個組，幾年內擬訂了好幾種以漢字草書筆畫為字母的民族形式拼音方案。1954 年 12 月，國務院成立『中國文字改革委員會』，由吳玉章、胡愈之任正副主任，以黎錦熙、羅常培、丁西林、韋愨、王力、陸志韋、林漢達、葉籟士、倪海曙、呂叔湘、周有光為委員，在民族形式字母方案之外，研究制訂採用拉丁字母的方案，最後確定拼音方案採用拉丁字母。1956 年 2 月，這個方案的第一個草案發表。經過徵求全國意見和國務院『漢語拼音方案審訂委員會』審訂，1957 年 10 月，拼音方案委員會又提出了修正案。這就是今天的漢語拼音方案。這一方案經全國人民代表大會公佈後，立即推廣執行。1977 年 9 月 7 日，聯合國在希臘雅典召開第三屆地名標準化會議，認為漢語拼音方案在語言學上是完善的，推薦用這個方案作為中國地名羅馬字母拼寫的國際標準。1979 年 6 月 15 日，聯合國秘書處發出通知，以『漢語拼音』的拼寫方法作為在各種拉丁字母中轉寫中國人名和地名的國際標準。1982 年 8 月 1 日，國際標準化組織發佈國際標準 ISO7098《文獻工作——中文羅馬字母拼寫法》，規定拼寫漢語要以漢語拼音為國際標準。」（同前註，233-235 頁）

回到眼前，針對台灣當局導演的拼音方案鬧劇，童伊寫道：

現在台灣島上少數人，硬是將漢語拼音方案中的「q」、「x」、「zh」三個聲母改為「ci」、「si」、「jh」，故意製造差異。比如，把「秦、蕭、朱」三姓的

「qin、xiao、zhu」的拼寫改為「cin、siao、jhu」的拼寫。這造成了不同於拼音方案的10％的相異之處，衍生出大量詞彙拼音的差異，造成大量的混亂。結果，弄出一個怪怪的「通用拼音」來，讓全中國的人讀不懂，也讓外國人接受不了。還讓台灣在信息資料轉換和搜尋上無法與國際社會溝通。甚至採用了漢語拼音方案的世界各國，都會因護照上拼寫姓名之混亂而拒絕台灣的部分民眾入境。這真是十分愚蠢的。

其實，縱觀漢語漢字長期發展過程中的歷史風雲，漢語拼音方案制訂和頒行的漫長的歷史道路，台灣島上把「語言」問題當做救命「稻草」來搞「台獨」的少數人，應該清醒地認識到，他們少數人自作聰明的種種伎倆，都是難以和漫長的歷史歲月中一代又一代人的努力相匹敵的。試問，古往今來，哪有在語言文字問題上，乃至其他文化問題上，改變了歷史，也推翻並改變了國際社會的現狀的？如若不信，孤注一擲，豈不成了蚍蜉撼大樹！

奉勸「台獨」諸公切記，割斷閩南話和漢民族共同語言的血脈，妄圖用「台灣話」取代「國語」，割斷閩南話的拼寫和漢語標準語拼寫的血脈，妄圖給「台灣話」另造文字，都是歷史已經證明完全行不通的一條死路。（同前註，235-236頁）

## 第六節　在台灣新文學史的體系構建中為「台獨」張目

近20年來，「文學台獨」的分裂主義言論和行動，又一個集中的表現，是在構建台灣新文學史的體系中為「台獨」張目。

最早，是葉石濤發表於 1977 年的那篇〈台灣鄉土文學史導論〉。葉石濤在文章裡談了五個問題，即：「台灣的特性和中國的普遍性」、「台灣意識」、「帝國主義和封建主義下的台灣」、「台灣鄉土文學中的現實主義道路」、「台灣文學中反帝、反封建的歷史傳統」。這是葉石濤對於台灣新文學發展史所作的一個綱領性的思考。除了把整個台灣新文學都叫做「台灣鄉土文學」，葉石濤掩藏在其中的文學史觀念，就是新分離主義，即強調和中國大陸文化交流的「斷絕」，強調台灣「異於漢民族正統文化的地方」。葉石濤說：「由於台灣孤懸海外，有時與中國大陸的文化交流斷絕，因此，難免在漢民族為主的文化裡，摻和著歷代各種遺留下來的文化痕跡。如果我們仔細考察台灣的社會、經濟、文教、建築、繪畫、音樂、傳說，便處處不難發現富於異國情趣、有異於漢民族正統文化的地方。在這孤立的情況中，則各種文化熔於一爐的過程中，台灣本身建立了不同於中國大陸文化的濃厚鄉土風格。……當我們回顧台灣鄉土文學史的時候，我們不得不考慮到它的根源以及特殊的種族、風土、歷史等的多元性因素。毫無疑問，這種多元性因素也給台灣鄉土文學帶來跟大陸不同的濃烈色彩，樸實的風格、豐富的素材。」[72]在這篇文章裡，葉石濤把對於「不同於中國大陸文化的」、「有異於

---

[72]　尉天驄編《鄉土文學討論集》，1978，70-1 頁。

漢民族正統文化」的認同，叫做「台灣意識」。後來，這「鄉
土」到「本土」，「台灣意識」到「本土意識」，直到「本土
化」、「主體性」、文學獨立，便成了「文學台獨」的綱領。

如前所述，葉石濤這篇〈台灣鄉土文學史導論〉立即遭到了
陳映真的批判。陳映真的批判文章〈「鄉土文學」的盲點〉，闡
釋的正是「統派」的文學史觀。陳映真在指出葉石濤的文學史觀
是「用心良苦的，分離主義的議論」的同時，指出：

> 台灣的新文學，受影響於和中國五四啟蒙運動有密切
> 關聯的白話文學運動，並且在整個發展的過程中，和中國
> 反帝、反封建的文學運動，有著綿密的關係；也是以中國
> 為民族歸屬之取向的政治、文化、社會運動的一環。

這以中國「為民族歸屬之取向的」「一環」，作為科學的台
灣新文學史的文學觀，此後便一直與「文學台獨」勢力的分裂主
義文學史觀對峙了 20 餘年。

陳映真批判了〈台灣鄉土文學史導論〉之後，1978 年 11 月
1 日，葉石濤在高雄左營接待彭瑞金、洪毅來訪，張良澤列席，
話題是「從鄉土文學到三民主義文學」，談的就是台灣文學的歷
史（見《文學回憶錄》）。看來，這是葉石濤在為寫文學史做準
備。他甚至用 10 年作一個階段劃分了台灣新文學史的分期。從這
以後，直到 80 年代最初幾年，他都是在做準備。比如，在《文學
回憶錄》裡，他分段回憶了有關的事件、刊物、作家、作品，有
了諸如〈日據時期文壇瑣憶〉、〈《文藝台灣》及其周圍〉、
〈論 1980 年的台灣小說〉之類的篇章。

1984 年和 1985 年，葉石濤用兩個夏季寫成了《台灣文學史
綱》⑦。儘管還顧慮於時局而不得不謹慎下筆，但是，在《文學
界》上先行發表時，葉石濤還是強烈地表現了他分離主義的台灣

文學史觀。如前所述，葉石濤反覆強調的是，「跟大陸分離達 51
年之久的台灣，難免對大陸的近代文化有疏離感和隔膜」⑭，
「在三百多年來的跟異民族抗爭的血跡斑斑的歷史裡養成的堅強
的本土性格……是無可否認的事實」，「希望台灣文學紮根於台
灣的特殊性，建立自主性的文學」（以上 77 頁），等等。

　　這時，1985 年 8 月，陳映真應邀到香港作了一次演講，講題
是〈40 年來台灣文藝思潮的演變〉。針對台灣文學史構建活動中
出現的葉石濤等人的分離主義言論和活動，陳映真指出，以 1975
年為起點，集結在《台灣政論》周圍的「中生代黨外資產階級政
治運動開始發展」。動盪中，「長年來依賴美國、依賴西方的思
潮開始動搖，右翼愛國情緒和台灣分離運動中『革新保台』以抗
共防共的思想有了新的發展。保釣愛國運動鼓起民族主義情感，
也激起改革圖存的知識分子運動。但這運動又因體制派改革論、
分離派改革論與民族統一論間的龜裂而相互抵消。」

　　隨後，到 80 年代，又有重大變化。陳映真說：

　　　　在文學上，一向處於暗流的素樸的現實主義傳統，在
80 年代湧現為表流，並與黨外運動產生比過去更顯著的結
合。「台灣文學自主論」，──即強調台灣文學「獨特」
的歷史與個性及台灣文學對大陸中國文學的分離性的「台
灣文學論」，自此以比較公開的方式提出。⑮

　　另外，主張台灣文學為中國文學之一部分，台灣文學應以包
括中國在內的亞洲、第三世界文學的連帶而發展的理論，和台灣

---

⑬　《中國結》，第 4 頁。
⑭　《台灣新文學史綱》74 頁。
⑮　《鳶山》，223 頁。

文學自主論形成對立。

應該説，指出了這兩種台灣文學觀、台灣文學史觀的公開對立，是陳映真對於台灣新文學史的構建工作做出的一大貢獻。

鑒於葉石濤在〈台灣新文學運動的展開〉一章之後，分別以40年代、50年代、60年代、70年代、80年代為一段，弄出了個台灣新文學史的分章結構體系，陳映真盡力把它校正為6個階段，即：(1) 1945年以前，(2) 1945年到1950年，(3) 1950年到1960年，(4) 1960年到1970年，(5) 1970年到1980年，(6) 1980年以後。而在方法上，則以「世界大事」、「台灣大事」、「一般性思潮」、「文藝期刊和團體」、「文藝思潮」為序，力圖科學地構建台灣新文學史的體系。陳映真解釋説：

> 一時代的思潮，就是一時代共同精神在思維上的表現，這思潮在表面上常常是由一個或幾個人主倡，由一個或幾個雜誌、文化或文藝團體提倡，終至蔚為潮流。但究其實，一時代的思潮，受到當時社會、經濟、國內外政治形勢所制約。人和雜誌，只不過是一時代社會、經濟等條件上建立的上層結構的表現工具而已。此外，思潮有主要的潮流，也有次要的潮流。要全面理解一時代的思潮，就要兼顧主要的方面，也要注意次要的方面。⑯

這，也是他就文學史觀、方法論表明的觀點和態度。

陳映真的演講稿，是1987年6月發表在《中華雜誌》上的。不久，7月間，以陳芳明為中心，新生代的「文學台獨」勢力有一次聚集，全面地宣佈了他們有關「台灣新文學史」體系構建的觀點。這就是陳芳明與鄭炯明、李敏勇、彭瑞金等人在美西夏令

---

⑯　同上，207頁。

營上的會見。

　　會見中，陳芳明與彭瑞金就文學史的撰寫問題做了一次長時間的對談。對談的記錄，前已說明，以〈台灣文學的局限與延長〉為題，於 1987 年的《台灣時報》、《文學界》和美國的《台灣公論報》上發表。記錄分為 10 個問題加以整理，即：一、鄉土文學論戰之後的台灣文學；二、台灣文學與中國文學；三、台灣意識與中國意識；四、台灣文學不是邊疆文學；五、台灣母語運動與母語振興；六、文學與政策；七、寫文學史釐清文學的發展；八、寫一部沒有政治陰影的台灣文學史；九、台灣文學史的分期；十、文學和時代環境一起運動。1988 年 2 月，陳芳明在《自立早報》上發表他的另一篇文章〈是撰寫台灣文學史的時候了〉⑦，回憶這次會見和對談的時候，曾說，有人以為，那對談就是他「要撰寫文學史的基本構架」。陳芳明解釋說：「在那次對談中，其實只在釐清整個長期遭到誤解、混淆的觀念而已。」

　　陳芳明和彭瑞金「釐清」了什麼樣的「長期遭到誤解、混淆的觀念」呢？從他們的對談來看，無非是：

　　一、鼓吹用「台灣意識」對抗「中國意識」。

　　陳芳明認為，所謂「台灣意識」問題，「是對既有作品的不同解釋態度而已，我個人認為這些純出於不同的政治信仰，文學作品的本身是非常清楚的」（同前註，355 頁）。在他看來，這「台灣意識」，就是台灣「鄉土意識」，就是「台灣本土意識」。他認為，「鄉土文學中帶有鄉土意識也是本已有之的，不是外人、後來之人硬加上去的。台灣本土意識的文學早已存在，遠在日據時代就有了，它是台灣文學的傳統。只是戰後數十年來台灣客觀環境下，它受到了壓抑，不得彰顯而已。批評家本身可能由於勇氣不夠，警覺性不夠，不敢表達，沒有注意到，無論如

---

　　⑦　對話記錄和陳文均收入《鞭傷之島》。

何卻不能說它不存在。」（同前註，352 頁）針對陳映真等人提出的「中國意識」，陳芳明攻擊說：「我們便應該回到作品本身看看它的內容是什麼，精神是什麼，我們絕不能霸道地宣佈作家都是使用中文的　，所以這些作品都朝向中國。」（353 頁）

二、鼓吹「台灣文學不是邊疆文學」，不是「中國文學的一部分」。

陳芳明抓住詹志宏「邊疆文學」這個說法大做反對「以中原為中心」的文章，大做反對陳映真等人「站在中國文學的立場發言」的文章，聲稱：「台灣没有產生過中國文學。」陳芳明說：「要討論台灣文學與中國文學的關係，我不同意以『台灣文學是中國文學的一部分』這樣的主張來搪塞。除非證明，台灣社會的生活、政治、經濟、歷史的條件與中國完全相同，才有可能在台灣產生中國文學。」（358 頁）

對此，彭瑞金也持一個腔調。彭瑞金說：「主張台灣文學是中國文學一支流……這又是一個證明中國意識論者霸道不講理的地方。」（360 頁）彭瑞金還肆意謾罵陳映真和他的朋友們是「偽冒的中國意識論者」，肆意攻擊陳映真的「不看作品、不肯誠實地從作品找證據，卻栽贓說台灣意識就是分離主義，下面他們不敢公開說分離主義就是台獨，然而這種暗示卻一再重複，我不知道這是向哪一方面表功？」（361-2 頁）

三、肆意歪曲台灣新文學史上一些重要的史實。

比如，彭瑞金說，「鄉土文學的出現是台灣文學界尋求多元化，至少要求有第二種聲音的渴求下出現的文學運動」（348頁）；陳芳明說，「鄉土文學論戰的價值，在於釐清了官方和民間對文學的不同立場」（349 頁），「有人正視『台灣意識』的問題，應該也是鄉土文學論戰不可抹殺的功勞」。（351 頁）

在這次對談中，出於為「文學台獨」張目的需要，陳芳明和彭瑞金都說到了要寫文學史的問題。

　　基於這樣的要求，陳芳明和彭瑞金對葉石濤的《台灣文學史綱》做了最「會心」的解讀，最「知己」的吹捧。

　　對談中，陳芳明和彭瑞金還專門表示，要「寫一部没有政治陰影的台灣文學史」。陳芳明一邊誣蔑大陸學者研究台灣文學、出版台灣文學史的「目的」，「是在宣傳和統戰」，一邊聲稱：「我們台灣人整理台灣文學史，目的不在政治」。事實證明，這是謊言。比如，陳芳明攻擊說：「中國對台灣文學的研究，差不多都以政治為中心做研究，並不是以台灣人的感情去思考。一般人研究文學必然注意到它的內容，看它表達什麼？中共研究台灣文學，先把結論放前面，他先認定『台灣文學是中國文學的一支流』這一結論再去找證據。很有趣的是，在台灣我們也聽到這樣的語言──『台灣文學是中國文學的一支或一部分』、『台灣文學具有祖國意識』。所以，基本上要研究台灣文學，一定要先把政治意識去除掉，以台灣人做中心來看文學，我們不能帶著自己的政治信仰來解釋文學。」（377-8頁）

　　說到這裡，陳芳明亮出他的台灣文學史觀來了。請看：「寫文學史一定要掌握住史觀，要弄清楚你以什麼觀點，什麼立場來看臺灣文學。我們今天要寫台灣文學；要將台灣文學當台灣文學，不是寫中國人觀點的台灣文學。什麼是台灣文學？就是台灣作家受到台灣的土地、經濟、歷史、社會所形成的文化環境影響而寫出來的作品。這種作品表現了台灣人的生活、精神、思想、價值觀、人生觀，這就是台灣文學。既然如此，哪些是真的台灣文學，哪些是有價值的台灣文學，便不難檢驗了。既然是靠台灣這塊土地生活寫出作品來的就是台灣作家，我們不必問他是早期移民還是後期移民。……我們如果明白台灣文學是以台灣人民做中心，描寫台灣人民的喜怒哀樂，我們便能清楚地看出台灣文學歷史的演變。史觀確立之後，再來看政治、歷史、社會、文學的演變，都是一目瞭然。」（378-9頁）

　　至於，對談中陳芳明、彭瑞金談到的文學史分期問題，其意義並不在於如何分期。他們是在討論分期的幌子下，強調用「台灣意識」去改寫台灣文學的歷史。

　　比如「皇民文學」的問題，陳芳明就說：「皇民文學的問題也一樣，硬要活生生地定他們生活的世界、現實，而拿起的中國民族主義來清算他們，這公平嗎？為什麼我們不用台灣人的立場，不用那個時候台灣人的心情評價他們？要知道他們進入那樣的時代過那樣的生活，是被逼的，不是他們自願選擇的。他們生活在那個時代一點也沒有中國民族的困擾，今天有人受到中國民族主義的洗禮，反過來把自己這一套去削前人的腳，合自己的鞋子，才發生皇民文學的問題。你如果不能放下這個後出的民族主義的枷，只好一再地扭曲日據時代的台灣新文學了。」（384頁）陳芳明還說：「傷痕就是傷痕，我相信沒有一個作家故意存心去寫被稱做『皇民文學』的東西，有的只是被逼迫的。所以即使沒有中國民族主義，我們就不能去碰這些東西嗎？我們要知道台灣新文學的演變過程極端曲折，我們不可能因為自己主觀的願望，希望自己是極端的中國主義而否定這些作品存在的事實，而拒絕碰觸。」（384-5頁）

　　1987年夏天在美國的這次聚會，還是一次台灣文學界分離主義勢力撰寫文學史的策劃會。陳芳明和張良澤、林衡哲、鄭炯明、李敏勇、彭瑞金共同商討決定，要「以團隊精神來完成文學史的撰寫」，分工是：張良澤分擔明、清以前，許達然分擔明清時期，葉石濤分擔日據時期，張恆豪分擔戰後至50年代，彭瑞金分擔60-70年代，陳芳明分擔鄉土文學論戰以後。不過，事後，許達然表示他不便參加，張恆豪也不能決定，只剩下張良澤、彭瑞金、葉石濤和陳芳明興緻還高。陳芳明沒有想到的是，這個計劃至今還沒有實現。只不過，這以後，倒是有幾本分離主義的「台灣意識」主宰的台灣文學史出台了。

　　我們且舉彭瑞金的《台灣新文學運動40年》為例。彭瑞金在1997年新版的〈自序〉裡說：「台灣，無論作為一個民族，或是作為一個國家，絕對不能沒有自己的主體文化，並且還應該優先被建構起來。七十六年前，台灣新文學發軔伊始，台灣先哲便著文呼籲，台灣人要想成為世界上偉大之民族，首先一定要有自己的文學，蓋文學乃一個民族之靈魂，我們有充分的理由懷疑，靈魂空白的民族可以是偉大的民族，甚至懷疑其存在的可能。」[78] 鼓吹「文學台獨」的彭瑞金早就把台灣說成是一個「國家」了。

　　於是，他在書中設置的六章，全都以「台灣意識」的「復歸」為主線，肆意曲解歷史。其中，第五章「回歸寫實與本土化運動」寫70年代的鄉土文學論爭，第六章「本土化的實踐與演變」寫80年代以後的文學，都把台灣文學的歷史描摹成走向「文學台獨」的歷史了。其中的第二節「台灣結與中國結」，則放肆地攻擊了陳映真提出的「台灣文學是中國近代文學的一個支流、一個部分」的理論，放肆地攻擊了《夏潮論壇》發動的對宋冬陽即陳芳明的「台灣意識文學論」的批判。

　　他在這篇新版〈自序〉裡就說：「台灣文學本土化所要追求的台灣精神回歸，是要重新喚回整體台灣人、台灣文化的台灣主體意識。從教育到文化、從教科書到課程、從學校到社會，我認為，不僅要讓以台灣人民和土地為主體的意識回到文學創作、文學思考、一切文學活動的正位上來，還應該讓本土化完成的文學作品，進入普遍台灣人民的生活、心靈裡去，和台灣生活融為一體。」（同前註，第7頁）可見，他的心志不只是在於文學。為此，他還提出一個具體的建議，即，設立所謂的「台灣文學系」。他說：「近年來，我們不斷思索：促使台灣的大學設立台灣文學系，讓台灣子弟的語文教科書教授台灣作家的作品，使台

---

[78]　《台灣新文學運動40年》，第5頁。

灣人創造的文化資源回歸台灣人心靈生活的途徑。我以為這也是
台灣文學本土化運動的延長，除非台灣文學全面回到台灣人的生
活中來，本土化便需要繼續運動下去，推動台灣文學本土化的工
程，台灣文學本土論的建構工程，仍然是台灣作家持續奮鬥的目
標。」（第 7 頁）其實，1995 年，「台獨」勢力的團體「台灣筆
會」已經帶頭發起了在台灣各高校建立「台灣文學系」的倡議，
並在 1996 年由張良澤率先在淡江工商管理學院實施。1999 年 6
月，成功大學獲准籌設台灣文學研究所。到 2000 年 8 月間，台灣
的「教育部」就通令 19 所「國立大學」，鼓動他們籌建「台灣文
學系」或「台灣文學研究所」了。

　　1995 年，葉石濤在高雄《台灣新聞報》上發表〈台灣文學百
問〉，其實也是一份「台灣文學史話」。那 57 篇的「史話」文章
裡，也貫穿著一條分離主義的黑線。除了極力宣傳「台獨」主
張，其重要的手法就是肆意歪曲台灣文學的歷史，幾乎所有的台
灣文學史上的重大事件、重要現象、重要作家和作品，葉石濤全
都納入了他所劃定的「自主意識」、「台灣意識」、「本土文
學」的範圍之內。他的目的，正如 1997 年結集出版時的〈序〉裡
說到的，就是要這樣一部被歪曲了的台灣文學史著作「證明台灣
人這弱小民族不屈不撓地追求自由和民主的精神如何地凝聚而結
晶在文學上」。

　　1996 年 7 月，台南成功大學歷史系教授林瑞明，在允晨文化
實業股份有限公司出版了兩本書《台灣文學的本土觀察》和《台
灣文學的歷史考察》。這兩本書，雖是論文集的樣子，卻重在觀
察和考察 20 世紀 20 年代以來「台灣文學發展史的幾個重要面
向」。

　　一是鼓吹台灣新文學「來源」的「多元化」，從源頭上割斷
和大陸新文學的血脈關係。

　　二是鼓吹台灣文學的歷史發展即「本土論」的發展。

　　三是攻擊大陸學者的台灣文學史觀，「皆把台灣當成中國文學的一部分、一支流來處理」。

　　四是攻擊台灣島內堅持台灣新文學是中國新文學的一環的觀點的文學及工作者，用「中原正統主義完全蓋住了台灣觀點，台灣意識被視為僅是地方意識，稍稍強調台灣意識即視為分離主義」。

　　五是鼓吹台灣文學不算中國文學。

　　在宣揚這些文學台獨主張的《台灣文學的歷史考察》一書的〈國家認同衝突下的台灣文學研究〉一文裡，林瑞明其實是公開鼓吹「兩國論」的。他鼓吹在「政治屬性」上「也不必然就朝中國統一」，「不必然就認同」「政治中國」。

　　再就是 1996 年 7 月由前衛出版社出版的，游勝冠的碩士論文的《台灣文學本土論的興起和發展》。

　　該書將 70 多年的台灣新文學發展的歷史全部歸結為「本土論」的興起和發展的歷史，而以「發軔」、「式微」、「再興」、「建構」劃分其發展階段，相對於前此諸公的鼓噪，也算有過之而無不及了。

　　他為什麼要這樣做？在該書的〈緒論〉裡，作者說到他研究的動機與目的，首先從台灣意識、中國意識說起，他說，「當台灣社會因為特殊歷史因緣，分裂為『台灣』、『中國』兩種不同意識形態時，台灣文學的『台灣』自我——本土論與『中國』自我——中國文學論的對話就一直在相應的時機出現，爭執誰才是台灣文學的真正自我。……我們覺得台灣文學『台灣立場』與『中國立場』之爭，帶給台灣文學負面的影響終究要多於正面的，立足點的游疑不定，一直都是台灣文學不能紮根本土，厚實茁壯的主因」。他以為，這種「論爭雖然涉及諸多議題，但卻可以歸結到『台灣文學的定位』這個母題之上，而『台灣文學』如何定位之所以遲疑不決，難以形成文學界的共識，則台灣與中國

分離的歷史經驗，以及目前獨立於中國之外的台灣何去何從，這個台灣前途問題之上。面對詭譎多舛歷史命運的台灣人，一直以不同立場、不同期待，追問『台灣往何處去？台灣人的出路在哪裡？』的問題。不同的解答來自一定的歷史意識、現實考慮，以及對未來的期待，也形成了意向不同的台灣文學觀。……既然現實上台灣獨立於中國之外，台灣當然就是台灣文學惟一的立足點，也惟有『台灣』可以概括它，以眼前台灣現實上掌握不到，而事實上中國大陸又取得代表權的『中國』支配台灣文學的發展，我們覺得是並不切合現實」。由此，他說，他作這種研究，是要「在台灣前途不定、台灣文學定位不明的迷亂中，以前人的經驗智慧結晶，釐清台灣文學的走向。……也希望能進一步剖析，台灣文學本土論與台灣日據後翻覆乖舛的歷史，台灣人尋求台灣出路的構想之間的關係。」⑦⑨

可見，他是十分自覺地把「文學台獨」的文學史建構工作和政治上的「台獨」聯繫在一起，要為政治「台獨」張目的。

對「台灣文學」、「本土論」還作出了自己的理論界定。什麼是「台灣文學」？他說：「為與大陸的『中國文學』有所分別而提出的『台灣文學』，既為分別兩岸文學而提出，除了是以地理上的『台灣』來指稱此地產生的文學，當然也肯定台灣文學，在台灣與中國分離的特殊歷史經驗中，已發展出不同於中國文學的特殊性，而且也承認台灣新文學是日據台灣新文學推動以來，在台灣這個社會進行的文學活動的總稱。因為台灣文學與中國文學是兩個內涵不同的範疇，所以，以『台灣文學』這個概念指稱台灣的文學。」（同前註，第4頁）

什麼是「本土論」？他說：「本土論是伴隨文學本土化運動而來的文學論。文學受一定時空條件的制約，是在『本土』進行

---

⑦⑨　《台灣文學本土論得興起與發展》，1-3頁。

的文學活動就應該呈現一定的『本土性』。『本土化』是相對
『外來化』而成立的，……經過一定歷程的摸索、覺醒，尋找文
學本土自我，反外來文化帝國主義支配的『本土化』動向，就會
隨著本土意識的覺醒而興起。」（第5頁）

　　什麼是「台灣文學本土論」呢？他的荒唐解說是：「伴隨文
學本土化動向而來的本土論，是反外來文化的支配，對文學本土
化相關命題的申論。台灣文學因為社會內部認同意識的分歧，自
日據時代新文學運動開展以來，即存在回歸『中國』或『台灣』
本土的爭執，戰後，文學界經過幾次台灣文學論戰，大致上，是
以本土化論專指站在台灣立場進行的文學本土化運動，至於民族
主義站在中國統一立場所倡導的台灣文學論，雖也強調反帝的本
土化走向，但因台灣目前『獨立』於中國之外，民族文學論回歸
的是和台灣相對立的中國，台灣現實上並無『中國』可回歸，所
以本文，不將統派民族文學論的反帝本土化論，視為台灣文學的
本土論。另一方面，因為日據以後的台灣歷史，一直有兩岸政權
及中國民族主義者主張兩岸統一，在這種政治意識形態的宰制
下，民族文學論乃將中國立場絕對化，視台灣文學為中國文學的
支流，並據以支配台灣文學走向，這些論調，在本土論者看來，
也是一種文化帝國主義，『中國』事實上也成為台灣本土化所要
對抗的對象，所以，台灣文學本土論所謂的『本土文學』、『本
土化』，除了相對於日本、西方等外來文學而成立之外，主要也
是相對海峽對岸的『中國文學』而言的。」（第5-6頁）

　　走在這樣一條文學「台獨」的歧路上，這位年輕的碩士研究
台灣新文學發展的歷史，只能得出極其荒謬的結論。他在全書的
〈結論〉部分就說：「耐人尋味的是，在本土論者眼中，『中國
文化帝國主義』卻是使台灣文學失去主體性最主要的力量，在回
歸台灣社會現實的本土立場中，通常傾向與『中國』分離，建立
自主的台灣文學。回顧台灣文學的發展，我們可以看到台灣文學

本土化運動所遭遇最大的阻力，反而不是隨著帝國主義勢力入侵的日本、西方文化，卻往往是台灣作家的『中國意識』與『中國立場』。」（438 頁）

　　應該指出的是，游勝冠是十分張狂的。在這〈結論〉裡，他公然叫嚷「台灣明明已獨立在中國之外成為一個『主權國家』，卻要受『中國』這個名義的支配、剝削，面對這樣荒謬的歷史處境，島內台灣意識高漲，台灣人民反『中國』支配，反『中國』對台灣的價值剝削，企求自己掌握自己的命運的意向當然越來越強烈。」他甚至公然煽動分離主義者們説：「一世紀來台灣與中國分多合少，台灣幾乎是獨立發展於中國之外。打從日據時代開始，台灣在與祖國隔絕的環境中，接受近代民族、民主、政治、社會進步思潮的洗禮的台灣知識分子，開始解脫祖國意識的羈絆，追求政治上、文化上台灣的獨立自主，『中國』就是台灣走向獨立、自主最難擺脫、也最難克服的障礙。……『中國』因此變成台灣各種本土化運動所要對抗的『中國文化帝國主義』、『中國霸權』，成為台灣、台灣文學追求自主、獨立歷程中揮之不去的夢魘。」（以上 441-2 頁）

　　「文學台獨」在構建台灣文學史問題上的這種惡性發展，終於引發了 20 世紀最後一兩年的新一輪的統、獨大論戰。這一輪的大論戰，是由陳芳明挑起的。

　　陳芳明從美國回到台灣以後，在民進黨黨部「從政」過一段時期，後來走進台灣的學術界，並著手寫作一部《台灣新文學史》，放言「中國社會與台灣社會的分離」和「台灣文學與中國文學的分離」，並在 1999 年 8 月的《聯合文學》第 178 期上發表了它的第一章〈台灣新文學史的建構與分期〉，全文 1.5 萬字。不久，陳映真在《聯合文學》2000 年 7 月的第 189 期上發表了 3.4 萬字的長文〈以意識形態代替科學知識的災難〉，對陳芳明做了嚴正的批判。8 月，陳芳明又在《聯合文學》的第 190 期上

發表一篇 1.1 萬字的狡辯與反撲的文字〈馬克思主義有那麼嚴重嗎？〉，再一次宣揚了分離的主張。對此，陳映真在 9 月的《聯合文學》第 191 期上回敬他一篇 2.8 萬字的長文〈關於台灣「社會性質」的進一步討論〉，繼續對陳芳明的分離主張給予了科學的剖析和嚴厲的聲討。10 月，陳芳明在《聯合文學》第 192 期上再拋出一篇 1.8 萬字的〈當台灣文學戴上馬克思面具〉，再作反撲。12 月，陳映真在《聯合文學》第 194 期上再發表 3.5 萬字的長文〈陳芳明歷史三階段論和台灣新文學史論可以休矣！〉，再予陳芳明以痛擊。

　　「二陳統、獨論戰」，首先圍繞著台灣的「社會性質」問題展開。陳芳明在〈台灣新文學史的建構與分期〉一文中提出這個問題，並且強調為「一個重要議題」，顯然是經過精心謀劃的。他稱自己的觀點是「後殖民史觀」，其要點是：1.「台灣社會是屬於殖民地社會的」，它「穿越了殖民時期，再殖民時期與後殖民時期等三個階段」。2.1895-1945 年的「日本帝國主義的統治時期」，是「殖民社會」。其時，「台灣與中國之間的政經文化聯繫產生嚴重斷裂」。3.1945-1987 年，從國民政府「接收台灣」到國民黨台灣當局「戒嚴體制的終結」，是「再殖民時期」。其間，1950 年之後，發生了「中國社會與台灣社會的分離」。4.1987 年 7 月解除戒嚴令之後，是「後殖民時期」。其中，1986 年民進黨建黨是一個標誌，它高舉的是台灣脫離中國的「復權」旗幟。

　　陳映真的〈以意識形態代替科學知識的災難〉和〈關於台灣「社會性質」的進一步討論〉兩文，把馬克思主義理論同一些國家尤其是中國、中國台灣地區的社會歷史發展結合起來，對陳芳明的「離奇的社會性質論」的無知、混亂與黑白顛倒做了全面、深刻、徹底的揭露和批判。陳映真提出，陳芳明的邏輯，就是一種「台獨派邏輯」，其用意十分明白，即：「1945 年以後，『中

國人外來政權國民黨集團對台灣的殖民統治』使台灣『再』次淪為『殖民地社會』。這苦難的『中國帝國主義』下的台灣,至台灣人李登輝繼蔣家擔任台灣『總統』為分界線,在沒有任何台灣人的民族解放鬥爭的條件下,使台灣從『中國帝國主義』下解放,結束了『再殖民』社會階段!」

在這裡,陳芳明把二戰之後國民政府根據《開羅宣言》收復日本佔領的國土台灣看做是一個「外國」的國家政府的再一次殖民地佔領,完全是顛倒黑白、歪曲歷史。陳映真指出:

> 陳芳明的「後殖民」「史觀」,美化日本殖民統治,謂帶來高度資本主義;通篇無一字涉及美帝國主義的新殖民統治;以冷戰詞語說「中國帝國主義」對台灣的統治;把美國學園對台灣思想文化的支配說成自由化和多元化……把這樣的洋奴「史觀」說成「後殖民史觀」,其實是對真正的後殖民主義的侮慢了,並且尖銳地表現出的「台獨」論的後殖民意義。

論戰中,陳映真對陳芳明在「多語言文學」問題上的種種謬說,以及由此而發生的對 30 年代有關「台灣話文」的爭論的歪曲,等等,也做了有力的批駁。

尤其是,陳芳明歪曲歷史說,戰後,既然是外來的中國對台灣實行再殖民統治了,語言也分離了,社會也分離了,當然,1950 年之後,「台灣文學與中國文學的分離」,「無論是自願或被迫」,也就「成為無可動搖的歷史事實」了。針對這一謬說,陳映真在自己的兩篇文章裡以大量歷史事實對陳芳明的這種無知和謊言做了揭露。

第一,戰後,1945-1949 年間,在民間層次上,台灣的省內和省外文化界知識分子的確「進行過熱情洋溢的脫殖民論說」。

比如，有一位後來「仆倒在『二二八』事變血泊中的傑出的台灣人思想家」宋斐如，在《人民導報》1946 年元旦的〈發刊詞〉和元月 6 日的〈如何改進台灣文化教育〉一文中，提出要改變日據台灣時的「文化畸形發展」局面，「教育台胞成為中國人」，「隨祖國的進步而進步」。對於宋斐如、蘇新、賴明弘、王白淵等思想界戰士來説，要克服日據殖民地文化的影響，就是「復歸中國」，「做主體的中國人」。

　　第二，1947 年-1949 年，台灣《新生報》的《橋》副刊發生過一場「如何建設台灣新文學」的爭論。從某種意義上説，這「也是一場重要的脱殖民論説」。爭論中，歐陽明、楊逵、林曙光、田兵，包括後來態度發生重大變化的葉石濤，都強調了建設台灣新文學的課題和建設中國新文學的課題相關相聯，強調台灣文學始終是「中國文學的戰鬥的分支」，台灣文學工作者是中國新文學工作者的「一個戰鬥隊伍」，其使命和目標一致。「台灣既（因光復）為中國的一部分，則台灣文學絶不可以任何借口分離」。

　　第三，即使到了 70 年代鄉土文學論戰時期，葉石濤等人，也還沒有公開改變這種看法。陳映真舉例説，葉石濤那時就迭次宣説「台灣文學是中國文學的一環」；王拓説，「作為反映台灣各個不同時代的歷史與社會的（台灣）文學，也自屬於中國文學的一部分」，而作家則是「台灣的中國作家」；李魁賢也説，「當然台灣文學是屬於中國文學的一部分」。陳映真還特別揭露説：「即使陳芳明自己，也要等到鄉土文學論戰前後才與中國『訣別』。」

　　第四，「楊逵在《橋》副刊上的文藝爭論中，以及在 1949 年發表的《和平宣言》中，迭次疾言反對台灣獨立論和台灣托管論。」

　　陳芳明對台灣新文學所作的三大歷史階段九個歷史時期的分

期建構中，把 1979 年 -1987 年劃分為第八個時期，即「思想解放時期」。他在〈建構與分期〉裡説，在這個時期，和社會變化同時，「文學界也正在進行一場『中國意識』與『台灣意識』之間的論戰。這場論戰，也就是坊間所説的統獨論戰，基本上是鄉土文學論戰的延續」。他還説，「統獨論戰」的最大意義，「就在於使台灣文學獲得正名的機會」，「通過這場辯論之後，台灣文學終於變成共同接受的名詞」；然後，到 1987 年以後的多元蓬勃時期，就有了從容的空間「重建台灣文學」。

陳芳明要的是一個什麼樣的「正名機會」呢？他聲稱，其一，「70 年代回歸本土」的聲音中，「對陳映真、尉天驄等作家而言，本土應該是指中國；但是對葉石濤、李喬等人而言，本土則是指此時此地的台灣。」其二，1987 年「解嚴」後，「台灣意識文學的崛起在於批判傲慢的中原沙文主義」、「抗拒漢人沙文主義」。

陳映真義正詞嚴地揭露和斥責了這種「正名」的「台獨」實質。他指出，70 年代從現代詩論戰到鄉土文學論戰中，文學上左右論爭的實質，即陳芳明所説的「台灣意識文學」對所謂「中原沙文主義」、「漢人沙文主義」的「抗拒」，實際上乃是「台獨文論」和「在台灣的中國文學」論的鬥爭。這種鬥爭延續到 80 年代以後，即使花樣不斷翻新，實質上也沒有改變。

陳映真的揭露和批判，重創了陳芳明的「台獨」主張。陳芳明沉不住氣了。在〈馬克思主義有那麼嚴重嗎？〉一文裡，他指責陳映真對他的批判是「在宣洩他的中國民族主義情緒」，用馬克思主義「作為面具，來巧飾他中國民族主義的統派意識形態」，虛掩其「統派立場」。他終於公開把自己放到了陳映真所堅持的「聖潔的中國民族主義」的對立面上、「統派」的對立面上。這正是陳芳明「台獨」面目赤裸裸的自我暴露！論戰中，陳映真還嚴肅地批判了陳芳明在社會性質和中國社會史論説中違背

事實的反科學的謬論，批判了他美化日本對台殖民統治和日據時期「皇民文學」的謬論，揭露了他歪曲台灣社會歷史和台灣文學歷史的伎倆，斥責了他錯亂的偽科學的文學史建構史觀和分期說法。陳芳明顯然感覺到他的「文學台獨」言論所面對的挑戰和可悲的下場，於是把這種批判一概辱罵成「漢人沙文主義」！

　　要說辱罵，寫〈當台灣文學戴上馬克思面具〉一文，陳芳明更是撕下自己「文學史家」的「學者」面具，對陳映真破口大罵，其氣焰之張狂，用心之不善，令人不忍卒讀。

　　對此，陳映真在〈陳芳明歷史三階段論和台灣新文學史論可以休矣！〉一文裡再做了一次有力的批駁。針對陳芳明的政治辱罵和人身攻擊，陳映真做了令人深為感佩的回答。陳映真寫道：

> 　　我一貫主張民族的分裂使民族殘缺化和畸形化。反對外國干涉，促進民族的統一和富強，是台灣左派為之鬥爭的歷史旗幟；增進民族團結，共同建設新的中國，是40年代楊逵先生以來台灣前進的知識分子的重責大任。對這主張，我至今沒有動搖過，沒有掩飾過。
>
> 　　至於我的「中華民族主義」立場，我自少及今，立場一貫，不曾動搖。……今日，當陳芳明回看在他而立之年的「中華沙文主義」的「病態民族主義」之「虛偽」、「落空」的話語，不知如何自處？在台灣新文學史上，有一條任何意識形態所不能抹殺的傳統，即偉大的中華民族主義傳統，表現為日據台灣新文學大部分堅持漢語白話作品和一部分以日語寫成的文學作品中光輝磅礴的反帝中華民族主義，表現為賴和，楊逵孜孜不倦、堅忍不拔的反日愛國主義鬥爭，表現為簡國賢、朱點人、呂赫若、藍明谷、徐淵琛的地下鬥爭和英雄的犧牲，表現為楊逵在戰後奮不顧身的合法鬥爭和長期投獄，表現為以中華民族認同

批判外來現代主義文學要求建立民族和大眾文學的鄉土文
學論爭。我自覺地以忝為台灣文學這愛國主義、民族民主
鬥爭的偉大傳統中微小的一員，感到自豪！以戒嚴時代
的、腐朽反動的詞語扣我通北京、通共產黨的帽子，隨著
大陸崛起的不可遏止的形勢，隨著大陸發展的實相漸為反
動派所不能遮天，陳芳明的反共煽動終竟是徒勞的。

對於見諸《聯合文學》的這場「二陳統獨論戰」，陳映真寫
下了這樣的結論：

　　一、陳芳明有關日據以降「殖民地」社會──「再殖
民」社會──「後殖民」社會「三大社會性質」推移的
「理論」，既完全不合乎陳芳明不懂而又硬裝懂得的，馬
克思主義歷史唯物主義有關社會生產方式性質（＝社會性
質）理論和原則，也經不起一般理論對知識、方法論、邏
輯等要素的即便是最鬆懈的考驗。因此，不能不說，陳芳
明「歷史三大階段」論，所謂「後殖民史觀」不論從馬克
思主義的生產方式論、或其他一般理論的基本要求看，都
是破產的理論和史觀。
　　二、因此以破產的、知識上站不住腳的「三階段」去
「建構」和「書寫」的、他的「台灣新文學史」之破滅，
也是必然之事。
　　三、格於戰後台灣的思想歷史的極限，這次的論爭，
從台灣馬克思主義思想發展歷程上看，大都只圍繞在馬克
思主義最基本的政治經濟學概念上打轉，許多問題都是三
四十年代一個用功的中學生可以解決的問題，層次不高。
這當然是與爭議的一方陳芳明在馬克思主義和一般歷史社
會科學知識理論水平之低下密切相聯繫的。

四、因此爭論中由我們提出的比較重要理論課題，尤其是台灣資本主義性質問題、日據以來台灣各階段生產方式的推移問題，以及與之相應的台灣新文學思潮、創作方法和文學作品的關係等亟須深入、反覆討論的問題，沒能產生更深的展開。這自然也和陳芳明的水平低下有密切關係，只能期待後之俊秀起來接續這些台灣左派當面核心問題的討論。

五、遺憾的是，這次爭議中還是時代錯誤地出現了企圖以反共反華的恫嚇、例如類似說我親共通共的手段，與戒嚴時代的幾次爭論中國民黨文特的伎倆如出一轍，使爭論留下污點。台獨式反華反共的民粹主義咒語，和戒嚴時代反共防諜的羅織，無論如何，是無法以之替代真理的。

六、因此，從陳芳明對於我們的批判所做的全部回應，已經明白宣告了他的「歷史三階段論」的破產。為了不必使陳芳明硬撐的「歹戲」連連「拖棚」，浪費《聯合文學》珍貴的篇幅和我們的筆墨，今後陳芳明如果沒有提出相關的重要理論課題，如果還是喋喋不休地以無知夾纏不已，我們就把論爭的是非留給今世和後之歷史去公斷，不再回應了。當然，如果今後將陸續公刊的陳芳明的「台灣新文學史」中出現重大謬誤，不得已之下，還要討教商權一番的。

其實，陳芳明還面對著另一種挑戰，他在〈台灣新文學史建構與分期〉一文裡板著一副「外國人」的面孔，耍著一口與中國人為敵的腔調說，這「挑戰的主要來源之一，便是中華人民共和國學者在最近十餘年來已出版了數冊有關台灣文學史的專書」。使他備感恐懼的是，這些著作，「認為台灣文學是中國文學不可分割的一環，把台灣文學視為一種固定不變的存在，甚至認為台

灣作家永遠都在期待並憧憬『祖國』。」陳芳明誣蔑這種見解是
「相當扭曲並誤解了台灣文學的自主性的發展」，「只是北京霸
權論述的餘緒」。「中國學者的台灣文學史書寫，其實是一種變
相的新殖民主義！」顯然，他這是在狂妄地向全中國、向全中國
人民，也向中國文學史學科、向全中國的文學史工作者提出挑
戰！在台灣、香港、澳門，在其他國家和地區，當然還有在大陸
的，愛國、維護國家統一也尊重台灣文學發展史實的所有的華人
文學史工作者，都將迎接陳芳明的這一挑戰。

# 結束語

正如「緒論」已經說過的，本書是關於台灣新文學思潮的「主要潮流」的一部探討性的著作，並不企求「全面」，而是想要勾勒台灣新文學 80 年發展的主要道路，以及這一發展道路的各個階段及其主要問題。

本書第一章除了說明 20 年代台灣新文學革命的歷史大背景之外，主要分析這一文學革命所採取的「模式」、所關注的問題如何從大陸五四新文學革命得到啟迪。所以得到這些啟迪，是源自於兩岸社會緊密的關連性。在台灣新文學革命中，這是根本性的。很難把這一根本性的關係，弱化為「多重來源」中較不重要的一環。

在第二章裡，我們從國際左翼運動所提倡的「文藝大眾化」潮流、從台灣內部政治、社會運動的挫敗這兩大背景來分析，30年代「鄉土文學和台灣話文」的提出，是有其歷史根源的。台灣知識分子在當時的歷史困局中，就這一問題所產生的激烈爭論，說明問題的「現實性」。把這一論爭解釋成是：台灣文學企圖從中國文學那裡「爭取」自主性，實在是嚴重的歷史「失焦」。

1937 年以後，台灣文學的發展受到日本殖民當局的全面打壓，台灣作家被迫要為軍國主義的「皇民文學」服務。但除少數一兩位之外，台灣作家並不因此屈服。他們以各種方式抗拒「皇民文學」，當不得不「應付」時，他們的作品也常表現出耐人尋味的「複雜性」。把這一時期的文學稱為「皇民文學時期」，並宣稱這時的作家都在寫這一類作品，不但有違歷史真相，而且還

「侮辱」了台灣作家的人格。本書第三章即在細緻分析中澄清這一歷史真相。

　　1945 年接收台灣的國民黨政權，是一個最終被全中國人民所唾棄的封建法西斯勢力。它不但未能清除日本殖民 50 年的「遺毒」，還以它的封建專制「惡質」進一步加深台灣社會的危機。不過，當時絕大部分的台灣作家和許許多多的大陸來台的進步知識分子聯合起來，與之對抗，並努力建設站在全中國立場的人民的現實主義的台灣新文學。他們的努力因美國的介入中國內戰（協防台灣），最終歸於失敗，但歷史痕跡斑斑可考。本書第四章從無數的、不為人知的原始資料中，已大致恢復了這一特殊歷史時期的真實面貌。

　　第五章詳細描述國民黨在 50 年代建立「戰鬥文藝」體制的過程，說明其運作模式及其最終歸於失敗的原因。現在相關的著作，常因「戰鬥文藝」「不值一提」而輕輕帶過。透過對本章的描述即可瞭解，戰後台灣文學曲折的發展歷程，根本即源於 50 年代「戰鬥文藝」這一股逆流。

　　一方面企圖突破「戰鬥文藝」的僵硬模式，一方面又因過去的文學傳統已被國民黨全部斷絕，全盤從西方「移植」的現代主義文學在五六十年代之交，產生於台灣。本書第六章分析它的產生背景，肯定它早期的貢獻，但也指出它的全盤西化導致於脫離土地與民族文化，最後終於遭到全面的批判。

　　第七章從 70 年代台灣社會政、經的大變局中說明鄉土文學興起的時代環境，描述國民黨企圖打壓、但最終歸於失敗的過程，分析它的理論內涵中的民族主義與現實主義色彩及其對當時台灣文學的全面影響。經由本章詳盡而生動的呈現，所謂「鄉土文學論戰是台灣文學自主論最終完成的階段」的說法即可不攻自破。

　　第八章說明八九十年代台灣後現代文學思潮的種種面相，分析它初起時有意識的「反鄉土文學」的傾向，以及它如何趨西方

後現代的「時尚」，成為另一次「橫的移植」。最後指出，它藉
著所謂「全球化」的大潮流，無形中呼應了統、獨對立下的「維
持現狀」派。

　　第九章詳盡分析了在八九十年代中後期，「台獨」派如何藉
著「批判」陳映真及「中國情結」，最終「篡奪」了鄉土文學的
解釋權，並把「鄉土文學」改造成「本土文學」及所謂「獨立自
主」的台灣文學，並發展出一套荒謬的「皇民文學論」，以及一
套行不通的「台語文學」論。將七、九兩章並讀，即可清楚瞭解
二十年來「台獨」派，「打造」「台灣文學」論的具體過程。

　　本書緒論曾談到，歷史的寫作都是「當代視野下」的歷史，
緒論中也清楚表明本書的寫作立場。但有立場並不表明歷史就喪
失了它的客觀性，變成只是「虛構」。譬如，八九十年代之交，
在李登輝勢力的操控之下，國民黨分裂，「台獨」勢力高漲，這
是一個事實，不因任何人的詮釋而淪為「虛構」。一種詮釋（即
一種立場）是否成立、是否可靠，可以用許多的資料和史實去加
以檢證。讀者不妨比較本書第二、第四、第七、第九各章，以及
葉石濤《台灣文學史綱》及游勝冠《台灣文學本土論的興起與發
展》的相關部分，看看本書所引述的資料、所敘述的史實，在他
們的著作中有多少遺漏，就可以瞭解，他們是在有意、無意的
「遺漏」中建立起他們的「詮釋」的。任何詮釋，都可以經由豐
富的原始資料和許許多多的史實去加以「檢證」，這就是歷史的
客觀性。本書的全體作者，都極願意期待讀者對我們詮釋的檢
證，期盼你們作出自己獨立而公正的判斷。

# 後記

　　由兩岸學者共同合作，撰寫一部《台灣新文學思潮史綱》的想法是在 2000 年 7 月的黃山之旅中提出的，當時即獲得同行諸人的贊同與支持，並隨即由趙遐秋教授和呂正惠教授大略商定分章的大架構。黃山之旅結束後，趙遐秋教授又把章、節的整體架構加以落實，透過通信和電話和呂正惠教授商定合作撰稿者，並決定分工情況如下：

　　　　緒論、第一章、第二章：趙遐秋（中國人民大學教授）
　　　　第三章、第九章：曾慶瑞（北京廣播學院教授）
　　　　第四章：曾健民（台灣社會科學研究會會長）
　　　　第五章、第七章：樊洛平（鄭州大學教授）
　　　　第六章：斯欽（中國社科院文學所研究員）
　　　　第八章、結束語：呂正惠（台灣清華大學教授）

　　2001 年 5 月中旬，參與撰稿的大陸學者加上其他幾位熱心支持者到達台北，與台灣的撰稿人及相關人士，對初稿進行了三天的討論，並決定各章應如何修改。7 月，呂正惠到達北京，與趙遐秋教授等人初步交換意見後，即由呂正惠教授進行第一次的統稿工作。由於牽涉到各章字數的平衡及體例的統一，這一次的統稿對第四章、第六章、第九章做了較大幅度的刪削，有的重新加以調整，第六章還從呂正惠教授已發表的文章節錄加入部分段落。關於第九章，曾慶瑞、趙遐秋教授和呂正惠教授經過仔細討

論後，決定給予較大篇幅。這是考慮到，八九十年代的「文學台獨論」的全面狀況，恐怕連台灣學者都未必有完整的認識，大陸學者當然更不用說了。

為了呈現真相，也許目前的定稿狀態有其必要性，這一點請讀者仔細閱讀後自行判斷好了。當然，非常感謝這三章的作者為了全書統一性的要求，所表現的無私的精神。呂正惠教授的初步統稿完成後，再由趙遐秋教授進行第二次細緻的統稿，全書便大體完成了。

在統稿的過程中，我們發現，由於原先對註釋體例並未特別商定，導致各位作者出現某些不統一的情況。我們雖然盡了最大的努力，也無法完全改善。這是因為，統稿的時間只有兩個星期，而本書所涉及的資料十分繁多，一時無法在北京全部找到。無論如何，讀者基本上可以從行文跟註釋中看到引用資料的來源。不過，在這一點上還是要向讀者表示歉意。

在本書的撰稿和統稿過程中，我們感謝許多人的協助。首先要提到台灣淡江大學的施淑教授。她原來決定參加撰稿，只是因為這一年教學和指導學生的工作非常繁重，不得不放棄。在台灣的初稿討論中，她撥冗參加了，而且還提供許多寶貴的書面意見。她未能參與撰稿可說是本書撰寫工作的一大憾事，不然，本書一定會比現在還要出色。在台灣的討論中，江蘇社科院文學所的劉紅林副研究員，中國作協的金堅範先生、向前女士，以及台灣的藍博洲先生也都參加了。金堅範先生和向前女士在全書撰寫期間，還始終給予各方面的熱誠支援。另外，在台灣的討論中，陳麗娜女士、尤麗英女士一直在做後勤的支援。最後要提及陳映真先生，事實上本書如果沒有他的「主催」，始終關心，以及積極參與討論，是不可能完成的，他應該是本書更名符其實的「主編」。另外還有一些需要感謝的人，但基於現實考慮，就不提他們的名字了。當他們看到這書時，一定會知道這裡面他們是有貢

獻的。

　　本書雖然商定實行主編負責制，由呂正惠、趙遐秋教授主編統籌定稿，但撰寫組聘定的陳映真、金堅範兩位顧問的堅實作用和全體同仁的共同努力，實在是完稿的重要保障，這是需要特別加以記錄在案的。

　　這是兩岸學者就台灣文學所進行的初次合作。雖然我們撰稿人都已盡了最大的努力，但在這麼短暫的時間內完成全書，肯定有諸多不能令人滿意的地方。我們誠懇地請求相關專家及讀者們提出寶貴的批評與建議，好讓本書在再版時可以修改得更完善。

　　特別要提出的是，崑崙出版社不僅熱情地接納了這部書稿，而且做了大量卓有成效的案頭編輯工作。值此本書付梓之際，謹向崑崙出版社表示我們誠摯的謝意。

　　　　　　　　　　　　　　　　　2001 年 7 月 2 日於北京

# 台灣版後記

　　本書的大陸版今年年初問世，我們原來以為，把電腦光碟的簡體字轉成繁體字，再加以校改，不需要花多少時間，沒想到，原來預計在二、三月發行的台灣版又拖了兩個多月。這是因為，在校改過程中，我們發現了一些潛在的問題，決定花一些時間來加以解決。

　　首先是註釋中的資料出處問題。原來全書統稿、總校都是在大陸進行，資料核實很不方便；大陸學者所撰寫的部份，有時候會引述他們所見的台灣作品的大陸版而不註出台灣版；有些從大陸台灣文學研究論著間接引述的資料，也必須找到一手的出處。這些工作頗為煩難。最麻煩的是第七、第九兩章。這兩章談及不少鄉土文學論戰，八、九十年代統獨論戰的文章，作者一般在正文中或註釋中常以原來登載的雜誌、報刊日期、卷數為準。這對想要閱讀原始資料的讀者來說很不方便，因為報刊、雜誌難以尋覓，為此我們設法改換成（或另加上）已出成專書的資料出處。這方面花的時間更多。總的來講，在資料處理上，台灣版比大陸版改善不少（書後參考書目也經修訂），但仍然不能算盡善盡美，請讀者多予以指正。

　　其次是第六章（涉及現代主義）的問題。第六章原來撰稿者的寫作方式，與其他各章不能協調。在大陸統稿時，我已對此進行剪裁、處理。但在排、校過程中，原作者又加進許多大段落，使得原本的脈絡又陷入混沌。經過考慮，我決定重來一次。我把第一、二節仔細清理、修剪、增訂，把第三、四節全部廢棄，並

以我自己的〈現代主義在台灣〉一文為底本，重新加以剪裁、安排、增補。這是全書兩岸版本差別最大的一章。另外，第四章的原作者曾健民先生，對這一章的文字也有不少修訂。

最後談到第九章，也就是本書最後一章。這一章篇幅相當的長，原作者的論述語氣有時非常「激情」，可能會引發部份台灣讀者的「激烈」反應。但是這一章有它不可磨滅的長處，就我個人所知，目前幾乎還沒有人就八、九十年代「文學台獨論」的發展過程，作過這麼詳細的資料排比與敘述。就這方面而言，它對未來台灣文學研究者所提供的「文獻服務」應該是要加以肯定的。在這方面，中央研究院台灣史研究所的蕭阿勤先生，近年來發表了兩篇論述詳盡的論文，即〈1980年代以來台灣文化民族主義的發展〉（1999，《台灣社會學研究》3）和〈民族主義與台灣一九七〇年代的「鄉土文學」〉（2000，《台灣史研究》6：2），讀者可以找出來參考。

在整個校訂、處理過程中，有四位學生曾幫過不少忙，在此謹誌謝忱。本書的諸多不如人意處，也請讀者不吝予以賜教。

呂正惠

2002、5、12

# 台灣新文學思潮史綱參考書目

## 壹、綜論

- 下村作次郎，《從文學讀台灣》，邱振瑞譯，台北：前衛出版社，1997.2。
- 中島利郎編，《台灣新文學與魯迅》，台北：前衛出版社，2000.5。
- 白少帆等編，《現代台灣文學史》，瀋陽：遼寧大學出版社，1987.12。
- 施懿琳、楊翠，《彰化縣文學發展史》（上、下），彰化：彰化縣立文化中心，1997.5。
- 施懿琳、許俊雅、楊翠，《台中縣文學發展史》，台中：台中縣立文化中心，1995.6。
- 施淑，《兩岸文學論集》，台北：新地文學出版社，1997.6。
- 陳少廷，《台灣新文學運動簡史》，台北：聯經出版事業公司，1977.5。
- 陳芳明，〈台灣新文學史〉（第一至十二章），《聯合文學》178-180、183-185、187、191、197-200，1999.8-2001.6。
- 陳芳明，〈當台灣文學戴上馬克思面具——再答陳映真的科學發明與知識創見〉，《聯合文學》192，2000.10。
- 陳芳明，〈馬克思主義有那麼嚴重嗎？——回答陳映真的科學

發明與知識創見〉，《聯合文學》190，2000.8。

・陳芳明，〈有這種統派，誰還需要馬克思？——三答陳映真的科學創見與知識發明〉，《聯合文學》202，2001.8。

・陳映真，〈以意識型態代替科學知識的災難——批評陳芳明先生的〈台灣新文學史的建構與分期〉，《聯合文學》189，2000.7。

・陳映真，〈關於台灣「社會性質」的進一步討論——答陳芳明先生〉，《聯合文學》191，2000.9。

・陳映真，〈陳芳明歷史三階段論和台灣新文學史論可以休矣——結束論爭的話〉，《聯合文學》194，2000.12。

・陳映真，〈駁陳芳明再論殖民主義的雙重作用〉，《因為是祖國的緣故……》，台北：人間出版社，2001.12。

・曾健民，〈「戰後再殖民論」的顛倒——關於陳芳明的戰後文學史觀的歷史批判〉，《聯合文學》195，2001.1。

・呂正惠，〈陳芳明「再殖民論」質疑〉，《聯合文學》206，2001.12。

・陳明台，《台中市文學發展史》，台中：台中市立文化中心，1999.6。

・黃英哲編，《台灣文學研究在日本》，涂翠花譯，台北：前衛出版社，1994.12。

・彭瑞金，《台灣新文學運動四十年》，台北：自立晚報社文化出版部，1991.3。

・葉石濤，《台灣文學史綱》，高雄：文學界雜誌社，1991.9.1。

・劉登翰等編，《台灣文學史》（上卷），福州：海峽文藝出版社，1991.6。

・劉登翰等編，《台灣文學史》（下卷），福州：海峽文藝出版社，1993.1。

# 貳、日據時期台灣文學參考書目

## 一、文獻資料

### (A)報刊雜誌

· 《台灣青年》，1920.7-1922.3，東京台灣青年雜誌社。（東方文化書局複刊）

· 《台灣》，1922.4-1924.6，台灣雜誌社。（東方文化書局複刊）

· 《台灣民報》，1923.4-1930.3，台灣雜誌社。（東方文化書局複刊）

· 《台灣新民報》，1930.4-1941.2。（東方文化書局複刊）

· 《人人》，1925.3.11、12.31，人人雜誌發行所。（新文學雜誌叢刊，東方文化書局複刊）

· 《台灣大衆時報》，1928.5.7 創刊，共 10 號。（台北南天書局複刊）

· 《新台灣大衆時報》，1930.12.11 創刊，共 5 號。（台北南天書局複刊）

· 《三六九小報》，1930.9-1935.9，趙雅福發行。（成文出版社複刊）

· 《南音》，1932.1.9，南音社編。（新文學雜誌叢刊，東方文化書局複刊）

· 《福爾摩沙》，1933.7-1934.6，東京台灣藝術研究會。（新文學雜誌叢刊，東方文化書局複刊）

· 《先發部隊》，1934.7，台灣文藝協會。（新文學雜誌叢刊，東方文化書局複刊）

· 《台灣文藝》，1934.11-1936.8，台灣文藝聯盟。（新文學雜

誌叢刊，東方文化書局複刊）

· 《第一線》，1935.1，台灣文藝協會。（新文學雜誌叢刊，東方文化書局複刊）

· 《台灣新文學》，1935.12-1937.6，台灣新文學社。（新文學雜誌叢刊，東方文化書局複刊）

· 《文藝台灣》，1940.1-1944.1，台灣文藝家協會、文藝台灣社。（新文學雜誌叢刊，東方文化書局複刊）

· 《台灣文學》，1941.5-1943.1，啟文社、台灣文學社。（新文學雜誌叢刊，東方文化書局複刊）

（B）作家全集或選集

· 王曉波編，《蔣渭水全集》（上、下），台北：海峽學術出版社，1998.10。

· 呂興昌總編輯，《吳新榮選集》（1-3），，台南：台南縣立文化中心，1997.3.15。

· 林瑞明編，《賴和全集》，台北：前衛出版社，2000.6。

· 陳虛谷，《陳虛谷作品集》（上、下冊），陳逸雄編，彰化：彰化縣立文化中心，1997.12。

· 彭小妍編，《楊逵全集》1-14，台北：國立文化資產保存研究中心籌備處，1998-2001。

· 鍾肇政、葉石濤主編，《光復前台灣文學全集》，台北：遠景出版社，1979.7。

## 二、專著

· 中島利郎，《日據時期台灣文學雜誌總目人名索引》，台北：前衛出版社，1995.1.31。

· 王昭文，《日據末期台灣的知識社群：《文藝台灣》、《台灣文學》、《民俗台灣》三雜誌的歷史研究》，清華大學歷史研究所碩士論文，1991。

· 王玉雯，《台灣作家的「皇民文學」（認同文學）之探討——以陳火泉、周金波的小說為研究中心》，文化大學日文所碩士論文，2000.1。

· 井手勇，《決戰時期台灣的日人作家與「皇民文學」》，成功大學歷史所碩士論文，1996.7。

· 矢內原忠雄著、周憲文譯，《日本帝國主義下之台灣》，台北：帕米爾書局，1985.7。

· 台灣總督府警務局編，《台灣社會運動（1913-1936）》，王乃信等譯，台北：創造出版社，1989.6。

· 古繼堂，《台灣新詩發展史》，台北：文史哲出版社，1989.7。

· 古繼堂，《台灣小說發展史》，台北：文史哲出版社，1992.3。

· 羊子喬，《蓬萊文章台灣詩》，台北：遠景出版事業公司，1983.9。

· 李南衡編，《文獻資料選集》（日據下台灣新文學 明集5），台北：明潭出版社，1979.3.15。

· 呂正惠，《殖民地的傷痕——台灣文學問題》，台北：人間出版社，2002（即出）。

· 呂興昌，《台灣詩人研究論文集》，台南：台南市立文化中心，1995.4。

· 吳三連等，《台灣民族運動史》，台北：自立晚報，1987.4。

· 吳文星，《日據時期台灣社會領導階層之研究》，台北：正中書局，1992.3。

· 林瑞明，《台灣文學與時代精神——賴和研究論集》，台北：允晨文化實業股份有限公司，1993.8。

· 林莊生，《懷樹又懷人——我的父親莊垂勝、他的朋友及那個時代》，台北：自立晚報社，1992.8。

· 林柏維，《台灣文化協會滄桑》，台北：台原出版社，1993.6。

· 林春蘭，《楊雲萍的文化活動及其精神歷程》，成功大學歷史語言研究所碩士論文，1995。

· 林載爵，《台灣文學的兩種精神》，台南：台南市立文化中心，1996.5。

· 周婉窈，《日據時代的台灣議會設置請願運動》，台北：自立報系文化出版部，1989.10。

· 柳書琴，《戰爭與文壇——日據末期台灣的文學活動》，台灣大學歷史學研究所碩士論文，1994.6。

· 施懿琳，《從沈光文到賴和——台灣古典文學的發展與特色》，高雄：春暉出版社，2000.6。

· 垂水千惠，《台灣的日本語文學》，涂翠花譯，台北：前衛出版社，1998.2。

· 許俊雅，《台灣寫實詩作之抗日精神研究（一八九五～一九四五年之古典詩歌）》，台北：國立編譯館，1997.4。

· 許俊雅，《日據時期台灣小說研究》，台北：文史哲出版社，1995.2。

· 游勝冠，《台灣文學本土論的興起與發展》，台北：前衛出版社，1996.7。

· 游勝冠：《殖民進步主義與日據時期台灣文學的文化抗爭》，清華大學中文所博士論文，2000.6。

· 陳映真等著，《呂赫若作品研究》，台北：聯合文學出版社，1997.11。

· 陳芳明，《左翼台灣——殖民地文學運動史論》，台北：麥田出版公司，1998.10.1。

· 陳芳明，《殖民地台灣——左翼政治運動史論》，台北：麥田出版公司，1998.10.1。

- 陳建忠，《書寫台灣‧台灣書寫：賴和的文學與思想研究》，清華大學中文所博士論文，2001.1。
- 陳明柔，《日據時代台灣知識分子的思想風格及其文學表現之研究（一九二〇～一九三七）》，淡江大學中國文學研究所碩士論文，1993.6。
- 陳昭瑛，《台灣文學與本土化運動》，台北：正中書局，1998.4。
- 涂照彥，《日本帝國主義下的台灣》，李明俊譯，台北：人間出版社，1993。
- 黃琪椿，《日治時期台灣新文學運動與社會主義思潮之關係初探（1927-1937）》，清華大學中文所碩士論文，1994.7。
- 黃文車，《黃石輝研究》，中正大學中文所碩士論文，2001.6。
- 梁明雄，《日據時期台灣新文學運動研究》，台北：文史哲出版社，1996.2。
- 張恆豪，《覺醒的島國》，台南：台南市立文化中心，1995.4。
- 張深切，《里程碑——又名：黑色的太陽（上）（下）》，台北：文經社出版有限公司，1998.1.1。
- 彭小妍主編，《漂泊與鄉土——張我軍逝世四十週年紀念論文集》，台北：行政院文化建設委員會，1996.5。
- 莊淑芝，《台灣新文學觀念的萌芽與實踐》，台北：麥田出版有限公司，1994.7.1。
- 楊翠，《日據時期台灣婦女解放運動以《台灣民報》為分析場域（一九二〇～一九三二）》，台北：時報文化出版企業有限公司，1993.5.15。
- 廖祺正，《三〇年代台灣鄉土話文運動》，成大歷史語言所碩士論文，1990。

· 廖雪蘭，《台灣詩史》，台北：文史哲出版社，1999.3。

· 廖振富，《櫟社三家詩研究──林癡仙、林幼春、林獻堂》，師範大學國文研究所博士論文，1996.5。

· 葉榮鐘，《日據下台灣政治社會運動史（上、下）》（葉榮鐘全集1），台北：晨星出版有限公司，2000.8.30。

## 三、期刊論文

· 下村作次郎、黃英哲，〈戰前台灣大眾文學初探（一九二七年～一九四七年）〉，《文藝理論與通俗文化》（上冊），彭小妍編，台北：中研院文哲所籌備處，1999.12。

· 吳叡人，〈台灣非是台灣人的台灣不可：反殖民鬥爭與台灣民族國家的論述 1919-1931〉，林佳龍、鄭永年主編，《民族主義與兩岸關係：哈佛大學東西方學者的對話》，台北：新自然主義有限公司，2001.4。

· 河原功，〈台灣新文學運動的展開（上）（中）（下）〉，《文學台灣》1、2、3，1991.12-1992.6。

· 松永正義，〈關於鄉土文學論爭〉，葉笛譯，《台灣學術研究會誌》4，1989.12。

· 林淇瀁，〈台語文學傳播的意識型態建構：以日治時期台灣白話文運動為例〉，「台灣文學研討會」論文，台北：淡水工商管理學院台灣文學系籌備處，1995.11。

· 林淇瀁，〈日治時期台灣文化論述之意識型態分析──以《台灣新民報》系統的「同化主義」表意為例〉，《台灣近百年史論文集》，張炎憲等編，台北：財團法人吳三連台灣史料基金會，1996.8。

· 施淑，〈想像鄉土，想像族群──日據時代台灣鄉土觀念問題〉，《聯合文學》158，1997.12。

· 許達然，〈日據時期台灣小說裡的知識分子形象〉，《台灣香

港與海外華文文學論文選》，福州：海峽文藝出版社，
1988.9。
· 許達然，〈日據時期台灣散文〉，「賴和及其同時代的作家：
日據時期台灣文學國際學術會議」論文，1994.11.25-27。
· 許俊雅，〈鳥瞰日治時期台灣副刊──以《台灣新民報》系統
為分析場域〉，瘂弦、陳義芝主編，《世界中文報紙副刊學綜
論》，台北：行政院文化建設委員會，1997.11。
· 黃美娥，〈日治時代台灣詩社林立的社會考察〉，《台灣風
物》47：3，1997.9.30。
· 劉紀蕙，〈變異之惡的必要：楊熾昌的「異常為」書寫〉，
《孤兒、女神、負面書寫：文化符號的徵狀式閱讀》，台北：
立緒文化事業有限公司，2000.5。

## 參、戰後台灣文學參考書目

### 一、專著

· 文馨瑩，《經濟奇蹟的背後──台灣美援經驗的政經分析
（1951-1965）》，台北：自立晚報社文化出版部，1990.1。
· 王德威，《小說中國：晚清到當代的中文小說》，台北：麥田
出版有限公司，1993.6.1。
· 巴蘇亞·博伊哲努（浦忠成），《原住民的神話與文學》，台
北：台原出版社，1999.6。
· 古遠清，《台灣當代文學理論批評史》，武漢：武漢出版社，
1994.8。
· 朱雙一，《近二十年台灣文學流脈》，廈門：廈門大學出版
社，1999.8。
· 何寄澎主編，《文化、認同、社會變遷：戰後五十年台灣文學

國際學術研討會論文集》，台北：行政院文建會，2000.6。

・何永慶，《七〇年代台灣鄉土文學論戰研究》，文化大學中國文學研究所碩士論文，1995.12。

・林燿德、孟樊編，《流行天下：當代台灣通俗文學論》，台北：時報文化出版公司，1992.1.5。

・林柏燕主編，《吳濁流百年誕辰紀念專刊》，新竹縣：新竹縣文化局，2000.12。

・林水福、林燿德主編，《蕾絲與鞭子的交歡：當代台灣情色文學論》，台北：時報文化出版公司，1997.3.4。

・林水福編，《兩岸後現代文學研討會論文集》，台北：輔仁大學外語學院，1998。

・林央敏，《台語文學運動史論》，台北：前衛出版社，1996.3。

・林瑞明，《台灣文學的本土觀察》，台北：允晨文化實業股份有限公司，1996.7。

・林瑞明，《台灣文學的歷史考察》，台北：允晨文化實業股份有限公司，1996.7。

・李麗玲，《五〇年代國家文藝體制下台籍作家的處境及其創作初探》，清華大學中國文學系碩士論文，1995・7。

・呂正惠，《小説與社會》，台北：聯經出版事業公司，1988.5。

・呂正惠，《戰後台灣文學經驗》，台北：新地文學出版社，1992.12。

・孟樊、林燿德編，《世紀末偏航──八十年代台灣文學論》，台北：時報文化出版公司，1990.12。

・孟樊，《當代台灣新詩理論》，台北：揚智文化事業股份有限公司，1995.6。

・邵玉銘等編，《四十年來中國文學》，台北：聯合文學出版社，1995.6。

- 施敏輝編，《台灣意識論戰選集》，台北：前衛出版社，1988.9。
- 胡民祥編，《台灣文學入門文選》，台北：前衛出版社，1989.10。
- 封德屏編：《台灣文學發展現象——五十年來台灣文學研討會論文集（二）》，台北：行政院文建會，1996.6。
- 封德屏編，《台灣現代詩史論》，台北：文訊雜誌社，1996.3。
- 郭紀舟，《七〇年代台灣左翼運動》，台北：海峽學術出版社，1999.1。
- 楊澤編，《七〇年代——理想繼續燃燒》，台北：時報文化出版公司，1994.12。
- 楊澤編，《七〇年代——懺情錄》，台北：時報文化出版公司，1994.12。
- 楊澤主編，《從四〇到九〇年代——兩岸三邊華文小說研討會論文集》，台北：時報文化出版公司，1994.11.25。
- 尉天聰編，《鄉土文學討論集》，台北：遠景出版社，1978.4。
- 師大國文系編，《解嚴以來台灣文學國際學術研討會論文集》，台北：萬卷樓圖書有限公司，2000.9。
- 陳映真、曾建民編，《1947-1949 台灣文學問題論議集》，台北：人間出版社，1999.9。
- 陳義芝編，《台灣現代小說史綜論》，台北：聯經出版事業公司，1998.12。
- 陳昭瑛，《台灣文學與本土化運動》，台北：正中書局，1998.4。
- 陳明柔，《台灣八〇年代小說的感覺結構》，東海中文所博士論文，1999.6。
- 陳義芝編，《台灣文學經典研討會論文集》，台北：聯經出版事業公司，1999.6。

· 張小虹，《慾望新地圖：性別·同志學》，台北：聯合文學出版社，1996.10。

· 彭品光編，《當前文學問題總批判》，台北：中華民國青溪新文藝學會，1977.11。

· 梅家玲編，《性別論述與台灣小說》，台北：麥田出版有限公司，2000.10。

· 葉石濤，《台灣鄉土作家論集》，台北：遠景出版公司，1979.3。

· 葉石濤，《一個台灣老朽作家的五〇年代》，台北：前衛出版社，1991.6。

· 葉石濤，《沒有土地，哪有文學》，台北：遠景出版公司，1985.6。

· 謝春馨，《八〇年代「台灣文學」正名論》，中央大學中國文學研究所碩士論文，1995.6。

· 趙知悌編，《文學，休走》，台北：遠行出版社，1976。

· 劉進慶，《台灣戰後經濟分析》，台北：人間出版社，1992。

· 劉亮雅，《慾望更衣室：情色小說的政治與美學》，台北：元尊文化，1998.3.1。

· 鄭明娳，《現代散文類型論》，台北：大安出版社，1987.2。

· 鄭明娳主編，《當代台灣政治文學論》，台北：時報文化出版公司，1994.7.1。

· 鄭明娳主編，《當代台灣都市文學論》，台北：時報文化出版公司，1995.11.21。

· 鄭明娳主編，《當代台灣女性文學論》，台北：時報文化出版公司，1993.5.15。

· 蕭義玲，《台灣當代小說的世紀末圖像研究——以解嚴後十年（1987-1997）為觀察對象》，師大國文所博士論文，1998.6。

## 二、期刊論文

· 王德威，〈五十年代反共小說新論——一種逝去的文學？〉，
邵玉銘等編，《四十年來中國文學》，台北：聯合文學出版
社，1995.6。

· 向陽，〈康莊有待——七十年代現代詩風潮試論〉，《康莊有
待》，台北：東大圖書股份有限公司，1985.5。

· 何欣，〈三十年來台灣的文學論戰〉，《當代台灣作家論》，
台北：東大圖書有限公司，1983.12。

· 李瑞騰，〈九○年代崛起的新生代小說家〉，《台灣現代小說
史綜論》，陳義芝編，台北：聯經出版事業公司，1998.12。

· 江迅，〈鄉土文學論戰：一場迂迴的革命？——一個文化霸權
的崛起與崩解〉，《南方》第9期，1987.7。

· 呂正惠，〈現代主義在台灣——從文藝社會學的角度來考
察〉，《戰後台灣文學經驗》，台北：新地文學出版社，
1992.12。

· 呂正惠，〈七、八○年代台灣現實主義文學的道路〉，《戰後
台灣文學經驗》，台北：新地文學出版社，1992.12。

· 呂正惠，〈七、八十年代台灣鄉土文學源流與變遷——政治、
社會及思想背景的探討〉，《文學經典與文化認同》，台北：
九歌出版社，1995.4。

· 林瑞明，〈從迷惘到自立——第一代到第四代的文學旅程〉，
《台灣文學的本土觀察》，台北：允晨文化公司，1996.7。

· 林燿德，〈台灣新世代小說家〉，《重組的星空——林燿德論
評選》，台北：業強出版社，1991.6。

· 張素貞，〈五十年代小說管窺〉，《文訊》9，1984.3。（案：
此期為五○年代文學之回顧專輯，其餘各篇可一併參看）

· 柯慶明，〈六十年代現代主義文學？〉，邵玉銘等編，《四十
年來中國文學》，台北：聯合文學出版社，1995.6。

‧馬森，〈「台灣文學」的中國結與台灣結──以小說為例〉，《聯合文學》89，1992.3。

‧尉天驄，〈三十年來台灣社會的轉變與文學的發展〉，中國論壇編輯委員會編：《台灣地區社會變遷與文化發展》，台北：中國論壇雜誌社，1985。

‧陳映真、曾建民編，《1947-1949台灣文學問題論議集》，台北：人間出版社，1999.9。

‧陳正醍，〈台灣的鄉土文學論戰（一九七七～一九七八）〉，陳炳崑譯，《台灣鄉土文學、皇民文學的清理與批判》，台北：人間出版社，1998.12。

‧陳建忠，〈被詛咒的文學？──戰後初期（1945-1949）台灣小說的歷史考察〉，《台灣現代小說史綜論》，陳義芝編，台北：聯經出版事業公司，1998.12。

‧許俊雅，〈戰後台灣小說的階段性變化〉，《台灣文學論──從現代到當代》，台北：國立編譯館，1997.10。

‧楊照，〈文學的神話、神話的文學──論五○、六○年代的台灣文學〉，《文學、社會與歷史想像──戰後文學史散論》，台北：聯合文學出版社，1995.10。

‧葉芸芸，〈試論戰後初期台灣智識份子及其文學活動〉，《先人之血、土地之花──台灣文學研究論文精選集》，台北：前衛出版社，1989.8.20。

‧蔡芳玲，〈五○年代大陸來台小說家作品論〉，《台灣現代小說史綜論》，陳義芝編，台北：聯經出版事業公司，1998.12。

‧蔡雅薰，〈六、七○年代台灣留學生小說述論──以於梨華、白先勇、張系國作品為主〉，《台灣現代小說史綜論》，陳義芝編，台北：聯經出版事業公司，1998.12。

‧廖炳惠，〈近五十年來的台灣小說〉，《聯合文學》11：12，1995.10。

・蕭阿勤，〈1980 年代以來台灣文化民族主義的發展：以「台灣（民族）文學為主的分析〉，《台灣社會學研究》3，1999。

・蕭阿勤，〈民族主義與台灣 1970 年代的「鄉土文學」：一個文化（集體）記憶變遷的探討〉，《台灣史研究》6：2，2000.10。

・應鳳凰，〈《自由中國》、《文友通訊》作家群與五十年代台灣文學史〉，《文學台灣》26，1998.4.5。

・劉紀蕙編，「中國符號與台灣圖像專號」，《中外文學》338，2000.7。

國家圖書館出版品預行編目資料

台灣新文學思潮史綱／趙遐秋，呂正惠編. --
　　初版. -- 台北市：人間，　2002[民 91]
　　面；　　公分. --（台灣新文學史論叢刊 1）
　　參考書目：面
　　ISBN 957-8660-74-X（平裝）


　　1. 台灣文學 - 歷史

820.9　　　　　　　　　　　　　　　91009740

台灣新文學史論叢刊 1

# 台灣新文學思潮史綱

編　　　者／趙遐秋　呂正惠
發　行　人／陳映眞
出　版　者／人間出版社
社　　　長／陳映和
地　　　址／台北市潮州街九一之九號五樓
電　　　話／02-23222357
郵撥帳號／11746473　人間出版社
排　　　版／龍虎電腦排版股份有限公司
印　　　刷／漢大印刷有限公司
總　經　銷／聯經出版事業股份有限公司
地　　　址／汐止鎮大同路一段三六七號三樓
訂書專線／02-26418661
登　記　證／局版台業字第三六八五號
初版一刷／二○○二年六月
二版一刷／二○○八年二月
定　　　價／四八○元